何去何从

比较文学中外名家访谈录

Where to Go:Interviews with Distinguished Chinese
and Foreign Scholars of Comparative Literature

张叉 等著

商务印书馆
The Commercial Press

2016 年四川省社会科学规划"重点研究基地项目"之
四川省比较文学研究基地项目"比较文学中外名人访谈录"
（项目编号 SC16E036）研究成果

商务印书馆（成都）有限责任公司出品

访谈人介绍

张叉，1965 年生，男，四川盐亭人，四川大学比较文学与世界文学博士，四川师范大学文学院教授，四川省比较文学研究基地兼职研究员，国家社会科学基金项目评审专家，A 刊评价同行评议专家，四川师范大学文学院比较文学与世界文学专业硕士研究生导师，四川师范大学外国语学院比较文学与跨文化研究、外国文学、英语学科教学、英语笔译等专业硕士研究生导师，四川师范大学文学院比较文学与世界文学学位授权点建设负责人，四川师范大学外国语文研究所第二任所长，四川师范大学外国语言文学一级学科硕士点建设专家委员会第一任主任，四川师范大学第八届学位委员会外国语学院分学位委员会主席，成都市武侯区作家协会常务副主席兼秘书长，学术集刊《外国语文论丛》《比较文学与世界文学研究》主编。

他序｜名家荟萃，特色鲜明

四川师范大学文学院教授张叉采访海内外比较文学著名专家的成果《何去何从——比较文学中外名家访谈录》就要出版了，这是学术界，特别是比较文学界一件有积极意义的事情。他请我为这本访谈录撰序，我高兴地答应了。我通读了书稿以后，感受良多。

一

我通读书稿以后的第一个感受是，这本访谈录名家荟萃，专家的情况是非常好的。

首先，他们在地域分布方面具有较强的代表性。在接受访谈的18位专家中，中国专家10位，外国专家8位。10位中国专家中，大陆专家7位，港澳台专家3位。8位外国专家中，欧美专家4位，亚洲专家4位。4位欧美专家中，欧洲专家3位，美洲专家1位。4位亚洲专家中，东北亚专家1位，南亚专家2位，东南亚专家1位。他们来自欧洲、美洲、亚洲主要的国家与地区，从地域分布的角度来看，其代表性是较强的。

其次，他们在比较文学研究方面取得了卓越的成绩。在应邀访谈的18位专家中，乐黛云是中法合办学术集刊《跨文化对话》的主编、《世界诗学大辞典》的主编、"跨文化沟通个案研究丛书"与"中学西渐丛书"的主编，在中国大陆的比较文学领域具有开拓之功，获得了"中国比较文学终身成就奖"、国家教委全国高等学校人文科学研究优秀成果二等奖。王

宁兼任国际权威翻译研究刊物《视角：翻译理论与实践研究》（*Perspectives: Studies in Translation Theory and Practice*）合作主编，在国内外比较文学界有重要影响。辜正坤在比较文学研究特别是郭沫若与艾略特、汤显祖与莎士比亚、中国和西方诗歌比较研究方面颇有建树。钱林森是国际中法双语论丛《跨文化对话》的执行主编，在比较文学领域，尤其是中法比较文学领域取得了很大成绩，获得了"中国比较文学研究终身成就奖"和"第四届中国出版政府奖"。蒋承勇是19世纪西方文学流派在中国译介、影响研究领域少有的专家，成绩卓然。侯传文在中华书局出版的学术专著《中印佛教文学比较研究》收入"国家哲学社会科学成果文库"，在印西跨文明对话下泰戈尔诗学比较研究、中印跨文化语境下中印佛教文学比较研究方面做出了突出成绩。黄维樑活跃于中国比较文学界，获得了"梁实秋文学奖翻译奖"，学富五车，著作等身。单德兴是学术季刊《欧美研究》主编，先后三次获得国科会外文学门杰出研究奖、第五十四届教育部学术奖，是生活、工作在台湾地区的首屈一指的比较文学专家。龚刚是澳门中国比较文学学会会长、《澳门人文学刊》主编，在中国社会科学文献出版社、浙江大学出版社等出版学术著作若干部，在《文学评论》《外国文学评论》《外国文学研究》《中国比较文学》等期刊发表论文多篇。巴斯奈特（Susan Bassnett）是英国比较文学学会主席，一度出任欧洲科学院院士，两度出任华威大学副校长，提出了"文化转向""比较文学死亡"等重要概念、观点，在世界比较文学界产生了广泛的影响，在国际比较文学界居于举足轻重的地位。提哈诺夫（Galin Tihanov）是英国伦敦大学玛丽女王学院比较文学教授，对流亡、世界主义、世界文学、比较文学等有深入的研究，其著述被译为多国语言，成就卓越。拉森（Svend Erik Larsen）是丹麦奥尔胡斯大学比较文学荣休教授，同他人联合编辑国际权威学术期刊（A & HCI）《世界文学》（*Orbis Litterarum*），著述极丰。托托西（Steven Tötösy de Zepetnek）是国际权威学术期刊《比较文学与文化》（*Comparative Literature and Culture*）的编辑，主攻比较文学，成绩显著。朴宰雨（박재우）是中国教育部国家人才讲座教授，中国社会科学院季刊《当代韩国》韩方主编，

在中国文学研究、韩中比较研究文学方面成绩斐然。达斯古普塔（Subha Chakraborty Dasgupta）曾任印度比较文学学会秘书长，是印度比较文学界有影响的学者。班纳吉（Kazal Krishna Banerjee）十分关注孟加拉国与印度文学的关系，在比较文学研究方面做出了成绩。陈庭史（Trần Đình Sử）在打通中越文学方面有突出贡献，获得了"越南科学研究国家奖"。以上诸君是学林中之栋材，在比较文学研究中卓尔不群，功彪史册。

二

我通读书稿以后的第二个感受是，这本访谈录中的文章都紧紧围绕比较文学的话题而展开，同时还涉及了别国文学、别国文化、比较文化等方面的内容。

既然是比较文学访谈录，自然要聚焦比较文学的一般性问题。这本访谈录中的 18 位专家都重点讨论到了比较文学的产生、比较文学的发展、比较文学的特征、比较文学的瓶颈、比较文学的危机、比较文学的出路、比较文学的学派、比较文学的学科建设、比较文学的前景、做好比较文学研究应具备的基本素养等问题，不同专家从不同的角度对这些问题进行了不同的解答。巴斯奈特解答了比较文学前景问题；拉森、托托西解答了比较文学中国学派的问题；我和乐黛云、王宁、黄维樑、单德兴、龚刚、拉森、达斯古普塔解答了比较文学面临的危机与比较文学中国学派的问题；王宁解答了世界文学、世界诗学的问题；我和乐黛云、黄维樑、达斯古普塔解答了比较文学与和谐社会构建的问题。这些都是例子。

文学同文化密切相关，文学访谈不可避免地要涉及文化的内容。这本访谈录中的 18 位专家或多或少地讨论了别国文化的问题，我和乐黛云讨论了中国文化；辜正坤讨论了英国文化、法国文化；钱林森讨论了法国文化；蒋承勇、巴斯奈特、提哈诺夫讨论了英国文化；侯传文讨论了中国文化、印度文化；黄维樑讨论了中国文化、英国文化；单德兴讨论了中国文化、美国文化；龚刚讨论了中国文化、葡萄牙文化；拉森讨论了丹麦文化；

托托西讨论了美国文化；朴宰雨讨论了朝鲜文化、韩国文化、日本文化；达斯古普塔讨论了中国文化、印度文化；班纳吉讨论了孟加拉国文化、印度文化；陈庭史讨论了中国文化、越南文化、法国文化。这些都是例子。

比较文学同比较文化密切相关，比较文学访谈不可避免地要涉及比较文化的内容。这本访谈录中的 18 位专家或多或少地探讨了比较文化的内容。我和乐黛云探讨了中西比较文化；辜正坤探讨了中英比较文化、中法比较文化；钱林森探讨了中法比较文化；蒋承勇、黄维樑探讨了中英比较文化；侯传文、达斯古普塔探讨了中印比较文化；龚刚探讨了中葡比较文化；托托西探讨了中美比较文化；朴宰雨探讨了中韩比较文化；班纳吉探讨了孟印比较文化；陈庭史探讨了中越比较文化。这些都是例子。

比较文学同别国文学密切相关，比较文学访谈不可避免地要涉及别国文学的内容。这本访谈录中的 18 位专家或多或少地研究了别国文学的内容。我和乐黛云研究了中国文学、西方诸国的文学；王宁研究了中国文学、英国文学、美国文学；辜正坤研究了中国文学、英国文学、法国文学；钱林森研究了中国文学、法国文学；单德兴研究了中国文学、美国文学；蒋承勇、黄维樑、巴斯奈特研究了中国文学、英国文学；侯传文研究了中国文学、印度文学；龚刚研究了中国文学、葡萄牙文学；提哈诺夫研究了英国文学；托托西研究了美国文学；朴宰雨研究了中国文学、朝鲜文学、韩国文学、日本文学；达斯古普塔研究了中国文学、印度文学；班纳吉研究了孟加拉文学、印度文学；陈庭史研究了中国文学、越南文学。这些都是例子。

比较文学同平行研究密切相关，比较文学访谈不可避免地要涉及不同国家文学之间的比较研究的内容。这本访谈录中的 18 位专家或多或少地涉及了不同国家文学之间的比较研究的内容。我和乐黛云做了中西文学的比较研究；辜正坤做了中英文学、中法文学的比较研究；钱林森做了中法文学的比较研究；蒋承勇做了中英文学的比较研究；侯传文做了中印文学的比较研究；黄维樑做了中英文学的比较研究；单德兴做了中美文学的比较研究；龚刚做了中葡文学的比较研究；托托西做了中美文学的比较研究；朴宰雨做了中韩文学的比较研究；达斯古普塔做了中印文学的比较研究；

班纳吉做了孟印文学的比较研究；陈庭史做了中越文学的比较研究。这些都是例子。

三

我通读书稿以后的第三个感受是，这本访谈录是有自己鲜明的特色的，这些特色可以归纳成六点。

一是这本访谈录体现了访谈的高端性。这本访谈录是高端访谈的成果，这是由接受访谈专家的级别所决定的。接受访谈的 18 位专家全部都是高等学校、科研院所的知名教授，是学术界的精英，是比较文学界的高端学者。其中，乐黛云是国际比较文学学会前副主席，中国比较文学学会第三任会长，北京大学跨文化研究中心主任，北京大学比较文学与比较文化研究所首任所长。王宁是中国首批当选欧洲科学院外籍院士的人文社会科学学者，中国比较文学学会第五任会长。辜正坤是国际中西文化比较协会会长，中国外国文学学会莎士比亚研究会会长，北京大学世界文学研究所前所长，北京大学文学与翻译学会前会长。钱林森是中国比较文学学会副会长，南京大学比较文学与比较文化研究所所长，中国文化书院跨文化研究院副院长。蒋承勇是浙江省社会科学界联合会主席，中国外国文学学会教学研究会会长，国家社科基金重大招标项目"19 世纪西方文学思潮研究"首席专家。侯传文是中国外国文学学会印度文学研究分会会长，山东省外国文学学会副会长。黄维樑是香港作家联会副监事长，香港作家协会前主席。单德兴是台湾地区的英美文学学会理事长，比较文学学会理事长。龚刚是澳门中国比较文学学会会长，澳门大学南国人文研究中心学术总监。巴斯奈特是欧洲科学院前院士，华威大学前副校长。提哈诺夫是欧洲文学院院士，国际比较文学学会文学理论委员会名誉主席。拉森是欧洲科学院院士，欧洲科学院副主席，欧洲科学院人文科学分院主席，欧洲科学院文学与戏剧研究分院主席。托托西是国际著名学术期刊《比较文学与文化》编辑，欧洲科学与艺术院院士。达斯古普塔是印度比较文学学会前秘书长，贾达普大学文化文本与记录学院原副院长，贾达普大学比较文学系前主任。班纳吉是孟加拉国达卡大学英语系主任，孟加拉国著名期刊《人民文学》原编辑。朴宰雨是韩国外国语大学研究生院院长，国际鲁迅研究会会长，世界汉学研究会（澳门）理事长，韩国世界华文文学协会会长。陈庭史是越南社会科学院研究员，河内师范大学语言文学系教授、前主任。

二是这本访谈录坚持了以比较文学为中心话题。这本访谈录的内容较为宽泛，但是都是坚持以比较文学为中心话题而展开的，比较文学是本访谈录的核心与枢纽，形散而神不散。巴斯奈特对比较文学前景问题的讨论，拉森、托托西对比较文学中国学派问题的讨论，我和乐黛云、王宁、黄维樑、单德兴、龚刚、拉森、达斯古普塔对比较文学面临的危机与比较文学中国学派问题的讨论，我和乐黛云、黄维樑、达斯古普塔对比较文学与和谐社会构建问题的讨论，辜正坤对中英比较文学、中法比较文学问题的讨论，钱林森对中法比较文学问题的讨论，蒋承勇对中英比较文学问题的讨论，侯传文对印英比较文学、中印比较文学问题的讨论，黄维樑对中英比较文学问题的讨论，龚刚对中葡比较文学问题的讨论，朴宰雨对中韩比较文学问题的讨论，达斯古普塔对中印比较文学问题的讨论，班纳吉对孟印比较文学问题的讨论，陈庭史对中越比较文学问题的讨论，这些都是例子。

三是这本访谈录切中了当今比较文学的热点问题。黄维樑讨论了数字化时代与比较文学、比较文学与"一带一路"相结合的问题，王宁、提哈诺夫讨论了世界文学的问题，巴斯奈特讨论了比较文学何去何从的问题，单德兴、黄维樑、拉森、托托西讨论了比较文学中国学派问题，我和乐黛云、王宁、黄维樑、单德兴、龚刚、拉森、达斯古普塔等讨论了比较文学的危机、比较文学中国学派的问题，蒋承勇、提哈诺夫、达斯古普塔等讨论了比较文学语境下的世界主义的问题，我和乐黛云、黄维樑、达斯古普塔等讨论了构建和谐世界的比较文学的问题，单德兴讨论了亚美文学、华美文学、美国原住民文学的问题，王宁讨论了世界主义、世界文学、世界戏剧、世界诗学的问题。这些都是当今比较文学的热点话题。

四是这本访谈录展示了考察比较文学的中国角度。王宁讨论了中国比较文学走出去的问题，单德兴讨论了台湾比较文学研究的问题，钱林森讨论了中外文学关系特别是中法文学关系的问题，托托西讨论了"中国梦"与"美国梦"的理念的问题，朴宰雨讨论了韩国的《史记》研究、韩国的鲁迅研究、韩国的巴金研究、韩国的中国现代文学韩人题材研究、韩国的华文抗日诗歌研究的问题，达斯古普塔讨论了印度比较文学语境下的中国研究、比较文学的中印合作的问题，班纳吉展望了中孟比较文学合作前景的问题。这些都是从中国的角度出发来观察比较文学及其相关问题的例子。

五是这本访谈录体现了比较文学中国学者的积极努力。本访谈录中有10篇是同中国学者的访谈，这些访谈录明显展示了中国学者在比较文学研究中的积极努力。我提出了中国比较文学历史溯源、比较文学中国话语初构、比较文学中国学派建立、跨文明比较文学研究、比较文学变异学、中外比较诗学研究等问题，乐黛云提出了中国比较文学的流派、比较文学的中国学派、新人类文明体系中的中国梦、新世界体系中的中国比较文学等问题，王宁提出了中国比较文学同国际比较文学接轨、建立世界诗学、世界戏剧等问题，辜正坤提出了"词曲体翻译英诗"的理论，钱林森提出了"比较文学中国学派的建立与思路"，黄维樑提出了"情采通变"、比较文学"以中释西"的文论实践等问题，侯传文提出了"佛教诗学"的概念，单德兴提出了中美比较文学的问题，龚刚提出了"以比较文学思维推进本土研究与理论创新"的问题。这些都体现了比较文学中国学者的积极努力。

六是这本访谈录彰显了理论探讨与实例分析相结合的原则。我提出要构建比较文学中国学派的学科理论，继而详细阐释了变异学理论。王宁提出了建立世界诗学理论的问题，继而详细阐释了建立世界诗学理论的途径。辜正坤提出了"以词曲体翻译英诗"的理论，继而列举了弥尔顿（John Milton）的《悼亡妻》（Sonnet XIX），说明可仿苏东坡的悼亡妻词《江城子》（"十年生死两茫茫"）译出；斯宾塞（Edmund Spenser）的《爱情小唱》（Amoretti）和《迎婚曲》（Eipthalamion）、莎士比亚、布朗宁（Elizabeth Barrett Browning）的十四行诗，说明可以元曲、散曲的风味译出。黄维樑提出"加强'以中释西'文学批评，构建中国比较文学的话语体系"，主张在斟酌、比照西方文论之际，以《文心雕龙》为基础，构建一个古典现代中西合璧的文学理论体系，并将之应用于实际批评，继而用《文心雕龙·知音》的"六观法"来分析范仲淹词《渔家傲》、余光中的散文《听听那冷雨》、白先勇的短篇小说《骨灰》，以《文心雕龙》的其他理论来评析韩剧《大长今》、论析莎剧《铸情》①。这些都是例子。

四

　　我通读书稿以后的第四个感受是，这本访谈录在编辑方面是严谨的。记得张叉的博士学位论文《英语世界的托·斯·艾略特研究》外审的时候，有一位专家这样评价说："论文作者很有收集和爬梳学术资料的天赋，也具有非凡的耐心，将百年来英语世界艾略特研究的几乎每一个侧面都整理到了，思路清晰，行文流畅，注释绵密，写作的烦琐程度可以说是我见过的博士论文中数一数二的了。"我注意到，张叉把自己"收集和爬梳学术资料的天赋"和"非凡的耐心"也用到了这本访谈录的整理、编辑中，访谈文章"注释绵密"，信息齐全，其编辑的"烦琐程度可以说是我见过的"访谈录中"数一数二的了"。一般的访谈文章是注释相对较少甚至根本没有注释的，而这本访谈录中的所有访谈都有注释，而且十分详尽。访谈录中每一条注释的信息都很齐全，普遍精确到了页码。这主要是张叉不厌其苦、不怨其繁、遍稽群书、详细考订的结果。当然，一本书籍的好坏是作者、出版社编辑等所有相关人员共同努力的结果，这本访谈录也不例外。从包括注释在内的各个方面来看，编辑严谨是这本访谈录跟其他一般访谈文章所不同的地方，是一个值得肯定的优点。

　　是为序。

曹顺庆

2022 年 6 月 6 日于四川大学

---

① *Romeo and Juliet*，或译《罗密欧与朱丽叶》。

自序｜我日斯迈，而月斯征

《诗经·小雅·小宛》："我日斯迈，而月斯征。"[①] 我在 2016 年申报了四川省社会科学规划"重点研究基地项目"的四川省比较文学研究基地项目"比较文学中外名人访谈录"，从申报、立项到实施、结项，前后花了两年多时间，项目成果经过修订、精编后，成就了这本访谈录。今天，这本访谈录终于付梓了。

一

我为什么要做"比较文学中外名人访谈录"这个项目？这要追溯到我攻读博士学位的时候。2014 年 9 月，我进入四川大学文学与新闻学院攻读比较文学与世界文学专业博士学位，恰好赶上转过年来要在成都举办"'中国比较文学研究的回顾与展望'学术研讨会"。这次研讨会由中国比较文学学会与四川大学文学与新闻学院联合主办，四川省比较文学学会、四川省比较文学研究重点基地承办，中国多民族文化凝聚与国家认同协同创新中心支持。曹顺庆教授是中国比较文学学会会长、四川大学文学与新闻学院院长、四川省比较文学学会会长、四川省比较文学研究重点基地负责人，自然是这次研讨会组织工作的统筹人。他统筹了一系列周详、细致的会务

---

① 阮元校刻：《十三经注疏》上册，中华书局 1980 年版，第 452 页。

工作，其中一个环节是，安排一些硕士、博士研究生具体负责参会专家的接待工作。2015 年 2 月，他指派我与博士研究生庄文静接待北京大学参会专家乐黛云教授，同时嘱咐我在乐黛云教授参会期间设法对她做一个比较文学专题采访。乐黛云教授是著名学者但没有一点架子，她愉快地答应了我面对面采访她的请求。2015 年 4 月 13 日，采访在成都市石羊场铁像寺水街桃花源茶亭如期进行。让我吃惊的是，84 岁高龄的乐黛云教授精神矍铄，性情爽朗，谈笑风生，思维敏捷，古今中外信手拈来，视野宏阔，见解深刻。访谈录经整理后刊发于《中外文化与文论》[①]，产生了良好的学术影响。

我在四川大学文学与新闻学院攻读比较文学与世界文学专业博士学位期间，还赶上了一件学术盛事，北京师范大学文学院与美国亚利桑那大学人文学院联合创办国际英文学术期刊《比较文学与世界文学》(*Comparative Literature and World Literature*)，曹顺庆教授应邀出任主编。2016 年 2 月，曹顺庆教授给了我英国华威大学苏珊·巴斯奈特教授的电子邮箱地址，嘱咐我为这家期刊撰写一篇对她的访谈稿。我当天就给巴斯奈特教授去函，她很快复函，答应了书面采访。巴斯奈特教授是国际知名专家，我与她素未谋面，毫无交往，但是她待人谦逊，下笔迅速，不久，访谈文章就形成了，英文版刊于《比较文学与世界文学》[②]，中文版刊于《外国语文》[③]，产生了积极的学术影响。

《孟子·尽心上》："孔子登东山而小鲁，登太山而小天下。"[④] 对乐黛云教授、巴斯奈特教授的成功采访开阔了我的眼界，启迪了我的思维，让我认识到，对国内外比较文学著名专家的专题、系统访谈是一个值得开辟的

[①] 参见张叉、乐黛云：《乐黛云教授访谈录》，《中外文化与文论》第 35 辑，四川大学出版社 2017 年版，第 166—183 页。

[②] 参见 Zhang Cha and Susan Bassnett, "Where is Comparative Literature Going: An Interview with Professor Susan Bassnett", *Comparative Literature and World Literature*, Issue 1, Spring 2016, pp.47-51。

[③] 参见张叉、苏珊·巴斯奈特：《比较文学何去何从——苏珊·巴斯奈特访谈录》，《外国语文》2018 年第 6 期，第 41—45 页。

[④] 阮元校刻：《十三经注疏》下册，中华书局 1980 年版，第 2768 页。

新领域，是一项大有可为的事业。鉴于此，我于 2016 年下半年申报了当年的四川省社会科学规划"重点研究基地项目"的四川省比较文学研究基地项目"比较文学中外名人访谈录"，幸运的是，课题获准立项了。

二

曹丕在《典论·论文》中写道："盖文章，经国之大业，不朽之盛事。"[①]我对此是完全赞同的，因此，我在本书访谈文章整理、初编的过程中，始终秉持着谨慎的态度。"比较文学中外名人访谈录"课题成果 50 多万字，其中，论及四川大学、成都、四川的比较文学研究的内容约 5 万字，这些内容，本书未加收录。之所以未加收录，是考虑到我是四川盐亭人，小学教育在盐亭县章邦公社小学完成，初一、初三和高中教育在盐亭县中学完成，初二教育在成都市青白江区华严中心校完成，本科教育在四川师范大学完成，硕士研究生教育在西南民族大学完成，博士研究生教育在四川大学完成，1989 年大学毕业以来一直生活、工作于成都，这样的经历让我对四川大学、成都、四川充满了感情，因此担心访谈文章中涉及这些地方比较文学研究的内容可能渗入个人情感因素，从而带上一丝地域性、学缘性、门派性的色彩，诚如是，则可能不利于本书在国内其他高校、其他地区乃至于海外部分地区进行更好的交流。

本书收录了 18 位专家的访谈文章，其中，有 8 位是外国专家。陈庭史教授、朴宰雨教授是汉学家，他们的访谈文章是直接用汉语完成的。斯文德·埃里克·拉森教授、斯蒂文·托托西·德·让普泰内克教授、苏珊·巴斯奈特教授、苏芭·查克拉博蒂·达斯古普塔教授、加林·提哈诺夫教授、卡扎尔·克里希纳·班纳吉教授不是汉学家，不通中文，他们的访谈文章是用英语完成的，我将之译成了中文，本书仅收录了这 6 篇访谈文章的中译版。

---

① 郭绍虞主编：《中国历代文论选》第一册，上海古籍出版社 2001 年版，第 159 页。

本书收录的 18 篇访谈文章对问题的论述都紧紧围绕比较文学这一主题而展开，作为一本书而言，当然是一个整体；然而，这些文章毕竟是在不同时间对不同专家就不同具体问题采访而形成的，所以也相对独立、自成体系。从单篇访谈文章的初稿来看，里面涉及的外国人名、地名、作品名、术语的译名是前后统一了的，而从全书初稿来看，有一些译名却不统一。为了让本书成为一个更为完整的体系，在本书的编辑过程中，对外国人名、地名、作品名、术语的译名尽可能地做了统一。

本书分上、下两编，上编是中国名家访谈文章，下编是外国名家访谈文章，无论上编还是下编，都是各名家比较文学研究成果的总结与提炼，各有千秋，各具特色，彼此之间是没有高低之分、轩轾之别的，所以其排序不分先后，而是以采访的时间为顺序来编排的，绝非《周易·系辞上》中所谓"卑高以陈，贵贱位矣"[①]。乐黛云教授是我最先采访的中国专家，朴宰雨教授是我最后采访的外国专家，所以将乐黛云教授访谈文章置于卷首，朴宰雨教授访谈文章放诸卷尾。其余 9 位中国专家的访谈文章、7 位外国专家的访谈文章，依照各自采访时间排序，分别编排在乐黛云教授访谈文章之后、朴宰雨教授访谈文章之前。

三

我在这本访谈录整理、初编的过程中，一直小心翼翼，尽量避免失误，《诗经·小雅·小旻》中所谓"战战兢兢，如临深渊，如履薄冰"[②]，恰好可以作为我心情之写照。尽管如此，由于我本人水平不高，能力不逮，思虑不足，投入不够，考证不精，校订不细，所以这本访谈录中大大小小的漏洞、这样那样的谬误必然在所难免、时有所见，欢迎各位大方之家批评、指正。

---

① 阮元校刻：《十三经注疏》上册，中华书局 1980 年版，第 75 页。
② 阮元校刻：《十三经注疏》上册，中华书局 1980 年版，第 449 页。

四

《征调曲》："落其实者思其树，饮其流者怀其源。"[1] 对于这本访谈录出版相关工作给予了我指导、帮助的师长、朋友，谨在此致以谢忱。

首先，没有曹顺庆教授给我采访乐黛云教授、巴斯奈特教授的机会，我焉得进入比较文学名家访谈领域；没有曹顺庆教授鼓励我科研立项，我何来这本访谈成果；没有曹顺庆教授拨冗撰序，我怎得为这本访谈录增光。在此我要对曹顺庆教授表示感谢。

其次，四川大学南亚研究所尹锡南教授为我推荐了贾达普大学苏芭·查克拉博蒂·达斯古普塔教授，四川大学文学与新闻学院教授赵渭绒为我引荐了韩国外国语大学朴宰雨教授，越南社会科学院文学研究所吴越寰研究员向我介绍了越南河内师范大学陈庭史教授，我要在此对尹锡南教授、赵渭绒教授和吴越寰研究员表示感谢。

最后，四川师范大学外国语学院翻译硕士、成都华西中学教师谢逸雯协助我做了一些文秘工作，也在此表示感谢。

张 叉

2022 年 8 月 8 日 于四川师范大学

---

[1] 庾信撰：《庾子山集注》，倪璠注，许逸民校点，中华书局 1980 年版，第 496 页。

目　录

上编　比较文学中国名家访谈录

中国比较文学研究的回顾与展望

——乐黛云教授访谈录

受访人介绍：乐黛云，1931 年生，女，贵州贵阳人，北京大学中国语言文学系教授、博士研究生导师，北京大学跨文化研究中心主任，北京大学比较文学与比较文化研究所首任所长，中国比较文学学会第三任会长，中国比较文学学会终身荣誉会长，国际比较文学学会副主席（1990—1997），中法合办学术集刊《跨文化对话》主编，《世界诗学大辞典》、"跨文化沟通个案研究丛书"与"中学西渐丛书"主编，主要从事现代文学与比较文学研究。

访谈形式：面对面

访谈时间：2015 年 4 月 13 日

访谈地点：四川省成都市石羊场铁像寺水街桃花源茶亭

形成初稿：2015 年 6 月 23 日

形成定稿：2016 年 1 月 21 日

最后修订：2021 年 8 月 28 日

一、中国比较文学学会的终身成就奖

张　叉：四川属于西部地区，较之东部地区，西部地区在经济、文化、教育等很多方面都还存在着一些差距。中国比较文学学会这次把"'中国比较文学研究的回顾与展望'学术研讨会"放到四川举行，对这样的安排有什么考虑？

乐黛云：我就想这次会在这里开是非常有意义的。最根本的就是，这个会议对中国比较文学来说是一个阶段性的回顾，不单是一个换届的问题，更重要的是对前三十年的总结。回顾中国比较文学三十年来走过的路程，不能不提四川省比较文学研究重点研究基地。三十年来，强大的比较文学川军在比较文学研究的各个方面都有长足的进展，特别是近年来在符号学研究、变异学研究和以"中国多民族文化凝聚与国家认同协同创新中心"为代表的中国多民族跨文化研究方面更是异军突起。而要开启一个后三十年的发展路向，到底怎么发展？在这次会上应该会有很多新的见解。为什么在四川召开这次会议特别有意义呢？我觉得是因为三十年来，四川比较文学学会的确做出了很多成绩，比如，对于符号学、多民族的融合研究，特别是最近成立的四川省比较文学省一级的重点研究基地，我觉得是非常重要的。因为上海有一个市一级的研究基地，省一级的重点研究基地在全国大概就只有一两个。

张　叉：您对此次"'中国比较文学研究的回顾与展望'学术研讨会"的评价是什么？

乐黛云：我觉得，大家在这个会上提出了许多新的问题、新的想法。当然，我们只是提出问题，都没有对问题的解决。问题的解决恐怕是要经过长期的研究才行。虽然没有解决问题，可是指明了一些方向，指明了一些研究的可能性。这就可以帮助我们在世界上组织一条新路来，不是完全传统的、照着讲的那样，而是能够接着讲，并且讲出一点新意。所以我认为，这次会开得很有规模，也很有成绩，这一点我感到特别高兴。

张　叉：您谈到了中国比较文学过去三十年的发展，请问您对中国比较文学今后三十年的发展有何期待？

乐黛云：中国比较文学学会在走过三十年历程以后，由实力强大、干劲十足、具有雄心壮志和远大抱负的川军领袖曹顺庆同志继任会长，我想这是中国比较文学学会延边大会的英明决策。我坚信，在这空前复杂的文化转型时期，新一届的学会领导一定会带领大家建立新的功勋，再创辉煌。

张　叉：在前天上午举行的中国比较文学学会终身成就颁奖仪式上，给九位在比较文学研究领域做出了杰出贡献的专家颁发了中国比较文学研究终身成就奖，您对此有什么评价？

乐黛云：我觉得这是非常有意义的，这在比较文学历史的发展上是具有划时代的意义的。我们在比较文学学会成立十周年的时候，也曾经有一个比较文学发奖仪式，可是那相比之下就简单多了，就是《读书》杂志来支持我们，发表我们一个讨论总结，而且只是给那些已经写了书、写了好多论文的同志发了比较文学成就奖，有一二十个奖，都很简单，没有像你们这个奖品那么漂亮。你们奖品这个寓意我特别喜欢，温润如玉的感觉特别特别强。质量也很好，形式也很好，这个是一个永久的纪念吧。

获奖的这九个人中，每一个都能够代表一个方面，比方说，比较文学理论研究、中外文学关系研究、翻译学研究、译介学研究等，每一方面都照顾到了。我觉得这九个方面的确选得很好，能够变成一个划时代的比较文学发展的一个小小的总结吧。然后往下是一个承前启后的开展。

当然，我不是说这九个人就有多大的贡献，而是他们每一个人都开辟了一个方向，从这方面带着学生发展，这样就从很多方面开拓了比较文学研究的范围，所以我觉得，设置这九个方面的奖项是非常有远见的。

张　叉：在获得"中国比较文学学会终身成就奖"的九位专家中，您排在第一，您是第一个走上台去领奖的，您对此有什么感想呢？

乐黛云：一百年来，中国比较文学已经有了长足的发展，从王国维、鲁迅、朱光潜到今天，中国比较文学在世界已经居于领先地位，这是比较文学界的全体同仁共同努力的结果，不是任何个人所能够做到的。所以，至于你刚才说到的我第一个上台领奖，我觉得无非是一个次序而已，总得有一个人在前面啊，还有下面二、三、四那么排下来，这个并不意味着我的成就一定比别人大，或者我的贡献一定比别人大，不是这个意思，而是不管你做什么，总得有个次序，大家一拥而上也不行，我觉得无非是这个意思，没有什么特别地说对我个人的尊重，或者说我个人的成就一定比别人大。所以我觉得大家不要往这方面去想，大家都是一样的。

大家都用了相同的努力，都用了差不多一样的热情和动力，一起来推动比较文学的发展，大家的贡献都是一样的，所以千万不要说哪一个先上或者哪一个后上，而是每一个人都代表一种不同的成绩，我想我们九个人中每一个人都开辟了一个方向，不管怎么样，都是取得了一定的成就吧。不要去考虑次序的问题，这个是无关紧要的，重要的是他做了什么事情。我自己在这个会上想得最多的就是，我今年84岁了，我希望能再活十年。

张　叉：嗯，没有问题，上百岁都是没问题的。

乐黛云：（笑声）我的野心是，下一次我们再开比较文学总结会的时候，由我们这一代人来给现在上台的这一批人授奖，给他们发终身成就奖，十年以内，他们一定也能做出很大的成绩，可能比我们的成绩还要大一些，我们能够来给他们授予终身成就奖，是我们九个人最大的荣耀，而且是最大的希望。

他们在这十年里会开辟更新的事业，而且和我们不一样，我们那个时候基本上是在国内，慢慢地向国外发展，这十年应该是向国外发展的，这是一个蓬勃开展的趋势，这样发展下去一定是世界性的，所以他们一定会取得世界性的成就，这是我所期待的。

二、中国比较文学的流派

张　叉：您此前提到过比较文学研究中的京派、沪派、粤派、川军等，能不能请您就中国比较文学研究有哪些主要的流派、各个主要的流派有什么主要的特征谈一谈看法？

乐黛云：其实，这只是一个象征性的说法。我的意思是说，我们比较文学界有这样几个很不同的群体，每一个群体有自己的奋斗目标和努力方向。我的意思并不是说分派，我是很反对分派的。我以前说的无非是沿用一个常用的说法，并不是说这就变成哪一派、哪一派。对于比较文学，我是最反对分派的，甚至于中国学派的说法，我很久以来也是不太同意的，我们不能用一个学派把自己范围起来，包括中国学派也是这样。中国的比较文学是开放的，任何人他要认同哪一个群体，他都可以参加，对不对？你要喜欢研究翻译，你就到上海去。上海的译介学以谢天振同志为代表，在理论和实践上，把翻译文学作为中国文学的一部分，这个是他们的首创，所以你要是研究翻译的话，外国人也好，中国人也好，你都可以到上海去，并不是说他们这个沪派就是一个派别，就是封闭起来的。应该是完全开放的，都可以来。如果大家喜欢搞理论，那个在北京比较有所长。因为跟西方的理论融合得比较早，也开始得比较早，而且对中国古代文学理论的研究，比方说《文心雕龙》，对主要的文学理论也比较重视，而且也是很有根底的。中国国学这个基础，哲学系啊，文史哲的结合啊，它是有很深厚的中国传统文化的基础的。所以如果你喜欢搞理论，就多来我们北大，多在北大待一些时候。所以这几个群体它的努力方向不太一样，大家都有所长，可是并不是封闭性的，并不是故步自封的，我搞翻译我就搞翻译，别的我不管。更不是说，要排斥外面的。不是说，你不是我们上海人，你来搞翻译，搞译介学，我就不教给你。不要把研究群体理解为派别，千万不要这么理解。而是说，这个群体在这方面很突出，比如说你们四川现在在符号学研究方面很突出，那如果要研究符号学的话，就可以到这里来向赵毅衡同志请教。像我在北外带了一个博士研究生，叫作盛海燕，她要做新批评派研究，要做有关符号学的研究，我就把她带到这里来，请赵毅衡同志指导她。所以我觉得这样做，可以互相交流、互相沟通，这是比较文学的主要的精神，交流、沟通、互动，这个是不能被某一个流派甚至被中国学派所范围、所封闭的。

张　叉：您刚才谈到了沪派、京派、川军这三个研究群体，让人豁然开朗。请您再谈谈您对粤派的看法好吗？

乐黛云：广东的研究，最重要的是华文文学。你知道这个世界华文文学是非常大的一个方面。

张　叉：广东的华侨多啊。

乐黛云：不仅华侨多，而且对国外的华侨文学的研究非常深入。在这方面，饶芃子同志写过好多本书了，这是在中外学术交流里面的华文文学的贡献，特别是马华文学——马来西亚的华文文学，新华文学——新加坡的华文文学，还有美国的，特别是那种用英文写的华人文学，这个在西方影响很大。有很多这样的作品，我们都研究得很不够。可是广东这一个以饶芃子同志为主的群体，他们每年都有聚会，都有大会演，全世界性的大会演，所以成就是非常突出的，而且将来也会不断地发展。

张　叉：您认为，除了沪派、京派、川军、粤派之外，在中国大陆还有没有其他比较有影响的比较文学研究团体？如果有的话，他们各自有什么特点？

乐黛云：我觉得还是有的，有的是已经成形了，已经很有成就了，有的是刚刚在发展。比方说新疆大学，这个群体就是正在发展的。他们已经出了很多很好的成果，比如说郎樱同志，跟我差不多年龄，研究西北几大史诗，维吾尔族、蒙古族的都有，他们这方面的研究很有成就。我推荐过一篇文章，是现在在中央民族大学工作的一个叫热那亚的维吾尔族学者写的，写的是关于维吾尔族在北宋时代所受到的汉文化的影响。这个题目是很新的，我觉得她的研究就是首创的。像他们这样的研究完全是开创性的，而且也做出了很多成绩，写了很多，四大史诗都写过。当然，这四大史诗不完全是西北的，也有一些别的地区的，比如西藏的《格萨尔王传》，也是非常有成绩的。他们最近在贵州做了一个很大的工程，就是对于贵州苗族刚刚开发出来的一个叫作《亚鲁王传》的史诗进行研究。亚鲁王是苗族的一个苗王，苗族的历史是很复杂的。很早以前，苗族的始祖蚩尤和黄帝大战的时候，被迫退到贵州的深山老林里头去了。这个民族在退到偏远的、狭小的山区里以后，也有很大的发展，《亚鲁王传》讲的就是这个民族的整个迁徙的过程。学者对这些史诗的研究是非常有成绩的，这个成绩是世界性的，因为在世界上还没有其他人这么认真地研究过。当然，西藏《格萨尔王传》的研究者是比较多的，可是对于其他的像《玛纳斯》，研究者就比较少。最近，我们北京比较文学研究所的一个博士生也去了他们这个研究群体，在那边做得风生水起。这个群体真是有很大的开拓。所以开拓绝不是一个人能够做的，而是很多人在一起努力。

三、比较文学的中国学派

张　叉：作为一门学科，世界比较文学自一百多年前诞生以来，已经经过法国学派、美国学派两个历史发展阶段。在中国，王国维先生、陈寅恪先生、鲁迅先生、钱锺书先生、季羡林先生、您和曹顺庆先生等近代、现代、当代的一批学者，为建立中国比较文学振臂疾呼，挥汗耕耘，毫末而渐成合抱之木，垒土而渐为九层之台，取得了很大的成绩。现在，世界比较文学正处于中国学派的第三个历史发展阶段，您认为一个成熟的、无可争议的比较文学的学派主要需要满足哪些基本要求，现在的中国学派是否已经满足这些基本的要求，如果答案是否定的话，那么我们还有哪些基本要求需要继续努力？

乐黛云：关于这个问题呢，我刚才说的，我一直不是非常赞同这个学派的说法，因为分一个学派它就是画地为牢了，就是你认同我们那部分，我们承认了，承认你是我们这个学派的，那你一定是有很多我们所认同的地方，对不对？那么你不为我们所认同的那些方面，我们就排斥了，这样就划定了范围、封闭了自我，所以我觉得这个学派不是未来发展的一个方向，我很希望你能把这个题目改成中国比较文学的发展，不一定要中国文学比较学派的发展。就叫"中国比较文学的发展目前有哪些特点，以后还有哪些前进的方向"，这个题目可能更扎实一点，而且更现实一点，所以千万不要用一个派把自己限制起来。这也是好几年以前，可以说差不多十年以前，我同比较文学学会的主席杜威·韦塞尔·佛克马（Douwe Wessel Fokkema）——一个荷兰学者，他对中国很了解——有一些讨论，其中就谈到这个学派的问题，他说最好不要提这个，因为有学派就有范围。所以，最好我们是中国比较文学的发展，不一定是中国比较文学学派的发展，我们不需要一个派，我们是大家一起共同发展，如果你这一方面跟中国做的有兴趣、有关联，那我们就在一起发展，不一定是派的问题。这一点我觉得还是很重要的。

中国比较文学，大家在一块儿来发展它，它当然有一个群体，可是这不一定是个派，它没有什么限制，你只要认同我们的主张你就来跟我们一块儿干，是这样一个意思。我觉得 21 世纪以来，由于多元文化和反多元文化的很尖锐的对立，这个世界形势还是很严峻的。怎么样消除这样一些隔阂，这样一些互相的不理解，这样一个动不动就拔刀而起的局面？我觉得我们比较文学、跨文化研究最重要的一个核心价值、核心关注点就应该是使人民之间互相理解、心心相印，而不是拔剑相持，如果诉诸武力，世界的未来是很可怕的。

张　叉：您认为，如果中国比较文学的这个群体要成为一个在世界上有很大影响力的研究群体的话，那么应当具备哪些研究特色才行？

乐黛云：我觉得，我们的特色就是建筑在我们中国文化深远的历史根源上，就比方说，"和而不同"就是中国一向提倡的，外国没有人讲这个东西。这些就是从我们中国最本质的、最根本的出发，就是说我们是"和而不同"的。我们所有的特点都是从我们中华民族最深远的文化传统提取来的，比如说"和而不同""以义制利"①。

张　叉："子罕言利。"②

乐黛云：我们不是说不要利，不是说不必言利，我们当然也说过不必言利，可是利是很复杂的，需要用义来制利。用正义、仁义来控制对利益的追求、贪欲，这是我们中国所特有的。中国比较文学的特点都是从中华民族深远的文化传统里面吸收来的，这个还需要我们做更深刻的研究，我们这方面做得不够，比方说"以义制利""和而不同""推己及人"，像这样一些最根本的在老百姓里面也是流传久远的原则，我们把它们引入比较文学，而且加以发挥，和我们的文学作品结合在一起，在这方面我们做得还是很不够的。这应该是我们将来非常重要的一个方向。（笑声）

张　叉：（笑声）非常赞同您的这个看法。您认为制约中国比较文学研究的最大的瓶颈是什么？

乐黛云：我觉得最大的瓶颈有两个：一个就是我们的外语不够好，每一个研究比较文学的人，他至少应当精通三门语言。

张　叉：您说的三门语言包括母语吗？

乐黛云：包括母语吧。

张　叉：那就是两门外语啊？

乐黛云：对，两门外语。还要会一门古典语言，比如说中国古汉语。你的古汉语很强，我看你写诗就知道了。现在北京大学中文系有好几个教师，副教授一级的，都在学希腊文，每个礼拜花很多时间。因为要做比较文学，就必须了解世界，如果不懂得语言的话，那就不行，像我现在，一个很大的瓶颈就是语言不好。

张　叉：（笑声）您的语言很好，很了不起的。您的英语是半路出家，能够学得这么好，我们挺佩服的。

---

① 《荀子·正论》，《诸子集成》第二册，中华书局1954年版，第221页。

② 《论语·子罕》，阮元校刻：《十三经注疏》下册，中华书局1980年版，第2489页。

乐黛云：没有，没有，我也在不断学，本来今年还想参加他们那个古希腊语的班，可是后来还是不行，时间、身体不太行。所以我觉得，第一个大瓶颈是我们中国研究比较文学的人外语的基础不够，至少要会一两门古代语言。还要会两三门外国语言，这是非常有必要的，如果没有这个基础，就没有一个底蕴，就底气不足。不能什么东西都要靠翻译，翻译已经是经过一次消化的了，所以不懂原文真的不行的。

张　叉：比如说诗歌的押韵，看翻译的作品完全不行。

乐黛云：对呀，对呀。如果不懂英语，就不要去念英语诗，不要去看莎士比亚十四行诗，那个韵味完全不同，翻译得再好，也不行。第二个瓶颈就是我们对古代的知识，特别是对中国古文化的知识，是很缺的。比较文学界的人不是每一个都像你这样，懂得我们中国古代文化。有的人甚至看不上我们古代文化，觉得西方的文化是非常值得骄傲的，而我们中国的古代文化是比较守旧的，老夫子气的，不太喜欢。所以对于古典学的修养我们是很差的。在这一点上，中国人民大学已经形成了一个以刘小枫同志为首的群体，深入学习古典文化，包括中国的古文化和希腊的古文化，他们已经开设了古典学机构，是专门有类似于古典学研究中心这样的机构。对古中国、古希腊、古罗马的文化，我们都还很缺，这也是一个瓶颈。

四、新人类文明体系中的中国梦

张　叉：您在昨天所做的专题讲座"构建多元文化共同体征的比较文学"中提到了欧洲梦、美国梦和中国梦，但是由于时间有限，我们没有能够聆听到您进一步的阐释。请问中国梦和美国梦、欧洲梦之间有没有共同之处？

乐黛云：共同之处是一定有的。最大的共同之处就是人类都是爱和平的，谁也不想去打仗。人都是愿意过更好的生活的，更好的生活是大家的追求。你不管美国梦也好，欧洲梦也好，中国梦也好，都是追求一种更美好、更幸福的生活，这个是共同的，任何民族、任何文化都是这么一个基本的出发点。可是，美国梦、欧洲梦和中国梦是在不同的历史阶段形成的，所以美国梦最早，是开发性的，它是资本主义的，追求最大的利益、追求最大的享受成为大家前进的动力，这就是美国梦的最基本的东西。这点是跟中国梦有所不同的。欧洲梦看到了美国梦的很多弱点，如果全世界都要来争取最大的利益，那一定是要把一部分人的利益压下去的，这个地球不能够满足所有人追求这种利益的要求。

事实上，美国梦是一个不能完全实现的梦，是一个用粉碎别人的梦来圆自己的梦的梦。欧洲人看到这个缺点以后，就感到这是不可能的，他们在 20 世纪看到这个问题，20 世纪是人类很不幸的一个世纪，有两次世界大战。两次世界大战后，还有古拉格群岛，还有犹太大屠杀，这些都是人类历史上不可原谅的灾难。欧洲人看到了这一点，他们的欧洲梦最中心的一点不是追求最大利益，而是追求人的最大的心情的安定和高尚的灵魂。当然，欧洲有它的条件，一个世纪以来，它利用殖民地的发展获取了很多利益。葡萄牙也好，荷兰也好，都是把全世界搜刮来的财富拿来搞自己的建设，把他们的国家建设得非常好。欧洲的发展跟美国不一样，美国是一个暴发户，是一下子就发展起来的，也是挺俗气的。其实，我是喜欢欧洲的，它把人类的精神的追求、美的追求发挥到极致。欧洲人认为，人最珍贵的不是对最大利益的追求，而是精神价值，是人对生活的向往，是人对美好的感觉，是人和人之间的关系。现在，特别是在北欧，很多国家是实现了社会主义的理想的，他们从小到大，实现了整个的公费教育、公费医疗，从幼儿园一直到老死，都有国家的关照。其实，三大差别的消失是马克思主义追求的重要目标，他们都能实现。现在欧洲最大的问题就是人口急剧下降，人口老龄化。

张　叉：他们人口是负增长的。

乐黛云：对，他们很多人不愿意生孩子。在这种情况下，一个是它生育率下降，一个是它的劳动力急剧缺乏。他们机械很发达，人们都是操纵机器，不做垃圾清扫、沿街做买卖这类工作。我到巴黎去的时候，看见做买卖的都不是本地人，全都是外地来的移民，比如加纳人、阿拉伯人等。这就有一个很大的移民问题。对于这些外来的劳动人民，你能不能给他们和你本国的人民一样的待遇、一样的福利？人家干了活，给你做了这么多事情，你不给人家平等的待遇，你还满口说的是平等、博爱。所以，人家不服气啊，不服气的就要反抗。你看在法国有多少次的罢工，地铁一罢工，整个巴黎就瘫痪了。所以罢工也好，暴动也好，就激起了当地民众的反抗、反感。多元文化和非多元文化的斗争愈演愈烈，连领导人也对多元文化的发展有怀疑了，我们这个多元政策到底对不对？他们很担忧，也很气愤，觉得这是我们的国家，我们的土地，你们在我们这里横行霸道，还要对我们那么坏。可是，如果你需要生育率，养老必须有他们的资源。欧洲梦的根本的矛盾就在这儿。它能不能持续地发展？像美国梦由于追求最大利润，就很难持续地发展。而中国梦呢，不管是老子的"无为梦"也好，孔子的"大同梦"也好，孙中山的"百年强国梦"也好，我们都没有什么太根本的矛盾，我们只要好好地做，就是可以发展下去的。

我们中国发展自己的梦，同时也让别人发展，"己所不欲，勿施于人"，我们秉承这样一种信念。有一次在全世界的道德共同体的学术会议上，就把"己所不欲，勿施于人"作为一个人类共同相处的、伦理的、金子一样的规律，就是用了中国的思想来引导世界的发展。当然，这只是开始，目前还没有很大的进展。中国梦的基础是我们的传统文化，这跟西方的那些梦不一样。最大的不同就是，我们是"和而不同""和平共处"，要互相支援，互相尊重彼此的文化。习近平主席特别鲜明地提出，我们是一个命运共同体。他全面系统阐述了中国的"命运共同体"观，以符合时代潮流的大视野审视中国、亚洲和世界，呼吁各国携手迈向命运共同体、开创亚洲新未来，推进建设人类命运共同体。

张　叉：能不能说美国梦和欧洲梦都先后失败了呢？

乐黛云：不能说失败了，只是没有多大的起色，发展得很慢吧。他们好多人还在崇奉美国梦、欧洲梦呢。

张　叉：我们知道，老子的"小国寡民"，孔子的"大同社会"，陶渊明的"桃源世界"，李鸿章、曾国藩、左宗棠等洋务派的"西学中用"，孙中山的"百年强国梦"等都是遭受了挫折的。您认为，在这些梦想当中，有没有当今中国梦可以借鉴的地方？如果有的话，主要是什么？

乐黛云：我们不能离开多少年来中国文化的发展去另外寻找一个中国梦的思想支柱。比方说，"和而不同"是一个最主要的，"以民为本"是很重要的。当然，西方也有讲"以民为本"，可是我们中国讲的是很不一样的。中国的天下观建立在文明认同的基础上，以"推己及人""和而不同"为原则，以"远近大小平等""天下为公""世界大同""共进太平"为旨归，建造全世界的命运共同体。事实上，中国正面临两种选择：一种是在西方开创的资本逻辑下的霸权体系内继承霸权；另一种是超越这一体系，在以"以人为本""以义制利""集体主义""平等和谐""天下关怀""文明认同""构建生态共同体"为核心的基础上，构建新型人类文明。

张　叉：您怎样看待"以义制利"的问题？

乐黛云："以义制利"，就是我们要用正义对求利进行限制，利是可以求的，可是求利一定要合乎正义，不能越过这个阶段。而且你有钱了以后，也要扶济周围的人。你看中国过去乡村的结构，赚了钱的回来，他要修路桥，要办公学，要把钱用在老百姓的身上。这是好传统，是我们中国梦的传统中的脊柱之一。

张　叉：您怎样看待"文明认同"的问题？

乐黛云：我们对于别的民族的文化也是尊重的，就是讲以礼相待。孔夫子说"礼失而求诸野"，就是说我们自己搞得不好的时候，就到外国去求，到其他民族去求。我们对待别的民族、别的文化，一向是尊重的，一向是可以吸取的，我们是一向主张文明认同的。

五、新世界体系中的中国比较文学

张　叉：您怎样看待"构建生态共同体"的问题？

乐黛云：我们要构建生态的共同体，能和自然和谐相处的一个共同体。人要尊重自然。外国特别是文艺复兴以后的西欧所讲的是要征服自然，要把自然按照人的面貌来加以改造，这是文艺复兴的一个核心思想。可是中国从来不是这样讲，中国是说，人应该按照自然来改造自己的面貌，要修都江堰，那你必须顺着这个水势，这个水是怎么样的，不能去把它完全改变掉，而是要因地制宜地去利用它。我们中国一向讲和自然和谐共处，按照自然的本来形态来改变我们自己的需求，来加以适应，这是中国文化非常重要的原则。可是我们怎么把这些原则运用到文学上，运用到比较文学上，还是做得很不够的，也是我们未来的一个方向。

张　叉：您认为中国比较文学在新的世界体系中应该怎样发挥自己应有的作用？

乐黛云：对于中国可能取代美国成为世界体系领导者，西方表现为强烈的忧虑，中国国内则表现为强烈的质疑。20 世纪 90 年代，亨廷顿已经预言，走出西方时期的后冷战国际政治将是东亚儒家文明联合伊斯兰文明挑战西方文明。中国内部的质疑则源于将西方视作可不断追随、模仿、接近，却无可逾越的理想型的精神依赖，他们都不相信中国能够开拓出一种新的、不同于西方既有经验、对其他国家民族具有示范意义的成功道路。如果我们只满足于在新的世界体系中做一个简单的趋势追随者或者说是参与者，我们就要陷于不智、不义。不知己所应行是为不智，有负天下期许是为不义。比较文学应该发扬百年来的传统，站在这一伟大历史转折的最前列。

张　叉：您怎样看待理性与感性的问题？

乐黛云：中国文化和外国文化还有一个很不同的地方就是，我们是以情为本的。我们是以感情为基础来安排我们的生活，可是西方它是讲理性的。西方讲理性是从康德开始的，从文艺复兴开始，理性是西方最重要的理念，一切都要合乎理性。

张　叉：中国传统文化的力量是很强大的。您认为中国文化将来会不会回归到传统的这个路子上来，如果答案是肯定的，那么会回归到哪种程度？

乐黛云：不是说仁、义、礼、智、信都摆在那个地方了，不用再去弄什么，就把它接过来就完了，因为仁、义、礼、智、信在不断地发展。我们这一代人跟上一代人对于仁、义、礼、智、信的理解，和蒋介石"新生活运动"对仁、义、礼、智、信的理解都是不一样的，它不断通过现代人的诠释在发展，在往前走，不可能把它作为一个固定的东西。我们对传统文化的承传不是很现成的，我们是把它拿过来，所以我很反对那种把《三字经》《弟子规》，特别是《弟子规》拿去背诵的做法，好像一背诵完了就接过来了。其实，不是这样的。只有把它现代化，把它做现代的利用、运用，传统才能够接过来。传统在不断地改变之中，就是所谓 things becoming（形成中的东西），它不断地变化，不断地形成，它不是已经形成的，不是things become（已经形成的东西）。我老想这个问题，传统不是一个固定的东西，我们拿过来就行。所以我觉得很难说是回归，回归到哪儿去啊？

张　叉：汉朝，唐朝？

乐黛云：它没有一个原来的东西啊，你说的唐朝也是我们今天的人对唐朝的解读。对唐朝的理解，它没有一个固定的东西，对不对？这都是我们对于唐朝的解读，所以这个问题不能这么提，不能说我们向传统哪些地方去回归，而是说我们在哪些地能够把传统为现在所用。传统为我们现代利用，要靠我们这一代人的努力，它是一个互动，在当代的思维方式中是非常重要的，这一点我们往往不太能够注意。所谓互动就是，我跟你谈话，实际上我也吸收了你的思想，你也吸收了我的思想，对不对？我们跟传统也是这个关系，我们今天用的传统，用了唐朝的某一种解释，是我们用了唐朝的东西，唐朝人跟我们有一个对话，不是一个固定的东西，有的东西我们要用，有的东西我们不能用，有的东西我们要抛弃掉。它本身是一个互动的过程，不可能说向哪儿回归。

张　叉：我们注意到，在这次比较文学研究的回顾与展望学术研讨会期间，有很多代表利用茶歇等间隙争先恐后拥过来和您合影，为了同您合影，有时候还要排队。这些代表中既有初出茅庐的青年，又有学有所成的中年，甚至还有成绩斐然的老年，您完全是会场上的明星了，这体现出了人们对于做出了杰出贡献的专家、学者的尊重，是一件令人值得高兴的事情。同时，我又在想啊，对知识界精英的这种追捧，同音乐、电视、电影等娱乐界的明星相比还存在着一些差异，可以说，学术界的明星所受到的追捧是相形见绌的。请问您对于这个社会现象有什么看法？

乐黛云：我是很赞赏你这个"相形见绌"的说法（笑声），学术界和娱乐界的确是不太一样的。如果人家把我当作一个什么歌星来吹捧的话，我会觉得很痛苦。人和人都是平等的，你们喜欢我的学问，那我愿意把我的学问毫无保留地告诉你们。像韩红唱歌，我是很喜欢的，她也是把她的歌声毫无保留地贡献给大家。至于你们愿意怎么追捧那是你们的事情，可是我想韩红自己并不希望你们一定要把她捧得多高啊。我个人更加是这样，喜欢比较平和、比较自然的东西。我不喜欢那种抬得很高、吹捧很高，而且说很多好话，我觉得没有什么意义。人和人的相知和相交是发自内心的，而不是说很多好话，不是表面上照多少相，那是没有意义的。我觉得大家对学术界和对娱乐界的态度不同，不是一种吹捧，是一种不同的关系。大家给学术上自己比较喜欢的一些人认同，这当然让我高兴了。我并不喜欢像对于歌星那样的追捧，捧得那么高，那么欢呼，我觉得那是没有意义的。他们能接受我的想法，能跟着我的想法往前走，这就是我最希望的。

张　叉：你们这一代吃了不少苦头，受了不少的委屈，但是您却坚持人生理想，克服重重困难，在学术研究中做出了杰出的成绩。您能不能谈谈是什么力量支撑您战胜困苦与磨难，逐渐走向成功与辉煌的？

乐黛云：简单来讲，就是两句话："达则兼善天下，穷则独善其身。"对不对？环境好的时候，很通达的时候，"达则兼善天下"，就可以给天下的人做一点事儿，可以把天下弄得更好。可是当穷困的时候，什么条件也没有的时候，"穷则独善其身"，自己要做一个好人。我在农村待过相当久的时间，我知道农村人对于子孙后代的教育是非常重视的，就是最后剩下一点钱也要拿来用到孩子的教育上，让他们念书，念书不是望子成龙，不是要做什么大官儿回来报答自己。农村人就想让孩子做一个好人，不要做一个坏人，这就是"穷则独善其身"的思想。

张　叉：前两天，我和庄文静到机场来接您，您一出机场，我就看到您风采依旧，目光如炬。

乐黛云：哎呀，你不要这样形容我，这太严重了（笑声）。

张　叉：您的眼神当中透射出非常的智慧，虚怀若谷，柔和中蕴含着刚毅。一看就知道，您是从大风大浪当中走过来的。中国比较文学研究需要您这根脊梁，需要像您这样的优秀专家。中国比较文学研究还需要在前辈开创的道路上继续前进，您能不能结合自己的人生和学术研究的经历，给中国比较文学界的研究者尤其是中青年研究者赠送一些寄语？

乐黛云：这个我在 11 日上午川大的演播厅讲过。可以归纳成三点。第一点，就是不要怕难，不要怕年纪大。我做比较文学研究，当时受到很多人的攻击。他们都说你是现代文学出身的，你外文不怎么好，听都听不懂，中国的古典文学也不怎么样。你外国文学不好，中国文学也不好，因为你都不好，所以就投机取巧，找了个比较文学来做。我老伴也跟我说："你不要做了，毕竟没有这个条件。"可是他又说："你这个人啊，又是专门喜欢做力所不能及的事，越是做不了就越是去做。这是你的个性，那我也就不拦你了。"1981 年，我作了一篇文章，叫《尼采与中国文学》，在 1981 年的《北大学报》上登了，引起了一些人的重视。那时人们认为："尼采与中国文学有什么关系啊？那是资本主义，搞纳粹的。"我当时用大量的史实说明了鲁迅、茅盾、郭沫若都翻译过、赞扬过、吸收过尼采的思想。当时引起了国外一些学者的重视，哈佛燕京学社就专门找到我，给我到哈佛燕京进修一年的机会。那个时候要做一个面试，可是我英语根本都不会说。

他问我关于尼采的问题，我当时什么也说不出来。他觉得有一个中国的学者来研究一个外国的著名学者，而且还有些自己的看法，不管你外语好不好，都是很难得的。

因为哈佛大学是比较文学的创始者，世界第一个比较文学系就是在哈佛大学成立的，所以我就一心一意地做比较文学，就到比较文学系去听课。当时有一个西班牙教授，我每次都去听，但是一点都听不懂，我又没有那个基础，我的英语是在中学时代学的。当时我的英语是很差的，开始的时候根本一个字也听不懂。后来，我就买了一个那种最简陋的小录音机，下课后就把录的课堂内容放出来听，可能听到第八九遍的时候才搞清楚老师说的是什么。就这样反复听、反复听。所以一开始的时候是很艰难的。回国的时候也挨了很多骂，当时也没有别的办法了，我就做下去。

我还是很艰难的，特别是在很多次面临考验的时候更是如此。评教授的时候，因为我是做现代文学的，如果我用现代文学的成果去评，可以比较早——最起码早两年——评上教授，可是我当时就想："不行。"既然我是做比较文学的，我就要去评比较文学的教授。当时有人说："比较文学以后是不是一个正式的学科，有没有教授的职称谁都没有把握，你这样做太冒险了。"但是，我还是坚持了。我当时已经50岁了，以前是什么也不懂，根本不知道什么是比较文学，就是坚持不懈，一心要学比较文学。所以今天我拿到这个奖，回想这么多年的研究经历，想到的第一个教训就是不要怕难，不要怕年纪大。虽然50岁才开始，但我凭我的努力总能做一点小小的贡献吧。所以今天拿到这个奖，真的是感慨万端。我今年已经84岁了，可是我还是坚持做我的学问，坚持走我的道路。

第二点我想讲的是，做事情要敢担当、肯奉献。当时我要是不放弃现代文学的教授、博士点，那比较文学的博士点一定还要等很久，因为既之而起的人还没有谁敢于奉献，敢于让自己的利益受到一定的压制。即使你暂时没有得到什么利益，但是为了我们的祖国，为了我们祖国的文化，你就得放胆往前走。除了评教授外，还有一个考验就是博士点。1993年，国内第一个比较文学博士点经教育部批准，在北京大学比较文学与比较文化研究所开始招收研究生。如果我去评现代文学的博士点，我也是可以评上的，当时我也算是北京大学现代文学元老级的研究者，我是王瑶先生的第一个学生。可是那时候我不肯，我说我要是评了现代文学的教授，我就不可能再评比较文学的教授了，那比较文学博士点何年何月才能建起来？所以我还是坚持，熬几年才争取到了比较文学的博士点，有了新的博士生，我们的学科也就慢慢发展起来了。

我要讲的第三点就是，不要怕别人说闲话，要坚定自己的选择。我觉得就像费孝通先生说的，他当年被打成右派的时候，也有人到处骂他，可是他就觉得"两岸猿声啼不尽，轻舟已过万重山"。他不在意："你们说你们的，我做我的。"当时我就把他作为榜样，不管别人说什么，都要勇往直前。我们现在很多的年轻一代，常常因为别人说的一些不好的话，或者遇到一些挫折，就不敢往前走，或者就改换方向，我觉得那是很可惜的。要坚持下去，别管别人说什么，也许已经"轻舟已过万重山"了。不管别人怎么议论，总有一天你会"直挂云帆济沧海"。

张　叉：改革开放以后，中国出现了一股留学潮，很多人出去留学或者访问，有不少人就留在国外不回来了，而您也是有很多这样的机会的，结果您没有选择留在国外而是回来了，这点是十分值得敬佩的。请问，这是中国传统文化的吸引吧？

乐黛云：对，是这样的。

张　叉：党的十八大以来，习近平总书记发表一系列重要讲话，特别是他关于文化工作的讲话，是站在党和国家全局的高度，运用马克思主义立场观点和方法，深刻阐述了事关长远发展的一系列重大理论和现实问题，蕴含着一系列新思想、新观点、新要求，体现了新一届中央领导集体的执政理念和执政方略，您认为中国的比较文学研究应当怎样为国家的建设做出更大的贡献？

乐黛云：我想，最大的贡献就是我们要想办法找出一个途径，把中国的传统文化通过文学、通过人的感情能够走向世界，能够造福于全人类！可以说，也叫走出国门，把我们中国最好的文化能够通过文学——因为文学是沟通心灵的，是以感情为主的，通过人的心灵能够走向世界——把那么多的中国文化的核心价值走到世界上去，为世界人民所接受，我觉得这就是比较文学最大的贡献。为什么说比较文学能呢，因为比较文学是把古今中外交叉在一起的，这是它的一个基本价值，而且因为文学不像理论教条或者论证什么的，是展示人的感情的。而中国是以情为本的一个国家，通过动人的感情，传统文化能够走向世界。所以我们原来做一个"远近丛书"，那套丛书就是把梦啊、情啊这样一些人所共通的感情，用中国文化来解释，同时也用西方文化来解释，沟通人和人之间的关系，而且这个是人和人之间的关系，不是官和官之间的关系，也不是学者和学者之间的关系。我们这套丛书的对象是中学教师和大学生，让广大的读者能够感受到我们中国的特色，这是我们比较文学的一个很重要的途径。不要把眼光看得很高，不要一定是对有权有势的人或者是高官贵族起作用。我们应该在普通人民之间沟通互相的感情，沟通互相的理解，只要老百姓不赞成，仗就打不起来。这就是我最根本的信念，也是比较文学最核心的价值。

比较文学与比较文学中国话语建构

——曹顺庆教授访谈录

受访人介绍：曹顺庆，1954 年生，男，贵州贵阳人，四川大学中国文学批评史博士，四川大学文科杰出教授，国家级教学名师，欧洲科学与艺术院院士，中国比较文学学会第四任会长，国际英文学术期刊《比较文学与世界文学》（*Comparative Literature and World Literature*）主编，英文学术集刊《比较文学：东方与西方》（*Comparative Literature: East and West*）主编，CSSCI 学术集刊《中外文化与文论》主编，学术集刊《华文文学评论》主编。主要从事中国古代文学、艺术学、比较文学与世界文学等研究。

访谈形式：书面

访谈开始：2017 年 9 月 6 日

形成初稿：2018 年 8 月 18 日

形成定稿：2019 年 12 月 30 日

最后修订：2021 年 8 月 22 日

一、比较文学基本问题

张　叉：比较文学发展的动力是什么？

曹顺庆：需要从比较与文学、政治与学术两个方向切入剖析，方能理出像样的脉络。首先是政治因素，这是比较文学发展的外因。资本主义的发展、科学技术的进步所带来的物质上的变化深刻地推动着思想上的变化，资本主义市场交换所带来的全球性视野带给比较文学世界文学的眼光与胸怀，使得比较文学能够取得故步自封的国别文学所不能取得的成就。资本渗透的全球化使得世界各国不得不在世界参照中重省自身，不得不在世界坐标中重新定位，不得不在世界格局中参与博弈。比较文学对于认识民族特色，保存民族文化，促进世界各民族文化和谐共存有着积极的意义。与此同时，世界格局的重新调整，世界坐标的重新标注，使得比较文学蕴含世界各国的软实力较量。其次是学术因素，这是比较文学发展的内因。学术创新是比较文学的终极动力。当多元文化共存、杂语共生的时候，最有文化创新的可能性。学术视野的拓展能为学术研究打开一片全新的领域，异质文明的入侵带给原初文明新的血液与活力，在痛苦的吸收与磨合过程中也孕育着创新与转折，这是文明史上的大事。① 正是由于具有内在与外在的诸多发展动力，所以处于危机中的比较文学才不但危而不亡，反而生机勃勃，如江河之水，滚滚向前，势不可挡，体现出了强劲的生命力。

张　叉：比较文学学科研究是在"跨越性"与"文学性"两个基点上展开的。如何正确理解比较文学学科研究的第一个基本点"跨越性"？

曹顺庆：从比较文学作为一个学科出现伊始，研究者就在把比较文学的学科特征归结为跨越性这么一个最为基本的核心。歌德、马克思提出"世界文学"设想以来，法国学派提出跨国文学关系史研究，美国学派提出跨学科研究，中国研究者提出跨文化以至于跨文明研究，都十分强调在不同

---

① 参见曹顺庆、王庆：《比较文学发展动力研究》，《西南民族大学学报（人文社会科学版）》2009年第9期，第159—164页。

文学体系进行跨越式的比较研究。比较文学的跨越性特质突出了比较文学是具有世界性胸怀和眼光的学科体系，它主要关注的目标就是通过对不同国家、文化与文明之间不同文学体系之间跨越性的研究，在异同比较之中探寻人类可能存在的"共同的诗心"。跨越性是比较文学得以区别于其他学科的一个突出特质。

张　叉：如何正确理解比较文学学科研究的第二个基本点"文学性"？

曹顺庆：比较文学研究实际上离不开文学研究，离不开对文学性与审美性的基点。美国学派激烈反驳法国学派放逐文学性的文学关系史研究，提出必须"正视'文学性'这个问题"[①]。但是随着学科的发展，当下的一些比较文学研究过于向文化研究靠拢，大有被取而代之的可能，比较文学成了一种几乎"无所不包"的学科，完全谈不上一个学科必须具有的明确的研究对象和研究范围，在这无所不包之中泯灭了自身。作为一个学科，比较文学研究必须有自己明确的学科研究领域。离开了文学或者文学性的研究，比较文学就无从建立一个稳固的研究领域，它也就成了无本之木，无源之水。[②]

张　叉：哈佛大学比较文学专家哈利·列文（Harry Levin）撰写过一篇题为《文学如果不是比较的，是什么？》（What Is Literature, If not Comparative？）的文章，文中强调了"比较"与"文学"的密切关系。"比较"之于"文学"，具有不可忽视的意义。您怎样理解"比较"在中国文学研究中的意义？

曹顺庆：有不少人认为，只有比较文学研究才涉及比较，而在中国文学研究中是用不上比较的，这是一种误解。其实，中国文学研究也是离不开比较视野的。白居易在《与元九书》中先说："诗者，根情、苗言、华声、

---

① 韦勒克：《比较文学的危机》，干永昌、廖鸿钧、倪蕊琴编选：《比较文学研究译文集》，上海译文出版社 1985 年版，第 133 页。

② 曹顺庆、李卫涛：《比较文学学科中的文学变异学研究》，《复旦学报（社会科学版）》2006 年第 1 期，第 81—82 页。

实义。"① 后又讲："文章合为时而著，歌诗合为事而作。"② 于是，白居易是现实主义作家还是浪漫主义作家的问题，恐怕就说不清楚了。围绕刘勰提出的"风骨"，学者们提出了"内容—形式"与"风格"的辨析，结论令人眼花缭乱。台湾学者颜元叔通过解读李商隐的诗歌"春蚕到死丝方尽，蜡炬成灰泪始干"，提出"蜡炬"是男性性器官象征，令人啼笑皆非。王国维在《〈红楼梦〉评论》中说："《红楼梦》一书，与一切喜剧相反，彻头彻尾之悲剧也。"③《红楼梦》"大背于吾国人之精神"，这句话算是说错了。《红楼梦》是从中国文化的土壤中生长出来的，怎么可能会同中国文化传统完全背离呢？显然，这是站不住脚的。朱光潜在《悲剧心理学》里说中国没有悲剧，原因是中国没有哲学。说中国没有哲学，这句话极经不起推敲。难道今天搞中国哲学研究的学者都是笨蛋吗？中国连哲学都没有，你们搞什么中国哲学研究？出现上述这类问题和失误，其深层根源是缺乏科学比较的意识，盲目把西方理论当作普世真理，完全用西方的逻辑思维来处理中国古代文论的材料，例如用现实主义与浪漫主义来切割中国文学，以至于读不懂中国文化、文学与文论。法国学者弗朗索瓦·于连④ 说："我们正处在一个西方概念模式标准化的时代。这使得中国人无法读懂中国文化，日本人无法读懂日本文化，因为一切都被重新结构了。"⑤ 王国维等人绝对不是不懂中国文化，而是他们遵循西方学术规则，站在西方文化的角度来看问题。最根本的是缺乏科学比较的意识，必然会出现这种问题。

　　张　叉：一个国家内的各民族文学之间的比较研究是否可以纳入比较文学的范围？

　　曹顺庆：在人类数千年的文明史中，"国家"的界限是时常变化着的，

---

① 顾学颉校点：《白居易集》第三册，中华书局1979年版，第960页。

② 顾学颉校点：《白居易集》第三册，中华书局1979年版，第962页。

③ 王国维：《〈红楼梦〉评论》，浙江古籍出版社2012年版，第13页。

④ Francois Jullien，或译"弗朗索瓦·朱利安"。

⑤ 秦海鹰：《关于中西诗学的对话——于连访谈录》，《中国比较文学》1996年第2期，第82页。

罗贯中在《三国演义》中一开始就讲，"话说天下大势，分久必合，合久必分"，这句妙语充分道出了国家在历史进程中的不稳定性。罗马帝国变成了东罗马帝国、西罗马帝国，查理曼帝国变成了东法兰克王国、西法兰克王国和中法兰克王国。姑且不说古代如此，就看当代世界，也正在展示着这一亘古不渝的真理，东巴基斯坦变成了孟加拉国，南斯拉夫分成了斯洛文尼亚、克罗地亚、波斯尼亚、黑塞哥维纳、北马其顿、黑山、塞尔维亚、科索沃、伏伊伏丁那，苏联分裂为俄罗斯、乌克兰、白俄罗斯、乌兹别克斯坦、哈萨克斯坦、格鲁吉亚、阿塞拜疆、吉尔吉斯斯坦、塔吉克斯坦、土库曼斯坦、亚美尼亚、摩尔多瓦、立陶宛、爱沙尼亚、拉脱维亚。确切地讲，比较文学的研究对象应该是跨越民族的界限，而不是跨越国家的界限。"跨民族"比较的根本意义在于"跨文化体系"比较。从这一观点出发，困扰比较文学界的所谓"跨国家"问题，就可以迎刃而解、不言自明了。既然比较研究是跨越民族界限的，那么一个多民族国家之内的各民族文学之间的比较研究应该顺理成章地纳入比较文学的范围之内。这样，苏联境内俄罗斯文学与吉尔吉斯文学之间的比较，中国境内藏族文学与蒙古族文学之间的比较，就自然归入比较文学的范围了。①

张　叉：法国学派影响研究（influence study）的可比性基础是什么？

曹顺庆：影响研究的可比性基础是同源性。同源性是指通过对不同国家、不同民族和不同语言的文学的关系研究，寻求一种有事实联系的同源关系，这种影响的同源关系可以通过直接、具体的材料得以证实。同源性往往建立在一条可追溯的"影响路线"之上，这条路线由发送者、接受者和传递者三部分构成。如果没有相同的源流，也就没有影响关系，也就谈不上可比性。这种关系可图示为"发送者（流传学）—传递者（媒介学）—接受者（渊源学）"，这样，影响研究的三种模式分别为流传学（誉舆学）、

---

① 曹顺庆：《汉文化与各兄弟民族文化交流和比较文学中国学派渊源》，《楚雄师专学报（社会科学版）》1995 年第 4 期，第 54—55 页。亦见陈敦、刘象愚：《比较文学概论》，北京师范大学出版社 1988 年版，第 15—16 页。

媒介学和渊源学。起点明确的，称之为流传学；起点不明确的，称之为渊源学。而媒介学主要是研究介质在影响研究中的特殊作用。

张　叉：美国学派平行研究（parallel study）的可比性基础是什么？

曹顺庆：平行研究的可比性基础是类同性。类同性是指没有文学影响关系的不同国家文学所表现出的相似和契合之处。以类同性为基本立足点的平行研究与影响研究一样都是超出国界的文学研究，但它不涉及影响关系研究的放送、流传、媒介等问题。平行研究强调不同国家的作家、作品、文学现象的类同比较，比较结果是总结出于文学作品的美学价值及文学发展具有规律性的东西。平行研究提倡一种非实证的跨越国家、民族、语言之间的研究。平行研究还倡导跨学科研究，注重文学与其他人文学科甚至自然学科之间的交叉互渗的关系。它注重的是文学的风格、结构、内容、形式、流派、情节、技巧、手法、情调、形象、主题、文类、文学思潮、文学理论、文学规律这些要素。

张　叉：中国学派变异学研究（variation study）的可比性基础是什么？

曹顺庆：变异学研究的可比性基础是异质性和变异性。异质性是指不同文明之间在文化机制、知识体系、学术规则和话语方式等层面表现出的从根本质态上彼此相异的特性。而变异性是中国比较文学学者针对法国学派和美国学派学科理论的不足所提出的一个重要理论创新点。[1]

张　叉：法国学派值得效法之处是什么？

曹顺庆：法国学派颇有值得效法之处，譬如艾金伯勒在学术路向上的"择善而从"，又譬如众多法国学者对其学术之"根"的坚持。孟华曾经很有感触地说，"与法国的比较学者们接触，你会发现他们的研究在不断发展、更新"，"但你总能从中清楚地辨析出'事实的联系'这一'光荣'传统来"，"他们从不肯舍弃自己的根而去一味追逐时髦"，"终于使他们成果

---

① 曹顺庆、秦鹏举：《变异学：比较文学学科理论的新进展与话语创新——曹顺庆教授访谈》，《衡阳师范学院学报》2019 年第 1 期，第 111 页。

斐然"。① 法国学派对学术之根的坚守是非常值得中国学派学习的。中国学派的学术之根在哪里，怎样坚持，这些都是值得认真思考的问题。

张　叉：法国学派的主要问题是什么？

曹顺庆：法国学派主要有三个颇有意味、值得研究的问题。一是作为一门着眼于跨越界限（民族、国家、语言、文化等）、理应胸襟开阔的学科，比较文学在法国学派那里成了以法国为主体和重心，视野狭窄的轴心式研究。二是对比较文学这门研究文学的学科，在相当长的时期内，法国学派的著述不见"比较"，不见"文学"，只见"关系史"。三是作为追求实证、追求科学解释的法国比较文学研究，未能在案头的"事实联系"与自由的文学精神之间确定解释的逻辑。

张　叉：欧洲早期的比较文学学科理论内容丰富，范围广泛，蕴含了影响研究、平行研究和跨学科研究，具备了世界性的胸怀与眼光，而不是仅仅着眼于影响研究。到法国学派这里，方向偏转，变成只强调实际影响关系的"文学关系史"了，这是为什么？

曹顺庆：主要原因或许有如下两点。其一，圈外人对比较文学学科合理性的挑战。最突出的标志是意大利著名学者克罗齐（Benedetto Croce）发出的挑战，他认为，"比较"是任何学科都可以应用的方法，"比较"不可能成为独立学科的基石，"看不出比较文学有成为一门学科的可能"。由于克罗齐的学术地位和影响，他的强烈反对意义是重要的，因此在意大利，比较文学学科理论的探讨长期陷入停滞不前的困境。你攻击"比较"，我就从根本上放弃"比较"，克罗齐等人的攻击也就没有了"靶子"，其攻击自然失效。法国学派抛弃了比较文学最根本的特征"比较"，而仅仅着眼于文学关系的研究，拘泥于文学史的实证性研究。其二，圈内人对比较文学学科科学性的反思与追寻。法国学派学科理论的产生，还是圈内人对比

---

① 孟华：《培植比较文学的中国"根"》，《中外文化与文论》第 3 辑，四川大学出版社 1997 年版，第 40 页。

较文学学科理论科学性反思与追寻的结果。作为一门学科，应该有其学科存在的理由，这个理由就是确定性与科学性。法国学派的四大代表人物不约而同地思考了这个问题，明确提出要去掉比较文学的随意性，加强实证性，放弃无影响关系的平行研究，集中研究各国文学关系史。①

张　叉：美国学派的主要问题是什么？

曹顺庆：主要有三个方面的问题。首先，美国学派在跨学科时是否跨语言、跨民族方面，没有形态和时间方面的基本规定，这是一个关乎学科范围、学科历史的大问题。可惜在 1961 年和 1999 年，美国学派的权威雷马克（Henry H. H. Remak）谈到跨学科时都对跨语言、跨民族和进一步的规定闭口不谈，未置一词。没有其他限定的跨学科概念使比较文学的学科史有必要改写，例如，《尚书·尧典》《吕氏春秋·古乐》等中国古文献言及诗、乐、舞三位一体，苏轼"诗画本一律，天工与清新"言及诗画关系，莱辛的《拉奥孔》、柏拉图的文艺对话常跨越文学、音乐、哲学，亚里士多德的《诗学》论及诗与史的区别，所以都应归入比较文学，比较文学的上限抵达了最早的文论经典。其次，在学科分工如此细密的今天，且不说隔行，就是隔专业也如隔山，一个文学学者一步跨入其他学科，甚至是自然科学，他的比较研究结论的可靠性是值得怀疑的。如果有学者不顾当今的人类知识和学科分工背景，自己也不去身体力行地从事跨学科研究实践，只是在那里泛泛宣讲跨学科研究非常必要那样的颠扑不破、千真万确的真理，我们很难不怀疑其宣讲的学术价值、可行性甚至学风。即使是一个第一流的文学研究学者，他对其他学科尤其是自然科学往往最多也不过知其大略，或者知其一斑，则其跨学科研究成果实在不宜做过高的估计。最后，跨学科研究由于跨越之后重心落点之不同还会引出一个大问题。如果重心仍在文学，则所跨越所参照的学科便是他山之石或一面确证、反观文学自身的镜子；如果重心移到了其他学科，则称这种研究为比较文学之前不妨

---

① 曹顺庆：《比较文学教程》，高等教育出版社 2006 年版，第 8—10 页。

再三思之。自觉的比较文学学者都注意把重心放在文学上，但界限并不容易把握。①

张　叉：20 世纪 90 年代以来，"泛文化"逐渐成了国际比较文学的一个基本趋向，您怎样看待这个问题？

曹顺庆：从学者个人学术选择的角度看，泛文化的取向无可厚非。但从比较文学学科的角度看，这种情形却让人忧虑。正如谢天振所说："比较文学本身也是一种文化研究，它是文化研究的一部分。但比较文学归根结底是一种文学研究，它的出发点和归宿点都应该是文学。"比较文学中引入文化研究，"是为了丰富和深化比较文学的研究，而不是为了淡化甚至'淹没'比较文学自身的研究"。乔纳森·卡勒（Jonathan Culler）则认为，如果将比较文学扩大为全球文化研究，就会面临自身身份确认的危机，因为"照此发展下去，比较文学的学科范围将会大得无所不包"。显然，当一个学科发展到几乎"无所不包"之时，它也就在这无所不包之中泯灭了自身。既然什么研究都是比较文学，那比较文学就什么都不是。这种"泛文化"化，必然导致比较文学学科的危机，甚至导向比较文学学科的消亡。②

张　叉：怎样纠正比较文学中出现的"泛文化"倾向？

曹顺庆：要纠正这种倾向，就应该对比较文学跨文化主张中的"文化"增加两项新的规定。第一，文化有其时序，有"通"亦有"变"，对中西文化均不能做教条式的把握，如果说中西文化的古典形态由于各自发展的相对独立还带有鲜明的特征性、本质性，从而具有相对的静态性的话，到了 20 世纪，文化的交流、融汇、冲突、变形则使中西各自的文化形态不再只有古今相"通"的纵向一致，而"变"得错综复杂、不复纯粹了。在此情形下，对近世的文学做比较研究时，有必要防止两种解读方向，一是

---

① 曹顺庆、姜飞：《比较文学：百年问题回顾》，《社会科学研究》2001 年第 2 期，第 134—135 页。

② 曹顺庆、姜飞：《比较文学：百年问题回顾》，《社会科学研究》2001 年第 2 期，第 136 页。

依然固守文化的古典形态、"通"的一面，并以之为解释的逻辑，此则类乎刻舟求剑；二是只重横向传播的"变"、只重外来文化解释，此则类乎无根浮萍，对民族性、对自身根性熟视无睹。两种偏向都只能导引出偏颇的结论，体现出的倘非思维的惰性，便是论说的武断。第二，既有的文化结论的解释效能是有限的，即便我们做跨文化比较的对象是中外古典文学，单纯地以一般文化概括去解释具体文学现象也是非常危险、非常庸俗的。相反，我们必须做历史还原，充分考虑其时其地文化背景的丰富、复杂和特殊。这样，解释方可能最大限度地周延，而其结论对比较文学也会有所贡献，而非单纯地重复。①

张　叉：您怎样对将近两百年的比较文学学科理论发展史进行分期？

曹顺庆：可以划分成三个阶段。第一个阶段为欧洲阶段，是比较文学的成型期。比较文学作为一门专业性的独立学科在近代发端于欧洲，从 19 世纪初到 19 世纪末已初步成型，可一直延伸至 20 世纪 50 年代，部分时段与美洲阶段相重叠。这个阶段的特征是把比较文学作为文学史的分支，重视研究对象的事实联系、渊源关系及实证方法。第二个阶段为美洲阶段，是比较文学的转型期。从 20 世纪 60 年代以来，比较文学研究的主要阵地逐渐从法国转向美国，美国学者高呼危机，其意图是要恢复平行研究，创新学科理论。学科发展与文化软实力，不能没有平行研究。法国学派砍掉的平行研究是比较文学史上的第二次危机，但其也成为美国学派学科理论形成的转机。恢复平行研究、跨学科研究，形成了以平行研究和跨学科研究为特征的美国学派。第三个阶段为亚洲阶段，是比较文学的拓展期，也是当今比较文学的学术前沿。当代欧美学者对比较文学的普遍看法是：比较文学已经走向死亡，其以苏珊·巴斯奈特（Susan Bassnett）和佳亚特里·查克拉沃蒂·斯皮瓦克（Gayatri Chakravorty Spivak）为典型代表。但为什么死亡，如何死亡，却语焉不详。我认为，这是该学科长期囿于西

----

① 曹顺庆、姜飞：《比较文学：百年问题回顾》，《社会科学研究》2001 年第 2 期，第 137—138 页。

方中心论，学科理论缺乏创新的表现。比较文学在西方的衰落，正是比较文学在东方的蓬勃发展。

张　叉：您对比较文学学科理论发展三阶段分期的总体评价是什么？

曹顺庆：比较文学发展三阶段的历史分期是一个"涟漪式"的结构，这个结构揭示了比较文学学科理论的继承与创新的辩证关系，那就是，比较文学学科理论的发展不是以新的理论否定与取代先前的理论，而是层叠式、累进式地形成"涟漪式"的包容性发展模式，是逐步积累推进的。

张　叉：1827 年，德国的歌德提出"世界文学"（weltliteratur）的概念，成为世界上第一个提出这一概念的人。1886 年，英国哈奇森·麦考利·波斯奈特（Hutcheson Macaulay Posnett）出版《比较文学》（*Comparative Literature*），这是世界上第一部比较文学学科理论专著。1877 年，在匈牙利的克劳森堡创刊《世界比较文学》（*Acta Comparationis Litterarum Universarum*），这是世界上第一本比较文学杂志。在以上这样的业绩皆非出自法国的情况下，您怎样评价法国在比较文学学科理论发展第一阶段的历史地位？

曹顺庆：确实如你所说，早在法国学者之前，就已经有德国、英国与匈牙利等其他欧洲国家的学者提出了有影响的比较文学学科理论。但是，有一点是至关重要的，那就是，影响研究的学术范式却是由法国学派奠定的。影响研究虽然画地为牢，有其自身的局限性，但是它至今依然不失为比较文学的重要范式之一，这是不可否认的。因此，法国在比较文学学科理论发展第一阶段是占据着重要的历史地位的。

张　叉：意大利学者克罗齐说，"我不能理解比较文学怎么能成为一个专业"[1]，"看不出比较文学有成为一门学科的可能"[2]。您对克罗齐这一看法的评价是什么？

---

① 乐黛云：《中西比较文学教程》，高等教育出版社 1988 年版，第 50 页。

② 曹顺庆主编：《比较文学学科史》，巴蜀书社 2010 年版，第 5 页。

曹顺庆：法国学派提出的影响研究学术范式便是直接针对克罗齐这句话的。克罗齐等人的攻击是比较文学史上的第一次危机，但是也孕育着转机。法国学派明确提出"比较文学不是文学比较"，这是挡住克罗齐等学者攻击的最好盾牌。法国学派的奠基人保罗·梵·第根（Paul Van Tieghem）说："比较文学的目的，主要是研究不同文学之间的相互联系。"①法国学派的费南德·巴登斯贝格（Femand Baldensperger）、梵·第根、让-马里·卡雷（Jean-Marie Carré）和马里乌斯-弗朗索瓦·基亚（Marius-Francois Guyard）等四大代表人物明确提出三点：第一，去掉比较文学的随意性，加强实证性；第二，放弃无影响关系的异同比较，而集中研究各国文学关系史；第三，摆脱不确定的美学意义，而确定一个科学的含义。

张　叉：您怎样评价美国学派的平行研究？

曹顺庆：平行研究是一国文学与另一国或多国文学的比较，是文学与人类其他表现领域的比较。美国学派恢复了比较文学应有的本义"比较"，或曰平行比较。平行研究这套理论以"比较诗学""类型学"与"跨学科比较"为主，并拓展原属于影响研究的"主题学"和"文类学"等领域，大大扩展了比较文学的研究领域。

张　叉：美国比较文学学会会长查尔斯·伯恩海姆（Charles Bernheimer）在《跨世纪的比较文学》（Comparative Literature at the Turn of the Century）一文中就比较文学的发展方向为西方提出了两大策略：一是放弃欧洲中心论，把目光转向全球；二是把研究中心从文学转向文化。您对伯恩海姆提出的这两大策略的看法是什么？

曹顺庆：中国学派主张打破西方中心主义，实行跨文明研究，所以伯恩海姆提出的"放弃欧洲中心论，把目光转向全球"同中国学派跨文明研究的主张是不谋而合的，在一定程度上形成了东西方的学术呼应。不过，伯恩海姆提出"把研究中心从文学转向文化"，却又使比较文学变得有些

---

① 梵·第根：《比较文学论》，戴望舒译，商务印书馆1937年版，第17页。

"无所不包"，从而把比较文学推向了泛文化的深渊，招来学界质疑也就在所难免了。

张　叉：您怎样看待比较文学发展史上出现的"危机论"？

曹顺庆：比较文学就是在危机与转机的辩证关系中不断发展的。第一次比较文学的危机，是法国学派在面临克罗齐等学者的攻击而采取的学科不断收缩策略，导致了比较文学作茧自缚的结局。第二次比较文学的危机，是美国学派在面临法国学派只重视实证性而忽视审美性的情况下采取学科无限扩张的策略，导致了比较文学漫无边际的结局。第三次比较文学的危机，是西方比较文学界只注重"同"的研究而忽略对"异"的研究，导致了比较文学西方中心主义倾向明显的结局。变异学正是在这样的国际文化语境中出现的，它及时纠正和弥补了西方比较文学界的缺憾，并且契合中国文化实际，展开了有针对性的文学文化研究。事物往往具有两面性，对比较文学学科的质疑也同时给它带来了转机。20 世纪末和 21 世纪初，英国学者巴斯奈特和美国学者斯皮瓦克相继提出了比较文学学科的"死亡论"。但事实上，比较文学在东方特别是在中国正蓬勃展开。以变异学为基础的比较文学"中国学派"正以原创性的理论勇气和坚实的文学文化实践改变着比较文学界的危机现状，并推动全世界比较文学的发展。这也正是我们构建比较文学"中国学派"和提出第三阶段比较文学源于中国的前提和基础。①

张　叉：哈佛大学比较文学教授、美国比较文学学会会长（2001—2003）、《朗曼世界文学选集》（*The Longman Anthology of World Literature*）总编辑大卫·达姆罗什② 大力倡导"世界文学"（world literature），您对此有何评价？

曹顺庆：主张比较文学全球趋向的，可谓大有人在，达姆罗什倡导"世

---

① 曹顺庆、秦鹏举：《变异学：比较文学学科理论的新进展与话语创新——曹顺庆教授访谈》，《衡阳师范学院学报》2019 年第 1 期，第 120 页。

② David Damrosch，或译"大卫·丹穆若什"。

界文学"，算是近年的代表。他主张对"世界文学"重新定义："世界文学不是指一套经典文本，而是指一种阅读模式——一种以超然的态度进入与我们自身时空不同的世界的形式。"①他对东方也表示了一定的关注。翻译、阅读与差异是他理论的重点，这种比较文学学科理论模式正是比较文学学科理论的新起点，与中国学派提出的比较文学变异学研究的思路在精神上是一致的。

二、中国比较文学历史溯源

张 叉：西方学者往往把西方的比较文学渊源追溯到古希腊罗马，例如，罗伯特·克莱门茨（Robert J. Clements）说，贺拉斯"叮咛罗马作家昼夜不息地阅读希腊手稿，并力劝那些赞赏维吉尔的人把维吉尔比作荷马，那些推崇普劳图斯的人把普劳图斯与阿里斯托芬相比较"②。弗兰克·钱德勒（Frank Chandle）说，安布罗修斯·西奥多西厄斯·麦克罗皮斯（Ambrosius Theodosius Macrobius）和奥卢斯·格利乌斯（Aulus Gellius）把罗马诗人的作品同其希腊原型和类似现象联系起来进行评价，"堪称早期的比较文学家"③。中国的比较文学渊源是否可以追溯到中国古代？

曹顺庆：关于中国的比较文学渊源是否可以追溯到中国古代的问题，已有中国学者注意到并做过一些思考与论述，例如，朱维之说："中国的比较文学渊源可以追溯到先秦时期的孔子"④。卢康华、孙景尧说，"中国的文学比较也古已有之。远在春秋战国时代，孔子和荀子等人就已进行了最早

① 丹穆若什：《什么是世界文学？》，查明建、宋明炜等译，北京大学出版社 2014 年版，第 309 页。

② 罗伯特·克莱门茨：《比较文学的渊源和定义》，黄源深译，《文艺理论研究》1981 年第 4 期，第 131 页。

③ 罗伯特·克莱门茨：《比较文学的渊源和定义》，黄源深译，《文艺理论研究》1981 年第 4 期，第 131 页。

④ 曹顺庆：《汉文化与各兄弟民族文化交流和比较文学中国学派渊源》，《楚雄师专学报（社会科学版）》1995 年第 4 期，第 52 页。

的文学比较。"①我的看法是，既然克莱门茨、钱德勒等西方学者可以把西方的比较文学渊源追溯到古希腊罗马，那么朱维之、卢康华、孙景尧等中国学者关于中国比较文学"古已有之"的看法也是可以研究的，不能够轻易地加以否定。实际上，中国的比较文学渊源是可以追溯到中国古代的。

张　叉：陈惇、刘象愚认为，中国的比较文学渊源在佛教传入中土之后的西晋时期："当时佛教界产生的一种称为'格义'的研究法是中国比较文学的渊源。"②您赞同陈惇、刘象愚的看法吗？

曹顺庆：不完全赞同。中国比较文学渊源的萌生不仅仅由于佛教的传入，更重要的还在于汉民族同各兄弟民族文化的交流与融汇。如果不认识到这一点，就无法真正地寻找到比较文学中国学派的渊源。中国是一个多民族的国家，数千年来，一直处在多民族文化的碰撞、交流、互补和融合过程之中，而正是这种多民族文化的碰撞、交流、互补和融合，形成了中国古代的比较文学渊源。

张　叉：中国比较文学的最早渊源是什么？

曹顺庆：中国最早把不同国家的文学加以比较的是西汉史学家、文学家司马迁。司马迁以其睿智卓识不仅详细地记载了汉武帝刘彻派遣张骞出使、打通西域这一历史壮举，而且还简要地进行了中国文论史上最早的不同国家文学之间的比较，他在《史记·大宛列传》中写道："条枝在安息西数千里，临西海。""安息长老传闻条枝有弱水、西王母，而未尝见。"③这里提到的条枝是古西域的一个国名，当在今伊拉克境内，安息是亚洲西部的一个古国名，曾在公元前2世纪后半叶据有伊朗高原与两河流域。司马迁在这里虽然只留下寥寥数语，但是却用史实同"安息传闻"与中国上古神话传说做了辨伪存真的比较，的确可以算得上是中国比较文学的渊源了。

① 曹顺庆：《汉文化与各兄弟民族文化交流和比较文学中国学派渊源》，《楚雄师专学报（社会科学版）》1995年第4期，第52页。
② 陈惇、刘象愚：《比较文学概论》，北京师范大学出版社1988年版，第67—68页。
③ 《史记》，中华书局1959年版，第3163—3164页。

张　叉：中国南北文学的比较是不是比较文学？

曹顺庆：最早明确比较南北文学的人之一是北朝魏、齐时期的作家邢邵，他提出的"江北江南，意制本应相诡"，堪称南北文学比较的先声。真正属于比较文学的，是初唐史学家李延寿等人的南北文学比较论，《北史·文苑传》论述说："暨永明、天监之际，太和、天保之间，洛阳、江左，文雅尤盛，彼此好尚，互有异同。江左宫商发越，贵于清绮；河朔词义贞刚，重乎气质。气质则理胜其词，清绮则文过其意。理深者便于时用，文华者宜于咏歌。此其南北词人得失之大较也。若能掇彼清音，简兹累句，各去所短，合其两长，则文质彬彬，尽美尽善矣。"这一段文字，无论从哪一个角度来说，都是地道的比较文学。因为这既是跨国的比较，又是跨民族的比较，有时还是跨语言的比较，如《敕勒歌》，自然应当包括在"河朔词义贞刚"之内，而《敕勒歌》当时就是用鲜卑语写的。南北朝时期的南北方，不但分属不同的国家，不同的民族，而且使用不同的语言。因此，当时南北文学的交流、影响与比较，正是在跨越国家和民族界限，有时甚至是在跨越语言界限的基础之上进行的。即便用今天的标准来严格衡量，这也算得是地道的比较文学 。[①] 在当时，这种南北文学比较并非个别和偶然的现象，而是一种普通的和有意识的文学现象，这就更加突出了其比较文学的色彩。

张　叉：中国比较文学平行比较的渊源是什么？

曹顺庆：南北文学的比较采用的就是平行研究法，是中国比较文学平行比较的渊源。李延寿等人的南北文学比较论的一大特色是不注重同的综合，而是注重异的对比，这恰恰是当代比较文学中国学派"异同比较法"的基本特征之一。

张　叉：早期中国比较文学的基本特征是什么？

---

① 曹顺庆：《汉文化与各兄弟民族文化交流和比较文学中国学派渊源》，《楚雄师专学报（社会科学版）》1995年第4期，第58页。

曹顺庆：中国比较文学的产生主要起因于中西文化的碰撞与交汇，而不是受西方比较文学学科的影响。法国第一篇具有学科意义的比较文学论文、戴克斯特的比较文学博士学位论文《让－雅克·卢梭与世界主义文学的起源》诞生于 1895 年，第一个比较文学讲座"文艺复兴以来日耳曼文学对法国文学的影响"是戴克斯特于 1896 年在里昂大学创立的，巴黎大学 1910 年才设立比较文学讲座，第一部全面阐述法国学派观点的著作、梵·第根的《比较文学论》1931 年才出版。当西方比较文学刚刚兴起之时，王国维的《红楼梦评论》和《人间词话》已经出版，鲁迅已在《摩罗诗力说》中倡导并实践了"比较既周，爰生自觉"[①]。而在 1909 年，美国比较文学创始人之一勒内·韦勒克（René Wellek）刚满 5 岁，法国比较文学泰斗勒内·艾金伯勒[②] 才出生。所以中国比较文学的产生具有自发性特征与内在的驱动力。

张　叉：中国比较文学的内在驱动力是什么？

曹顺庆：中国比较文学是在近代中西方文化的激烈碰撞中诞生的，从其诞生之日起就带着中西文化碰撞的印记。中国比较文学是伴随着中华民族的救亡图存，伴随着中西文化论战，伴随着社会政治文化改良运动而发展的。所以中国学者的比较意识既不是"文化功劳簿"、斤斤计较文学"外贸"的法国式的文化沙文主义、法国中心主义，也不是美国式的非民族化的"世界主义"，而是面对中西文化激烈碰撞的文化焦虑，是寻求中国文化发展新途径的企求。这种焦虑和企求，最终演化为中西文化大论战，这种文化论战，又大大强化了中西跨文化比较意识，大批学者试图在中西文化碰撞之中寻求中西文学互比、互释、互补、沟通、融汇，乃至重构文学观念。中西文化碰撞与冲突直接导致与决定了中国比较文学的产生与发展，这也是中国比较文学合乎逻辑的发展轨迹。

---

① 《鲁迅全集》第一卷，人民文学出版社 1981 年版，第 65 页。

② René Etiemble，或译"勒内·艾田伯"。

三、比较文学中国话语初构

张　叉：怎样理解比较文学的中国话语？

曹顺庆：从根本上看，中国话语是指中国所特有的术语、概念和言说体系，是中国特有的言说方式或表达方式。[①] 比较文学的中国话语是，在比较文学研究领域，建立既属于中国自己的，又符合世界的理论体系与表达方式，使其理论能够真正具有全球性的指导意义。换言之，就是既要提出能够体现中国文化传统的概念和观点，还要拥有用以解决世界范围内的学术研究问题的理论体系与表达方式。

张　叉：您曾一针见血地指出，"中国现当代文化基本上是借用西方的理论话语，而没有自己的话语"[②]，得了"失语症"。中国比较文学是否也患有"失语症"？

曹顺庆：长期以来，中国比较文学都依赖西方学者建构的理论话语，唯西方之马首是瞻，具体而言，就是以"求同"为比较文学研究的基础，排除文学传播过程中产生的一系列变异现象。[③] 因此，中国比较文学同样也患有"失语症"。当然，作为一门国际性的人文学科，比较文学学科应当具备世界性的研究视野，承认异质文化间文学的可比性，这就为建构比较文学中国话语提供了前提。

张　叉：怎样从国家文化战略的角度审视比较文学中国话语建构的问题？

曹顺庆："中国学术话语体系"的建构已经成为学术研究的重要议题，文化强国成为中国的文化战略目标。习近平主席指出："发挥我国哲学社会科学作用，要注意加强话语体系建设。""要善于提炼标识性概念，打造易

---

① 高玉：《中国现代学术话语的历史过程及其当下建构》，《浙江大学学报（人文社会科学版）》2011年第2期，第141页。

② 曹顺庆：《21世纪中国文化发展战略与重建中国文论话语》，《东方丛刊》1995年第3辑，第215页。

③ 曹顺庆：《建构比较文学的中国话语》，《当代文坛》2018年第6期，第4页。

于为国际社会所理解和接受的新概念、新范畴、新表述，引导国际学术界展开研究和讨论。这项工作要从学科建设做起，每个学科都要构建成体系的学科理论和概念。"[1]"落后就要挨打，贫穷就要挨饿，失语就要挨骂。现在国际舆论格局总体是西强我弱，别人就是信口雌黄，我们也往往有理说不出，或者说了传不开，一个重要原因是我们的话语体系还没有建立起来，不少方面还没有话语权，甚至处于'无语'或'失语'状态，我国发展优势和综合实力还没有转化为话语优势。"[2] 在全球化语境下的今天，国与国之间的竞争主要是综合国力的竞争。对学术研究领域而言，谁占领了学术创新的制高点，走到学术最前沿，谁就能够掌握竞争的主动权和先机。比较文学的中国话语建构要解决的，就是中国比较文学在国际比较文学界的话语权问题，这是同国家的文化战略目标完全契合的。

张　叉：比较文学中国话语建设的必要性是什么？

曹顺庆：首先，虽然已经有了法国学派的影响研究、美国学派的平行研究，但是整个比较文学学科理论体系却并不完满。比较文学是既求同又求异的，比较就是求同中之异，异中之同，而无论是影响研究还是平行研究，研究的基础都是求同，是求异中之同。不同文明的异质性导致了不同文明在阐释与碰撞中必然会产生变异，可惜这种变异刚好被美国学派平行研究学科理论忽略了。不承认异质性和变异性的比较文学，不可能有真正的全球性比较文学学科理论话语。对异质性和变异性的重视，也正是比较文学变异学超越前人学科理论的创新之处。随着中国综合国力的不断增强，与中外各领域交流的不断深化，比较文学"中国话语"成为学界关注的焦点。只有自身的学科理论强大了，本学科的民族话语充实了，才有底气、有实力在国际比较文学界发出自己的声音，发挥应有的作用，建设好人类

---

① 习近平：《在哲学社会科学工作座谈会上的讲话（2016年5月17日）》，《人民日报》2016年5月19日。

② 习近平：《用社会主义核心价值观凝心聚力——关于建设社会主义文化强国》，中共中央宣传部：《习近平总书记系列重要讲话读本》，学习出版社、人民出版社2016年版，第210页。

共有的国际性人文学科，并推动更加合理、公正的国际学术新秩序逐步形成。其次，尽管中国一直在大力倡导学术创新，但在人文社会科学领域真正的学术创新和学派创建却并不多见，比较文学中国学派的建立过程正是一个学术话语创新的典型案例。比较文学在中国作为专门的、建制性的学科被学术界公认是在 20 世纪 80 年代，不过，这门年轻的学科的学术队伍的庞大和学术创新的潜力却是不容低估的。中国比较文学在快速的成长中经历的波折可以想象，有一些问题是比较文学学科在中国诞生伊始就已经存在的，而且至今仍然存在，干扰着大家对比较文学作为学科的理解，影响了比较文学在中国存在的学理基础。经过学者们的努力奋斗，中国学人终于建立起了全球比较文学第三阶段的学科理论体系。从这个意义上说，比较文学中国学派的建立作为一个示范性案例可提供一个良好的学术创新的视角。①

张　叉：中国比较文学话语建构经历了哪些阶段？

曹顺庆：主要经历了七个阶段：一是比较文学中国学派的提出，二是比较文学中国话语建构的初期努力，三是台湾学者关于中国学派理论的提出，四是大陆学者关于中国学派的呼吁，五是关于中国学派的论战，六是关于异质性的论争，七是变异学的提出。

四、比较文学中国学派建立

张　叉：比较文学中国学派是怎样缘起的？

曹顺庆：比较文学"中国学派"这一概念的理论自觉意识最早大约出现于 20 世纪 70 年代。当时的台湾派出学生留洋学习，接触到大量比较文学学术动态，率先掀起了中外文学比较的热潮。一些学者领略欧美比较文学学术风气后反身自观，觉察到中国传统文学研究方法之不足，认为有必

---

① 曹顺庆：《建构比较文学的中国话语》，《当代文坛》2018 年第 6 期，第 5 页。

要通过比较文学研究来讨论中国文学的民族特征，取得文学研究方法的突破。于是，1971 年 7 月中下旬在台湾淡江大学召开的第一届"国际比较文学会议"上，朱立元、颜元叔、叶维廉、胡辉恒等学者提出了比较文学"中国学派"这一学术构想。

张　叉：台湾学者提出比较文学中国学派理论的情况是什么？

曹顺庆：李达三、陈鹏翔、古添洪等致力于比较文学中国学派早期的理论催生和宣传。1976 年，台湾学者古添洪、陈慧桦在《比较文学的垦拓在台湾》一书的序言中正式提出："由于这援用西方的理论与方法，即涉及西方文学，而其援用亦往往加以调整，即对原理论与方法作一考验、作一修正，故此种文学研究亦可目之为比较文学。我们不妨大胆宣言说，这援用西方文学理论与方法并加以考验、调整以用之于中国文学的研究，是比较文学中的中国派。"[1]这段阐述言简意赅地提出并界定了"阐发法"，对中国学术界大半个世纪以来的学术实践进行了一次理论总结。这是关于比较文学中国学派较早的说明性文字，尽管其中提到的研究方法过于强调西方理论的普世性，而遭到美国和中国大陆比较文学学者的批评和否定；但这毕竟是第一次从定义和研究方法上对中国学派的本质进行了系统论述，具有开拓和启明的作用。

张　叉：学术界对台湾学者提出的比较文学中国学派理论的反应是什么？

曹顺庆：台湾学者提出中国学派的理论后，国内外学术界的主流反应是质疑加反对。首先，是国外有一些学者表示反对。例如，美国学者阿尔弗雷德·欧文·奥尔德里奇（Alfred Owen Aldridge）认为："对运用西方批评技巧到中国文学的研究上的价值，作为比较文学的一通则而言，学者们有着许多的保留。""如果以西方批评的标准来批判东方的文学作品，那

---

[1]　古添洪、陈慧桦编著：《比较文学的垦拓在台湾》，台北东大图书股份有限公司 1985 年版，第 1 页。

必然会使东方文学减少其身份。"① 其次，是国内也有一些学者表示不同意。例如，孙景尧认为，阐发法"这种说法就不是科学的，是以西方文学观念的模式来否定中国的源远流长的、自有特色的文论与方法论"。"用它来套用中国文学与文化，其结果不是做削足适履的'硬化'，就是使中国比较文学成为西方文化的'中国注脚'。"② 叶舒宪认为，这种援西释中的"阐发法"对创建"中国学派"是极为不利的，原因是"阐发法"难免会使"中国学派"脱离民族本土的学术传统之根，演变成亦步亦趋地模仿西方的学术支流。在国内学术界，也有少数学者表示赞同。例如，杨周翰说："有的台湾和海外学者用西方的新理论来研究、阐发中国文学。他们认为'中国学派'应走这条路。我觉得也未尝不可。""也许有人说，这不是比较文学，只是用舶来的理论的尺度来衡量中国文学，或用舶来的方法来阐释中国文学，而不是不同文学的比较研究。不过我认为从效果看，这种方法和比较文学的方法有一致的地方。"③

张　叉：大陆学者是怎样呼吁中国学派的？

曹顺庆：1982 年，季羡林在《比较文学译文集》序言中指出："以我们东方文学基础之雄厚，历史之悠久，我们中国文学在其中更占有独特的地位，只要我们肯努力学习，认真钻研，比较文学中国学派必然能建立起来，而且日益发扬光大。"④ 1982 年 6 月 28 日，严绍璗在《读书》编辑部与北京大学比较文学研究会组织的北京部分教授和研究工作者座谈会上提出："目前，当比较文学研究在我国文学研究领域里兴起的时候，我们应该在继承世界比较文学研究的优秀成果的基础上，致力于创建具有东方民族特色的'中国学派'。"⑤ 1983 年 6 月，在天津召开的新中国第一次比较文学学术会

① 曹顺庆：《建构比较文学的中国话语》，《当代文坛》2018 年第 6 期，第 6 页。

② 卢康华、孙景尧：《比较文学导论》，黑龙江人民出版社 1984 年版，第 111 页。

③ 杨周翰：《镜子和七巧板》，中国社会科学出版社 1990 年版，第 4 页。

④ 张隆溪选编：《比较文学译文集》，北京大学出版社 1982 年版，第 2 页。

⑤ 严绍璗：《比较文学的理论与实践——座谈记录》，《读书》1982 年第 9 期，第 69—70 页。

议上，朱维之做了题为"比较文学中国学派的回顾与展望"的报告，旗帜鲜明地说："比较文学中国学派的形成（不是建立）已经有了长远的源流，前人已经做出了很多成绩，颇具特色，而且兼有法、美、苏学派的特点。因此，中国学派绝不是欧美学派的尾巴或补充。"[1] 1984 年，卢康华、孙景尧在《比较文学导论》中对如何建立比较文学中国学派提出了自己的看法，认为应当以马克思主义作为自己的理论基础，以我国的优秀传统与民族特色为立足点与出发点，汲取古今中外一切有用的营养，去努力发展中国的比较文学研究。同年在《中国比较文学》创刊号上，朱维之、方重、唐弢、杨周翰等人认为，中国的比较文学研究应该保持不同于西方的民族特点和独立风貌。1985 年，黄宝生在《建立比较文学的中国学派——读〈中国比较文学〉创刊号》一文中认为："正在兴起的比较文学的中国学派是一个以中国文学为本位，以东西方文学比较为特色的学派。"[2] 从这些专家尤其是为《中国比较文学》创刊号撰文的专家的著述来看，大陆对比较文学中国学派的探讨已经进入了实际操作的阶段。

张　叉：围绕比较文学中国学派展开论争的大体情况是什么？

曹顺庆：1987 年，荷兰学者杜威·韦塞尔·佛克马（Douwe Wessel Fokkema）在"中国比较文学学会第二届学术讨论会"上从所谓的国际观点出发对比较文学中国学派的合法性提出了质疑，并坚定地反对建立比较文学中国学派。来自国际的观点并没有让中国学者失去建立比较文学中国学派的热忱。中国学者智量在《文艺理论研究》1988 年第 1 期上发表《比较文学在中国》，文中援引中国比较文学研究取得的成就，为中国学派辩护，认为中国比较文学研究成绩和特色显著，尤其在研究方法上足以与比较文学研究历史上的其他学派相提并论，建立中国学派只会是一个有益的举动。1991 年，孙景尧在《文学评论》第 2 期上发表《为"中国学派"一

---

[1]　孟昭毅：《朱维之先生与比较文学》，《中国比较文学》2005 年第 3 期，第 76 页。

[2]　黄宝生：《建立比较文学的中国学派——读〈中国比较文学〉创刊号》，《世界文学》1985 年第 5 期，第 262 页。

辩》，认为佛克马的国际主义实质上是"欧洲中心主义"的观点，"中国学派"的提出正是为了清除东西方文学与比较文学学科史中形成的"欧洲中心主义"。1993年，在美国印第安纳大学举行的全美比较文学会议上，李达三仍然坚定地认为建立中国学派是有益的。二十年之后，佛克马修正了自己的看法，他在2007年4月的"跨文明对话——国际学术研讨会（成都）"上公开表示，欣赏建立比较文学中国学派的想法。邓楠在《比较文学中国学派之我见》中提出，倘若"中国学派"是相对于"法国学派""美国学派"而提出的一个名称，我想大可不必，那只能给人一种标新立异、孩子似的赌气以及文学研究内部的宗派之争的嫌疑。或者抱着泱泱大国、历史文化悠久而居然没有与西方世界相匹敌的学派的面子观，那只能是贻笑大方。尽管中国学者反复强调没有此种心理因素作祟，但人家怎么看，那就不得而知了。其次，某个学派的产生，不是靠自我的标榜，它要得到外界或世人的承认，靠的是"真功夫"，靠的是"内功"。它不是争来的。其名实相符是苦干出来的。[1] 王宇根认为，多元文化时代提倡学派，就是自我封闭和自我标榜。学派是别人给的，不是自封的。严绍璗认为，"研究刚刚起步，便匆匆地来树中国学派的旗帜。这些做法都误导中国研究者不是从自身的文化教养的实际出发，认真读书，切实思考，脚踏实地来从事研究，而是坠入所谓'学派'的空洞概念之中。学术史告诉我们，'学派'常常是后人加以总结的，今人大可不必为自己树'学派'，而应该把最主要的精力运用到切切实实地研究之中"[2]。

张　叉：比较文学中国学派的基本特征是什么？

曹顺庆：我在《中国比较文学》1995年第1期上撰发了一篇题为《比较文学中国学派基本理论特征及其方法论体系初探》的文章，对比较文学中国学派做了全方位的阐述。关于比较文学中国学派的基本特征，可以用

---

① 邓楠：《比较文学中国学派之我见》，《中国比较文学》1997年第7期，第130页。

② 严绍璗：《双边文化关系研究与"原典性的实证"的方法论问题》，《中国比较文学》1996年第1期，第20页。

这篇文章中的一句话来概括："'跨文化研究'（跨越中西异质文化）是比较文学中国学派的生命源泉，立身之本，优势之所在；是中国学派区别于法、美学派的最基本的理论和学术特征。"①

张　叉：您后来把"跨异质文化研究"调整为"跨文明比较研究"，这是出于怎样的考量？

曹顺庆：我那篇《比较文学中国学派基本理论特征及其方法论体系初探》刊登出来以后，很快在学术界引起积极的反响，得到了充分的肯定。考虑到学术界容易对跨异质文化产生误解，所以又把"跨异质文化研究"改成"跨文明比较研究"。至于其中的异质性，法国学派与美国学派都是在同属于古希腊罗马文化的欧洲文明圈内的比较，没有碰到过类似中国人所面对的中国文化与西方文化的巨大冲突，更没有救亡图存的文化危机感，在学科理论中就不能提出跨异质文化的要求。对于处于中西文化碰撞中的中国比较文学而言，我们真切地感受到了中西方文化之间的巨大差异，这样，中国的比较文学研究就不可避免地提出了跨文明的要求。如果说法、美学派跨越了国家和学科这两堵墙的话，中国学派就跨越了第三堵墙，即东西方异质文明这堵墙。跨文明研究将法、美学派求同的研究思维模式转向了求异，这样才能穿透中西文化之间厚厚的壁障。与跨文明研究相配套的五种研究方法更成为比较文学中国学派方法论体系的重要组成部分。

张　叉：比较文学中国学派的方法论体系是什么？

曹顺庆：中国学派的所有方法论都同中国学派的基本理论特征密切相关，是这个基本理论特征的具体化与延伸。这个方法论体系由五大方法论构成：一是跨文化阐发法，二是中西互补的异同比较法，三是探求民族特色及文化寻根的模子寻根法，四是促进中西沟通的对话法，五是旨在追求理论重构的整合与建构法。以这五种方法为支柱，正在构筑起中国学派跨

---

①　曹顺庆：《比较文学中国学派基本理论特征及其方法论体系初探》，《中国比较文学》1995年第1期，第22页。

文化研究的理论大厦。这五种方法对东方文学之间的比较研究和其他东方文学与西方文学之间的比较研究也同样适用。

五、跨文明比较文学研究

张　叉：对跨文明研究学术思潮最具冲击力的一波来自何方？

曹顺庆：来自政治学研究领域。美国学者亨廷顿（Samuel P. Huntington）于 1993 年提出了"文明冲突论"（the clash of civilizations），引起了世界范围的高度关注，犹如一石激起千层浪，激起了学术界争论的波澜。论争的意见，甚至讨伐之声此起彼伏，"文明冲突论"成了一个世界性的核心话题，在各个学术领域发酵。尤其是"9·11"之后，亨廷顿的著作《文明的冲突与世界秩序的重建》（*The Clash of Civilizations and the Remaking of World Order,* 1997）在世界各地销量持续攀升，"9·11"似乎成为"文明冲突论"的最佳注脚。

张　叉：对跨文明研究学术思潮最具冲击力的另一波来自何方？

曹顺庆：跨文明研究学术思潮最具冲击力的另一波来自以爱德华·瓦迪·萨义德（Edward W. Said[①]）为代表的后殖民主义思潮。萨义德说："在欧洲人的想象地理世界中，有两大主题：西方是强有力的、清晰明白的，东方则是遥远暧昧的、被征服的国度，这两大主题构成西方人看东方的角度。"[②] 关键在于，这种东方幻象的建构却是由西方无数学者们用客观的、实证的方法研究出来的。萨义德指出："东方主义是一个博学的领域。"[③] "东方学专家都不外是《圣经》学者、闪族语言学者、伊斯兰教专家，或是因为耶稣教会开启的一门新学问，而有所谓的汉学学者（Sinologist）。"[④]

---

① Said，或译"赛义德""萨伊德"。

② 爱德华·萨伊德：《东方主义》，王志弘等译，台北立绪文化事业有限公司 1999 年版，第 79 页。

③ 爱德华·萨伊德：《东方主义》，王志弘等译，台北立绪文化事业有限公司 1999 年版，第 69 页。

④ 爱德华·萨伊德：《东方主义》，王志弘等译，台北立绪文化事业有限公司 1999 年版，第 71 页。

"东方主义最初只被当作一个研究领域。"① 为什么这种博学的、实证的研究却成为一种人为的幻象和偏见呢。问题的关键之一在于东西方巨大的文明差异使然。进行跨文明研究首先必须要打破那种充满霸权意识的西方中心主义的立场，走出单一向度的"东方主义"阴影，进一步从对话中重新认识东方文明的特质，并以此作为进行跨文明研究的基础。当然，跨文明不仅仅是一种社会文化思潮，可以说，在具体的比较文学研究实践中早就已经存在这样的萌芽了，而且在比较文学的实践中也可以清晰地勾勒出一条跨文明研究的轨迹来。在比较文学的几个发展阶段中，法国学派注重将学科理论的重点放在文学关系史的研究上面，从而忽视了比较文学学科的世界性胸怀和开放性特征。

张　叉：为什么说比较文学必然不可避免地要走向跨文明研究？

曹顺庆：比较文学法国学派旨在实证性考察文学"外贸关系"，偏离了文学性，偏离了"世界文学"理念，让比较文学学科的处境岌岌可危，陷入死水一潭。美国学派的平行研究在一定程度上解决了问题，比较文学在内外争论中继续显示出生机，不过，危机却没有彻底得以消除。最近一段时间以来，在东西方学术界，有学者几乎同时唱响了比较文学"危机"论，有的甚至宣布比较文学已经"过时"与"死亡"。美国学派的研究范式旨在综合文学的普遍性规律，而西方的比较文学研究仅局限于西方文明之内，在大量非西方文学"缺失"的情况下，是没法寻求到"普遍性"的文学规律的。对于异质文明，绝大多数西方比较文学学者在犹豫、徘徊，难于突破西方文明的边界。有人认为，东西方文学之间的异质性非常厚重，是不可能进行比较研究的。法国的影响研究模式，在影响事实的探寻中偏离了比较文学的学理依据和学科目标，没能把非西方文明的文学纳入研究视域，又使意在综合的美国平行研究范式陷于尴尬境地。今天，异质文明交往已经越来越频繁，过于注重求同的比较文学研究方法面临着突破，比

---

① 爱德华·萨伊德：《东方主义》，王志弘等译，台北立绪文化事业有限公司1999年版，第88页。

较文学必须从学科内部做出战略性转变，这种转变就是跨文明研究，唯有如此，拥有世界胸怀的比较文学才会再一次化危机为动力，迎来学科发展的新辉煌。①

张　叉：跨文明比较文学面临的问题是什么？

曹顺庆：西方学术界有不少人抱残守缺，顽固坚持西方文明中心主义，认定非西方文学中除少数几部作品外皆无足轻重，可以忽略不计，这是跨文明比较文学面临的一个问题。

张　叉：跨文明比较文学问题的应对策略是什么？

曹顺庆：对于非西方文学来说，清理文明内部的文学流变，进行更好的理论总结，也就显得更为急迫了。美国诗人罗伯特·弗罗斯特（Robert Frost）在《修墙》（Mending Wall）中讲："篱笆牢实邻居情久长。"② 这个诗句或许更适合今天的文学交流。③ 我们要脚踏实地做好自己的事情，耕作好自己的田园。只有当各国文学以鲜明的特性赫然存在于世界时，不同文明之间文学的对话才能够开始开展，歌德与马克思"世界文学"的理想才能够离我们更近一步。

张　叉：跨文明比较文学研究的特点是什么？

曹顺庆：可以归纳为三点。第一，跨文明研究是一种强调不同文明之间的异质性的研究。比较文学法国学派、美国学派的比较文学学科定位强调了研究对象之间的同源性和类同性，而比较文学中国学派所面临的却是中西之间的异质性的文明鸿沟，进行任何意义上的中西比较文学研究都要注意到这两种文明的异质性所带来的问题，况且中国传统文化产生断裂，东方文化特质长期被西方文化遮蔽了。因此"异质性"研究与"发现东方和文化输出"主张都是要重新寻找文明的异质性、独特性，这正是中国比

① 曹顺庆、王敬民：《"文明冲突"与跨文明比较文学研究》，《学术月刊》2003年第5期，第5—6页。
② 理查德·普瓦里耶、马克·查理森编：《弗罗斯特集》（上），曹明伦译，辽宁教育出版社2002年版，第52页。
③ 曹顺庆、王敬民：《"文明冲突"与跨文明比较文学研究》，《学术月刊》2003年第5期，第7页。

较文学跨文明研究最为特别的领域。第二，比较文学跨文明研究最终目的不是简单发现与研究异质性，而是追求在不同文明异质性基础上产生的一种互补性。正是由于文明之间的异质性因素才使得不同文明之间互相取长补短，在交流对话中才会各有裨益，正是文明的异质性因素才使得交流存在互补的空间。现在，"和而不同"的观念成为一种中西文明交流的理想态势，但是这种观念必须由"不同"与"和"两方面的内容组成，"不同"强调文明之间的异质性，有了不同才能有资格进行交流，才可能"和"。"和"则说明了互补的重要性，文明的异质带来的并不应该是冲突和矛盾，而应该是互补短长和融会贯通。第三，跨文明研究思潮和全球化思潮是不一样的。全球化已成为 21 世纪以来一股强劲的历史潮流，而跨文明研究似乎也和全球化有着某种关联。但是二者存在很多的不同之处。全球化浪潮是一种经济、社会文化等的同质化趋势。在全球化中，强势的经济、社会文化等成为一种范本被到处摹写，它的背后隐藏的是一种同中的单一，是"同而不和"，或者说是看似繁荣背后的单一和贫乏。跨文明思潮则是一种对单一的反动，是以求异作为研究定位，是在保持文明差异的基础上追求一种"异中之和"或者是"和而不同"的文化理想。只有这样的繁荣才体现了真正的多样性，才是我们所期待的文化生态和文化理想。①

张　叉：跨文明比较文学研究的现实意义是什么？

曹顺庆：跨文明比较文学研究可以通过东西方异质文明的对话与交流，起到加强相互理解、缓解文明冲突的巨大作用。跨文明比较文学研究是一支在东西方文明冲突中维护世界和平的力量，是一条东西方多元文明和谐共生、互相理解的通道，是一座异质文明互相沟通的桥梁。

张　叉：跨文明比较文学能够赢得西方学界认同的依据是什么？

曹顺庆：西方有识之士早已认识到跨越东西方文明比较文学的价值与

---

① 曹顺庆：《跨文明研究：把握住世界学术基本动向与学术前沿》，《思想战线》2005 年第 4 期，第 60—61 页。

意义。美国著名学者厄尔·迈纳（Earl Miner）写出了跨越东西方文化比较的论文《比较诗学，一篇跨文化的论文：文学理论》（Comparative Poetics, an Intercultural Essay: Theories of Literature），以研究实绩打破了西方中心论。意大利比较文学家阿尔蒙多·尼希（Armando Gnisci）提出了"作为非殖民化学科的比较文学，它倡导一种革命性的西方文化的自我批评，主张西方文化必须深刻反省，并和其他文化相协作来实现比较文学的发展。美国比较文学学会会长伯恩海姆也在'学科现状报告'中明智地提出'放弃欧洲中心论，将目光转向全球'"[1]。可见，比较文学跨文明研究的兴起是时势使然，而并非某学者或某国学者的一厢情愿。

张　叉：跨文明比较文学研究的前景是什么？

曹顺庆：跨越东西方文明圈的跨文明比较文学研究将是 21 世纪中国比较文学乃至整个世界比较文学研究的主流。展望未来，我们不但不必担心所谓将导致"第三次世界大战"的文明冲突，而且我们应当欢迎多元文明时代的到来，因为人类文明史常常提示我们，世界文明的高峰往往是在文明大交汇，尤其是异质文明大交汇处产生的。在这多元文明碰撞与融通的文明大交汇之中，跨文明的比较文学研究必将登上一个更加辉煌的高峰。

六、比较文学变异学

张　叉：怎样理解比较文学变异学？

曹顺庆：比较文学变异学是将跨越性和文学性作为研究支点，通过研究不同国家间文学交流的变异状态及研究没有事实关系的文学现象之间在同一个范畴上存在的文学表达的异质性和变异性，探究文学现象差异与变异的内在规律性的一门学科。[2] 通过研究文学现象在影响交流以及相互阐

---

① Charles Benheimer (ed.), *Comparative Literature in the Age of Multiculturalism, Bartino*, Baltimore: The Johns Hopkins University Press, 1995.

② 曹顺庆主编：《比较文学概论》，中国人民大学出版社 2011 年版，第 150 页。

发中呈现的变异，探究比较文学变异学的规律，把文学研究的重点由"同"转向"异"。

张　叉：王国维、钱锺书、季羡林这样的中西比较文学大家，西方学术界认同吗？

曹顺庆：在西方比较文学学科理论看来，王国维、钱锺书、季羡林等学术大家的中西比较文学是没有理论合法性的乱比，因此不予认同。出现这种论断的根本原因，在于中国缺乏自己的比较文学学科理论话语，始终束缚在西方的"求同"研究之中，导致的结果是，虽然中国学者在中西研究领域的研究成果汗牛充栋，但是却得不到西方学术界的认可。

张　叉：怎样理解中国学派异质性研究面临的挑战？

曹顺庆：亟须首先加以解决的问题是，要不要承认"异质性"，换言之，跨文明文学间的可比性是否能够成立。在比较文学理论教学和研究中，向来是西方求同式比较文学理论话语主导学术界。在西方原有的求同式比较文学学科理论框架中，东西方不同文明之间文学比较的合法性是受到怀疑的。法国学派为了坚决捍卫同源性的文学关系比较，索性抛弃了平行比较，提出"比较文学不是文学比较"的口号，实际上是宣称"比较文学不是平行比较"，这是十分奇怪且令人费解的。法国学派之所以反对平行比较，是因为欧洲比较文学的危机，根本原因是所谓"乱比"，或者说是没有相同可比性的比较。巴登斯贝格提出："仅仅对两个不同的对象同时看上一眼就作比较，仅仅靠记忆和印象的拼凑，靠一些主观臆想把可能游移不定的东西扯在一起来找点类似点，这样的比较决不可能产生论证的明晰性。"[①] 在他看来，这种隐约相似，其实是不相似的。显然，他是不同意差异比较的。卡雷认为："并非随便什么事物，随便什么时间地点都可以拿来比较。""比较文学是文学史的一个分支；它研究在拜伦与普希金、歌德与

---

① 巴登斯贝格：《比较文学：名称与实质》，干永昌、廖鸿钧、倪蕊琴编选：《比较文学研究译文集》，上海译文出版社 1985 年版，第 33 页。

卡莱尔、瓦尔特·司各特与维尼之间，在属于一种以上文学背景的不同作品、不同构思以致不同作家的生平之间所曾存在过的跨国度的精神交往与实际联系。"①

张 叉：对于东西方不同文明之间的文学比较合法性的问题，国外学术界的主要看法是什么？

曹顺庆：不同的学者有不同的看法。美国比较文学学者、国际比较文学权威专家乌尔利希·韦斯坦因（Ulrich Weisstein）不以为然，他在《比较文学与文学理论》（*Comparative Literature and Literary Theory*）一书中写道："我不否认有些研究是可以的……但却对把文学现象的平行研究扩大到两个不同的文明之间仍然迟疑不决，因为在我看来，只有在一个单一的文明范围内，才能在思想、感情、想象力中发现有意识或无意识地维系传统的共同因素。……而企图在西方和中东或远东的诗歌之间发现相似的模式则较难言之成理。"②

韦斯坦因的这一观点，国内外许多学者都是不完全赞同的。他们认为，东西方不同文明之间的文学是可以比较的，不过，他们的立足点大多还是放在相同性的可比性基础之上。美国比较文学知名学者雷纳·韦勒克认为，应该以相同性来认识东西方比较文学的合法性，全人类在人性上具有相通之处，各民族在文学上具有共同之处，因而东西方不同文明的文学是可以比较的。他主张，将全世界文学"看作一个整体，并且不考虑语言上的区别，去探索文学的发生和发展"。"研究各国文学及其共同倾向、研究整个西方传统——在我看来总是包括斯拉夫传统——同最终比较研究包括远东文学在内的一切文学之间，会产生相互影响。"③

---

① 卡雷：《〈比较文学〉序言》，北京师范大学中文系比较文学研究组选编，李清安译：《比较文学研究资料》，北京师范大学出版社 1986 年版，第 1 页。

② 韦斯坦因：《比较文学与文学理论》，刘象愚译，辽宁人民出版社 1987 年版，第 5 页。

③ 韦勒克：《今日之比较文学》，干永昌、廖鸿钧、倪蕊琴编选：《比较文学研究译文集》，上海译文出版社 1985 年版，第 165 页。

张　叉：对于东西方不同文明之间的文学比较的合法性的问题，国内学术界的主要看法是什么？

曹顺庆：中国比较文学著名学者钱锺书也持同样的观点，认为东西方文学的可比性在于相同性，希望通过比较寻找到普天之下共同的诗心文心、共同的艺术规律、共同的人类心声。他对不同时空、不同文化背景之下人性、人心、人情的相通相融充满了信心。他多次声称，自己要寻求的是普天之下共同的诗心、文心，是中学、西学、南学、北学之间共同的规律。显然，无论是韦勒克还是钱锺书，他们都将东西方不同文明文学的可比性建立在相同性之上，他们的看法是对韦斯坦因反对东西方文学比较的观点的有力批判和纠正。他们也用事实来证明，中西文学与文论是有共同性的，是可以比较的。

张　叉：对于韦勒克与钱锺书不同文明间文学可以比较的观点，您有何评价？

曹顺庆：不管是韦勒克还是钱锺书，都没有真正解决韦斯坦因的差异性困惑。他们所主张的可比性是基于不同文明中的共同人性。换句话说，人性相通、人心相同这个观点，并没有正面回答韦斯坦因所担忧的不同文明的差异性问题。不同文化之间存在着根本的差异，在许多方面无法兼容，有着不可通约性，这是一个不容否认的客观事实。跨文明比较文学研究绝不是为了简单的求同，而是在相互尊重差异性、保持各自文化个性与特质的前提下进行平等对话。在进行跨文明比较文学研究时，如果只"求同"而不辨析"异"，势必会忽略不同文化的独特个性，忽略文化的复杂性与多样性，最终使研究流于肤浅。这恰恰是西方比较文学理论所忽略的重要问题。变异学重新为东西方文学比较奠定合法性，这个合法性就是异质性和变异性，变异学肯定了差异也是具有可比性的，这就从正面回答了韦斯坦因的困惑，奠定了东西方不同文明文学比较的合法性。

张　叉：一提到钱锺书，不禁让人想起他在《谈艺录》序中留下的一大论断："东海西海，心理攸同；南学北学，道术未裂。"[①] 您怎样评价他的

---

① 钱锺书：《谈艺录》，中华书局1984年版，第1页。

这一论断？

曹顺庆：确实，钱锺书的这一论断非常有名，也为学术界所广为引用，产生了很大的影响。但恰恰也正是这一论断，暴露了钱锺书比较研究的一个很大的缺陷或者说是要害，那就是，他把"比较"视同于"类比"，认为比较在于追求意义的近似，甚至是一味地求"同"。忽略不同文明间文学现象的异质性，这是一个要害问题。只有在充分认识到不同文明间的异质性基础上，平行研究才能在一种"对话"的视野下展开，才能实现不同文明间的互证、互释、互补，才有利于不同文化间的融合。

张　叉：法国当代著名哲学家、学者弗朗索瓦·于连评论钱锺书说："他的比较方法是一种近似法，一种不断接近的方法：一句话的意思和另一句话的意思最终是相同的。我觉得这种比较收效不大。"① 您认为于连对钱锺书的这一批评中肯吗？

曹顺庆：于连尽管对钱锺书的学识、人格都赞叹、钦佩，但是对他的比较法还是持批评态度的。于连所牵涉出的差异性问题，不仅是汉学的问题，更是中国比较文学乃至世界比较文学发展的一个关键性和前沿性的问题，也就是东西方不同文明比较文学的可比性与合法性问题。只有在这个比较文学学科理论问题上做出推进，中国比较文学乃至世界比较文学才能摆脱"危机论"和"死亡论"，才能获得重生。在不同文明的文学研究成为当前比较文学研究的大趋势背景下，如果主张平行研究只在同一个文明圈中展开，甚至拒绝探寻不同文明的异质性因素，这已经是包括韦斯坦因在内的许多西方学者持有的陈旧的观点。遗憾的是，我们现有的比较文学学科理论（基本上还是西方的理论）还没有充分认识到差异的可比性问题，也没有对这个问题给予正面的回答及相应的解决。因此，当前比较文学学科理论面对的最紧迫的问题是对差异的可比性问题的认识和探讨。时代在呼唤新的比较文学学科理论，中国比较文学学者提出的变异学，正是从差

---

① 秦海鹰：《关于中西诗学的对话——于连访谈录》，《中国比较文学》1996 年第 2 期，第 79 页。

异角度来解决这个难题的。

张　叉：国际比较文学学会会长张隆溪说："要展开东西方的比较研究，就必须首先克服将不同文化机械对立的倾向，寻求东西方之间的共同点。只有在此基础上，在异中求同，又在同中求异，比较研究才得以成立。"① 您赞同张隆溪的观点吗？

曹顺庆：张隆溪的观点涉及比较文学变异学的基本内涵问题，非常好。从学科理论建构方面来看，提出比较文学变异学将是一个观念上的变革。它的提出，让我们看到了比较文学学科从最初求"同源性"向现在求"变异性"的转变。所以对于张隆溪的观点，我是赞同的。

张　叉：中国学派是怎样应对没有自己比较文学学科理论话语这一巨大挑战的？

曹顺庆：虽然从西方输入的比较文学学科理论的确促进了中国比较文学发展，但是西方比较文学学科理论自身也有不完善甚至不合理之处，岂能不问青红皂白照单全收。我们要知道，西方比较文学的危机也很可能就是比较文学新话语建构的转机，这正是中国学派的机遇。可以说，比较文学不比较的泛滥和忽略异质性的缺憾就构成当今比较文学学科危机的成因。挖掘隐藏在两大成因背后的深层原因，应是西方中心主义的局限所致。作为东方大国的中国，若不建设自己的比较文学理论话语，不以自己的比较文学理论刷新西方现有的比较文学理论，就难以避免陷入当前国际比较文学学科的危机中去。所以对于这一巨大挑战，中国学派的应对可以用"别无选择，唯有迎接"八个字来概括。

张　叉：您提出比较文学变异学理论是基于怎样的考虑？

曹顺庆：我主要基于五个方面的考虑。第一个考虑是，从人类文学史的历时发展形态上，不同文学体系在横向交流和碰撞中产生了文学新质，使得本土固有的传统得以变迁。这样的文学变异现象丰富而复杂，所以对

---

① 张隆溪：《中西文化研究十论》，复旦大学出版社 2005 年版，第 2 页。

文学变异学的研究理当成为比较文学研究的主要视角之一。第二个考虑是，在没有实际影响关系的文学现象之间，文学变异学研究仍然是存在的。不同文明体系的文学变异现象的比较研究一度遭受西方学者的求同思维所质疑，这种"迟疑不决"①的心态正是比较文学求同思维的具体写照，所以需要走出比较文学的求同，而从差异、变化、变异入手重新考察与界定比较文学的文学变异学领域。第三个考虑是，从文学的审美性特点来看，比较文学的研究必然包括文学史的实证研究与文学审美批评的研究。完全可以将影响研究并入比较文学的变异学研究，它不再只注意文学现象之间的外在影响研究，而是把文学的审美价值引入比较研究，从非实证性的角度进一步探讨文学现象之间的艺术与美学价值上的新的变异所在。②第四个考虑是，中国比较文学缺乏自己的、切合中国比较文学研究与教学实践的学科理论，这已成为中国比较文学学科理论当前面临的一个严峻问题，必须要加以解决。提出比较文学变异学理论，是构建中国比较文学自己的、符合中国比较文学研究与教学实践学科理论的有益尝试。第五个考虑是，对异质性的强调已经成为比较文学中国学派的一个突出特征，中国人文学术的创新也需要在异质性的基础上进行。

张　叉：比较文学变异学理论的提出有何重要意义？

曹顺庆：在全球化的文化语境中，如果不承认不同文明间的可比性，比较文学就不可能是真正全球性的理论学科。跨文明比较文学研究绝不是为了简单的求同，而是在相互尊重差异性、保持各自文化个性与特质的前提下进行平等对话。在进行跨文明比较文学研究时，如果只求同，不辨异，势必会忽略不同文化的独特个性，忽略文化的复杂性与多样性，最终使研究流于肤浅。这恰恰是西方比较文学理论所忽略的重要问题。实际上，文学的跨国、跨语言、跨学科、跨文化的流传影响过程中，更多的是变异性；

---

① 韦斯坦因：《比较文学与文学理论》，刘象愚译，辽宁人民出版社1987年版，第5页。

② 曹顺庆：《比较文学学科理论的"跨越性"特征与"变异学"的提出》，《中外文化与文论》第13辑，四川大学出版社2006年版，第123—124页。

文学的影响关系应当是追寻同源与探索变异的一个复杂的历程。比较文学不比较的泛滥与忽略异质性的缺憾，构成了当前比较文学学科危机的成因，根本原因当是西方中心主义的局限。作为东方大国的中国，若不建设自己的比较文学理论话语，不以自己的比较文学理论刷新西方现有的比较文学理论，就难以避免陷入西方面临的危机中去。而西方比较文学面临的危机，恰好成为比较文学中国话语的建构的转机。① 变异学的提出打破了比较文学界 X+Y 式的浅层比附，使研究视角转向前人所忽略的异质性和变异性，重新奠定了东西文学的合法性，为东西方不同文明的比较提供了坚实的理论基础。变异学为比较文学的进一步发展提供了可行的新方向，它既保证了学科边界的科学性、合法性，又大大拓展了研究方法与研究视角；既打破了求同性思维模式和研究模式的局限，将差异性作为比较文学可比性的重要研究内容，能集中体现比较文学中国学派治学的方法论特点，又为世界比较文学的研究注入新的活力，拓展了国际比较文学新的空间，为比较文学中国学派学科理论奠定了学理基础。

张　叉：为什么异质性研究能够导致世界性与总体诗学？

曹顺庆：可以从两个方面来认识。第一，世界性基于文明间的对话而不是某一文明的独白。某一文明内部的比较研究只能导致区域性，世界性有赖于文明间的比较。20 世纪 70 年代港台比较文学界主张用西方的文学理论来解释中国的文学文本，80 年代大陆学者执着于中西间的类同探索，拒斥异质性研究、盲目求同，中国的文本成了西方理论的一个注脚本，本质上依然是西方话语的独白，是放大了的区域性。国内学术界所广泛接受的"和而不同"观点，其实说的也是这个道理。"和而不同"其前提在于"不同"，即异质性或差异性，这才是真正意义上的世界性的比较文学研究。第二，异质性比较所导致的互补是克服民族主义狭隘性的有效途径，也是导致总体诗学的有效途径。对于异质性进行比较研究，一方面是各文明圈

---

① 　曹顺庆：《建构比较文学的中国话语》，《当代文坛》2018 年第 6 期，第 8 页。

内人们对本身文学、文化观念可靠性、合法性的怀疑；另一方面则是对他文明特殊价值的认识。在这种怀疑与认识中，民族主义狭隘性开始得以克服。每一个文明都存在着文化盲点，而异质性比较则可以相互"照亮"从而形成互补。这种对于文明间异质性的比较研究，可能最终会形成一种各文明间相对合法又相互补充的研究态势，并在此基础上达成一种"多层论域的异质开启和'世界文心'的多声部协同"的"世界性文学理论"。①

张　叉：变异学理论的研究范围主要有哪些？

曹顺庆：变异学理论主张的"异质性"与"变异性"，在承认中西方异质文化差异的基础之上，进行跨文明的交流与对话，研究文学作品在传播过程中呈现出的变异。变异学理论的研究范围主要有五个。其一，跨国变异研究，典型代表是关于形象的变异学研究。形象学研究的对象是在一国文学作品中表现出来的他国形象，而这种他国形象就是一种"社会集体想象物"②，正因为它是一种想象，必然会产生变异现象，而变异学研究的关注点即在于他国形象变化的原因。其二，跨语际变异研究，典型代表是译介学。文学作品在翻译的过程中，将跨越语言的藩篱，在接受国的文化和语言环境中被改造，在此过程中形成的变化即是变异学研究的焦点。其三，文学文本变异，典型代表是文学接受学研究。在文学的接受过程中，渗入着美学和心理学等因素，因而是无法进行实证性考察的，属于文学变异学的研究范围。其四，文化变异学研究，典型代表是文化过滤。文学从传播方转向接受方的过程中，接受方基于自身文化背景而对传播方文学做出的选择、修改、创新等行为，构成了变异学的研究对象。其五，跨文明研究，典型理论是跨文明研究中的话语变异。由于中西方文论产生的文化背景迥异，因此二者之间存在着巨大的异质性差异。西方文论在与中国文学的阐发和碰撞中，双方都会产生变异现象，因此中国学者提出了"双向阐发"

---

① 曹顺庆、杜吉刚：《跨文明比较文学研究的可比性问题》，《求索》2003年第5期，第190—191页。

② 让-马克莫哈：《试论文学形象学的研究史及方法论》，孟华主编：《比较文学形象学》，北京大学出版社2001年版，第29页。

的理论，主张在用西方文论阐释中国文学作品的同时，用后者来反观前者，这是变异学从差异性角度出发对跨文明研究所做出的有益突破。①

张　叉：比较文学变异学的理论意义是什么？

曹顺庆：比较文学变异学有两大理论意义。首先，变异学建构起的文学变异研究体系包括对翻译变异、文学过滤研究、文化误读现象、异国形象他国化、文学主题迁移等文学横向交流比较中出现的文学变异现象的研究，而这些文学变异都是无法用实证性影响研究概括和解释的。其次，变异学倡导的异质性对话、跨文明交流，奠定了破除当今学界中顽固的"一元文明中心论"的基础，它打出的反对西方霸权主义如同一面倡导学术公正的理论旗帜，有利于"多元共存、和平共处"的文化交往机制在全球化中的确立。②

张　叉：变异学学科理论在比较文学中国话语建构中的意义是什么？

曹顺庆：比较文学在中国作为专门的、建制性的学科被学术界公认是在20世纪80年代。就是这样一门年轻的学科，其学术队伍的庞大和学术创新的潜力却是不容低估的。经过努力奋斗，中国学人终于建立起了全球比较文学第三阶段的学科理论体系。从这个意义上说，比较文学中国学派的建立作为一个示范性个案可为我们提供一个良好的学术创新视角。中国学者提出的"比较文学变异学"，打造了一个比较文学学科理论新话语，提炼了一个标志性概念，形成了一个易于为国际社会所理解和接受的新概念、新范畴、新表述，引导国际学术界展开了研究和讨论，得到了包括美国、法国、荷兰、比利时、丹麦、西班牙、印度等国家著名学者的好评，产生了世界性影响。中国比较文学终于有了自己的理论话语。在跨文化研究的学术浪潮中，中国比较文学界的学者们历经不懈努力，建构起了真正适合全球的学科理论。变异学学科理论的构建，使比较文学形成了一套较

---

① 曹顺庆：《建构比较文学的中国话语》，《当代文坛》2018年第6期，第9页。

② 曹顺庆、李泉：《比较文学变异学学科理论体系的新建构》，《思想战线》2016年第4期，第133—134页。

为完整的学术话语，弥补了西方理论中的现有缺憾，使中国学者在世界发出了自己的声音。

张　叉：为何说提出比较文学变异学是学科理论建构观念上的一个变革？

曹顺庆：比较文学变异学的提出让我们看到了比较文学学科从最初求"同源性"向现在求"变异性"的转变。比较文学中国学派建构起的理论话语，弥补了西方理论中的诸多不足，使比较文学真正成为一门全球性的学科。以变异学理论为标志，比较文学中国学派建构起了自己的学科话语体系，并在世界范围内得到了广泛的传播和赞誉。中国比较文学话语体系的建立，实际上是在国际比较文学研究中发出属于中国的声音，在对外交往中获取话语权。经过几代学者的共同努力，比较文学学科在中国迅速发展，无论在理论建设方面，还是在批评实践方面，都取得了傲人的研究成果。北京师范大学王向远评价说："中国比较文学在学术质量与数量上均已领先于世界，可以说，当今世界比较文学重心已经移到了中国。""对于中国比较文学的崛起，作为西方学者的巴斯奈特，还有已故法国学者艾田伯（René Etiemble）等，也都给予了积极肯定。"①

张　叉：变异学对中国学术理论话语建设的借鉴意义是什么？

曹顺庆：在学术话语权竞争日益激烈的今天，如何构建中国人文社会科学的话语体系，受到了学界内外的广泛关注。话语问题是当下中华文化传播最重要的问题，重建中国话语也成为国家文化发展战略的一部分。目前，中国文化在世界上基本没有话语权，在对外交流中往往没有自己的文化身份和立场。这种现象不仅存在于中外交往之间，甚至在国内研究中也是如此。变异学理论的成功案例，证明了中国学者有能力建构起既有中国特色的比较文学学科理论话语，又具有普遍意义的世界性比较文学学科理论话语。在传统文化的基础上，创造出新的理论话语，用新的话语来引起全世界的研究和讨论，是我们的奋斗目标。"变异"一词，是《周易》思

---

① 王向远：《世界比较文学的重心已经移到了中国》，《中国比较文学》2009 年第 1 期，第 37 页。

想的重要组成部分，而文化传播中最重要的现象就是变异，变异学理论恰好解决了西方面临的"比较文学危机"。对于其他人文学科也是如此，如何以我们自身的文化传统为基础，激活其在当代文化语境下的现代意义，是所有人文科学研究者应该时刻注意的。变异学的理论贡献不仅体现在比较文学领域，更为人文学科的话语建设提供了先例，对于中国话语体系的建构也将起到积极的借鉴作用。①

张　叉：变异学对比较文学学科理论的主要拓展是什么？

曹顺庆：从变异学的学科理论建构来看，变异学对比较文学学科理论主要有三大拓展。第一，变异学批判性地继承了法国影响研究的理论遗产，在吸收法国对国际文学关系史的影响研究的基础上，创造性地提出了"影响关系变异研究"，突破了影响研究中求同思维模式倾向无法有效解决文学交往中发生的心理层面的变异问题。与此同时，它对不同文明中文学现象的本质性差异和跨文明交往变异的探索，弥补了法美研究者存在的内在理论缺陷。第二，变异学对语言层面展开的变异研究，用批判性视角重新审视了传统翻译学定义的"信达雅"翻译标准，确立了极具后现代特色的新视角，将翻译中出现的意义差异归为一种"创造性叛逆"，为翻译中的变异现象和变异机制研究确立了合法性、正当性和可比性，从而为深入考察文学翻译中的相对可译性和异质性导致变异的必然性提供了理论基础。第三，变异学对形象变异的研究，把文学形象的变异研究从文学文本层面提升到了立体的文学文化层面，把文学变异的研究范围界定在异质文明圈的文学交流中，让研究者能够从文化过滤与文学变异、文学误读与文学变异的角度切入，对文学形象变异中文化过滤与文学误读的概念、机制及形成动因的影响进行深入发掘。②

张　叉：变异学的主要贡献是什么？

---

① 曹顺庆：《建构比较文学的中国话语》，《当代文坛》2018年第6期，第10—11页。

② 曹顺庆、李泉：《比较文学变异学学科理论体系的新建构》，《思想战线》2016年第4期，第134页。

曹顺庆：变异学主要有四大贡献。第一，"变异性"与"异质性"首次成为比较文学可比性基础。法国著名学者于连在批判求同模式时指出："我们正处在一个西方概念模式标准化的时代。"中国学者习惯套用西方理论，并将其视为放之四海而皆准的公理，失去了自己的理论话语。我们在引进西方理论的时候，应该注意它的异质性和差异性，注意到文化与文学在传播影响中的变异和阐发中的变异性。第二，明确指出了比较文学的可比性是由共同性与差异性构成的。影响研究，是由影响的同源性和文学与文化传播中的变异性共同构成的，缺一不可。平行研究，是由文学的类同、相似的对比，以及对比中的相互阐释与误读、变异共同构成的，缺一不可。可以说只有包含变异性的研究，比较文学可比性才是完整的。第三，从学科理论建构方面来看，比较文学变异学是一个观念上的变革。变异学的提出，让我们看到了比较文学学科从最初求"同源性"向现在求"变异性"的转变。也就是说，它使得比较文学研究不仅关注同源性、共通性，也关注差异性、变异性，如此比较文学的学科大厦才会完满。我们中国学者提出异质性是比较文学的可比性，也就是说比较文学可比性的基础之一是异质性，这无疑就从正面回答了韦斯坦因的疑问，为东西方文学比较奠定了合法性基础，建立起了新的比较文学学科理论体系。第四，变异是文化创新的重要路径。人们讲文化创新，常常强调文化的杂交，提倡文学的比较、对话、互补，同样是希望实现跨文化对话中的创新。但是，对于比较文化与比较文学究竟是怎样实现创新的我们还缺乏学理上的清晰认识。①

　　张　叉：如何准确把握比较文学变异学理论的内涵？

　　曹顺庆：我在《东西方不同文明文学比较的合法性与比较文学变异学研究》一文中，对比较文学变异学理论做了这样的定义："变异学是指对不同国家、不同文明的文学现象在影响交流中呈现出的变异状态的研究，以及对不同国家、不同文明的文学相互阐发中呈现的变异状态的研究。通过

---

① 曹顺庆：《建构比较文学的中国话语》，《当代文坛》2018 年第 6 期，第 9 页。

研究文学现象在交流以及相互阐发中呈现的变异，探究比较文学变异的规律。变异学研究的重点在求'异'的可比性，研究范围包括跨国变异研究、跨语际变异研究、跨文化变异研究、跨文明变异研究、文学的他国化研究等方面。"① 从这里可以看出，我们主张的异质研究是奠定在有着同源或类同基础上的差异性和变异性研究，这才是变异学的真正内涵。

张　叉：为什么差异性问题成了当今全世界学术研究的核心问题？

曹顺庆：从哲学层面而言，异质性的探讨其实是当代学术界一个重要的理论问题，现当代西方的解构主义和跨文明研究两大思潮都是关注和强调差异性的，没有对异质性的关注，就不可能产生亨廷顿的文明冲突论，不可能产生德里达的解构主义，也不可能出现萨义德的东方主义。在解构主义和跨文明研究两大思潮的影响下，差异性问题已经成为当今全世界学术研究的核心问题，是全球学术界关注的焦点。中国当下的比较文学研究应该直面异质文明间的冲突与对话问题，正是在这样的学术背景下，中国学者提出了比较文学变异学的理论。②

张　叉：变异学发现的重要的文化创新规律、文学创新的路径是什么？

曹顺庆：变异学发现的重要的文化创新规律、文学创新的路径是文化与文学交流变异中的创造性以及文学阐发变异中的创新性。变异学研究发现，准确的翻译，不一定就有好的传播效果，而创造性翻译的变异常常是创新的起点。从创新视角出发，变异学可以解释当前许多令人困惑的学术争议性问题。例如，翻译文学是不是外国文学、创造性叛逆的合理性、西方文学中国化的理论依据是什么、比较文学阐发研究的学理性问题、日本文学的变异体，等等。总之，变异学提供了一个崭新的学术视野。③

张　叉：您提出比较文学变异学理论是出于什么考虑？

---

① 曹顺庆：《东西方不同文明文学比较的合法性与比较文学变异学研究》，《外国文学研究》2013 年第 5 期，第 57 页。

② 曹顺庆：《建构比较文学的中国话语》，《当代文坛》2018 年第 6 期，第 8 页。

③ 曹顺庆：《建构比较文学的中国话语》，《当代文坛》2018 年第 6 期，第 9 页。

曹顺庆：国际上，文化差异诗学的理论转向与比较文学自身理论的危机促使我们进一步思考比较文学原有理论的重大缺陷与可能的开拓，比较文学变异学理论正是在这样的背景中凸显了它的学术价值和重要意义。当然，变异学是和我们自己的文化问题密切相关的。中国有自身的国情与特殊文化问题，这是差异诗学的另一方面与呈现。

张　叉：把文学变异学确立为比较文学的一个研究领域是出于什么考虑？

曹顺庆：是出于三个综合的考虑。第一，当下比较文学学科研究领域出现了失范的现象，即比较文学自身的研究领域没有一个明确的研究对象和研究范围，而且有些理论阐述存在很多纷乱之处。其中存在于影响研究中的实证性与审美性的纷争就突出地表现了这种比较文学学科领域的失范现象。第二，从人类文学的历史发展形态上看，文学形式和内容最具有创造力和活力的时代，往往是不同国家民族文学，乃至不同文化／文明之间互相碰撞、互相激荡的时代，因此提出文学变异学的研究领域是有充分的文学历史发展实践支持的。第三，我们当下的比较文学学科拓展已经改变了最初的求同思维，而走入求异思维的阶段。虽然美国学派平行研究强调的文学现象之间的"某种关联性"[①]与韦斯坦因的类同或者平行研究中的"亲和性"[②]在单一的西方文学／文明体系中是很实际的一种研究范式，但是无法解决不同文明体系中的文学比较遇到的文学变异问题。我们现在要做的就是要走出比较文学的求同，从异质性与变异性入手来重新考察和界定比较文学的文学变异学领域，文学变异学的提出正是这种思维拓展的最好体现。[③]

张　叉：比较文学变异学正式提出的基础是什么？

---

① 闻一多：《文学发展中的予和受》，约翰·J.迪尼、刘介民主编：《现代中国比较文学研究》第一册，四川人民出版社1988年版，第71页。

② 韦斯坦因：《比较文学与文学理论》，刘象愚译，辽宁人民出版社1987年版，第36页。

③ 曹顺庆、李卫涛：《比较文学学科中的文学变异学研究》，《复旦学报（社会科学版）》2006年第1期，第79—81页。

曹顺庆：变异学并非无中生有的理论，更不是突如其来的拍脑袋想出来的理论，而是渊源有自的。早在变异学正式提出之前，国内外若干著名学者对东西文学的异质性与变异性就有所认识、探讨和论述。例如，1975年，台湾学者叶维廉在《东西比较文学中"模子"的应用》一文中认识到，东西文学各有自己的一套不同"模子"，不同"模子"之间存在差异，如果局限于各自的文化"模子"，不可避免会对异质文化产生歪曲。萨义德1983年发表论文《理论旅行》（Travelling Theory），提出"理论旅行"说，时隔12年，1994年又发表论文《理论旅行再思考》（Travelling Theory Revisited），形成"理论旅行与越界"说。这一学说强调批评意识的重要性和理论变异与时空变动之间的关系。大陆学者盛宁认为，萨义德撰写《理论旅行》的"本意是以卢卡契为例来说明任何一种理论在其传播的过程中必然要发生变异这样一个道理"[1]。国内外学术界的这些研究为变异学的正式提出奠定了坚实的学术基础。

张　叉：如何从比较文学的角度整体把握变异学？

曹顺庆：主要可以从两方面来把握。第一，变异学的提出首次使变异性、异质性成为比较文学可比性的基础。当今世界对不同文化、不同文明之间差异性的重视及比较文学近年来在东方的兴起，使得比较文学研究中的异质性问题越发突出。比较文学学科的今后发展若无法解决跨文明语境下的异质性与变异性等现实问题，则将长期陷于学科的欧美中心主义泥潭中，无法自拔，谈何发展。其中，关键之处在于对其求同思维的突破。在此之前的比较文学可比性，都是以同为基本理论依据的。变异学提出了差异也是有可比性的这一创新性观点，成为比较文学学科理论的突破点。第二，比较文学的可比性，是由共同性与差异性共同构成的。影响研究是由影响的同源性和文学与文化传播中的变异性共同构成的，缺一不可。平行研究，是由文学的类同、相似的对比以及对比中的相互

---

① 盛宁：《"卢卡契思想"的与时俱进和衍变》，《当代外国文学》2005年第4期，第31页。

阐释与误读、变异共同构成的，缺一不可。可以说，有了变异性，比较文学可比性才是完整的。

七、中外比较诗学研究

张　叉：西方比较诗学研究历史的简单脉络是什么？

曹顺庆：比较文学法国学派是以实证主义为其方法论基础的，这种学术精神气质很难为比较诗学的发展提供可能，因而西方比较诗学研究在法国学派阶段几乎是一片空白。直到 20 世纪 50 年代美国学派兴起，平行研究得以合法化，比较诗学才慢慢成熟起来。20 世纪 70 年代以后，西方学界比较诗学真正大规模地出现研究成果。[①] 其中，刘若愚的《中国的文学理论》（1975）作为海外第一部中西诗学比较的成果，产生了广泛的学术效应。厄尔·迈纳的《比较诗学——文学理论的跨文化研究札记》（1990）则可谓是比较诗学领域内公认的颇具影响力的学术著作。叶维廉的《中西比较诗学》（1986）、张隆溪的《道与逻各斯——东西方文学阐释学》（1992）、宇文所安的《中国文论：英译与评论》（1992）等一大批优秀的比较诗学成果陆续面世。

张　叉：中国比较诗学研究历史的简单脉络是什么？

曹顺庆：从以中国大陆为主的中国比较文学研究生态来看，比较诗学所体现出的先驱性是同西方比较文学学科发展脉络不相同的。中国比较文学在 20 世纪初的萌芽期便已包含比较诗学的成分。诸如王国维的《红楼梦评论》《人间词话》，鲁迅的《摩罗诗力说》，朱光潜的《诗论》，钱锺书的《谈艺录》《管锥编》，宗白华的《美学散步》等杰出成果都可以纳入比较诗学的范畴。"据对 1949 年以前近三百余种国内比较文学论著和论文的

---

① 　向天渊：《逐点点燃的世界——中西比较诗学发展史论》，文心出版社 2009 年版，第 55 页。

统计，其中可以列入比较诗学研究范畴的就占四分之一左右。"① 从 20 世纪 80 年代起，中国比较诗学研究逐步走向学科建设的自觉，推出了一批引人注目的成果。如黄维樑的《中国诗学纵横论》（1977），叶维廉的《比较诗学——理论框架的探讨》（1983），刘小枫的《拯救与逍遥——中西方诗人对世界的不同态度》（1988），曹顺庆的《中西比较诗学》（1988），黄药眠与童庆炳的《中西比较诗学体系》（1991），乐黛云、叶朗和倪培耕的《世界诗学大辞典》（1993），杨乃乔的《悖立与整合——东方儒道诗学与西方诗学的本体论、语言论比较》（1998），饶芃子的《比较文艺学》（1999），陈跃红的《比较诗学导论》（2004）等。②

张　叉：中外比较诗学研究存在的主要问题是什么？

曹顺庆：目前，主要存在着两个问题，一是片面地求同，二是简单地类比，这两个问题直接制约着比较诗学的纵深拓展。比较诗学作为比较文学的一个组成部分，相关研究必然受求同模式的影响，相同比较一统天下。以中国比较诗学研究为例，已有的研究基本上要么是中西诗学的相似比对，要么是中国与其他东方诗学的简单求同。不仅当下的许多学者走的是这样一种求同研究的套路，就连以前的学术大家如钱锺书、朱光潜、宗白华等，采用的也是一味求同的模式。所以在建构比较诗学的后续发展生态时，在思考中国比较诗学如何开创新格局的问题时，就应该从这两个问题着眼。解决求同模式所带来的固化问题的对策是差异比较的介入。解决简单类比所带来的局限问题的对策则是在深化已有平行类比研究的同时，充分开展影响研究的比较诗学。

张　叉：中外诗学对话和沟通的基础是什么？

曹顺庆：无论中外诗学在基本概念和表述方法等方面有多大的差异，

---

① 北京大学比较文学研究所编：《中国比较文学研究资料：1919—1949》，北京大学出版社 1989 年版，转引自陈跃红：《中国比较诗学六十年（1949—2009）》，《汉语言文学研究》2010 年第 1 期，第 70 页。

② 曹顺庆、曾诣：《比较诗学如何开创新格局》，《西南民族大学学报（人文社会科学版）》2016 年第 8 期，第 163—164 页。

它们都是对于文学艺术审美本质的共同探求。换句话说，中外方文论虽然从不同的路径走过来，但它们的目标是一致的，其目的都是为了把握文学艺术的审美本质，探寻文艺的真正奥秘，这就是中外诗学可以进行对话和沟通的最坚实的基础。因为任何文学研究（包括比较文学研究）的根本目的，都是为了把握住人类文学艺术的审美本质规律，如果从文学艺术本质规律的探寻这一基本点去看中外诗学的对话和沟通，那么所有的疑虑便会烟消云散。立足于这一基本点，就会发现，虽然"对话"所使用的"语言"不同，但主题却是共同的，心灵是相通的，于是乎交流便会自然产生。①

张　叉：中国比较诗学影响研究如何在广度上有所拓展？

曹顺庆：所谓广度主要是指空间与时间的问题。目前的影响研究之比较诗学研究所涉及的国家和语言有限，总体来说，体现着"西方中心主义"与"英语中心主义"，因而真正成熟的影响研究之比较诗学研究应该在此基础上有所拓宽。首先，不仅要对西方诗学对中国的影响问题有所探究，也要对中国诗学对西方影响问题和东方诗学内部的影响关系进行关照。其次，不仅要对汉英诗学展开研究，也要对其他语种诗学间的关系予以重视。

张　叉：中国比较诗学影响研究如何在深度上有所拓展？

曹顺庆：所谓在深度上有所拓展，主要指向三个方面。第一，要关注诗学间异质问题与影响变异问题。第二，要在勾勒出多元线性诗学影响关系的基础上构建世界诗学关系网。第三，要关照影响研究之比较诗学的宏观研究和微观研究，即体系化理论层面的总体比较与概念范畴层面的语义比较相结合。

张　叉：中西诗学影响研究的前景如何？

曹顺庆：我的判断是大有可为。例如，海德格尔、德里达等学习中国古代文论与文化所涉及的当代中国诗学的西方化问题，启蒙运动时期流行欧洲的"中国热"所涉及的西方近代诗学与中国诗学的联系问题等，就是

---

① 曹顺庆：《中西诗学对话：现实与前景》，《当代文坛》1990 年第 6 期，第 21—22 页。

很好的说明。中西线中的俄苏一脉，虽然此前出现过不少优秀的成果，但是由于近年来学界对这一板块的关注热度有所下降，故当下正是需要我们对其进行反思与再创新的时候。中国诗学他国化研究在空间维度的拓展最为重要的一步当属东方内部的诗学关系史研究。中日线的研究虽然成果丰富，但是相较于中西线而言，仍然显得薄弱。中日诗学的交流因地缘关系变得尤为密切，不仅有古代中日诗学交流关系，还有近现代日本作为中西诗学交流重要之中介的一重关系。中国诗学与古代朝鲜的诗学交流，中国诗学与印度诗学的相互影响，中国诗学与丝绸之路上的波斯、阿拉伯等国家及地区的诗学关系等，都是值得我们认真考察的影响研究线路。[①]

张　叉：中西比较诗学研究有无新的路径可循？

曹顺庆：海德格尔、德里达、福柯、叔本华等西方文论大家，都曾经向中国古代文论与中国文化学习，受到不同程度的影响。例如，叔本华从哲学的高度，认识到中国道教文化中的"道"与他的"意志"非常相似。笛卡尔在其"二元论"探索世界本原的哲学逻辑推演中，明显留下中国宋明理学"理、气"二元论的痕迹。莱布尼兹认为"中国在人类大社会里所取得的效果，比较宗教团体创立者在小范围内所获得的更为优良"，其思想中吸纳和关照到中国元素。在海德格尔那里，《老子》成了一个前行路上的避难所。伏尔泰认真地拜读了孔子的著作，非常认可孔子的学说。瓦雷里对中国文化做了广泛深刻的观照和思考，提出"纯诗"理论并且意识到他所追求的"对称"在中华民族的各个方面都有体现，他在探讨"对称"时也提到了《老子》中"有无相生，长短相成的对称形式"。庞德通过对中国传统诗歌的翻译和阐发而创造了西方意象派诗歌。新批评学派瑞恰兹将中国古代哲学与西方心理学进行结合，提出了"中和诗论"。德里达发现在中国汉字体系中语音和文字融为一体，对自己的解构理论进行佐证和

---

① 曹顺庆、曾诣：《比较诗学如何开创新格局》，《西南民族大学学报（人文社会科学版）》2016年第8期，第166页。

补充。福柯认为"中国文化是最谨小慎微的，最为层级分明的"，充分肯定了中国文化对他的启示作用。从一定意义上说，中国古代文论、中华文化是当代西方文论的渊源之一。从全球范围来看，异质差距如此之大的东西方文明的对话与沟通是如此奇妙与巧合，精彩纷呈，孕育着无限的生机。毋庸置疑，西方文论与中国文论，都是有价值的理论，完全可以互相补充、互益相长。鉴于西方文学与文论构成中具有的中国文化与诗学因素以及潜在的渊源关系，我们完全可以通过比较，透过西方文论的中国元素，打开中西诗学比较的新视野，创立一条比较诗学关系研究的新路径。①

---

① 曹顺庆、刘衍群：《比较诗学新路径：西方文论的中国元素》，《浙江社会科学》2019 年第 1 期，第 129 页。

比较文学与中外文学交流研究方法论

　　——钱林森教授访谈录

　　受访人介绍：钱林森，1937 年生，男，江苏泰兴人，南京大学文学院教授、博士研究生导师，南京大学比较文学与比较文化研究所所长，中国比较文学学会副会长，有《中国文学在法国》《法国作家与中国》《法国作家与中国文化》《中外文学交流史.中国–法国卷》等著作，获中国比较文学终身成就奖，主要从事中法比较文学、中外文化关系研究。

　　访谈形式：书面

　　访谈开始：2017 年 10 月 17 日

　　形成初稿：2018 年 5 月 20 日

　　形成定稿：2020 年 7 月 8 日

　　最后修订：2021 年 3 月 3 日

一、比较文学研究的范式

张　叉：国际比较文学研究的范式有哪些？

钱林森：在国际比较文学研究史上，先后出现了影响研究、平行研究、后殖民主义研究、新跨文化研究四种范式。

张　叉：比较文学影响研究的命题是什么？

钱林森：产生自西方民族国家体系确立时代的比较文学学科，本身就是民族国家意识形态的产物。影响研究的真正命题是确定文学"宗主"，研究特定文学传统如何影响他人，他人如何从"外国文学"中汲取营养并借鉴经验与技巧。

张　叉：比较文学平行研究的命题是什么？

钱林森：平行研究兴盛于冷战时代，试图超越文学关系的外在的、历史的关联，集中探讨不同文学传统的内在的、美学的、共同的意义与价值。[①]

张　叉：比较文学后殖民主义研究的命题是什么？

钱林森：你这个问题，可以用中国社会科学院文学研究所陈燕谷的话来回答："继之而起的新模式没有一个公认的名称，但是和所谓的后殖民批评有着明显的关系，甚至可以把后殖民批评称为比较研究的第三种模式。这种模式从后结构理论吸取了'话语'、'权力'等概念，致力于清算伴随着资本主义扩张的帝国主义和殖民主义，尤其是其文化方面的问题。这种批评的所谓'后'字既有'反对'的意思，也有'在……之后'的意思。""后殖民批评的假设前提是正式的帝国/殖民主义时代已然成为历史。在第二次世界大战之后这一点已经成为普遍的共识，当时不同政治阵营能够加之于对方的最严厉的谴责莫过于'帝国主义'了。这种共识是后殖民批评能够立于不败之地的先决条件，当帝国去而复返，上述先决条件不复存在，自然意味着后殖民批评不再具有不证自明的有效性。"[②]

---

① 钱林森：《中外文学交流史·中国－法国卷》，山东教育出版社 2014 年版，第 2 页。

② 陈燕谷：《新帝国治下的比较文学》，《郑州大学学报（哲学社会科学版）》2003 年第 6 期，第 7 页。

张　叉：后殖民主义研究虽然企图颠覆比较文学研究的价值体系，但是却没有超越比较文学的理论前提。这是为何？

钱林森：原因有两个。一是比较研究尽管关注不同民族、不同国家文学之间的关系，但是其理论前提却是，不同民族、国家的文学是以语言为疆界的相互独立、自成系统的主体。二是比较文学研究总是以本国本民族文学为立场，假设比较研究视野内文学之间的关系，是一种自我与他者的关系，只不过影响研究表示顺从、和解，后殖民主义文化批判强调反写、对抗，对于"他性"的肯定，依然没有着落。

张　叉：比较文学新跨文化研究的命题是什么？

钱林森：20世纪70年代后期后殖民主义文化批评兴起后，西方比较文学界对社会文本的关注好像开始压倒以往的文学文本了，西方比较文学的新格局出现了。翻译、妇女、生态、少数族裔、性别、电影、新媒体、身份政治、亚文化、新帝国治下的比较研究等问题几乎彻底更新了比较文学的格局。一个典型的例子是，苏珊·巴斯奈特在1993年布莱克威尔出版的《比较文学批评导论》（*Comparative Literature: A Critical Introduction*）中宣称，"后殖民"最恰当的表达术语是近年来出现的新跨文化批评，"除此之外，比较文学已经没有其他名称可以替代了"[1]。

二、中外文学关系研究的方法论

张　叉：中外文学关系研究在中国比较文学史上有何意义？

钱林森：从"20世纪中国文学的世界性因素"的讨论到中外文学关系探究中"文学发生学"理论的建构，从中外文学关系的哲学审视、跨文化对话中激活中外文化文学精魂的尝试，到比较文学形象学、后殖民主义文

---

[1] Susan Bassnett, *Comparative Literature: A Critical Introduction*, Oxford and Cambridge: Blackwell, 1993, p.10.

化批判，诸如此类，所有探索的成果不仅推动了中国比较文学学科深入发展，而且反过来对中外文学关系研究有了问题视野、理论方法的启示。因此，从一定层面上讲，中外文学关系研究带动了整个中国比较文学研究。①

张　叉：关于中外文学关系研究在中国比较文学史上的意义，您能否做进一步的阐述？

钱林森：中外文学关系研究是中国比较文学学术传统中最为丰厚的一个领域，前辈学者开拓性的成就大多集中在这一领域。范存忠、钱锺书、方重等对中英文学关系的研究，吴宓对中美文学关系的研究，梁宗岱对中法文学关系的研究，陈诠对中德文学关系的研究，季羡林对中印文学关系的研究，戈宝权对中俄文学关系的研究，这些都是很好的例子。在 20 世纪上下两个半叶，中国比较文学研究先后出现了两个高峰。在前半叶，高峰的主要成就在中外文学关系研究上。在后半叶，比较文学在新时期复兴，三十多年来推进中国比较文学学科发展的支撑领域，同时也是本学科取得最多实绩的研究领域，依旧在中外文学关系研究。王向远的《中国比较文学研究二十年》论述文学关系的多达十一章，占据了这部著作的"半壁江山"。中国比较文学在中外文学关系研究领域获得的丰硕成果真正"体现了'我们自己的比较文学'的特色和成就"②，成为中国比较文学复兴发展的一个重要标志。

张　叉：在中外文学关系研究方面，您提出了哲学观照、跨文化文学对话的观念、方法，而且在您主编的"外国作家与中国文化"10 卷集跨文化丛书中做了大胆的尝试、实践，引起了学界的极大关注、肯定。您能就自己的观念、方法做一个简单的归纳吗？

钱林森：关于中外文学关系研究的哲学观照、跨文化文学对话的观念、方法，我曾归纳为如下五个方面：一是依托于人类文明交流互补基点上的

---

① 钱林森：《中外文学交流史. 中国–法国卷》，山东教育出版社 2014 年版，总序第 1—2 页。

② 王向远：《中国比较文学研究二十年》，江西教育出版社 2003 年版，前言第 9 页。

中外文化、文学关系课题，从根本上来说，是中外哲学观、价值观交流互补的问题，是某一种形式的精神交流的课题。从这个意义上看，研究中外文化、文学相互影响，说到底就是研究中外思想、哲学精神相互渗透、影响的问题，必须做哲学层面的审视。二是考察中外文化、文学接受、影响关系时，必须从原创性材料出发，不仅要考察外国作家、外国文学对中国文化精神的追寻，努力捕捉他们汲取中国文化（思想）滋养，在其创造中到底呈现怎样的文学景观，而且还要审查作为这种文学景观"新构体"的外乡作品，怎样反过来向中国文学施予新的文化反馈。三是今日中外文学关系史建构，不是往昔文学史的分支研究，而是多元文化共存、东西哲学互渗时代的跨文化比较文学研究重构。比较不是理由，比较中达到对话并且通过对话获得互识、互证、互补的成果才是中外文学关系研究学理层面的应有之义。四是中外文学、文化关系研究课题，应以对话为方法论基点，应当遵循"平等对话"的原则。对研究者来说，对话不只是具体操作的方法论，也是研究者一种坚定的立场和世界观，一种学术信仰，其研究实践既是研究者与研究对象跨时空跨文化的对话，也是研究者与潜在的读者共时性的对话，通过多层面、多向度的个案考察与双向互动的观照、对话，激活文化精魂，进一步提升和丰富影响研究的层次。五是将对话作为方法论基点来考量的意义在于，它对以往影响研究、平行研究两种模式的超越。这对所有致力于中外文学关系研究者来说，都是一个富有创意和挑战性的学术探索。①

张　叉：中外文学关系研究的内涵是什么？

钱林森：中外文学关系研究的是"关系"，它意味着中国文学的世界性与现代性问题，决定着中外文学交流的意义。在此前提下，详细分出中外文学关系的历史叙述。

张　叉：中外文学关系研究中的"中外文学"当作何解？

---

① 钱林森：《中外文学交流史. 中国–法国卷》，山东教育出版社 2014 年版，总序第 5 页。

钱林森：对于中外文学关系研究中的"中外文学"，可以从三个方面来进行理解。第一，中外文学关系不仅是研究"之间"的关系，更重要的是研究不同国家地区语种文学各自的文学史，比如研究法国文学对中国现代文学的影响，真正的问题在中国现代文学，反之亦然。第二，中外文学关系在"中"与"外"二元对立框架内强调双向交流的同时，也不能回避中国立场。中外文学研究表面上看是双向的、中立的，实际上却有不可否认的中国立场，甚至可以说是中国中心。因此"中外文学"提出问题的角度与落脚点都是中国文学的。第三，中国立场的中外文学关系研究的理论指归在于中国文学的世界性与现代性问题。它包括两个层次的意义：中国在历史上是如何启发、创造外国文学的；外国文学是如何构筑中国文学的世界性与现代性的。[①]

　　张　叉：中外文学关系研究应该从哪些层面着手展开？

　　钱林森：应该从三个层面展开。其一，中国与不同国家、地区不同语种文学在历史上的交流，其中包括作家作品与思潮理论的译介、作家阅读与创作的"想象图书馆"、个人与团体的交游互访等具体活动。其二，中外文学相互影响相互创造的双向过程，诸如中国文学接受外国文学并从与外国文学的交流中获得自我构建与自我确认基础，中国文学以民族文学与文学的民族个性贡献并参与不同国家地区语种文学创作，等等。其三，存在于中外文学不同国家地区语种文学之间的世界文学格局，提出"跨文学空间"的概念并将世界文学建立在这样一种关系概念上，而不是任何一种国家地区语种文学的普世性霸权上。[②]

　　张　叉：在中外文学关系研究中，对中外文学交流史的"史"有何要求？

　　钱林森：中外文学关系史属于文学史的范畴，它关乎某种时间、经验与意义的整体性。然而，像文学旅行线路图或文学流水账单那样纯粹编年

---

① 钱林森：《中外文学交流史·中国-法国卷》，山东教育出版社 2014 年版，总序第 7 页。

② 钱林森：《中外文学交流史·中国-法国卷》，山东教育出版社 2014 年版，总序第 6—7 页。

性地记录曾经发生过的文学交流事件，却又不能够成为文学交流史。因此，对于中外文学交流史的"史"，必须要有一些最基本的要求。最基本的要求，可以概括为三点。一是中外文学交流史必须有一种时间向度的研究观念，以这个观念为尺度或者说是编码原则来确定文学交流史的起点、主要问题、基本规律与某种预设性的方向与价值。二是中外文学交流史必须有中国文学的世界性与现代性问题，中国文学是何时、怎样参与、接受或影响世界文学的，世界性因素是何时、怎样塑造中国文学的。三是中外文学交流史必须表现为中国文学在中外文学交流中实现世界性与现代性的过程。中国文学的世界化分为两个阶段，汉字文化圈内的东亚化与近代以来真正的世界化，中国文学的世界化是与中国文学的现代化同时出现的。

张　叉：有不少学者认为，在中外文学关系研究中，史料愈多愈好。您对这种观点有何看法？

钱林森：这种观点有一定道理，但是也不完全正确。史料是研究的基础，从某种意义上说，研究的成败决定于史料的丰富与准确程度。史料是多年研究积累的成果，要尽量丰富，这是对史料的量上的要求；史料需要辨伪甄别，尽量收集第一手资料，这是对史料的质上的要求。史料自然越丰富越好，不过，史料的发现往往是没有止境的，所以史料的丰富与完备是相对的，关键看这些史料是否可以支撑起论述。因此，在中外文学关系研究中，不仅有史料收集的问题，而且还有在特定研究观念下剪裁史料、分析史料的问题。

张　叉：对于中外文学关系研究中史料的处理，应持何种方式？

钱林森：关于史料处理的方式，应该分为三个层次。第一个层次是掌握资料来源，尽量收集第一手的资料。对资料进行整理、分析、阐释，从中发现一些最基本的"可研究的"问题。第二个层次是编年史式资料复述，无须顾及逻辑的起点与终点，发现得最早的资料就是起点，这个起点是临时的，随着新资料的发现不断向前推进；同样，重点也是临时的，写到哪里，就在哪里结束。第三个层次是使文学交流史具有一种"思想的结构"。

在史料研究基础上形成不同专题的文学交流史的"观念"，并以此为尺度设计文学交流史的"叙事"。

张　叉：学术研究的创新，向来是学术界十分看重的问题。在中外文学关系研究中，创新的途径何在？

钱林森：至于中外文学交流研究中创新的途径，可以概括为"三新"：一是新史料的发现，二是新观念的提出，三是新范型的提出。

张　叉：研究范型从何而来？

钱林森：研究范型包括基本概念的确立、史料的收集与阐发、研究方法的选择等内容。研究范型是从基本概念的确立与史料的把握中来的。问题从何处来，研究往何处去。任何一项研究，都应该首先清醒地意识到研究范型，说到底，就是应该明确"研究什么"和"如何研究"。研究的基本概念划定了"研究什么"的范围，而从史料问题开始，我们已经在思考"如何研究"了。

张　叉：您把中外文学交流研究分作狭义的中外文学交流研究与广义的中外文学交流研究。怎样正确理解这两类中外文学交流研究？

钱林森：狭义的中外文学交流研究仅考察中外文学与文学的交流，也就是说，只考察文学范围内中外作家作品、思潮流派的交流，更多归于形式研究范畴。英美的意象派与中国的古典诗词、中国曹禺的《雷雨》与希腊索福克勒斯（Sophocles）的《俄狄浦斯王》（*Oedipus Rex*）的交流研究就属于这一类。广义的中外文学交流研究所考察的范围包括中外文学涉及的广泛的社会文化内容，尽管文本是文学的，但是内容与问题远远超出文学之外。18 世纪法国启蒙作家孟德斯鸠对中国的想象与描述、德尼·狄德罗（Denis Diderot）的中国观和对中国的征用，就属于这一类。

张　叉：广义的中外文学交流研究有哪些范型？

钱林森：现有两种。一种是肯定影响的积极意义的研究范型，它以启蒙主义与现代民族文学观念作为文学交流史叙事的价值原则，这个视野内出现的问题，主要是一种文学传统内作家作品与社团思潮如何译介、传播到另一种文学传统，关注的是不同语种文学可交流性侧面，乐观地期待亲和理解、平等互惠的积极方面，甚至在潜意识中，将民族主义自豪感的确认寄寓在文学世界主义想象中，看中国文学如何影响世界。我们以往的中外文学关系研究，大多是在这个范型内进行的。另一种是关注影响的负面意义的研究范型，它解构影响中的"霸权"因素。这种范型以后现代主义或后殖民主义观念为价值原则，关注不同文学传统的不可交流性、误读与霸权侧面。怀疑双向与平等交流的乐观假设，比如特定文学传统之间一方对另一方影响越大，反向影响就越小，文学交流往往是动摇文学传统的霸权化过程；揭示不同语种文学接触交流中的"背叛性"因素与反双向性的等级结构，并试图解构其产生的社会文化机制。①

张　叉：您把广义的中外文学交流研究分成积极影响、消极影响两类范型，这样分类的意义何在？

钱林森：我们不能始终在积极意义上讨论影响研究，或者说在积极意义上使用影响概念。似乎影响与交流总是值得肯定的，其实并非如此。中外文学关系研究的开发、深化和创新都离不开研究理论方法的提升与原理范式的研讨。某种新的研究理念和理论思路，有助于重新理解与发掘新的文学关系史料，而新的阐释角度和策略又能重构与凸显中外文学交流的历史图景，从而将中外文学关系的"清理"和研究向新的深度开掘。我们以往的中外文学交流研究，关注的更多的是第一种范型内的问题，对第二种范型内的问题，似乎注意不够。"平等对话"是一种道德化的学术理想，我们不能为此掩盖历史问题，掩盖中外文学交流上的种种"不平等"现象，我们应该分析其霸权与压制、他者化与自我他者化、自觉与"反写"（write back）的潜在结构。

张　叉：在中国文学的世界性、现代性问题的语境下从事中外文学交流研究，中国文学本身是处于劣势的。您怎样看待中外文学交流中影响不

---

① 钱林森：《中外文学交流史. 中国−法国卷》，山东教育出版社 2014 年版，第 8—9 页。

平等的问题？

钱林森：的确，中国文学本身是处于劣势的，或者说，针对西方国家所谓影响，其"逆差"是明显的。关于中国文学对西方文学的影响，可以按一个专题写成一本书，而西方文学对中国现代文学的影响则是覆盖性的，几乎可以写成整部文学史。我们强调"中国立场"本身就是一种"反写"。另外，文学史论述实际上根本不存在一个超越国别民族文学的普世立场。启蒙神话中的"世界文学"或"总体文学"，包含着西方中心主义的霸权。或许提倡"跨文学空间"更合理。我们在"交流"或"关系"这一"公共空间"讨论问题，假设世界文学是一个多元发展、相互作用的系统进程，形成于跨文化跨语种的"文学之际"的"公共领域"或"公共空间"中。不仅西方文学塑造中国现代文学，中国文学也在某种程度上参与构建塑造西方现代文学。尽管不同国家民族地区的文学交流存在着不平等的现实，但是任何国别、民族、地区文学都以自身独特的立场参与世界文学，而世界文学不可能成为任何一个国家、民族或语种文学扩张的结果。

张　叉：在中外文学关系研究中，怎样坚持中国立场？

钱林森：理论上看，中外文学关系研究应该是双向的、互动的。事实上，在追寻这种双向交流的精神实质的过程中，是不可避免地要带有某种主体评价、判断的。对中国学者来说，就是展现着中国问题意识的中国文化立场，就是中外文学提出问题的出发点与归宿都指向中国文学，中外文学关系研究的理论关注点在于回答中国文学的世界性与现代性问题。具体来说，就是要探讨中国文学、文化在漫长的东西方交流史上是怎样滋养、启迪外国文学的，外国文学是怎样激活、构建中国文学的世界性与现代性的。这是我们从事中外文学交流研究的重要前提，尤其需要考虑的是，中国文学在中外文学交流的进程中是怎样显示其世界性、构建其现代性的。

三、中外文学关系研究的标志性丛书

张　叉：从 20 世纪 80 年代到 21 世纪，国内三次集中推出了标志中外文学关系研究阶段性进展的丛书，一是乐黛云教授主编的比较文学丛书；二是乐黛云教授和您主编的"中国文学在国外"丛书；三是您主编的"外国作家与中国文化"丛书、乐黛云教授主编的"跨文化沟通个案研究"丛书、王晓平主编的"人文日本"丛书。您如何评价这三次推出的中外文学关系研究丛书？

钱林森：20 世纪 80 年代初，乐黛云教授主编的那套比较文学丛书关于中外文学关系研究的有三部，即王晓平教授著的《近代中日文学交流史稿》、严绍璗教授著的《中日古代文学交流史稿》与郁龙余教授编的《中印文学关系源流》，都是 20 世纪 80 年代中期在湖南文艺出版社出版的。乐黛云、王晓平、严绍璗与郁龙余既是继承者，又是开拓者。说他们是继承者，是因为他们继承了老一辈学者的研究。说他们是开拓者，是因为他们开创了新的论题与研究方法。乐黛云和我主编的"中国文学在国外"有10 卷集，实际面世的有 8 卷：先期出版的是《中国文学在法国》《中国文学在俄苏》《中国文学在日本》《中国文学在朝鲜》《中国文学在英国》，后来又出版了《中国文学在德国》《中国文学在美国》《中国文学在东南亚》，这一套是 20 世纪 90 年代初期先后在花城出版社出版的。这套丛书扩大了研究论题的覆盖面，在理论与方法上有所创新。我主编的"外国作家与中国文化"跨文化丛书 10 卷集，即《光自东方来——法国作家与中国文化》《梅红樱粉——日本作家与中国文化》《异域的召唤——德国作家与中国文化》《跨越太平洋的雨虹——美国作家与中国文化》《有缘的回声——俄罗斯作家与中国文化》《丝路驿——阿拉伯波斯作家与中国文化》《生气的想象——南北欧作家与中国文化》《雾外的远音——英国作家与中国文化》《梵典与华章——印度作家与中国文化》《半岛唐风——韩朝作家与中国文化》，是 2002—2005 年由宁夏人民出版社出版的。乐黛云主编的"跨文化沟通个案研究"丛书一共 15 种，是 2006 年在首都师范大学出版社出版的。王晓平主编的国别文学文化关系丛书"人文日本"三本，是 21 世纪初期在宁夏人民出版社出版的。这些成果深化了比较文学中外文学关系研究的领域，在研究范式的探究与方法论的革新方面取得了较大的进展。

张　叉：21 世纪 10 年代中期，国内第四次集中推出了中外文学关系研究标志性的 17 卷大型丛书"中外文学交流史"，在海内外学术界引起了极大反响。您能简单介绍这套丛书的大致情况吗？

钱林森：这套丛书的创设与编撰，肇始于 2004 年，那时我所主持的"外国作家与中国文化"跨文化丛书，已基本竣工，我也刚刚退休不久。是年"五一黄金周"，山东教育出版社编审祝丽女士，偕其夫君和女儿特来南京度假，登门造访，邀我为他们出版社主编一套"中外文学交流史"或"中外文学关系史"之类的比较文学丛书。后经我与祝丽近一年的密切磋商，于 2005 年 7 月在南京召开首届"中外文学交流史"编委会暨学术研讨会，应邀与会的除主办方南京大学比较文学与比较文化研究所相关领导和山东教育出版社领导、策划外，尚有各分卷主编或主笔，他们是我国外国文学界和比较文学界的知名学者——吕同六（中意卷），李明滨（中俄卷），赵振江（中西卷），周宁（中美卷），李岩（韩朝卷），郁龙余（中印卷），仲跻昆、孟昭义（中阿卷），王晓平（中日卷），卫茂平（中德卷），丁超、宋炳辉（中东欧卷），葛桂录（中英卷）等，以及十余位中青年学者。他们慷慨加盟，共同分担各卷交流史的撰写事宜，多卷国别"中外文学交流史"丛书项目，便由此而正式启动。原拟比较有积累、比较成熟的 8—10 卷中外国别文学交流史，后经首届南京会议与会代表的充分讨论和论证，确定扩充为 19 卷。自 2005 年 7 月南京会议后的数年间，我们又先后于 2007 年、2008 年、2009 年、2011 年、2012 年在济南、北京、厦门、上海、南京召开过编委会或分卷主编会，就各卷丛书编写大纲的拟定与确立和分主编的调整等诸多具体问题进行磋商、讨论。原定主持中意卷的吕同六先生、主持韩朝卷的李岩教授，在本项目启动后不久，前者就不幸谢世，后者则因有太多重要科研在肩，分身无术，我们即特邀张西平先生和马西尼先生联手主持中意卷、韩振乾先生主持韩朝卷，遗憾的是，韩振乾先生接手后不久，身患不治之症辞世，我便立马又诚邀刘顺利先生主持中韩朝卷，感谢他们的前仆后继，无私地贡献出他们的成果。就这样，多卷的国别"中外文学交流史"丛书项目，自2005年7月正式开工启动，至2014年7月结项。2014年夏，我在丛书总序的结尾，曾这样写过："值此本丛书刊行面世之际，我们怀着如释重负的欢欣和感激，将我们团队师友们携手共耕的成果，敬献给国内外已故与健在的知名前辈唐纳德·拉赫、艾田蒲、季羡林、钱锺书、王元化、冯至、范存忠、陈诠、戈宝权、杨周翰、汤一介、乐黛云、钱中文等先生，是他们的著作、思想和教诲，激发了我们当年创建国别文学文化交流史书系的信念和热情，成就了这套丛书的问世；我们怀着深深的眷念和感情，将此集体收获的果实，祭献给曾抱病与我们躬耕，不幸先后故去的吕同六、韩振乾先生，是他们永不放弃的精神鼓舞着生者的我们，坚守在'八年抗战'的九年坚守，助成了这套书系的刊行面世。"这套丛书，最终编撰结项的是17卷，于2015年12月由山东教育出版社一次性推出。可谓十年磨一剑，的确是一个较大的学术工程。它是我们"中外文学交流史"研究与编辑团队，携手共耕、集体劳作的成果，是集体智慧的结晶。

张　叉：听了您的介绍我才知道，"中外文学交流史"丛书研究团队可谓前仆后继，大有"为有牺牲多壮志，敢教学界换天地"的英雄主义气概，真令人感动啊！那这套丛书究竟涉及海外哪些国家、地区？

钱林森：这套丛书原定19卷，最终编撰出版的是17卷，涵盖中国与欧洲、亚洲、美洲、大洋洲等世界主要国家的文学交流史。各卷的主笔和作者如下：葛桂录《中国-英国卷》，钱林森《中国-法国卷》，卫茂平、陈虹嫣《中国-德国卷》，李明滨、查晓燕《中国-俄苏卷》，张西平、马西尼《中国-意大利卷》，赵振江、滕威《中国-西班牙语国家卷》，姚风《中国-葡萄牙卷》，叶隽《中国-北欧卷》，丁超、宋炳辉《中国-中东欧卷》，齐宏伟、杜心源、杨巧《中国-希腊、希伯来卷》，周宁、朱徽、贺昌盛、周云龙《中国-美国卷》，梁丽芳、马佳、张裕禾《中国-加拿大卷》，王晓平《中国-日本卷》，郁龙余、刘朝华《中国-印度卷》，郅溥浩、丁淑红、宗笑飞《中国-阿拉伯卷》，郭惠芬《中国-东南亚卷》，刘顺利《中国-朝韩卷》。涉及英国、法国、德国、俄苏、意大利、西班牙语诸国、葡萄牙、北欧、中东欧、希腊、以色列、美国、加拿大、日本、印度、阿拉伯、东南亚、朝韩等国家和地区。

张　叉：您能否给介绍一下当初创设"中外文学交流史"丛书的宗旨、学术期待？

钱林森：从学术史角度看，同一课题的探讨经常表现为研究不断深化、理路不断明晰的过程。中外文学关系史研究在中国比较文学界已有多年的历史，具有丰厚的学术基础。"中外文学交流史"丛书是在以往研究基础上的又一次推进，具有更高标准的理论追求。当初创设这套多卷国别文学交流史时，凭着一股理想主义的学术激情，对本丛书抱有很大的学术期待。记得在 2005 年 7 月首届"中外文学交流史"编委会暨学术研讨会上，我当着与会的本课题研究团队成员，提出了本套丛书的学术宗旨，具体表述如下：丛书立足于世界文学与世界文化的宏观视野，展现中外文学与文化的双向多层次交流的历程，在跨文化对话、全球一体化与文化多元化发展的背景中，把握中外文学相互碰撞与交融的精神实质：（1）外国作家如何接受中国文学，中国文学如何对外国作家产生冲击与影响？具体涉及外国作家对中国文学的收纳与评说，外国作家眼中的中国形象及其误读、误释，中国文学在外国的流布与影响，外国作家笔下的中国题材与异国情调等等。（2）与此相对的是，中国作家如何接受外国文学，对中国作家接纳外来影响时的重整和创造，进行双向的考察和审视。（3）在不同文化语境中，展示出中外文学家在相关的思想命题所进行的同步思考及所做的不同观照，可以结合中外作品参照考析，互识、互证、互补，从而在深层次上探讨出中外文学的各自特质。（4）从外国作家作品在中国文化语境（尤其是 20 世纪）中的传播与接受着眼，试图勾勒出中国读者（包括评论家）眼中的外国形象，探析中国读者借鉴外国文学时，在多大程度上、何种层面上受制于本土文化的制约，以及外国文学在中国文化范式中的改塑和重整。（5）论从史出，关注问题意识。在丰富的史料基础上提炼出展示文学交流实质与规律的重要问题，以问题剪裁史料，构建各国别语种文学交流史的阐释框架。（6）依托于人类文明交流基点上的中外文学交流史项目，必须进行哲学层面的审视，审视的中心问题还包括中国儒释道文化精神对外国作家的浸染和影响，以及外国哲学文化精神对中国作家的启迪和冲击。以上均为各卷作者在撰著时必须全盘考虑的论述角度。经过与会者充分讨论，将上述六条确认为本丛书遵循的基本纲领，后又经数年的实践不断加以完善，便成为本丛书撰写的内容和要求。但由于各种因素的限制，事实上，并非每一卷作者都能按这个要求去做，因而也并非每一卷都达到了预期的结果。

张　叉：对于这套"中外文学交流史"，乐黛云评价它是前无古人的千秋大业，"预示着世界跨文化研究的一个重大突破。它不单是以中国文学为核心，研究其在国外的影响，也不只是以外国作家为核心，讨论其对中国文化的接受，而是着眼于双向阐发，这既要求新的视角，也要求新的方法"。曹顺庆评价它"为中国比较文学界贡献出了一套内容丰富、论述严谨、装帧完美的皇皇巨著，为深化与拓展中外文学关系史交流做出了突出的贡献"，"目前中国学者正在倡导建设比较文学中国学派，创建比较文学的中国话语。这套丛书的编著理念与阐释立场，也为助推'中国话语'做出了贡献"。陆建德评价它"是比较文学界少有的学术高峰"[1]。诸如此类，好评如潮。对这些评价，您怎么看？

钱林森：我压根儿就没有想到，"中外文学交流史"丛书能在我国读书

---

① 阎桂斌：《钱林森、周宁主编 17 卷本〈中外文学交流史〉出版》，《跨文化对话》第 37 辑，商务印书馆 2017 年版，第 242—243 页。

界、学术界获得如此高的评价。在我看来，学界前辈、时贤对"中外文学交流史"整体肯定和正面评价，纯系他们对国内外尚属首部的多卷国别"中外文学交流史"的一种厚爱，是他们对"中外文学交流史"编撰研究团队十年前仆后继、协同躬耕的勉励与肯定，这对我们编撰研究团队来说，无疑是巨大的鼓励和支持。但必须看到，由于我们研究团队自身知识积累、学养的欠缺，尚难以胜任、驾驭这套多卷国别"中外文学交流史"丛书编撰，必然会使这套尚欠火候的丛书留下难以避免的缺憾，这也是显而易见的事实。对此，我们必须保持清醒的头脑；这样巨大复杂的跨文化跨世纪学术工程，并非一蹴而就的，是需要一代又一代的学人来完成的。

张　叉："中外文学交流史"丛书在境外、海外出版、发行的情况怎样？

钱林森："中外文学交流史"2015年年底整体推出后，就在海内外出版界、读书界引起强烈反响，这也是我没有想到的。在2016年8月24日北京国家图书博览会的首发式上，就有《中国-阿拉伯卷》阿拉伯文版版权输出签约，同年还有韩国智慧屋出版社签署《中国-朝韩卷》韩文版版权输出，印度观察家研究基金会（孟买）、印度普拉卡山学院出版社签署《中国-印度卷》英文版、印地文版版权输出，2016年11月，罗马尼亚高迪亚姆斯国际图书展《中国-中东欧卷》罗马尼亚文版版权输出签约。迄今为止，这套丛书已成功实现版权输出的有：《中国-印度卷》的英文版、印地文版、孟加拉文版，《中国-朝韩卷》的韩文版，《中国-中东欧卷》的罗马尼亚文版、塞尔维亚文版、波兰文版，《中国-阿拉伯卷》的阿拉伯文版，《中国-俄苏卷》的俄文版，《中国-意大利卷》的意大利文版，《中国-东南亚卷》的越南文版，《中国-葡萄牙卷》的葡萄牙文版等，其他各卷的外文版权输出也在洽谈之中。其中签约版权输出且获得资助的有：《中国-印度卷》（英文版、印地文版）2016年度丝路书香工程资助项目、《中国-朝韩卷》（韩文版）2016年度经典中国国际出版工程、《中国-阿拉伯卷》（阿拉伯文版）2017年度丝路书香工程资助项目、《中国-葡萄牙卷》（葡萄牙文版）2017年度中国图书对外推广计划、《中国-中东欧卷》（罗马尼亚文版）2018 年度丝路书香工程资助项目、《中国-日本卷》（日文版）2018 年度中国图书对外推广计划、《中国-俄苏卷》（俄文版）2019 年度中国图书对外推广计划、《中国-意大利卷》（意大利文版）2020 年度丝路书香工程资助项目。迄今为止，已出版的外文本有：《中国-东南亚卷》马来文版,《中国-中东欧卷》罗马尼亚文版、波兰文版,《中国-阿拉伯卷》阿拉伯文版,《中国-印度卷》英文版、印地文版等六种。这是我国任何一种人文社科丛书都没有获得过的社会反响。

张　叉：怎样评估"中外文学交流史"丛书的影响？

钱林森：17 卷"中外文学交流史"丛书是我申请的 2006 年度国家社科基金立项项目，后又列入"十一五"国家重点图书规划项目、山东省文化发展基金项目、2012 年国家出版基金资助项目，后又获国家出版基金资助项目 2015 年优秀项目、"中国图书对外推广计划"项目资助的研究成果，在 2016 年的第 23 届北京国际图书博览会上列为国家出版基金成果精品展品目录，2016 年获得"第六届中华优秀出版物（图书）奖"，2018 年获得"第四届中国出版政府奖"（图书奖），其中，《中国-法国卷》《中国-英国卷》与《中国-印度卷》于 2019 年获得第 8 届中国高校人文社科优秀成果奖，这都是我们从未想象过的。

张　叉：怎样评估"中外文学交流史"丛书的意义？

钱林森：这套耗费我们十年宝贵时光的国别"中外文学交流史"丛书到底有怎样的学术开拓意义？这需要时间来证明，现在还真不好说。正如我在上面所强调指出的，编撰团队自身知识积累和学养的欠缺，注定这套丛书的成果还欠火候，存在不少"夹生饭"。若要现在就要来评估这套丛书的意义，在我看来，大抵在于"投石问路，抛砖引玉"吧。这套丛书的诞生，仿如在我国方兴未艾的比较文学园地树立的一块石碑，见证并记录了我们这一代比较文学学人，手拉手心连心地集体共耕的身影。我想，凡是认真读过 17 卷"中外文学交流史"丛书的年轻一代比较文学学者，对他们来说，这套丛书的意义，可能就在于进一步调动比较文学学科研究者的积极性，激发比较文学学科研究者的集体智慧，对既有的研究成果进行咀嚼、消化，对既有的研究范式、方法、理论进行过滤、选择，对既有的研究尝试、探索进行重估、反思，去伪存真，去粗取精，从而推动对中外文学关系本身进行更扎实更深入的研究和全方位的开发，以便创造出更新、更好的比较文学学术研究局面。

张　叉：您对自己主笔的《中外文学交流史.中国–法国卷》的编撰宗旨、学术期待是什么？

钱林森：这在2005年"中外文学交流史"首届编委会暨学术研讨会，早已做了清晰的表述，上面亦已提及，在此无须赘言。此处需要补充说明的是：当初我和祝丽、葛桂录等比较文学界朋友们在筹划这一跨文化、跨语种的"国别文学交流史"研究时，依据我国比较文学复兴发展的现实态势，曾设想凭借团队集体开发和团队成员各自已拥有的知识积累与主要史料，共建一套比较成熟的8卷左右完整的、通史性的"中外文学交流史"书系。但在2007年12月济南丛书编撰团队齐集，讨论修订各卷撰写大纲，准备付诸实施时便发觉，作为系列丛书整体一次推出，一来要受丛书研究周期、经费、出书时限和书写篇幅诸多限制；二来因史料浩瀚无垠而执笔者知识积累有限，原拟三年五载即可成书、成套，一起一次性推出，绝非易事。事实证明，原拟目标不可一蹴而就，须渐次施行。于是，不得不数次折腾，推倒原定纲目，另起炉灶。我本人始终主张，与其拆西墙补东墙地"求全史""求通史"，不如依循史学研究普遍的学术规律，选取特定时段的修史模式，集中编修、分次编修、逐步完善。几经斟酌、苦思，几度考量，本卷最终决定采用中外前辈文化史家和比较文化、比较文学家，治早期史学研究所常用的文艺复兴启蒙时段（1500—1800）的历史叙事模式，来搭建本书叙说、书写的结构框架，进行编撰。本人主笔的《中外文学交流史.中国–法国卷》编撰宗旨与学术期待，具体地说，就是从设定的历史叙述结构起始点出发，以法国的中国形象、汉学和中法文学（文化）"关系"史的文本梳理、解读为重心，致力于将形象、汉学、文学关系融为一体，做跨文化的哲学层面的审视，在广义的文学概念和现代观念体系中思考、探索中法两国文学交流的意义，在跨文化对话视野下和现代世界体系中梳理、描述中法两国文学关系（交流）史。我们所确立的编撰策略、路径和方向是，在"交流史"的史学范畴内追溯并梳理、解析中法文学交流的事实、史实和材料。在努力拥有可信的、充分的、完整的第一手思想素材的基础上，力图运用历史的眼光和高度统摄材料的整一性，致力于对16—18世纪中法双向的文化"交流"、文学间的"关系"，以及历史的演变、沿革、发展做总体描述，从而最终揭示出可资今人借鉴、发展民族文学的历史经验和历史规律。

张　叉：您在《中外文学交流史．中国—法国卷》贯穿始终的研究路径与学理追求，是中法文学关系研究中的哲学观照与跨文化对话理论的运用、实践和互动。具体可概括成哪几个方面？

钱林森：拙著不是通史，而是18世纪中法文学交流史，其研究路径与学理追求可概括为五点：第一，从根本上来说，依托于人类文明交流互补基点上的中法文化、文学关系课题是中法哲学观、价值观交流互补的问题，是另一种形式与层面的哲学课题，研究中国文化、文学对法国作家、法国文学的影响就是研究中国思想、中国哲学精神对他们的影响，必须做哲学层面的审视。第二，中法文学交流研究的核心论题，多半确立在中国文化作为他者的基本理论与利用上，都出于启蒙思想和政治理论的假设与征用上。第三，考察二者接受和影响关系时，必须从原创性材料和事实、史实出发，不但要考察法国作家对中国文化精神的追寻，努力捕捉他们提取中国文化（思想）滋养，在其创造中到底呈现怎样的文学景观，还要审察作为这种文学景观"新构体"的他乡作品，又怎样反过来向中国文学施予新的思想、文化、文学反馈。第四，类似的研究课题不仅涉及二者在"事实上"接受和怎样接受对方影响的实证研究，还应当探讨二者之间如何在各自的创作中构想和重塑新的精神形象，这就涉及互看、互识、互鉴、误读、变形等一系列跨文化理论实践和运用。第五，中法文学和文化关系研究课题，应当遵循平等对话的原则。对研究者来说，对话不只是具体操作的方法论，也是研究者一种坚定的立场和世界观，一种学术信仰，其研究实践既是研究者与研究对象跨时空、跨文化的对话，也是研究者与潜在的读者共时性的对话，通过多层面、多向度的个案考察与双向互动的观照、对话，进一步激活文化精魂，提升和丰富影响研究的层次。[①] 我在主持编撰"外国作家与中国文化""中外文学交流史"期间，在多种场合，曾多次这样表述过。

张　叉：《中外文学交流史．中国-法国卷》出版后，其学术开创性和价值意义曾获得我国比较文学界圈内学者的高度评价。此后不久，这部大作荣膺 2019 年第 8 届中国高校人文社科优秀成果奖，真令人佩服。您所看重的这部大作的学术开创性、价值意义体现在哪些方面？

钱林森：实话实说，这一切的好评和荣誉我从没有想过，也从未奢望过、梦想过。我在 2014 年 7 月这部仓促"结项"作品的后记里，曾把本卷称作"未完成"的成果。一则是，著者原先拟就的 19 世纪中法文学发展史、20 世纪中法文学转折兴盛史的通史计划，未完阙如；二则是，交付刊行的这部书稿，因迫于项目截稿时限要求，不得不舍弃正在撰写、尚未完稿的"儒家思想在 18 世纪法国的接受与传播"一个章节，而已经入册的篇章，其史料、史实和史识，尚待时间的检验，毫无疑问，还需不断续事补修。这部未完成、不成熟的著作还能获得这样高度评价和荣誉，这实在令我惶恐不安、汗颜愧疚。如果拙著还有什么"值得"借鉴或"称许"的创新和价值的话，那么主要有五个：第一，在具体研究的角度，本论著尝试着反思并超越既往的文学关系研究所一贯采纳的影响研究范式的局限性，同时兼顾"影响的积极意义"和"影响的负面意义"两个方面。既注意发掘双方是如何通过互动、交流，完成各自的"世界性"参与和"现代性"转化，又着重解构影响中的文化"霸权"因素，凸显出作为弱势的一极的中国文学、文化的主体性。在研究与写作中，本论著致力于凸显出一

---

①　钱林森：《中外文学交流史．中国-法国卷》，山东教育出版社 2014 年版，前言第 15 页。

种间性伦理观和对话精神，这些努力从别样的资源与视野丰富了当代中国的比较文学思想，打开了观察中外文学交流的新维度。第二，本论著展现了 16—18 世纪法国（欧洲）对中国知识的逐步扩展和深化，并进一步挪移、征用的过程，本论著认为法国（欧洲）对中国思想的"发现"为处于现代精神转型和重塑的欧洲提供了文化资源，中国思想文化参与了欧洲的思想转型的建构。这一观点彻底打破了"东方学"研究范式中欧洲与亚洲的单一的殖民关系想象，呈现了开放的欧洲（法国）形象与积极的中国形象，超越对立的二元框架，展现了不同国族文化平等对话的图景，为全新的跨文学（文化）交流的世界想象提供了新的可能。第三，本论著建立在"对话性"的基础上，即在道德层面想象一个"平等对话"的理想空间，但同时并不完全依附于此，而是以丰富、确凿、具体的史料，加以明确、清晰的问题线索，还原中外（中法）文学交流的具体史实。在理想的"自我"与"他者"的关系的想象中，站在汉语文学的立场上，结合具体历史事实，建构一个"文学想象的世界体系"。第四，本论著不单以汉语文学为核心，研究其在国外的影响，也不只是以外国（法国）作家为核心讨论其对中国文化的接受，而是着眼于"双向阐发"。中国文学对其他文学的影响多集中于古代，外国文学对中国文学的影响多集中于现代，本论著在不损耗历史事实的多样性与丰富性的前提下，将二者连缀成"史"。第五，反思、超越"影响—接受"研究范式，论述的重心从外来的影响过渡到凸显中国如何基于本土经验，对"影响"进行主动的创造性转换。以建构汉语文学主体性为线索，全书贯穿着从追寻主体性、解构强势文化霸权，再到超越单一的主体意识的书写策略和观念方法。

张　叉：大作《中外文学交流史．中国–法国卷》的理论价值是什么？

钱林森：本论著尝试重构汉语文学立场的世界观念体系，并促使"中外文学关系研究"的观念、方法迈向学科的自觉。其理论价值在于三个方面：首先，本论著借用形象学的论述框架，但超越了后殖民主义话语模式。既往中外文学交流图式因应现代"启蒙主义"论述和民族国家想象的诉求，释放出一种近乎本质主义的力量，穿透了不同的历史时空和"交流史"文本，这一"交流史"叙事"原型"始终拘囿在"影响—接受"的研究范式中。而本论著着力于阐述积极的东方形象想象对欧洲现代精神的建构性力量，这一"东学西渐"的表达策略完全逆转了固有的"西学东渐"的认知模式。其次，"学科／文化自觉"的意识赋予本论著迥异于既往的学术面貌：在运用"影响—接受"范式进行研究的同时，也对其进行了深入的反思和有效的超越，论述的重心不再是外来"影响"对中国的作用，而是着力凸显中国是如何基于本土经验，对外来"影响"进行主动的判断、选择和创造性的转换。最后，本论著以"世界文学"的交流性体系为前提，警惕任何形式的中心化论述。在书写策略和观念方法中，蕴含了一个从追寻主体性、解构强势文化霸权到试图超越主体的立场。在中国与欧洲的互动互识中，挑战固有的欧洲／亚洲二元对立的框架，在"对话性"的想象空间之中消解主体之间的对立，中欧互为他者，这一视角对破除"西方中心论"有着积极的意义。

善用中国传统文学资源，充实世界比较文学金库

——黄维樑教授访谈录

受访人介绍：黄维樑，1947 年生，男，香港人，美国俄亥俄
州立大学（The Ohio State University）文学博士。曾任香港中文
大学中文系教授，台湾中山大学外文系客座教授，美国马卡莱斯
特学院（Macalester College）客席讲座教授，台湾佛光大学教授，
澳门大学客座教授，香港比较文学学会秘书，香港作家协会主席，
香港市政局图书馆文学顾问。现任四川大学客席讲座教授、香港
作家联会副监事长。出版著作二十余种，主要从事比较文论和汉
语新文学研究。

访谈形式：书面

访谈开始：2017 年 11 月 1 日

形成初稿：2017 年 11 月 27 日

形成定稿：2017 年 12 月 28 日

最后修订：2021 年 5 月 9 日

一、香港文化文学与海峡两岸暨香港比较文学

张　叉：2016 年 7 月 1 日到 3 日，在成都京川宾馆举行了"第七届中美双边比较文学国际学术研讨会"，您对这一届研讨会有何评价？

黄维樑：中美双边比较文学国际学术研讨会始于 1983 年，大概是每四年一届，在中、美两国轮流举行，迄今已成功举办了七届，很受关注，有深远的影响。首届会议由钱锺书先生和美国厄尔·迈纳（Earl Miner）教授主持，于 1983 年在北京举办。锺书先生在北京深居简出，不喜欢"抛头露面"；他出席此次会议，可能是"逼不得已"，可见他对这会议的重视。30 多年来，这个会议对中国比较文学学科的复兴，以及中外学术的交往，有很大的推动作用。本届研讨会在传承往届会议传统的基础上，以"比较文学与世界文学：跨文化对话"为主题，持续探索，做中美比较文学之间的交流，其贡献有目共睹。我应邀出席，深感荣幸。是次会议，中西学者少长云集，听各家说法，看各家鸿文，怎能不是猗欤盛哉，使我获益良多。

张　叉：余英时在文章中写道："香港也谈不上有真正的民间文化。整个地看，大约'声色犬马'四字足以尽其'文化'的特色。""这种情形已经用不上'文化危机'这个名词了。根本没有'文化'，尚何'危机'之可言？"[①] 林怀民在舞蹈节目表上写道："致那些在水泥岛上竭力植树的香港朋友。"[②] 对于余英时、林怀民的香港文化之论，您有何高见？

黄维樑：林怀民是个舞蹈艺术家，讲话夸张一点，想当然一点，情有可原。余英时毕业于香港新亚书院，是个历史学者，且 20 世纪 70 年代担任过香港中文大学的副校长，竟然说"香港根本没有文化"，我只有为他这样一位"大师兄"（我也毕业于新亚书院，不过我入学时，新亚书院已

---

① 余英时：《文化危机与趣味取向》，《中国时报》1986 年 1 月 1 日。

② 这是林怀民在 1982 年 7 月于香港艺术中心表演的现代舞蹈的节目表中对舞蹈《街景》写下的一句话。转引自黄维樑：《香港绝非文化沙漠（代序）》，《香港文化初探》，香港华汉文化事业公司 1985 年版，第 I 页。

连同崇基学院、联合书院合起来成为香港中文大学）感到难过。1985 年他发表论及"香港根本没有文化"那篇文章后，我随即写了八九千字的文章加以批评，题目是《香港有文化，香港人不堕落》。文章当时发表了，多年后收于拙著《中西新旧的交汇：文学评论选集》①。我至今难以理解，历史学者竟然完全做不到"平理若衡，照辞如镜"②，论点竟然如此偏颇。

张　叉：香港文化的特色是什么？

黄维樑：香港文化，当然也包括文学，向来活泼纷繁。中与西，古与今，雅与俗，二元且多元。文化关键词词头 multi-，后殖民理论的形容词 hybrid，是陈腔滥调，用来形容香港文化，却再适合不过。学术界似乎没有香港文化史一类的著作。我尝试把香港文化的发展分为四期：早期至 1911 年；1911—1949 年；1949—1997 年；1997 年至今。对于最近三四十年，可以《清明上河图》的"超级现代豪华版"来形容香港的广义文化图像；香港特区首任行政长官董建华对香港有发展成为"国际都会文化"的愿景，美国《时代》周刊的封面专题，更以 New-Lon-Kong（《纽-伦-港》）作为标题。

香港的社会福利不差，还有不薄的"文化福利"（我自铸的词语）："九七"以后的二十多年来，香港政府对文学和其他艺术的拨款支持，每年都有二三十亿港元。相比于我国和世界各大城市，香港文化的成就有多大多高？这要通过具体而细密的比较才能得出论断，难矣哉！以"通俗"文化而言，金庸的武侠小说享誉华人世界；"双龙出海"（我自铸的另一词语），李小龙和成龙的武功电影，流行到海外，从北美全境到南非开普敦，都有诸色人等的粉丝。我们可以说：香港文化的扬名，有赖于香港武功的给力。

张　叉：20 世纪 50—70 年代，内地的比较文学一度消沉、中断乃至

---

① 黄维樑：《中西新旧的交汇：文学评论选集》，作家出版社 2013 年版。

② 刘勰：《文心雕龙·知音》，范文澜注：《文心雕龙注》（下），人民文学出版社 1958 年版，第 715 页。

寂灭。在这一历史阶段，香港乃至台湾地区的比较文学则出现了生机勃勃的景象。您能否谈谈这方面的情况？

黄维樑：比较文学研究的是不同语言、不同国家、不同文化传统的文学，剖析比较其异同，或追寻其相互影响的轨迹。比较文学兴起于19世纪的欧洲，美国在20世纪接其绪；而比较的兴趣和论述方法则源远流长。20世纪比较文学作为学术专业进入中国之前，清末的知识分子接触西方文学时，就已一边阅读一边比较：中国小说和法国小说的起笔有何不同？狄更斯和司马迁的文笔，谁更超卓？五四新文化运动后，比较文学在中国兴起并发展。20世纪50—70年代，大陆的比较文学变得消沉以至寂灭。一方唱罢，另一方则登场。20世纪50年代开始，台湾地区学术文化受西方特别是美国的影响越来越大，留美之风大炽。在台湾地区，比较文学在20世纪60年代兴起，至70年代和80年代而大盛。70年代中叶开始，在香港中文大学，短期或较为长期，从事中西比较文学教学和（或）研究的华裔学者，包括我、余光中、梁锡华（以上属于中文系）、袁鹤翔、周英雄、郑树森、王建元（以上属于英文系），另外有美国人李达三（John Deeney，属于英文系，具台湾背景）；在香港大学，则有钟玲和黄德伟。1985年，中国比较文学学会成立大会暨首次学术研讨会，在深圳大学召开。会议汇集了内地老中青不同年龄段的比较文学研究者，香港的一些同行则赴深圳参与盛会；说到交流互动，这是个"华丽登场"。就记忆所及，香港中文大学的袁鹤翔、李达三、周英雄和我都出席了；"外来的和尚"会念经，每人都做了演讲。我讲了一两场，内容是美国的新批评，以及加拿大诺思罗普·佛莱（Northrop Frye）的原型论（archetypal criticism）。在1985年稍前和以后到香港中文大学访学的内地文学学者或比较文学学者，络绎于途。他们在香港中文大学一般居留一个月到三个月，与香港中文大学英文系、中文系和（基本上由中英文系讲师教授组成的）"比较文学与翻译研究中心"成员交流，他们在香港中文大学图书馆查看各种资料，与若干香港中文大学学者从事合作研究，参加学术研讨会或座谈会，或主持讲座。

张　叉：在香港，为何是香港中文大学而非其他地方成为香港比较文学最为重要的园地？

黄维樑：香港是中西文化交汇之城，知识分子的言谈与书写，常常喜欢中文与外文（主要是英文）夹杂、中华事物与西方事物比较，文学学术界早有中西比较文学的土壤。20世纪70年代中叶开始，一些具台湾背景和留美经历的文学学者，加上具香港背景和留美经历的文学学者，先后到香港的大学任教；天时（美国和我国台湾地区，此时比较文学大盛）、地利（香港有中西交汇、中西比较的土壤）加上人和（进来了具有留美经历的学者），于是在大学里，特别是在香港中文大学里，比较文学赫然出现。1997年香港回归，董建华在1999年的施政报告中表示，把香港定位为"亚洲国际都会"；在文化方面要见纽约、伦敦之贤而思齐。20世纪60年代起，香港经济快速发展，衣食足而后知文化，香港又长久以来中西文化交汇；因此，80年代的香港，即使不是什么纽约或伦敦，但如果说是小纽约或小伦敦，应该不会引起太大的异议。以言西方文化，纽约、伦敦之外，应该至少加上巴黎。80年代的香港，可说是迷你型的纽约、伦敦、巴黎，是个"小－纽－伦－巴"。香港的华裔学者与内地的学者同种同文，都是所谓"龙的传人"；内地学者尤其是青年一代，要窥探、接触境外以西方为马首的文化学术新世界，香港地利人和，是经济便捷的首站。

张　叉：您能具体谈谈香港中文大学是如何在香港的比较文学研究中发挥重要作用的吗？

黄维樑：上述香港中文大学中文系和英文系的学者，多少都参与接待和交流活动，我是较多参与者之一。所费心血、时间、精力最多的，是李达三。他拟定计划、筹措经费、接待访客、安排活动、合作研究，夜以继日，工作繁重。1985年，当时40岁的刘介民到香港中文大学访学，以后多次到港，和李达三从事比较文学合作研究。二人多年多番互动，编印了多册资料集和文集。刘介民和李达三的关系，亦师亦友，延续了30年，见证了香港和内地交流互动的盛况。曹顺庆是当年另一位到香港中文大学访学的年轻学者，他曾与我合作编印了《中国比较文学学科理论的垦拓——台港学者论文选》①一书，我在此书的序言写道："中文大学是香港以至台湾、大陆比较文学的重要基地。德国的海德堡和日本的京都，都有'哲学家之径'。在我看来，中文大学的山村路、中央道、士林路可连成一线，谓之'比较文学家之径'。全国各地的比较文学学者，在这条路上行走，或上学，或回家，或前往参加研讨会，或回宾馆休息，他们在山径上沉思冥想，柳暗花明，涉及的常常是比较文学的问题。李达三、袁鹤翔、周英雄、朱立民、钟玲、乐黛云、张隆溪、雷文（Harry Levin）、奥椎基（A. Owen Aldridge）等等，都在这里留下了他们比较文学的足迹和思维。"

前文已提到刘介民、曹顺庆，引文述及的乐黛云、张隆溪，此外还有谢天振、王宁等，都是内地学者。20世纪西方的文学批评理论，有精神分析批评、英美新批评、现象学批评、神话与原型批评、西方马克思主义批评、结构主义批评、解释学批评、接受美学与读者反应批评、解构主义批评、女性主义批评、新历史主义批评、后殖民主义批评等，可谓风起云涌，西风吹遍全球。求知若渴的内地年轻学者，在"小纽伦巴"取西经，往往大有收获。返回内地后，他们继续努力，不少人争取机会出国进修。凭着聪颖勤奋，加上运气，很多当年似云而来的青年学者，都平步青云，在各地成为教授、博士生导师、系主任、学院院长、学会会长、讲座教授，等等。当年的萌芽学者，其茁壮、成长，多少都蒙受了香港中文大学的阳光和雨露。

张　叉：有内地学者在著作中写道："香港自1997年回归以后，西方中心论被迫隐退，带来了多元文化的繁荣，形成了比较文学的新的国际性。""回归比较文学及其诗学本身的研究倾向正悄然兴起。例如，黄维樑等人就不断在比较诗学研究中努力发掘传统诗学在现代的阐释作用，尝试

---

① 黄维樑、曹顺庆编：《中国比较文学学科理论的垦拓——台港学者论文选》，北京大学出版社1998年版。

进行中西诗学的互释、互识、互证和互补。"您赞同这种判断吗?

黄维樑: 香港在英国殖民统治时期,整个社会有相当程度的英国化,或者说西化。不过,在香港,中国传统文化向来有强大的生命力;香港本来就以中西合璧的多元文化为其格局。1997 年香港回归之后,基本上维持这个格局。至于您上面所引和我有关的说法,要知道,我早在大学时期(1965—1969),已引用《文心雕龙》的论点写作文学评论(当然也引用英美的理论),如评论余光中的作品;1983 年已有正式的学术论文,比较刘勰与"新批评家"对结构的看法;1989 年在研讨会上指出《文心雕龙·辩骚》是现代实际批评的雏形;1992 年在研讨会上发表论文,用《文心雕龙》"六观法"析评白先勇的小说《骨灰》。这些"发掘传统诗学[用于]现代的阐释"的做法,都在 1997 年以前好多好多年。[1]

张　叉: 香港的比较文学研究于 20 世纪 70 年代开始发展,而内地的比较文学研究也在 20 世纪 80 年代开始走入正轨,从时间来看,相差并不大。但是,由于香港特殊的受殖民统治的背景,它同内地在比较文学研究的方向、路径与方法上都是不尽相同的。您能否就香港与内地的比较文学研究做一个简要对比分析吗?

黄维樑: 台湾和香港的比较文学研究在 20 世纪 70 年代初开始兴盛,大陆的在 80 年代起复兴,如您所说的,时间相距不大。台湾和香港领先,大陆继起,十年后,即 90 年代,大陆已超前了。初期台湾和香港的学者,外语能力较强,直接阅读外文,从事比较文学,一般而言,功夫做得比较细致深刻。80 年代大陆较为年轻的学者,缺乏这方面的优势。后来勤奋精进的年轻学者越来越多,情况就大为改观了。以介绍西方文论新知的快速、关注范围的广泛、研究成果的丰收而言,现在的台港望尘莫及。海峡两岸暨香港的很多比较文学学者,成绩良佳,不在话下;不过唯西是尚的,仍是主流。

---

① 以上所说,参见黄维樑:《文心雕龙:体系与应用》,香港文思出版社 2016 年版,特别是第 276 页。

张　叉：1978 年 1 月，香港比较文学学会正式成立，将"发掘中国文学之特点，并予弘扬，俾为世界文学增华"作为学会首要目的。39 年过去了，您怎样评价学会首要目的的实现情况？

黄维樑：当时香港比较文学学会的成员，都是香港中文大学和香港大学的教授和讲师（那个年代香港的大学行英国制，教授名额极少），前者是主力。我当过学会的秘书。学会的宗旨很好，但成绩有限。要为"世界文学增华"，翻译中国文学作品是比较具体实在的做法。由香港中文大学翻译中心出版、宋淇和高克毅两位先生启其端的学报《译丛》（*Renditions*），在这方面有很大的贡献。翻译中心有一个时期的名字是"比较文学与翻译研究中心"。自 20 世纪 80 年代初期开始，香港中文大学的一些学者，筹措经费，邀请内地学者，特别是比较年轻的，来到香港中文大学，从事比较文学和现代文学的访学和研究，对他们有相当大的启发意义。

二、中国文学研究流弊与中国比较文学

张　叉：您在大作《文心雕龙：体系与应用》中指出："20 世纪西方文论百川争流，自有其多姿与壮美之处，让中华的文学研究者得益，开拓视野，增加批评的资源，有非常丰富的收获，但其流弊也不少。"[1]20 世纪西方文论的流弊主要有哪些？

黄维樑：有些西方文论，提出者为新而新，新造一大堆词语概念，所谓"行话"。他们可能患有科学有用、人文无用的自卑症，力求人文学论文向科学研究看齐，新造的"术语"更多，书写更为专门技术化，结果是制造了大量的"艰难论文"。这些"论文"，术语搬来搬去，而做的研究原地停着。中国学者引入西方文论的流弊之一，就是制作了这类"艰难论文"。在 20 世纪 60 年代中叶，哈佛大学文学教授道格拉斯·布什（Douglas

---

① 黄维樑：《文心雕龙：体系与应用》，香港文思出版社 2016 年版，第 13 页。

Bush），以及后来芝加哥大学教授韦恩·布斯（Wayne Booth），还有中国学者钱锺书和夏志清等，对此现象已痛心疾首过。约二十年前，纽约大学一位理科教授阿兰·索卡尔（Alan Sokal），"写作"一篇文科理科结合的"论文"，搞了个恶作剧，所谓"索卡尔恶作剧"（Sokal Hoax），拆穿了艰难文论的西洋镜——真的是西洋镜，美国的文论界大为骚动。这些西方文论的流弊、恶习如此，但崇洋慕新者现在仍然很多。十多年前我发表了《唉，艰难文论》，可说是讨文论"恶性西化"的檄文。

张　叉：中国比较文学已经陷入绝境了吗？

黄维樑：近年比较文学学术界有几个热门议题，其一是危机论。一些美国学者认为比较文学陷入危机，甚至已死亡。我不以为然。比较文学学者可从事影响研究、平行研究、跨学科研究、跨文化研究、翻译研究、世界文学研究（这是近年一大热点），什么都可以，正如刘象愚教授说的，只要是以文学为本位、以比较为方法的就行。目前中国的比较文学繁荣兴盛，没有危机，但令人不安的现象之一是，我们有沉重的负荷：相关文献读不胜读。

张　叉：20世纪70年代末，中国开始改革开放，内地的比较文学出现转机，继而迎来新气象。您怎样评价内地近四十年来的比较文学？

黄维樑：20世纪70年代末改革开放以后，内地的比较文学逐渐复苏、发展而至繁荣，现在如日方中，声势浩大。经过改革开放以来近四十年的发展，国家经济发达，社会日进，国力强大。内地学术人口众多，"势大"不必说，近年更颇为"财雄"。学术文化发展快速，人所共见；有时我们几乎可以联想到高速公路和高速铁路的气势。尽管学术腐败的事件时有发生，学术成品良莠不齐（而实际上如何评比学术论著价值的高低，向来是困难的事，《文心雕龙》对评价之难，早有卓论），目前内地的学术文化，可以用非常兴旺来形容。学术界大幅度向西方开放，"海归"数目增多，中西的交流互动频繁，中西兼通的年轻一辈学者日增。比较文学作为一个学科，有了良好的发皇条件。中国经济强大了，文化输出的呼声日高，建立中国学派（或建立具有中国特色的比较文学理论）的意识日浓；有数十年来的学术积淀，成派的底子厚了。中国学派？学够强，则派可立。而建构中国学派的主力，无疑应该是内地的学者。

张　叉：从历史来看，香港与内地在比较文学发展方面是不平衡的，您能就此做个简单的勾勒吗？

黄维樑："文革"期间内地万马齐喑，文学创作和文学研究包括比较文学研究等活动大多停顿。在此时期，香港正常发展，学术思想和研究实绩，在刚开始改革开放的内地学术界看来，这小岛在好些领域包括比较文学都领先了内地。但是，时代和形势会变化，领先可能变为滞后；反之亦然。

大概是 1993 年的春天，我和李达三教授等到北大开会，讨论用英文编撰的中国文学术语手册一事。我们在开会期间，收到新近由春风文艺出版社出版的《世界诗学大辞典》。这大开本的数百页巨册，由乐黛云、赵毅衡等主编，数十位内地学者撰稿，且由钱锺书题写书名。这是又快又好的学术成果的佳例。内地的比较文学学报，如《中国比较文学》《中外文化与文论》多年来持续出版；已面世的比较文学专著琳琅满书架、满书室；比较文学在大学里成为重要的学术专业；不同性质和规模的比较文学研讨会，在国内不同地方经常召开，连全球性的国际比较文学会议也定于 2019年在国内举行了；内地背景的张隆溪于 2016 年当选为国际比较文学学会的会长。香港的比较文学呢？香港中文大学校园里的"比较文学家之径"呢？在 20 世纪末，郑树森、周英雄、袁鹤翔、李达三等都已先后离开香港中文大学，以后英文系和中文系的教授，或者由于学术经历不符合研究要求，或者由于学术兴趣不在此，就渐渐地少参与比较文学相关的活动了。香港的其他大学，就我见闻所及，似乎也少有把比较文学，特别是中西比较文学，当作一桩大事。不过，如果从中国比较文学的"阐发派"角度来看，香港的学者，引用西方理论来阐释中国文学的，至今大有人在，比较文学可说仍然存活着。

三、中国崛起与比较文学新天地

张　叉：2012 年 11 月 29 日，习近平总书记系统阐释了"中国梦"，为中华民族描绘了美好的未来。您对"中国梦"有何评价？

黄维樑：比较文学是文化的一部分，国运兴则文化兴旺、研究精进。"中国梦"就是国家富强、人民幸福。目前我国已离"小康社会"愈来愈近；习近平总书记雄才大略，在上下一心、全民努力的配合下，此梦必圆。

张　叉："中国梦"同"美国梦""欧洲梦"有何区别？

黄维樑：中国梦有中国特色的富强、幸福、和平，就是多了中国文化的色彩。中国圆梦了，"己达人达"，我们尽可能惠及世界其他各国。如此则世界大同有望。

张　叉：2015 年，乐黛云教授再提以"和而不同"理念重构世界秩序，您的看法是什么？

黄维樑："和而不同"说可促进世界各国和谐共处，这是个理想，但知易行难。至于国学，我们当然要认识、研究，吸收其精粹。我想起北大中文系提倡过的"守正创新"精神。"正"应该就是中国文化传统中的精粹，如德行中的仁义礼智信。缠足纳妾抽鸦片这些，今天当然绝对没有人会重新提倡。回到传统？传统内容千汇万状，回到传统的什么事物？很多传统文化理念都不是"小葱拌豆腐"那样一清二白的，比如"天人合一"。又如"不时不食"这句老话今天是否仍然适用。就算在集思广益的充分讨论、定夺后实行，对传统文化的继承，还是不能通通定于一尊二尊的。时代变了，从其异者而观之，比起古代，我们现在这个世界，文化极其多元，社会万花齐放。当然，从其同者而观之，则仍然有普世的核心价值。

张　叉：2013 年 9 月与 10 月，中国国家主席习近平分别提出建设"新丝绸之路经济带"与"21 世纪海上丝绸之路"的构想，这也为比较文学研究提供了更为广阔的天地。如何将中国比较文学研究同这一构想有机结合起来？

黄维樑：比较文学的研究天地，一向极为辽阔。"一带一路"倡议好好实行，对我国和其他相关国家，是双赢——应该说是多赢。如果比较文学要与"一带一路"结合，那只是多一些"聚焦"而已：聚焦于一些沿线国家文学的比较研究。例如，古称波斯的伊朗，有奥马卡阳穆的《鲁拜集》（Rubaiyat；近读潘建伟的新书，他提到这本诗集的另一个译名《醲醅雅》，确为雅译），此书早有中文翻译，也有不少研究，我们大可加强研究。当然，没有翻译过、研究过的沿线各国作品极多，都是可以增加研究的对象。上面才说"守正创新"，这样做正是开辟研究的新天地；过去大家拿来做比较的，多是西方国家。

张　叉：就比较文学研究而言，欧洲国家早有涉猎，而中亚、西亚、东南亚、南亚、非洲国家则鲜有问津。如何才能改变这种状况？

黄维樑：就我所知，韩国、日本、越南、印度等国文学与中国文学的关系，包括其相互影响，都有人做了研究。例如：日本的《源氏物语》与我国《红楼梦》的比较，韩国诗话所传承的我国诗话的比较等。深圳大学的郁龙余教授，对中印文学和文论也下过大功夫，取得了好成果。历史悠久、作品纷繁，我们的比较工作是做不完的。

四、比较文学的"学科之争"

张　叉：关于比较文学学科的基本特征，有的学者认为是"开放性、边缘性"，而有的学者则认为是"跨国、跨学科、跨文明"的"跨越性"。您的高见是什么？

黄维樑："跨越性"这一点不用解释。不跨语言、国族、文化，如何比较？平行研究除了不同语言、国族、文化的文学本身的比较研究之外，还包括文学与历史、文学与哲学、文学与绘画、文学与音乐、文学与电影等的研究，这些当然又是跨学科的。文化与文明的意义，有时是重叠的；文化可以包括文明，文明中有文化。说跨文明，当然也没有问题。至于开放性，在开放的社会，在不违法、不妨碍他人自由的前提下，学术研究当然是开放的。国家"改革开放"了三十多年，开放性还是问题吗？

至于"边缘性"，则是个相对的说法。领土的边缘性，一看地图就了然。学术研究的中心与边缘，却并不绝对。外国学者，如果人人都在研究内地的文学，你偏偏研究香港的，你属于边缘；香港文学方面，如果人人都在研究金庸，你偏偏研究黄维樑，你属于边缘。如果人人都在研究杜甫，你偏偏醉心于研究皮日休，你属于唐诗研究的边缘；如果你是研究生却坚持如此，你的导师可能对你说："皮同学，你如此边缘，今日可以休矣！"但你可以一直坚持，大不了换个导师。

比较文学学科的基本特征之一是其边缘性？研究比较文学的，如果能够有钱锺书若干分之一的博学和勤奋，研究后发表成果，在成为大学者之后，进一步证明"东海西海，心理攸同"①。这样的学说，对促进世界文化大同的认识，对加强全人类"民胞物与"情怀的了解，以期尽量消弭争端、促进和谐共处有帮助，则比较文学之为用大矣哉！愈来愈多学者研究比较文学（当然不是为了证明上述的观点才研究它），成果丰硕，成为人文学科的重要组成部分，它怎样会是边缘性的东西？

张　叉：自比较文学诞生之日始，它是否能够作为一门学科而存在，一直受到一部分学者甚至国际知名学者的质疑。意大利的贝奈戴托·克罗齐（Benedetto Croce）认为，"我不能理解比较文学怎么能成为一个专业"②，"看不出比较文学有成为一门学科的可能"③，他同德国的威廉·狄尔泰（Wilhelm Dilthey）、恩斯特·艾尔斯特（Ernst Elster）都认为："以比较为基础建立一门学科是不能成立的。"④ 1993 年，英国华威大学的苏珊·巴斯奈特（Susan Bassnett）在著作《比较文学导论》（*Comparative Literature*：

---

① 钱锺书：《谈艺录》，中华书局 1984 年版，第 1 页。

② 乐黛云：《中西比较文学教程》，高等教育出版社 1988 年版，第 50 页。

③ 曹顺庆主编：《比较文学学科史》，巴蜀书社 2010 年版，第 5 页。

④ 曹顺庆等：《比较文学学科理论研究》，巴蜀书社 2001 年版，第 386 页。

A Critical Introduction）中说，"比较文学作为一门学科已经过时"，"比较文学在某种意义上已经死亡"。^① 2016 年，她还坚持说，"比较文学或者翻译研究就本身的资格而言并不是学科，它们只是走近文学的方法。试图争论这些庞大而松散的研究领域是否是不同寻常的学科纯粹是毫无意义的浪费时间"^②。2003 年，美国哥伦比亚大学的佳亚特里·查克拉沃蒂·斯皮瓦克（Gayatri Chakravorty Spivak）曾在哥伦比亚大学出版社出版了一本专著《一门学科的死亡》（*Death of A Discipline*），宣称"作为学科的比较文学已经过时"^③。国内也有其他一些学者对于比较文学是一门学科的问题持否定态度。您对此有何高见？

黄维樑：像您这样关心比较文学前途的学者，面对这些言论，一定多少会觉得难受。我认为"不能成为一门学科""过时""已经死亡"云云，不是偏见，就是"语不惊人死不休"。哈利·雷文教授说过一句话："文学如果不是比较的，是什么？"^④20 世纪 80 年代初期，他到香港中文大学参加会议，发表演说的题目，就是这句话。

我们研究中国文学，做《诗经》与《楚辞》的比较，做李白诗与杜甫诗的比较；这些都是比较，虽然不是比较文学。比较文学是对不同语言、国族、文化的文学的比较，或探其相互的影响，或论其异同，有所谓法国学派和美国学派之分；近年还把翻译研究纳入比较文学的范畴——这使我想起 20 世纪 80 年代香港中文大学的宋淇（林以亮）先生，他主持的研究中心就命名为"比较文学和翻译研究中心"，二者合在一个"中心"里，

---

① Susan Bassnett, *Comparative Literature: A Critical Introduction,* Oxford and Cambridge: Blackwell Publishers, 1993. 转引自曹顺庆等：《比较文学论》，四川教育出版社 2002 年版，第 5 页。

② 见本书《比较文学何去何从——苏珊·巴斯奈特教授访谈录》，第 309 页。

③ 转引自 Cao Shunqing, "The Variation Theory and New Method of International Development of Comparative Literature"，《比较文学视野中的世界文学 中国比较文学学会第十二届年会暨国际学术研讨会会议手册》，2017 年，第 1 页。

④ Harry Levin, *Grounds for Comparison*, Havard: Havard University Press, 1972. 转引自曹顺庆主编：《比较文学教程》，高等教育出版社 2006 年版，第 1 页。

真有远见。梁启超的《自励》诗云："世界无穷愿无尽，海天寥廓立多时。"我们可说"文学无穷愿无尽，比较研究无了时"。我们怕的是自己懂得的语种不够多，学问不够广博，不能贯通。比较活动满足好奇心，带来趣味，带来认知，比较永远是必需的心智活动。

张　叉：您怎样看待比较文学面临的诸多挑战？

黄维樑：英国学者汤恩比（Arnold Toynbee）在其巨著《历史研究》（*A Study of History*）中提出其"挑战－回应"（challenge-response）学说，自此"挑战"一词在全球各地经常出现。有挑战就应该有回应。说"影响研究"（法国学派）过时了，我们应该从事平行研究（美国学派）！说"不能成为一门学科""过时""已经死亡"等挑战来了，我们就回应以"是一门学科""不过时""不死"。就是这样不断发生着挑战与回应。就像"环境污染"是个对健康的挑战，我们就回应以"反对污染、清除污染"。比较文学目前面临的最大的挑战是什么？我认为对中国有实力的比较文学学者来说，最大的挑战是：能不能勤奋不懈地工作，用中文也用外文（主要是英文）发表坚实有创见的研究成果，既有宏观的，也有微观的；能不能在中国和其他国家的学术研讨会上，用中文也用流畅以至漂亮的外语（主要是英语）宣读论文、发表演讲。能如此，则可说明中国不但是经济强大的国家，也是比较文学研究（以及其他人文学科学术研究）强大的国家。

五、比较文学"中国学派"的来龙去脉

张　叉：1976 年，台湾学者古添洪、陈慧桦正式提出比较文学的"中国学派"，引起大陆学界关注。近年来，赞同这一提法的呼声越来越高，认为中国学派已经形成。当然，也有反对的声音。大陆学者乐黛云在 2015 年 4 月 13 日我对她的采访中表示，"一直不是非常赞同这个学派的说法，因为分一个学派它就是画地为牢了"，"不是未来发展的一个方向"。[①] 美

①　见本书《中国比较文学研究的回顾与展望——乐黛云教授访谈录》，第 9—10 页。

国学者佳亚特里·查克拉沃蒂·斯皮瓦克在 2015 年 8 月 23 日我对她的座谈提问中表示，"我不知道什么法国学派、美国学派，更不知道什么中国学派"。丹麦学者斯文德·埃里克·拉森（Svend Erik Larsen）在 2016 年 1 月 16 日我对他的采访中表示："尝试建立一国之学派是完全无关紧要的，也是同比较文学与一般意义上的比较研究的基本思想背道而驰的。"①对此，您的看法是什么？

黄维樑：您对"中国学派"的提倡，概括得很好；但台湾方面，要加上一位李达三。20 世纪 80 年代改革开放伊始，大陆文学学术界即采用西方理论来研究中国古今文学；西风越吹越烈，以致几乎有全盘西化的态势。极为西化的现象，在 20 世纪 70 年代的台湾比较文学学术界已出现过。有识之士认为泱泱中华古国，不能这样唯西方之马首是瞻，因此有比较文学"中国学派"的倡议。李达三、陈鹏翔、古添洪在 70 年代下半叶，分别撰文阐释"中国学派"的研究取向，大意是在引用西方理论来阐释中国文学之际（也因此"中国学派"曾被认为基本上就是"阐发派"），要对西方理论"加以考验、调整"，并从中西比较中，进一步"找出文学创作的共同规律和法则来"。身为美国人而曾经在台湾地区教书、后来在香港教书的李达三，不同意一切以西方为中心。他倡议"中国学派"的一大目的，是希望"在自己本国［即中国］的文学中，无论是理论方面或实践方面，找出特具'民族性'的东西，加以发扬光大，以充实世界文学"。李达三原为耶稣会教士，他提倡"中国学派"和促进相关学术活动，有近乎传教士的宗教情操；在从台湾转到香港任教后，经常赴大陆开会、讲学，其热心不变。改革开放开始后数年，大陆一些先知先觉者如季羡林、严绍璗、黄宝生、曹顺庆，反思西化的学术界状况，感叹中国没有自己的文论话语，没有在国际论坛发出中国的声音。台港那边有建立比较文学"中国学派"的呼声，大陆听到了，于是也就此议题讨论起来。曹顺庆接过李达三"启

---

① 见本书《比较文学的问题与前景——斯文德·埃里克·拉森教授访谈录》，第 294 页。

蒙、催生的"学派旗帜，使之在神州的比较文学场域飘起来（王宁另外有创立"东方学派"的说法）。学术界一方面大用特用西方文论，一方面认为中国要重建文论话语，中国的古代文论要做现代转换，学者们要建立中国学派。曹顺庆对比较文学中国学派的基本理论特征及其方法论体系做了说明。他从"跨文化研究"这一理论特征出发，指出其方法论有五：阐释法（或称阐发研究）；异同比较法（简称异同法）；文化模子寻根法（简称寻根法）；对话研究；整合与建构研究。曹氏所论，涵括 20 世纪大陆多位比较文学学者如朱光潜、钱锺书、乐黛云、钱中文、张隆溪、谢天振、王宁，以至港台海外如刘若愚、叶维廉、袁鹤翔、李达三、陈鹏翔、古添洪的种种理论和观念，是一个深具雄心和融合性的体系。建立"中国学派"的来龙去脉，大抵如此。

张　叉：国内有学者认为，比较文学法国学派以实证性、影响研究为特色，美国学派以平行研究、跨学科研究为特色，中国学派以跨文明研究、变异研究为特色。您的看法是什么？

黄维樑：我认为"中国学派"应该就是有中国特色的比较文学研究。怎样才算有中国特色？欧美著名的比较文学学者，都不懂中文，他们比较的，基本上都是欧美不同国家、不同语言的文学。中国比较文学学者以中文为母语，这不用说，我们理论上都应该懂外语，懂得愈多愈好，这样，我们从事的比较文学研究，重心可以放在中国文学和其他国家、其他语言的文学（大抵上以西方国家、语言为主）的比较，这就是一大特色、一大演进了。刚才说过，中国文学学术界采用西方理论来研究中国古今文学，西风一向猛烈，以至有全盘西化的态势。我们是否要回顾自己的文论传统，转化理论或建立有中国特色的理论（包括建立中西合璧的理论），来"阐发"中国的文学作品，甚至"阐发"世界其他各国的文学作品呢？能如此建立，能如此"阐发"，则"中国学派"可成立。这个学派应该是个泱泱大学派，上面所说种种之外，一直在用的、基本的影响研究、平行研究理论，都应该纳入。我赞成致力建立"中国学派"，然而，正如我多年前说过的，最好是在我们有了非凡的研究成果之后，由外国的学者为我们"冠名"，而不要由我们自己"加冕"，不要我们自己往脸上贴金。目前，"中国学派"应该只是一个内部参考，是自我鞭策以求到达的一个目标。

钱锺书有"东海西海，心理攸同"说，张隆溪和我都认同。不过，"核心"与"至理"虽同，中西文化毕竟千汇万状，从其异者而观之，则异者举不胜举。十多年来，谢天振在（与比较文学关系密切的）翻译研究方面提倡"译介学"，曹顺庆提倡"变异学"，都是关于"异"的理论。如此等等，内地最近二三十年来，比较文学的诸多理论，先后登场，蔚为大观。

六、中国比较文学研究的发展瓶颈和失偏问题

张　叉：中国比较文学研究的最大瓶颈是什么？

黄维樑：上面的谈话中，说到"一个成熟而无可争议的比较文学学派"需要达到的基本要求包括：有一群实力雄厚的学者，工作于资源丰厚的学府（或研究机构），出版公认高水平的学报和学术著作，最重要的是，提出一个或一套富有说服力的学说。换言之，即"四美具"：学者、学府、学报、学说。不论要不要成立学派，一个国家或者一个地区的比较文学研究，如要达至高水平，都要"四美具"。目前国内学者、学府、学报、学说四者都有，我感受到几个方面的水平也一直在提高，至于高到什么程度，我限于接触不广泛，更谈不上调研，因此不能妄下结论。

我粗浅观察所得是：目前在埋首干活的学者很多，研究成果丰富，但总结经验、检视成果的工作做得似乎不够。研讨会可大可小。规模大的主要发挥"以文会友"和"增强同行同道的归属感"的功能；规模小的，宜探讨专题，使其讨论比较有深度，对某些大家关注的议题，例如可比性、变异研究、翻译研究，较有可能凝聚共识，甚至得到结论。比较文学涉及不同的语言，这已经有巴别塔的意味。现在资讯爆发，如山洪如海啸；我发表我的成果，你发表你的成果，他发表他的成果。多人大量发表，少人

仔细而广泛阅读，更少时间好好思考消化评断，难以既有成果为基础继续发展，以求有开拓创新。如此这般，我不禁要引孔子的话"虽多亦奚以为"。

不过，这也是无可奈何的事情。文明日进必然导致资讯日多，而人更加忙碌、更加无力博观。研讨会闭幕式上，经常有主办者说："大家踊跃发言，气氛热烈，观点很多，看法不同，我们是不需要结论的。"人文学科往往观点纷纭，难得一致结论。然而，研讨两三天之后，对种种议题，没有得出任何结论，甚至永远也没有结论，这样的事一定是好事吗？

说到瓶颈，我们常常主张"以人为本"，学术的研究，其本在人。我们培养下一代比较文学学者，一定要要求他们能好好掌握母语外，起码再掌握一至两种外语，因为他们研究的是不同语言文学的"比较"。

张　叉：在国内的比较文学研究中有一种泛文化的现象，内容朝文化方向拓展得太宽、太泛，与比较文学相去甚远，有的甚至是"挂羊头，卖狗肉"，打着比较文学的招牌，研究的却是同比较文学不着边际的内容，比较文学变成了无所不包的学科。您怎样看待这一现象？

黄维樑：有一年我与王靖宇（John Wang）教授在台湾出席一个文学会议。他是美国斯坦福大学的中国文学资深教授，讲了下面一个故事。一次，系里要聘请新教师，请了一个"入选"者先来校做个演讲。这位新科中国文学博士，讲的题目是20世纪初的中国文学，而整个演讲内容，是留声机如何从西方引入中国，如何流行，如何受欢迎，涉及作品的，只是几段引文。显然，他"文"不对题。那些年，正是"文化研究"当时得令，文学作品沦为文献、沦为资料。王教授自言"保守"，受不了。我也"保守"。文学必须是文学，文学作品有情思有修辞，不研究不评论这些，不比较这些方面，显然是舍本逐末。

张　叉：20世纪70年代初，台湾大学外文系教授、系主任颜元叔发表一系列文章，强调"就文学论文学"，从而引发了争论。加拿大不列颠哥伦比亚大学教授叶嘉莹在《中外文学》1973年第4、第5期上连刊《漫谈中国旧诗的传统：为现代批评风气下旧诗传统所面临之危机进一言》"上""下"两文，提出在接受新批评等新理论时，当注重"中西文学既有着迥然相异的传统"①。颜元叔马上在《中外文学》1973 年第 7 期刊发《现代主义与历史主义：兼答叶嘉莹女士》一文进行批驳。随后，您、夏志清、黄青选等学者也纷纷撰文参加论战。您能谈谈您当时参加论战的情况吗？

黄维樑：颜、叶二位的论战热闹一时。台湾大学外文系的颜元叔教授当时几乎变成牧师，满腔热情，宣扬新批评等新文论的"福音"，可说是比较文学"阐发"路线的先锋。颜元叔作为主力创办学会、创办刊物、开办研究班、举办研讨会，对台湾比较文学的推进，贡献很大。他用新批评和心理分析等理论分析古今汉语文学作品，则得失都有，引起论争。有名的例子包括他把古诗《自君之出矣》"思君如明烛"一句的蜡烛解释为男性器官，此论使得叶嘉莹教授大为不满，笔战遂起。香港有几位学者隔岸观战，林以亮幽默地说：糟糕，男人惨了，李商隐有"何当共剪西窗烛"的句子啊！"诗无达诂"。颜元叔这位读者反应如此，"寂然凝虑，思接千载"②之后的心理分析理论如此，我们最好还是尊重颜教授。不过，他解释杜甫"群山万壑赴荆门"时，把"荆门"误抄、误会为"金门"（颜教授喜欢金门高粱酒？）就太大意了，旧学的修养显得不够丰厚了。

颜元叔和夏志清打的是另外一场笔战。大概在 1975 年的秋冬，有人传出钱锺书先生辞世的消息，夏志清听到了很难过。钱氏小说《围城》是其《中国现代小说史》评价极高的作品，夏先生在台北发表一篇文章题为《追念钱锺书先生——兼谈中国古典文学研究之新趋向》。他不满当时学者滥用新潮理论，对钱锺书的《谈艺录》则很有好评。颜元叔看到了，认为《谈艺录》用的是传统印象式批评的手法，不以为然，指责夏志清，说他要复辟印象主义批评。我那时正要开始撰写以传统诗话、词话为研究对象的博士论文，于是就他们两位论战的焦点——印象式批评，于 1976 年 5 月写出了一篇一万八千多字的文章，就是 1977 年出版的拙著《中国诗学纵

---

① 曹顺庆主编：《比较文学学科史》，巴蜀书社 2010 年版，第 663 页。

② 刘勰：《文心雕龙·神思》，范文澜注：《文心雕龙注》（下），人民文学出版社 1958 年版，第 493 页。

横论》的第一篇，题为《诗话词话和印象式批评》①。夏、颜和我的三篇文章，都发表在《中国时报》的副刊，拙作分三天连载刊出，那时我人在美国。

自 20 世纪 50 年代开始，台湾地区非常崇洋，尤其崇拜美国的一切，颜元叔留美取得博士学位，用宣教士的热忱提倡新批评等理论，正有崇美的因素在。我当时也相当程度地崇美，而且推崇"美"的作品，认为用新批评手法析评作品，最能令人看到作品遣词谋篇的修辞之美。我至今服膺夏志清所说批评家的职责是"优美作品之发现和评审"②，夏氏所说包含了卓越的修辞；这个道理也与钱锺书说的"行文之美，立言之妙"③ 相同，与刘勰所说"情采"的"采"相同。颜元叔也重视修辞技巧，特别重视作品的严谨结构，所以才力推新批评。然而，颜元叔对中国传统的文学批评认识太浅，以为都是印象式的，没有用的。我那篇文章目的在说明何为印象式批评，又指出传统诗话词话也有并不"印象式"的，同时为印象式批评"缓颊"，认为它也有用处。

七、"情采通变"：比较文学"以中释西"的文论实践

张　叉：您在 1996 年出版的著作中写道："在当今的西方文论中，完全没有我们中国的声音。20 世纪是文评理论风起云涌的时代，各种主张和主义，争妍斗丽，却没有一种是中国的。"④ 您在 2017 年发表的文章中写道："20 世纪的中华文学学者，比较追赶潮流的，无不大用特用西方的文学理论来做研究。""中华学者在国际文学理论的舞台上，大抵是没有重要角色，声音非常微弱。"⑤ 的确，"五四"以来，在中国的文学理论

---

① 黄维樑：《中国诗学纵横论》，香港洪范书店 1977 年版，第 1—26 页。

② 夏志清：《中国现代小说史》，刘绍铭等译，香港中文大学出版社 2001 年版，第 xxxiii 页。

③ 钱锺书：《中国文学小史序论》，《钱锺书散文》，浙江文艺出版社 1997 年版，第 484 页。

④ 黄维樑：《中国古典文论新探》，北京大学出版社 1996 年版，第 25 页。

⑤ 黄维樑：《"情采通变"：以〈文心雕龙〉为基础建构中西合璧的文学理论体系》，《中外文化与文论》第 35 辑，四川大学出版社 2017 年版，第 46 页。

领域，有一股强大的盲目追崇西方的潮流，不少学者唯西方之马首是瞻，自我解除话语权，造成当今中国文艺理论研究集体失语，文艺理论界的统治权已经拱手让给西方文艺理论，中国没有自己的文艺理论。造成这种局面的主要原因是什么？

黄维樑：19 世纪中叶以降，中国积弱，受外国欺负，国人反省，以为罪在传统文化，而有一种民族自卑感。五四新文化运动，其实就是西化运动。最近几十年的现代化，也离不开西化。西方以美国为首的文化，确有许多先进的地方，有多方面的优点。然而，国人西化、崇洋，切切不能全盘，不能过了头。今天文艺理论仍多有唯西方之马首是瞻的，是这个现代坏风气的延续。对过分西化的反省，举例而言，在语文方面，三四十年前开始，香港和台湾地区的一些学者作家，如蔡思果、余光中，就对过分西化（或者说过分英语化）的现代中文书写，提出批判意见，警惕我们不要让中文出现"恶性西化"的现象。最近二三十年，我国经济发展神速，国力强大，很多知识分子的民族自信心增强了，不会再大力批判中国文化了，而在回顾传统之际，也多加肯定了。

张　叉：长期以来，在中国学术界存在着一个奇怪的现象：以西释中、扬西贬中、囫囵吞枣、削足适履者，比比皆是，而以中释西、中西平等、心平气和、扬我国威者，则寥若晨星。如何才能改变中国学者盲目追崇西方、文艺理论研究集体失语的现象？

黄维樑："奇怪的现象"您概括得很好，只举一例说说"扬西贬中"。王国维曾贬抑中国人的思维方式，说西洋人擅长思辨，有分析的科学的头脑，精于分类，中国人则否。多年前我在成都讲学，听讲的博士生、硕士生里，有几个就持这样的观点，很可能受到王国维的影响；照此推而言之，中国的文论文评必然都是直觉式的，笼统模糊的，不重分析、不重分类的。知道他们都读过《文心雕龙》，我说，这本文论经典是这样的吗？我又指着都江堰的方向说："两千多年前李冰父子和其他众多人员，没有分析力和分类的本领，没有科学精神、科学方法，能成就如此伟大的水利工程？

很多诗话词话的作者，评说得笼统，只是没有把分析鉴赏的过程说出来而已。"我们阅读古书，如果真能"博学、审问、慎思、明辨"，就知道文论上"扬西贬中"是如何偏颇。顺便一提：西方的文论，含混笼统的也所在多有。约翰·济慈（John Keats）的"消极能力"（negative capability）就引起很多不同的解释；有人收集历来对"浪漫主义"的解说，发现达数百上千种；雷纳·韦勒克（René Wellek，也可译作"勒内·韦勒克"）在其批评史中，指出托马斯·斯特恩斯·艾略特（Thomas Stearns Eliot）的批评用语，含混者比比皆是。

张　叉：您在 2016 年刊发的文章中写道："实际上，西方学者和批评家对东方古代或现代的同行到底著述了什么并未加以关注，仅仅举几个例子来说，我们在托·斯·艾略特、雷纳·韦勒克与诺斯洛普·弗莱的论著中，没有看到任何引自孔子、刘勰、钱锺书与刘若愚的论述的文字。"[1] 为什么造成这种状况？

黄维樑：他们没有这方面的认识，或者他们有偏见。前几年，一位国家领导人访问英国，引经据典谈到莎士比亚，说中国很多人都知道、都读过莎士比亚，但英国人听过李白、杜甫的却很少很少，他希望英国人读读中国文学。我有一本书将由香港中文大学出版社出版，谈说的是钱锺书、夏志清、余光中三位。他们三位（当然还有其他众多的中华学者作家）都兼通以至精通中西文学，反观西方学者（包括比较文学学者），有几个人兼通中国文学和文论呢？

张　叉：台湾学者古添洪、陈慧桦曾经在 1976 年断言："我们不妨大胆宣言说，这援用西方文学理论与方法并加以考验、调整以用之于中国文学的研究，是比较文学的中国派。"[2] "寄望能以中国的文学观点，如神韵、

① Wong Waileung, " 'Hati-Colt ': A Chinese-Oriented Literary Theory ", *Comparative Literature and World Literature*, 1, 2016, pp. 30-31.

② 古添洪、陈慧桦编著：《比较文学的垦拓在台湾》，台北东大图书有限公司 1976 年版，第 1—2 页。

肌理、风骨等，对西方文学作一重估。"[①] 早期学者为中国学派设定的不仅是用西方文学理论与方法研究中国文学，而且也是用中国文学理论与方法研究西方文学，不是单向阐释，而是双向阐释。您对此有何评价？

黄维樑：所谓"双向阐释"，在以西释中方面，百年来国人一直大力推行，以至出现"恶性西化"的现象，上面讲过了。在以中释西方面，我们可说才开始不久。如何实践以中释西呢？首先应该有建设"大同诗学"（common poetics），也就是"大同的文学理论"的用心；其次要撤除对中国古代文论的偏见——重直觉、不分析、无体系；最后我们建立"现代化"的中国文论体系，务求这个体系"体大虑周"，融汇了古今中外的各种重要观点，照顾文学的各个方面，构成理论的用语（术语）避免含糊空洞，其理论有极大的实用性、可操作性。

在用语的明确方面（但要绝对明确是绝无可能的），举个例，这个体系可包括"风骨"一词，但在这个体系里，对"风骨"应有明确的诠释。如果诠释不能明确，我们宁可割爱。《文心雕龙》是我国伟大的文论经典，但对其《风骨》篇的诠释众说纷纭，有人做过统计，说法至少有二十种。我喜欢引用《风骨》篇的"藻耀而高翔，固文笔之鸣凤也"这个形容。然而，我们对这一篇《风骨》，真应该"刮骨疗伤"——刮掉它这"骨"以治疗对《文心雕龙》的一点伤害。在一次龙学研讨会上，我半开玩笑地说：《风骨》大概是刘勰喝酒半醉时写的（其实我根本不知道刘勰喝酒不喝酒）。我们应该从事"双向阐释"，我二十多年来一直在做，做得慢，但持续着。

张　叉：您在《文心雕龙：体系与应用》中主张，在斟酌、比照西方文论之际，以《文心雕龙》为基础，构建一个古典现代中西合璧的文学理论体系，并将之应用于实际批评。您能就这一主张做进一步阐释吗？

黄维樑：传统的《文心雕龙》研究以版本考订、篇章注释、理论解说为重心。拙著另辟蹊径，通过中西比较凸显《文心雕龙》理论的体系性、

---

① 转引自曹顺庆主编：《比较文学学科史》，巴蜀书社 2010 年版，第 669 页。

普遍性、恒久性，阐释其重大的现代意义，并将其高明的理论应用于古今中外文学的实际批评。例如从《镕裁》篇论《离骚》的结构，用《知音》篇的"六观法"来分析范仲淹词《渔家傲》、余光中的散文《听听那冷雨》、白先勇的短篇小说《骨灰》等；再以《文心雕龙》的其他理论来评析韩剧《大长今》、论析莎翁名剧《铸情》①，又驳斥德国人顾彬对中国当代文学作品的歪论。从前，中华学者都用西方的神话学、心理分析、女性主义等来分析《红楼梦》，如今我们可以用《文心雕龙》的比兴说、丽辞说、典丽说、雅俗说来析评《铸情》和《大长今》，是新的尝试啊！用我国传统理论看《铸情》的对仗式句子结构，这是西方批评家所不会联想到的。

我论《骨灰》的文章发表后，台湾的游志诚教授很快就把此文编入他的一本文学批评精选集。年前开会，复旦大学的黄霖教授对我的《文心雕龙》应用做法加以肯定，说读我这些论文，"传统理论究竟能不能与现实对接，能不能活起来，就不必用干巴巴的话争来争去了"。我很受鼓舞。2017年8月5—6日，我在呼和浩特出席《文心雕龙》会议，一位从台湾来参加会议的教授，对我表示感谢之意。原来她读了我的著作，把我提倡的"六观法"等理论应用于研究与教学，成效好，得到大学颁发的创新奖。这让我对"雕龙成为飞龙"加强了信心。

张　叉：做好比较文学研究工作需要具备哪些基本素养？

黄维樑：要做好比较文学研究工作，需要具备以下四点：首先，要了解自己的兴趣和能力——古希腊神庙说的"了解你自己"。其次，要博学、审问、慎思、明辨、笃行、勤奋。再次，要有良好的外语修养。最后，要不忘中华文学、文论。

张　叉：您刚才谈到"要有良好的外语修养"，不少我采访的比较文学专家都提到过这样的问题。能否请您就此再谈几句？

黄维樑：您对美国普渡大学教授斯蒂文·托托西·德·让普泰内克的采访文章我是拜读了的。记得他说过："在比较文学领域从事文学和文化研

---

① *Romeo and Juliet*，或译《罗密欧与朱丽叶》。

究（也包括从事任何一种文学研究）的学者应该能够使用几门语言进行口头交流与书面阅读。"① 此言甚谛。欧美特别是欧洲的文学学者，很多都识多种语言。记得他还说过："在美国，比较文学大部分是通过翻译来进行研究的，也就是说，阅读与分析的文本不是原文，而是英文翻译。"② 此诚非上乘也。比较文学学者应该阅读、分析外文原文文本而非译文之作。

张　叉：比较文学学者要通晓多少种语言才行？

黄维樑：比较文学学者应该在其母语之外，通晓两种或以上的语言。我在母语之外，能把握的是英语。读博士班的时候，修了法语和日语，考过了试；"日久失修"，都忘得差不多了。就此而言，我不能称得上真正的专家。您前面称我为"比较文学专家"，言过其实了。

张　叉：比较文学学者要通晓多少种古典语言才行？

黄维樑：比较文学学者当然所通晓外语愈多愈好，外语包括古典语言，当然也是如此。不过，难矣哉！钱锺书先生通晓六种西语，但不懂希腊文。我想起班·姜森③对莎士比亚的求全之责，"您略知拉丁语而对希腊文则懂得更少"（"thou hadst small Latin and less Greek"④）。

张　叉：您能不能给比较文学界的中青年学者赠送一些寄语？

黄维樑：不敢说有言相赠，只能说是共勉。要做好比较文学研究工作，需要博学、审问、慎思、明辨、笃行、勤奋，要有良好的外语修养，加上不忘中华文学、文论。以钱锺书的天才，他一生就是读书读书再读书，还写下笔记数万页，何况平凡如我辈。近年我与内地比较年轻的学者交往，有才学且勤奋的，有很多，其发展，其成就，将无可限量。

---

① 见本书《比较文学与比较文化研究——斯蒂文·托托西·德·让普泰内克教授访谈录》，第299—300页。

② 见本书《比较文学与比较文化研究——斯蒂文·托托西·德·让普泰内克教授访谈录》，第303页。

③ Ben Jonson，或译"本·琼生""本·琼森"。

④ Ben Jonson, "To the Memory of My Beloved, The Author, Mr. William Shakespeare, and What He Hath Left Us", *The Norton Anthology of English Literature*, Sixth Edition, vol. 1, New York: W. W. Norton& Company, Inc. / London: W. W. Norton & Company, Ltd.,1993, p.1242.

中西比较文学，未来世界比较文学研究的重心

——辜正坤教授访谈录

受访人介绍：辜正坤，1951 年生，男，四川仁寿人，北京大学文学博士，北京大学外国语学院教授、博士研究生导师，获国务院颁发有特殊贡献专家称号。曾任北京大学世界文学研究所所长，北京大学文学与翻译研究学会会长。现任国际中西文化比较协会会长，中国外国文学学会莎士比亚研究会会长。通英语、法语、德语、古希腊语、拉丁语、日语和世界语等，主要从事中西文化比较、莎士比亚、翻译学、诗歌鉴赏学、互构语言文化学、古希腊神话史诗、罗马文学史研究。

访谈形式：书面

访谈开始：2018 年 1 月 9 日

形成初稿：2019 年 2 月 14 日

形成定稿：2021 年 6 月 1 日

最后修订：2021 年 9 月 20 日

一、中西语言文化比较

张　叉：中西文字的主要差别是什么？

辜正坤：中国汉字是一种方块字、建筑型的结构，是立体的。它的笔画是上下左右都可以通，各种笔画几乎都同某种实物有联系，所以它的象形味非常浓。西方印欧语系的文字，以希腊字母为例，它借助于腓尼基字母，是完全符号化的。英语、德语、拉丁语、绝大多数的印欧语系的文字基本上都是拼音文字。它们完全符号化了，不再具有像汉字那样的立体结构。它们是流线型的结构，一种平面的弯弯曲曲的文字，缺乏象形味。

张　叉：中西语文差别对中西文化产生了怎样的诱导？

辜正坤：中国汉字不知不觉地诱导我们，使我们把汉字本身同外部自然界联系起来，汉字是自然界存在外貌的一个浓缩、一种简化形式。汉字诱导中国文化具备较强的图画性，使中国人具有较强的形象感受能力。汉字与印欧语系文字相比较，不是人文性特强，而是自然性相对强一些。反过来说，印欧语系的文字已经失去了人这个主体同外部自然界客体之间息息相通的诱导因素。但是，它从另一方面得到了补偿，也就是说，它强调了人的智力运行轨迹。抽象的书写符号和语音形式与现实世界脱节，容易迫使印欧语系的民族在更多的场合脱离现实世界来进行抽象的纯粹借助于符号的形而上思考。所以，印欧语系语文具有相对强的人文性。[①]

张　叉：中西语文差别对中西文学产生了怎样的诱导？

辜正坤：中国语文诱导出来的文学样式大多是情理性占据了主导地位，中国文学往往是抒写情的成分很多，也很受欢迎，如宋词。中国也有抒写理的文学作品，如宋诗，但是不如宋词受欢迎。而西方语文诱导出的往往更多地向事理性发展。它趋向外写实主义，抒写客观世界的多一些。它的叙事性很强，而且过分追求哲理性。[②]

---

① 辜正坤：《中西文化比较导论》，北京大学出版社 2007 年版，第 119—120 页。

② 辜正坤：《中西文化比较导论》，北京大学出版社 2007 年版，第 134 页。

张　叉：中西语言产生诗歌音象美的潜力有什么差别？

辜正坤：中国汉语产生诗歌音象美的潜力比西方印欧语系大得多。第一，西洋诗歌单词的音节多寡不定，这就大大增加了诗人安排诗歌节奏的难度。中国诗歌却基本没有这个问题。由于汉字的单音节特点，中国诗人可以游刃有余地安排各种诗歌节奏。第二，西洋诗歌的单词有轻重音节之分，却不像汉语诗歌的单字那样有四声声调。因此，汉诗词汇兼有轻重音节的效果和跌宕多姿的严格的声调，其音韵自然比西诗的音韵更显得抑扬顿挫，变化无端。第三，在押韵效果方面，西诗亦远逊于汉诗。西诗的押韵趋于多元韵式，即同一首诗中，可连续换用若干个韵脚，这与汉诗常见的一韵到底的一元韵式泾渭分明。印欧语系的单词由于绝大多数是多音节单词，因此同韵词单词的数量太少，如在一首稍微长一点的诗歌中取一韵到底的一元韵式，常常无法找到足够的同韵词。为了克服这个局限，西洋诗人不得不频繁换韵，不少诗歌甚至每隔两三行就换韵。而汉诗则以一元韵式为主，多元韵式为辅。一种语言如果能够采用一元韵式，就一定能够采用多元韵式，而主要采用多元韵式的语言却常常难以采用一元韵式，这就是汉诗用韵路子大大宽于西诗的原因。第四，汉字都是非常规范的开音节字，基本上没有结尾辅音音节。元音比辅音响亮、悦耳，作为韵尾重复使用，特别能够增强视觉上的感受，产生余韵悠长的音象美。西诗则不然。由于印欧语系存在大量以辅音结尾的词，西诗韵脚的响亮度和持久度都受到影响。尤其是当韵脚为清辅音结尾的短元音时，韵脚一晃就过去了，读者没有足够的时间来感受韵味，加上西诗又频繁使用多元韵式，韵脚就更难在读者心中留下较深印象了。[①]

张　叉：据说，莎士比亚去世前亲手为自己撰下墓志铭，发狠话"动我尸骨者必大祸临身"。莎士比亚虽然"不属于一个时代，而属于永恒"[②]，

---

① 辜正坤：《中西诗比较鉴赏与翻译理论》，清华大学出版社 2002 年版，第 21—24 页。

② 王佐良、李赋宁、周珏良、刘承沛主编：《英国文学名篇选注》，商务印书馆 1983 年版，第 160 页。

有"人类文学奥林匹斯山上的宙斯"①之誉，是世界级文学大师，但是气量却如此狭小，这对其形象大有毁损。这是为什么？

辜正坤：中国传统要求古典作家人格与文品必须统一。子曰："听其言而观其行。"②中国传统往往对于人品不太好的文学家非常不屑，从而对其作品予以否认。比如，屈原、陶渊明、李白、杜甫、白居易、岳飞、辛弃疾等人的高尚人格与作品就非常一致，因而其作品也得到公认。西方则不同，不强调人品与作品之间必须有高度的统一性。有的西方作者虽然本身的人格不怎么样，但是也可以写出优秀的作品，并且大家承认他写出的作品是优秀的。这就是中西方文化的差异。其实，不只是文学方面，在其他领域也是一样的。

张　叉：为什么中国传统要求古典作家人格与文品必须统一，而西方则不然？

辜正坤：中国传统是将善作为假定，以善的办法处理事务，换一句话说，是以德治国，提倡人治。这种假定和要求非常有用，因为它可以形成一种良性互动，而如果强调人性恶的话，则人人视对方为竞争对手，将这种心态扩展到政治、伦理，就会导致整个社会只看重金钱和权力，而不管自己的良心是否正直、善良，这是同中国的传统价值不相符的。所以在中国，虽然也看重金钱和权力，但是终归会对其有一定的限制，于是人品和作品必须统一，而不可将二者割裂开来。反观西方传统，英国大经济学家亚当·斯密（Adam Smith）的《国富论》（*The Wealth of Nations*）从经济运作的角度认为，人追求私利的天性与行为最终导致社会的进步，这基本上就是性恶论了。在西方，人性恶占据了上方，恶人也可以成为惊天动地的英雄，于是人品和作品可以分开来评价，这个理路貌似有道理，实际上不妥，因为有内在的矛盾，毕竟恶人是不宜称为英雄的。

---

① 辜正坤：《理解与欣赏莎士比亚》，《人民政协报》2014 年 6 月 16 日。

② 《论语·公冶长》，阮元校刻：《十三经注疏》下册，中华书局 1980 年版，第 2474 页。

张　叉：您如何看待中西文化之间的巨大差异？

辜正坤：中西文化要存同求异，因为异质表征着特殊价值，文化的丰富性不在于其趋同特点的丰富，而在于其异质特点的丰富。中西文化不是因为被发现是异质的，且无法兼并对方才被迫采取共存互补的发展路向。问题的关键是要看到：西方文化本身的价值恰好要在中国文化的比照下才能够显示出来，同理，中国文化本身的特殊价值，也需要在西方文化的陪衬下才能够显示出来。因此，世界如果碰巧只是存在中国文化或只是存在西方文化都无疑是一种悲剧。没有中国文化模式，西方文化将永远片面下去，并会导致爆炸性灭亡；没有西方文化，中国文化将必然萎缩下去，并会最终导致死水一潭的僵化性灭亡①。

二、中西诗歌比较

张　叉：中西方诗歌的基本状况是什么？

辜正坤：中国的诗歌基本状况是：写实主义的诗歌注重求事真、情美，古典主义的诗歌注重求形式美、情美，浪漫主义的诗歌注重求意美、情美，现代主义和后现代主义的诗歌注重求奇求异。西方的诗歌的基本状况是：写实主义的诗歌注重求理真、事真，古典主义的诗歌注重求形式技巧美，浪漫主义的诗歌注重求情美，现代主义和后现代主义的诗歌注重求奇求异。

张　叉：弄清中西方诗歌基本状况有什么意义？

辜正坤：弄清中西方诗歌基本状况有多种意义，比如有助于正确地欣赏、评鉴或翻译中西诗歌。比如从翻译角度来说，弄清中国诗歌基本状况，就知道汉诗英译时最好是根据不同的诗歌特点取不同的翻译原则或标准。也就是说，有时我们宜于以获得译诗的事真、情美效果为目标；有时我们宜于以获得译诗的形式美兼情美效果为目标；有时我们宜于以获得译诗的

---

① 辜正坤：《中西文化比较导论》，北京大学出版社 2007 年版，第 169 页。

意美、情美效果为目标；有时则宜于以获得译诗的情美效果为目标。弄清西方诗歌基本状况，就知道英诗汉译时最好是根据不同的诗歌特点取不同的翻译原则或标准。也就是说，有时我们宜以获得译诗的理真、事真效果为目标；有时我们宜以获得译诗的形式技巧美效果为目标；有时则宜以获得译诗的情美效果为目标。[①]

张　叉：外国诗都可以译成古体汉诗吗？

辜正坤：不然。20 世纪初的白话文运动开展得轰轰烈烈，改变了我们写作的语言方式，白话诗歌也涌现出了许多脍炙人口的佳作，从历史发展来看，是一大进步。[②] 西诗中的鸿篇巨制当以白话诗体译之为佳，而古雅谨严、短小玲珑或妙语格言珠联者，却不妨选若干译为古体。以英诗为例，现当代英诗自然都应译为白话体，若强为古体，则必显得矫揉造作。但中古期、17、18 世纪的不少英诗译成古体汉诗后，在忠实性方面，失真度往往较白话体要小一些。凡英诗中格律谨严、措辞典雅、短小而又多抒情意味的早期诗作，以古体汉诗形式模拟译出，效果自佳。如约翰·弥尔顿（John Milton）的《悼亡妻》（*Sonnet XIX*），可仿苏东坡的悼亡妻词《江城子》（"十年生死两茫茫"）译出；埃德曼·斯宾塞（Edmund Spenser）的《爱情小唱》（*Amoretti*）和《迎婚曲》（*Eipthalamion*），莎士比亚、伊丽莎白·芭蕾特·布朗宁（Elizabeth Barrett Browning，即白朗宁夫人）的十四行诗都可以元曲、散曲的风味译出。这种译体，在传神方面即使不比白话体强，也绝不至于败在白话体之下。

张　叉：为什么用词曲风味译出英诗效果更佳？

辜正坤：第一，古体汉诗已有数千年历史，其诗歌语汇极多，表达手法至为丰富，凡英诗中的情趣白话体译起来扞格难通者，古体诗多能曲尽其妙。当然，亦有某些方面，如专有人名、地名等翻译，白话体又较古体

---

①　辜正坤：《中国诗歌翻译概论与理论研究新领域》，《中国翻译》2008 年第 4 期，第 37 页。

②　魏国光：《中西诗学精神的暗合——梁宗岱诗学新论》，《广东外语外贸大学学报》2020 年第 4 期，第 141 页。

为胜。这些人名、地名用在白话诗中，不太牵强；而一入古体却佶屈聱牙，不中不西，往往一名之出，弄得通首诗趣全无，这也不能不说是古体译诗的短处。

　　但利弊相衡，古体汉诗积数千载言志达情之功自有其潜力在，此类"译文优势"①弃而不用，殊为可惜。第二，古体汉诗词曲在音美、形美方面已臻绝顶，比之于世界上任何一种语言不但不逊色，甚至更佳。而白话体在格律方面尚在草创之期，至多也只在节奏处理方面有些进展而已。但话又要说回来，以成就而论，白话译诗对中国诗坛的贡献之巨足以使古体译诗抱愧汗颜。白话译诗最有前途，宜南面称王，已成公论，我也举双手赞成。不过探讨一下古体诗不能与白话体相抗的原因，也有一点用处：可以让古体译诗这朵小花在译苑中出一头地。古体译诗之未能出大成果，除了众所周知的白话运动及出版界的人为控制之外，恐怕也得在译者身上查查原因。其中一个重要原因，就是取体欠精审。老一辈译者喜用五言或七言，鲜有用词曲体者。汉诗五言就是五个字，七言就是七个字，排列起来，整饬严谨；当然这也是一种美，谓之"整齐美"。然而中国的事情，往往错就错在什么都强求整齐划一上，译诗亦然。英诗格律虽然也很严谨，也受音节多寡轻音重音之限，但大多数诗看起来总是长长短短、参差不齐，比之咱们的豆腐干体，颇显得不修边幅。但犬牙交错，长短相形，又自有一种放荡不羁之美，姑谓之"参差美"。鉴于这种特点，汉译若只取五言、七言，势必流为板滞、单调，又因为要求整齐端庄，就难免施暴虐于原作，干出削鼻剜眼，令其俯首就范的勾当来。但若用汉诗长短句词曲体译之，则可免此弊病②。

　　张　叉：为什么用词曲体翻译英诗可以避免"削鼻剜眼，令其俯首就范"之病？

----

① 许渊冲语，详见许渊冲：《扬长避短，发挥译文优势》，《中国翻译》1982 年第 4 期，第 19—22 页。
② 辜正坤：《西诗汉译词曲体略论》，《四川师范大学学报（社会科学版）》1986 年第 6 期，第 81 页。

辜正坤：理由其实很简单。首先，词曲体用语要浅近些，尤其是元小令，有时直与白话无大异。其次，词曲体抒情的风味亦显得浓些。最后，词曲体句式多变，更宜传达多样化的情绪，至少在形式上与英诗长短句可以契合相投。

张　叉：严格意义上的词有字数限制，字字需合平仄，相应句末有押韵要求，有的句子还要对仗；曲亦有严格格律定式，其句式、字数、平仄等都有固定的格式要求。您说的词曲体是指严格意义上的词、曲体裁吗？

辜正坤：当然不是。这里所谓的词曲体主要是指词曲体那种长短句式，词汇风味等，使人一读，觉得像词曲，仔细辨别，却又不是，恰在似与不似之间，凡所措辞，总以达志传情摹形追韵为宗旨。因此，我曾多次纠正，我所谓的词曲体指的是词曲风味体，不是完全的传统的词曲体。以后凡提到这个提法时，都宜更正为"词曲风味体"，以免和正宗的词曲体发生混淆。

张　叉：您刚才谈到了用词曲风味体进行英诗汉译的问题，那么，词曲风味体可以推广至法诗汉译吗？

辜正坤：法文诗的汉译与英诗汉译自又有别。法文中颇多不发音的字母，所以有时看起来一长串字母，读起来却很短，或者看起来很短，发音却较长，如保罗·魏尔伦（Paul Verlaine）的杰作《明月》（La Lune Blanche），几乎行行都是四个音节，但在视觉上给人的感受，却是长短不拘，外表上和词曲风味体的"参差美"相似。郭沫若曾舍规则的四言或规则的五言、七言，而用了变化有致的词曲风味体长短句形式对这首诗进行翻译，故译诗清丽感人，音乐性特强，诗味不在原作之下。[①]

三、中西文学比较

张　叉：郭沫若的《凤凰涅槃》与艾略特的《荒原》（The Waste Land）

[①]　辜正坤：《西诗汉译词曲体略论》，《四川师范大学学报（社会科学版）》1986 年第 6 期，第 84 页。

两首诗歌在创作上有什么相似之处？

辜正坤：这两首诗歌在创作上的相似之处是比较多的，但是主要的有三个：第一，两人创作这两首诗篇时都在异国。中华骄子郭沫若是在日本的九州帝国大学写成《凤凰涅槃》，美国逆子艾略特则是先在英国的伦敦、后在瑞士写成了《荒原》。第二，两人创作时间都约在而立之年。郭沫若29岁，艾略特34岁。第三，两人都已婚，且家境不佳。郭沫若已有妻小，还要上学读书，自顾尚且无暇，养家糊口更是谈何容易。艾略特的境况更加可怜，以区区一小职员的微薄薪金聊以糊口，已经疲于奔命，再加上长期患有神经病的妻子维叶涅·海伍德，其日子之难过，可想而知。艾略特为了挣钱，"每夜加班，简直无时间从事写作"。

张　叉：《凤凰涅槃》与《荒原》发表后的反响有什么惊人之处？

辜正坤：《凤凰涅槃》一出，在中国诗界宛如晴空霹雳，足以震骇视听。所以当时的新诗人"无不赞誉"，推为"大方之家"。更有甚者，说《凤凰涅槃》"命意和艺术，都威严伟大极了"[①]。如果说郭沫若是得天独厚，平步青云成为诗坛盟主的话，艾略特却是几经周折，饱受深沉冷暖之苦才得以跻身伟人之林的。《荒原》刊出后，立刻如一枚炸弹在英美文学界引起轩然大波，毁者、誉者、注释者、索隐者，接踵骤至。褒者誉为诗苑奇葩，贬者毁为"一堆废话"，或叹为"看不懂的伟大诗篇"，或疑作别有用心的无耻"骗局"。歌功颂德、热骂冷嘲，把20世纪20年代的英美诗坛弄得怪热闹的。

张　叉：《凤凰涅槃》与《荒原》中体现出的宗教和哲学精神的来源是什么？

辜正坤：郭沫若的泛神论思想是东西方宗教、哲学思想的混合物，它至少包括三个来源：第一是我国庄子等人的"天地与我并生，而万物与我

---

① 李思纯语，详见《会员通讯》，少年中国学会编辑：《少年中国》第2卷第3期，亚东图书馆，1920年9月15日。

为一"的思想；第二是印度古典哲学文献《奥义书》（*Upanisads*）中"我即梵"的思想；第三是西欧 16、17 世纪以斯宾诺莎为代表的"神即自然界"的泛神论哲学思想。艾略特早期钻研过古希腊哲学、基督教、黑格尔唯心主义，在查尔斯·兰曼（Charles Lanman）的指导下学过梵语，在詹姆斯·沃兹（James Words）的指导下攻读过印度大圣哲帕坦伽利（Pantanjali）的《瑜伽经》（*Yoga Sutra*），仔细阅读过印度教经典《薄伽梵歌》（*Bhagavad Gita*），专门攻读过《吠陀·奥义书》（*Upanisads des Veda*）和《吠陀经箴言集》（*Die Sutras des Vedanta*）。在其《荒原》中，不仅可以窥见西方的基督教思想，也可以看到东方的佛教、印度教思想。尤其要指出的是，《荒原》和《凤凰涅槃》一样，不仅都深受《奥义书》的影响，而且直接和间接地引用过该书的字句。

张　叉：《凤凰涅槃》与《荒原》的主题是什么？

辜正坤：《凤凰涅槃》的主题是新生，而《荒原》的主题是死亡。《凤凰涅槃》的主题虽然是新生，也不是一般的新生，而是死亡里的新生；而《荒原》的主题虽然是死亡，却不是一般的死亡，而是"生存着的死亡"（living death）。如果把两首诗的主题说得更具体一点，那么郭沫若《凤凰涅槃》的死亡里的新生是"象征着中国从革命的烈火中获得新生"，而艾略特在《荒原》中描写的"生存着的死亡"是指西欧现代文明社会在"精神上枯竭的死亡"，这就是二诗几乎能同时摇撼同时代人的奥秘。[①]

张　叉：除了郭沫若与艾略特之外，汤显祖与莎士比亚也具有较大的可比性，您曾在《光明日报》撰文对他们进行研究。汤显祖与莎士比亚的艺术追求是什么？

辜正坤：汤显祖追求的是情真、情至，莎士比亚追求的是理真、事真。换句话说，汤显祖重在言情，莎士比亚重在写真；汤显祖重主观，莎士比亚重客观。这种区别不仅仅在表面上见诸他们的作品，更是在深层次上见

---

① 辜正坤：《〈荒原〉与〈凤凰涅槃〉》，《外国文学研究》1988 年第 4 期，第 86 页。

诸他们奉为圭臬的写作理念。

张　叉：汤显祖与莎士比亚各自的写作理念是什么？

辜正坤：关于汤显祖的写作理念，首先，汤显祖主张艺术创作要充分发挥艺术家心灵的飞动来完成。心灵飞动说无疑会强化作者的主观能动性，有可能打破现实世界的藩篱，从理性世界突破到非理性世界，比如鬼神世界。其次，汤显祖主张作家应该把艺术创作的重心放在传达最关紧要的真情、纯情上。汤显祖所谓的真情是超越生死理性的。他的"临川四梦"，尤其是其中的《牡丹亭》，就实践了这一理念。汤显祖认为最高层次的情（情之至）是可以死而复生的——情之至可以扭转乾坤，改变造化的秩序和命运的安排。此外，汤显祖认为，形似要求只是初级的创作理念，最好的作家所写不在于是否与现实表象形似，而应该是靠飞动的心灵抒写出一种符合"自然灵气"的真情。

莎士比亚的写作理念是反映现实的镜子理论，同汤显祖的写作理念大不一样，甚至相反。莎士比亚曾借哈姆雷特之口说："特别要注意的是：你们绝不可超越自然的常规；因为凡是过度的表演都远离了戏剧演出的本意。从古到今，演戏的目的始终犹如举镜映照浮生百态，显示善德的本相，映现丑恶的原形，为社会，为历史，留影存真。"[①] 尽管这不是莎士比亚正面阐述的话，我们可以把它认定为代表了莎士比亚的基本创作理念——艺术创作应该像镜子一样尽量逼真地反映现实社会的一切现象，包括善恶美丑。换句话说，艺术作品描写的现象要与现实人生现象达到高度的形似，就如明镜照物一样巨细无遗、客观逼真。

如果说汤显祖强调艺术应抒写现实人生的神似特点的话，那么莎士比亚则强调艺术应模拟现实人生的形似特点。

张　叉：莎士比亚的镜子反映论与汤显祖强调的情至说的历史渊源是什么？

---

① 莎士比亚：《哈姆雷特》，辜正坤译，外语教学与研究出版社 2015 年版，第 82 页。

辜正坤：莎士比亚的镜子反映论可以追溯到柏拉图和亚里士多德的模仿论，即文艺是模仿现实生活的观点。汤显祖强调的情至说可追溯到《诗经》以来的诗主情、诗言志的悠久传统。

张　叉：汤显祖和莎士比亚所谓情有什么异同？

辜正坤：汤显祖所谓的情远远不止于针对人。鸟兽灵鬼，六道众生，都受情欲的鼓荡与制约。这里明显有佛学所谓"有情众生"这个观念的影子。汤显祖的思想深受罗汝芳、达观和尚和李贽的影响，汤显祖的思想整体上有较明显的排儒而彰佛道的倾向。爱恶之情羁缚众生造业并遭受果报而长劫轮回这个道理，汤显祖当然是知道的。但是汤显祖同时看到了爱欲之情产生的能动作用。汤显祖的情可以看作是一种永恒流现的宇宙精神，是一种能量，一种生机，循环往复地鼓荡万物生生死死，兴衰隆敝。正是情的存在，才有宇宙、才有大千世界的无穷循环的存在。

莎士比亚从来不像汤显祖这样正面阐释自己对情的看法。他对情的看法往往是由他著作的戏剧情节、人物对话、主题等来显示的。一个作家如果把自己的作品视若镜子，那么他就可能会尽量隐藏自己的主观判断，而让读者或观众自己根据艺术作品中的种种艺术现象来得出自己的结论。这样一来，我们就常常会发现莎士比亚对自己笔下的人物似乎总是在避免直接给予鲜明的爱憎论断。而汤显祖则对笔下的各个人物，都表现出一目了然的爱憎分明。这种情形，当然不仅仅见于二人在这方面的区别，这实际上是中西传统文艺的一个典型区别。[①]

张　叉：汤显祖和莎士比亚在以梦喻爱情方面有什么异同？

辜正坤：用梦这个意象来喻指爱情状态，在汤显祖的作品中，这种文学比喻手段可以说发挥到了登峰造极的地步。汤显祖的文学创作成就多样，以戏曲创作最为知名。汤显祖深受佛学影响，以梦境写生前死后，是很自然的事情。梦可以是假的，也可以是真的，至少有些好梦可以成真。汤显

[①]　辜正坤：《汤显祖与莎士比亚：东西方文化的两朵瑰丽之花》，《光明日报》2016 年 7 月 22 日。

祖实际上以艺术形式勾销了现实与梦境的真假界限，达到了一种虚实相生、真假互构、人鬼一如、死生不二的境界。初看有梦境的荒诞，细品有禅学的真谛。艺术形式在汤显祖手中，只是用来实现他心灵洞察与思考的伸缩可变的道具，而非机械映照浊世的镜子。大千世界真真假假，迷离恍惚，人道、天道、佛道，有时浑然难辨。"临川四梦"正是承袭着这种传统的道理与禅理，把玄妙神秘的梦境渲染、刻画得出神入化。

以梦喻爱情在西方文学里也是常见的做法。英国批评家威廉·赫兹利特（William Hazlitt）认为，莎士比亚笔下的"罗密欧就是堕入情网的哈姆雷特"，而"堕入情网就有如回归梦想的家园"，"请记住《仲夏夜之梦》中的戏弄式悖论——也许爱情整个儿就是一场幻梦"。[①] 对莎士比亚来说，梦终究是空虚不实的，梦不可能成真。虚假的影子在莎士比亚的镜子中是无法显影的。求真、求实的西方文化传统使莎士比亚的全部作品成为西方社会和文化的艺术性缩影。因此，在汤显祖的艺术世界中，我们能够领悟道家庄子的蝴蝶梦、佛家的生死梦、俗世的人生梦，而我们阅读莎士比亚的著作，有如在阅读西方文化生活的百科全书。

四、世界比较文学

张　叉：创建比较文学学科的首要工作是什么？

辜正坤：创建或定位任何一个学科的首要工作都是正名。正名这个概念容易使我们联想到儒家学说，因为它是儒家学说的核心概念之一。当孔子的弟子子路问孔子，如果他一旦管理国家政治，首先打算从何入手展开工作？孔子的回答是："必也正名乎。"[②] 当然，孔子的所谓正名，并没有系统地从逻辑学或认识论方面澄清名实关系问题，而是非常明确具体地主张

---

① 莎士比亚：《罗密欧与朱丽叶》，辜正坤译，外语教学与研究出版社 2015 年版，第 3 页。

② 《论语·子路》，阮元校刻：《十三经注疏》下册，中华书局 1980 年版，第 2506 页。

用周礼作为尺度去正名分，以摆正当时人们各自所处的政治地位和等级身份。他认为当时的社会混乱状态首先是由于"名""实"之间的混乱状态造成的。所以他强调"名不正则言不顺，言不顺则事不成"[①]。从他对政治问题上的名实之辨，可以看出他极其重视概念（名）和它所代表的具体事物（实）之间的关系。名不副实会引发出许多纠纷与问题。比较文学学科就存在着名不副实的问题。

张　叉：国际比较文学界关于什么是比较文学的问题争论了上百年，您如何看待这个现象？

辜正坤：国际比较文学界关于何为比较文学的问题争论正好证实了正名工作的重要性。究竟什么是比较文学？学科命名的产生与历史语境有何关系？学科命名是随意的还是必须依从起码的语义规范及由此而来的学科本体规范？如果一个错误的学科命名产生后，是由命名者负责还是误读学科命名的人负责？误创的学科命名有否可能因弊成利，促成名实相副的真正有意义的学科？当代国际比较文学学派如何依据正确的命名及其内涵来加以划分？诸如此类这些问题，都和比较文学学科定位的命名问题纠缠在一起。因此，比较文学学科的正名工作确实具有极其重要的意义。

张　叉：什么是传统比较文学？

辜正坤：许多学者认为，比较文学这门学科是在 19 世纪诞生于法国的。保罗·梵·第根（Paul Van Tieghem）、让-玛丽·伽列（Jean-Marie Carré）和马里乌斯-弗朗索瓦·基亚（Maríus-Francois Guyard）可以说是这门学科的早期代表人物。他们强调所谓比较文学（Littérature Comparée）的基础研究是影响研究，是事实联系性颇强的实证性研究，是所谓"国际文学的关系史"。显然，这种比较文学实际上并不是本体意义上的文学研究，倒不如说是历史研究的分支，或者至多是文学史的分支。为了以示区别，我把这种比较文学称为传统比较文学。传统比较文学对学科自身的定

---

① 《论语·子路》，阮元校刻：《十三经注疏》下册，中华书局 1980 年版，第 2506 页。

位思路，首先渊源于欧洲早期的比较语言学（Comparative Linguistics）（我称之为传统比较语言学）。然而中国比较文学界似乎至今未能对这门学科与当时西方语言学研究成果的关系加以强调和研究。

张　叉：传统比较文学同传统比较语言学有什么关系？

辜正坤：虽然有的学者认为 1800 年法国动物学家居维叶（Georges De Cuvier）发表的《比较解剖学讲义》（Lecons D'Anatomie Comparée）或约瑟夫·玛丽·德·日昂多（Joseph Marie de Gerando）的《人类认知原理视角下的哲学体系比较史》（Histoire comparée des systémes de philosohie considérés relativement aux principes des connaissances humaines）可能与这个术语有联系[①]，但是比较文学作为一个学科概念的产生更有可能和当时显赫一时的历史比较语言学派的研究理路相关。众所周知，正是运用历史比较的方法，历史比较语言学派取得了划时代的学术成就。尤其是印欧语系语言家族的谱系关系得以初步理出一个头绪，至少对于西方人来说，可谓具有哥伦布发现美洲新大陆那样重大的意义。这种学术成果对比较文学的创始人无疑有一种相当强烈的暗示效应。比较语言学的旧名是"比较语文学"（Comparative Philology）。鉴于 philology（语文学）这个词在美国和欧洲大陆常常意味着对文学作品进行学术研究，容易引起误解，所以西方学者转而使用"比较语言学"这个名称。同时，语言学界还有"历史语言学"（Historical Linguistics）的分法。历史语言学通常研究一种或数种语言的语音系统、语法和词汇方面的短期变化和长期演化。传统的历史语言学和比较语文学结合起来就孳乳出了历史比较语言学这个学科命名（Historical-Comparative Linguistics）。

张　叉：比较文学这个概念产生于怎样的历史语境？

辜正坤：历史比较语言学的产生可以上溯到意大利人但丁·阿利基耶里（Dante Alighieri）的著作《论俗语》（*De Vulgari Eloquentia*）。这部著

[①]　乐黛云：《中西比较文学教程》，高等教育出版社 1987 年版，第 45 页。

作认为，"不同的方言以及后来的不同语言，是由一个原始语言，经过历史变化以及使用者在地域上的扩散而发展开来的"①。1786 年，英国人威廉·琼斯（William Jones）在他主持的孟加拉亚洲学会发表演说，鉴于梵语和欧洲语言之间的大量相似点，他宣称它们必定有一个共同的起源。他的这一段话获得国际语言学界的普遍引用。②19 世纪早期的历史比较语言学家中最著名的学者可以推丹麦人拉斯谟·克里斯蒂安·拉斯克（Rasmus Kristian Rask）、德国人雅各·格里姆（Jakob Grimm）和弗朗茨·葆朴（Franz Bopp）。1808 年，德国人卡尔·威廉·弗里德里希·施莱格尔（Karl Wilhelm Friedrich Schlegel）的论文《论印度人的语言与智慧》（Über Sprache und Weisheit der Indier）强调语言的"内部结构"（词形学）对于研究语言的谱系关系十分重要。他创造了 vergleichende Grammatik（即现在仍然常用来指称历史比较语言学的"比较语法"）这个术语。③ 正是在他们的研究工作的基础上，产生了 19 世纪中叶在语言学界最重要的德国人奥古斯特·施莱歇尔（August Schleicher）的研究成果。施莱歇尔根据语言共同的特征（词汇对应关系、语音变化结果等），把语言分为不同的语系，并且为每个语系构拟一个共同母语（Grundsprache）。所有的语系都追溯到一个具有语系内各语言共同特征的始源语言（Ursprache）。通过比较各语系间被证实的对应关系，可以构拟出这些语系的始源语。④ 从上述语言学家们的研究可以看出一个共同的努力方向，这就是致力于通过历史比较的方法，理清世界至少是欧洲各民族语言之间的谱系关系，用实证的办法描述它们之间是如何相互影响、相互接受、相互衍变的。换句话说，历史比

① R. H. 罗宾斯：《简明语言学史》，许德宝、胡明亮、冯建明译，中国社会科学出版社 1997 年版，第 183 页。

② 戴维·克里斯特尔：《剑桥语言百科全书》，中国社会科学出版社 1995 年版，第 466 页。

③ R. H. 罗宾斯：《简明语言学史》，许德宝、胡明亮、冯建明译，中国社会科学出版社 1997 年版，第 190 页。

④ R. H. 罗宾斯：《简明语言学史》，许德宝、胡明亮、冯建明译，中国社会科学出版社 1997 年版，第 195 页。

较语言学家们是想彻底弄清国际语言之间的关系史，最终将全世界的语言都以一种类似施莱歇尔构拟的那种谱系树模式（Stammbaum theorie）描述出来。显而易见，"比较文学"这个概念就结胎于这样一种历史语境。

张　叉：比较文学学科名称为学者提供的研究范围是否是确定而不可逾越的？

辜正坤：不然。Littérature 这个词虽然主要指称文学，但偶尔也可以指广义的文献、文化。这给使用 Littérature Comparée 这个学科名称的学者提供了根据需要随意扩大或缩小学科包容范围的方便。如果自己的研究成果是较纯粹的文学，自然使用比较文学这个含义。如果自己的研究成果属于其他范围，例如历史或艺术之类，也可以因为比较文学可以朦胧地涵盖它们，于是也坦然地使用比较文学这个学名。因此，Littérature Comparée 对某些投机学者而言，成了一个富于弹性的万灵学科。当这个学科比较热门的时候，就可以心安理得地把自己的一切文章都归到这个学科的名义下。Comparée 这个词则是表明其研究方法侧重像历史语言学派擅长的那种历史比较实证方法，这个词虽然可以指对事物的同异两个方面进行比较，但是更侧重同的比较、侧重相似点的比较。这和历史语言学们侧重语言间的相似点比较和影响比较是如出一辙的。

张　叉：比较文学法国学派是否具有法国中心主义的色彩？

辜正坤：Littérature Comparée 的创建者们心目中的愿望是要追踪历史比较语言学派的成功轨迹和方法，以便取得像历史比较语言学派所取得的那样骄人的成就。他们从历史比较的角度，把文学或文献只是作为他们的历史比较方法的实验对象，侧重异族、异语、异国文学之间的源流关系的寻根究底，以便最终勾勒出一幅类似印欧语系语言谱系的西方文学文化血缘谱系图。另外，法国比较文学学派中的若干学者还有意或无意地倾向于以法国文学或文化作为主要的源，而其他国家文学或文化则主要是流，从而实现法国文学中心论或欧洲文学中心论的实证研究。

张　叉：法国学派主张的比较文学是否算得上文学研究？

辜正坤：Littérature Comparée 这个概念从最初产生的时刻起，从语义上来说，就不是一个表意正确的概念，由于它的伸缩性太大（这是学科定位最忌讳的），很容易误导文学界的研究者；从意识形态方面来说，至少在潜意识中，是一种殖民文学文化观念研究的投射。法国传统 Littérature Comparée 倡导者的初衷显然不主张进行纯粹的文学研究，更不主张进行具有审美意义的文学艺术特点方面的比较研究，而是主张近乎自然科学研究那样的重事实性史料联系和相互影响的实证性研究。简单地说，这种研究取向已经注定法国学派所谓的"比较文学"研究主要是史学研究而非纯粹的文学研究。

张　叉：中国学者把 Littérature Comparée 翻译成"比较文学"，是否恰当？

辜正坤：Littérature Comparée 本不该翻译成"比较文学"。正如旧时的容易引起误解的"比较语文学"最终要被"比较语言学"或"历史比较语言学"所取代一样，误用的 Littérature Comparée 如果要保留其初创者的本意，则本不应该翻译成"比较文学"，而应该按该学科创建者的本意，译作"历史比较文学"，或"异语异族文学源流考据学"，或"历史比较文学考据学"，或"异类文学源流比较考据学"，诸如此类。可惜的是，无论在法语或是英语中，我们都无法找到一个比较合适的简单明了的概念。应该指出，Littérature 这个单词在现代绝大多数的读者心目中，其主要含义还是文学，而非文化或文献之类。因此，当他们顾名思义地将 Littérature Comparée 理解成"比较文学"的时候，他们并没有错。令人遗憾的是，法国的比较文学创建者们抛出这么一个概念，却又不允许人们从字面意义上来理解并应用这一概念，这就显得有点滑稽。

张　叉：比较文学法国学派主要理论家马里乌斯-弗朗索瓦·基亚在《比较文学》（*Littérature Comparée*）初版序言中断言："比较文学不是文学

比较。"①他在《比较文学》第六版前言中也声称:"比较文学并不是比较。"②
您对此有何评价?

辜正坤:名为比较文学学科却不要人们进行文学比较,这就好像打着"流行服装店"招牌的老板对蜂拥而来的顾客说:"本服装店不是销售服装的,而只是办理服装托运业务的。"于是出现了所谓正宗的比较文学学者试图指责冒牌的比较文学学者"误读"了比较文学这个术语。但这压根儿就不是误读的问题。明明你用的是 Comparative Literature,怎么不应该进行文学比较?难道你写一个"黑"字,却硬要别人读成"白"字,才算不是误读么?其实真正的错误不是非法国比较文学学派学者误读了"比较文学"这个用语的问题,而是学科创建者——法国学派本身在术语方面的原创错误和后来的译者不审原创者本意率尔译之从而滋生出相应的误译问题。如果最初的术语创立者指鹿为马,却又要后来的学者不许把它当马骑,只能当鹿对待,这就有点不公正。不从改进词不达意的术语本身着手,却要人们将错就错地接受这个术语的同时暗中在心里修正这个术语,这不是应有的学术态度,而是有点强词夺理。不能认为自己是某个术语的倡导者,就可以不顾起码的语义规范而随心所欲地解释该术语的文义。诚然,学科创建者创建一门学科时做出了贡献,人们应该表示应有的尊重和感谢,但感谢并不意味着必须对施恩者指鹿为马和用马如鹿的行为也不分青红皂白地表示屈从。

张　叉:一般认为,比较文学的基本学理思路乃法国人首创,您同意这样的看法吗?

辜正坤:法国学派所倡导的这种重异类文学主要是异语异族异国间的文学源流研究,虽说在方法上界定较为周详,但就基本学理思路而言,则并非法国人的独创,这是因为它其实是一种文学文化研究中的必然现象,

---

① 北京师范大学中文系比较文学研究组编:《比较文学研究资料》,北京师范大学出版社1986年版,第42页。

② 干永昌、廖鸿钧、倪蕊琴编选:《比较文学研究译文集》,上海译文出版社1985年版,第75页。

可以说是古已有之。例如在早期中华世界，百国争雄、语言芜杂，语言文学文化的多边交织影响，就曾是古代学者关注过的题目。抛开五方之民言语不通的时期不论，早期荆楚、齐鲁、燕赵、巴蜀的文学文化差别不可谓不大。言语异声、文字异形的格局先天就促使有关学者留心各诸侯国及各民族之间在文学文化上的交互影响与接受。像孔子、孟子这样一些来往于各国的大学者不可能不注意到各国语言文学文化，例如号称十五国风的各类诗歌的源流关系。至少从汉魏以来，由于大量引入佛教文献从而引发的儒道释三教孰优孰劣、孰先孰后的大讨论，就已经开了比较文学、比较文化研究的先河。若细读陆机的《文赋》、刘勰的《文心雕龙》与钟嵘的《诗品》之类文论作品，便能够看出关于异时异地文体文风的考源溯流，已经是学者们习以为常的了。

张　叉：您怎样总体评价比较文学法国学派？

辜正坤：既然标明"比较文学"的学科其本义却不是文学比较或比较文学，而只是文学关系史之类的比较，其研究路向尽管擦着文学边缘，却最终必然使这门学科变成史学研究而非正宗的文学研究，从这个意义上来说，法国比较文学学派其实并不是核心的比较文学学派，更称不上正宗的比较文学学派。

张　叉：什么是真正的比较文学？

辜正坤：如果法国比较文学学派提出的概念不是真正的比较文学概念，那么什么才是真正的或者说正宗的比较文学概念呢？最初试图回答这个问题的人是美国耶鲁大学教授勒内·韦勒克（René Wellek）。1958 年和 1962年，在美国及布达佩斯相继召开的国际比较文学年会上，韦勒克首先对传统的法国比较文学学派发起攻击，指责法国学派的褊狭。1958 年 9 月，韦勒克发表论文《比较文学的危机》（The Crisis of Comparative Literature），指出比较文学危机的最严重的标志是至今没有明确的研究对象和特定的方法论。他指责传统的比较文学研究过分强调唯事实主义、唯科学主义和唯历史主义，只关注翻译、游记、媒介等文学作品之外的东西。按照韦勒克的观点，比较文学研究的核心课题应该是价值和品质而非干巴巴的事实联系。换句话说，比较文学研究应该把重心放在研究文学本身的美学价值上，强调"文学性"。比较文学研究所追求的最高理想和终极价值应该是理解、阐释和传播人类最优秀的文学作品和文学艺术的最高价值。韦勒克的基本观点可谓振聋发聩。但应注意，韦勒克的观点背后也有着某种民族主义成分。美国建国不到三百年，若只讲影响研究，恐怕只好研究别国（主要是欧洲国家）文学文化对自己的影响。这样一来，美国文学就只能是一种欧美文学文化的附属品。这是自认为已经是世界性军事、经济、科技霸主国的美国人不能屈就的格局，所以对国际比较文学原有的欧洲霸权的挑战是势所必然的。不过，美国人这种潜在的民族自尊心理倒也没有对国际比较文学造成太多的文化偏见。客观地说来，韦勒克对法国学派的抨击可以说是击中了要害。归根结底，比较文学最核心的东西应该是文学的比较，而不应该只是什么枯燥的文学史料的比较与考证。

张　叉：韦勒克发表论文《比较文学的危机》的意义是什么？

辜正坤：韦勒克在《比较文学的危机》中表达的比较文学研究应该把重心放在研究文学本身的美学价值上的观点可以说把传统比较文学的正宗观念搞了个底朝天。其他不愿无形中成为他国文学文化附庸的各国比较文学学者，不用说也多半会趋同美国学派的观点，以便使自己有更多的学术研究空间。武林大会比武结束，法国学派虽未被打下擂台，至少也在一定程度上不再坚持自己的盟主地位。此消彼长，从兹伊始，比较文学的研究中心就不可避免地从欧洲转移到了美国。

张　叉：韦勒克等人所代表的新比较文学研究取向能够给予我们什么启示？

辜正坤：应该特别注意的是，韦勒克等人所代表的新比较文学研究取向，恰好与流行的被所谓误读了的"比较文学"这个概念所昭示的含义是相一致的。如果说这是一种将错就错，那也是一种令人欣慰的歪打正着式的将错就错。如果法国比较文学学派最初选定的学科名称是诸如"历史比较文学"或"异语异族文学源流考据学","历史比较文学考据学"或"异类文学源流比较考据学"之类,那么,后来的所谓国际"比较文学"研究格局就会完全是另外一副样子。

今天,名与实终于有可能真正相符了。一个错误的概念(名)依据自己本身的暗示作用,最终逼迫现实(实)与它同构,这正是我在《互构语言文化学原理》一书中强调的东西。由此我们也不得不慨叹当初孔子大声呼吁"正名"的一番苦心。值得专门一提的是,也许从另一个角度,我们还不得不感谢非法国比较文学学派对这个学科命名术语的所谓"误读"和"误译",因为正是他们的"误读"与"误译",才使这个学科获得了新生。

或许正因为"名"具有这种对现实的反构作用,于是,社会上一些拼命猎取名声的所谓学者的心理也就变得可以理解了。这些人不是靠学术成就来成名,而是希图靠成名来暗示其学术成就或促成其学术影响。不错,只要有足够的媒介关系,当今社会的炒作功能确实可以使一些人出人头地。而大多数的民众也确实可能被蒙骗住。但是,归根结底,名与实的不符是会招致反面结果的。如果一个具有近百年国际性影响的学术流派都会由于名与实不符的原因而势所必然地被抛到边缘,成为非核心比较文学学派,那些凭借暂时的媒介关系而炙手可热的所谓学术名人又岂能长期混迹于学术界而不被人们一朝抛弃?

张　叉:如果法国比较文学学派已经不是核心的比较文学学派,那么它是什么学派?

辜正坤:毫无疑问,法国主流传统比较文学学派可以归于异文学历史比较考据派。这是一个相当科学的跨历史—文学源流考据派。它的材料虽然多半与文学相关,但是这些材料却未必是核心的文学现象;它的方法是历史比较考据的实证方法,但却未必是文学研究的唯一的或最理想的研究方法。问题是这样一个学派在比较文学的学科层面中应该如何定位?要定位一个学派的学科取向程度,必须根据学科的本体属性将该学科进行层次归类,然后才能看清楚该学派的具体地位。根据法国主流比较文学学派的基本特点，我认为，法国比较文学研究主要属于介于亚比较文学和泛比较文学之间的研究，或称为非元比较文学研究。

张　叉：什么是元文学、泛文学与亚元文学？

辜正坤：所谓元文学指的是本体文学，它的主要特点是纯审美＋娱乐性。泛文学则指的是非本体文学，它的主要特点是实用性和跨学科性。介乎元文学与泛文学之间的是亚元文学，它的主要特点是认知性、娱乐性兼功利性。这一文学原理应用于其分支比较文学的结果，就是元比较文学、亚比较文学与泛比较文学理论。[①]

张　叉：什么是元比较文学？

辜正坤："元"的本义是本体、始源的意思。《说文解字》："元，始也。"《春秋繁露·重政》："元者为万物之本。"因此，元比较文学就是本体比较文学的意思。由于有的学者将来自希腊语前缀的 μετα-（英文 meta-，意为"超""在……之后""在……之上""在……之外""和……一起"等）误译作了"元"，造成了某种学术用语的混乱，因此，有的人看到"元比较文学"这个概念时可能会产生习惯性误解。[②] 这是后话。

张　叉：元比较文学的主要特征是什么？

辜正坤：元比较文学的主要特征有以下八个：第一，元比较文学与传统比较文学主张不同，即不是强调比较同的方面，而是强调比较异的方面。许多学者认为，文学研究是为了最终发现文学的一些普遍规律。因此，他们往往把研究的重点放在了寻求异国或异族文学的相似点上面，这是一个误区。恰恰相反，我认为比较文学的研究重点应该放在研究异语异族异国文学的差异方面。在一般情况下，相似点越多的异类文学，比较价值越低；相似点越少的异类文学，比较价值越大。或者说差异越大的异类文学，比

[①] 辜正坤：《元文学与泛文学——兼论文学批评多向互补太极模式》，《百家》1988 年第 4 期，第 1—4 页。

[②] 辜正坤：《外来术语翻译与中国学术问题》，《北京大学学报（哲学社会科学版）》1998 年第 4 期，第 47 页。

较价值越大；差异越小的异类文学，比较价值越小。即异类文学的比较价值与其差异点的数量成正比，与其相似点的数量成反比。要阐明这一点是不困难的。相似性太接近的比较对象难以通过比较发现其特色。而差异越大，越不相似，则越易于用以鉴别他者和自身。比如说用北京人来比较北京人，难以看出北京人的特征。但是如果用北京人来比较巴黎人，则各自的特点一目了然。第二，元比较文学侧重不同语言间的文学。比较文学必须是名副其实的比较文学，这是不言而喻的。同时，比较文学还强调比较的对象应该主要是不同语言间的文学。文学艺术，归根结底主要是语言的艺术。但是，有的比较文学学者却更强调不同国家文学的比较。我以为，后者和前者在概念上有时是重合的，有时则是交叉的，应该区别处理。所谓重合的，是指作为比较对象的双方文学，既使用两种不同的语言，也从属于两个不同的国家。例如法国文学和俄国文学就是如此。所谓交叉的，是指作为比较对象的双方文学，在地域和主权上分属两个不同的国家，可是在语言上却使用同一种语言，或者相反。例如英国文学和美国文学，韩国文学和朝鲜文学。处于交叉状态的双边文学的相似性太大，比较价值相对较低。也就是说，以国别文学作为比较对象时，有时其比较价值可能较低，而以不同语言的文学作为比较对象，则能够有相对稳定的较高的比较价值。当然，元比较文学研究也研究双边文学的同的方面，探究共有的文学规律（异中求同），但是重心放在同中求异上。第三，元比较文学侧重艺术形式的比较，具有明显的纯审美倾向。这种比较把重点放在声律、格律、意象、比喻、象征、情节、叙事技巧和模式、人物塑造、文体、文学类型、文学批评（包括鉴赏理论）等因素上。第四，元比较文学把研究重心放在发现不同语言载体中的文学的独特的审美机制上，尤其是那种只为某种民族和语言的文学所独有的审美特点和审美机制。例如中国文学与西方文学相比，由于语言差别大，就具有特别大的比较价值，比西方文学系统内部的文学比较对象具有更多独有的审美特点和机制。关于这一点我在后文还要阐述。第五，元比较文学研究并不认为一切价值判断都是客观公正的，但是这并不妨碍比较文学研究大胆地进行价值判断，鼓励研究者对所研究的对象做大胆的主观评估。第六，元比较文学研究鼓励平行研究。所谓可比性不能只建立在相似点上，相异点也具有同等的甚至更大的比较价值。第七，元比较文学研究引入文学翻译理论。元比较文学认为，比较文学涉及至少两种语言材料的比较研究，而其研究结果却又必然只可能在同一个研究成果（例如同一篇文章）中借助于一种语言来加以陈述（例如中国学者用中文写作或法国学者用法文写作），这就使比较文学学者在使用其他语言材料时不得不通过翻译或已经有的翻译材料来进行研究和表述研究成果。这意味着什么？这意味着翻译能力与翻译理论，尤其是文学翻译能力和文学翻译理论势所必然地成为比较文学研究的初始要求和必要的工具。关于这个问题，我曾在20世纪80年代初组织文学与翻译研究学会的时候反复阐述，此不赘述。第八，元比较文学研究的方法也尽可能地采用比较的方法和实证的方法。①

张　叉：为什么元比较文学要把研究的重点放在研究异语异族异国文学的差异方面？

辜正坤：Comparée 这个词是表明其研究方法侧重像历史语言学派擅长的那种历史比较实证方法，这个词虽然可以指对事物的同异两个方面进行比较，但是更侧重同的比较、相似点的比较。这和历史语言学家们侧重语言间的相似点比较和影响比较如出一理，和人文社会科学的法则即使不是同构的也是同向的。自然科学的某些法则确实和人文社会科学的某些法则相通，但是在某些特殊领域，自然科学法则和这些领域的法则是不相容的，甚至是恰好相反的。这些特殊领域尤其适用于指称艺术领域，例如文学领域。在文学上，一部作品和另一部作品相比，其艺术形式和技巧相似点越多，其艺术价值越低。这是人所共知的现象。当两部文学作品几乎完全雷同时，在逻辑上，其中的某部作品的价值必然趋近于零——因为它极有可

---

① 辜正坤：《中西诗比较鉴赏与翻译理论》，清华大学出版社2002年版，第98—101页。

能是抄袭。在当代学者的眼中，艺术作品的价值越来越取决于其相对于其他作品的特殊性，或者说独特性。这种独特性即黑格尔所谓的特定的"这一个"。人们会厌倦千篇一律的作品，正因为它们的相似点太多。独创性因此获得大多数文艺理论家的青睐。

张　叉：西方一些文艺理论家强调异语异族异国文学间的相似点，力图寻找到普遍规律，您对此有何评价？

辜正坤：正是这同一类理论家们，在研究比较文学的时候，却又莫名其妙地强调异语异族异国文学间的相似点，而不是强调它们的独特性，这在逻辑上是自相矛盾的。当然，这种自相矛盾是容易解释的，因为我们现在是在使用合乎比较文学这个命名的逻辑语义的情况下来阐述比较文学的，而传统的比较文学学者则是在几乎完全不同的另一个所谓的"比较文学"（其实是文学的历史比较考据学）这种语境中来讨论比较文学的。若干个世纪以来，西方文学理论界总是天真地热衷于寻找那能够统摄、解释一切文学现象的所谓普遍规律。他们千辛万苦地找到的普遍规律，最后往往被证明在实践中是无足轻重的或作用很小的。因为，他们不明白，在艺术领域，或者说确切点，在文学艺术领域，最有价值的不是抽象的一般规律而是若干较为具体的特殊规律。德国学者马克斯·韦伯（Max Weber）说："对于具体性的历史现象知识来说，那些最普遍的规律，由于缺乏内容，便显出极小价值。一个概念的有效性（或适用范围）越是广泛，它就越是引导我们离开现实的丰富性，因为，为了包括尽可能多的现象的共同要素，它就必须尽可能地抽象，由此便脱离了内容。"[①]

在若干人文社会科学领域，一种规律越是具有普遍性，它的实用性就越小，它的相对价值也就越小。这就是元比较文学为什么要把研究的重点放在研究异语异族异国文学的差异方面的理论依据了。

张　叉：您认为元比较文学研究重点应该放在研究异语异族异国文学

---

① 陈建远、施志伟：《现代西方社会学》，江西人民出版社 1988 年版，第 154 页。

的差异方面，这是为何？

辜正坤：只有多元文学才能推动人类文学的繁荣，只有多元文化才能推动人类的发展进步。雷同重复的文学往往会很快走向死亡，雷同重复的文化往往会很快走向死亡。正是基于这样的理路，我在33年前提出了中西文化拼合互补论。[①] 正是基于这样的理论，我在3年前撰文讨论汤显祖和莎士比亚。实际上，汤显祖和莎士比亚就是很好的例子。汤显祖和莎士比亚的文艺观点和艺术创作实际上各自秉承着中西文艺乃至中西文化在深层次上的原型结构，是在同一个时代各择地势开出的异样的花朵。他们都以其芬芳艳丽震慑住了中西两地的读者和观众，但是各自的色彩和造型却大大不同。他们各具令人惊异的风采，正是这种不同的风采给他们的作品带来了永恒的魅力。如果汤显祖和莎士比亚写出来的是一样风格的作品，那将是人类的不幸。汤显祖和莎士比亚两大文艺巨人也可以这样拼合互补、互彰互动地构建出中西方人民喜闻乐见的文学现象。这也正是为什么我主张元比较文学要把研究的重点放在研究异语异族异国文学的差异方面的原因。

张　叉：看起来，元比较文学的特征同比较文学美国学派的特征颇为接近。您认为元比较文学与比较文学美国学派之间大体可以画等号吗？

辜正坤：的确如您所说，元比较文学的特征与比较文学美国学派的特征颇为接近，但是两者并非完全一样。比较文学美国学派并不只是具备元比较文学的许多特征，它同时也具备泛比较文学的若干特征，所以，元比较文学与比较文学美国学派之间是不能够画等号的。

张　叉：什么是泛比较文学？

辜正坤：泛比较文学指的是非本体比较文学，是鼓励文学与其他学科相结合的研究。

---

① 参见辜正坤：《中西文化拼合互补论》，《北大清华名师演讲录》，北京大学出版社2004年版，第3—27页；辜正坤：《中西文化拼合互补论》，《中华传统文化研究与评论》第二辑，人民教育出版社2008年版，第291—316页。

张　叉：泛比较文学的主要特征是什么？

辜正坤：泛比较文学的主要特征有三个：

1．侧重媒介学研究。

2．鼓励文学与其他学科相结合的研究，允许以文学性为主，其他属性为辅的比较研究。也就是文学＋其他学科（科际研究的全部对象）：

（1）文学＋法律→法制文学；

（2）文学＋哲学→哲理文学；

（3）文学＋宗教→宗教文学（例如基督教文学）；

（4）文学＋政治→政治性文学；

（5）文学＋历史→历史文学。

诸如此类。

3．鼓励其他学科与文学研究相结合的研究，允许其他学科属性为主，文学性为辅的比较研究。这已经成了一种过度泛比较文学研究。也就是"其他学科＋文学"：

（1）哲学＋文学→诗性哲学（例如尼采）；

（2）经济学＋文学→文学经济学；

（3）社会学＋文学→文学社会学；

（4）历史＋文学→文学历史（史话）。

诸如此类。

泛比较文学第1项是法国传统比较文学学派的特征。其余的特征则是典型的跨学科研究，也是美国比较文学学派中的某些学者十分倡导、认同的。

张　叉：泛比较文学有什么弊端？

辜正坤：在元泛比较文学系统中，比较文学美国学派主要属于元比较文学层面，但是也有相当一部分属于泛比较文学层面甚至过度泛比较文学层面。过度泛比较文学实际上与普通的跨学科研究没有什么大的区别。如果认为这类研究也是正宗的比较文学研究，那么古今中外不知有多少学者是正宗的比较文学家。就拿一些政治家来说，他们都曾经推出过许多以政治和哲学观点来看待文学的文章、专著，难道他们都是正宗的比较文学家吗？按照这种逻辑，马克思讨论斐迪南·拉萨尔（Ferdinand Lassalle）的历史悲剧《弗兰茨·冯·济金根》（*Franz von Sickingen*，1859）的书简、恩格斯的《诗歌和散文中的德国社会主义》（*Deutscher Sozialismus in Versen und Prosa*）与列宁的《党的组织和党的文学》（*Партыйная арганізацыя і партыйная літаратура*）等，可能都不得不推为比较文学研究的经典著作了。在过度泛比较文学的思路下，一些人把哲学与文学、经济学与文学、法学与文学，甚至弗洛伊德与文学之类，都归入本体的比较文学之列，这就有些荒唐了。但是把它们归入泛比较文学还是可以的。

张　叉：什么是亚比较文学？

辜正坤：亚比较文学又称准比较文学。它在文学性上低于元比较文学。但是它特别注重实证性和考源溯流，类乎一种历史考证学，与中国乾嘉学派的考据学在精神上可谓一脉相承。

张　叉：亚比较文学的主要特征是什么？

辜正坤：亚比较文学研究主要有以下四个特征：

1．主要侧重两国或多国文学之间的相互影响比较。

2．特别侧重使用比较的方法和实证的方法。

3．侧重源流学研究。

4．其他可能的因素。

显而易见，亚比较文学的特征同比较文学法国学派的大部分主张非常相近。

张　叉：中国比较文学学者怎样在元比较文学、亚比较文学与泛比较文学三者之间求得平衡？

辜正坤：通过元比较文学、亚比较文学与泛比较文学的归类，我们就很容易看清目前国际国内各种比较文学研究处于什么样的学科层面上，他们之间具有什么样的关系。在这样一种视野中，中国比较文学学者可能更容易冷静下来，思考决定取一种什么样的研究途径更合适。在比较文学的旗帜下，我们的态度应该是重点发展元比较文学研究，适当进行亚比较文学研究，不反对泛比较文学研究。也就是说，比较文学不要忘记自己的本体学科依据，如果喧宾夺主，对于一门学科的建设是弊大于利的。

张　叉：您如何综合评价比较文学法国学派？

辜正坤：法国学派力主科学的、实证的、比较的研究方法，重视世界文学发展的有机联系，以寻求类似世界语言系统的谱系树为目标的源流探索，是具有重大的开拓意义的。法国比较文学学者那种孜孜不倦、严谨求实的科学态度仍然是比较文学界应该遵循的榜样。但是，由于法国比较文学学派在学科定位上机械照搬历史语言学派的理路，丢掉了比较文学当以比较文学作品或文学理论为中心这种起码的学科本体审美要求，作茧自缚地局限于史料性质的事实联系与过多的非文学因素考据，使比较文学名不副实，最终导致比较文学成为狭义的史学研究而非文学研究，这是应该引为教训的。

张　叉：您如何综合评价比较文学美国学派？

辜正坤：美国比较文学学派力挽狂澜，促使有点名不副实的传统比较文学研究回到真正的文学研究的轨道上来，注重文学的本体特征，如审美价值和伦理价值之类的人文关怀，这是有巨大功劳的。但是美国学派有从一个极端走向另一个极端的趋势，过分滥用比较方法，不适当地夸大泛比较文学研究的作用。泛比较文学由于有着广阔的研究空间，无限扩大了比较文学的界限，其实等于把比较文学的研究对象等同于几乎一切人类文化领域，这势必最终消解比较文学研究学科本身。如果比较文学什么都是，它就实际上什么都不是。因此，中国的比较文学学者要特别注意不要掉进这个陷阱。

张　叉：国际比较文学研究面临的问题是什么？

辜正坤：由于美国学派的推波助澜，包括中国在内许多国家的比较文学研究实际上都在一定的程度上不知不觉地混淆了比较文学与其他学科的基本差别，失掉了自己特有的学科研究对象，试图囊括一切学科，结果就消灭了自身。如今，某些挂名比较文学研究的学者往往避免直接的文学作品比较，甚至于嘲弄、轻视平行研究，轻视具体的、微观的文学作品分析，不想做深入细致的研究，而只想走捷径，赶时髦，主张一天磨十剑，而不是十年磨一剑。更有个别学者喜欢天马行空、动辄宇宙全球，虚张声势地进行所谓宏观论述，或者单纯地津津乐道于某一种文化理论，例如现代主义或后现代主义或新殖民主义，忘记了这些领域虽然与比较文学有关联，却并非是比较文学的本体研究课题。因为其他领域，尤其是广义的人文社会科学领域，也都与这些思潮有着相应的联系。如果见到一种什么新主义，不是从借鉴的角度，而是从扩大地盘的愿望出发想将这些主义囊括进比较文学体系，这就是忘掉了比较文学的本体依据，等于无形中把比较文学学者贬低为一种三教九流的乌合之众，或者是包治百病的江湖郎中。这是值得中国比较文学学者警醒的。毋庸置疑，中国比较文学研究在近三十年来取得了很大的成就。唯其如此，时时在研究理路上反省与革新，才显得愈益紧迫，因为船航行得愈远，航向正确与否就愈益重要。

张　叉：未来世界比较文学研究的重心是什么？

辜正坤：中西比较文学应该是未来世界比较文学研究的重心。在一般情况下，越是相似点多的异类文学，其比较价值越低。越是相似点少的异类文学，其比较价值越大。同样的道理，中西文化极性相反处最多，在语言文字和文学方面的差别最大。众所周知，文学的艺术归根结底可以说是语言的艺术，因此，在语言艺术比较这个层次上，中西文学比较最容易使人发现中西文学双方最特殊的审美机制。最不相同的东西，最容易使人发现其差异。最容易使人发现差异的东西，实际上也最容易使人发现其共同处。中西方的比较文学学者将会日益发现，中国文学由于具有西方文学的不可重复的独特性质，因而具备不可替代的审美价值，这一价值只有通过与其他文学比较才能显露出来。同时，我们应该看到，中国文学对西方的影响和西方文学对中国的影响都是在最近一两个世纪内才壮大起来的。如果把影响研究作为中国比较文学的重点研究，无疑是画地为牢、作茧自缚。

只有更多地倡导进行平行研究中的审美特征比较才能够最大程度地提高中西文学比较研究的比较价值。这一点，无论是中国的还是西方的比较文学学者都应该有一个清醒的认识。

张　叉：中西文学比较具有多大的比较价值？

辜正坤：可以肯定的是，无论对于中国还是西方，中西文学比较具有最大的比较价值。人们频频抱怨此前的世界比较文学研究过多受欧洲中心主义的影响，忽略了东方文学尤其是中国文学与西方文学的比较研究，使国际比较文学研究一度畸形发展，这是有一定根据的。现在主张侧重对中西文学的比较研究，一方面是国际比较文学研究的一种必然趋势，另一方面也是一种必要的调整。如果这样的认识和调整能够得到国际比较文学界广泛认同，那么，未来的国际比较文学研究在中西文学比较这块园地上开出最绚丽的花朵，结出丰硕的果实，是毫无疑问的。[①]

张　叉：中国比较文学学者如何在中华民族的伟大复兴中发挥作用？

辜正坤：对于中国的比较文学学者来说，由于文学具有直观的感染力，因此较其他学科更容易赢得民众的理解，所以在国际上从比较文学上打开缺口是很自然的。未来中国文化要崛起于西方，要使西方人对中国文学产生认同感，中国的比较文学学者就应加强自身对中国文学的研究和介绍。只有感动了自己的文学才能感动别人。从这个意义上来说，中西文学比较研究的深入发展所带来的逻辑趋势必然是中国文学价值的升华与传播。

张　叉：1976 年，古添洪、陈慧桦等台湾学者在《比较文学的垦拓在台湾》序言中正式提出比较文学的"中国学派"，引起大陆比较文学界的关注，围绕这一提法的争论也一直不断，而近年来，赞同这一提法的呼声越来越高，认为比较文学的第一阶段是以实证性影响研究为特色的法国学派，第二阶段是以平行研究、跨学科研究为特色的美国学派，第三阶段是

---

① 辜正坤：《比较文学的学科定位及元–泛比较文学论》，《北京大学学报（哲学社会科学版）》2002 年第 6 期，第 76 页。

以跨文明研究、变异研究为特色的中国学派，比较文学的中国学派已经形成，您的看法是什么？

辜正坤：我一向认为，只要中国比较文学学者利用自己的学术优势客观地进行比较文学研究，就能势所必然地产生比较文学的中国学派。为什么？因为有若干不同的生理的、心理的乃至广义文化意义上的差异，会导致中国比较文学学者研究成果的中国特色。这些特色积累到一定程度，就当然会形成比较容易识别的比较文学的中国文学学派。我这里只是简单提一下以下五个关键因素就够了。第一，中国语言文字本身具有特殊性，在通常情况下，这种特殊的语言文字会模塑出中国学者不同于西方学者的独特的思维模式。独特的思维模式会诱导产生不同的视角、不同的研究方法、不同的研究倾向，等等。第二，中国文化传统（包括古代和现当代）所塑造出的中国学者理所当然地具有传统中国道德伦理观念，比如道家的、佛家的、儒家的、法家的、易理阴阳家的种种道德伦理观念。第三，与以上各家相关的种种哲学理念。第四，与以上各家相关的种种审美观念。第五，与以上各家相关的种种政治意识形态观念。此外，还有若干相关因素，此不赘述。比较文学研究中会产生中国学派是必然的，也是一个无须提倡或压制的现象。

至于第三阶段的比较文学研究是不是以跨文明研究、变异研究为特色的中国学派为主，我认为也可以这么提，但无须加以强调。道法自然，中国比较文学学派应该有兼容天下一切研究方法、内容、风格的胸襟与气度，完全无须画地为牢、作茧自缚地自我规定研究途径与特色。中国比较文学学者应该抱定百善诚为首的原则，尽可能客观公正地研究一切可以研究的比较文学对象。

张　叉：《孟子·告子下》中讲："生于忧患，而死于安乐也。"可能比较文学研究者也需要具有忧患意识吧。事实上，从法国学派、美国学派到中国学派的历史演进来看，比较文学从诞生到发展、壮大，一直都面临着危机，比较文学的历史就是不断面临危机、走出危机的历史。在您看来，比较文学的最大危机是什么？

辜正坤：危机论多少是西方学者一直喜欢玩弄的危言耸听的言论策略。严肃的学术研究有自己特定的发展规律。某种研究方法不太有效用了，或过时了，或有更好的研究途径与方法，这都意味着比较文学研究本身的发展、进步，至少是领域和视野的拓宽，根本没有必要高喊危机。危机论者的背后，往往是预设了一种机械的、不变的比较文学研究定则或者是预设了某种民族利益受到了威胁，一旦这种定则遇到挑战，或某种利益受到威胁，就被视为危机，这是比较文学学者胸襟不够坦荡、宽大的表现。道法自然，一切研究范式、内容、风格都应该容许尝试。广泛的合作、宽容、开拓，是比较文学前进、发展的必要前提。比较文学研究无需危机意识。因此，我认为比较文学最大的危机就是有人不断鼓吹比较文学的危机意识。

张　叉：要做好比较文学研究工作应该具备哪些条件？

辜正坤：善良，客观，精通多门语言，博览群科，能写能译，逻辑严谨。

张　叉：至少应懂多少门外语？

辜正坤：我认为至少要懂八门外语：梵语、古希腊语、拉丁语、德语、法语、英语、俄语、日语。我自己不同程度地学过这八种语言，还初步学习过埃及象形文字和玛雅文字。其实阿拉伯语也是很重要的，只是我确实没有力量再去学了。

张　叉：您刚才列举的八门外国语言中，前三门是古典语言，这是否意味着，要做好比较文学研究工作得搞懂至少三门古典语言？

辜正坤：古典语言一共四门：古梵语、古汉语、古希腊语、古拉丁语。

张　叉：这四门古典语言都需要弄通吗？

辜正坤：不一定要精通，但要学到能够借助于词典阅读古典文献的程度。

跨文化视野与文学世界主义

—— 蒋承勇教授访谈录

受访人介绍：蒋承勇，1956 年生，男，浙江义乌人，四川大学比较文学与世界文学博士，浙江工商大学文学部主任、西方文学与文化研究院院长，教授、博士生导师。浙江省特级专家，浙江省社会科学界联合会主席，中国外国文学学会教学研究会会长，《中国社会科学》杂志外审专家，《外国文学评论》杂志匿名评审专家，浙江省功勋教师，全国优秀教师，全国五一劳动奖章获得者，全国优秀社会科学普及专家，主要从事外国文学、比较文学与世界文学研究。

访谈形式：书面

访谈开始：2018 年 6 月 15 日

形成初稿：2018 年 7 月 18 日

形成定稿：2018 年 7 月 22 日

最后修订：2021 年 5 月 8 日

一、比较文学与外国文学

张　叉：世界文学、外国文学、比较文学在我国高校专业设置中的大致情况是什么？

蒋承勇：在新中国成立后我国高等教育体系中，"外国文学"是中国语言文学系本科生的一门专业基础课，它指的是除了中国文学之外的世界文学，在中国语言文学的特定学科语境中，它也一直被称为"世界文学"。而且，在20世纪八九十年代，我国部分高校的中文系就设有"世界文学"的硕士点，如上海师范大学等高校就在80年代中期开始被国务院学位委员会批准为全国极少的拥有世界文学硕士学位授予权的单位之一。我本人就是80年代后期在上海师范大学文学研究所获得世界文学专业硕士学位的，师从著名法国文学专家、翻译家郑克鲁先生。至于"比较文学"，主要是改革开放后陆续在我国高校的中国语言文学系为本科生开设的一门选修课，以后在不同高校逐步成为专业课，并发展为具有硕士和博士学位点的专业，比如北京大学和四川大学等就是我国最早被国务院学位委员会批准为拥有比较文学博士学位授予权的高校。从学科设置的角度看，世界文学（外国文学）和比较文学原本同属于中国语言文学（汉语言文学）下的两个二级学科。1997年经国务院学位委员会批准，比较文学和世界文学合并，在中国语言文学一级学科下新设为二级学科——"比较文学与世界文学"。我本人则于2002年在四川大学获比较文学与世界文学专业博士学位，师从著名比较文学专家、文学批评家曹顺庆先生。我从走上大学讲堂开始就主要从事外国文学的教学与研究工作，以后也讲授过比较文学概论之类的课程。而且，1978年至1982年我在杭州大学（今浙江大学）中文系读本科期间就选修了当时新兴的"比较文学"课，授课老师是原本从事俄罗斯文学研究的陈元恺先生。事实上新时期我国较早从事比较文学教学与研究工作的学者，基本上是从外国文学、现当代文学、文学理论等专业转过来的，比如乐黛云先生是从中国现代文学转向比较文学的，曹顺庆先生是从中国古典文论转向比较文学的，等等。这在某种程度上决定了我国当代比较文学学科发展跨专业、跨学科的特点。

张　叉：能否进一步请您就世界文学、外国文学与比较文学的关系谈谈看法？

蒋承勇：从我国比较文学与世界文学学科发展的历史看，"比较文学"同"世界文学"之间还真有一些说不清道不明的纠缠关系。对人们耳熟能详却又众说纷纭的"世界文学"概念，我这里无意于从纯粹学术研究的角度多做阐发，而仅从学科设置的角度谈一些粗浅的看法。

时至今日，学界依然有人对中国语言文学中的世界文学有不同看法。如上所述，中国语言文学所属二级学科中的世界文学，习惯上指除了中国文学之外的外国文学，这是一种基于中国语言文学一级学科语境与学科逻辑的狭义概念。有人认为这个"世界文学"概念是错误的，因为，排除了中国文学的世界文学不能称之为世界文学，而只能称外国文学，进而认为，这是中国人对自己文化传统的不自信和自我否定。这里，如果离开中国语言文学这个特定的学科语境，那么此种质疑似乎不无道理。不过，我们不妨稍稍深入地想一想：中国学者怎么会不知道世界文学应该包括中国文学呢？这是基本的常识，他们怎么可能犯如此低级的错误呢？其实，在中国语言文学的学科语境下谈世界文学，完全可以直指不包括中国文学在内的外国文学。因为，中国文学在中文系是当然的专业基础课，在母语文学之外再开设外国文学，是要求中文系学生在母语文学的学习之外，还必须拓宽范围学习外国文学，使其形成世界文学的国际视野和知识结构。于是，此种语境下的世界文学暗含了中国文学，或者说是以中国文学为参照系的人类总体文学。这一"世界文学"概念是在比较文学理念意义上包含了中外文学关系比照之内涵的人类文学之集合体，其间不存在根本意义上的中国文学的缺位，自然也谈不上中国学者的不自信和自我否定。如果我们把这种语境下的"世界文学"称之为狭义的世界文学的话，那么，离开这个语境，把中国文学也直接纳入其间，此种"世界文学"则是一个广义的概念。这两个概念完全可以在不同的语境中分别地、交替地使用，事实上我国学界几十年来正是这样使用的。这是一种分类、分语境意义上的差异化使用，没有谁对谁错的问题。

张　叉：如何在"世界文学史"之类的教材编写中正确处理世界文学史同外国文学与中国文学之间的关系？

蒋承勇：当然，如果有学者要编写包含了中国文学的"世界文学史"之类的教材或文学史著作，这作为一种学术探索当然是未尝不可的。但为了教学操作以及中国读者的阅读方便起见，用"世界文学"指称外国文学，将不包括中国文学的"世界文学史"教材用之于已经学习、接触甚至谙熟中国文学的学生，这是有其必要性、合理性和可操作性的，因而也是无可厚非的。就好比编写外国文学史或者世界文学史，可以把东西方文学融为一体，也可以东西方分开叙述，两种不同的体例各有其优长和实际需要，不存在哪一种体例的绝对正确问题。应该说，通过不同理念和体例的文学史之探索性编写，提供不同的学术成果和学术经验，倒是有助于学科建设和学术发展的。

张　叉："比较文学与世界文学"和"比较文学与外国文学"，哪一个更适合作为一个二级学科的指称？

蒋承勇：世界文学在根本上是指多民族、分国别意义上的人类文学的总称，是一个复数的概念；它同时也可以指称有学科语境前提与逻辑内涵的除中国文学之外的外国文学，也即与中国文学有对应和比照关系的国外文学，它与中国文学并没有决然割裂。作为一个二级学科，用"比较文学与世界文学"而不是用"比较文学与外国文学"来指称，恰恰可以更好地强调中国文学的世界性存在与意义，突出中国文学的世界性因素，凸显民族主体意识和自我意识，同时也强化中国文学研究者的世界性追求。就此而论，中国语言文学一级学科下的世界文学，其研究对象、内容和范围可以是中国文学基点审视下的世界各民族、各国家和地区的文学及相互关系，其最高宗旨是辨析跨民族、跨文化文学之间的异同与特色，探索人类文学发展的基本规律。

二、比较文学与跨文化跨学科研究

张　叉：您如何看待比较文学同跨文化、跨学科研究之间的关系？

蒋承勇：比较文学之本质属性是文学的跨文化、跨学科研究。比较文学的研究可以增进不同文化背景下的文学的互相理解与交流，促进异质文化环境中文学的发展，进而拓展与深化我们对人类总体文学的理解与把握。尤其是，比较文学可以通过对异质文化背景下的文学的比较研究，促进异质文化之间的互相理解、对话、交流与认同。因此，比较文学不仅以异质文化视野为研究的前提，而且以异质文化的互认、互补为终极目的，它有助于异质文化间的交流，使之在互认的基础上达到互补共存，使人类文学与文化处于普适性与多元化的良性生存状态。比较文学的这种本质属性，决定了它与世界文学的关系是一种天然耦合：比较文学之跨文化研究的结果必然具有超文化、超民族的世界性意义；世界文学的研究必然离不开跨文化、跨民族的比较以及比较基础上的归纳和演绎，进而辨析、阐发异质文学的差异性、同一性和人类文学之可通约性。因此，跨文化比较研究是世界文学研究的核心理念与方法；或者说，任何跨民族、跨文化的世界文学（外国文学）研究，都离不开"比较"的理念与方法，因而其本身也就是比较文学，或者说是比较文学理论的实践——虽然它不一定专门地去探讨与阐发比较文学的原理性问题。比如说，我对西方文学人文传统和"人"的母题的研究，就是跨文化、跨学科的比较文学的实践性研究，其实这本身就是比较文学。我把西方文学作为一个整体，从古希腊－罗马文化与希伯来－基督教文化之异质互补的角度，去梳理西方文学中"人"的母题与人文传统的演变，深度阐释西方文学中绵延不断而又千姿百态的人学内涵，揭示不同民族、不同时代西方文学人文意蕴和审美内涵的同中之异、异中之同，这既是完全意义上的比较文学研究，同时也是纯粹意义上的世界文学研究。

张　叉：西方文学思潮研究也可以看成是比较文学研究吗？

蒋承勇：关于西方文学思潮的研究，看起来似乎就是外国文学研究，其实也是比较文学研究。我讲过："文学思潮与流派的更迭，使文学的大花园在花开花落中永葆生命的活力。但是，文学艺术之生命力的恒久不衰，并不仅仅来源于创新与变革，同时还来源于传统的继承与延续。新的文学思潮与流派有创新的一面，但其中总是蕴藉着深层的、相对稳定的和原始形态的传统的基因。"[1] 就欧洲文学或西方文学而言，文学思潮通常都是蔓延于多个国家、民族和地区的，同时，它必然也是在特定历史时期某种社会—文化思潮影响下形成的具有大致相同的美学倾向、创作方法、艺术追求和广泛影响的文学潮流。由此而论，著名丹麦文学史家格奥尔格·勃兰兑斯（Georg Brandes）的六卷本皇皇巨著《十九世纪文学主流》（*Main Currents in Nineteenth-Century Literature*），足可以说是对上述两大"国际化""世界性"文学思潮的开拓性、总结性比较研究，这部巨著既是特定时期的断代"欧洲文学史"著作，也是一种类型的"世界文学史"著作，其主要研究理念与方法属于比较文学，因此它也是比较文学的经典之作。在这个意义上讲，我和我的团队成员们正在进行的国家社科基金重大项目"19 世纪西方文学思潮研究"（项目编号 15ZDB086），从反思的角度重新阐释众多文学思潮，既是西方文学史和理论问题研究，也是比较文学研究。而比较文学学科领域就应该倡导文学思潮研究。

张　叉：您关于西方文学思潮的研究"其实也是比较文学研究"的论断让我想起了聂珍钊先生说过的一句话："无论从定义上看，还是从发展历史、课程设置和教材内容上看，外国文学在本质上就是比较文学。"[2] 真是英雄所见略同。在国务院 2017 年新公布的学科分类中，外国语言文学一

---

①　蒋承勇：《关于外国文学史教材建设的思考》，《外国文学研究》1995 年第 1 期，第 35 页。

②　聂珍钊：《外国文学就是比较文学》，《外国文学研究》2000 年第 4 期，第 117 页。

级学科下增设了"比较文学与跨文化研究"二级学科，这同 20 年前中国语言文学一级学科下设置"比较文学与世界文学"二级学科形成呼应。您对此有什么看法？

蒋承勇：我觉得在外国语言文学一级学科下新设二级学科"比较文学与跨文化研究"，这是一件好事，有助于我国比较文学学科领域的壮大与发展。它与中国语言文学一级学科下的"比较文学与世界文学"相比，在字面上的差别是"世界文学"与"跨文化研究"。显而易见，这意味着它们各自都必须研究比较文学的基本原理，尤其是要以比较文学的理论与方法展开国别文学研究；比较文学是它们共同的学科基础，而世界文学与跨文化研究是它们不同的追求目标和研究范围及途径。

张　叉：在外国语言文学一级学科下增设"比较文学与跨文化研究"二级学科有何意义？

蒋承勇：由于我国以往的外国语言文学一级学科设置，不仅其中没有比较文学方向的二级学科，而且就文学专业而言，二级学科是以国别文学为研究方向来设置的，因此，国别文学以及国别基础上的作家作品的教学与研究是天经地义的，甚至已经成为一种十分自觉的习惯与规范。当然，像"英美文学"或者"英语文学"这样的划分也属于跨国别范畴，其间不能说没有"比较"与"跨越"的意识与内容。但那都不是理念与方法之自觉意义上的跨文化比较研究，而且同语种但不同国家之文学的研究，不是异质文化意义上的比较研究，缺乏世界文学和人类总体文学的宽度、高度与深度，在本质上不属于比较文学范畴。事实上，通常我国高校的外国语学院极少开设比较文学课程，极少开设"外国文学史"这样潜在地蕴含比较思维与意识的跨文化通史类文学课程，似乎这样的课程开设仅仅是中文系的事情。照理说，外国语言文学学科的人才培养与学术研究更应该强调跨文化比较与国际化思维，更应该开设世界文学或人类总体文学性质的通史类文学课程。然而，事实上我国高校中这样的课程却只是或主要是在被冠之以国别名称的中国语言文学系设为专业基础课，比较文学长期以来也主要在中文系开设。在此种情形下，久而久之，语种与国别常常成了外国语学院的外国文学研究者之间不可逾越的壁垒，成为该学科领域展开比较研究和跨文化阐释的直接障碍，从而也制约了研究者的学术视野，致使许多研究成果缺乏普适性、理论性与跨领域影响力及借鉴意义。这样的研究成果对我国文学的繁荣与发展、对学科建设和文化建设难以起到更大作用。

张　叉：要做好比较文学跨文化研究工作需要具备哪些基本能力？

蒋承勇：跨文化研究意味着研究者要具备多语种能力，而这恰恰是人所共知的大难题。正如勒内·韦勒克所说的那样："比较文学……对研究者的语言能力提出了很高的要求，它要求研究者具备宽阔的视野，要克服本土的和地方情绪的局限，这些都是很难做到的。"[①] 不过，多语种之"多"，对任何一个人来说，都既有其客观能力上的不可穷尽性和不可企及性——没有人可以完全精通世界上的所有语言甚至较为重要的许多种语言；又有其相对的可企及性——少数人还是有可能熟悉乃至精通几国语言的。不过我在此特别要表达的是：直接阅读原著与原文资料无疑是十分重要和不可或缺的，但是，在客观上无法穷尽和企及种掌握之"多"的情况下，翻译资料的合理运用（如世界性的英文资料）显然是一种不可或缺和十分重要的弥补或者替代，尤其是在网络化时代，否则就势必落入画地为牢的自我封闭之中。试问：从事学术研究的人，谁又能离得开翻译读物和翻译文献的运用呢？非原文资料不读的学者事实上存在吗？换句话说，是否有必要坚持非原文资料不读呢？实际的情形是，由于英语是国际通用性最高的语言，因此在世界范围内，大量的所谓小语种的代表性文献资料通常都有英译文本，那么，通过英文文本的阅读以了解多语种文献资料进而开展跨文化比较研究，对当今中国的大多数学者来说是行之有效甚至不可或缺的——当然也包括阅读译成中文的大量资料。美国学者理查德·莫尔敦（Richard Moulton）早在 20 世纪初就撰文强调了翻译文学对整个文

---

① René Wellek, Austin Warren, *Theory of Literature*, London: Jonathan Cope,1949, p. 44.

学研究的重要性与不可或缺性，并指出通过英文而不是希腊文阅读荷马史诗也未尝不可。① 我国学者郑振铎也在 20 世纪 20 年代撰文指出：一个人即使是万能的，也无法通过原文阅读通晓全部的世界文学作品，更遑论研究，但是，借助于好的译本，可以弥补这一缺憾，因为，"文学书如果译得好时，可以与原书有同样的价值，原书的兴趣，也不会走失"②。其实，任何文学翻译的走失都是在所难免的，而且，由于读者自身的文化心理期待和阅读理解水平的差异，哪一个原文阅读者的阅读没有走失呢？就像文化传播中的误读是正常的一样，文学与文献翻译以及通常的原文阅读中的走失也是正常的和必然的。当然，资料性文献的阅读，走失的成分总体上会少得多，因而对研究的价值也更高。所以，在肯定和强调研究者要运用"第一手资料"的同时，不能否认"二手资料"（翻译资料）阅读、运用的必要性与合理性，否则，这个世界上还有"翻译事业"存在的必要与价值吗？对此，法国比较文学学者伊夫·谢弗勒（Yves Chevrel）早已有回答："巴别塔的神话说明了一个无可置疑的事实：我们这个星球的人们并不操同一种语言。因此翻译活动很有必要，它使得被认识世界的不同结构分开来的个人可以进行交流。"③ 英国学者苏珊·巴斯奈特（Susan Bassnett）和安德烈·勒菲弗尔（André Lefevere）也指出："翻译已经成为世界文化史发展过程中十分重要的创造力。如果没有翻译，任何形式的比较文学研究都是不可能的。"④

张　叉：跨文化研究在方法论上有何意义？

蒋承勇：跨文化研究不仅仅是指研究对象、研究内容和研究结果的"跨文化"，更重要的是指研究者在研究时的跨文化视野、意识、知识储备、

---

① Richard Moulton, *World Literature and It's Place in General Culture*, Norwood: Norwood Press, 1911, p. 3.

② 郑振铎：《文学的统一观》，《郑振铎全集》第 15 卷，花山文艺出版社 1998 年版，第 144 页。

③ 伊夫·谢弗勒：《比较文学》，王炳东译，商务印书馆 2007 年版，第 17 页。

④ Susan Bassnett, André Lefevere (eds.), *Translation, History and Culture*, London: Pinter Publishers, 1990, p.12.

背景参照等，概而言之是指一种方法论和理念。研究者一旦在一定程度上跳出了偏于一隅的国别、民族的阈限而获得了理念、角度的变换，也就意味着其研究方法的创新成为可能乃至事实。这正是我特别要表达的"比较文学与跨文化研究"超越其二级学科设定价值而对外国文学研究乃至整个一级学科拥有的方法论意义。在外国文学研究领域中融入比较文学的跨文化比较研究意识与理念，无疑意味着其研究方法的变换与更新。当然，中国文学领域的研究也同样如此。

张　叉：您刚才谈的跨文化研究，主要是指不同文化背景的国别文学之间的比较研究，而且还提及了文学的跨学科研究。您怎么看待文学的跨学科研究？

蒋承勇：就我个人的学术生涯来说，在相当长的一段时间里，我曾侧重于从文学与文化的关系去研究西方文学，但这又显然不是致力于对西方文化史的专门阐释，言说文化在于言说文学。因为我觉得，文学本身属于文化的一部分，因而文学中自然包含了文化的特性和因素。文化因素一方面始终处于变化之中，另一方面又保持某种相对稳定的形态。文化的这种稳定性体现其继承性和延续性，为文化的进一步发展提供了初始的前提与基础，人类文化的过去、现在和未来由此连成了一体。显然，文化学的眼光与方法有助于我们对西方文学的人文传统做深度把握，使西方文学的研究达到文化人类学的高度。我看过你的一篇文章，里面说了一句话，"对个体的重视，乃是西方文化之基本属性"[1]，这种看法大体上是正确的。我以前说过："就西方文化和西方文学来说，如果不能逮住'人'这一红线或母题，也无法找到进入西方文化殿堂的钥匙。'人'之'文化属性'，彰显的乃是'人'之'精神存在'——确切说是'个体的人'之'精神存在'。"[2]"对人的自我生命之价值与意义的探究，是西方文化的传统，也是西方文学演

---

① 张叉：《汉英指示语中的中英历史文化研究》，《外国语文论丛》第 7 辑，四川大学出版社 2017 年版，第 13 页。

② 曾繁亭：《文学史研究与文化研究——蒋承勇教授访谈录》，《外国文学研究》2007 年第 6 期，第 3 页。

变的深层动因。这种文化传统决定了西方文学自始至终回荡着人对自我灵魂的拷问之声，贯穿着深沉、深邃而强烈的人文精神和生命意识，西方文学也因此显示出人性意蕴和文化内涵的深度，它的每一个毛孔都透射着人性的光辉。"[1] 正是在这种意义上，"文化—文学—人"是血脉相连、浑然天成的三位一体，通过文化研究文学就有可能触及文学之人性深处。

张　叉：目前国内学术界"有一种'泛文化'现象，内容朝文化方向拓展得太宽、太泛"[2]。如何在文学与文化关系的研究中处理好二者的边界关系，从而使自己的研究不至于脱离文学而泛化为"文化研究"？

蒋承勇：确实，从文学与文化的关系去研究西方文学，这样的研究虽然宏大开阔，但在实际操作过程中把握的难度较大，弄不好会让人感到空泛而脱离文学研究本身。因此，一定要把握文学研究与文化研究的边界，坚持把文化作为文学研究的切入口和参照背景，视其为文学生成的土壤，把文学、文本、作家及作品作为研究和阐发的根本，始终不离开文学研究的本体。我的《西方文学"人"的母题研究》，对西方文学史上任何一个重大文学思潮和文学现象的阐释，都不离开作家和作品。比如对浪漫主义文学思潮，我紧紧抓住这一时期"自由主义"文化思潮去阐发其本质特征。我扣紧"个人自由"及其释放出的人之本体性孤独，经由对德国浪漫派中的两个经典作家诺瓦利斯（Novalis，原名 Georg Philipp Friedrich Freiherr von Hardenberg，格奥尔格·菲利普·弗里德里希·弗莱赫尔·冯·哈登贝格）和恩斯特·西奥多·阿玛迪斯·霍夫曼（Ernst Theodor Amadeus Hoffmann）作品的分析，探讨了浪漫主义文学中的"世纪病"和"颓废"的症候；扣紧政治自由的观念，以最具代表性的浪漫派诗人乔治·戈登·拜伦（George Gordon Byron）为个案，探讨了浪漫主义文学中的"恶魔派"诗人及其激进的社会反叛；扣紧信仰自由的观念，经

---

① 蒋承勇：《西方文学"人"的母题研究》，华东师范大学出版社 2018 年版，第 2 页。

② 张叉、黄维樑：《加强"以中释西"文学批评，构建中国比较文学的话语体系——黄维樑教授访谈录》，《燕山大学学报（哲学社会科学版）》2018 年第 1 期，第 62 页。

由对法国浪漫派鼻祖弗朗索瓦-勒内·德·夏多布里昂（François-René de Chateaubriand）作品的分析，探讨了浪漫主义文学中浓厚的宗教倾向及"中世纪情怀"；扣紧人性自由的观念，经由对湖畔派诗人威廉·华兹华斯（William Wordsworth）的分析，探讨了浪漫主义文学中强烈的反工业文明及"返归自然"倾向；扣紧情感自由的观念，经由对乔治·桑（George Sand）、普罗斯佩·梅里美（Prosper Merimee）等人作品的分析，探讨了浪漫主义文学中的婚恋观及两性道德之新建构，等等。的确，没有哪个时代的作家像浪漫派一样如此亢奋激越地关注"自由"问题，也没有哪个时代的诗人写下那么多火热激昂的"自由"颂歌，这正应了维克多·雨果（Victor Hugo）的名言："浪漫主义，其真正的意义不过是文学上的自由主义而已。"[①] 由于自由主义在西方乃是一种既强大、悠久又错综、深沉的文化传统，因此，以自由主义为核心文化底蕴的浪漫主义所提出的"自由"概念或范式亦必定是多元的、开放的，即"自由"在浪漫主义文学中客观上必然会呈现为极其丰富乃至是悖谬的文化—文学景观。简言之，自由主义这一文化视角，有助于我的论述突破"浪漫主义即表现理想"这一传统观点之抽象浮泛，而且也使我对具体作家作品的阐释避免了常见的那种"程式化""简单化"的陋习。其中，我对拜伦的研究就突破了国内多少年来的旧观念，从拜伦文化人格上的非道德化倾向，阐发其浪漫主义式的反文明特质，指出其通过"拜伦式英雄"形象表达了对西方传统文明之价值体系的整体性怀疑与反叛，把个性自由与解放的个人主义思潮推向了新阶段；拜伦倡导了一种新文化价值观念，这种价值观念与尼采的"超人哲学"有精神联系。这种研究有文化的视点与高度及深度，又完全是作家和文学本身的研究。

张　叉：您刚才关于"文学—文化—人"三位一体的说法很有见地，

---

① 雨果：《〈欧那尼〉序》，柳鸣九译，《古典文艺理论译丛》（卷一），知识产权出版社 2010 年版，第 329 页。

这已触及文学与人学、文学与人性的问题了，您能否就此做进一步的阐释？

蒋承勇：文学自诞生以来，就以人为核心，其本质是展示人的生存状况，其最高宗旨是维护和实现人的自由与解放；文学不仅表现人的不自由和争自由的外在行动，也表现人因丧失自由所致的内心痛苦与焦虑。既然西方文学演变的深层动因是西方人对自我生命之价值与意义的持续不断的探究，那么，从西方文化土壤里生长出来的西方文学，必然潜藏着人性之深层意蕴。因此，从西方文化的大背景入手研究西方文学，就有可能触及其完全不同于中国文学和东方文学的那种独特秉性。西方文学以人为核心、以人为线索展示人性的各个方面，可以说，一部西方文学史就是西方社会中人的精神发展史，也是西方文学人文传统的演变史。因此，西方文学的研究如果不能扣住"人"这一红线或母题，就无法精准地把握其精髓。

张　叉：我国学术界对西方文学中的人、人性、人道主义的研究状况是什么？

蒋承勇：由于历史的原因，我国学术界对西方文学中的人、人性、人道主义的研究在较长时期内缺乏实质性的深入。钱谷融先生发表于1957年的《文学是"人学"》一文是很有创意的，在当时我国文坛引起轩然大波，但他也因此受到了一些冲击。这个信号告诉人们：文学与人性的问题曾经是一个有风险的研究课题。也许，这是我国学界对西方文学中人性问题缺乏实质性深入研究的重要历史原因吧。

三、比较文学与世界主义

张　叉：1827 年 1 月 31 日，歌德在同约翰·彼得·爱克曼（Johann Peter Eckermann）的谈话中提出"世界文学"（weltliteratur）的概念："民族文学在现代算不了很大的一回事，世界文学的时代已快来临了。"[1] 歌德的

---

① 爱克曼辑录：《歌德谈话录》，朱光潜译，人民文学出版社 1978 年版，第 113 页。

观点引起了世界学术界长期的讨论。有学者认为，歌德"世界文学的时代"的人类文学是消解了民族特性与差异性的文学大一统。您对此如何评价？

蒋承勇：总体而言，歌德对"世界文学的时代"的展望，是基于国与国之间封闭、隔阂的日渐被破除，从而使不同民族、国家和地区间的文化与文学交流不断成为可能而言的，其前提是诸多具有文化差异性的民族文学的存在。因此，歌德说的"世界文学的时代"的人类文学，并不是消解了民族特性与差异性的文学之大一统，而是带有不同文明与文化印记的多元化、多民族文学同生共存的联合体，是一个减少了原有的封闭与隔阂后形成的多民族异质文学的多元统一。优秀的文学作品可以超越民族文化价值和审美趣味的局限，为异民族的读者所接受，为异质文化背景下的文学创作提供借鉴，从而促进异质文化与文学的交流。①

张　叉：1848 年 2 月 24 日，马克思和恩格斯在伦敦出版的《共产党宣言》中提出"世界的文学"（world literature）的概念："民族的片面性和局限性日益成为不可能，于是由许多民族的和地方的文学形成了一种世界的文学。"② 您如何理解马克思、恩格斯的"世界的文学"同民族文学的关系？

蒋承勇：马克思、恩格斯讲的"世界的文学"，是在"许多种民族的和地方的文学"的基础上形成的，换句话说，"许多种民族的和地方的文学"的独立存在与互补融合，是"世界的文学"产生与形成的前提。因此，在马克思、恩格斯的"世界的文学"观念中，民族文学与世界文学是一种相互依存的共生关系；"世界的文学"是基于文化相异的多民族文学各自保持相对独立性基础上的多元统一之文学共同体，是民族性与人类性（世界性）的辩证统一，而不是大一统、整一性的人类总体文学。③

张　叉：过去的学术界普遍认为，马克思、恩格斯的"世界的文学"

---

① 蒋承勇：《"世界文学"不是文学的"世界主义"》，《文学评论》2018 年第 3 期，第 24 页。

② 《马克思恩格斯选集》第一卷，人民出版社 1972 年版，第 255 页。

③ 蒋承勇：《"世界文学"不是文学的"世界主义"》，《文学评论》2018 年第 3 期，第 25 页。

是他们对人类文学发展趋势的预测和展望，是一种永远无法兑现的预言，是一种遥不可及的乌托邦。① 您对此有何看法？

蒋承勇：从 19 世纪欧洲和西方文学发展的历史事实看，马克思、恩格斯的这种展望和预言，在很大程度上已经得到实现和验证，因而这种理论有其科学性和普遍真理性。在此，我们不妨以 19 世纪浪漫主义和现实主义两大文学思潮的演变为例略做阐述。浪漫主义与现实主义是 19 世纪欧洲文学中最波澜壮阔的文学思潮，也是欧洲近代文学的两座高峰。通常都有凝结为哲学、世界观的特定社会文化思潮（其核心是关于人的观念），乃文学思潮产生发展的深层文化逻辑（"文学是人学"）；完整、独特的诗学系统，乃文学思潮的理论表达；流派、社团的大量涌现，并往往以运动的形式推进文学的发展，乃文学思潮在作家生态层面的现象显现；新的文本实验和技巧创新，乃文学思潮推进文学创作发展的最终成果展示。我如此细致地解说文学思潮，意在强调：19 世纪欧洲和西方的文学思潮通常是在跨国阈限下蔓延的——它们每每由欧洲扩展到美洲乃至东方国家，其内涵既丰富又复杂，只有认识到这一点，我们才可能深度理解 19 世纪西方浪漫主义和现实主义两大思潮所拥有的跨文化、跨民族、跨语种的"世界性"效应及其"世界文学"之特征与意义。事实上，浪漫主义和现实主义两大文学思潮就是在世界性、国际化的欧洲资本主义社会历史背景下产生的；或者说，正是 19 世纪前后欧洲资本主义物质生产方式的世界性、国际化大趋势，催生了这两大文学思潮并促其流行、蔓延于欧美的大部分国家和地区。在那时的交通与传播媒介条件下，这样的流行与盛行已经足够世界性和国际化了。因此，这两大文学思潮实际上就是世界性、国际化思潮，其间生成和拥有的文学实际上就是相对的、某种程度的"世界的文学"或者"世界文学"范式。事实上 19 世纪欧洲和西方文学思潮的流变，远远超出了欧

---

① Douwe Fokkema, "World Literature", *Encyclopedia of Globalization*, Roland Robertson, Jan Aart Scholte (eds.), New York and London: Routledge, 2007, p.1291.

洲和"西方"国家之地理范畴。随着19世纪欧洲资本主义物质生产方式的世界性展开，特别是各民族间文化交流、国际交往的普遍展开，与东方国家和民族之间的文学交流也开始蓬勃发展起来了，并且主要是西方文学向东方国家和民族的传播。当时和稍晚一些时候，国门逐步打开后的中国也深受西方文学思潮的影响，近现代中国文坛上回荡着浪漫主义、现实主义等文学思潮的高亢之声。日本文学则受其影响更早更大。如此说来，浪漫主义和现实主义文学思潮之世界文学属性与特征是显而易见的，它们的产生、发展与流变，起码称得上是宽泛意义上的世界文学存在范式，而我则更愿意称其为名副其实的早期的世界文学。如果有人认为如此界定世界文学，其涵盖面还太狭窄，因而不能称之为世界文学的话，那么我要说，在一定意义上，世界文学之涵盖面是永远无法穷尽的，尤其是，世界文学之根本内涵不是数量意义上的民族文学的叠加与汇总，而是其超民族、跨文化、国际性的影响力以及跨时空的经典性意义。19世纪欧洲浪漫主义与现实主义文学思潮正是因为具有了这种影响力和经典性才至今拥有不衰的世界意义。①

张　叉：20世纪90年代以来，"世界主义"成了世界尤其是欧美学术界较为热门的话题。您怎样认识比较文学同世界主义的关系？

蒋承勇：在探讨比较文学同世界主义的关系之前，我想先谈谈什么是世界主义。在网络信息化的21世纪，伴随经济全球化而来的是金融全球化、科技全球化、传媒全球化，由此又必然产生人类价值观念的震荡与重构，这就是文化层面的全球化趋势，或称文化上的"世界主义"。②比较文学本身就是站在世界文学的基点上对文学进行跨民族、跨文化、跨学科的研究，它与生俱来拥有一种世界的、全球的和人类的眼光与视野，因此，它天然地拒斥文学的"一体化"与"世界主义"，或者说，比较文学及其

① 蒋承勇：《"世界文学"不是文学的"世界主义"》，《文学评论》2018年第3期，第26—27页。
② 蒋承勇：《世界主义、文化互渗与比较文学》，《外语与外语教学》2018年第1期，第136页。

跨文化研究本能地抗拒"强势文化对其他文化及其传统"的"强迫性、颠覆性与取代性",拒斥"经济大国"和"综合实力强国"之文学"一元化"企图及其对他民族文学的强势挤压与取代。正如美国耶鲁大学比较文学教授理查德·布劳德海德所言:"比较文学中获得的任何有趣的东西都来自外域思想的交流基于一种真正的开放式的、多边的理解之上,我们将拥有即将到来的交流的最珍贵的变体:如果我们愿意像坚持我们自己的概念是优秀的一样承认外国概念的力量的话,如果我们像乐于教授别人一样地愿意去学习的话。"① 因此,在全球化境遇中,比较文学及其跨文化研究方法在文学研究中无疑拥有显著的功用和活力,它成全的是多元共存的世界文学,却断然不可能去成全一体化的文学的"世界主义",而是对文学"世界主义"的抗拒。②

① 理查德·布劳德海德:《比较文学的全球化》,《全球化与文化:西方与中国》,北京大学出版社 2002 年版,第 235 页。

② 蒋承勇:《"世界文学"不是文学的"世界主义"》,《文学评论》2018 年第 3 期,第 30 页。

以比较文学思维推进本土研究与理论创新

——龚刚教授访谈录

受访人介绍：龚刚，1971 年生，男，浙江杭州人，北京大学比较文学与世界文学博士，清华大学哲学系博士后，澳门大学南国人文研究中心学术总监、中文系教授、博士研究生导师，扬州大学访问讲座教授，浙江大学比较文学与世界文学研究所客座教授，澳门中国比较文学学会会长，《外国文学研究》编委，《文学评论》外审专家，《澳门人文学刊》主编，主要从事中国现代文艺思想史、伦理叙事学、比较诗学研究。

访谈形式：书面

访谈开始：2018 年 8 月 11 日

形成初稿：2019 年 1 月 4 日

形成定稿：2019 年 3 月 13 日

最后修订：2021 年 5 月 2 日

一、澳门文化与比较文学

张　叉：余英时说，"香港根本没有文化"，林怀民讲，"香港是文化沙漠"。[①] 如果也有人对澳门提出类似的质疑，您认同吗？

龚　刚：香港和澳门都不是文化沙漠，余英时、林怀民的观点皆为皮相之论。香港电影和流行艺术在全球范围内卓具影响力，港产片乃是世界电影门类中的经典类型，黄霑、林夕等词作者也享有盛名，一阕《沧海一声笑》，尽显道家人生哲学的妙谛和汉语之美，广为传唱。此外，香港作家刘以鬯、金庸、董桥、李碧华及近年涌现的诗人黄灿然、小说家葛亮等均有很高造诣，其中刘以鬯的《酒徒》、李碧华的《胭脂扣》、董桥的美文风味独具，非长期浸淫于香港文化者不能为。中国当代文学史绝对不能没有香港文学的位置，否则就是残缺不全的。金庸则以其融奇妙想象、灵动文笔以及深厚历史文化内涵于一炉的武侠小说，成为大中华地区影响最大的作家与文化名人。作为中国历史上第一个对外开放的文化特区，澳门是一座底蕴深厚、风采独具的文化城市。澳门的文化艺术是澳门 400 余年气象万千的历史画卷中绮丽深邃而又璀璨多姿的投影，是中华文艺桂冠之中的一颗虽小却弥足珍贵的明珠。澳门历史城区列入世界文化遗产名录后，更是令世人开始重新审视澳门的文化价值。诚如不久前逝世的国学大师季羡林先生在《澳门文化的三棱镜》中所言："澳门文化不只是人类一份值得珍惜的文化遗产，它必然要在东方的新世纪里继续闪烁独特的光芒。"[②] 与香港相比，澳门因地方狭小、人口总量少等原因，文化建树稍逊，但自有其特色。澳门的历史文化城区被联合国教科文组织评为"世界文化遗产"，即是其文化内涵、文化地位得到认可的标志。

张　叉：饶芃子教授说："在澳门半岛上，澳门文化的跨文化性质，几

---

① 张叉、黄维樑：《守正创新，开辟中国比较文学研究的新天地——黄维樑教授访谈录》，《外国语文论丛》第 7 辑，四川大学出版社 2017 年版，第 68 页。

② 张剑桦：《澳门文学的区域性意义》，《宁夏社会科学》2010 年第 4 期，第 149 页。

乎随处可见。"① 跨文化性质是否可以看作是澳门文化的特色？

　　龚　刚：饶芃子教授既是比较文学专家，也对港澳台文化、文学有深刻认识。澳门文化的确具有跨文化性质。从人口构成来说，澳门有中国人、土生葡人以及入籍或侨居的葡萄牙人、东南亚人等，官方语言是中文和葡文，并在很大范围内通行"四语三文"，四语为粤语、葡语、普通话、英语，三文为中文、葡文、英文，也有以东南亚语交流的，供职教堂的神父、牧师不少精通拉丁文、法文等，各大图书馆的藏书囊括多语，因此，澳门素有语言博物馆之称，澳门文化的跨文化性质可以说是基于华洋杂处、多语交流的社会生态和中西交流的历史背景而自然生成的。

　　张　叉：您曾经于 17 年前撰文分析澳门的文化，认为它"呈现出后现代理论所谓'拼贴'化、'平面化'等特征"②。您能就澳门"拼贴"化文化特征做一些阐释吗？

　　龚　刚：自明嘉靖年间葡萄牙人占据澳门后，欧洲天主教耶稣会士便开始搭葡萄牙商队的便船到澳门传教，欧洲文化也随之从澳门这个小缺口、小门户，慢慢向神州大地扩散。由于长期处于欧风东渐的要冲，小城澳门处处烙有欧化痕迹。然而，生生不息的中华文化却又始终发挥着巨大影响力。因此，澳门在城市景观及西方人文精神的吸纳（如天主教的影响）等方面，便呈现出后现代理论所谓拼贴化、平面化等特征。这种状况，多少反映了欧洲文化对亚洲地区的影响程度。澳门城中那些绿草、喷泉、白鸽的欧式花园与小桥、荷塘、亭台的中式庭园，古典主义、立体主义、抽象主义的城市雕塑，也是各具风格地散布于各处，并未统一于单一的模式，也鲜有刻意追求中西合璧的斧凿之痕。这种古今中西各种风格的建筑、园林、雕塑艺术的纷然杂陈，可以概括为"多元并置"。"多元并置"的特点是，各类事物同处一个空间，而又彼此相对独立，好比水果拼盘。按后现代主

---

① 饶芃子：《从澳门文化看澳门文学》，《学术研究》2001 年第 7 期，第 38 页。

② 龚刚：《澳门：拼贴与开放》，《南风窗》2002 年第 5 期，第 66 页。

义者的说法，多元并置而不相统摄，即是"拼贴"。

张　叉：您能接着就澳门"平面化"文化特征做一些阐释吗？

龚　刚：当今世上，有不少类似澳门的宗教重叠区或异族混居地，但这些地区往往成为文化冲突的危险地带，甚至成为流血战乱的发源地。对比之下，澳门所呈现出的"东西宗教相容，华洋风俗并存，异族通婚共处"的城市品格，便显得格外难得。

1564 年，欧洲天主教耶稣会传教士东来，首次踏足澳门。在中西交流史上名声显赫的利玛窦（Matteo Ricci）神父，也是先于澳门"学华语，读华书"，然后才入内地传教，还捎带着传播了西方的数学、历学、天文学及地理学常识。1576 年，罗马教皇颁谕成立远东地区最早的澳门教区。按照近年的统计，小城澳门拥有天主教堂约 20 座，教友二万余人，神职人员三四百人，他们热心参与教育、慈善、医疗、康复等多项社会福利事业，开办有近 60 所中学、小学和幼儿园。据此可见，天主教在澳门的势力和贡献不可谓不大。但从天主教的精神实质对澳门人的影响而言，却多少呈现出"平面化"的特征。根据笔者的观察，澳门人供奉天主，主要是着眼于祈福之需，并未真把原罪意识、忏悔意识当回事。同样有趣的是，很多澳门店铺或住宅的门边，都摆放着"门口土地财神"的牌位，外墙上还往往悬着"天官赐福"的牌位。求得此生平安富贵即是信教的初衷。

张　叉：为什么澳门学界没有对"后殖民"的论述？

龚　刚：一位本澳学者认为，"澳门并非是葡萄牙实际意义上的殖民地，回归前葡萄牙只有治权没有主权，所以澳门仍然保留较好的中国传统文化"[①]。在澳门，既有妈祖庙、普济禅院，也有大三巴牌坊、天主教堂；既有中式建筑，也有西式建筑，还有带着中西文化交汇明显印记的建筑。澳门跟香港一样，都有一段受殖民统治的历史，也都是东西方文化的交汇点。区别在于，由于澳葡政府管治较松散，本土文化与外来文化未有紧张对峙。

---

① 庄文永：《澳门为何没有"后殖民"》，《南风窗》2006 年第 23 期，第 40—41 页。

回归后，澳门发展为中国与葡语系国家的交流平台，中文与葡文均为官方语言，以中华文明为主体的中葡文化对话与融合成为主轴。

张　叉：您能介绍一下澳门比较文学界的现状吗？

龚　刚：澳门有"东方蒙地卡罗"（the Monte Carloc of the east）与"东方拉斯韦加斯"（the Las Vegas of the east）之称，是个多语言并存的社会，除汉语与葡萄牙语以外，还有英语、泰语、缅甸语、印尼语、菲律宾语、日语等。国际性文化研究的发展对中国大陆、香港与台湾等的比较文学界产生了非常明显的震动，后殖民研究、边缘性研究、文化多元价值研究等文化研究在台湾与香港勃然兴起，蔚然成风。澳门比较文学界除了关注前沿理论，对澳门的中西文化交流史及澳门当代的人文生态也较为重视。

张　叉：澳门比较文学具有怎样的历史意义？

龚　刚：关于您这个问题，我想借用澳门大学社会及人文科学学院前院长郝雨凡教授的话来回答。郝雨凡教授在澳门中国比较文学学会成立仪式的致辞中说，他在美国任教时，以为中美关系研究中有关澳门的部分，仅限于澳门与拉斯韦加斯的比较研究，到澳门后才发现，这是一个很有文化底蕴的城市，也是一个促使人思考很多人性问题的地方，四百年中西文化交流的历史，造就了她的独特风味。西方传教士利玛窦等人当年踏足澳门，开启了中西文化交流，也建立起了一个中西学术对话的平台，因此，在澳门从事中外比较文化与中外比较文学研究具有特殊的历史意义。此外，澳门也是港、澳、台文学交流的平台，在华文文学的交流上可以扮演重要角色。

张　叉：您能谈谈澳门中国比较文学学会创建的相关情况吗？

龚　刚：澳门中国比较文学学会以"推进多元文化研究，提升澳门人文品质"为宗旨，于2005年11月正式注册成立。根据学会章程第一章第一条，澳门中国比较文学学会中文简称为"澳门中比学会"，葡文名称为Associação de Literatura Comparada Chinesa de Macau，缩写为ALCCM，英文名称为Macao Chinese Comparative Literature Association，缩写为MCCLA。学会成立之初，会员即近百人。学会聘有北京大学、清华大学、南京大学、复旦大学、哈佛大学等著名大学的教授如汤一介、乐黛云、饶芃子、万俊人、钱林森、谢天振、丁尔苏等担任学术顾问。

张　　叉：澳门中国比较文学学会主办学术研讨会的情况如何？

龚　　刚：学会成立以来，主办了诸多研讨会与学术讲座，《澳门日报》等传媒均以较大篇幅做了报道。其中，学会成立后主办的首个学术研讨会"澳门的文化生态与人文精神"研讨会反响最大。这届研讨会于 2006 年 8 月 18 日开幕，专家云集，热情高涨，《澳门日报》"新闻焦点"栏目以整版篇幅对研讨会盛况做了报道，澳门广播电视也在黄金时段播出了研讨会开幕典礼。2010 年 12 月 25 日，学会主办的"中西文化交流与现代批评传统"高层学者论坛在天津师范大学召开，来自北京、天津与澳门等地的 20 多所高等院校、出版单位和学术团体的 60 多名代表和研究生参会，我与郑宁人等发表演讲，引起积极反响。

张　　叉：澳门中国比较文学学会推动会员参加学术交流的情况如何？

龚　　刚：学会成立以来，除主办一些学术研讨会和讲座之外，还积极推动会员参加学术交流，组团参加了多次重要学术会议。其中，2006 年 12 月 7 日，"首届澳门人文社会科学大会"在澳门世贸中心举行，学会代表提交大会的论文数，在参会的数十个学术、文化、青年社团中位居第二。2007 年 1 月 9 日至 12 日，"新移民文学与文化高层论坛"在澳门科技大学举行，我与郑宁人等发表主题演讲，《澳门日报》"新闻记事簿"栏目集中报道了学会的三位代表在论坛上的主题演讲。

张　　叉：澳门中国比较文学学会会刊《澳门人文学刊》的情况如何？

龚　　刚：《澳门人文学刊》具有国际刊号，已出版至第四期，该刊以综合性人文学术刊物为定位、面向海内外名家征稿，力争办成既具有澳门特色，又能在相当范围内产生影响的品牌刊物。我在卷首语中说："人文研究者，名山事业也，性灵之学也，有化成天下之功，薪传文明之效，亦有益人神智之用，引领时代之力。红尘扰攘，不坠问道之志；关山阻隔，犹闻嘤鸣之声。居濠上而悟逝水之叹，抚四海乃知鲲鹏之大。流觞兰亭，以文会友，诚书圣之雅事；煮酒海隅，立刊求文，实吾心之衷曲也！"[1]

二、钱锺书与比较文学

张　叉：您的一大学术兴趣是钱锺书研究，大有成果。[2]您怎样从比较文学的角度对钱锺书进行历史评价？

龚　刚：钱锺书乃学贯中西、博通古今之大学者、大作家，成就、地位不亚于饶宗颐，其《围城》是第一部列入企鹅经典丛书的现代中国小说，此后有《色·戒》和《鲁迅小说全集》。英国哲学家以赛亚·伯林（Isaiah Berlin）认为，思想者有两种，一是狐狸型（the Fox），一是刺猬型（the Hedgehog）：狐狸同时追求很多目标，他们的思维是扩散的，在很多层次上发展，从来没有使他们的思想集中成为一个总体理论或统一观点；而刺猬则把复杂的世界简化成一个严密的观点、一条基本原则、一个基本理念。钱锺书是狐狸型学者，他主张"化书卷见闻作吾性灵"，也可以称其为性灵派。浅学者屡以碎琼乱玉、不成体系评价钱氏之学，其实，钱锺书以通天下之志、明艺文之道为己任，所论虽庞杂，却自有其潜体系。如果从其浩如烟海的中外文笔记中提炼出一部文学概论，必远胜任何一部通行的文学原理教材。此书可命名为《钱氏文原》，其价值堪比《文心雕龙》。仿中国第一部语法专著《马氏文通》的英译名 *Grammar Talk of Mr. Ma*，《钱氏文原》这个书名可译为 *Literary Theory of Mr. Qian*。

张　叉：怎样用"出位之思"来评判钱锺书的比较文学研究？

龚　刚：钱锺书曾经在《诗可以怨》中指出："人文学科的各个对象彼此系连，交互映发，不但跨越国界、衔接时代，而且贯串着不同的学科。

---

① 龚刚，《卷首语》，《澳门人文学刊》2015年总第4期，扉页。

② 龚刚是2019年国家社科基金重点项目"海外'钱学'文献系统整理、研究与开发"（项目编号19AWW003）第一参与人，出版专著一部，论文若干篇。

由于人类生命和智力的严峻局限，我们为方便起见，只能把研究领域圈得愈来愈窄，把专门学科分得愈来愈细。此外没有办法。所以，成为某一门学问的专家，虽在主观上是得意的事，而在客观上是不得已的事。"① 尽管钱锺书将学术分科或成为某一门学问的"专家"称为"没有办法"避免的选择，但从他跨越文学、史学、哲学、心理学、文化人类学等诸人文学科的学术实践来看，他显然是以"通人"而非"专家"为其学术目标的，其学术的"综合性"特征也是与此直接相关的，可以说是颇得古希腊学风之神韵，同时也是中国古代"文史哲不分家"的人文传统的再现。事实上，真正的比较文学家都应该是古希腊哲人式的爱智者。

张　叉：钱锺书的"打通"研究与比较文学研究之间有什么区别？

龚　刚：首先，"打通"研究所包含的研究层面要比"比较文学"研究丰富。比较文学研究主要是指超越语言、国界或学科界限的文学研究，而打通研究则不仅包括语言、国界或学科界限的超越，还包括对文体界限、古今界限的超越。因此，从研究层面来看，"打通"研究可以说是涵盖了比较文学研究。其次，从方法论的角度着眼，"打通"研究之"以中国文学与外国文学打通"这一层面虽然近似于比较文学中的平行研究，但也存在着微妙差异：比如，对中外文学的"打通"研究往往止于罗列外国文学现象以印证中国文学，而平行研究则还需要在此基础上做进一步的分析，或辨别异同，或双向阐发，或总结出普遍性的规律。最后，从目的论上来看，"打通"研究与比较文学研究固然都试图通过越界对话以求有所新发明（"拈出新意"），但一则专务求同，一则兼重辨异，差别是明显的②。

张　叉：钱锺书有个观点是，在对各国文学的比较研究中应善于"即异而求同""因同而见异"，这样才能使"文艺学"具有"科学的普遍性"。您如何理解他这一观点？

① 龚刚：《通天下之志，明艺文之道——论钱锺书与比较文学的真精神》，《广东社会科学》2015 年第 1 期，第 161 页。

② 吴全韬：《钱锺书关怀后学二三事物》，《浙江日报》1999 年 7 月 25 日。

龚　刚：可以从以下两个层次来进行理解。第一，比较文学研究乃是文学研究走向普遍性的前提之一。这一层意思按照钱锺书所引法国著名比较文学家勒内·艾金伯勒（René Etiemble）的说法就是："没读过《西游记》，正像没读过托尔斯泰或陀思妥耶夫斯基，却去讲小说理论，可算是大胆。"艾金伯勒的意思是说，如果只局限于考察某一地区（如西欧）的小说创作，而不是对世界范围内的小说创作（包括中国小说、俄国小说在内）有一全面了解，便不应奢谈小说理论。因为，以某地区小说或某地区文学为依据总结出的所谓小说理论或文学理论，往往是片面的、缺乏普遍性的，因而也是不足为凭的。第二，比较文学研究的基本方法之一乃是异中求同，同中见异。这一层意思显然已超出比较文学是否有学术意义或学术价值的问题，而已涉及"比较文学"的方法论问题。①

张　叉：有一些学者对于比较文学平行研究是抱怀疑态度的，担心出现东拉西扯、牵强附会的情况。比如，邱明丰 2009 年撰发文章，质疑平行研究存在着"西方中心与东方主义""普世真理与异质文明"与"X+Y 的困境"三大问题。② 您对平行研究的看法是什么？

龚　刚：平行研究有助于促进两种文化之间的对话、借鉴，深化对各自文化的认识，根据有"法国的弗洛伊德"之称的法国精神分析学家雅克·玛丽·埃米尔·拉康（Jacques Marie Émile Lacan）的镜像（mirror-image）理论，我们只有通过观照异文化之镜，才能确立自身文化的主体性。钱锺书在《管锥编》中说："故学说有相契合而非相受授者，如老、庄之于释氏是已；有扬言相攻而阴相师承者，如王浮以后道家伪经之于佛典是已。"③ 因此，平行研究很有价值，我们不宜对之抱怀疑乃至批判态度。当然，邱明丰提出的三大问题尤其是"X+Y 的困境"也足以引起我们的注意，

---

① 龚刚：《通天下之志，明艺文之道——论钱锺书与比较文学的真精神》，《广东社会科学》2015 年第 1 期，第 163 页。

② 邱明丰：《从变异学审视平行研究的理论缺陷》，《求索》2009 年第 3 期，第 192—194 页。

③ 钱锺书：《管锥编》第二册，中华书局 1986 年版，第 440 页。

我们要尽量避免这些问题的出现。

张　叉：钱锺书认为"语言比较也是比较文学的一个大的部门"，并坦言他自己"对此曾经花过心力"。① 您赞同他把语言比较视作比较文学一个大部门的看法吗？

龚　刚：我赞同他的看法。这可以从以下两个角度来加以分析：其一，文学是语言的艺术，如试图从根本上把握文学活动的普遍规律，便无法绕过语言研究，尤其是对语言特性、语言现象的比较研究，而钱锺书的基本学术旨趣即在于抉发东西方共同的"文心""诗心"，因此，他主张语言比较应为比较文学一大部门并为之付出心力，便是很自然的事。其二，20世纪西方哲学经历了"语言学转向"（linguistic turn），这种"转向"亦波及了文学研究，而钱锺书对西方现代学术以及世界范围内的前沿理论一向是感知敏锐的，因此，他对语言研究及语言比较的格外重视，也很可能和世纪西方人文学术的语言学转向有着一定的关联性。

张　叉：比较文学同文学翻译有密切的关系，文学翻译的理想境界是什么？

龚　刚："妙合"是文学翻译的理想境界与终极追求。要做到"译者与作者悠然神会"②，这个过程特别关键。"若无神会，难得其真"③，追求"妙合"的翻译也当是以"诚"作为人生修养之体现。正是由于性灵是千姿百态的，所以文学的魅力才能持久，"妙合"的翻译才是审美诗性与喻理思辨性统一的本体，译者剔除偏见、空纳万境，洞照作者、原作，译作最终达到物我两相契合的境界。④

张　叉：文学翻译同语言文化之间有怎样的关系？

龚　刚：文学翻译必须要兼通、精通两种语言和文化，那就是，源语

---

① 钱锺书：《七缀集》，生活·读书·新知三联书店 2002 年版，第 129—130 页。

② 龚刚：《文学翻译当求妙合》，《太原学院学报（社会科学版）》2009 年第 5 期，第 108 页。

③ 龚刚：《文学翻译当求妙合》，《太原学院学报（社会科学版）》2009 年第 5 期，第 108 页。

④ 龚刚、赵佼：《"妙合"：文学翻译的佳境》，《当代外语研究》2020 年第 1 期，第 110 页。

言和目标语言、源文化和目标文化。只有具备这样的语言文化修养，方有可能趋近于"妙合之译"的理想境界，不然，再多的翻译技巧讨论都不过是纸上谈兵。质言之，好的文学翻译者必是比较文化家，优秀的文学翻译者是天然的比较文学家。形象点说，优秀的文学翻译者是语言演奏家，尽显原著的格调与神理，如风行云起，弦随意动，妙合无垠。欲达此境，须精通两种语言、两种文化，且佐以悟性、灵感，译理与诗理相通。①

张　叉：为什么应该加强《容安馆札记》的研究力度？

龚　刚：钱锺书是比较文学宗师，他的丰富著述是中国人文学界的文化宝藏，文史哲领域的学者应当在既有研究的基础上，一方面横向拓展，将杨绛、钱基博等与钱锺书有密切关系的学者纳入研究视野；另一方面纵向深化，加大对钱锺书英文著述及《容安馆札记》的研究力度。《容安馆札记》约有 2600 页，以钱锺书读书时的感想和思考为主，内容包罗万象，既有阅读中国古代文献的记录，也有阅读外文刊物时的外文笔记，为学界的一笔丰厚遗产。

张　叉：您对加强《容安馆札记》及钱锺书中外文笔记的研究力度有什么建议？

龚　刚：邀请《管锥编》英译者艾朗诺，《围城》德译者莫宜佳，意大利汉学研究者狄霞娜，英属哥伦比亚大学教授雷勤风，以及中国古代文学、比较文学及史学界的钱锺书研究者，合力进行《容安馆札记》及钱锺书中外文笔记的录入、研读、整理及系统研究，海外学者主要负责主持英、法、德、意及西班牙语、拉丁语部分的录入、整理。这项学术工作艰巨费时，但意义重大，希望中国人文学者与海外汉学家共襄盛举。

张　叉：是否有成立国际钱锺书研究机构的必要？

龚　刚：2008 年至 2010 年，韩国鲁迅学者朴宰雨（박재우）在与欧美鲁迅研究学者交流中，日益感到成立国际鲁迅研究会的紧迫性和必要性，

————————

① 龚刚：《优秀的译者是语言演奏家》，《太原学院学报（社会科学版）》2020 年第 4 期，第 108 页。

遂于 2011 年 9 月 25 日纪念鲁迅诞辰 130 周年之际，正式成立"国际鲁迅研究会"。朴宰雨任会长，周令飞及日本学者藤井省三、东南亚学者张钊贻（Cheung Chiu-yee）、澳大利亚学者寇致铭（Jon Von Kowallis）任副会长。钱锺书也有广泛国际影响力，成立国际钱锺书研究会也属必要。虽说钱锺书对成立研究会及召开学术会议多有讥讽，但学术乃天下之公器，不必因此自缚手脚。尊重一个学者，就要对他认真研究、客观评价，跪望之、叩拜之，则是迷信和圣化。吾爱吾师，吾更爱真理。所见即所蔽，我们在某些点上比前人站得高完全是可能而且是必要的。例如，钱锺书主张，研究与创作最好兼通（能作、能评，善写、善鉴）。但是，诗人未必能成为诗评家，诗评家往往写诗不行。感性强者理性偏弱，反之亦然，有些诗友，评论很棒，诗艺总是提不上去，即是明证。当然，钱氏之学虽疏漏偏颇难免，但其通读中西方大经大典，堪比"扫地僧"之功力，实非浅学可识。

张　叉：自从 200 多年前比较文学作为一门学科诞生以来，它就一直受到世界学术界一些学者的质疑，从而遭遇挑战。您如何看待这个问题？

龚　刚：我已经注意到国内外部分学者对比较文学的各种质疑，这些质疑确实给比较文学带来了挑战。我想要说的是，作为一种精神和思维方式的比较文学是无所谓危机的，它能够经受住考验，更不会死亡。在全球化时代，比较文学有助于在通观世界文学的视野下确立普世美学标准，更全面、更科学地评判世界各地的文学成就。

张　叉：怎样理解世界文学？

龚　刚：世界文学有三义：一是世界各国文学的总和；二是世界流行的文学；三是世界一流的文学，即世界级文学。必须指出的是，世界文学（world literature）不等于世界级文学（world class literature），未能在全球范围传播的区域文学也可以是世界级文学。什么是世界级文学？即是按照普世美学标准达到最高境界的一流文学作品。

张　叉：何为普世美学标准？

龚　刚：普世美学标准当然不等于西方标准，更不等于西方或西方化受众的口味。说到底，普世美学标准不外如下七条：其一，修辞立其诚乎？其二，形象世界饱满有生气乎？其三，足以动人心魄启人灵思乎？其四，技巧圆融乎？其五，结构精密乎？其六，体验深刻乎？其七，眼光独到乎？衡量一部作品是否是世界级文学，应当以普世美学标准为依据，而不是全球畅销与否。

张　叉：近年来，中国学术界对于比较文学"中国学派"这一提法的呼声越来越高，认为比较文学的中国学派已经形成。您的看法是什么？

龚　刚：我赞同比较文学中国学派已经形成的这个看法。早在 20 世纪 80 年代，中国当代比较文学奠基人杨周翰曾提出这样的构想：比较文学"中国学派"应该打破欧洲中心主义的思维模式，注重东方文学的研究，以跨越文化传统、跨越学科界限和语言界限的中西比较文学为研究对象，以通过东西方文学的对话来探讨全人类的共同规律为其长远目标。杨周翰认为，比较文学"中国学派"的建构须通过足够的实践，才能水到渠成。经过乐黛云教授、杨慧林教授、曹顺庆教授、王宁教授等中国比较文学学会前后数任会长的积极倡导，注重东西方平等对话及互为主体性的比较文学"中国学派"确已成形。

张　叉：比较文学学者需要具备哪些基本条件？

龚　刚：真正的比较文学家都是爱智者，对于古今中外的文学文化现象都有兴趣去了解和探究。至于比较文学学者需要具备的基本条件，他应是个文化上的世界主义者，心态开放、无所拘执，对古今中外人文领域的一切有价值的思想和知识都有好奇心。换言之，比较文学首先是一种精神，其次是思维方式（出位之思），最后才是方法（影响研究、平行分析、双向阐发等）。

张　叉：一个比较文学研究者至少应懂多少门外语？

龚　刚：至少得懂两门外语，具体来说，就是要懂英语，外加一门罗曼语族的语言，比如，法语或意大利语或西班牙语或葡萄牙语，诸如此类。

张　叉：是否还需懂一些古典语言？

龚　刚：这个要根据具体情况来定。如果要做同西方古典学相关的比较文学研究，那么就需要懂像古希腊语、古拉丁语这样的古典语言。

三、新性灵主义与哲学叙事学

张　叉：您在英文大作《如何创造中国新文学的民族形式？——回顾20世纪40年代的民族形式论争》（A Review of the Debate over the National Form in 1940s: How to Create a National Form for Chinese New Literature?）中主张，以比较文学思维推进本土研究与理论创新。比较文学思维的具体内涵是什么？

龚　刚：质言之，比较文学思维的根本内涵是"出位之思"。所谓"出位之思"，即是不为学科、文化、语言藩篱所缚的思考方式与探索精神。古希腊学术文化的根本目的在于追求知识，而古希腊人所谓知识，代表真理全部，不是局部。如柏拉图和亚里士多德之学便覆盖了当今人文科学与社会科学范围内的诸多领域，如美学、哲学、伦理学、法学、政治学、教育学等，而且在运思过程中，都是自如地出入不同领域，不受学科界限的约束。柏拉图的文艺研究就是美学思考与政治关怀相结合的范例。他对文艺与现实的关系及文艺的社会功用的论述，均从其反民主党的政治立场出发。他在《理想国》中控诉诗人有不示人以真理及伤风败俗等两大罪状，所针对的其实是他当时的政敌——前者针对着代表民主势力的诡辩学者把诗当作寓言的论调，后者针对着民主政权治下的戏剧和一般文娱活动。他所创构的用以表现剧场观众势力的"剧场政体"（Theatrocracy）这一范畴，无论从文学社会学或文化研究的角度来看，还是从政治哲学的角度来看，都具有重要意义。不过，古希腊时期美学、哲学、伦理学之类的分野不像现代学术体制中那么明确，他们对世界的体知感觉和今人的分门别类很不相同，我们说希腊学人不受学科限制，是一种回溯式的追加判断，这就好比我们把中国古代人文学者"文史哲不分家"的传统解释成打通文学、史学、哲学一样，也是一种追加判断，因为，现代意义上的文学、哲学等概念都是从西方引进的。

张　叉：比较文学思维的特点与价值是什么？

龚　刚：英国专家苏珊·巴斯奈特（Susan Bassnett）说："我认为比较文学或者翻译研究就本身的资格而言并不是学科，它们只是走近文学的方法。"[①]美国教授佳亚特里·查克拉沃蒂·斯皮瓦克（Gayatri Chakravorty Spivak）在《一门学科的死亡》（*Death of A Discipline*）中宣称，作为一门学科的比较文学已经死亡。中国学者曹顺庆在《比较文学中国学派基本理论特征及其方法论体系初探》中认为，以跨文明研究、变异研究为特色的中国学派已经形成。比较文学思维的特点与价值其实可在宣布"比较文学死亡"的学者的观点及比较文学生生不息的发展中看出端倪：一方面，比较文学的学科合法性就像全球化、网络化时代涌现的影、音、文字合一的"三次元"（非"二次元"）网络文学一样，总是饱受争议，一再被人宣布死亡；另一方面，比较文学生生不息，在不同地域以不同方式繁荣发展，"中国学派"的变异学研究即是世界比较文学研究领域卓具特色的研究方向，汇集了京派、海派、粤派及川军等各方学者。

张　叉：如何用比较文学思维来推进本土研究？

龚　刚：既然比较文学思维的根本内涵是"出位之思"，那么从比较文学的角度研究本土文学、本土文化就应当不为学科、文化、语言藩篱所缚。我所创立的新性灵主义诗学即是在中西诗学对话的背景下，发展了明清性灵派的诗学思想。新性灵主义诗观及批评观孕育于我的研究课题《徐志摩文艺思想研究》和七剑诗派在文学微信群"澳门晒诗码头"的创作实践，是自然生长的，而非标新立异的凭空虚构。拙文《中国现代诗学中的性灵

---

① 见本书《比较文学何去何从——苏珊·巴斯奈特教授访谈录》，第309页。

派——论徐志摩的诗学思想与诗论风格》^①与《新性灵主义诗观》^②已初步搭建起新性灵主义的理论框架。

张　叉：何为新性灵主义？

龚　刚：明清性灵派崇尚"独抒性灵，不拘格套"的创作自由，究其实质，是以《礼记·乐记》所谓感于物而形于声的"心物感应说"为思想根源，以人的自然本性、生命意识为核心，以佛教"心性"学说为推动，强调文艺创作的个性特征、抒情特征，追求神韵灵趣的自然流露。性灵派有多个译法，其中以音译加意译的 Hsingling School 最能彰显中国理论话语。因此，新性灵主义可相应地译为 Neo-Hsinglingism。

张　叉：新性灵主义之"新"体现在哪些方面？

龚　刚：新性灵主义之"新"，可以从三个方面来理解：第一，不认为性灵纯为自然本性（natural disposition）。《荀子·性恶》称："凡性者，天之就也，不可学，不可事。"其实，先天之性也应于后天涵育之，否则就是一种混沌状态。钱锺书主张"化书卷见闻作吾性灵"。的确，书卷见闻与抽象思辨皆可化为性灵，也就是说，性灵中可包含哲性，有后天修炼、参悟的成分。质言之，性灵者，厚学深悟而天机自达之谓也。第二，肯定虚实相生、以简驭繁是诗性智慧，肯定诗人要有柏拉图所说的灵魂的视力。第三，主张冷抒情，而不是纵情使气。对浮华的世俗情感表示怀疑，是冷抒情的哲学本质。情感外露，热情外溢，不知节制和反思，则是热抒情。七剑诗派之一的张小平认为，"如果只是灵感与性情，就成了浪漫主义诗歌了。加上顿悟（epiphany），就有性灵说的'闪电'了。"^③是的，我在《新

---

①　龚刚：《中国现代诗学中的性灵派——论徐志摩的诗学思想与诗论风格》，《现代中文学刊》2017 年第 1 期，第 45—53 页；龚刚：《中国现代诗学中的性灵派——论徐志摩的诗学思想与诗论风格》，《社会科学文摘》2017 年第 6 期，第 111—113 页。

②　龚刚、李磊主编：《七剑诗选》，暨南大学出版社 2018 年版，前言。《七剑诗选》由龚刚、杨卫东、李磊等七位诗人合著，谢冕、芒克题签。

③　龚刚：《新性灵主义"新"在何处？》，《澳门日报》2018 年 6 月 19 日。

性灵主义诗观》一文中所谓"闪电没有抓住你的手，就不要写诗"①，正是七剑诗派和新性灵主义创作观的核心精神。无理而自有理，悟在无形中。

张　叉：新性灵主义崇尚什么？

龚　刚：新性灵主义作为一种创作倾向，崇尚顿悟和哲性；作为批评倾向，崇尚融会贯通基础上的妙悟。长久的体验、瞬间的触动、冷静而内含哲性的抒情，大抵就是我所谓新性灵主义诗风。而李贽、金圣叹的性灵化批评，加上会通古今中西文白雅俗的知识视野和美学参悟，即是我所谓新性灵主义批评。不提刘勰、福柯，而刘勰、福柯自在其中。

张　叉：如何用比较文学思维来推进理论创新？

龚　刚：比较文学研究思路之一的科际整合是理论创新的重要动力。我所开辟的"哲学叙事学"研究即是存在论哲学与叙事学研究的会通和整合。由于人自古而然地生活在伦理秩序之中，因此，文艺作品只要关涉人的生存，就必然会或隐或显地呈现某种伦理秩序，哪怕是刻意追求"零度叙事"的小说也难以逃脱这一宿命。此外，由伦理秩序所赋予每一个叙事者的伦理意识也会或隐或显地制约着、影响着他的叙事，就算他竭力避免伦理意识的干预也无济于事。伦理秩序、伦理意识和文学叙事的这种宿命般的联系无疑为文艺伦理研究的合法性提供了切实依据，我在 21 世纪初即首先提出将伦理—叙事研究拓展为新兴的交叉学科——伦理叙事学（Ethical Narratology）。②

张　叉：将伦理叙事学拓展为哲学叙事学是基于怎样的考虑？

龚　刚：由于人类在精神层面不仅仅被道德价值所塑造，因此，为了更深入全面地揭示存在与叙事的内在联系，亦即个体生存、人类文明与叙事行为的内在联系，就应该将伦理叙事学拓展为哲学叙事学。让－保罗·萨特在 1946 年的演讲《存在主义是一种人道主义》（Existentialism is

---

① 龚刚、李磊主编：《七剑诗选》，暨南大学出版社 2018 年版，第 1 页。

② 参见龚刚：《伦理—叙事研究模式初探——以小说〈连环套〉的个案分析为例》，《清华哲学年鉴2004》，河北大学出版社 2006 年版，第 531 页。

a Humanism）中，反驳了那种认为存在主义鼓励绝望的看法，他指出，存在主义宣称人必须寻找和创造自己的认同和意义，"人不过就是他把自己塑造成的那个东西"。萨特未阐明的是，人的自我塑造也是被塑造的。这就是哲学叙事学探索的逻辑起点。

张　叉：怎样为哲学叙事学定位？

龚　刚：哲学叙事学是存在论哲学与叙事学研究的结合，其核心研究对象不是文本所述的哲学问题，而是存在与叙事的内在关联。作家（小说家、剧作家、诗人等）在自我塑造过程中的叙事和被叙事，及其对存在意义和终极归宿的寻找，是哲学叙事学探索的主轴之一。古希腊哲学家亚里士多德指出："人是天生的政治动物。"法国哲学家帕斯卡尔认为："人是会思想的芦苇。"从哲学叙事学的角度来看，人是会叙事的动物，也是被叙事的动物，并在叙事中寻找自我，发现自我。德国哲学家海德格尔的存在论哲学指出，存在（Dasein）即人，只有人会探究存在的意义。但是，据何探讨，从何种角度探讨，均需深思。海德格尔本人将存在论思考推进到了时间性，但未具体到叙事性。我在"存在与叙事：从伦理叙事学到哲学叙事学"的讲演稿中将哲学叙事学定位为，探讨存在与叙事的内在联系，亦即个体生存、人类文明与叙事行为的内在联系。① 哲学叙事学无疑是一个尚待开掘的研究领域，其英文名可以拟为 Philosophical Narratology，类似于 Cognitive Narratology 或 Philosophical Hermeneutics。

张　叉：能否请您用实例对哲学叙事学进行适当的阐释？

龚　刚：贾平凹说，《废都》是安妥其灵魂的一部书。的确，伟大的小说都包含着对存在意义与人文价值的探究和求索，也都萦绕着我所谓"哲性乡愁"。② 在此岸的叙事中蕴蓄彼岸之思，以此实现对生命本质与生命

---

① 朱文斌、庄伟杰主编：《语言与文化研究》第十三辑，光明日报出版社 2018 年版，第 8 页。

② 参见龚刚：《科学思维的局限性与"诗话"批评的复兴》，《中山大学学报（社会科学版）》2019 年第 1 期，第 32—37 页；龚刚：《从感性的思乡到哲性的乡愁》，《淮北师范大学学报（哲学社会科学版）》2017 年第 1 期，第 2—6 页。

哲学的心证与亲证，这就是伟大小说的哲学品相，费奥多尔·米哈伊洛维奇·陀思妥耶夫斯基和米兰·昆德拉是典范。在美国小说史上，赫尔曼·麦尔维尔（Herman Melville）的《白鲸记》（*Moby Dick*），威廉·福克纳（William Faulkner）的《喧哗与骚动》（*The Sound and the Fury*），海明威的《老人与海》（*The Old Man and the Sea*）、《永别了武器》（*A Farewell to Arms*），玛格丽特·米切尔的《飘》（*Gone with the Wind*），杰罗姆·大卫·塞林格的《麦田里的守望者》（*The Catcher in the Rye*），杰克·凯鲁亚克（Jack Keouac）的《在路上》（*On the Road*），都是哲性乡愁之所寄。莎士比亚说："人生就是愚人讲述的故事，充满了喧哗和骚动，却没有任何意义。"[1] 于是，在无意义中发现意义便成了文学叙事的使命。见诸相非相，即见如来。《永别了武器》中的亨利中尉看着恋人凯瑟琳的遗体，《老人与海》结尾那条进港后仅剩空骨的大鱼，并非仅仅印证了硬汉精神，以及渺小个体与战争及大自然的关系。从终极意义上说，这是人生的开悟和即空即有的生命哲学的证成。

---

① William Shakespeare, *Macbeth*, 5.5, David Bevington, David Scott Kastan (eds.), New York: Bantam Dell, 2005, p.165.

中印佛教文学比较研究

——侯传文教授访谈录

受访人介绍：侯传文，1959 年生，男，山东泰安人，四川大学比较文学与世界文学博士，青岛大学文学与新闻传播学院教授，兼任北京大学东方文学研究中心研究员，中国外国文学学会印度文学研究分会会长，主要从事东方学、佛教文学与比较诗学研究。

访谈形式：书面

访谈开始：2019 年 2 月 5 日

形成初稿：2019 年 2 月 22 日

形成定稿：2019 年 3 月 8 日

最后修订：2021 年 5 月 2 日

张　叉：您在《外国文学评论》《南亚研究》与《东方论坛》等学术刊物发表了《佛经的文学原型意义》《〈华严经〉与中印启悟文学母题》与《佛传与僧传——中印佛教传记文学比较研究》等数量可观的关于中印佛教文学比较的论文。您为什么把学术关注点放到中印佛教文学比较研究？

侯传文：选择佛教文学作为研究领域是出于机缘。我在北京大学东方语言文学系攻读东方文学专业研究生，选择了印度文学作为研究方向。毕业后分配到青岛大学工作，到图书馆发现与印度相关的图书只有半套《中华大藏经》，于是选择了"佛教文学"作为自己的研究课题。在印度和中国，佛教文学不仅源远流长、丰富多彩，而且互相交集、互相映衬，是跨民族、跨文化、跨学科的文学现象，是天然的比较文学研究对象，非常适合进行比较文学研究。佛教文学研究与比较文学也具有天然的联系，无论是印度佛教文学研究还是中国佛教文学研究，都内含着比较文学的因素。我早期的佛教文学研究中已经有一些比较研究的篇章，而有意识地进行系统的中印佛教文学比较研究，则是在四川大学攻读博士学位期间进行系统的比较文学理论学习研究之后。我于 2008 年到中国社会科学院外国文学研究所访学，跟随黄宝生先生学习梵文、研究佛学，重新回到佛教文学领域，比较文学的思路和方法已经驾轻就熟，很自然地将重心转移到比较研究方面，希望通过中印佛教文学比较研究，在比较文学和佛教文学领域都能有新的开拓。

张　叉：您 2018 年在中华书局出版的学术专著《中印佛教文学比较研究》收入了"国家哲学社会科学成果文库"，其意义何在？

侯传文：佛教文学是中国和印度文学史上重要的文学现象。印度佛教文学是印度文学的重要组成部分。中国佛教文学既是印度佛教文学影响的产物，又具有深厚的中国文化底蕴，是中国文学的重要组成部分。通过中印佛教文学比较研究，有助于认识两国文学与文化特点，有助于进一步加强两国文化交流。《中印佛教文学比较研究》是我主持的国家社科基金项目的结项成果，梳理总结了印度和中国佛教文学现象，从影响、接受、主题学、文类学与诗学等方面对中印佛教文学进行了深入而细致的比较研究，初步构建起中印佛教文学比较研究的学术体系，为比较文学研究的理论和实践提供了一些经典案例，这些工作在东方文学、比较文学与佛教文学研究领域都具有开拓性意义。

张　叉：要讨论中印佛教文学比较，第一个需要做的事情是厘清"佛教文学"的概念。您对"佛教文学"如何界定？

侯传文：可以从广义和狭义两个方面来进行界定。广义的佛教文学包括佛教影响下的各种文学现象、作家与作品；狭义的佛教文学是指那些由佛教教主和信徒（僧人或居士）创作或改编，表现佛教思想、宣传佛教教义、表达佛教信仰、表现宗教情感、体现佛教宗旨情趣的文学现象与作品。

张　叉：佛教文学的具体内涵有哪些？

侯传文：大体而言，佛教文学有以下六个方面内涵：一是佛经文学。"佛经"有广义和狭义之分。广义"佛经"是佛教经典的简称，包括佛的教说，也包括佛弟子及历代高僧著述收入大藏并被佛徒视为经典的作品。狭义"佛经"主要指佛的教说，包括佛教创始人释迦牟尼一生传教说法的记录，也包括以佛的名义创作的一些作品，是佛教三藏经典"经、律、论"之一的"经藏"。这里取其广义而以狭义为主。二是以讲解佛经、阐发教义或歌颂佛法为宗旨的文学。三是取材于佛经或佛教故事，在思想旨趣方面有所变异或发展的文学作品。四是取材现实生活或本土故事传说，表现佛教思想的作品。五是僧人创作的描写日常生活、抒发个人情感的作品。六是一般文人受佛教影响而创作的具有佛教思想旨趣的作品。①

张　叉：您刚才对佛教文学概念、内涵的介绍十分清楚。您是否能接着谈谈什么是佛教文学研究？

侯传文：佛教文学研究是以阐释佛教文学作品、分析佛教文学现象为宗旨的一门学问，既是传统佛学的重要组成部分，又是现代东方学的重要

---

① 侯传文等：《中印佛教文学比较研究》，中华书局2018年版，第1—5页。

分支。佛教文学研究也有广义和狭义之分。自古以来的佛典阐释和佛教文学作品评点，都应该属于广义的佛教文学研究。狭义的佛教文学研究是近代形成的一个学术研究领域。学者们以科学的方法和实证的态度，而不是神学的方法和信仰的态度研究佛教文学，才有了真正意义的佛教文学研究。

张　叉：印度佛教文学体现了印度人民在长期生产、生活中逐渐积淀、形成的世界观、人生观、价值观、道德观、审美观，体现的是独特的民族精神。印度佛教文学的民族精神主要体现在哪些方面？

侯传文：印度佛教文学的民族精神主要体现在四个方面：首先，对出世离欲生活的肯定。与其他文化体系相比，印度文化具有出世性，是印度仙人文化影响的结果。佛教文学常见的出家求道主题和求道者形象等，都表现了这样的出世精神。其次，追求解脱的人生目的。涅槃寂静是佛教的"三法印"之一，是佛教所追求的解脱境界。佛教诗人经常在作品中表现寂静境界或者对寂静境界的追求，形成佛教诗学的寂静味。再次，慈悲仁爱与非暴力精神。佛教文学的主人公佛陀、菩萨及广大佛门弟子都具有博大的同情心，有着救苦救难的慈悲之心。大乘佛教的大慈大悲将非暴力精神发展到极致。佛教文学的慈悲主题使印度民族的非暴力精神得到充分的发展和具体的表现。最后，对自然美的追求。佛教文学中有大量的自然书写和自然美表现，是印度森林文明的产物，深刻体现了印度民族热爱自然的民族精神。[①]

张　叉：对于本土、传统的中国文学而言，从异域印度传来的佛教文学自然属于异类，这是不争的事实。融入中国文学的佛教文学保留了哪些异质性？

侯传文：融入中国文学的佛教文学保留了三大异质性：第一，与中国传统和本土文学相比，佛教文学具有出世性和超越性，这是它最明显的特点。像印度佛教文学一样，中国佛教文学也具有出世精神。佛教僧侣山林

---

① 侯传文等：《中印佛教文学比较研究》，中华书局 2018 年版，第 14—17 页。

栖居，参禅修道，追求解脱，在此基础上，中国历代佛教诗人创作了大量的"山居诗"，表现出世离欲生活的体验和感受。与出世精神相联系的是超越精神。在佛教文学中，超越精神一方面表现为对现世人生的否定，另一方面表现为对佛国净土的向往和对涅槃寂静境界的追求。第二，与传统本土文学相比，中国佛教文学具有神话思维。印度古代神话发达，佛教是这一文化土壤的产物，必然表现出神话思维特点，这在中国佛教文学中也有所表现。首先是神话世界观的表现。神话世界观的特点是构建超现实的世界，包括天界、佛国等理想世界和地狱等非理想世界。其次是各种神灵形象的活跃，怪力乱神及相关故事非常多，显然有别于"不语怪力乱神"的中国主流文化和文学。第三，在艺术表现方面，佛教文学最显著的特点是铺排渲染。印度古代史诗和往世书都部头庞大，动辄数万颂甚至十万颂，佛经也不乏大部头作品，盖因其善于铺排渲染，与中国古文的简约形成鲜明对比。由于佛经的耳濡目染，中国的佛教文学也渐染铺排之风，这在佛教说唱文学中表现比较明显。如《维摩诘经讲经文》（或称《维摩诘经变文》）把一句经文"佛告弥勒菩萨，汝行诣维摩诘问疾"演义成近千字散文加 60 余行韵文，将弥勒菩萨的神通法力、功德、容貌长相、穿着打扮、风度仪表等都做了描述，重新塑造了一个弥勒菩萨形象。

张　叉：同印度佛教一样，印度佛教文学在进入中国、为中国所接受的过程中，也是经过了本土化改造的，因此它一方面保留了异质性，另一方面也具备本土化特征。中国佛教文学的本土化特征是什么？

侯传文：中国佛教文学具有四大本土化特征：一是在思想观念方面，淡化宗教伦理和自然伦理，突出社会关怀和家庭伦理。二是鲜明的历史意识。由于中国文化历史意识浓厚，史学文化发达，对中国佛教文学产生了直接的影响。在中国人编纂的汉文大藏经中，"史传"都是重要部类。三是文学题材内容的本土化。中国的佛门高僧和信佛居士一方面写诗著文表现自己的佛教信仰和情感，另一方面以中国佛教徒的生平事迹为题材进行文学创作。这些创作一部分比较符合历史真实，被视为传记，形成中国佛教传记文学传统；一部分属于道听途说，偏于想象虚构，被看作小说，形成中国佛教小说传统。四是文学体式的本土化。中国佛教文学虽然也接受了一些印度佛教文学文体，如偈颂、赞佛诗等，但在文学体式方面走的是民族化和本土化的道路。佛教传入之后，中国的诗歌、小说、戏剧等文体先后进入自觉阶段，使佛教文学伴随中国文学文体一起成长，在传统诗文和后起的小说戏曲领域都有突出的成就。

　　张　叉：从印度外来的佛教文学为中国文学注入了新鲜的血液，在一定程度上改变了中国文学的发展方向，其影响显而易见，不可忽视。印度佛教文学对中国文学究竟产生了什么影响？

　　侯传文：从总体来看，印度佛教文学对中国文学的主题、题材、形象、文体、语言、修辞以及文学理论等方面都产生了深刻的影响。具体可以从以下五个方面略做说明：其一，印度佛经文学的译介，使中国文学中出现了一些以前未曾出现过的主题和题材。一方面，中国文人受佛教思想浸淫而在创作中所表现出新的主题和题材；另一方面，佛教传入中国后，诸多直接源自佛经文学的故事、母题、题材、情节、艺术形象等，也进入中国文学的大花园。其二，印度佛教文学对中国文学在文体形式方面的变革起过不小的推动作用，如梁启超所言："我国近代之纯文学——若小说，若歌曲，皆与佛典之翻译文学有密切关系。"① 其三，印度佛经文学的传译给中国文人思维带来了较大的变化，这种变化必然在语言表述方面有所反映。其四，印度佛教的哲学思想和文学表现，影响了中国文学的思想观念，形成独特的佛教诗学。其五，印度佛教文学所体现的迥异于中国固有的世界观和思维方式，影响了中国文学的表现手法，其中比较明显的有魔幻、夸张、譬喻等。

　　张　叉：一国文学在他国接受过程中出现变异乃是一个普遍的现象，印度佛教文学在中国的接受也不例外。您认为佛教文学在中国的变异主要

---

① 梁启超：《佛学研究十八篇》，上海古籍出版社 2001 年版，第 200 页。

有哪些？

侯传文： 主要有义理思想的变异，意象或形象的变异，以及故事母题的变异。思想变异以"禅"最有代表性。禅原义沉思、静虑，音译为"禅那"，略说为"禅"。参禅入定是印度传统佛教的基本修行方式。佛教传入中国，首先被国人接受的是其追求宁静的禅定方式。随着具有中国特色的佛教宗派的形成，禅的含义逐渐发生变异。天台宗创始人智者大师的"止观禅法"强调止息观心，与印度佛教禅法已经有所不同，而中国佛教"禅宗"，顾名思义是以禅为宗旨，也特别重视禅，但其含义却相去甚远。随着禅宗的发展，"禅"更多地被理解为思维方式、认识方式和智慧境界。作为思维和认识方式，"禅"主要表现为超越逻辑思辨的"悟"，作为境界即悟得本性，并且见性成佛。总之是从外在转向内在，从形式转向内容，从方法转向目的和结果。从印度禅学到中国禅宗，发生了根本性的变异。形象的变异以菩萨最有代表性。印度佛教文学中已经成功塑造了一批性格鲜明的菩萨形象，其中最有代表性的是被称为四大菩萨的弥勒、观音、文殊和普贤。他们来到中国后，在中国佛教文学中都发生了变异，其中文殊和普贤变异比较少，但影响逐渐式微。弥勒形象变异比较大，作为未来佛和弥勒净土的主人成为人们崇拜的对象，其形象塑造也以中国化的大肚弥勒最为流行。四大菩萨中变异改造最多的是观音菩萨。在印度佛教文学中，观音菩萨形象丰富多彩，但还没有形成观音信仰，也没有一个主导性的深入人心的内在与外在统一的观音形象。中国佛教文学中的观音形象与印度佛经中的观音有很大的不同。一是作为信仰崇拜的对象，观音菩萨进一步神化，其地位不仅超越其他菩萨，甚至在一般的佛之上。二是突出了大慈大悲救苦救难的特点。在佛经中，慈悲只是观音形象的一个方面，另外还有狮子无畏、大光普照、天人丈夫等，被称为"观音大士"。中国佛教文学将佛陀悲天悯人、慈悲为怀的性质赋予了观音，强调"大悲"观音的德行，同时把救世主的角色也赋予了观音。三是突出了女性观音形象。佛经中菩萨形象是不定的，《法华经·观世音菩萨普门品》说他有 33 种应化身，随救度对象不同而显现不同形象。其他佛典中观音形象虽各不相同，但大多以男性形象出现。中国唐代以后的壁画、雕塑中女性观音形象越来越流行，这种变异是中国佛教文学特别是民间佛教文学影响的结果。故事母题的变异以"目连救母"为代表，印度佛经《盂兰盆经》讲述的"目连救母"故事，主题是宣扬外力拯救和施舍功德。中国佛教文学中取材"目连救母"故事的变文、戏曲非常多，突出的是"目连救母"的孝行，故事内容和主题题旨都发生了变异。总之，印度佛教文学在中国的接受经过了文化过滤、文学误读和变异改造，中国佛教文学在思想内容、艺术形象和文学母题方面都与印度佛教文学拉开了距离，实现了自己的创新和发展。①

张　叉：佛教文学中，有佛陀、菩萨、罗汉、天王、金刚、阎王、魔王、夜叉等艺术形象，都有主题学研究的意义。其中，天王神通广大，在佛教神话中占有重要地位。天王这一艺术形象有很多，您如何对他们进行分类？

侯传文：天王大致可以分为三类：其一是具有天帝特征的大天王，主要是帝释天、大梵天、那罗延天、大自在天等。他们都来自古老的吠陀神话和婆罗门教的万神殿，如帝释天即因陀罗，是吠陀神话中的雷电之神，婆罗门教的主神之一；大梵天是婆罗门教的造物主，他和帝释天在佛经中经常出现，有时是对菩萨愿力进行考验，有时是对菩萨功德或佛的说法表示赞叹。在后世佛教，特别是密教中，他们也成了崇拜对象。其二是佛教寺院中常见的"四大天王"，即东方天王提多罗吒、南方天王毗琉璃、西方天王毗留博叉和北方天王毗沙门，他们是帝释天的下属，居住在须弥山的半山腰，各自率领其眷属和部下护持一方天下，因此称为"护世四天王"，俗称"四大金刚"。他们具有降魔伏怪的威力，对后世神话小说影响很大，如人们熟悉的托塔李天王和哪吒父子，便是由毗沙门天王父子形象演变而来。其三是诸天界的众天王，他们以群体形象出现，经常率领部族参加佛

---

① 侯传文等：《中印佛教文学比较研究》，中华书局 2018 年版，第 87—93 页。

陀法会和菩萨道场，是所谓"天龙八部"之一。

张　叉：在具有主题学意义的植物意象中，菩提树意象在佛教文学中出现的频率最高，这是为什么？

侯传文：菩提树即毕钵罗树，是佛教的圣树。菩提即觉悟，由于释迦牟尼在一棵毕钵罗树下觉悟成道，因此而有菩提树之称。菩提树是一种常绿乔木，叶子呈卵形，茎干黄白，花隐于花托中，果实称"菩提子"，可以做念珠。圣树现象在宗教中非常普遍，印度教中也有类似的圣树。古印度河文明遗址出土的浮雕中也有圣树，可能是后世印度各宗教圣树的渊源。圣树是远古时代植物崇拜的遗存和积淀。尤其在炎热的印度，一棵浓荫大树很能激发人的快感和想象力。

张　叉：印度佛教诗人偏爱动物，而中国佛教诗人却偏爱植物，这是为什么？

侯传文：印度佛教文学善于表现动物，中国佛教诗人偏爱植物，这是一个非常有趣的现象。其原因可以从两国佛教理念的差异中去寻找。"众生平等"是印度佛教的基本理念，主要说明人与动物的平等亲缘关系，在佛本生故事中，佛陀曾经上百次转生为动物，所以印度佛教文学表现动物比较多，许多动物如狮子、大象、孔雀、猴子、鹿等，在印度佛教文学中都具有原型意义。中国佛教在"众生平等"基础上提出"无情有性"，也就是没有情感意识的山川草木也像人一样具有佛性，从而将人与自然的平等亲缘关系扩展到自然万物。基于这样的"无情有性"观念，中国佛教诗人表现山川河流、白云清风、花草树木等"无情"的自然现象的作品比较多。

张　叉：在佛教文学中，业报轮回的自然道德体现了怎样的人生智慧？

侯传文：作为一种道德观念，业报轮回基于宇宙生命的自然循环，遵循客观存在的自然法则，因而是一种自然道德。业报轮回观念强调对自然律的信仰，特别是早期佛教，对自然律的信仰超过对任何超自然的神灵的崇拜。神和人一样必须服从自然律，宇宙只服从自然法则，并不存在创世者和主宰者。这样的自然道德蕴含着丰富的人生智慧。首先，是生命之河长流不息的信念，体现了人与自然统一的生命意识。死亡忧虑是人类最大的焦虑，而超越或战胜死亡则是人类最大的梦想。人们世世代代探索生命的奥秘，寻找征服死亡、保存生命的途径。这种生命意识可以说是人类的集体无意识。轮回转生以生命个体的转换实现生命本体的长存，将个体生命融入宇宙生命，具有深刻的生态意义。其次，业报轮回蕴含着无中心的生命整体主义思想。有情众生的轮回有三界六道，三界即欲界、色界和无色界；六道包括天、人、阿修罗、饿鬼、畜生和地狱。生命主体在各种生命形式中流转，并没有一个既定的中心。这样的无中心生命整体主义对解构人类中心主义具有重要的启示意义。再次，业报轮回包含着自然生命神圣不可侵犯的天赋权利。佛教在众生平等的基础上建立起不杀生的非暴力思想，这是业报轮回思想的逻辑推演。根据业报轮回的自然道德，即使再弱小的生命之中，也存在着同样的生命本体，这个生命本体也是人的生命之源。而且每个生物都有自己生存的权利，生命神圣不可侵犯，任何众生，包括人、神，都没有权利随意剥夺其他生物的生命。这样的自然生命权利意识，是与生存竞争的残酷现实相对立的，与当下的动物保护组织和绿色和平运动有相通之处。最后，业报轮回的自然律体现了和谐的世界观。业报轮回不仅使物归其类，人得其所，而且为多灾多难的"有情世间"增添了情意韵味。业报轮回以宇宙自然和社会人生的平衡有序体现了和谐的宇宙秩序，在此基础上形成和谐统一的世界观，以及文学艺术中追求和谐的审美心理和审美理想。

张　叉：佛教文学有诗歌、小说与戏剧等，体裁多种多样，具有重要的文类学意义。在佛教文学众多体裁中，种类最多、成就最高、影响最大的是诗歌。在佛教文学诗歌体裁中，使用最普遍、影响最大的是偈颂。偈颂对中国诗歌的主要影响是什么？

侯传文：佛教偈颂对中国诗歌的内容和形式都产生了一定的影响，中国佛教偈颂诗的批量产生是其中之一。一些得道高僧常以诵"偈"方式表现自己的修道体验和佛理感悟，或者蕴含深刻的哲理，或者表现玄奥的天机，使偈颂成为一种独特的佛教诗歌文体。东晋高僧支遁、慧远等人较早将偈颂植入中国文学土壤，隋唐时期的寒山、拾得等诗僧的作品产生了深远的影响。最具中国特色的佛教宗派禅宗对偈颂更是情有独钟。禅僧赋予"禅"以神秘意义，成为一种达到彼岸的智慧境界。如此神秘的禅境，不可言说，亦不能明言直陈，只有采用象征的艺术手法加以暗示，于是含蓄蕴藉的偈颂诗便用来示法明禅，因此禅门高僧都喜欢以偈示法证道，形成了丰富多彩的禅门偈颂，成为佛教哲理诗的代表。此外，一些入佛较深的文人，如白居易、王维、苏轼等，也创作了一些类似佛教偈颂的诗歌。这些都是印度佛经偈颂影响的结果。[①]

张　叉：您怎样评价佛教文学对中国小说发展的作用？

侯传文：佛教文学在中国小说的发展过程中发挥了重要作用。佛教文学的神话思维开启了人们的想象力，佛经中的神奇故事及其魔幻表现为小说创作提供了艺术借鉴，以佛门弟子传奇经历为基础的僧人传记为小说创作提供了故事素材，这些都是佛教文学对小说文类发展的重要贡献。从佛教的角度看，面向大众宣传教义，赢得信徒，也需要借助新兴的为广大群众所接受的小说文体，从而形成佛教与小说互动共进的局面。由此，从魏晋南北朝到唐宋元明，出现了许多在题材、情节、人物、主题及艺术表现等方面都具有佛教特色的小说作品，成为中国小说的重要组成部分。佛教小说不仅贯穿中国小说文体发展的各个历史阶段，而且时常起着引领作用，志怪、传奇、俗讲、变文、说唱、话本等，基本上都是佛教文学开风气之先。由此可见，与印度相比，中国佛教小说具有更为重要的文体学意义。

张　叉：同印度的佛传与僧传相比，为什么中国的僧传更有历史内涵与史学意义？

侯传文：与印度民族擅长神话思维不同，中华民族有浓厚的历史意识，

---

① 侯传文等：《中印佛教文学比较研究》，中华书局 2018 年版，第 251—252 页。

史学文化发达，这在中印佛教传记文学中有鲜明的体现。印度的佛传和僧传都充满神话思维，而中国的僧传更有历史内涵与史学意义。基于深厚史学传统的中国僧传，客观真实地反映了佛教在中国的发展历程。中国僧传以历史人物为描写对象，他们的行为和思想都是时代的产物，通过他们的言行，可以还原历史，认识时代。中国僧传之传主都是中国佛教历史上有影响的高僧大德，他们或从事佛教经典翻译，或著书立说阐释佛教经论，或在参禅修定、守戒持律、取经传法等方面有一技之长，在佛教发展史上做出了一定贡献，从而载入史册。对他们的生平事迹的客观记述，无疑是对中国佛教发展过程的真实反映。中国僧传不仅内容以历史事实为基础，作者也有比较鲜明的历史意识。他们大多遵循历史叙事的原则，注重实录，追求历史真实。经过中国史学文化熏陶的僧传作者，虽然不能完全摆脱宗教观念的束缚，但仍自觉继承中国史学传统，广泛征求，仔细考证，不乏历史真实之追求。所有传世之《高僧传》，其作者都以史家自居，都自觉继承中国史学文化传统，其著作也具有重要的史学价值，为历代史家所重视，至今仍是研究中国佛教史、思想史、社会史和文学史的重要资料。

张　叉：目前，在印度与西方学术界，还没有人提出"佛教诗学"的概念。您提出"佛教诗学"概念的理由何在？

侯传文：我提出"佛教诗学"概念是基于以下四个理由。第一，佛教文学的繁荣发达是佛教诗学形成的基础，因为文学作品和文学现象都需要理论的支撑，文学现象背后的观念和思想都具有诗学意义。第二，诗僧、文僧是佛教文学的创作主体，他们中有许多人著有文学理论著作，如唐代诗僧皎然，著有《诗式》与《诗议》等诗学专著，他们的诗学思想以佛教的世界观和方法论为基础，属于典型的佛教诗学。还有一些居士诗人，他们的文学理论和文学思想也是佛教影响的结果，也可以归入佛教诗学。第三，一些具有佛教色彩的诗学范畴，如境界、妙悟、圆通、寂静等，积淀着佛教思想智慧，凝结着佛教审美精神，是源于佛教哲学并在佛教文学中孕育发展起来的，是典型的佛教诗学概念，它们之间的关联互动构成独具特色的佛教诗学体系。第四，中国文化是儒释道三教互补的，中国学术界有儒家诗学之说，有道家诗学之论，却无佛教诗学之议，应该说是一种欠缺。我们提出佛教诗学，一方面是相对于儒家诗学与道家诗学而言，另一方面是相对于佛教哲学、佛教美学而论，不仅合乎逻辑，而且具有互参、互证、互释、互补的意义。

张　叉：佛教诗学的理论特点何在？

侯传文：与其他诗学体系相比，佛教诗学具有以下四个鲜明的理论特点：一是佛教诗学具有超越性，二是佛教诗学更关注审美问题，三是佛教诗学具有更强的主体性，四是佛教诗学具有佛教特有的辩证思维。[①]

张　叉：您归纳的"佛教诗学具有超越性"当作何解？

侯传文：佛教诗学的超越性是由佛教独特的世界观、人生观、认识论和思维方式所决定的，可以从三个方面来理解：第一，佛教诗学的超越性表现为对舍弃社会、摆脱羁绊的"寂静味"的追求。佛教的修行方式和价值追求影响到审美，就是把"寂静"作为一种审美境界，由此形成了佛教诗学"寂静论"。第二，佛教诗学具有超实在性和超象性的特点。其超实在性表现为对现实世界具体事物的超越，以轻实重虚、轻形重神、轻现象重心性为主要特征。其超象性表现为对具体现象或实体表象的超越。第三，佛教诗学的关键词分别体现了超越性的不同方面，有的从文学本体论和价值论方面表现超越性，如"寂静"；有的在思维方式和言说方式方面表现超越性，如"妙悟"和"圆通"等。

张　叉：您归纳的"佛教诗学更关注审美问题"当作何解？

侯传文：佛教诗学的关键词大多属于文艺美学的审美范畴。这些关键词的提出和阐述，都基于对艺术审美规律的探寻。如境界诗学所探讨的各种境界，包括"物境""情境"和"意境"等，都具有审美意义；"圆通"和"妙悟"是艺术审美活动中的思维方式和审美关系的体现；"寂静"和"欢

---

① 侯传文等：《中印佛教文学比较研究》，中华书局 2018 年版，第 508—515 页。

喜"（快乐）是艺术审美活动中的美感体验。这些体现佛教特有审美方式、审美体验和审美感受的审美范畴，渗透到艺术审美活动的各个领域和各个层面，形成佛教诗学注重审美的理论特性。

张　叉：您归纳的"佛教诗学具有更强的主体性"当作何解？

侯传文：佛教哲学强调唯识无境，不重客体而重主体，对佛教诗学产生了深刻的影响。佛教诗学的几个关键词都具有主体性，其中"境界"主要是从创作主体的角度切入，进而探讨文学文本的意境创造等主体性诗学问题。佛教"圆通"诗学中的"圆美"虽然有文本中心的意味，但作为核心概念的"圆通"和"圆融"都表现为思维方式，更具有主体性。"妙悟"诗学有文学本体论的思考，但最终落脚在作者主体和读者主体。"寂静"论在佛教诗学中具有本体论和价值论的意义，其本意是指向具有彼岸意义的涅槃境界，但由于诗学家在论述过程中将客观的、外在的寂静转化为审美主体内在的意静和心灵平静，使其具有了主体性特征。这样的主体性诗学是中国和印度古代诗学主体性的继承和发展。

张　叉：您归纳的"佛教诗学具有佛教特有的辩证思维"当作何解？

侯传文：佛教强调事物对立统一，这样的辩证思维在佛教诗学中有所表现，比如在佛教诗学寂静论中体现了静与动的辩证关系；以佛教圆融哲学为思想基础的佛教诗学圆通论，既消解矛盾，又方圆并举，体现了佛教的辩证思维方式。此外，神韵论关于形神关系的讨论，妙悟论关于学理与诗思、顿悟与渐悟的讨论，都体现了佛教的辩证思维。

张　叉：您怎样评价您率领的课题组在中印佛教文学比较研究领域所做的工作？

侯传文：中印佛教文学比较研究是一个非常广阔的领域，我们只是做了一些初步的研究工作，虽然取得了一些研究成绩，但大多属于尝试性的，许多问题没有展开，还有许多方面有待进一步深入研究。

张　叉：在中印佛教文学比较研究领域，还有哪些方面有待学术界进一步深入研究？

侯传文：第一，在影响与接受方面，佛经汉译有一千多年的历史，译出经籍上千部上万卷，许多译品广泛流传、影响深远。这些译本及其中国注疏与印度佛经原典相比，经过了怎样的文化过滤、文学误读和变异改造？这样的佛教文学变异学是非常值得全面深入研究的大课题。第二，在主题学方面，佛教文学的主题、题材、题旨、母题非常丰富，我们的研究涉及非常有限。比如中印佛教文学共同的母题很多，包括题材性显型母题、题旨性隐型母题和叙述代码性原型母题，可以在系统梳理、比较研究的基础上编出一部佛教文学母题索引。第三，在文类学方面，我们的梳理也是粗浅的，不仅佛教戏剧这样的重要基础文类没有展开专题研究，即使花了较大篇幅的佛教传记文学，研究也不够具体细致。具有丰富文本，体现不同民族特性，跨越宗教、历史、文学等不同学科的中印佛教传记文学，值得进行专门研究。第四，在诗学研究方面，印度佛经原典和卷帙浩繁的汉译佛典中大量的诗学资源有待挖掘，中国文论史上与佛教相关的诗学范畴和理论体系很多，有待进一步系统梳理和深入研究。第五，文学的跨学科研究，又称科际整合，是比较文学研究的一个重要方面。佛教文学本身是文学与宗教结合的产物，是一种跨学科现象，另外佛教文学还涉及史学、哲学、艺术、美学、社会学、民俗学、心理学、生命科学等人文、社会和自然科学领域的许多学科，是比较文学跨学科研究的天然对象。佛教文学跨学科研究，既可以从不同学科角度对佛教文学文本进行阐释，也可以在不同学科之间进行交叉研究和互相阐发。这方面涉及的范围广、问题多，值得进行各种专题讨论。比如佛本生故事，千百年来经过了无数的移植和改编，不仅有古代宗教节日的搬演、寺庙浮雕壁画的再创造，而且有现代作家和现代艺术形式的改编。其中的图像叙事是文学与艺术之间跨学科研究的对象，已经引起学界关注。第六，从外延方面看，中国佛教文学应该包括藏传佛教和南传佛教的佛教文学，但由于受到语言和资料方面的局限，我们的研究基本没有涉及。这些方面都有待各领域专家学者的专门研究。

比较文学、亚美文学、华美文学与美国原住民文学研究

——单德兴教授访谈录

受访人介绍：单德兴，1955 年生，男，祖籍山东峄县，台湾南投人，台湾大学外文研究所比较文学博士，台北"中研院"欧美研究所特聘研究员，曾任欧美研究所所长，《欧美研究》主编，主要从事比较文学、亚美文学、文化、翻译研究。

访谈形式：书面

访谈开始：2020 年 11 月 17 日

形成初稿：2020 年 12 月 12 日

形成定稿：2020 年 12 月 26 日

最后修订：2021 年 5 月 2 日

一、比较文学研究

张　叉：大陆和台湾依循的是不同的汉字体系，您怎样看待这个问题？

单德兴：虽然大陆与台湾所用的汉字体系不同，但是如果把视野放大、眼光放远一点，尤其是考虑到现今的科技条件以及全球化的因素，我个人认为，以汉语拼音搭配繁体字会是比较好的方式，这包括了现实考虑与文化考虑。就现实考虑而言，现在大家已经熟悉使用计算机键盘，许多外国人士也热衷于学习汉语，以汉语拼音配合他们已经熟悉的计算机键盘，会是很方便的入门方式。相较之下，注音符号是必须另外去学习的一套特殊系统，会形成限制的门槛，必须过了这道门槛才能学习汉语，可能就会使一些人却步。因此，就现实的考虑，汉语拼音比注音符号更方便让人，尤其是原先就已经习惯计算机键盘的外国人士，进入汉语的世界。然而就文化考虑而言，中华文化传统悠久，历朝历代典籍众多，而简体字中有一些字来自不同汉字的简化，比方说"干"除了原先的字之外，还来自"乾"与"幹"的简化，"斗"包括了"鬥"与"鈄"的简化，"余"也包括了"餘"的简化，因此看到简体字版古籍中的"干"字，有时不容易从上下文确认是哪个字，可能造成混淆，尤其不利于外国人士对于这些文本的了解，以及对于中华文化的认知。眼光再放远一点，汉字文化圈包括日本、韩国、越南等地，当地许多古籍也是用传统的汉字呈现，熟悉繁体字有利于直接阅读这些古籍。尽管现在简体字与繁体字在计算机上很方便就可转换，但可能会出现一些意外的情况，像我的老师名作家"余光中"就变成了"餘光中"，还必须靠人脑来校订计算机的错误。另外还有美学的考虑，中国书法的长远传统是以繁体字为主要书体，着重气韵与灵动，即使草书也是衍化自传统的繁体字，与简体字没有什么联结。综合判断起来，由繁入简易，由简入繁难，先由繁体字下手，就能方便掌握繁体字与简体字，这应是比较有效益的方式。至于日常生活中，为了兼顾方便，可以采用"识繁写简"或"识正书简"的方式。因此，就以上的现实与文化考虑，我认为可以从两岸行之久远的汉语教育中各取其一，也就是汉语拼音搭配繁体字，一方面方便已经熟悉计算机键盘的人士直接运用拼音的方式来读写汉语；另一方面可以直接链接上悠久的中华文字、文学与文化传统，可协助国内外人士学习汉语，实现当初汉语拼音和注音符号创立的初衷——扫除文盲、普及教育、推广文化——联结全球化学习汉语的风潮，让更多人更方便地学习汉语，阅读古今典籍，亲近中华文化。

张　叉：中国人民大学人文学院教授张立文于2001年在中共中央党校出版社出版《中国和合文化导论》，同年在华东师范大学出版社出版《和合与东亚意识》，2006年在中国人民大学出版社出版《和合学》（上下卷），提出了"和合文化"的主张。北京大学中国语言文学系教授乐黛云在论及中国比较文学时说："我们的特色就是建筑在我们中国文化深远的历史根源上，就比方说，'和而不同'就是中国一向提倡的，外国没有人讲这个东西。这些就是从我们中国最本质的、最根本的出发，就是说我们是'和而不同'的。"[1] 您如何看待"和合文化"和"和而不同"的主张？

单德兴：我是在高中时代必学的"中国文化基本教材"课程中，读到《论语·子路》中所说的："君子和而不同，小人同而不和。"而且为了准备大专入学联考，必须了解这句话的出处与释义。当然原句是对比君子与小人的为人处世的心态与作为。多年下来，我印象中留下的主要是"和而不同"的正面取向，"同而不和"则因为过于负面，没有什么印象。现在回想起来，不管是与人交往、学术工作或专业服务，"和而不同"这四个字对于我个人都发挥了潜移默化的作用。这跟我的比较文学的专业训练，可能也有相当程度的关系。

在我看来，所有学科之中，比较文学可能是最"和而不同"的了，因为大部分的学科都着重于单一学门，而比较文学这个学科，光是从名字上看就标举了"比较"二字，表示至少有两个足供比较研究的"不同"对象。

---

[1]　见本书《中国比较文学研究的回顾与展望——乐黛云教授访谈录》，第10页。

不论是所谓的法国学派的影响研究，还是美国学派的模拟研究（类比研究），都是借由建立文学之间前后的影响关系，或平行的模拟关系，试图在"不同"之间看出相通、相和之处。因此，我认为"和而不同"的精神其实就内在于比较文学研究，并且借由多方的探索，试图跨出特定的国族、区域、语文的文学，联结到其他的国族、区域、语文的文学，甚至不同的艺术领域、文化现象，等等。

我个人受益于比较文学之处难以估计，在进行弱势文学、族裔文学、翻译研究时，也秉持着比较文学的精神，尊崇文学的多元与文化的繁复，避免以特定的理论或视角来统摄文学或文化现象，努力寻思与探究——不论是学术前沿的新领域，还是旧领域中乏人研究的对象与题材，希望文学与文化的园地能多出现一些奇花异果，增加学术生态的多样性，以及人文学科的异质性，让更多不同的因素能同时呈现，供人们在其中建立起更多的关系与联结。

张　叉：您怎样看待宗教在文学中的地位？

单德兴：宗教之于文化，乃是不可或缺的一个因素，也是文学与艺术的重要题材，因此也是比较文学研究的题材。从文学创作来看，圣经和希腊罗马神话在西洋文学中具有关键的地位，这是研究英美文学的学者都非常清楚的事情。从文学理论来说，有关诠释的理论与方法学的诠释学（Hermeneutics）源自诠释圣经，所以也有人认为是"解经学"，后来这套理论和方法又扩及哲学文本与文学文本的诠释。

张　叉：您在美国梭罗学会年会的讨论中与其他文章中都论及梭罗同佛学思想之间的连接，认为梭罗在林中生活的领悟同佛教中的"独觉"相似。能否请您就此做进一步的阐释？

单德兴：的确，我曾经以领受史 ① 的观点在美国梭罗学会年会上讨论梭罗在台湾地区的传播。我还在其他文章中写道，梭罗同佛学思想之间存在

---

① reception history，或译"接受史"。

着连接，主要是谈他离群索居的一面，而他在林中的生活、领悟有些类似佛教中的"独觉"。当然，梭罗的领悟和佛教的"独觉"之间还是有所不同的。"独觉"指的是没有接触到佛法，却独自悟出佛法的真理，也就是并未透过"诸行无常、诸法无我、涅槃寂静"三法印，而开悟解脱的人。梭罗当时已有机会读到欧西语文翻译的佛经，甚至有人认为超越主义期刊《日晷》（The Dial）上匿名刊出的美国第一篇佛经英译乃是他的手笔。虽然他个人在林中有些深刻的领会，与佛法看来表面上也有相似之处，并且透过文字表达出来，到今天依然触动人心，而《瓦尔登湖》（Walden）的中译本也是层出不穷，但是我认为为他的领会同佛法之间还是有着根本的出入。①

张　叉：是否可以从佛法的角度分析英美文学作品？

单德兴：英美文学中的有些文本是可以从佛法的角度切入、研究的，而且这样做有时可能更有创意。我在这方面做过尝试，自认有些新意与特色。汤亭亭（Maxine Hong Kingston）是一行禅师（Thich Nhat Hanh）的弟子，她在《第五和平书》（The Fifth Book of Peace）中描写自己怎样结合一行禅师的正念禅（mindfulness）和个人的写作专长，形成独具特色的写作禅（writing meditation），还组织了退伍军人写作坊（Veterans Writing Workshop），其目的是协助从战场归来的美国退伍军人面对内心的创伤。我的论文《说故事·创新生：析论汤亭亭的〈第五和平书〉》② 没有刻意回避一行禅师的正念禅和入世佛教（Engaged Buddhism）的问题。后来我把这篇论文的英文版 "Life, Writing, and Peace: Reading Maxine Hong Kingston's *The Fifth Book of Peace*" ③ 投寄给斯坦福大学的费雪金（Shelley

<hr />

① 单德兴、林嘉鸿：《学者·行者·作者：单德兴访谈录》，《"中华民国"英美文学学会电子报》2017 年第 3 期，第 18 页。

② 详见单德兴：《说故事·创新生：析论汤亭亭的〈第五和平书〉》，《欧美研究》2008 年第 38 卷第 3 期，第 377—413 页。

③ 参见 Shan Te-Hsing, "Life, Writing, and Peace: Reading Maxine Hong Kingston's *The Fifth Book of Peace*", *Journal of Transnational American Studies* 1.1, 2009。

Fisher Fishkin^①）教授，她立刻来函，在征得我同意后投稿给她参与主编的《跨国美国研究期刊》（*Journal of Transnational American Studies*）。经两位匿名审查人审查通过后，这篇论文在 2009 年的创刊号上登了出来。

张　　叉：曹顺庆教授自 20 世纪 90 年代以来三次撰发文章论及中国文论失语的问题，认为当今文艺理论研究最严峻的问题是文论失语症，当今文艺理论界已经被西方文艺理论所统治，没有自己的文艺理论。您对此有何评论？

单德兴：就这些年的情况而言，中国文论的失语现象的确相当明显。兹事体大，必须大家共同思考与努力。第一，中国自有文论传统，独立于西方文论之外，而且独具特色，即使对于中国文学批评史只有皮毛认识的人也都知道这个事实。这个悠久的传统以及具有代表性的文本，可以借由深入的研究与厚实翻译（thick translation），引介到国际，让世人有机会认知到中国的文论传统，就像已故的中国香港学者张佩瑶把中国历代具有代表性的翻译论述翻译成英文，出版了两册巨著，使得国际学界认知到中国源远流长的翻译论述。^② 第二，文学或文艺与文化是不可分的。近年来欧美许多文艺理论从其他学科得到不少灵感，应用于文学与文艺研究，影响国际学界，产生了可观的成果。对于强调"比较"与"越界"的比较文学而言，不同学科之间的相互为用、彼此增长更应该如此。换言之，这种失语现象很可能并不限于文艺，而是普遍出现在人文与社会科学界，如此一来，就必须有更宽广厚实的文化底蕴与学术生态，才能在不同方面树立具有自己特色的理论——包括文艺的与非文艺的。第三，现在信息传播迅速，学术交流频繁，在交流中多方输入者看似居于下风，但逆向思考的话，却

---

① Fishkin，或译"菲什金"。

② 参见 Martha P. Y. Cheung, *An Anthology of Chinese Discourse on Translation,* vol. 1: *From Earliest Times to the Buddhist Project*, Manchester: St. Jerome, 2006; Martha P. Y. Cheung, *An Anthology of Chinese Discourse on Translation,* vol. 2: *From the Late Twelfth Century to 1800*, London and New York: Routledge, 2017。

是更可能具有既知己又知彼的优势。善用这种优势，吸收外来的长处，结合自己的传统与资源，运用内外的双重或多重视角，群策群力，发挥创意，成立新说，反而有可能成为突破之处。第四，文化的生成需要时间以及适当的环境，不是今天播种，明天就有收获，也不是今天投钱，明天就看得到成果，切忌有急功近利之心、揠苗助长之举。在中国历史上，自禅宗始祖菩提达摩从印度东来，经过数代的发展，到了六祖慧能出现了独具中国特色的禅宗，并且有了自己的经典《六祖坛经》。在佛教中只有佛陀所说的话才能称为"经"，而原本不识字的慧能不但有自己的见解，而且这些见解被尊奉为"经"，足证其地位的崇隆与贡献的殊胜，但是如果没有前五代的祖师努力打底，恐怕难有这种成果。因此，我相信只要有心人怀抱远大志向，立定目标，步步踏实，共同努力，做好打底与奠基的工作，即使我们这一代看不到具体的成果，也会在不同地方撒下种子，如果有适当的主客观条件，未来可能结出兼具中外之长、丰硕独特的果实。

张　叉：怎样认识比较文学的研究课题？

单德兴：我个人认为张汉良教授 1978 年在《中外文学》发表的《比较文学专栏前言》的范围与论点颇为周全。当时还是比较文学在台湾地区发展的早期，他有意"对比较文学涉及的课题，作系统性的介绍"，以期克服"中西文学比较的特殊难题，乃至望文生义的现象"，因而提出了以下十二项课题：一是比较文学研究的方向与范畴，二是比较文学与文学批评，三是文学史、文学断代与文学运动，四是影响研究，五是模拟研究，六是文学研究，七是主题学研究，八是比较文学与思想史，九是文学与相关艺术，十是文学与其他学科，十一是翻译问题，十二是比较文学与口述传统等。这些在今天看来都依然是比较文学的重要课题，值得深耕。

张　叉：您怎样看待比较文学危机论？

单德兴：近些年来许多人会谈比较文学的危机，重要原因之一是 2003 年佳亚特里·查克拉沃蒂·斯皮瓦克（Gayatri Chakravorty Spivak）出版的《一门学科的死亡》（*Death of A Discipline*）。在我看来，"学科的死亡"

一说是个提醒，也是个警讯，但可能有些危言耸听，听者更要避免望文生义。就像有人主张"历史的终结"（the end of history），结果我们看到的却有如"历史的终结"一说的终结（the end of the end of history）。对于斯皮瓦克提出的"学科的死亡"一说，若比对这些年来比较文学在海内外的情况，我们是不是也可以说"一门学科的死亡的死亡"（the death of the death of a discipline），每个人心中各有一把尺。

其实，比较文学打一开始就处在危机中。在我心目中，很少有学科是如此深自反省、戒慎恐惧的。

经过将近半个世纪的亲身观察与参与，我认为"学科已死"或"情势大好"之说都有商榷之处，因为其中会有转变与起伏，而最大的危机在我看来是未能认清自身的处境，缺乏反省能力，表现在外的可能有两种情况，一种是丧失自信，觉得处处不如人，一种是妄自尊大，自我感觉良好。在我看来，对于比较文学有相当的认知的话，就能进行态势（SWOT）分析，也就是分析它的优势（strengths）、劣势（weaknesses）、机遇（opportunities）与威胁（threats）。我相信"人能弘道，非道弘人"，重要的是学科中人能脚踏实地，以具体的成绩来发扬比较文学，而不是拿着比较文学的招牌自抬身价或自我贬抑。因此，我为张旭博士的《跨越边界：从比较文学到翻译研究》一书所写的序言，代表了我在这方面的看法："'文学已死'之说似乎每隔一段时间便会出现，但蓬勃的文学创作对此一说提出了最强有力的反驳。至于比较文学是否已过时，甚至已死，就看此学科的学者如何面对质疑与挑战。徒守旧思维、旧作法，高呼建立学派，并无补于当前的危机。若能以更宽阔的视野、扎实的学养、稳健的方法、深入的研究、具体的成果为学门注入新血，就有希望化危机为转机，使比较文学这个学科继续跨越边界，再创佳绩，'其命维新'。"[①]

张　叉：1976 年，古添洪、陈慧桦等台湾学者正式提出比较文学的"中

---

① 张旭：《跨越边界：从比较文学到翻译研究》，北京大学出版社 2010 年版，第 4 页。

国学派",引起大陆比较文学界的关注,围绕这一提法的争论也一直不断。近年来,赞同这一提法的呼声越来越高,认为比较文学的中国学派已经形成。您的看法是什么?

单德兴:众所周知,"比较文学"的观念可以上溯到歌德于 1827 年提出的"世界文学"。作为一门学科,比较文学的发展主要依循两条路线:影响研究着重于以实证、历时的方法来研究不同文学之间的关系;模拟研究着重于以平行、共时的方法来研究不同文学之间的相似。两者的重点与手法不同,都言之成理,各自吸引众多学者,是比较文学中公认的两个重要学派,也就是所谓的"法国学派"与"美国学派",其中公认美国学派的倡议者是亨利·雷马克(Henry H. H. Remak)。然而在我对袁鹤翔老师的访谈中,他提到自己 1991 年在东京召开的第十三届国际比较文学学会年会中,特地当面向雷马克求证此事,而对方明确表示自己"从来没有如此说过,只不过后来很多人把他贴上这个标签"①。尽管如此,由于学术特色以及已有的成果与影响,"美国学派"似乎已经成为约定俗成的说法了。

一般说来,学派的建立固然可以有意为之,提出宣言、拟定方向、努力倡导,并且发挥一定程度的作用,然而我个人更倾向于学术是一种"成长"的过程,人文学科尤其如此,也就是先有一个大略的方向,经过志同道合者的努力,日积月累出一些具体而有特色的研究成果,为众人所公认,甚至推崇,而产生出学派。

如果我们借用萨义德(Edward Wadie Said)有关"理论之旅行"(traveling theory)的概念,并且扩大到学科,那么比较文学这个学科在旅行到各地之后,随着当地的文化生态与学术建制,而产生不同的面貌,则是顺理成章的事。比较文学在台湾的成立与发展同外文学门息息相关。古添洪在与陈慧桦编著的《比较文学的垦拓在台湾》(1976)的序中,正式

---

① 单德兴:《洪炉鼓铸,自成一家:袁鹤翔访谈录》,《摆渡人语:当代十一家访谈录》,台北书林出版有限公司 2020 年版,第 215 页。

提出比较文学的"中国学派",那是在他们就读台湾大学比较文学博士班时。根据古添洪的说法:"不妨大胆宣言说,这援用西方文学理论与方法加以考验、调整以用之于中国文学的研究,是比较文学的中国派。"① 他将引用外来理论研究中国文学视为中国学派,以相对于法国学派与美国学派。由于这段文字太过出名,以致给人的印象是一种相当单向的研究取向,相当程度反映了他们当时对于比较文学的认知与期许——也就是一边是(外来的)理论,一边是(中国的)题材。当然这也符合比较文学的定义与要求,然而不免失之狭隘,因为双方各有文学与文化体系以及特定的悠久丰饶的传统,不能如此简单化约,有如一边是抽象、概括的理论,另一边是文学文本,任凭实验、解析,品评高下,而无回应之道。

其实古添洪在同一篇文章中还有一段文字却不为人所留意:"以上诸论文(序中提到该书收录的论文),虽或未能尽善尽美,但却实实在在地提供了许多研究中国文学的新途径。我们寄望以后的论文能以中国文学研究作试验场,对西方的理论与方法有所修订,并寄望能以中国的文学观点,如神韵、肌理、风骨等,对西方文学作一重估。这就是本书所要揭张的比较文学中的中国派。"②

换言之,他们留意到了双向的关系与阐发。另外,他们的老师、美籍学者李达三(John J. Deeney)则认为,当时比较文学的主流过于欧美中心,而中国文学有其独特与可取之处,但在国际上知道的人较少,所以他的版本的"中国学派"比较强调中国文学与文化的特殊性,以及在国际比较文学中可能扮演的角色与发挥的效用。无论如何,三人对于比较文学中西方的强势地位都了然于心,也知道就比较文学整体而言,少了在东方文化中具有关键地位的中国是明显的缺憾,所以特别标举出"中国学派",以唤醒大家的注意,在当时的时空环境下具有独特的意义。

---

① 古添洪、陈慧桦编著:《比较文学的垦拓在台湾》,台北东大图书有限公司 1985 年版,第 2 页。

② 古添洪、陈慧桦编著:《比较文学的垦拓在台湾》,台北东大图书有限公司 1985 年版,第 4 页。

张　叉：您能否简要概括海峡两岸暨港澳比较文学研究各自的特色？

单德兴：这真是大哉问。几十年来，比较文学在这些地区的发展各有其历史与脉络，也因应不同的学术生态与文化背景显现出各自的特色，其中的来龙去脉相当悠久复杂。这也是为什么我对学术建制史感兴趣的原因，也知道兹事体大。

张　叉：如何考察中文世界的比较文学建制史？

单德兴：我个人认为，有关中文世界的比较文学建制史，可以分五个层次来考量：第一个层次是书目的。根据已有的资料去芜存菁，分门别类，针对具有学术与历史价值的著述，撰写书目提要，并补充、列出关键词，方便使用者搜寻、查阅，在最短时间内掌握论述要旨。第二个层次是历史的。将相关数据依年代顺序排列，置于特定的时空脉络，客观综述其历史背景与发展，以及从中所观察到的趋势。第三个层次是评析的。根据以上的基础，进行后设的分析与评述，指出其中的强项与弱项，并对比国外的批评传承与学术思潮，指出彼此的异同及其所代表的意义和在地的特色。第四个层次是反思的。借由资料的搜集、排比、评析，进一步深切反思比较文学在中文地区的发展，对照国外的情形，在既有的基础上，强项如何继续发挥，弱项如何加以补强，以期增加学术与文化的竞争力。第五个层次是理论的与方法论的。从在地的强项与特色以及与国外的互动中，淬炼出抽象的、概括性的论述，以及方法论的洞见与创见，提出有别于欧美的另类观点与论述，进行交流、互补、颉颃。由上述的不同层次可以看出，即使单单一个地方也不是短时间就能说清楚，更何况是跨越不同的地域。比方说，比较文学在不同地区的发展不同，各有不同的建制位置，相关课程在大陆设在中文系，在台湾则是设在外文系。

张　叉：台湾比较文学主要是谁推动发展起来的？

单德兴：台湾比较文学是在 20 世纪 70 年代，也就是我念大学时，开始蓬勃发展，主要的推手是台湾大学外文系的朱立民教授（时任文学院院长）与颜元叔教授（时任外文系主任），结合台湾大学中文系的老师，如叶庆炳教授、林文月教授等人。

张　叉：台湾比较文学发展进程中有哪些重要的事件？

单德兴：以下是台湾比较文学发展进程中一些重要的事件：

1970 年 4 月英文期刊《淡江评论》（*Tamkang Review*）创刊（淡江文
　　理学院[①] 英文系出版）

1970 年台湾大学外文研究所设置博士班

1971 年 7 月第一届国际比较文学会议（于淡江文理学院举行）

1972 年 6 月《中外文学》创刊（台湾大学外文系出版）

1973 年 7 月比较文学学会成立

1976 年 7 月第一届比较文学会议

1976 年 7 月《中外文学》五卷二期（第一届比较文学会议专刊）

这些逐渐形成了我所谓的"一会两刊五班"：

　　一会：比较文学学会

　　两刊：英文的《淡江评论》与中文的《中外文学》

　　五班：

　　　　台湾大学外文研究所博士班（1970）

　　　　辅仁大学比较文学研究所（1994—2010，自 2010 年起改为
　　　　　　跨文化研究所下之比较文学博士班）

　　　　中正大学比较文学硕士班（1999—2007）

　　　　东吴大学比较文学硕士班（2001—2011）

　　　　东华大学比较文学博士班（2005）

张　叉：台湾比较文学的特色是什么？

单德兴：至于台湾比较文学的特色，可以从两方面审查。一方面，就
时序而言，台湾地区的比较文学发展是所有华文地区中最早的，发挥了一

[①]　淡江文理学院前身为 1950 年创办的淡江英语专科学校，先后开设三年制及五年制课程；1958 年改
　　为四年制淡江文理学院；1980 年获准升格，改名淡江大学。

定程度的引领作用，像是有关范畴、理论与方法论的探讨，"中国学派"的提出。又像是袁鹤翔老师在颜元叔教授邀请下，1973 年自美国返回中国台湾，担任客座副教授一年有余，兼比较文学博士班的课程委员会召集人，协助规划课程。袁鹤翔老师是当时学会成立的十二位发起人之一，其他包括余光中、齐邦媛、胡耀恒、郑骞、叶庆炳、林文月、李达三等人，中文系的老师共有四位。1974 年，袁鹤翔老师到香港中文大学任教，借用台湾经验成立香港比较文学学会，成为创会会长，进而利用当时香港的学术与地利之便，多方与大陆不同世代的学者与学生交流，提供他个人在台湾和香港的经验，也协助海峡两岸暨香港的比较文学学者接轨国际比较文学界，促进东西学者的交流。当时海峡两岸还未能直接接触，因此香港在中文世界的学术交流中扮演了相当特殊的角色。另一方面，台湾比较文学的发展虽然是外文系与中文系合作，以彰显在国际比较文学界的特色，但还是以外文系为主力，相关的期刊与课程都设立在外文系，博士论文也必须以英文撰写。而外文系因为语文之便，再加上英美文学是外文系中历史最悠久、实力最雄厚的，所以主要跟随着欧美文学与文化思潮，包括许多欧陆理论也是通过美国学界的中介与传播。这种情形的好处是引介新知，开风气之先，但也造成了参与的人员大多以英美文学出身的学者为主，其他外语以及汉语的学者比例偏低，更别说艺术类别或其他学科的学者专家，使得比较文学在台湾的发展尽管在开始风风火火，而且也对传统的中文系造成很大的冲击与挑战，但并没有出现我期待的丰富多元。多年来我就深切了解这种情形与局限，因此在 2008—2010 年学会理事长任内努力拓展，希望能与其他语文，尤其是中文系与台文系的师生建立起更密切的关系，然而即使透过公开与私人的渠道努力邀请，成效也非常有限。这种情形至今也没有什么显著的改善，实在令人惋惜。

张　叉：台湾比较文学遇到的挑战是什么？

单德兴：台湾比较文学受到两方面的挑战：一方面是历史悠久、实力雄厚的英美文学；另一方面是来势汹汹、生猛有力的文化研究。再就学术建制来观察，以先前的"一会、两刊、五班"而言，两刊中尽管《淡江评论》与《中外文学》继续分别以英文和中文出版，也被官方评比为核心期刊，学术地位名列前茅，但在目前学术期刊林立的情况下，已经不再像以往那般统领风骚、引领风气，发挥巨大的影响力。五班则更是萎缩，不得不转型以应变，甚至已经不复存在。倒是比较文学学会多年来运作健全，一直发挥多方面的作用。然而从近年研讨会的投稿看来，许多论文和英美文学学会、文化研究学会的论文没有什么区别，有时甚至连文学的成分都有些稀薄。因此，就大趋势而言，比较文学在台湾的确有段时期似乎明显式微，目前之所以能够持平，是因为"一会、两刊"发挥了关键性的作用。我从20世纪70年代当大学生时，眼见比较文学在台湾如火如荼展开，当时许多年轻学子以攻读比较文学博士学位为主要目标，到后来亲身参与学会会务，多年来担任学会的理监事，甚至一度主持会务，因此既是观察者，也是参与者，即"观察者－参与者"（observer-participant），观察与感受自然会比较仔细与强烈，总希望能够在可能的范围内尽一份心力，因为时至今日，比较文学已经是陪伴我大半辈子的学科了，具有深厚的感情。

张　叉：面对比较文学的危机、挑战，且为之奈何？

单德兴：先前提到比较文学是个很能自我反思、危机意识浓厚的学门。1980年我在台湾大学博士班一年级时修张汉良老师的"比较方法"，那是必修的基础课程，在他严格督促下读了不少书。记得课程快结束时，他提到"我们在打一场失败的战役"（We are fighting a losing battle），用英语连说了两三次，虽然我至今仍无法参透其中的深意，但可见他那时已有很强烈的危机感，似乎颇有"知其不可而为之"的意味。然而出身比较文学、精研文学理论的他，2013年还由上海复旦大学出了一本几百页的符号学英文专书《符号与话语：比较诗学的维度》（*Sign and Discourse: Dimensions of Comparative Poetics*），我手上捧着赠书时，心里非常感动，因为这是一位资深学者深耕比较文学几十年的心血结晶，也是给我们的最佳示范。我在研究萨义德时，看到他在不同场合提到自己接受比较文学的训练，心中深有所感。其实我也一向如此自我定位，并且以出身比较文学为荣，尤其是在别人不看好，甚至唱衰我出身的学科时，我更要如此"宣示效忠"，大力支持。自己多年置身其中，我看过比较文学在中文世界刚开始时活力充沛、形势大好的情况，看到它在中文世界的学界与文化界所扮演的重要角色，也看到它受到的多方挑战，因此自己在主持比较文学学会会务时，更是想方设法，多方征集会员，两年内举办了两次年会和两次国际会议。采取种种作为，就是希望能拉抬比较文学的声势。我相信只要有心于比较文学，投入其中，努力钻研，锲而不舍，假以时日总是会有些许成绩的。而学科面临的危机、挑战，正如佛家所说的"逆增上缘"，正是警惕与激励我们奋发向上、精进不已的助力。

二、亚美文学研究

张　叉：您认为台湾地区的亚美文学（Asian American literature）与美国原住民文学（native American literature）研究可以用"冒现的文学"（literature of emergence）来加以描述。台湾地区的亚美文学同"冒现的文学"有何契合点？

单德兴：较之主流的美国文学研究，台湾地区的亚美文学的相关研究呈现出了异与同、断与续、变与常的现象，我把它视为"冒现的文学"[1]。

张　叉：在"冒现的文学"对应的英文词的问题上，您和高吉克（Wlad Godzich）是有分歧的，他主张用 emergent literature，而您却主张用 literature of emergence，您是怎样考虑的？

单德兴：从文学史的角度来看，任何文学现象都不是凭空产生的，而是一定有它的时空环境和文化脉络，追溯得出"前因"——虽然这一"前

---

[1]　单德兴：《越界与创新——亚美文学与文化研究》，台北允晨文化实业股份有限公司 2008 年版，第 172 页。

因"有可能是由"后见之明"（hindsight）所构建而出的。就算"歧异"如翻译作品，按照易文－左哈（Itamar Even-Zohar）的理论，也是可以在标的语言（target lauguage）、标的文化（target culture）的文化复系统（cultural polysystem）里找到其出现的历史情境和文化脉络。所以，我主张用 literature of emergence 来概括 emergent literature 和 emerging literature 两个概念。①

张　叉："亚裔美国人"是顶大帽子，下面涵盖了"华裔美国人""日裔美国人""韩裔美国人"与"印裔美国人"等许多不同的族裔。无论从历史还是现状来看，在美国是以华裔和日裔为主流的，为何台湾地区学者对华裔美国文学研究情有独钟？

单德兴：首先就美国的情况来看，在早期亚裔美国文学中，以华裔为最大宗。但更大的因素在于台湾地区学者虽然同华裔美国文学在地理、语言、认同上有一定程度的隔阂，但是由于族裔、历史与文化的因素，在所有亚裔族群中感觉与华裔最为亲近，在从事研究时，也可运用自己对于华裔的历史与文化知识，而有较诸其他族裔更为深入的认识与分析。这种情形其实也出现在大陆，大陆也有许多学者从事华裔美国文学研究，或者称为美国华裔文学研究。曾经有大陆学者告诉我，由于相关的会议中有太多人集中于华裔美国文学，以致不得不限制主题与人数。

我发现亚洲学者中日本学者对于日裔美国文学、韩国学者对于韩裔美国文学特别感兴趣，可见这种情有独钟在亚裔美国文学研究中其实是一种相当普遍的现象。

张　叉："亚美""华美"的两种英文名称 Asian-American、Chinese-American 与 Asian American、Chinese American 涉及各自的认同方式，内涵丰富而旨趣各异，能不能稍加说明？

① 单德兴：《越界与创新——亚美文学与文化研究》，台北允晨文化实业股份有限公司 2008 年版，第 171 页。

单德兴：是的，这是个有趣却严肃的问题，两种表达方式看似只有一个标点符号之差，结果却大异其趣。从亚美或华美人士的身份与认同来说，这两种表达方式表面上是相似的，其实际定位却是迥异的。Asian-American、Chinese-American 是"带有连字符的美国人"（hyphenated American），早期带有浓厚的种族歧视意味，也就是无心或不能归化于美国的异族；晚近的意义则有改变，有人把连字符两端的"亚"或"华"与"美"等量齐观，认为带有"半亚半美"（"半华半美"）、"既亚又美"（"既华又美"）的意味，不乏积极、正面的意涵。Asian American、Chinese American 则是"没有连字符的美国人"（unhyphenated American），重点在于 American，前面的词当形容词用。换言之，其身份认同是美国人，创作的是美国文学，而祖先或个人则来自亚洲或中国，汤亭亭的文章和林永得（Wing Tek Lum）的访谈都明确表示了这一点。①

张　叉：亚美文学与华美文学之间的关系若何？

单德兴：打从一开始，华美文学就被纳入了亚美文学的大范畴中，而且是主要成分，地位之显著，由金惠经（Elaine H. Kim）的《亚裔美国文学作品介绍与脉络》②、张敬珏（King-Kok Cheung）和与仪（Stan Yogi）的《亚裔美国文学书目提要》③可见一斑。

张　叉：一直以来，亚美文学传统都是赵健秀（Frank Chin）的重大关怀和建树。赵健秀在这方面主要是通过什么方式来表达见解、发挥影响的？

单德兴：主要通过成立组织、收集资料、合编文选、撰写文章等方式来表达见解、发挥影响。1974 年，他同陈耀光（Jeffery Paul Chan）、稻田

---

① Maxine Hong Kingston, "Cultural Mis-readings by American Reviewers", *Asian and Western Writers in Dialogue: New Cultural Identities*, Guy Amirthanayagam (ed), London: Macmillan, p. 60; 林永得：《林永得访谈录》，《中外文学》1998 年第 27 卷第 2 期，第 146 页.

② Elaine H. Kim, *Asian American Literature: An Introduction to the Writings and Their Social Context*, Philadelphia: Temple University Press, 1982.

③ King-Kok Cheung, Stan Yogi (eds.), *Asian American Literature: An Annotated Bibliography*, New York: The Modern Language Association of America, 1988.

（Lawson Fusao Inada）、徐忠雄（Shawn Hsu Wong）编选出版了《唉咿！亚裔美国作家选集》①，尽管这并不是第一部亚美文学选集，但该书的前言、长序与选文皆发挥了很大的宣示效用②。而且从这部文学选集中，也可以看到华美文学是其中比例最高的。

张　叉：您为何对亚美文学特别感兴趣？

单德兴：我自己身为亚洲人，较之于传统的西方文学，亚美文学与我们的距离比较近，去读描写亚洲人到美国之后发生的种种事情的文学作品，总是能够油然生出一种亲切感。

张　叉：过去二三十年，台湾地区的亚美文学研究发展迅速，成果丰硕，在国际学术界备受关注，得据一席之地。在台湾地区亚美文学研究方面，您用心最专，出力最勤，论述最多，介入最深，影响最大，建功最高。您是如何开始亚美文学研究的？

单德兴：不敢当，这是许多人一起努力的结果，我只是躬逢其盛，投入研究，并且善用"中研院"的资源，共同带动风气。我于1989—1990年在美国加利福尼亚大学尔湾（Irvine③）校区英文暨比较文学系作博士后研究访问，其间结识了著名的解构主义批评家、杰出的比较文学家米乐（J. Hillis Miller④）。在申请到傅尔布莱特奖助金（Fulbright⑤ grant）时，我准备举家游学美国一年，于是给十几家著名的大学写申请信，同时询问有没有适合于我的教席，以期教学相长，并且贴补家用。

这些信大多泥牛入海、杳无音信，只有极少数给了我回复，而这些回复一般都对我婉言拒绝。唯有加利福尼亚大学尔湾校区米乐的回复十分认真，整整写了两页，密密麻麻的，很耐心地回应了我的需求，很详尽地解

<hr>

① Frank Chin, Jeffery Paul Chan, Lawson Fusao Inada, Shawn Hsu Wong (eds.), *Aiiieeeee! An Anthology of Asian-American Writers*, Washington, D. C.: Howard University, 1974.

② 单德兴：《铭刻与再现：华裔美国文学与文化论集》，台北麦田出版社2000年版，第214页。

③ Irvine，或译"欧文"。

④ Miller，或译"米勒"。

⑤ Fulbright，或译"富布赖特""富布莱特"。

答了我的问题。那时，米乐已是英美文学与比较文学界如雷贯耳的大师，而我却只是异国他乡的无名年轻学者，何况彼此素昧平生，他这样对待我，我焉有不受感动的？于是立即决定去他那里。去了之后，我高兴地发现，那里的师资结构、课程设置都好得超过了我的想象，更出乎意料的是，这开启了我的亚美文学、文化研究之路。①

张　叉：您第一篇亚美论文是关于汤亭亭和席尔柯（Leslie Marmon Silko②）的比较研究，为何选取此二人做比较研究？

单德兴：选取汤亭亭和席尔柯做比较研究，与我在美国的游学经历有密切的关系。汤亭亭和席尔柯都来自美国弱势族裔，一个是华裔，一个是原住民，都是女作家，都很重视说故事、记录家族与世代之间的事情，有如家族传奇（family saga）。我在加州大学尔湾校区期间经常逛大学的校园书店，发现席尔柯的《说故事者》（Storyteller）很奇特，里面掺杂了不同文类的作品不说，还有照片，照片没有图解，目录则置于书末，这和一般的英文书截然不同，读起来反而让我感到特别怪异而有趣味。

此外，1990 年春季班，我在自己挂单的英文暨比较文学系开了一门"中西叙事文学比较研究"（Comparative Studies of Chinese and Western Narratives），其中一堂教汤亭亭的成名作《女勇士》（The Woman Warrior），并且介绍中国文学里的花木兰原型，学生们很有兴趣。《女勇士》同《说故事者》一方面可说是很传统，都特别重视各自族群说故事的传统，另一方面，在表现时又很后现代，具有强烈的女性意识，值得深入研究，于是我写出了我第一篇有关亚美文学的论文《说故事与弱势自我之建构——论汤亭亭与席尔柯的故事》③，从此踏上亚美文学研究之路，至今

---

① 单德兴、吴贞仪：《亚美文学研究在台湾：单德兴访谈录》，《跨界思维与在地实践》，台北书林出版有限公司 2019 年版，第 290 页。

② Silko，或译"西尔科"。

③ 参见单德兴主编：《第三届美国文学与思想研讨会论文选集：文学篇》，台北"中研院"欧美研究所 1993 年版，第 105—136 页；《欧美研究》1992 年第 22 卷第 2 期，第 45—75 页；单德兴：《铭刻与再现：华裔美国文学与文化论集》，台北麦田出版社 2000 年版，第 125—155 页。

已经将近三十个年头了。

三、华美文学研究

张　叉："华美文学"一词之内涵若何？

单德兴："华美文学"基本上是美国文学，而此处的"华"可以是"华裔"，亦可以是"华文"。

张　叉：华美文学有何独特性？

单德兴：可从两个方面来回应这个问题。一方面是双语的特色和翻译。最明显的例子就是天使岛的诗歌原先以中文书写，后来翻译成英文，成为亚美文学的奠基文本之一。比较晚近的像是哈金的作品以英文书写，译为中文，其中有些还是哈金与人合译，甚至自译，算是华文文学、中国文学。不管是自译或他译，只要译成中文就是华文的一部分。这种双语与翻译的观点是一般欧美学者不及之处。另一方面是从文化和历史的观点看，当读某一个自己族裔的文本时，有一种相对的亲切感，这种亲切感也许是幻觉，自认为在某方面有利基，但这利基是不是幻觉也很难说，而且即使是幻觉，却也产生了不可否认的效果，这些都有具体的数据可作为佐证。

张　叉：如何把台北"中研院"欧美研究所使用的英语词 Chinese American Literature 准确译成中文？

单德兴：Chinese American Literature 这个词译为中文时有诸多考量。欧美研究所的研讨会与出版的两本论文集都翻译作"华裔美国文学"，基本上是遵循美国学界的认定以及美国文学的发展，也就是以 Chinese 来形容 American Literature，主要研究对象是在美国用英文创作的华裔作家的作品，属于美国文学中特定族裔的文学。张敬珏主编的《亚美文学伴读》（*An Interethnic Companion to Asian American Literature*）中，"华美文学"那章的作者黄秀玲（Sau-ling Cynthia Wong）在文章结尾时，把在美国以中文撰写的文学作品也纳入其中，包括聂华苓、于梨华、白先勇、张系国等人的作品，她已不把 Chinese 只当成族裔的形容词，也纳入了语文的面向。这也是为什么我后来翻译 Chinese American Literature 时不再用"华裔美国文学"而改用"华美文学"，这样做就是为了保留其中的暧昧与多义。① 这也是黄秀玲的看法，我为她编译的《华美：华美及离散华文文学论文集》两册近千页，即将出版，中英文书名便是由她决定的。

张　叉：华美文学在美国与跨国文化研究中居于何种地位？

单德兴：可以用"特殊"二字加以概括。华美文学是美国族裔文学的一个分支，然而长期以来却遭到忽视，这种情况直至 20 世纪 60 年代美国民权运动时方逐渐受到关注，70 年代在文选家和有心人士通力合作下正式开拓出自己的空间。80 年代末期、90 年代初期，艾理特（Emory Elliott）主编的《哥伦比亚版美国文学史》（*Columbia Literary History of the United States*，1988）与保罗·劳特（Paul Lauter）主编的《希斯美国文学选集》（*The Heath Anthology of American Literature*，1994）等具有代表性的美国文学典籍相继问世，可以看到性别与族裔成为很重要的考虑因素，占有一席之地。②

张　叉：台湾地区早年的英美文学研究集中于白人主流作家，很少关注弱势族裔的文学。台湾地区华美文学研究发轫于何时？

单德兴：发轫于 20 世纪 80 年代初期，这要追溯到台湾地区发表的第一篇华美研究的论文了。第一篇英文的华美研究论文是刘绍铭（Joseph S. M. Lau）1981 年发表于《淡江评论》的《信天翁驱魔：赵健秀之歌》（The Albatross Exorcised: The Rime of Frank Chin），第一篇中文的华美研究论文是谭雅伦（Marlon K. Hom）1982 年发表于《文学·史学·哲学：施友

---

① 单德兴、吴贞仪：《亚美文学研究在台湾：单德兴访谈录》，《跨界思维与在地实践》，台北书林出版有限公司 2019 年版，第 303—304 页。

② 有关华美文学的简要综览，参见 Sau-ling Cynthia Wong, "Chinese American Literature", *An Interethnic Companion to Asian American Literature*, King-Kok Cheung (eds.), Cambridge: Cambridge University Press, 1997, pp. 39-61.

忠先生八十寿辰纪念论文集》(*Huamei:Essays on Chinese American and Sinaphone Diasporic Literature*)的《了解与误解：移民与华裔在创作文学中的互描》。值得一提的是，刘绍铭教授出身于印第安纳大学的比较文学，投稿的《淡江评论》多年来一直是中西比较文学的代表性刊物，而施友忠教授横跨文学、史学与哲学，是比较文学的前辈学者，曾英译《文心雕龙》(*Literary Mind and the Carving of the Dragon*)，其门生谭雅伦则是著名的华美文学研究者。由此可见，在中文世界里，华美文学研究与比较文学研究的关系非常密切。然而，起初的华美文学研究，一是发表的论文零零星星，没有形成气候，二是论文作者多半不是台湾地区学者，而且当时也没有亚美文学的专业训练。一直到 20 世纪 80 年代后期，以华美文学为博士论文的留美学者返回，台湾地区才真正有科班出身的华美文学研究的学者。

张　叉：在近二十多年的台湾地区亚美文学研究中，华美文学占据了绝大多数，除了为数不多的日美、韩美文学论文之外，其他亚裔文学研究的成果几乎没有，这是为何？

单德兴：台湾地区的亚美文学是高度集中或"画地自限"于华美文学的。有学者纷纷指出，台湾地区的亚美文学具有多元性、多样化的特征，然而历史机缘却使得华美文学和日美文学成为大宗。先前提到，虽然华美文学同台湾地区学者之间有着地理、语言和认同三层之隔，但是较之于主流美国文学或其他亚裔美国文学，华美文学在台湾地区学者心目中自然有一股特殊的亲切感，特别是涉及若干中文的表达方式、转化或挪用中国文本，或同中国文化相关时，更是如此。[①]

张　叉：台湾地区华美文学研究之盛，除了著述丰硕之外，还可以从哪些方面看出来？

单德兴：至少在其他三个方面可以看出来。首先，这些年以来，台湾

[①] 单德兴：《越界与创新——亚美文学与文化研究》，台北允晨文化实业股份有限公司 2008 年版，第 173 页。

地区的很多高等学府相继开设了有关华美文学和亚美文学的课程。其次，台湾地区以华美文学研究为主题的学位论文数量众多，在声势上几乎超过了原先的英美经典作家。最后，台北"中研院"欧美研究所于1993年、1995年、1997年举办了三届华美文学研讨会，1999年举办了华美文学国际研讨会，可说是开风气之先。前两次研讨会出版的论文集是当时仅有的两本华美文学论文集，多为相关学者所引用，如果你查一下大陆早期的华美文学论文，就会发现此言不虚。

张　叉：台湾地区华美文学研究的主要特征是什么？

单德兴：主要特征有两个：第一，研究对象高度集中。就作家而言，特别集中于一些作家尤其是汤亭亭等女作家。就文类而言，长篇小说占大宗，诗歌、戏剧研究很少。就主题而言，很多环绕于东方主义的再现、文化认同、女性地位、母女关系等议题。第二，讨论的多是弱势族裔女作家，在方法或理论上经常援引弱势论述、后殖民论述、女性主义论述，以期讨论在种族、性别双重歧视下的华裔女作家由作品再现自己的处境与挣扎，甚至以书写作为塑造自己的利器。①

张　叉：台湾地区华美文学研究的基本不足是什么？

单德兴：台湾地区华美文学研究基本上有三大不足。第一大不足是对亚洲其他族裔美国文学的研究尚十分欠缺。尽管晚近不断有学者呼吁留意亚美文学的多样性，但是台湾地区学者对于华裔美国文学之外的亚裔美国文学的研究却少之又少。台湾地区学者在研究其他亚美文学时，虽然不像面对华裔美国文学那样亲切，但是也可以避免因为这种表面上的亲切、熟悉所可能衍生的"权威"（authoritative）、"道地"（authentic）与"专断"（authoritarian）的心态，尝试以若即若离的观点审查亚裔作家，不仅可以探究亚美文学的多样性，更重要的是，还可以从其他亚洲族裔和华美作家

---

① 单德兴：《越界与创新——亚美文学与文化研究》，台北允晨文化实业股份有限公司2008年版，第175页。

及作品的比较中，发掘异同，作为进一步探讨的基础——接受具有本质论意味的泛亚裔美国（Asian American panethnicity）的说法，抑或挑战这种论调，而把"亚裔"视作特定时空下为了特定目的而形成的构建。[1] 第二大不足是从理论层面讲，有关华美文学的研究尚欠缺多样化。虽然从弱势族裔、后殖民论述、女性主义论述的角度审查华美女作家及其作品中的弱势处境、种族歧视、性别歧视等具有适当性，但是在众多研究皆以这样的理论作为基础时，所呈现出来的阅读、诠释可能反而会窄化，造成大同小异的情形[2]。第三大不足是研究对象集中于美国西岸的加利福尼亚，尤其是来自旧金山周围或同华埠渊源甚深的作家。在环境的变迁、新移民的风潮之下，华埠的意义已经改观，学者的注意力亦宜扩大至加利福尼亚乃至于整个美国大陆之外，包括孤悬于太平洋、与亚洲距离近了一半的夏威夷[3]。所幸此一领域的学者对于上述的不足已经有所警觉，在研究的领域、主题、理论、对象等方面越来越多元，而且与其他亚洲地区的学者专家多有交流，彼此切磋，晚近这些不足已逐渐改观。

张　叉：您主张将台湾地区华美文学研究置于不同的脉络之中，是何道理？

单德兴：将华美文学研究置于美国文学史研究、亚美研究、文化研究、新英文文学研究、华人文学研究、离散研究、海外华人研究等不同的脉络之中，可以彼此相互交流不同学科特有的研究方法、见解和心得，可以彼此相互提供学习的机会，可以彼此相互扩大研究视野，可以彼此相互产生不同的意义，其他亚美文学研究的情况亦与此相仿。

张　叉：台北"中研院"欧美研究所在研究特色方面做了哪些尝试？

---

① 参见 Yen Le Espiritu, *Asian American Panethnicity: Bridging Institutions and Identities*, Philadelphia: Temple University Press, 1992。

② 单德兴：《越界与创新——亚美文学与文化研究》，台北允晨文化实业股份有限公司 2008 年版，第 178 页。

③ 参见 Yen Le Espiritu, *Asian American Panethnicity: Bridging Institutions and Identities*, Philadelphia: Temple University Press, 1992。

单德兴：特色是所有学术研究工作所追求的一个目标，因此，不只是欧美研究所，整个"中研院"都在思索如何做出具有特色的研究。欧美研究所是多学科的研究所，而且是"中研院"唯一致力于区域研究的研究所，文学研究的同仁为了建立特色，于20世纪90年代上半叶投入亚美文学研究，有李有成、何文敬和我三个研究人员。李有成和我的训练是英美文学和比较文学，他的硕士论文研究犹太裔美国文学，博士论文用专章讨论非裔美国文学，是国内相关领域的开拓者。何文敬的训练是美国文学，在美国攻读博士学位时就写过一篇比较研究汤亭亭和非裔美国作家莫里森（Toni Morrison）的论文，发表在本所的《美国研究》[①] 上。我则对于美国文学典律的形成、文学史的书写和重写大感兴趣。这样，我们在思索要如何建立研究特色、培养国际竞争力、提升可见度时，族裔文学是一个大方向，华美文学则是比较方便着手之处。[②]

张　叉：欧美研究所为什么要瞄准华美文学研究？

单德兴：当时的国际学术氛围正值美国文学典律的解构和重建的阶段，我们在台湾地区当然可以继续做主流作家研究，像我的硕士论文研究梅尔维尔（Herman Melville[③]），李有成的硕士论文研究贝娄（Saul Bellow[④]），何文敬的博士论文研究福克纳（William Faulkner），但这些研究置于国际学界的版图难以凸显特色和竞争力。我们一直在思索如何找到自己的利基，运用特有的文学资源和文化资本来凸显自己的特色，于是我们锁定华美文学。[⑤]

张　叉：欧美研究所决定发展华美文学研究领域的时间点为何？

---

① 《美国研究》：台北"中研院"美国文化研究所季刊，创办于1971年，为因应欧洲研究之需要，美国文化研究所于1991年8月易名为欧美研究所，该年季刊九月号随之易名为《欧美研究》。

② 单德兴、吴贞仪：《亚美文学研究在台湾：单德兴访谈录》，《跨界思维与在地实践》，台北书林出版有限公司2019年版，第293—294页。

③ Melville，或译"麦尔维尔"。

④ Bellow，或译"贝洛"。

⑤ 单德兴、吴贞仪：《亚美文学研究在台湾：单德兴访谈录》，《跨界思维与在地实践》，台北书林出版有限公司2019年版，第294页。

单德兴：加利福尼亚大学洛杉矶校区的华裔社会学家成露茜（Lucie Cheng）曾于 1989 年代表太平洋边缘研究中心（Center for Pacific Rim Studies, UCLA）前来本所与同仁座谈，那时的人文组组务会议记录上提到，双方合作研究计划以"华人文学"为研究主题较妥。由此可见当时的概念相当模糊，以致我完全没有印象，直到前几年才偶尔在尘封已久的档案中，发现这份会议记录。

真正比较确切的时间是 1992 年，我在这年的两个月之内跑了美国五个地方，先是到加利福尼亚大学尔湾校区旧地重游，接洽一些知名学者访台事宜，再到斯坦福大学的国际会议宣读论文，然后到达特茅斯学院（Dartmouth College）参加六周的批评与理论学院（The School of Criticism and Theory）文化研究组，接着走访哈佛大学与哥伦比亚大学。

我第一站走访的重点是位于尔湾校区的加利福尼亚大学人文研究所（University of California Humanities Research Institute），当时艾理特和张敬珏都是那里的研究员，很多人应邀前来演讲，包括出版第一本亚美文学专书的韩裔美国学者金惠经。我当时的研究主题是美国文学史，特地同艾理特及来访的柏科维奇（Sacvan Bercovitch[①]）进行访谈，艾理特主编的《哥伦比亚版美国文学史》于 1988 年出版，可说是四十年来最具代表性的美国文学史，而当时柏科维奇主编一套八册的《新剑桥版美国文学史》（*The New Cambridge History of American Literature*）已进行了很多年。艾理特主编的美国文学史收录了金惠经的《亚美文学》，那是亚美文学第一次以专章的形式进入主流的美国文学史。我在那里跟张敬珏见过几次面，因为当时欧美研究所已决定要发展华美文学，并筹备第一届华美文学研讨会，所以我趁机当面邀请她与会，那也就是为什么出席第一届会议的外国学者是她。因此，欧美研究所决定发展这个领域的时间点应该是在 1990 年 8

---

① Bercovitch，或译"伯科维奇""贝尔科维奇"。

月我从美国游学一年回来之后到 1992 年 6 月之间，很可能是 1991 年。[①]

张　叉：1993 年，欧美研究所举办了第一次研讨会，其主题为"文化属性与华裔美国文学"（Cultural Identity and Chinese American Literature）。把"文化属性与华裔美国文学"确定为研讨会主题，有何考虑？

单德兴："文化属性"乃是弱势族裔一向关切的议题。后现代主义不谈属性，因为欧美白人的主体性早已稳固，所以可以大谈后现代、解构。但是弱势族裔的主体性都还没有真正建立，如何奢言解构？当然，由于李有成视野广阔，颇有远见，所以欧美研究所文学研讨会的主题大多由他提出，大家再一块商量后加以确定。

张　叉：欧美研究所举办第一次研讨会后，于 1994 年出版了您和何文敬联合主编的论文集《文化属性与华裔美国文学》[②]，这部论文集有何特色？

单德兴：除了类似一般的学术论文集之外，还有三个特色。第一，收入了我对张敬珏的华美文学访谈文章。我 1992 年重访加州大学尔湾校区时，初次与她见面，当面邀请她参加会议，因为她来自中国香港，出身美国名校的英文系，有扎实的中英文背景，最主要的是她与助理合编了有关亚美研究的第一本书目提要，既有开疆辟土之功，又对于这个领域有通盘的了解。因此，我们认为她的参与可以打开我们的视野，加强学界与亚美学界的联系，并且提供许多第一手资料。这里只举一个小例子：汤亭亭在《女勇士》中多次提到母亲的名字 Brave Orchard，先前都中译为"勇兰"，但张敬珏在会场指出，其实中文原名是"英兰"，而且"英"的确比"勇"更符合中文女性的命名方式，此后中文世界就沿用这个名字。由于相隔一个太平洋，所以这篇访谈以英文书面进行，再由我翻译，刊登于《中外文学》[③]，安排在她来参加会议前刊出，好让学界更深入了解她的一些想法，

---

① 单德兴、吴贞仪：《亚美文学研究在台湾：单德兴访谈录》，《跨界思维与在地实践》，台北书林出版有限公司 2019 年版，第 294—295 页。

② 单德兴、何文敬主编：《文化属性与华裔美国文学》，台北"中研院"欧美研究所 1994 年版。

③ 参见单德兴：《张敬珏访谈录》，《中外文学》1993 年第 21 卷第 9 期，第 93—106 页。

有利于交流，事实证明也的确发挥了很大的效用。等到这篇访谈录要收入论文集时，张敬珏又加了一个后记，里面提到一件我亲眼见证的事。抵达台湾那天我特地到机场里面去接她，临出海关时，女官员在她的美国护照上盖章，并且亲切地对她说："好久没回来了。"其实这是她第一次来中国台湾，但海关官员把她当成是自己人。而她即使在美国多年，但进入美国海关时，海关官员常问的却是："你是从哪里来的？"把她当成是外人。这虽然是件小事，但让她感触良多。因此她在后记里写道，在这个会议中，"从头到尾都觉得自己是个局内人"[①]。第二，编入了台湾地区的华美文学研究书目，为学界提供了重要的学术线索。为了更有效推广华美文学研究，我考量到1948年史毕乐（Robert Ernest Spiller）主编的《美国文学史》（*Literary History of the United States*）一书，后面所附的书目发挥了很大的指引作用，张敬珏和与仪合编的《亚裔美国文学书目提要》在学科建立上也发挥了奠基的功能。因此，我决定汇编台湾地区的华美文学研究书目提要，让学者和一般读者了解台湾地区在这个领域的研究历史和现状，于是在助理的协助下整理书目，我亲自撰写每一条目。虽然不免有疏漏，尤其是比较早期的资料，如谭雅伦的中文论文，但至少提供了截至当时的基本书目提要，内容包括了中文论文、英文论文与学位论文。此外，我们做了索引，除了方便检索，另一个重大作用就是把中英文的名词翻译定下来，供读者参考与引用。第三，编入了座谈会的记录。会议召开时，顾及有些人无法提交论文以及各场次讨论时间有限，未能让与会者畅所欲言，所以最后一个场次安排了座谈，趁大家对于议题感受与记忆深刻之际交换意见心得，引言人包括了台北"中研院"近代史研究所的张存武，他多年从事海外华人研究，外文学门的学者有陈长房、廖咸浩、林茂竹。座谈会的记录也纳入论文集中，不仅在当时发挥了一定的参考作用，如今看来也是一

---

① 单德兴：《钩沉与破寂：张敬珏访谈录》，《对话与交流：当代中外作家、批评家访谈录》，台北麦田出版社2001年版，第222页。

份历史记录。

张　叉：您如何总体评价《文化属性与华裔美国文学》？

单德兴：综观全书便会发现我除了自己撰写的论文，前面提到的访谈与书目，还翻译了张敬珏的论文，其实不便于自己来评价。不过客观地说，《文化属性与华裔美国文学》是我花了很多时间、精力与心血的成果，是华文世界第一本华美文学研究的论文集，呈现了当时的学术生态，最明显的例子就是半数以上的论文都集中于汤亭亭。大陆学者曾多次在公开与私下场合坦承受益于台湾地区的华美文学研究，对欧美研究所推出的相关出版刊物多有所引用。

张　叉：1995 年 4 月，欧美研究所举办了第二次研讨会。把第二次研讨会的主题确定为"再现政治"（Politics of Representation）有何深意？

单德兴：之所以把第二次研讨会的主题确定为"再现政治"，是因为讨论弱势族裔时常常涉及"再现"问题，而再现本身绝不单纯，经常涉及各种权力之间的拉扯与竞逐。这个主题也是李有成先生最先提出的。

张　叉：第二次研讨会的论文形态有何变化？

单德兴：第一次有一半以上的论文不约而同地集中于汤亭亭，而第二次研讨会论文的内容则比较多样化，讨论了天使岛诗歌、华裔美国自传、徐忠雄的《家乡》（*Homebase*）、任璧莲（Gish Jen）的《典型美国人》（*Typical American*）、伍慧明（Fae Myenne Ng）的《骨》（*Bone*）、赵健秀的《甘卡丁公路》（*Gunga Din Highway*）和西方的蝴蝶夫人（Madama Butterfly）等文本中的再现问题，足见两年之内台湾地区学者的视野已大为拓展。

张　叉：1997 年 4 月，欧美研究所举办了以"创造传统"为主题的第三次研讨会。这次研讨会只在《欧美研究》季刊出版专号，而没有出版论文集，这是出于怎样的考虑？

单德兴：这是出于两个方面的考虑。第一，那时，在台湾有一个趋势，认为期刊论文的学术价值和贡献高于专书论文，甚至高于专书，当然，这基本上是自然科学、生命科学和一部分社会科学的看法甚至偏见。其实，先前两本论文集中的每篇论文也都经过两位匿名审查人的审查，并不是所有与会学者的论文都会收录。我记得其中一位审查人对于张敬珏论文中的一个用语有点疑问，张敬珏还郑重其事引用辞书来说明。而《欧美研究》的投稿一样是送给两位审查人审查。既然台湾学界的形势如此，而且与我们先前的作业方式并无不同，那么我们就顺势而为。不出版论文集，多多少少反映了当时台湾的学术建制和风气。可惜的是，如此一来，原先论文集里具有特色与作用的访谈、书目与座谈会记录就被牺牲了。第二，即使是专书论文，在欧美研究所出版也要依循期刊论文同样的作业程序和学术要求，而这次投稿和送审的情况不如预期，出版成专书的话可能有点单薄。换言之，会议论文是一回事，出版为专书或期刊论文则是另一回事，因为在出版前需要花很多的时间和精力来做修改、送审与回应。①

张　叉：1999 年，欧美研究所以"重绘华美图志"（Remapping Chinese America）为题举办了第四次研讨会。前三次研讨会语言是中文，这次研讨会语言是英文，这样的调整是出于怎样的考虑？

单德兴：前三次会议大会语言是中文，邀访的国外学者也都是华裔人士。到了千禧年之前，我们觉得台湾地区这些年来华美文学的耕耘已有一定的成绩，前几次参加会议的国外学者也都相当肯定我们的成果，所以我们认为是应当向国际发声、进一步与国际对话的时候了，于是就拟定以"重绘华美图志：华裔美国文学国际学术研讨会"（Remapping Chinese America: An International Conference on Chinese American Literature）为大会名称，确定以英文为大会语言。

张　叉：欧美研究所举办的研讨会的研讨对象起初是华美文学，后来扩大至亚裔英美文学。这种改变始于何时？

单德兴：从第五次开始，讨论对象就扩大到亚裔英美文学，这也是李

---

① 单德兴、吴贞仪：《亚美文学研究在台湾：单德兴访谈录》，《跨界思维与在地实践》，台北书林出版有限公司 2019 年版，第 300 页。

有成的主意，有意纳入亚裔英美文学。这一方面可能跟他出身于马来西亚有关，另一方面他多年研究英国当代小说，而华裔文学研究以往都侧重于美国，于是我们决定纳入英国，这也成为后来系列会议的特色。

张　叉：您怎样评价欧美研究所在台湾亚美文学研究中的作用？

单德兴：这点我个人不是很方便评价。不过学界公认，在台湾的亚美文学或华美文学的发展中，欧美研究所发挥了关键的作用，这从张锦忠等人的文章就可看出。而这同台湾的学术建制是大有关系的。"中研院"直属于台湾当局领导人办公室，一个主要的任务就是引领、提倡学术风气，同其他大学是合作而非竞争的关系，举办会议时欢迎有兴趣的学者、研究生参加。召开研讨会的时候，欧美研究所内的相关研究人员要提交论文，同时，也要对外邀稿或征稿。一般大学有时可能因为经费上的限制，不太敢积极规划、推动一些活动。"中研院"的经费相对充裕，加上学术定位与专业服务的考虑，借由举办会议邀集论文，提供学术社群交流的平台，再出版经修订、审查通过的论文，分享研究心得。这是欧美研究所的标准作业模式，亚美文学与文化研究亦不例外①。

张　叉：您怎样评价欧美研究所举办的这些研讨会？

单德兴：欧美研究所举办的这些研讨会影响深远，要是没有这些研讨会，那么就没有办法邀集学者、专家共同讨论，促进交流、引发兴趣、带动风潮。研究生是未来希望之所在，所以欧美研究所举办亚美文学与文化研究研讨会的时候，十分注重他们的参与，像是今年10月我还筹办了2020年研究生欧美研究论文发表会，每一篇论文都邀请一位资深学者来讲评，提供专业意见，就是希望欧美研究能够向下扎根。"中研院"基本上不开设课程，所以利用研讨会同学界多多交流，欧美研究所基本上扮演的是推广的角色。除了自己撰稿、展示研究成果之外，也邀请学者、专家与

---

① 单德兴、吴贞仪：《亚美文学研究在台湾：单德兴访谈录》，《跨界思维与在地实践》，台北书林出版有限公司2019年版，第293页。

会，并且对外征集稿件，力求借由特定的议题，共襄盛举，促进交流，带动风气。

张　叉：台湾诠释华美文学的方式是套用西方文艺理论，台湾之观点安在？

单德兴：运用外来文艺理论本身是有其意义的，早年比较文学在台湾的发展就印证了这一点。问题是，外来的文艺理论那么多，为什么选择甲而不选择乙？选择本身就是个有趣的现象。理论的运用也不是一成不变的套用，在其中可能有所转化，带入当地的观点。这些都值得我们研究，而且透过长时间的观察，可以看得更清楚。

2000年台湾"科学委员会"人文学研究中心进行的"台湾地区的英美文学研究"整合型计划，我负责协调，大约有十位学者参加。我们把英美文学分期，各个时期由一位学者负责，遍读台湾从20世纪五六十年代开始的期刊论文及专书，撰写书目提要，每个时期之前各有一篇专文介绍。因此，这个计划不只是书目式的、历史性的，也是批评的，甚至后设批评的——因为论文本身已是对作品的批评，而这个计划是对这些著作的观察与评述。我们主动要求人文学研究中心把这些资料公开上网，让更多人分享。

但2000年至今已经二十年，这二十年间理论的发展日新月异，台湾地区的外文学术景观又有一些变化，应该站在现在的时间点去看有没有什么新的现象、强处或弱处、未来的展望，等等。还有一点，也许现在言之过早，但我希望可以朝着这个方向迈进，也就是思考何为"台湾的"英美文学研究、亚美文学研究或华美文学研究的问题，努力从台湾的立场、利基、发言位置，发展出一套可以称得上是从本地发展出来的方法论或理论，而且这些方法论或理论能为其他地方所参考或挪用。①

张　叉：您和冯品佳曾经做过有关美国族裔文学研究的数据调查，其

---

① 单德兴、吴贞仪：《亚美文学研究在台湾：单德兴访谈录》，《跨界思维与在地实践》，台北书林出版有限公司2019年版，第323页。

主要发现是什么？

单德兴：数据显示，台湾地区的美国族裔文学研究在 20 世纪 70 年代以犹太裔美国文学较受瞩目，这跟诺贝尔文学奖的光环效应有一定的关系，80 年代先是非裔美国文学兴起，接着是华裔美国文学急起直追，90 年代起华美文学遥遥领先，特别是举办华美文学研讨会的那几年，统计数据就会飙高。台湾的亚美文学博士论文很少，不过，硕士论文的书目却十分可观。①

张　叉：以中文来发表华美文学论文是否是台湾的定位？

单德兴：中文并不是台湾的专利，台湾学者在亚美文学研究方面多少占了先机，有大陆开授相关课程的学者告诉我，台湾在举办会议和出版书籍方面，比大陆整整早了十年。然而，大陆的学术人口更多，以中文写论文的人数多得多，近年来相关的会议与出版品在数量上扶摇直上，所以台湾学者必须力求以质取胜。

张　叉：较之华裔美国大陆作家，华裔美国夏威夷作家的总体境况如何？

单德兴：尽管华裔夏威夷作家积极融入当地社会群体和文化教育界，贡献有目共睹，但是相较于对美国大陆的华裔、亚裔美国作家的兴趣，美国大陆读者对他们的兴趣完全不成比例。若把华裔夏威夷作家同亚美研究特别是华美文学研究并置，则可以发现，后者发展迅速，成果丰硕，益发使得华裔夏威夷作家的处境相形见绌。②

张　叉：华裔夏威夷作家的处境相形见绌，何以见得？

单德兴：林永得、林洪业（Darrell H. Y. Lum）与查艾理（Eric Chock）是三位重要的华裔夏威夷作家，佐藤（Gayle K. Fujita Sato）曾撰下题为

---

① 单德兴、吴贞仪：《亚美文学研究在台湾：单德兴访谈录》，《跨界思维与在地实践》，台北书林出版有限公司 2019 年版，第 310 页。

② 单德兴：《越界与创新——亚美文学与文化研究》，台北允晨文化实业股份有限公司 2008 年版，第 17 页。

《岛屿对华裔美国作家的影响：林永得、林洪业与查艾理》①的专题论文对他们做介绍，说他们"在多元文化的文学领域中，为夏威夷岛的读者所熟知"，"积极介入美国大陆作家彰显的华美历史的中心主题，但其角度则是为岛屿的影响做塑造"②，虽然具有特色，却不为美国大陆所重。以具有代表性的现代语文学会国际书目（Modern Language Association International Bibliography）为例，截至 2007 年 4 月，有关夏威夷华裔作家的资料，只有佐藤的这篇论文，而这篇论文讨论林永得的篇幅仅占三分之一。甚至一直到现在，与美国大陆的亚裔美国作家相较，夏威夷华裔作家的书目资料依然瞠乎其后。我个人对于亚裔夏威夷文学有兴趣，也访谈过日裔、韩裔的作家，但研究上还是集中于华裔诗人林永得，曾经跟他进行过三次访谈③，中译过他的诗作④，并且撰写过两篇论文。一篇讨论他在诗作中如何活用中国古典诗歌⑤；另一篇有中文、英文、日文版本，讨论他的《南京大屠杀诗抄》（The Nanjing Massacre: Poems），是我最费心撰写的论文之一，撰写过程中感受颇为深切⑥。

张　叉：您怎样评价台湾地区的华美文学或亚美文学研究？

单德兴：相对于原先的经典文学或典律文学研究，台湾地区的华美文学

---

① Gayle K. Fujita Sato, "The Island Influence on Chinese American Writers: Wing Tek Lum, Darrell H. Y. Lum, and Eric Chock", *Amerasia Journal* 16.2, 1990, pp.17-33.

② Gayle K. Fujita Sato, "The Island Influence on Chinese American Writers: Wing Tek Lum, Darrell H. Y. Lum, and Eric Chock", *Amerasia Journal* 16.2, 1990, p.17.

③ 参见单德兴：《林永得访谈录》，《中外文学》1998 年第 27 卷第 2 期，第 139—159 页；单德兴：《诗歌·历史·正义：林永得访谈录》，《蕉风》2011 年 504 期，第 31—37 页；《创伤·转译·诗歌：林永得访谈录》，《中山人文学报》2015 年第 39 期，第 133—150 页。

④ 参见林永得：《林永得诗作中译五首》，单德兴译，《中外文学》1998 年第 27 卷第 2 期，第 160—168 页。

⑤ 参见单德兴：《"疑义相与析"：林永得·跨越边界·文化再创》，《逢甲人文社会学报》2001 年第 2 期，第 233—258 页；《文史入诗——林永得的挪用与创新》，《蕉风》2012 年 505 期，第 129—134 页。

⑥ 参见单德兴：《创伤·摄影·诗作：析论林永得的〈南京大屠杀诗抄〉》，《文山评论：文学与文化》2014 年第 7 卷第 2 期，第 1—46 页。

或亚美文学研究本身就是抗衡与挑战，仅此一点在学术史上就有重大意义。我不知道应不应该讲，台湾地区在这方面可能做得"太好了"。有一个资深学者向我提过，把那么多资源投入华美文学或亚美文学到底恰不恰当？在比例上会不会过当？因为美国文学即使在美国的英语系里都还是弱势，课程数目远不如英国文学，而族裔研究或亚美研究的课程，即便在今天国外的英文系课程比例也还不是很高。但在台湾地区的外文学门里，尽管正式的课程可能还不是很多，但是晚近华美文学研究所占的比例是蛮高的，这点尤其显现于会议论文和期刊论文。原先的弱势文学或弱势文学研究，在台湾地区却因为学术建制的支持变成了强势，而且研究者的数量与声势很可能凌驾于传统的经典文学之上，也算得上是学术建制史上的特色了。[①]

四、美国原住民文学研究

张　叉：您为何对美国原住民文学产生兴趣？

单德兴：我对美国原住民文学产生兴趣，这里面既有远因，亦有近因。远因是我在台湾大学读硕士班期间，翻译、出版了布朗（Dee Brown）的美洲原住民历史名著《魂断伤膝河》（*Bury My Heart at Wounded Knee*）；近因则是我在美国加州大学尔湾校区研究访问期间，读了席尔柯的创作与克鲁帕特（Arnold Krupat）的论述《边缘的声音》（*The Voice in the Margin*）。

张　叉：您怎样评价"印第安文学"（Indian literature）这个词？

单德兴："印第安文学"一词乃是明显错误认知下之错误命名（misnomer），充分暴露了命名者的狂妄、无知，也十足显示了被命名者的无奈、无力，因此亟须正名。

张　叉：美国原住民文学研究有何特殊意义？

① 单德兴、吴贞仪：《亚美文学研究在台湾：单德兴访谈录》，《跨界思维与在地实践》，台北书林出版有限公司 2019 年版，第 322 页。

单德兴：可以从两个方面来对美国原住民文学研究的特殊意义进行概括。一方面，美国原住民文学和亚美文学皆是弱势族裔文学，不过，相对于亚美文学，美国原住民文学在空间上是本土的，在时间上是原初的，在宣称"美国为己有"（claim America）的诉求上具有更强的正当性，在面对占领此"新大陆"的欧洲白人的时候更是如此。另一方面，早期亚洲移民中有很多目不识丁的劳动阶级，但是毕竟来自有文字的文明，其中少数更利用故国文学传统来创作，表达自己在美国的感受，最明显的例子就是刻在旧金山外海天使岛（Angel Island）上拘留所的中文诗。而美国原住民文学以往是口述传统，带有不少仪式和表演成分，明显异于东西方以书写为主的文学观[1]。

张　叉：台湾地区美国原住民文学研究有何特色？

单德兴：主要有三个特色。首先，台湾地区美国原住民文学乃至文化研究不仅在时间上晚于对美国很多族裔的文学研究，而且在数量上很少。在屈指可数的研究中，较早出现的是我所做的相关后设批评，且只局限于单一批评家的观念。具体来说，就是我对克鲁帕特的论文与访谈。[2] 有一段时间有几位学者申请到一个有关美国原住民文学与文化研究的整合型计划，积极参加会议，发表论文，出版了一本论文集，还邀我写序[3]。但是计划结束之后，原先的成员各自从中发展出新的研究领域，但对于原住民研究的资源与投入则不免遭到稀释。其次，台湾地区美国原住民文学、文化文本研究虽然先前有两篇硕士论文的研究对象皆是两位原住民男作家莫

---

① 单德兴：《越界与创新——亚美文学与文化研究》，台北允晨文化实业股份有限公司 2008 年版，第 182—183 页。

② 参见单德兴：《反讽的抗争——评〈边缘的声音：美国原住民文学与典律〉》，《美国研究》1990 年第 20 卷第 1 期，第 71—98 页。单德兴：《克鲁帕特访谈录》，《山海文化》1994 年第 4 期，第 128—139 页。

③ 参见单德兴：《汇勘文学，省思文化，促进多元——〈汇勘北美原住民文学：多元文化的省思〉序》，黄心雅、阮秀莉编：《汇勘北美原住民文学：多元文化的省思》，台湾中山大学出版社 2009 年版，第 i—v 页。

马戴（N. Scott Momaday）与威泽诺（Gereald Vizenor），但是正式出版的研究成果大多集中于两位原住民女作家席尔柯和鄂萃曲（Louise Erdrich），在整合型计划执行期间则更为扩展。就美国原住民作家的现代文学创作来说，出道较早且受人瞩目的是男作家，特别是莫马戴的获奖作品《日升之屋》（*House Made of Dawn*）意义甚为重大。不过，在台湾极少量的美国原住民文学研究中再现出来的却几乎是清一色的女作家，唯一的例外可能就是梁一萍于《在西与南之间》一文第四节讨论的莫马戴了。最后，台湾地区美国原住民文学研究有明显的理论化倾向，甚至有时几乎是以美国原住民的文学文本来印证特定的理论。梁一萍的《在西与南之间》前三节和最后的结论主要是讨论晚近有关地理和空间的论述，以第四节——莫马戴的《日升之屋》、第五节——奇哥拿（Chicanna）作家阿拿亚（Rudolfo Anaya）的《保佑我，乌荻玛》（*Bless Me, Ultima*）为例，来印证其有关美国西南部的地理论述。[①] 诸如此类。

张　叉：台湾地区美国原住民文学研究的主要不足是什么？

单德兴：台湾地区美国原住民文学研究的主要不足就是数量太少，没有累积出具有学术史上重大意义的趋势和地位。进一步说，学界对于美国原住民的历史和文学史很陌生，这使得相关研究常常集中于单一作家或少数文本，无法置于适当的历史和文化脉络中，从而显得深厚不足而单薄有多，系统不够而零散有余，未能挖掘出特定作品在原住民历史和文学史上的意义。

张　叉：对于台湾地区亚美文学、华美文学以及原住民文学研究，您的总体评价是什么？

单德兴：一个评价是，台湾地区亚美文学、华美文学研究的总体情况是"重华轻亚"，这是显而易见的，近年来已经逐渐有所矫正，也增加了与亚洲其他地方学者的交流。近一二十年来，台湾地区华美文学后来居上，成

---

① 单德兴：《越界与创新——亚美文学与文化研究》，台北允晨文化实业股份有限公司 2008 年版，第183—184 页。

为英美文学研究的主要论述之一，这是世界许多地方没有的现象。另一个评价是，本地的美国原住民文学研究在 20 世纪 90 年代业已展开，亦同当前若干理论论述相结合，不过，无论自历史纵深来看还是从质量来说，皆尚有待于继续努力，有待于继续反省自己的批评位置与理论运用。[①] 对于前者，我们丝毫不敢自满，而是要百尺竿头更进一步；对于后者，我们还有很大的成长空间，需要更加精进，只是人力与资源有限，前景如何有待观察。

五、其余一些问题

张　叉：学术界普遍认为，要做好比较文学研究工作，需要掌握外语，但不同的专家对于应该掌握多少门外语的问题看法各异。北京大学中国语言文学系乐黛云教授认为，应该"精通两门外语"。北京大学外国语学院辜正坤教授认为，应该"至少要懂八门外语：梵语、古希腊语、拉丁语、德语、法语、英语、俄语、日语"。香港中文大学中文系黄维樑教授认为，应该"在其母语之外，通晓两种或以上的语言"。澳门大学中文系龚刚教授认为，应该"至少得懂两门外语"。您的看法是什么？

单德兴：当然多多益善，但也要看是否可行。"至少要懂八门外语"的说法必须要看是在哪种情境下说的，否则有陈义过高之嫌，因为放眼当今的比较文学界，有几个人能达到这样的标准？若是要达到这样的标准才能研究比较文学的话，那全世界的比较文学研究会是什么景象？即使以萨义德为例，他在《开始》（*Beginnings*）一书序言特别提到，书中所引用的非英文数据，除了俄文之外，其他都复查原文。这种多语能力已经让许多人瞠目结舌，但还是达不到"至少要懂八门外语"。毕竟不是每个人都是像陈寅恪、季羡林那样的语文天才。因此一个可供参考的判准，就是国外一

---

① 单德兴：《越界与创新——亚美文学与文化研究》，台北允晨文化实业股份有限公司 2008 年版，第 187 页。

些著名学府对于比较文学博士班的外语要求。许多博士生就是因为外语考试，花了不少时间准备，至于日后做研究用不用得上，则是另一回事。语文必须常用，否则即使通过考试，但长久不用，也会生疏。

语言的要求宜根据研究的领域与主题，不同的领域与主题有从事研究必备的条件，符合这些门槛才能进入这个领域。而比较文学的领域广阔，很难一概而论。我个人的想法是语言是工具，当然是多多益善，但落实到具体情境以及最低门槛的话，我的要求是基本门槛与翻译研究相似，也就是至少能够充分掌握包括母语在内的两种语文，所谓"充分掌握"就是具有听、说、读、写、译的能力，而且最好要有具体扎实的成果。若在这个基本要求之外，还能有其他的外语能力，当然更好。

张　叉：学者用中文与英文撰写学术论文，哪个更佳？

单德兴：中文是母语，容易挥洒，可以写得更加细腻。外文撰写的论文未必就高出一等，不要迷信英文论文。在中文语境下写作可能反而比在英语语境下来得突出、详尽。但不容否认的是，英文论文的国际可见度比较高。不过，我自认为比较重要的议题还是针对不同的读者群而分别用中、英文撰写为好。

张　叉：您对自己的评价是什么？

单德兴：我有个人的自我要求。我虽然撰写、翻译、编辑了一些书，也出版了几本访谈集，但晚近的自我定位愈来愈明确，希望能够达到学者、作者、译者、行者"四者合一"的目标，而且对于这四者我有自己的定义。我在即将出版的一本文集《法缘·书缘》①的序言中提到，这里所谓的"学者"不仅是学院中专业知识的钻研者，更是方方面面的"终身'学'习'者'"；"作者"不仅是撰写文章与书籍的文字工作者，而且力求效法中国禅宗百丈禅师所示范的"一日不作，一日不食"的"日日工作者"；"译者"则既是转化文字、使之变易（"改变"与"变得容易"）的"易者"，也是

---

① 单德兴：《法缘·书缘》，台北法鼓文化 2021 年版。

使作者、读者、译者三方受益的"益者";"行者"不单单是人生道路上的"旅行者",希望能够以读书与行脚相互参照,也是学佛参禅路上的"修行者",让自己的思想、言语、行为能够日有寸进。因此,我目前虽然已经是"坐六望七"之年,依然希望自己能够朝着这个目标前进,至于能做到几分,就看因缘了。

张　叉:请给中国比较文学界的中青年学者留下一些寄语,何如?

单德兴:我从1983年进入"中研院"至今已37年,距离1977年出版第一本书(译作)至今超过40年,有机缘看到不少国内外的杰出学者,知道在人文学界必须要甘于寂寞、日积月累,才能取得些许成绩,而不能求速效,奢望达到立竿见影的效果。目前学术界盛行的是以管理为尚的绩效主义,着重于论文的篇数以及所刊登的期刊,却可能轻视了论文的质量以及专书的分量,以致表面上看来论文的篇数激增,但是否有利于学术的长久发展,值得审慎考虑。其实学术是一场马拉松,应该有更长远的视野与规划。尽管目前的学界有它的游戏规则,有时为了评鉴或者升等不得不遵行,但还是要有自己的目标,把那些要求化为促使自己迈向目标的助力,而不是为了符合那些要求而扭曲,甚至违反自己的初衷与目标。因此,我的寄语可能有点老生常谈,但却是多年观察与亲身体验后的肺腑之言,献给中青年的学者,以及有志于学术之道的年轻学子:入门要正,训练要实,眼光要高,心胸要阔,步伐要稳,只要认定目标,确定方向,一步一脚印,日久见真章。

世界主义、世界文学与世界诗学的理论建构

——王宁教授访谈录

受访人介绍：王宁，1955 年生，男，江苏扬州人，北京大学英文和比较文学博士，曾任北京大学教授，北京语言大学比较文学研究所所长，清华大学比较文学与文化研究中心主任，中国比较文学学会第五任会长。现任上海交通大学人文学院院长、文科资深教授，拉丁美洲科学院院士，欧洲科学院外籍院士，国际权威刊物《视角：翻译理论与实践研究》（*Perspectives: Studies in Translation Theory and Practice*）、《哲学和文学》（*Philosophy and Literature*）、《比较文学研究》（*Comparative Literature Studies*）与《比较文学与世界文学评论》（*Neohelicon*）等编委或顾问，主要从事全球化与文化问题、世界文学、比较文学研究。

访谈形式：书面

访谈开始：2020 年 12 月 5 日

形成初稿：2021 年 1 月 19 日

形成定稿：2021 年 1 月 31 日

最后修订：2021 年 8 月 23 日

一、揭示世界主义实质

张　叉：过去这些年，学术界对世界文学表现出了越来越浓厚的兴趣，这同世界主义（cosmopolitanism）在当下的兴起有着密切关系，您是就这一话题在国际学界著述最多的华人学者之一，所以我想首先向您请教一些关于世界主义的问题。世界主义这个术语是怎样来的？

王　宁：这个术语是从希腊语中来的。当今在英文中描述世界主义所用的词 cosmopolitanism 是由 cosmos 与 polis 两个词组成的，其中，cosmos 来自希腊语 Κόσμος，意为 universe（宇宙或世界）；polis 来自 Πόλις，意为 city or world state（城市或城邦）；Κόσμος 与 Πόλις 两词相加，则意为"世界城邦"。于是便有了"世界"一词，那些信仰"世界"伦理道德的人便称作"世界主义者"（cosmopolites），那些"世界主义者"的主张、理论教义便称为"世界主义"。"世界主义"这个术语从一开始就是一个政治哲学概念，带有鲜明的伦理道德色彩，所以在当今这个全球化的时代，它同文学、文化的关系非常密切。

张　叉：世界主义作为一个跨学科的理论概念、批评话语的源头在哪里？

王　宁：在中国古代哲学思想中，也可以见到一些同世界主义相平行的思想，如天下观、大同世界的理想等，就蕴含着世界主义的元素。[①] 当然，我们这里讨论的是作为一个引进的、西方概念的世界主义。世界主义作为一个跨学科的理论概念、批评话语的源头可以追溯到古希腊的犬儒派哲学思想。西方第一位对世界主义给出较为清晰的描述与界定的哲学家是生活在公元前 4 世纪的犬儒派哲人狄奥格尼斯（Διογένης ό Κυνικός）。当有人问他从哪里来时，他毫不迟疑地回答道："我是一个世界公民。"（I am a citizen of the world［kosmopolitês］.）这种思想被后来的犬儒派学人传承下来并加以推广，做一个世界公民就成了持有世界主义信念的人所共同追

---

① 杜威·佛克马曾对此做过论述，参见 Douwe Fokkema, "Towards a New Cosmopolitanism", *The CUHK Journal of Humanities*,1999, 3, pp.1-17。

求的理想。

张　叉：怎样界定世界主义？

王　宁：我在此主要以三种不同的方式来界定世界主义。首先，世界主义是一种政治哲学概念，它所着眼的并非地方，而是整个世界；其次，世界主义是一种伦理道德，也即作为一个世界公民，不仅要关心本国的事情，也要对整个世界予以关爱；最后，世界主义又是一种价值取向和态度，也即要尊重差异，学会与不同文化传统和民族的人和谐相处。当然还有更多的维度。由此，我将其拓展到对世界文学的界定，也仍是三个方面：第一，世界文学是各民族优秀文学的经典之总汇。第二，世界文学是一种用于从总体上研究、评价和批评文学的全球的、跨文化的和比较的视角。第三，世界文学是不同语言中的文学生产、流通、翻译和批评性选择的发展演变过程。①

张　叉：您将世界主义划分为有根的（rooted）世界主义与无根的（rootless）世界主义，怎样理解这两种形式的世界主义？

王　宁：有根的世界主义指那些有着坚实的民族—国家根基但同时又有着丰富的海外生活经历的人，他们虽然身在海外但却依然深深地扎根在自己的民族和国家的土壤里，与自己的同胞有着密切的关系。无根的世界主义则是一些浪迹天涯、漂泊不定的流散族群，他们居无定所、四海为家，有着天然的世界主义情怀，但缺乏民族的根基。

张　叉：世界主义的主要表现形式是什么？

王　宁：据我本人的研究和归纳，世界主义至少可以有十种表现形式：一是作为一种超越民族主义形式的世界主义，二是作为一种追求道德正义的世界主义，三是作为一种普世人文关怀的世界主义，四是作为一种以四海为家甚至处于流散状态的世界主义，五是作为一种消解中心意识、主张

---

① Ning Wang, "World Literature and the Dynamic Function of Translation", *Modern Language Quarterly*, vol. 71, no. 1, 2010, pp.1-14. 关于王宁教授姓名的英译，不同的英文期刊有不同的译法，兹谨照实抄录。

多元文化认同的世界主义，六是作为一种追求全人类幸福和世界大同境界的世界主义，七是作为一种政治和宗教信仰的世界主义，八是作为一种实现全球治理的世界主义，九是作为一种艺术和审美追求的世界主义，十是作为一种可据以评价文学、文化产品的批评视角。这十种表现形式基本上可以涵盖世界主义的全貌，也适用于对世界文学的描述。我的这一观点在英语世界发表后也得到国际学界的广泛认可，因而我于 2015 年和 2016 年先后应邀出席了在美国和瑞典举行的国际会议并就此话题做主旨发言。

张　叉：怎样理解世界主义的内涵？

王　宁：世界主义作为一个理论概念的内涵非常复杂，但是我们从学理上讲，世界主义首先是一个政治哲学概念，同时也带有浓厚的伦理道德色彩。世界主义的本来含义为：世界上所有的人类族群，不管其政治隶属关系如何，都属于一个大的单一的社群，因此他们彼此分享一种基本的跨越了民族和国家界限的共同伦理道德和权利义务。在今天的全球化时代，当世界连通为一体时，这种单一的社群观念更应该得到培育和弘扬。当然，每个国家国情不同，但是作为人类的成员，我们除了遵守自己国家的法律、履行自己所应享有的基本权利和义务外，还应当对整个人类的发展尽到自己的责任和义务，并且自觉地遵守并履行一些超越特定民族／国家界限的普遍的权利和义务。①

张　叉：世界主义与世界文学的关系是什么？

王　宁：世界主义与世界文学是密切相关的。优秀的文学作品绝不仅仅是为作家所在国的读者而创作的，它同时也应该是为全世界的读者而写作的，因而这样的作品必须是可以归入世界文学之列的。能够跻身世界文学的伟大作家不仅应为本国／民族的读者而写作，同时也应该为国际读者而写作。毫无疑问，易卜生（Henrik Johan Ibsen）就是这样的世界级大作家，

---

① 王宁：《北京的世界主义特征及其发展方向》，《社会科学战线》2016 年第 1 期，第 30 页。关于世界主义定义及特征的更为详细的讨论，参见王宁：《世界主义》，《外国文学》2014 年第 1 期，第 96—105 页。

他的代表性剧作《培尔·金特》（*Peer Gynt*）是一部优秀的世界文学作品，具有鲜明的世界主义元素，可谓他戏剧中最具有世界主义特征的一部作品，这一点尤其体现于它在中国以及其他国家的成功改编和上演上。

张　叉：世界主义同爱国主义（patriotism）、民族主义（nationalism）的关系是什么？

王　宁：世界主义同爱国主义、民族主义两个术语的着眼点截然相对，但是也并非全然对立。既然我们都生活这个世界上，我们便可以同时热爱自己的祖国乃至整个世界，同样，我们也可以在热爱自己同胞的同时，也热爱世界上的所有人群。推而广之，地球是这个世界上包括人类在内的所有物种的共同家园，我们在热爱人类的同时，也照样应该而且可以关爱地球上的其他物种。

张　叉：正如您所说："全球化时代的到来为世界主义提供了必要的土壤，而世界主义理论则反过来为全球化提供了一种理论话语。"① 世界主义和全球化有着密切的关系，讨论世界主义，就不免涉及全球化。全球化（globalise / globalize，globalisation / globalization）这一术语的源头是什么？

王　宁：虽然诸如全球（globe）、全球的（global）和全球主义（globalism）之类的术语已经有了一段历史，全球化这一术语的源头也可以追溯到拉丁语的 globus 一词，但是全球化则在最近二十年内才出现，是个相对而言比较新的术语，它暗含着一种发展、一个过程、一种倾向以及一种变化。② 国际学界一般认为，马克思、恩格斯在《共产党宣言》中的论述比较合理，也即全球化的起始时期是哥伦布发现美洲新大陆以及由此而开启的资本主义现代性大计。但根据罗兰·罗伯逊（Roland Robertson）的研究，文化上的全球化则更早。我和一些西方学者一致认为，中国的丝绸之路应是文化全球化的重要起源。

---

① 王宁：《世界主义、世界文学以及中国文学的世界性》，《中国比较文学》2014 年第 1 期，第 16 页。

② Roland Robertson, Jan Aart Scholte (eds.), *Encyclopedia of Globalization*, New York and London: Routledge, 2007, pp.526-532.

张　叉：关于全球化的现象，可以从哪些方面来概括？

王　宁：按照扬·阿特·肖尔特（Jan Aart Scholte）为劳特里奇《全球化百科全书》（*Encyclopedia of Globalization*）撰写的条目，全球化的现象可以概括为四个方面：国际化（internationalization）、自由化（liberalization）、普遍化（universalization）以及星球化（planetarialization）。不过，不同的人往往侧重它的不同方面，因而产生了较大的争议。[①]

张　叉：全球化同世界主义、世界文学的关系是什么？

王　宁：全球化覆盖了经济、政治和文化的各个方面，全球化现象的出现为当代学术界重新对世界主义产生兴趣提供了丰厚、必要的土壤和时代氛围[②]，而世界主义则反过来为全球化的出现提供了一种理论话语。实际上，文学、文化研究学者不仅早就对世界主义产生过兴趣，并且还力图从世界主义的视角去发现文学作品中的世界主义元素。荷兰学者杜威·佛克马就是国际比较文学界最早探讨这一话题以及其与世界文学之关系的学者之一。他在对全球化进行回应时，超越了袭来已久的欧洲中心主义和西方中心主义的世界主义观念，呼吁在一个新的全球化语境下重建一种新的世界主义。[③]希利斯·米勒在《全球化与世界文学》一文中也指出，"新的世界文学学科可以看作是为拯救文学研究的最后一搏。它通过这种尝试含蓄地宣称，研究世界各地的文学正是理解全球化的一种方式，这样的理解是人们自觉地把自己当作一个世界公民，而非只是这个或那个使用单一语言的社群的公民"[④]。

张　叉：您呼唤中国文学研究的世界主义视野是出于什么考虑？

---

① Jan Aart Scholte, "Globalization", *Encyclopedia of Globalization*, Roland Robertson, Jan Aart Scholte (eds.), New York and London: Routledge, 2007, pp.526-532.

② 王宁：《世界主义、世界文学以及中国文学的世界性》，《中国比较文学》2014 年第 1 期，第 15—16 页。

③ Douwe Fokkema, "Towards a New Cosmopolitanism", *The CUHK Journal of Humanities*, 3, 1999, pp.1-17.

④ J. Hillis Miller, "Globalization and World Literature", *Neohelicon*, vol. XXXVIII, no. 2, 2011, pp. 253-254.

王　宁：我呼唤中国文学研究的世界主义视野是出于五个方面的考虑。第一，文学是一种语言艺术，文学所探讨的是人类所共同关心的基本问题，文学应该以世界主义的视野描写人类共同面对的生存状况与命运。第二，世界主义并不意味着一定要推行一种普遍主义，而更多是一种和而不同、多元文化共存的世界主义，普遍主义强调一种共识，而世界主义则指一种宽容的态度。这是二者的区别。第三，一个人可以既热爱自己的祖国，同时又热爱整个世界，同样，一个有着广博胸怀与全球人文关怀的人对自己的祖国更应该有着至深的感情和依恋，所以世界主义同爱国主义或民族主义并不冲突，更不是那种你死我活、水火不相容的关系。第四，世界主义并不意味着排除国家的疆界或主权。实际上存在着有根的世界主义与无根的世界主义两种形式的世界主义。运用到文学上，也即一个作家不仅要为自己本国的读者而写作，而且也要为潜在的国际读者而写作。这样他的作品经过翻译的中介就有可能成为世界文学。第五，既然世界主义在不同的国家和语境中有着不同的形式因而将朝着一种多元的方向发展，那么就没有所谓的单一的世界主义。

二、探究世界文学问题

张　叉：一般人认为，世界文学就是世界各国、各民族文学的总汇，维基百科因此将其定义为"来自世界各地的文学，非洲文学、美国文学、阿拉伯文学、亚洲文学、澳大利亚文学、加勒比文学、英国文学、欧洲文学、印度文学、拉丁文学与俄罗斯文学"①。您赞同这样界定世界文学吗？

王　宁：我不太赞同这样的过于宽泛的界定。这种总汇肯定不是一个大杂烩，它必定有进入这个领地的准入证，或者说有一定的遴选标准。这

---

① http://translate.google.com.hk/translate?hl=zh-CN&langpair=en%7Czh-CN&u=http://en.wikipedia.org/wiki/ World_literature.

里所说的世界文学必定是具有世界性意义的，它所面对的读者也应该是超越了自己特定的国别、民族的世界范围内的读者。因此在我看来，世界文学绝不应当是各民族文学的简单总汇，而应该是各民族文学杰作的集大成者，能够在另一个或另一些国家或民族的语言中具有持久的生命力与鲜活的影响力。因此，称为世界文学的作品必定探讨的是各民族的人们所共同关心的具有普适意义的问题。[①] 戴维·戴姆拉什[②] 说："世界文学实际上提供了一个可供人们阅读的窗口，人们可以通过这个窗口达到了解世界的目的。"[③] 这种说法是很有道理的。

　　张　叉：怎样衡量世界文学作品的世界性问题？

　　王　宁：堪称世界文学的作品不能只局限于狭窄的精英文学圈，而必须关注整个世界与所有民族的普通人的命运。因而世界文学作品的生产、流通以及由此产生的批评效应具有一定的普遍性。堪称世界文学的作品必定是流传甚广的杰作，它的流通必定跨越特定的民族、国家和语言的界限，可以在另一使用不同语言的国家和民族中流传。衡量一部文学作品是否堪称世界文学应有大致的标准：一是这种标准应具有一定的普适性；二是必须考虑到各国、民族文化之间的巨大差异，兼顾世界文学在地理上的分布。这种标准对不同的国别、民族文学有其相对性。

　　张　叉：如何描述世界文学的特征？

　　王　宁：我乐意并且愿意使用"经典性"与"可读性"这两个术语来描述世界文学的特征，这样可以避免意识形态上的偏见。经典性诉诸世界文学的审美品质，可读性则指向某个单部作品的影响力和流通广度。

　　张　叉：您的一个构想是，在将来采用我们自己的评选标准编选一部《世界文学选》和一部《世界文学史》，从而使世界文学也有中国的版本。对于世界文学，确立我们自己的评选标准需要遵循的原则是什么？

[①]　王宁：《世界文学的普适性与相对性》，《学习与探索》2011 年第 2 期，第 219 页。

[②]　David Damrosch，或译"大卫·达姆罗什"。

[③]　David Damrosch, *What Is World Literature*, Princeton: Princeton University Press, 2003, p. 281.

王　宁：在这方面，我比较赞成戴维·戴姆拉什的观点，文学作品应当是虚构的、有价值的和优美的，文学作品应该是有着高雅艺术品质的审美产品。与此同时，文学作品在艺术形式与审美精神上又具有多样性，所以很难用同一个客观的标准来对它们做出评判。尽管有着如此复杂的因素，但是一些相对客观的标准也许可以在学者中间达成相对的共识。[①]我提出的评选标准基础是经典性与可读性的完美结合，世界文学作品必须依循以下五个原则：第一，它是否把握了特定的时代精神。第二，它的影响力是否超越了本民族或本语言的界限。第三，它是否收入后来的研究者编选的文学经典选集。第四，它是否能够进入大学课堂成为教科书。第五，它是否在另一语境下受到批评性的讨论和研究。在这五个原则中，第一、二、五是客观的，因而具有普遍意义，而第三和第四则带有一定的人为性，因而仅具有相对的意义。倘若从这五个原则来综合考察，那么就能够比较客观、公正地判定一部作品是否属于世界文学。

张　叉：您将世界文学划分为作为总体的世界文学（world literature）与作为具体的世界各国的文学（world literatures）两种形式，"世界文学"这一术语又分出了单数、复数。这两种形式的世界文学各自的内涵是什么？

王　宁：总体的世界文学指评价文学所具有的世界性意义的最高水平的普遍准则，是其所具有的共同美学和评价标准，而具体的世界各国的文学则指世界各国文学的不同表现和再现形式，包括翻译与接受的形式，是不同民族／国别的文学所具有的民族和时代特色。现代性这一概念已经在不同的国家和地区的实践中显示出多重性，因而世界文学也并不总是以单数来表达的。[②]

张　叉：为什么在国际比较文学与文学理论界讨论世界文学问题在东西方学术界愈益显示出重要性与前沿性？

---

① 王宁：《世界文学与中国》，《中国比较文学》2010年第4期，第14页。

② Wang Ning, *Translated Modernities: Literary and Cultural Perspectives on Globalization and China*, Ottawa and New York: Legas, 2010, pp.13-21.

王　宁：世界文学问题之所以成为一个热门话题同全球化时代的来临密切相关，因此也可以说它是全球资本化在文化、文学生产与批评中的一个结果。这对中国当代文学批评界来说尤为重要，因为随着中国经济的飞速发展，中国学者正努力在世界上构建自己的国家形象学术理论话语，因而在国际场合讨论这一话题实际上就等于在推进中国文学的国际化进程，进而使之早日跻身世界文学和文学理论批评主流。①

张　叉：学术界有一种观点认为，世界文学不过是一种乌托邦而已。您怎样看待世界文学的乌托邦问题？

王　宁：虽然从现有的资料来看，德国作家、思想家歌德并不是第一个使用"世界文学"（Weltliteratur）术语的人，德国哲学家赫尔德（Johann Gottfried Herder）、文学理论家施洛哲（August Ludwig von Schlözer）与诗人维兰德（Christoph Martin Wieland）都在歌德之前于不同场合使用过"世界文学""世界的文学"这类术语，不过，他们只是简单提及这一现象而未结合具体的文学创作进行深入研究，更没有像歌德那样全面、系统地做理论阐述，所以一般认为，"世界文学"这个概念是歌德首次提出来的。这个术语是他在 1827 年同青年学子爱克曼（Johann Peter Eckermann）谈话时创造、提出来的，以今天的视角来衡量，"世界文学"的确是一个充满着"乌托邦"色彩的概念。但是另一方面，在歌德之前，世界上不同的民族/国别文学就已经通过翻译开始了交流和沟通。在启蒙时期的欧洲，甚至出现过一种世界文学的发展方向。② 然而，在当时相当长的一段时间内，呼唤世界文学的出现还只是停留于一种乌托邦式的幻想和推测阶段。③可以说，世界文学开始时确实只是一种具有乌托邦色彩的现象，所以世界文学的乌托邦之说在一定程度上也是有道理的。

---

① 王宁：《从世界文学到世界诗学的理论建构》，《外国语文研究》2018 年第 1 期，第 2 页。

② 参见 Douwe Fokkema, "World Literature", *Encyclopedia of Globalization*, Roland Robertson and Jan Aart Scholte (eds.), New York and London: Routledge, 2007, pp.1290-1291.

③ 王宁：《"世界文学"：从乌托邦想象到审美现实》，《探索与争鸣》2010 年第 7 期，第 3—4 页。

张　叉：马克思、恩格斯在 1848 年发表的《共产党宣言》中对世界文学做了进一步的考察："物质的生产是如此，精神的生产也是如此。各民族的精神产品成了公共的财产。民族的片面性和局限性日益成为不可能，于是由许多种民族的和地方的文学形成了一种世界的文学。"[1] 您怎样评价马克思、恩格斯对世界文学的论述？

王　宁：马克思、恩格斯是在资本主义作为一个新兴力量处于发展期之际讨论世界文学的，他们所说的世界文学范围相当广泛，涉及所有精神产品的生产，其核心是世界各民族文学间的交流是大势所趋、不可抗拒的，从而形成一种世界的文学。毫无疑问，他们所说的世界文学是在歌德世界文学构想的启发下提出来的一种理想化的、未来文学发展的前景。他们的世界文学绝对不是全世界只用一种语言创作而成的单调乏味的文学，更不是当今有人鼓吹的"趋同性"文化全球化意义上的整齐划一的文学。歌德早年提出的世界文学的概念很狭窄，他所构想的是一种近似"乌托邦"式愿景的东西，而马克思、恩格斯讨论的世界文学范围则大大拓展，他们以此来指全球化进程中文化精神产品生产的世界主义特征，实际上专指一种包括所有知识生产的全球性的世界文化，从而带有鲜明的现实特征。这样，一个原本具有审美特征的世界文学的乌托邦的想象就已经演变成为一种社会现实。马克思主义创始人试图证明，随着经济全球化步伐的加速和世界市场的扩大，一种世界性的文学或文化知识（生产）已经出现。这就要求我们以一种开阔的、超越了民族／国别视野的全球视野来考察文学。我们不能仅仅关注单一的民族／国别文学现象，还要将其置于一个更加广阔的国际视野下来比较、考察。

张　叉：是否可以说，在全球化的当今，世界文学的时代已经完全到来？

王　宁：在一定程度上可以这样认为。因为马克思、恩格斯在《共产党宣言》中论述世界文学后的一百多年里，世界文学逐步发展、演化，时

---

[1]　马克思、恩格斯：《共产党宣言》，人民出版社 1966 年版，第 30 页。

至今日，已经成为一种无法回避的审美现实。进入全球化时代以来，世界文学的崛起，很快进入学术研究前沿，这在某种程度上起到了挽救比较文学并使之走出危机之境地的作用。[①]2010 年 8 月 12—14 日，我们在上海举办了第五届中美比较文学双边讨论会，美国学者希利斯·米勒在主题发言中开宗明义地宣称，世界文学的时代已经再次来临，他还满腔热忱地呼吁当代学者为世界文学的再次来临而努力奔波。我认为，世界文学在全球化的时代出现了兴盛的势头，新的世界文学时代确实已经来临。

张　叉：世界文学在全球化时代出现兴盛的势头，原因是什么？

王　宁：其中的道理很简单，比较文学的早期阶段就是世界文学，这一点早在 1827 年与 1848 年就分别由歌德和马克思、恩格斯指出了。它在过去的一百多年的历史演变中经历学术界热烈讨论与激烈辩论，已逐步从起初的一种乌托邦构想发展成为一种审美现实。它实际上是全球化在文化与文学上的一个必然反映，所以进入 21 世纪的全球化时代以来，当民族 /国家的疆界变得模糊、国别 / 民族文学受到冲击时，超民族性、世界主义便有所抬头，在文学界的一个直接反应就是世界文学的兴盛。比较文学发展到最高阶段就进入了世界文学的阶段，中国比较文学学者完全有理由在一个广阔的世界文学的语境下从事中西比较文学研究。[②]

张　叉：怎样评价当今全球化语境下的世界文学？

王　宁：在全球化时代，一方面，文学、文学研究受到了来自各方面的挑战，领地日益萎缩；而另一方面，人们对世界文学的兴趣却与日俱增。世界文学是在全球化涉足经济、文化和知识生产所产生的直接影响下诞生的。在当今全球化语境下，随着欧洲中心主义、西方中心主义的解体和东方文学的崛起，比较文学发展到最高阶段自然进入了世界文学的阶段。因此，在今天全球化语境下，随着世界文化和世界语言版图的重新绘制，世

---

① 王宁：《王宁：从世界文学到世界戏剧》，《外语与外语教学》2018 年第 1 期，第 123 页。

② 王宁：《比较文学的危机和世界文学的兴盛》，《中国比较文学》2009 年第 1 期，第 26 页。

界文学已不再是早先的乌托邦想象，而是一种展现在我们面前的、我们无法否认与回避的审美现实。[①]

张　叉：您说到世界文学"已是一种展现在我们面前的、我们无法否认与回避的审美现实"，有依据吗？

王　宁：我这样说是有足够依据的。首先，一些优秀的文学作品通过翻译的中介在多个国家与不同的语境下广为流传。其次，一些具有双重甚至多重国籍和身份的作家在跨文化语境下从事写作，涉及一些人们普遍关注的话题。最后，文学研究者自觉地把本国的文学放在世界性的语境下来做比较考察与研究。诸如此类，不一一列举了。

张　叉：在全球化语境下讨论世界文学的意义是什么？

王　宁：今天，在一个全球化的时代，世界文学作为一个理论话题再度凸显出来，其意义是十分深远的。它也使得我们在一个广阔的世界文学背景下，从中国的独特视角来对外国现代文学经典进行重新解读。也许通过解读和建构，我们一方面可以为国内的中国现代文学研究者提供一些来自域外的新的理论视角和阅读方法，另一方面则可以通过我们基于中国立场和语境所提出的新的建构给我们的国际同行以启示。由此可见，在中国的语境中重读现代外国文学经典应该是有所作为的。[②]

张　叉：为什么说"世界文学是一个旅行的概念"？

王　宁：因为这个概念最早出现在西方语境，然后通过翻译进入了中国，所以说它是一个"旅行的概念"。今天跨越民族疆界的各种文化与文学潮流已经打上了区域性或全球性的印记，所以在文学研究中，传统的民族／国别文学的疆界已经变得越来越模糊，没有哪位文学研究者能够声称自己的研究只涉及一种民族／国别文学，而不参照其他的文学或社会文化背景知识。从这个角度看，世界文学具有了"超民族的"（transnational）

---

①　王宁：《"世界文学"：从乌托邦想象到审美现实》，《探索与争鸣》2010年第7期，第3页。

②　王宁：《世界文学背景下的现代外国文学经典重读》，《名作欣赏》2014年第19期，第68页。

或"翻译的"（translational）意义，也就意味着共同的审美特征与深远的社会影响，世界文学不只是一个固定的现象，更是一个旅行的概念。[①] 世界文学同时也是一个动态的概念，它在不同的时代、不同的语境中有可能呈现出不同的形态。我之所以称其为"旅行的概念"，另一层意思是，在19世纪、20世纪之交，世界文学从国外（旅行）到中国，为中国现代文学带来了一股新风，而现在中国文学走向世界则为袭来已久的西方中心主义占主导地位的世界文学增添了中国的元素和中国文学佳作。

张　叉：怎样评价翻译在世界文学旅行过程中的作用？

王　宁：由于一个人不可能总是通过原文来阅读世界各国的文学，所以翻译便成为建构或重构不同形式的世界文学的一个不可或缺的工具或曰中介。世界文学必须是那些在翻译中有所获的文学，不经过翻译的作品是不可能成为世界文学杰作的，换言之，任何一部文学作品，要想进入世界文学的高雅殿堂，都离不开翻译的中介。衡量一个作家是否具有世界性的意义或影响，或一部作品是否超越了自己的国界或语言的界限，首先要看该作品是否被翻译。一部本来已经在本国或本民族的语境中有一些知名度的文学作品要想跻身于世界文学，就必须跨越民族的界限，译成其他语言，原因是在这种跨民族的翻译过程中，这部作品完全有可能经历某种变形，进而带有新的意义甚至"来世生命"（after life）。[②] 要是没有翻译作为中介，那么一些文学作品充其量就只能在其他文化与文学传统中处于"边缘化"甚至"死亡"的状态。同样，在世界各地的旅行过程中，一些本来仅具有民族/国别影响的文学作品经过翻译的中介将产生世界性的知名度与影响，在另一些文化语境中获得持续的生命或"来世生命"。如此说来，认为世

---

① 王宁：《"世界文学"：从乌托邦想象到审美现实》，《探索与争鸣》2010年第7期，第4页。

② Walter Benjamin, "The Task of the Translator", *Theories of Translation: An Anthology of Essays from Dryden to Derrida*, Rainer Schulte, John Biguenet (eds.), Chicago and London: University of Chicago Press, 1992, p.73.

界文学必须是那些在翻译中有所获的文学是颇有见地的。① 难怪戴维·戴姆拉什断言，"世界文学是在翻译中有所获的作品"②。

张　叉：不少翻译作品默默无闻，并没有成为世界文学作品，原因是什么？

王　宁：世界文学这杆标尺对不具有世界性意义的作品的淘汰是无情的，一大批曾在某一国度显赫一时的作家作品在另一语境中始终处于边缘化甚至死亡状态。一方面，在世界各地的旅行过程中，一些作品因为不适应特定的文化或文学接受土壤，或者因为其本身的可译性不明显或译者的误译而失去其原有的意义、价值；另一方面，我想强调的是，一部作品只是经过了翻译的中介走向世界，并不意味着它就一定能成为世界文学，它还必须在另一语境中产生批评效应，或者受到文学研究者的关注和讨论，这样它才可能成为世界文学。

张　叉：如何理解世界文学和比较文学之间的关系？

王　宁：世界文学可以说是比较文学在 19 世纪后半叶得以诞生的源头之一，从学科的角度来看，世界文学其实就是比较文学的雏形。世界文学的要旨是打破民族/国别文学研究的人为的封闭性和狭隘性，使之成为探讨不同的民族/国别文学之关系的一门开放的学科。马克思、恩格斯在《共产党宣言》中讨论的世界文学便是比较文学的早期阶段，它要求比较文学研究者必须具备一种世界的眼光，只有把自己的民族文学与别国文学放在一个广阔的世界文学大背景下才能对特定的民族文学与别国文学做出实事求是、客观公正的评估。③ 马克思、恩格斯在《共产党宣言》中讨论的世界文学的范围实际上已经大大地拓展，成为一种广义的文化知识的生产，

---

① 王宁：《世界文学的普适性与相对性》，《学习与探索》2011 年第 2 期，第 220 页。

② David Damrosch, *What Is World Literature,* Princeton and Oxford: Princeton University Press, 2003, p.281.

③ 王宁：《比较文学学科的"死亡"与"再生"》，《中外文化与文论》第 13 辑，四川大学出版社 2006 年版，第 107 页。

文学作为高雅文化的产品,自然也包括其中。然而就文学本身的意义而言,世界文学的提出,也孕育着文学自身研究的超越与跨界特征,实际上预示了比较文学这门新兴学科的诞生。[1] 在某种程度上来说,世界文学产生于经济与金融全球化的过程,在当今全球化语境下的世界文学应是比较文学的最高阶段。虽然世界文学作为比较文学的早期阶段曾发挥过应有的作用,但是在过去的相当长一段时间里,比较文学学者们并没有大力发展并推进它,也没有去努力实践它,直到佛克马、莫莱蒂、戴姆拉什、德汉这些卓有远见的欧美比较文学学者在当今时代重新发现了它的价值并挑起了关于世界文学问题的讨论,这种情况才有所改变。[2] 为了在当前的全球化时代凸显文学与文化研究的作用,当然应当以一种比较的与国际的眼光来研究文学现象,这样就有可能在文学研究中取得进展。这也许正是要把文学研究放在一个广阔的全球文化和世界文学语境下的重要意义。[3] 我们欣慰地看到,在全球化的语境下,比较文学已经越来越带有世界文学的特征。

张　叉:研究世界文学的基本方法是什么?

王　宁:我们在承认世界文学的评价标准时,实际上是在为研究世界文学确立基本的方法。这些方法具体体现于三个方面。第一,世界文学概念的提出为我们提供了一个了解"世界"的窗口,使我们通过阅读世界文学作品了解到处于遥远的国度的人们的生活与民族风貌。第二,世界文学赋予我们一种阅读和评价具体文学作品的比较的和国际的视角,使我们在阅读某一国别的某一部具体作品时,能够自觉地将其与我们所读过的世界文学名著相比较,从而得出对该作品的社会和美学价值客观公正的评价。第三,世界文学赋予我们一个广阔的视野,也使得我们在对具体的作品进行阅读和评价的同时有可能对处于动态的世界文学概念本身进行新的建构

---

[1]　王宁:《世界文学与中国》,《中国比较文学》2010年第4期,第12页。

[2]　王宁:《从世界文学到世界诗学的理论建构》,《外国语文研究》2018年第1期,第3页。

[3]　王宁:《"世界文学":从乌托邦想象到审美现实》,《探索与争鸣》2010年第7期,第4页。

和重构。①

张　叉：自 20 世纪 90 年代开始，世界主义和世界文学在西方学术界出现了兴盛的局面。从那之后，西方学术界在世界主义和世界文学方面的重要著述有哪些？

王　宁：我首先列举西方学术界在世界主义方面的重要著述，20 世纪 90 年代有玛莎·努斯鲍姆等人的《为了国家的爱：爱国主义之局限的辩论》②、提姆·布莱南的《在世界的家园里：当今的世界主义》③、谢永平和布鲁斯·罗宾斯主编的《世界主义政见：超越民族的思想与感情》④，21 世纪初有夸米·安东尼·阿皮亚的《世界主义：陌生者世界的伦理学》⑤、乌尔利希·贝克和埃德加·格兰德的《世界主义的欧洲》⑥，21 世纪 10 年代出版的著述有加雷特·华莱士·布朗和戴维·赫尔德主编的《世界主义读本》⑦、罗伯特·斯宾塞的专著《世界主义批评和后殖民文学》⑧、布鲁斯·罗宾斯的《永久的战争：从暴力角度讨论世界主义》⑨、塞拉斯·帕泰尔的《世界主义与文学想象》⑩、布鲁斯·罗宾斯和保罗·莱莫斯·霍塔合编的《复

①　王宁：《诺贝尔文学奖、世界文学与中国当代文学》，《当代作家评论》2015 年第 6 期，第 11—12 页。

②　Martha Nussbaum et al., *For Love of Country: Debating the Limits of Patriotism*, Joshua Cohen (ed.), Boston: Beacon Press, 1996.

③　Tim Brennan, *At Home in the World: Cosmopolitanism Now*, Cambridge, Massachusetts: Harvard University Press, 1997.

④　Pheng Cheah, Bruce Robbins, *Cosmopolitics: Thinking and Feeling beyond the Nation*, Minneapolis and London: University of Minnesota Press, 1998.

⑤　Kwame Anthony Appiah, *Cosmopolitanism: Ethics in a World of Strangers*, New York: W. W. Norton, 2006.

⑥　Ulrich Beck, Edgar Grande, *Cosmopolitan Europe*, Cambridge: Polity, 2007。

⑦　Garrett Wallace Brown, David Held (eds.), *The Cosmopolitanism Reader*, Cambridge UK and Malden MA: Polity Press, 2010.

⑧　Robert Spencer,*Cosmopolitan Criticism and Post-colonial Literature*, New York: Palgrave Macmillan, 2011.

⑨　Bruce Robbins, *Perpetual War: Cosmopolitanism from the Viewpoint of Violence*, Durham, NC:Duke University Press, 2012.

⑩　Cyrus R. K. Patell, *Cosmopolitanism and Literary Imagination*, New York: Palgrave Macmillan, 2015.

数的世界主义》①，等等。由于现在刚刚进入 21 世纪 20 年代，这方面有分量的著述尚未读到，但有一本 1000 多页的专题研究文集我可以向你推荐，就是由美国学者伊诺·罗西主编的《全球化的挑战与跨文明的世界秩序的未来前景》②，我应邀为该文集撰写了两章，其中一章就阐述了我的世界主义观点以及十种表现形式，并结合讨论了新儒学的理论建构以及习近平的人类命运共同体理念。读者完全可以从中见出中国学者已经掌握了国际学界研究全球化和世界主义问题的话语权。实际上，努斯鲍姆等人在总体上探讨爱国主义与世界主义的关系，布莱南从文学、文化研究的角度讨论这个话题，谢永平、罗宾斯则综合了上述三个方面来讨论世界主义。③尤其是后面提及的这几部作品都同时涉及世界主义和世界文学问题。

张　叉：马克思主义同中国的世界文学的翻译与研究可以追溯至什么时期？

王　宁：马克思主义同中国的世界文学或者说中国的外国文学翻译与研究，可以追溯到五四新文化运动前后。当时，随着新文化运动的日益高涨，作为一种意识形态的马克思主义逐步传入中国，并从一开始就在广大进步知识分子中产生了强烈的反响。李大钊、陈独秀、瞿秋白等新文化运动的先驱和主将努力传播马克思主义，缩短了马克思主义与世界文学之间的距离，使我们有了一个可与之直接进行比较的渊源和影响关系。④

张　叉：如何评价当前中国的世界文学研究？

王　宁：近十多年来这方面的研究有着长足的发展，中国的世界文学学者已经不满足于仅仅引进西方的理论概念并在中文语境下进行批评性讨论，而是带有积极主动的意识与国际主流的理论家和学者进行直接的对话

---

① Bruce Robbins, Paulo Lemos Horta (eds.), *Cosmopolitanisms*, New York: New York University Press, 2017.

② Ino Rossi (ed.), *Challenges of Globalization and Prospects for an Inter-Civilizational World Order*, Springer Nature Switzerland AG, 2020.

③ 王宁：《世界主义、世界文学以及中国文学的世界性》，《中国比较文学》2014 年第 1 期，第 12 页。

④ 王宁：《马克思主义与中国的世界文学研究》，《中国比较文学》2019 年第 1 期，第 4 页。

和讨论，并取得了良好的效果。中国的世界文学研究已开始与国际接轨，并呈现出一种同步的状态。^①

张　叉： 从某种意义上讲，在中国语境中从事跨越语言界限、文化传统界限的比较文学研究乃是一种"全球本土化"（glocalized）。如何评估"全球本土化"世界文学实践中的中国文学？

王　宁： 正如我在前面所说，世界文学并非只有一种版本，不同的文化语境中的文学研究者完全可以根据本国/民族文学创作的具体情况，并且参照世界主义的理念，建构出自己的世界文学理念，并可据此对本国/民族的文学做出实事求是的评价。^②通过翻译与文选编辑以及批评性研究等手段的干预，世界文学已经在不同的语言和文化语境中有了不同的版本。可以从全球本土化的视角做这样的推论：同样是世界文学，在不同的民族/国家的语言中，其内容也不尽相同。像荷马史诗、莎士比亚戏剧、托尔斯泰的小说也许会出现在不同版本的世界文学选集中，一些具有争议的或更带有本民族特色的次经典作品或地区性经典作品可能会被收入某个民族/国家的世界文学选集，但却会被另一些版本的世界文学选集所遗漏或淘汰。这也说明，世界文学应该有不同的形式。^③在全球本土化的世界文学实践中，必定存在着一种中国版本，也可以说，实际上存在着一种带有鲜明中国特色的、全球本土化的、世界文学的中国版本。这个版本消解了世界文学研究领域中"西方中心主义"固有的思维模式，客观上为中国文学走向世界，进而跻身世界文学之林扫清了障碍。

---

① 王宁：《马克思主义与中国的世界文学研究》，《中国比较文学》2019年第1期，第13页。
② 王宁：《世界主义、世界文学以及中国文学的世界性》，《中国比较文学》2014年第1期，第19页。
③ 王宁：《世界文学的普适性与相对性》，《学习与探索》2011年第2期，第222页。

三、提出世界戏剧概念

张　叉：您 2018 年在《外语与外语教学》撰发文章，提出了世界戏剧（world drama）的概念。您对世界戏剧这一概念的界定是什么？

王　宁：世界戏剧并非各国戏剧的简单相加，而是一种理论研究的范畴，它既要探讨世界文学大框架下的一种独特的文类，同时也属于戏剧研究的一个分支，也即超越特定民族／国别的戏剧之局限，考察研究那些具有世界性特征和世界性影响的优秀戏剧。①

张　叉：衡量世界戏剧的标准是什么？

王　宁：衡量一部剧作是否是世界戏剧也有三条标准，或者说有三重概念。第一，世界戏剧是民族／国别戏剧中最优秀的经典剧作之总汇。第二，世界戏剧必须是那些在改编和创造性生产和演出中有所获的剧作。第三，世界戏剧必定是那些超越时空局限，为全世界所有的人演出、欣赏并加以批评性讨论的剧作。②

张　叉：依照您提出的这三条标准，哪些作品可以称得上世界戏剧？

王　宁：首先，古希腊埃斯库罗斯（Aeschylus）、索福克勒斯（Sophocles）、欧里庇得斯（Euripides）的悲剧，阿里斯托芬（Aristophanes）的喜剧，英国文艺复兴时期莎士比亚的剧作，挪威现代现实主义戏剧的创始人易卜生的剧作，以及其他经典剧作家的剧作都受到自己国家以外的广大观众的观赏、讨论和研究，所以可以称得上世界戏剧。其次，一些最优秀的非西方剧作的影响已经超越了本民族／国家的界限，例如印度古代诗人和戏剧家迦梨陀娑（Kālidāsa）的诗剧《沙恭达罗》（*Abhijñānaśākuntala*③）、中国明代剧作家汤显祖的剧作《牡丹亭》以及现代剧作家曹禺的《雷雨》等都堪称世界戏剧佳作。它们不仅在本国／民族

---

① 王宁：《王宁：从世界文学到世界戏剧》，《外语与外语教学》2018 年第 1 期，第 122 页。

② 王宁：《王宁：从世界文学到世界戏剧》，《外语与外语教学》2018 年第 1 期，第 125 页。

③ 全译作《凭表记认出沙恭达罗》。

的语境中堪称经典，同时也受到自己国家以外的观众的欣赏以及批评家、学者的讨论、研究，所以说这些剧作也可以称得上世界戏剧。

张　叉：世界戏剧理论的提出对于中国戏剧的意义是什么？

王　宁：由中国学者提出世界戏剧概念就是要说明，中国戏剧不仅在中国文学史上占有重要的地位，同时在世界戏剧的版图上也占有重要的一席。虽然在 2016 年纪念莎士比亚逝世四百周年的日子里，中国学者为了纪念被誉为"中国的莎士比亚"的戏剧艺术大师汤显祖逝世四百周年，大张旗鼓地举办了各种纪念活动，并且以不同的戏剧或戏曲形式排演汤显祖的剧作，但是由于翻译和改编的缺乏，汤显祖在世界戏剧的版图上依然处于相对边缘的地位，直到近年由汪榕培等翻译的《汤显祖全集》在英国出版，汤显祖才逐步从边缘向中心移动。[①] 毫无疑问，中国话剧是在西方戏剧的影响、启迪下诞生的，这方面也出现了诸如郭沫若、曹禺、欧阳予倩、洪深、田汉这样的蜚声海内外的戏剧艺术大师和梅兰芳等表演艺术大师，但是他们与西方戏剧艺术大师在中国的知名度、影响力相比却相形见绌。由此可见，世界戏剧概念的提出对于中国戏剧走向世界有着重要的意义。[②] 在这方面，中国的戏剧研究者可谓任重而道远。

四、构建世界诗学理论

张　叉：您早在 20 世纪 90 年代就曾提及世界诗学的概念，在 2014 年的一次学术会议上，您又从理论建构的角度提出了世界诗学（World Poetics）的构想，随后于 2014 年的《比较文学与世界文学评论》、2015 年的《中国社会科学》、2017 年的《文学理论前沿》、2018 年的《现代语言季刊》（*Modern Language Quarterly*）先后发表了多篇中英文文章，专题论述这一

---

① Ning Wang, "Reconstructing Ibsen As an Artist: A Theoretical Reflection on the Reception of Ibsen in China", *Ibsen Studies*, 1, 2003, pp.71-85.

② 王宁：《王宁：从世界文学到世界戏剧》，《外语与外语教学》2018 年第 1 期，第 126 页。

理论概念。[①] 怎样准确地理解世界诗学?

王　宁:世界诗学或者世界文论这个概念是基于对世界文学与理论现象的比较研究与分析,旨在建构一种具有普适准则和共同美学原则的世界性的文学理论[②],也即一种具有普遍意义的文学阐释理论。我所主张的世界诗学既非始自单一的西方文学,也非建基于单一的东方文学,更不是东西方文学理论的简单相加,而是基于对世界优秀的文学和理论话语的研究所建构出来的一种既可用于解释西方文学现象,也可用于解释东方文学甚至整个世界文学现象的阐释理论。[③]

张　叉:您提出世界诗学理论是出于什么考虑?

王　宁:我提出世界诗学理论并非只是出于我本人的突发奇想,而是有着深厚的理论支撑与内在发展逻辑的。我主要有两个考虑:第一个考虑自然是世界文学。世界文学所研究的对象包括文学作品、作家在内的所有文学现象。从事文学研究,必然离不开文学批评和理论问题,这样我们便自然而然地进入另一个层面,以文学批评、理论问题为研究对象的一个学科领域——诗学或文学理论——就展现在面前了。十分巧合且非常有趣的是,当初歌德构想"世界文学"时也用诗来指代所有的文学文类,我这里用诗学来指涉整个文学理论也就不足为奇了。由此可见,以世界文学理论批评为研究对象的学科领域非世界诗学或世界文论莫属。第二个考虑是比较诗学。歌德提出世界文学的构想是在他对所阅读过的不同民族/国别的文学进行比较后做出的。只有对不同民族/国别的诗学或文学理论进行比较后才能具有一个宏观的、整体的视野,比较诗学也就顺理成章地成为世

---

① 参见 Ning Wang, "Earl Miner: Comparative Poetics and the Construction of World Poetics", *Neohelicon*, vol. XXXXI, no. 2, 2014, pp. 415-426。王宁:《世界诗学的构想》,《中国社会科学》2015 年第 4 期,第 169—176 页;王宁:《比较诗学、认知诗学与世界诗学的理论建构》,《文学理论前沿》2017 年第 17 辑, 第 1—18 页。Ning Wang, "French Theories in China and the Chinese Theoretical (Re) Construction", *Modern Language Quarterly*, vol. 79, no. 3, 2018, pp.249-267.

② Zhang Longxi, "Poetics and World Literature", *Neohelicon*,vol. XXXVIII, no. 2, 2011, pp.319-327.

③ 王宁:《孟而康、比较诗学与世界诗学的建构》,《文艺理论研究》2014 年第 6 期,第 32 页。

界诗学建构的逻辑起点。

张　叉：世界诗学理论建构的基础是什么？

王　宁：可以从三个方面来理解。首先，世界诗学是基于世界文学和比较诗学研究的理论升华，同时有着这两方面的基础，因而是必定可行的。既然西方主流文学理论迄今无法涵盖世界文学和文学理论经验的所有方面，因而我们就必然要把目光转向长期受到西方主流文论界忽视的东方文学与文学理论，尤其是有着悠久历史、辉煌遗产的中国古典诗学和日本诗学。其次，迄今所有具有相对普适意义、功能的文学阐释理论都来自西方理论家的建构，相比之下，来自东方国家的学者则"人微言轻"，即使提出什么理论构想也很难得到西方学界的认可。问题是，这些来自西方的理论建构大多基于西方文学、文论经验、实践，难以有效地解释东西方的所有文学和理论批评实践。最后，中国在学习西方的文化理论、人文学术思想方面做了一百多年的学生，现在也应该是当先生的时候了，对此应该当仁不让。在今天的中国文学理论工作者中，不管是从事外国文论还是中国文论研究的学者，都对西方文论的大家耳熟能详，对他们的理论批评话语也大多能娴熟地运用。①

张　叉：世界诗学理论建构的路径是什么？

王　宁：根据我的粗浅考察，构建世界诗学有九大路径。第一，世界诗学必须突破西方中心主义的局限，包容产生自全世界主要语言文化土壤的文学理论，因此对它的表达就应该同时是作为整体的诗学体系与作为具体的文学阐释理论。第二，世界诗学必须跨越语言和文化的界限，不能只是西方中心主义或"英语中心主义"的产物，而更应该重视世界其他地方以其他语言发表的文学理论著述的作用和经验，并且及时地将其合理因素融入建构中的世界诗学体系。第三，世界诗学必须是一种普适性的文学阐释理论，它应能用于解释所有的世界文学和理论现象，而不管是西方的还

①　王宁：《从世界文学到世界诗学的理论建构》，《外国语文研究》2018年第1期，第6页。

是东方的，古代的还是现当代的。第四，世界诗学应考虑普适性和相对性的结合，也即应当向取自民族/国别文学和理论批评经验的所有理论开放，尤其应该关注来自小民族但确实具有普适意义的文学与理论。第五，世界诗学作为一种理论模式，在运用于文学阐释时绝不可对文学文本或文学现象进行"强制性阐释"，而更应该聚焦于具体的文学批评和理论阐释实践，并及时地对自身的理论模式进行修正和完善。第六，世界诗学应该是一种开放的理论话语体系，它应能与人文学科的其他分支学科领域进行对话，并对人文科学理论话语的建构做出自己的贡献。第七，世界诗学应该具有可译性，以便能够对英语世界或西方语境之外的文学作品和文本进行有效阐释，同时在被翻译的过程中它自身也应有所获。第八，任何一种阐释理论，只要能够用于世界文学作品的阐释和批评就可跻身世界诗学，因此世界诗学也如同世界文学概念一样永远处于一个未完成的状态。第九，世界诗学既然是可以建构的，那它也应处于一种不断地被重构的动态模式，那种自我封闭的且无法经过重构的诗学理论是无法成为世界诗学的，因此每一代文学理论家和比较文学研究者都可以在实际运用中对它进行质疑、修正甚至重构①。

五、重返比较文学话题

张　叉：您主张把比较文学发展史上依次出现的学派划分为法国学派、美国学派、苏联学派与东方学派。比较文学法国学派的特征是什么？

王　宁：法国学派实际上是以法国为中心的欧洲学派，在比较文学历史上具有草创之功。法国学派的特征是实证研究，致力于探讨事实存在的

---

① 王宁：《当代比较文学的"世界"转向》，《浙江社会科学》2019 年第 1 期，第 122—123 页。关于九大路径的阐述，参见王宁：《比较诗学、认知诗学与世界诗学的理论建构》，《文学理论前沿》2017 年第 17 辑，第 1—18 页。亦可参见王宁：《世界诗学的构想》，《中国社会科学》2015 年第 4 期，第 172—174 页。

文学的接受与影响，也就是重视经验研究，重视接受与影响考察。

张　叉：比较文学法国学派的主要问题是什么？

王　宁：尽管文学研究需要从科学的方法论中接受启迪，但是文学毕竟不同于科学，文学的对象首先是人，它鲜明的人文特征是任何科学研究都难以替代的。勒内·韦勒克（René Wellek）说，"真正的文学学术研究关注的不是死板的事实，而是价值和质量"[1]，这种价值、质量其实就是文学作品中蕴含的丰富的审美性、愉悦性。法国学派主张致力于探讨事实存在的文学接受与影响，但是却把这种模式一度推向了极端，其实证主义的、刻板的"科学性"使得比较文学所应当具有的文学性和审美愉悦性黯然失色。过分强调文学研究的实证性、科学性必然会以失去其审美特征的分析和文学形式技巧的探讨为代价，从而模糊文学和科学的界限。[2]

张　叉：比较文学美国学派的特征是什么？

王　宁：美国学派实际上是以美国为中心的北美学派，其特征是平行研究、文学文本的美学形式分析，也就是强调平行理论阐释，强调美学形式分析。

张　叉：比较文学美国学派崛起的历史意义是什么？

王　宁：可以从两个层面来考察。一方面，美国学派的崛起为后来的法国学派、美国学派与苏联学派共同主导国际比较文学研究界的"三足鼎立"格局之形成奠定了基础；另一方面，尽管美国学派的崛起并未能根本改变后来更为霸道的"西方中心主义"思维模式的价值取向，但是它为突破"欧洲中心主义"的模式起到了积极的推动作用。

张　叉：关于比较文学苏联学派，可能还有一些学者知之不多，您能否略加界定？

王　宁：苏联学派实际上是一个不确定的概念，起码可以说，在20世

---

[1]　张隆溪选编：《比较文学译文集》，北京大学出版社1982年版，第29页。

[2]　王宁：《比较文学的未来》，《天津社会科学》1995年第4期，第62页。

纪 90 年代前，其涉及面仅限于苏联与一些东欧国家的比较文学研究。譬如，在德意志民主共和国，苏联的接受美学有着很大影响；在波兰，苏联的符号学在文学研究中扮演了重要角色。然而，比较文学学者却很少提及苏联学派，至少在西方学者的著述中压根就没有这一学派的驻足之处。长期以来，在"左"的文艺思想和路线的统治下，庸俗社会学的观念和方法严重地侵蚀了文学研究的领地，比较文学一度被视为"反马克思主义的伪科学"，强大的政治压力致使这一处于"边缘"位置的学科始终未能得到自由的发展，因此苏联学派这一概念的不确定性就愈加明显了。再加之政治上的动乱、经济上的变革以及文化上的萧条等因素，致使长期以来一直得到国家资助的社会科学和人文科学研究在苏联处于崩溃的边缘。从客观上讲，苏联的解体宣告了比较文学苏联学派的自动解体。倘若苏联学派可以当作一个曾经的学派而载入比较文学发展史，那么较之法国学派与美国学派，它所产生过的影响力要小得多，而且这种影响早已成为历史了。

张　叉：比较文学苏联学派的特征是什么？

王　宁：苏联学派的特征体现在文学的主题学研究，同时也注意俄罗斯文学与同属于或外在于苏联的各民族文学的比较研究。仅从这一点来看，苏联学派就缺少广泛的国际性意义与较大的影响力。事实上，苏联学派的影响力并未超出于东欧，没有办法同法国学派与美国学派共同承担起比较文学研究领域的"三足鼎立"之重任。

张　叉：什么是比较文学东方学派？

王　宁：东方学派是在国际比较文学研究中崛起的一种新的、潜在的、有着强大生命力与丰富内涵的力量，逐渐呈上升趋势。东方学派正从边缘向中心运动，承担起构建新"三足鼎立"框架之历史任务，在 21 世纪的国际比较文学领域异军突起、独领风骚。东方学派以中国、印度与日本为主体，以有着悠久传统和辉煌遗产的、以中国文化和印度文化为背景的东方美学为其理论基础。

张　叉：比较文学东方学派的特征是什么？

王　宁：东方学派的研究对象以跨东西文化传统、跨语言界限的平等理论对话和对一种既可用于西方、又可用于东方的文学阐释理论的探索为主要特征，同时把传统的比较文学影响研究、平行研究和超学科研究诸方法扩大到一个更广阔的语境，即东西方交流和沟通的语境。[1]

张　叉：20 世纪 70 年代中期，台湾学者古添洪、陈慧桦提出比较文学的中国学派，引起大陆学者关注。一时间，争论四起，各抒己见，或赞同，或反对，"仁者见之谓之仁，知者见之谓之知"[2]。近年来，赞同这一提法的呼声越来越高，认为比较文学的中国学派已经形成。您的看法是什么？

王　宁：一些台湾学者早在比较文学刚刚在港台地区驻足就提出了"中国学派"的设想。虽然他们提出比较文学"中国学派"的设想确实有些早了，但是这种超前的想法也确实激励了国内的学者努力彰显中国学者的特色。现在，这么多年过去了，比较文学在海峡两岸暨香港的实践和一些具有理论意识的理论建构已经影响了西方以及国际主流的比较文学研究，中国学者的声音也逐渐响亮，因此我认为现在提出比较文学的中国学派应该是恰逢其时。我本人也在这方面以积极的姿态在国际学界频频著述发声。相信这一天的到来已经为时不远了。

张　叉：在您看来，近年来，国际比较文学界出现了"世界转向"（world turn），其原因是什么？

王　宁：主要原因有两个。一个原因是，全球化时代的到来使我们每一个人都与这个世界相"链接"，生活中出现了网络这种不可或缺的东西，不管是用电脑将我们与这个世界"联通"，还是直接用智能手机把我们与这个世界相链接，都离不开网络的作用。另一个原因是，自 20 世纪 90 年代以来兴起的一些前沿理论和热点话题大都与"全球"或"世界"这个关

---

① 王宁：《论国际比较文学研究新格局的形成》，《北京大学学报（哲学社会科学版）》1993 年第 5 期，第 16 页。亦可参见 Ning Wang, "Towards a New Framework of Comparative Literature", *Canadian Review of Comparative Literature*, vol. 23, no. 1, 1996, pp. 91-100。

② 《周易·系辞上》，阮元校刻：《十三经注疏》上册，中华书局 1980 年版，第 78 页。

键词相关，并直接影响了未来比较文学的"世界性"走向。

张　叉：世界转向有哪些形式？

王　宁：主要有三种形式。一是世界主义的转向。这个转向经历了从注重民族／国别的比较研究逐步过渡到超越民族／国别的比较研究，并涉及世界主义的文化与伦理思想的研究。二是世界文学的转向。尽管一个新的"世界文学热"自21世纪初就已经再度兴起，但是人们对于世界文学在这里的真实含义仍然不断地讨论甚至争论。尽管也不乏像美国学者艾米丽·爱普特（Emily Apter）这样对这个概念持全然否定态度的学者[1]，但是就其所引起学界广泛讨论甚至争论而言，这个话题无疑是具有理论、学术意义和价值的。三是世界诗学的转向。提出世界主义具有一定的理论背景和基础，这个基础就是隶属于比较文学之下的分支学科领域比较诗学。既然世界诗学所关注的是全世界的文学、理论现象，那就应该与世界文学相关联，并对纷繁复杂的世界文学现象加以理论的概括和诗学的提升，提出世界诗学的构想是历史的必然的、比较文学与世界文学研究一个自然的发展阶段。[2]

张　叉：比较文学的世界转向的特征是什么？

王　宁：比较文学的世界转向的特征主要在于从以往的一对一的比较研究逐步转向一种总体的、综合的、比较的研究，实际上体现了总体文学的特征。具体说来，就是将过去的那种专注一国文学对另一国或另几国文学的影响以及一国文学与另一国或另几国文学的平行比较转向多国文学的综合比较研究，并且更加注重理论思潮的比较、综合研究。即使那些专注国别文学研究的学者也开始自觉地将其纳入广阔的世界文学的大语境下加以论述，通过这种综合的、总体的比较研究彰显本民族／国别文学的价值

---

[1]　参见 Emily Apter, *Against World Literature: On the Politics of Untranslatability*, London: Verso, 2013；亦可参见艾米丽·爱普特21世纪以来的相关论文与演讲。

[2]　王宁：《当代比较文学的"世界"转向》，《浙江社会科学》2019年第1期，第121—122页。

和特征。①

张　叉：法国学者让-皮埃尔·巴利塞里（Jean-Pierre Barricelli）1975
年在一次国际比较文学讨论会上提出一个观点，研究比较文学不应受缚于
学科界限，而要从"多学科"（polydisciplinary）与"跨学科"②的角度来加
强文学同其他学科间的联系与交流。您对巴利塞里提出的这个研究模式有
什么评价？

王　宁：巴利塞里所说的"多学科"与"跨学科"研究只是探讨文学
与其他学科的关系以及彼此间的相互影响和相互渗透，所以从本质上说，
这种方法只不过是一种打破了学科界限的影响研究与平行研究，并没有突
破既定的模式达到文学自身的超越。

张　叉：20 世纪 80 年代末，您在《文艺研究》撰文提出"超学科比
较文学研究"，90 年代初，您又在云南教育出版社出版著作进一步阐述"超
学科比较文学研究"。怎样界定超学科研究（interdisciplinary study）？

王　宁：所谓超学科研究是指除了运用比较文学研究的一般方法外，
还应具有一个相辅相成的两极效应。一极是以文学为中心，立足于文学这
个"本"，由此渗透到各个层次去探讨文学与其他学科及艺术表现领域之
间的相互渗透和相互影响关系，然后再从各个层次回归到文学本体，这样
便求得了一个外延的本体。另一极是平等对待文学与其他相关学科和表现
领域的关系，揭示文学与它们在起源、发展、成熟等各个阶段的内在联系
及相互作用。最后，在两极效应的总合中求取"总体文学"的研究视野。③
超学科比较文学研究的提倡使我们得以将一切文学现象和文学文本置于一
个广阔的多学科和多视角的语境之下来进行透视性的考察研究，从而找出
文学之所以得以生存的独特审美价值和表现特征。同时，超学科研究也使
得文学研究与文化研究相互沟通和借鉴，对未来的文学理论发展也有着极

---

① 王宁：《当代比较文学的"世界"转向》，《浙江社会科学》2019 年第 1 期，第 120 页。

② interdisciplinary，或译"学科的间性"。

③ 参见王宁：《比较文学与中国当代文学》，云南教育出版社 1992 年版，第 1—17 页。

大的推动作用。此外，比较文学的超学科研究，也促使一些新兴的边缘学科应运而生，使得我们的人文科学和社会科学、人文科学和自然科学通过融通而产生出一些新的交叉学科。虽然文章发表后在当时响应者并不多，但所幸的是，我当时的这一设想与今天教育部所大力提倡的新文科的理念有着高度的契合。因此我又应邀发表了一些关于新文科的文章。①

张　　叉：您提出超学科比较文学研究是出于什么考虑？

王　　宁：考虑到当时的中国比较文学研究状况，我认为，比较文学的影响研究和平行研究已不能满足宏观综合研究的需要，而超越时空观念、超越学科界限并且超越文学自身的综合比较研究已经为当代的比较文学研究开辟了一个新的更为广阔的研究领域，这就是超学科比较文学研究。

张　　叉：超学科比较文学研究在哪些方面实现了对巴利塞里提出的"多学科"与"跨学科"研究的超越？

王　　宁：首先，如前所说，超学科比较文学研究除了运用比较这一基本的方法外，还必须具有一个相辅相成的两极效应。其次，在具体实践中，这种方法不同于一般的文学研究，它不屑于对文学思潮流派、文学现象、文学范畴、审美符号、创作规律、创作活动、创作心理、读者阅读、接受心理、批评鉴赏等问题泛泛而谈，而是通过多方面的比较，立足于文学本身的角度，去探讨文学与其他学科的内在关系和相互影响。同时，也通过对各门艺术的鉴赏和比较，发现文学与其他各门艺术在审美形态、审美特征、审美效果以及表现媒介方面的共同点和相异之处，揭示文学与这些艺术部类的内在联系。最终站在总体文学的高度，总结出文学之所以不同于其他艺术的独特规律，进而丰富和完善文学学本身的学科理论建设。②

---

① 参见王宁：《新文科视野下的外语学科建设》，《中国外语》2020 年第 3 期；王宁：《科技与人文：对立还是互补？》，《燕山大学学报（哲学社会科学版）》2020 年第 3 期；王宁：《新文科视域下的翻译研究》，《外国语》2021 年第 2 期；王宁：《科技人文与中国的新文科建设——从比较文学学科领地的拓展谈起》，《上海交通大学学报（哲学社会科学版）》2021 年第 2 期，第 11—16 页。

② 王宁：《比较文学：走向超学科研究》，《文艺研究》1988 年第 5 期，第 143—144 页。

张　叉：翻译同比较文学研究的关系是什么？

王　宁：比较文学已经成为一个"全球化"了的学科，其特征就体现在它所研究的是跨越国别与文化传统的两种或两种以上的文学，因此我们从事不同文学之间比较研究的时候，是不可能离开翻译的。从事比较文学研究必然涉及翻译，在中国的语境下则更是如此。在某种程度上看，从事不同的民族／国别文学的比较研究就等同于从比较的与跨文化的视角来研究翻译。一定程度来说，在文化研究的影响与冲击下，比较文学与文化研究以及翻译研究相融合，从而在文化研究的大旗下形成了一个重要的研究领域。在当今全球化的时代，翻译应当继续在人类知识领域里占有重要的地位，并且在全球文学、文化的"定位"和"重新定位"过程中扮演越来越重要的角色[①]。翻译研究可以继续在"全球本土化"的比较文学与世界文学重构方面做出自己特有的贡献。

张　叉：英国比较文学学者苏珊·巴斯奈特在1993年推出的著作《比较文学导论》中毫不客气地宣布："今天，比较文学在某种意义上说来已经死亡了。二元差别的狭隘性、非历史方法的无助性以及作为普世文明力量的文学这一看法的沾沾自喜的短视性都为这一死亡推波助澜。"[②]您对巴斯奈特的《比较文学导论》有何评论？

王　宁：就在巴斯奈特宣布比较文学"死亡"的同时，学术界出现了另一个具有悖论意义的现象，也即比较文学学者在当今的全球化时代十分活跃，他们出没于各个领域的学术会议，著书立说，各大学里的比较文学系所也不断地举行各种学术活动，对整个人文学科都产生了一定的影响。如此看来，20世纪90年代以来，比较文学研究的确陷入了一个悖论式的危机：一方面，作为一门学科，它的领地变得越来越狭窄，许多原有的领

---

① Ning Wang, "Translation and the Relocation of Global Cultures: Mainly a Chinese Perspective", *Asia Pacific Translation and Intercultural Studies*, vol. 2, no. 1, 2015, pp. 4-14.

② Susan Bassnett, *Comparative Literature: A Critical Introduction*, Oxford and Cambridge: Blackwell, 1993.

地不是被文化研究占领就是被（文化）批评理论侵吞；另一方面，比较文学学者的广博的多学科知识与对前沿理论的敏锐嗅觉，再加之他们那训练有素的写作能力，又使得他们很容易越界进入一些跨学科的新领域并发出独特的声音。这正好与这门学科本身的衰落形成了鲜明的对照。这带来的一个必然结果就是，相当一大批比较文学学者今天并不在研究文学，而是在从比较的视角研究其他学科的论题；但他们又不得不在体制上依附于比较文学学科。至少从理论的层面看，巴斯奈特的《比较文学导论》完成了对比较文学学科的解构。① 不过，应该看到的是，她虽然鼓吹"比较文学消亡论"，但是并没有直截了当地宣布比较文学的死刑，而是企图把比较文学纳入翻译研究的范畴。她在消解传统的比较文学学科的同时，却又以翻译为手段对比较文学进行了重新建构。

张　叉：美国比较文学学者佳亚特里·查克拉沃蒂·斯皮瓦克（Gayatri Chakravorty Spivak）于 2003 年出版的著作《一门学科的死亡》（*Death of A Discipline*）中直言不讳地宣称，"作为学科的比较文学已经过时"，"新的比较文学需要建构"。您对斯皮瓦克的《一门学科的死亡》有何评论？

王　宁：我首先引证斯皮瓦克的朋友、当代西方怪异理论（Queer Theory）研究的主将朱迪斯·巴特勒（Judith Butler）的看法，她认为，"佳亚特里·斯皮瓦克的《一门学科的死亡》并未告诉我们比较文学已经终结，而恰恰相反，这本书为这一研究领域的未来勾画了一幅十分紧迫的远景图，揭示出它与区域研究相遇的重要性"，"她还描绘出一种不仅可用来解读文学研究之未来，同时也用于解读其过去的新方法。这个文本既使人无所适从同时又重新定位了自己，其间充满了活力，观点明晰，在视野和观念上充满了才气。几乎没有哪种'死亡'的预报向人们提供了如此之多的

---

① 王宁：《比较文学的危机和世界文学的兴盛》，《中国比较文学》2009 年第 1 期，第 24—25 页。

灵感"。①巴特勒说得是很有道理的。斯皮瓦克本人就是在比较文学这一学科内开始其学术生涯的，她未必真的希望这一学科死亡。而且确实，当我们读了斯皮瓦克的著作后，也并没有对比较文学学科的前景产生悲观之感，反倒是惊喜地发现，原来过去几十年中国比较文学所走过的道路已经或多或少地预示了她对全球化时代新的比较文学学科的重新定位②，"比较文学与区域研究可以携手合作，不仅培育全球南方的民族文学，同时也培育世界各地的各种地方语言写作的文学，因为这些语言的写作在新的版图绘制开始时就注定要灭绝"，"实际上，新的比较文学并不一定是新的。但我必须承认，时代将决定'可比性'的必然观念将如何实行"③。斯皮瓦克这本《一门学科的死亡》有点"哀悲而疾视，哀悲所以哀其不幸，疾视所以怒其不争"④的味道，其最终目的并不是要真正宣布比较文学学科的死亡，而是要在学科内部进行革新，从而让这门行将衰落的学科经过一番调整后实现凤凰涅槃，走向更加光明的未来。事实上，斯皮瓦克在《一门学科的死亡》出版后不久，便就任哥伦比亚大学比较文学与社会研究中心主任，肩负起了重整比较文学旗鼓的重担。她在任内先后于 2005 年和 2007 年两次邀请我前往哥伦比亚大学演讲，希望与我保持不间断的对话，我也于 2006 年邀请她来清华大学和北京语言大学演讲，我们现在仍保持频繁的接触。

张　叉：比较文学的危机论由来已久，意大利的贝奈戴托·克罗齐（Benedetto Croce），德国的威廉·狄尔泰（Wilhelm Dilthey）、恩斯特·艾尔斯特（Ernst Elster），英国的苏珊·巴斯奈特，美国的佳亚特里·查克拉沃蒂·斯皮瓦克等比较文学大学者，都曾经高度警戒，一度大声疾呼狼来了。关于比较文学的危机论，现在是否有较为明晰的结论了？

---

① 详见朱迪斯·巴特勒评语，Gayatri Spivak, *Death of a Discipline*, New York: Columbia University Press, 2003, back cover。

② 王宁：《比较文学的危机和世界文学的兴盛》，《中国比较文学》2009 年第 1 期，第 26 页。

③ Gayatri Spivak, *Death of A Discipline*, New York: Columbia University Press, 2003, pp.15-16.

④ 《鲁迅全集》第一卷，人民文学出版社 1981 年版，第 80 页。

王　宁：不管我们乐观还是悲观，有两个事实是不能否认的：一是比较文学作为一门新兴的学科不仅已经存在于东西方的文化学术土壤中，而且始终在风云变幻的文化学术气候下健康地发展着；二是比较文学作为一种学术研究的方法早已经渗透到我们的社会科学和人文科学的各个领域①。经过这么多年的讨论，在当今全球化的时代背景下，比较文学的危机论基本上可以得出较为肯定、明晰的结论了。首先，斯皮瓦克所说的那种为比较而比较的、牵强附会式的"比较文学"的确已经没有市场，思想观念日益封闭、研究方法老套僵化的传统比较文学学科必将走向死亡。其次，一种新鲜的、融入了文化研究与世界文学成分的比较文学学科必将获得新生，在全球化语境下，跨文化、跨文明、跨学科的当代比较文学学科呼之欲出。因此，危机并不意味着威胁，而是隐含着新的转机，作为具有理论前瞻性的比较文学学者，我们应该遇事不慌，善于化"危"为"机"。

张　叉：美国艺术与科学院院士、康奈尔大学英文和比较文学讲座教授乔纳森·卡勒（Jonathan Culler）在《文学理论入门》（*Literary Theory: A Very Short Introduction*）中写道，"在这里发生的一个事件就是'文化研究'，它是 90 年代人文学科的一个主要活动。一些教授或许已经从弥尔顿（John Milton）转向了麦当娜，从莎士比亚转向了肥皂剧，进而全然抛弃了对文学的研究"②，一针见血地指出了文化研究给比较文学研究带来的挑战。确如卡勒所言，"比较文学界的确出现了漫无边际的'泛文化'倾向：除了跨文化、跨文明语境的文学之比较研究外，还涉及文学以外的哲学、精神分析学、政治学、医学等话语"③，鱼龙混杂、乌烟瘴气。一些学者忧心忡忡，"他们甚至预言，鉴于文化研究领域的无限扩大，比较文学总有一天会消亡，或者干脆被文化研究大潮吞没"④。您怎样看待文化研究挑战下的比

① 王宁：《比较文学的未来》，《天津社会科学》1995 年第 4 期，第 62 页。

② Jonathan Culler, *Literary Theory: A Very Short Introduction*, Oxford: Oxford University Press, 1997, p. 42.

③ 王宁：《全球语境中的比较文学：中国的视角》，《江苏社会科学》2002 年第 6 期，第 163 页。

④ 王宁：《全球化、文化研究和中西比较文学研究》，《中国比较文学》2001 年第 2 期，第 4 页。

较文学研究？

王　宁：虽然我早于 2001 年在《比较文学与世界文学评论》上发表论文，专门讨论文化研究和比较文学研究的问题①，但是由于当今全球化时代的比较文学已经有了崭新的面貌，世界文学问题再度浮出历史的地表，并且日益显示出其前沿性和理论性，所以这个问题还可再议。确实，在当今的比较文学青年学者中，以影视、大众文化为题撰写博士论文者不仅在西方学界不足为奇，就是在中国比较文学界也开始出现。这样一来，确实使得比较文学的学科界限变得越来越宽泛，甚至大有以文化来吞没传统意义的文学研究之趋势。②毫无疑问，对许多文学研究者而言，比较文学的未来前景并非光明，因为这种大众取向的文化研究来势汹汹，它所构成的挑战仿佛要把这门精英取向的学科全然吞没。当今时代文化几乎无所不在，而日益萎缩的文学却近乎淹没在文化的汪洋大海之中，更何况比较文学了。在当今时代，全球化大举入侵，文化研究大行其道，文学理论江河日下，文学理论陷于死亡境地，文化研究给比较文学带来了巨大的影响与冲击，换句话说，"对比较文学形成的最强有力的挑战主要来自文化研究"③。但也有学者认为，比较文学与文化研究可以达到互补的境地，因而没有必要与后者形成对立关系。在当前的语境下，这种态度应当是值得提倡的，关键的问题是如何有效地使得比较文学既保持自己的开放性和包容性学科特征，又不至于在众多学科的冲击下全然解体。就我本人而言，我同时从事比较文学和文化研究，并在这两个领域内各发表了数十篇中英文论文，但我的比较文学学者的身份从未受到国内外同行的质疑，倒是被认为是"自觉地将这二者相结合和融通"的一个典范。我想，我的欧美同行卡勒、斯皮瓦克、德汉也是如此。

---

① 参见 Ning Wang, "Confronting Globalization: Cultural Studies Versus Comparative Literature Studies?" *Neohelicon*, vol. XXXVIII, no. 1, 2001, pp. 55-66。

② 王宁：《全球语境中的比较文学：中国的视角》，《江苏社会科学》2002 年第 6 期，第 163 页。

③ 王宁：《全球化、文化研究和中西比较文学研究》，《中国比较文学》2001 年第 2 期，第 2 页。

张　叉：比较文学如何消解文化研究带来的挑战？

王　宁：我们不能将文化研究同比较文学研究搞成一种你死我活、有你没我的对立关系。面对文化研究带来的挑战，我们的应对策略有两个。首先，我们应对文化研究之准确概念有所把握。当今的文化研究越来越远离经典文学及其伟大的传统，它容纳了以后殖民及流亡文学为对象的种族研究，以女性的性别政治和文化为对象的性别研究，以对某一地区的历史、政治、经济及文化进行跨学科的综合考察研究为主的区域研究，和以当代大众传媒和网络文化为对象的传媒研究。其次，我们必须明确，文化研究本身就是一门界定不完善的"亚学科"或一种超学科学术话语。从事文化研究可以有不同的方法和理论视角，文化研究赋予我们一种开放的、多元的视角，它应该对其他研究领域采取一种宽容而非排斥的态度[①]。因此将比较文学的领地有限地扩大并纳入广义的文化研究的大语境下来考察应该是可行的。

张　叉：比较文学在文化研究的挑战下的结局是什么？

王　宁：比较文学学者苏源熙（Haun Saussy）始终坚定地认为，"比较文学在某种意义上赢得了战斗，它从未在美国学界得到更好的认可"[②]。苏源熙的意思是说，今天比较文学学科的作用受到美国人文学界的高度认可，而在过去则不那么被认可。确实，如苏源熙所言，在美国人文与科学院院士中，比较文学学者相比国别文学研究者，占有较大的比重，有苏源熙、戴姆拉什、巴特勒、余宝琳、拉巴特、卡勒、詹姆逊等十多位。我认为，确如苏源熙所说，在关于比较文学是否将被各种理论或文化研究吞没的辩论中，比较文学不仅最终幸存了下来，并且得到了长足的发展。[③]

张　叉：有学者认为，比较文学无须跨越国界，一个国家内部各民族

[①] 王宁：《面对文化研究的挑战：比较文学的未来》，《文艺理论研究》2012年第5期，第4—5页。

[②] Haun Saussy (ed.), *Comparative Literature in an Age of Globalization*, Baltimore: The Johns Hopkins University Press, 2006, p. 3.

[③] 王宁：《面对文化研究的挑战：比较文学的未来》，《文艺理论研究》2012年第5期，第7页。

用自己的语言创造出的文学之间的比较研究也属于比较文学的范畴。您对此有什么看法？

王　宁：这种情况确实也存在过，那就是苏联的时代。众所周知，苏维埃社会主义共和国联盟是由十五个加盟共和国组成的联盟，每个加盟共和国都享有较大的自主权，有自己的政府首脑，同时也有自己的语言和文化传统。因此比较文学的"苏联学派"（早已不存在）就认为这样一种比较也属于比较文学的范畴。而这之于中国文学则不然：中国国内的汉族文学与朝鲜族文学的比较不能算作比较文学，而中国文学与朝鲜和韩国的文学的比较才算作是比较文学。

张　叉：中国比较文学是否已失去生机？

王　宁：同西方学术界的情形刚好相反，比较文学在中国是最具有活力和国际影响力的人文科学研究领域，这在很大程度上直接得益于文化全球化或全球性的进程。你可以看看，在中国数以万计的人文学者中，入选欧美科学院外籍院士者恰恰主要是比较文学学者。除了我本人以外，还有何成洲、尚必武、聂珍钊、曹顺庆等。

张　叉：在国际比较文学界，是否真正存在着中国学者"失语"的情况？

王　宁：中国不仅是一个有着悠久历史及丰富文化遗产和文学传统的大国，而且也是一个有着最多人文知识分子的学术大国，所谓中国学者在国际学术界"失语"的现象确实存在，但并不存在于比较文学学科领域内，倒是我们中的不少人不了解国际学术界的现状，或缺乏足够的自信心，怯于与国际同行进行平等的对话。[1]

张　叉：斯皮瓦克认为，"比较文学必须始终跨越界限"[2]。您认为，中国比较文学在 20 世纪 80 年代复兴并成为一门学科以来具有鲜明的"越界"特征，能就此做一些说明吗？

---

① 王宁：《全球语境中的比较文学：中国的视角》，《江苏社会科学》2002 年第 6 期，第 165—166 页。

② Gayatri Spivak, *Death of a Discipline*, New York: Columbia University Press, 2003, p.16.

王　宁：假如我们认为中国研究属于区域研究范围的话，那么在国际性的文化研究框架内，中国比较文学研究无疑既是区域研究的一部分，也是世界文学的一部分。至于"越界"，中国的比较文学在20世纪80年代复兴并成为一门学科以来，立即就带有了"越界"的特征：我们的研究成果既超越了东西方之间的界限，也超越了世界文学与民族文学之间的界限；既超越了文学与其他相关学科领域之间的界限，也超越了汉语文学与亚洲其他地区的其他语言写作的界限。[1]

张　叉：有不少中国学者呼吁中国比较文学同国际接轨，您的看法是什么？

王　宁：我们倡导同国际接轨，但是这绝不仅仅意味着同西方接轨，我们所从事的比较文学也绝不仅仅局限于中西方文学的比较，还应包括中国与亚洲邻国及其他兄弟民族的文学的比较，甚至包括与非洲的后殖民地文学的比较研究，当然也应包括精英文学与大众文学的比较。[2]

张　叉：海峡两岸暨港澳比较文学研究各自的特色是什么？

王　宁：尽管比较文学在中国的兴起最先是在港台地区，但是中国大陆的学者从一开始就采取了一种兼收并蓄的态度，同时从法国学派和美国学派那里汲取营养，并在自己的研究中显示了鲜明的特色：既注重中外文学关系中实际存在的接受—影响因素，也在追踪史实的同时进行理论分析，此外，国内学者的研究从一开始就有着鲜明的跨学科特色。由于比较文学在香港的兴起最初是由一批有着台湾背景的学者，如李达三、袁鹤翔、周英雄等推动的，因而港台的比较文学有着某种共同或类似的特色：注重用西方的理论分析中国文学作品。但是海峡两岸暨港澳的比较文学学者都有一个共同的特色，即从一开始就注重与国际学界的交流和对话，并力图将自己的研究成果在英语世界发表。

---

① 王宁：《比较文学的危机和世界文学的兴盛》，《中国比较文学》2009年第1期，第25—26页。

② 王宁：《全球语境中的比较文学：中国的视角》，《江苏社会科学》2002年第6期，第165页。

张　叉：在当今中国的人文学科研究中，比较文学不断获得活力，这是为什么？

王　宁：这是多方面的因素所决定的。第一，中国学者在改革开放以来通过同国外同行的频繁交流，逐步了解到比较文学这门学科的前沿与外国学者特别是西方学者的最新研究成果。第二，在高校中文系、外文系学者的共同努力下，比较文学最终成了隶属于中国语言文学一级学科之下的一门独立的二级学科，在1998年的全国学科目录调整中，与原先的世界文学学科合并为"比较文学与世界文学"二级学科，具有一定的学科布局前瞻性。第三，21世纪初，英语世界推出了一批优秀的世界文学成果。美国文学理论大家弗朗哥·莫莱蒂①于2000年发表论文《世界文学的构想》②，美国比较文学学会前任主席戴维·戴姆拉什于2003年出版专著《什么是世界文学？》③。通过他们以及其他一些欧美学者的共同推进，世界文学成了国际比较文学和文学理论界的又一个前沿理论话题。第四，在世界文学成为前沿理论话题的同时，中国学者在外国语言文学一级学科之下设有一门比较文学与跨文化研究二级学科，照样招收比较文学专业的硕士和博士研究生。④

张　叉：比较文学在中国已经全面复兴，这种说法的依据是什么？

王　宁：主要依据有五个。一是学术成果丰富。在过去的几十年里，在比较文学领域，中国学者共出版了千余部学术专著，发表了数千篇学术论文，加上译自英文、法文、德文、俄文、日文等语言的著述，比较文学在中国呈现出一种空前繁荣的状态，甚至一度被人们称为一门"显学"。二是学科地位得以确立。1994年以来，七所高校设立了独立的比较文学与

---

① Franco Moretti，或译"弗朗哥·莫瑞提"。

② Franco Moretti, "Conjectures on World Literature", *New Left Review*, 1, 2000, pp.54-68.

③ David Damrosch, *What Is World Literature,* Princeton and Oxford: Princeton University Press, 2003.

④ 王宁：《比较文学在中国：历史的回顾及当代发展方向》，《上海交通大学学报（哲学社会科学版）》2018年第6期，第114页。

世界文学二级学科博士点，加上那些隶属于中国语言文学一级学科之下的自设二级学科，中国已有五十多所高校可以招收比较文学与世界文学专业的博士研究生，一些隶属于外国语言文学一级学科之下的比较文学与跨文化研究二级学科也开始招收比较文学方向的博士研究生。三是比较文学机构化与学科建制得以建立。中国比较文学学会于1985年成立，这标志着比较文学在中国的机构化进程已经完成。学会从成立起就十分重视自身的学科建设，致力于在两方面凸显自己的特色，第一是突出本学科的国际化特色，第二是强调其中国的本土化立场。四是中国比较文学研究一贯秉持的国际化和开放性特色。中国的比较文学研究始终以开放性和国际化为特色。在过去的几十年里，中国比较文学学会共举行了十二届年会，这些年会都向国际学界开放，并邀请一些国际著名学者前来做主题发言，从而与国际学者进行面对面的对话和交流。此外，学会每年都与国内外各高校合作举行一些高规格的专题研讨会或双边研讨会，越来越多的中国比较文学学者不仅积极地参加国际学术会议，而且还在国际刊物或出版社发表自己的研究成果。五是中国的比较文学学者所固守的中国本土立场。虽然比较文学以国际化和全球化为自己的目标，但是中国的比较文学研究同时也深深地扎根在特定的中国语境中。它的许多研究课题与当下的中国文学和文化研究密切相关。就此而言，我们对中国的比较文学研究有了一个"全球本土化"语境下的发展概貌，并可以将其展示给国际学界。[1]

张　叉：您刚才提到，中国比较文学学会一直在努力凸显自身的两个特色，能不能稍做阐释？

王　宁：关于突出本学科的国际化特色，中国比较文学学会自成立之日起就成为国际比较文学协会的成员，积极地参与国际学会的各项学术活动，并且担任学会的领导职务。关于强调其中国的本土化立场，中国比较

---

① 王宁：《比较文学在中国：历史的回顾及当代发展方向》，《上海交通大学学报（哲学社会科学版）》2018年第6期，第114页。

文学学会在国内的各个省、市、自治区大都建有地方比较文学学会。这些地方学会一般独立开展学术活动，但同时接受中国比较文学学会的帮助和指导。①

张　叉：中国比较文学研究在"全球本土化"语境下发展并将其展示给国际学术界方面，主要有哪些研究课题？

王　宁：主要有八个研究课题：一是全球化与文学研究。这一课题已经成为过去二十多年里讨论得最为热烈的话题之一，在中国更是如此，因为中国被认为是全球化的最大赢家之一。二是流散和海外华裔文学研究。随着海外中国移民的增加，流散现象也成为当今的一个前沿理论课题。三是文学人类学研究。中国是一个有着 55 个少数民族的多民族国家，因而完全有必要从人类学的角度来研究这些少数民族的文学。四是汉语的普及和书写新的汉语文学史。在过去的几十年里，随着中国经济的飞速发展，世界上出现了一股汉语热。既然国际英语文学早就成了一门学科，国际汉语文学迟早也将成为一门学科。五是比较文学和当代文化研究中的翻译转向。翻译研究中曾出现过文化转向，它帮助建立了一门独立的翻译学学科。既然比较文学学者和文化研究学者大都在翻译的帮助下从事自己的学术研究，那么就有必要打破英语中心主义的桎梏，呼唤当代文化研究中的翻译转向。六是走向世界文学阶段的比较文学。歌德早在 1827 年就在包括中国文学在内的东方文学的启迪下对世界文学做了理论描述，因而世界文学的提出标志着比较文学的诞生和雏形的形成，而它在经历了一百多年的风风雨雨之后，其最高阶段也自然应当是世界文学。七是生态批评、文学的生态环境研究以及动物研究。作为人文学者和文学研究者，我们对人与自然的关系尤为敏感。诚然，中国古代哲学中有着丰富的生态资源，因此毫不奇怪，生态批评在中国依然方兴未艾，并朝着与国际学界平等对话的方

---

① 王宁：《比较文学在中国：历史的回顾及当代发展方向》，《上海交通大学学报（哲学社会科学版）》2018 年第 6 期，第 114—115 页。

向发展。在这方面，中国的比较文学学者又是先行了一步。八是后人文主义的崛起和数字人文的实践。当今时代科学技术的飞速发展使得人的作用受到一定的限制，许多本来应该由人工去从事的工作现在已由机器来取代。数字人文的实践则表明科学与人文并非只是对立，它们同样也可以互补和对话。①

张　叉：怎样从比较文学的视野来评价中国文学和文化？

王　宁：比较文学为中国文学和文化开启了一扇同世界交往、交流的窗口，使中国文学和文化得以走出封闭的一隅，获得更为宽广的胸怀和视野。借助于比较文学在中国的兴起和繁荣，中国现代文学形成了自己独特的传统，2012 年产生了自己的诺贝尔文学奖得主莫言，这就是有力的证据。从比较文学的视野来评价，在这个全球化的时代，中国文学、文化正在经历一种"非边缘化""重返中心"的过程，中国文学必将成为世界文学的一个重要组成部分。

张　叉：比较文学的前景怎么样？

王　宁：美国学者哈斯克尔·勃洛克（Haskell M. Block）曾在 1985 年对比较文学在未来的发展与前景做出预言，"当前没有任何一个文学研究领域能比比较文学更引起人们的兴趣或有更大的前途，任何领域都不会比比较文学提出更严的要求或更加令人眷恋"②。如果说他这番话仅能为三十多年前比较文学在西方学术界的景观所证实的话，那么 20 世纪 80 年代以来比较文学在中国的全面复兴便可成为其在东方的一个例证。综观当今中国的社会科学和人文科学各分支学科领域的现状，我们完全可以自豪地断言，这是一门最年轻、最有生气的学科，它早已通过内部机制的自我调节而克服了自身曾面临的种种危机，率先从边缘步入中心，登上国际论

---

① 参见 Wang Ning, " Introduction: Humanities Versus Sciences ", *European Review*, vol. 26, no. 2, 2018, pp. 229-232; Wang Ning, "Humanities Encounters Science: Confronting the Challenge of Post-humanism", *European Review*, vol. 26, no. 2, 2018, pp.344-353。

② 勃洛克：《比较文学的新动向》，《比较文学研究译文集》，上海译文出版社 1985 年版，第 206 页。

坛。一方面和西方主流学术界进行平等的对话，为把中国文学及其研究成果介绍到世界起到了其他学科难以起到的作用；另一方面则试图吸引越来越多的西方学者关注东方和第三世界的文学。任何悲观的论点、无所作为的态度都与这一现实相抵牾，任何持"比较文学消亡论"者都无法改变这一大趋势。①

---

① 王宁：《比较文学的未来》，《天津社会科学》1995 年第 4 期，第 65、107 页。

下编　比较文学外国名家访谈录

比较文学的问题与前景

——斯文德·埃里克·拉森教授访谈录

　　受访人介绍：斯文德·埃里克·拉森（Svend Erik Larsen），1946 年生，男，丹麦奥尔胡斯大学（Aarhus University）斯堪的纳维亚文学与符号学博士，南丹麦大学（Southern Danish University）语言哲学博士，奥尔胡斯大学比较文学荣休教授、人文科学—人与自然研究中心主任（1992—1997），英国伦敦大学学院（University College London）名誉教授，丹麦国家研究基金会委员（2012—2015），欧洲科学院院士，欧洲科学院副主席（2015—　），欧洲科学院人文科学分院主席，欧洲科学院文学与戏剧研究分院主席，《世界文学》联合编辑，主要从事文学、文化史、历史观、符号学、记忆、世界文学研究。

　　访谈形式：面对面

　　访谈时间：2015 年 7 月 18 日

　　访谈地点：四川省成都市香格里拉酒店

　　形成初稿：2016 年 5 月 1 日

　　形成定稿：2018 年 7 月 26 日

　　最后修订：2020 年 11 月 3 日

张　叉：自从比较文学在大约 200 年前以一门学科的形式诞生以来，它就不断引起世界各地学者的争辩。您是如何看待这件事情的？

斯文德·埃里克·拉森：在刚开始的时候，比较文学这门学科并没有在世界范围内遇到什么积极或者消极的反响。只是在欧洲这片发源地上，它首先以一套理念的形式出现，继而在大学这样的科研机构里以一门学科的面目亮相了。后来，它被看作是一门同民族文学研究相反的学科，而民族文学研究已经主宰文学研究相当长的时间了，欧洲以外的情况也是如此。再后来，它被看作是一种把欧洲文学经典和欧洲研究范式强加于世界其他地方的殖民主义规划。又再后来，它被当作是一门伪科学，因为没有任何学者能够掌握必要数量的语言使自己成为真正的比较文学学者。因此已经出现的这些评论必须置放到历史的语境当中来加以考察。

这也意味着，每种评论都会引发不同的、特定语境的反驳，例如：在早期，比较文学是预设了清楚划分界限的民族文学的。比较研究建立于界限清楚的民族文学中的作品和作者之间。尽管比较文学被看作是同民族文学研究相反的研究，但是在这两种类型的文学研究之间并不存在真正的冲突，它们之间更多的是一种相互依存的关系，这容许学者以比较研究的视角来深化对民族文学和地方文学的理解。

或者说，它是对后来一个评论的另一种反驳：尽管这门学科在殖民主义与欧洲中心主义的语境下确实在欧洲以外的地区得到了发展，但是同样确实的是，它为研究同文学与文化相关的、非欧洲的文学提供了新的途径，而通过这样的操作，这门学科也同时为欧洲文学的研究开启了新的蓝图。人们对世界文学研究的兴趣与日俱增，这是这门学科发展的一个例证，它是这门学科对后殖民语境下所面临的批评的一个回应。

张　叉：比较文学研究目前面临的最大问题是什么？

斯文德·埃里克·拉森：在我看来，在过去近二十年的时间里，世界文学研究的发展已经成为这门学科最为重要的变革，它在观察我们所有人共同生存的、全球化了的世界的文化多样性方面开阔了学者和读者的眼界。

此外，这种发展也将迫使我们对比较的理论、概念和方法论进行重新定义。因此如何处理需要纳入考虑的、文化语境和语言的扩展是我们现在正在全球范围内加以解决的问题，这不仅仅是因为存在着语境和语言的纯粹的数量因素，更是因为这一挑战迫使我们重新构建在普通人文科学上的工作方式，并为研究团队创造更多的、跨学科研究和协作的机会。对已经完全习以为常的个人心态必须要加以改变，要把它转变成新的、更具有集体性质的工作习惯。

但是从更加长远的角度来看，在这个比较熟悉的问题以外，还会出现其他的问题。在技术科学和神经科学领域所获取的新知识要求跨学科性的新类型，而无论是范式还是工作策略，我们都还没能将之构建出来。但是有一点是很清楚的，如果有一门学科，它能够影响语言和其他的媒体，影响虚构的语境设计，影响人类的想象力和创造力，影响主体性和身份的问题，那么这一门学科就成为必要，这就是比较文学。但是这一学科的重新定位要求我们培养学生和研究人员、拟订方案和实践学科的方式要有根本的改变。在这方面还有漫长的道路要走。

张　叉：几年以前，曹顺庆教授出版了《比较文学变异学理论》，已故的杜威·韦塞尔·佛克马（Douwe Wessel Fokkema）教授对此做了推介。您对曹顺庆教授的这本《比较文学变异学理论》有何评价？

斯文德·埃里克·拉森：佛克马是我的挚友。在 20 世纪 90 年代他任国际比较文学学会会长以及后来在欧洲科学院期间，我们曾一起共事。如您所知，他对中国文学研究抱有极大的兴趣。曹顺庆教授的著作是当今世界比较文学研究中诸多的范例之一，它尽力解决坚守本土传统的问题，与此同时，也尝试在更大的语境下改变本土的思维方式，改变外来的、有关传统的观念，其总体的目标是促进它们进行新的互动。像您这样，来自中国这样的大文化，在传统的比较环境中为外界所知甚少，或者像我这样，源于一个处于世界文化和语言地图边缘位置的小文化，这两种状况都带来了尊重地方文化和世界文化关系的、共同的、基本的体验。

张　叉：多年以来，中国学者一直在讨论建立比较文学中国学派的问题。对于是否存在着这样一个学派，不同的学者表达了不同的看法。您认为同比较文学法国学派和美国学派并驾齐驱的中国学派真的存在吗？如果您的答案是肯定的，那么比较文学中国学派的主要特征是什么？

斯文德·埃里克·拉森：这是一个在各种场合都经常冒出来的问题，并非只是在中国才有：在国际研究界，我们是否需要用本土的研究形象来对自己进行标记？在一门学科产生出新趋势的世界的每一个地方都有可能出现不同的节点。如果它们相宜的话，那么它们就将走出家门并传播开来，而它们的家也就无关紧要了；如果它们不相宜的话，那么它们就只能待在家里，无法传播到世界。至于是否把自己标记为学派，其情形也是如此。因此，尝试建立一国之学派是完全无关紧要的，也是同比较文学与一般意义上的比较研究的基本思想背道而驰的。不久以后，这样的尝试就老是同比较研究的实践相矛盾，而比较研究的实践又打破作者、文学和学派的国家限制。

法国的理论在美国得到的讨论比在法国还多；解构主义也是如此。再举一个例子，生态批评虽然可能是在美国产生的，但是在美国，现在已经没有它的立足之地了；或者说，在依然有其立足之地的地方，它已变得狭隘与过时了。符号学在欧洲和美国学派有气无力的反对声中枯竭了。随着要求比较方法的世界文学、数字人文、后人类和未来导向这些跨学科领域的出现，给一家之学派贴上标签的想法完全是无关紧要、引入迷途的。就如通常的情况一样，它将以封闭的自我吹捧而非开放的自我批评而告终，后者是科学和文化能够取得重大发展的唯一途径。

如果有一个强大的运动推动建立比较文学中国学派，那么我建议比较文学研究者不要加入其中；如果有一个强大的运动推动建立广泛的中国学会，以此作为比较研究的平台，在国内实践与合作方面形成开放与自我批判的观点，在全球比较环境方面形成开放的、批判的和合作的方法，那么这个运动就应该受到欢迎。我期望你们朝着这个方向迈进。我在这里的访问，以及我与众多同事的相识，都滋养着我的这个期望。

张　叉：您认为合格的比较文学学者应该具备哪些基本素养？

斯文德·埃里克·拉森：这是我们所有人都有的问题，只要我们还健在，就会不断追问我们是否能够达到我们自己的学术标准。首先，最重要的基本素养是横跨整个科学界的、很多学科和研究领域共同秉持的东西：

1．扎实的基本材料的知识与寻找如何调整并扩展现有的知识储备的能力。

2．对理论和方法的概述，这些概述在过去若干年内随着这些学科而一步步发展，目的是让学者能够对其材料选择进行辩护，而这些材料是同学者想要解决的研究工作中的问题相关的。研究材料与理论或是方法论从来都不是预先就给定的、现成的工具或已知的工具，而是要根据一系列启发性研究的问题而提出的论点来进行选择、组合和发展的。

3．了解比较文学这门学科的艺术现状，目的是使学者对其思想和研究策略相关性和原创性的程度进行判断。

在具体谈到比较文学的时候，另外还有两个素养也是引人注目的：

1．学者要有能力将其研究工作置放到更大的人文学科的背景之下。在人文学科中，研究的出发点永远都应该是人的能动性在它同世界的互动中所扮演的角色。单单了解流派或作者的生卒年或是零碎的百科全书式的事实，是绝对不够的。我的文学研究如何才能促进更加广泛地理解文本塑造世界观、人文理念与文化价值等的方法呢？这是问题的类型，这种类型的问题必须成为学者努力从事学术研究的核心组成部分。

2．第二个素养更加有难度：它是一种能力，这种能力让学者对比较本身的、可能的维度产生灵活的看法，不断从材料、理论、方法论和历史的角度重新考虑比较的含义。这是一个完全不同的问题，它同追求在不同的文化、历史时期之间进行的比较形成反差，是在特定的文化或历史时期之内对作品进行比较研究。[①]找得到，但一直未曾找到适合所有情况的比较研究的范式或策略。

张　叉：最后，我要请教个比较个人化的问题：您是位享有盛名的杰出学者，在中国也有众多粉丝。无论在个人生活还是和学术研究方面，您都有丰富的经验。您能否结合自己的经验给我们这些比较文学学者特别是年轻的学者说几句或者提一些建议？

斯文德·埃里克·拉森：谢谢您的美言。幸运的是，在科学领域，我们永远都不能就任何学科中的世界之最进行提名。当提到诺贝尔奖的时候，总会有人有同样的权利值得大家的称赞。因此，追求名望就是追求短暂的快乐。一个学者能够得到的最好的东西是同事与学生给予的尊重和认可，因为这种认可是建立在个人经历和相互尊重的基础之上的。

此外，还有人断言，当学者特别是人文学科的学者是一种孤独的体验。在独自一人伏案写作，或者细读文本，或者品味阅读的丰富经验的特定时刻，就可能是一种孤独的体验。但是，这些情形并不构成工作的全部，它们仅仅是工作中的一些瞬间，一些必不可缺的瞬间。文学和人文科学是关于人类生活的学科，是一种共同分享而非孤单独处的生活。即使是在独处的时候，我也知道，我的身体遵循着一种律动，这是一种我同数十亿人共同分享的律动。即使是在做白日梦的时候，我的身体也在用我同他人共同分享的语言一起律动。因此，如果作为专业研究人员一头扎进某种寂静、孤独的时刻，那么都是为了重新走出来，把寻觅到的东西转化为语言、交流或者仅仅是社会和文化的实践。在私人生活中，这也是很重要的视角，

---

① 在 2016 年发表的英语访谈录中，这一句是："To compare literature and non-literary material is not the same as to compare a set of literary works; it is a different ball game altogether to compare works within a given culture or historical period in contrast to a project of pursuing a comparison between different cultures and historical periods." 参见 Cha Zhang, Svend Erik Larsen, "Comparative Literature: Issues and Prospect: An Interview with Professor Svend Erik Larsen", *Comparative Literature: East and West*, vol. 24, no. 1, 2016, p.145. 斯文德·埃里克·拉森在后来致张叉的复函中写道："你可以用 question、problem 或 issue 来替代 ball game。"

因为在未来，工作本身将会采取更多的合作形式——至少对我们这一代来说，这经常被看作是一个根本的变化。在教育或其他各种传播类型中，我们已经经常以各种方式同其他人分享我们的知识。为什么不能够在研究的过程中也做同样的事情呢？毕竟，研究只不过是一个终身教育的过程，也没有人能够在永远孤独的状态下得到教育。

我送给年轻学者的建议是，在追求名望之前，先要获得同伴的尊重，要培养可以共同分享的、充满激情的维度：文学。

比较文学与比较文化研究

——斯蒂文·托托西·德·让普泰内克教授访谈录

　　受访人介绍：斯蒂文·托托西·德·让普泰内克（Steven Tötösy de Zepetnek），1950 年生，男，匈牙利裔加拿大人，加拿大阿尔伯塔大学（University of Alberta）比较文学博士，美国普渡大学（Purdue University）比较文学教授，比利时根特大学（Ghent University）文化研究与教育学教授，欧洲科学与艺术院院士，《比较文学与文化》（*Comparative Literature and Culture*）编辑，主要从事比较文化、比较文学、比较传媒、后殖民、移民和少数民族、数字人文等研究。

　　访谈形式：书面

　　访谈开始：2015 年 10 月 18 日

　　形成初稿：2015 年 12 月 11 日

　　形成定稿：2016 年 3 月 12 日

　　最后修订：2018 年 8 月 1 日

张　叉：托托西·德·让普泰内克教授，您已经多次应邀来四川大学讲学了，这也正是我今天对您进行采访的一个原因。首先，我想请您谈谈您在生活与学术方面的经历。

斯蒂文·托托西·德·让普泰内克：确实，我已经三次应邀来四川大学了：2013 年做客座教授，2014 年和 2015 年参加"实践及国际课程周"活动。我 1950 年出生于匈牙利。由于在那个时候（苏联殖民匈牙利期间），出身于"资产阶级"（也就是"表面是社会的一分子但实际不是的人"[class alien]）家庭的子女是不允许上高中的，所以我就在 1964 年离开了匈牙利。我在德国和奥地利上了高中，在瑞士完成了学业。高中毕业以后，我到了瑞士的一家玻璃纤维厂工作，然后决定离开欧洲移民到加拿大，在加拿大读完了本科，并于 1989 年在阿尔伯塔大学获得比较文学博士学位。直到 2000 年，我都在阿尔伯塔大学任教，因为我妻子乔安妮是神经科学和药理学博士，她收到了美国知名制药行业的邀请，于是，我们搬到了美国。尽管我在普渡大学任职直到 2016 年 12 月才退休，但是在 2002—2011 年期间，我也是德国哈雷－维滕贝格大学（the University of Halle-Wittenberg）媒体和传播学研究的教授，此外，我还在美国、欧洲、印度、中国等地担任客座教授。对于学术研究——这是同我"四海为家"（cosmopolitan）和"移民"（migrant）的成长和生活背景相关的——它是建立在对几门语言的使用和对"移民"优势的意识之基础上的，这促使我熟悉文化的差异，从而自然地同"比较"联系在了一起。

张　叉：您是比较文学和文化研究领域成绩卓著的学者。在您的论著清单① 上，有二十多部独立完成的专著与编著，还有两百多篇同行评阅论文，这些论著涉及人文和社会科学研究的各个领域。在您看来，优秀的学者尤其是比较文学学者应该具备哪些条件？

斯蒂文·托托西·德·让普泰内克：我要坚持的一点是，在比较文学

---

① http://docs.lib.purdue.edu/clcweblibrary/totosycv.

领域从事文学和文化研究（也包括从事任何一种文学研究）的学者应该能够使用几门语言进行口头交流与书面阅读。例如，在美国，大多数的人文学者除了母语之外最多只掌握了一门别的语言，而在我看来，这对于学术研究是不利的。中国的情况也与此类似，包括文学研究在内的人文学科在更多的时候仅仅关注英语。

张　叉：1997 年，北京大学出版社出版了一本马瑞琦翻译的您的汉语版著作《文学研究的合法化：一种新实用主义、整体化和经验主义文学与文化研究方法》（*Legitimizing the Study of Literature: A New Pragmatism and the Systemic Approach to Literature and Culture*），引起人们关注。这本著作是在什么情况下出版的？

斯蒂文·托托西·德·让普泰内克：1995 年与 1996 年期间（每年三个月），我应邀到北京大学做客座教授，在当时给那里的研究生做的讲座的基础上汇编成了这本书。这本书中的一些材料可以在我 1998 年的书《比较文学：理论、方法、应用》（*Comparative Literature: Theory, Method, Application*）中查阅到。

张　叉：除比较文学和文化研究之外，您还在其他各种不同的领域从事教学工作和出版著述，包括：比较媒体和传播研究，后殖民研究，移民和少数民族研究，数字人文、电影和文学、读者研究，欧洲、美国和加拿大文化与文学研究，历史研究，文献研究等。您经常论述文学经典的概念问题，我对此特别感兴趣。您认为文学经典的标准是什么？

斯蒂文·托托西·德·让普泰内克：文学经典的标准不是单一的，而是有几种。我对此的看法是，原则上，经典的形成是"累积的"。累积经典形成理论包括理论的层面，也包括方法论操作的和功能的层面，这些层面规定了研究文学系统的多种因素和组合因素的必要性，以便对经典的形成达到一个认识。换一句话来说，"累积"的因素包括系统分类的组合，它是一个创新的、经典的、正规的和回光线（catacaustics，我的术语）的概念，而操作和功能的基本原理必须通过观察的（经验数据）和应用的要素来满足。在"让"文本受到关注的时候，在诸如评论家和学者的工作这样的其他因素中，累积经典形成的最重要的一个要素是由读者的状况、机制、地位连同系统影响一起构成的。

张　叉：您在"比较文化研究"的框架中提出了一个研究领域——这也是 20 世纪 80 年代末以来您一直都在拓展的研究领域——那就是，可以理解为"语境"的系统性和实证性途径的方法论应该把伦理学包含在内。您能就这一观点给我们做一个简要的说明吗？

斯蒂文·托托西·德·让普泰内克：的确，最广泛定义的伦理学是我在文学和文化研究领域工作时所关心的。或许，用我 1999 年的一篇文章《从现今比较文学到比较文化研究》（From Comparative Literature Today Toward Comparative Cultural Studies）中的话来对此进行解释是最快捷的方式："比较文化研究的第二个原则是用以在文化、语言、文学和学科之间移动和对话的理论的和方法的假设。这是本框架的一个重要方面，是作为整体的手段及其方法论。换句话说，就是对其他文化的关注——也就是比较的角度——是本框架的一个基本的元素与创始的因素。从这个角度看，宣称民族文化在情感和智力上是至关重要的并随之宣称民族文化在由来已久的观念上是力大无比的都是站不住脚的。反过来，内置的排斥性观念和单个文化研究的自我指涉性及其严格定义的学科界限所导致的结果是同比较文化研究所主张的替代和平行的研究领域背道而驰的。这一范围延伸到了所有的他者、所有的边缘者、少数族群、边界和周边，它包含着形式和物质两个方面的东西。然而，必须要注意任何包容性的方法、认证、方法论和意识形态的'怎样'的情况，以免重犯'高人一等的'欧洲中心论观点导致的欧洲中心主义和'普遍化'的错误。对话是唯一的解决方法。"①

基于"对话"的伦理学的概念与应用也有其现实的因素，而欧洲当前

---

① Steven Tötösy de Zepetnek, "From Comparative Literature Today toward Comparative Cultural Studies", *Comparative Literature and Culture*, 3, 1999, p.12.

的移民危机、移民同欧洲国家融合的策略和实践的历史缺失，就是一个好的例子。一个国家既不能够从实际上关闭所有的边境，也不可能从心理上远离移民的影响。因此，我的论点是，除了"普遍的"人文伦理学以外，要在任何社会中坚持维护文化的同质性与霸权都是没有意义的。积极的文化多样性意味着认同与包容，而文化的同质性和霸权则意味着边缘化与排斥。重要的是，就工业化了的和技术发达的世界的基本依存力量即商业资本主义和市场取向而言，这样做是没有意义的：移民人口构成了一个现实的存在（他们是重要的市场，也是重要的创造就业的力量）。因此，更为可取的，同时也是展示商业智慧的是，要创造出一种环境，在这种环境中，积极的文化多元化是由官方认可并由整个社会话语和实践来促进的。

张　叉：比较文学这门学科自 19 世纪早期诞生以来，一直受到批评，说它没有自己的理论框架。您是如何看待这个问题的？

斯蒂文·托托西·德·让普泰内克：我们应该指出，从原则上来看，比较文学中的"比较"已经是一种理论的和应用的方法。然而，比较文学的确是一门从其他学科和学术领域借鉴了理论、方法和观念的学科。尽管在具体发展，也就是在形成"土生土长"理论框架的时候，比较文学能够做得更好，但是我看这不是问题，反倒是一个优势。这恰好是我在比较文化研究中所做的，就是把比较文学和文化研究的原则结合起来："我相信，要让文学与文化研究成为一种同社会相关的学术活动，我们应该做一些与专业问题相关的语境工作，比如就业市场、学术出版、数字人文学科等，更广泛地说，与社会、政治、经济等方面的人文学科的作用相关的语境工作。因此，我认为，通过跨学科和新媒体技术实践的比较和语境方法，比较文化研究可以获得深入的学术研究和人文学科的社会相关性。"[①]

张　叉：在您看来，比较文学研究现在面临的最大问题是什么？

---

① Steven Tötösy de Zepetnek, "About the Situation of the Discipline of Comparative Literature and Neighboring Fields in the Humanities Today", *Comparative Literature: East and West*, 2, 2017, p.191.

斯蒂文·托托西·德·让普泰内克：由于您提的这个问题取决于"在什么地方"（where）这一前提，所以我很难用简短的方式来进行回答。我想，在所谓的学科中心（欧洲和美国），其中一个问题是外语水平正在降低。在美国，比较文学大部分是通过翻译来进行研究的，也就是说，阅读与分析的文本不是原文，而是英文翻译。虽然在阅读和研究世界文学中依靠译文要比什么都不依靠好一些，但是在我看来，对于学术研究，必须要能够阅读原始文本，当然也必须要能够阅读多种外语学术文献而不仅仅只局限于英语。另一个问题是您已经提到了的，就是理论的问题：因为20世纪70年代以来，不仅在比较文学领域，而且（主要）在英语部门，理论框架都已经得以发展——尽管我认为"借鉴"应该不是个问题——但是这依然不仅贬低了比较文学的价值，而且最重要的是，还减少了愿意在这一学科领域作为教师进一步从事研究的研究者人数。然而，一个深层次的问题是，在美国，比较文学正在受到限制，这意味着，能够获取的教师职位越来越少。与此同时，出现在中国、拉丁美洲以及包括西班牙在内的几个欧洲国家（但是，在欧洲其他国家，包括法国和德国，也存在限制）的上述限制就更不用说了。

张　叉：中国学者多年以来一直都在探讨中国比较文学学派的建立问题。对于是否存在着这样的学派，还存在诸多不同的看法。中国四川大学曹顺庆教授认为："比较文学的发展经历了三个阶段，即以法国学派为代表的第一阶段（欧洲阶段），以美国学派为代表的第二阶段（美洲阶段），以及比较文学在亚洲崛起后的第三阶段（亚洲阶段），这第三阶段的学科理论体系之一就是已经成形的中国学派。"[1] 美国哥伦比亚大学佳亚特里·查克拉沃蒂·斯皮瓦克（Gayatri Chakravorty Spivak）教授则表示："我不知

---

[1] 曹顺庆：《中国学派：比较文学第三阶段学科理论的建构》,《外国文学研究》2007年第3期，第128页。

道什么法国学派、美国学派，更不知道什么中国学派。"① 请问您在这个问题上的看法是什么？

斯蒂文·托托西·德·让普泰内克：因为我不会中文，所以只能尝试着回答您这个问题。我所能够说的是，在过去几年时间里，中国的学者出版了著作，目标是要同时在西方思想和中国思想的基础上创建理论框架。在共享（汤森路透索引）季刊中，我创建、编辑了 1999—2016 年《比较文学与文化》（*CLCWeb: Comparative Literature and Culture*）②——我们正在关注这些进展，这本期刊中有相当多这一主题的研究成果可资查阅。

张　叉：在文学以及比较文学研究中，我们常常需要考察政治、经济、社会、历史、宗教等问题。例如，"美国梦"（American Dream）就是美国文学的一个重要的主题。"美国梦"可以追溯至早期北美移民，也植根于 1776 年 7 月 4 日发表的《独立宣言》，是美国的民族精神与理想。2012 年 11 月 29 日，中共中央总书记习近平在参观中国国家博物馆的时候提出了"中国梦"的构想，它也成了中国的民族精神和理想。在您看来，"美国梦"与"中国梦"的基本点是什么？

斯蒂文·托托西·德·让普泰内克：一般来说，"美国梦"指的是在美国寻求自由与机会的可能性。然而，尽管这在以前和现在的很多情况下都是事实，但是"美国梦"也是一种神话构想，因为它并不总是为摆脱贫困和迫害提供新的起点。我们不能忘记非裔美国人和拉丁美洲移民的处境，对他们来说，"美国梦"是常常没有实现的，也是实现不了的。至于"中国梦"，虽然目前的中国成为世界经济强国已经是一个事实，但是我却不确定应该怎么来对此进行思考。"西方"（我的意思是不仅仅美国，而且欧洲和拉丁美洲、印度、非洲、中东等，因此，中国以外的其他所有地方都是隐喻性的）是否会对中国文化所提供的丰富多彩的内涵产生兴趣，这就

---

① 张叉、黄维樑：《加强"以中释西"文学批评，构建中国比较文学的话语体系——黄维樑教授访谈录》，《燕山大学学报（哲学社会科学版）》2018 年第 1 期，第 60 页。

② http://docs.lib.purdue.edu/clcweb.

是另外一个问题了。换一句话说，如果"中国梦"仅仅指的是物质上的东西，那么它就不会取得杰出的成就；如果它是建立在物质的（金融的、工业的、技术的）和包括全球语境下的教育在内的文化的基础上的一种构想，那么它就会推动中国和中国人民进步。如果"中国梦"意味着人文学科贬低到次等的地位而自然科学与技术却得到专门的喜爱，那么虽然从短期来看，它可以取得很多成绩，但是从长期来看，它就会失败（对于美国，对于在教育中损害人文学科以优先发展科学、技术、工程与数学科目的讨论来说，情况也是如此）。

张　叉：像您这样成就卓著的学者应该受到欢迎和尊敬。不过，"对知识界精英的这种追捧，同音乐、电视、电影等娱乐界的明星相比还存在着一些差异，可以说，学术界的明星所受到的追捧是相形见绌的"[①]。您怎样理解这一现象？

斯蒂文·托托西·德·让普泰内克：我想，您的问题是针对美国吧，在美国，学者并不认同欧洲文化中的"公共知识分子"（public intellectuals）。虽然在过去和现在都有一些让学者参与美国公共话语的尝试，但是我认为，学者首要的责任和作用还在于学术，如果在美国"公共知识分子"的作用没有得到发展的话，那么我想也就只好如此了。我要补充一点，就像过去所说的那样，美国或者加拿大的公共话语或者媒体对学者的认同是有限的，在欧洲国家，情况还有所不同。正是在这种语境之下，我才当选为欧洲科学与艺术院院士[②]。

张　叉：最后，我还特别想问一问：您能够就如何从事比较文学研究给中国比较文学界的年轻学者提一些建议吗？

斯蒂文·托托西·德·让普泰内克：在我看来，一个重要的事情是，中国从事普通文学研究特别是比较文学研究的学者应该掌握几门外语而非

---

① 见本书《中国比较文学研究的回顾与展望——乐黛云教授访谈录》，第18页。

② http://www.euro-acad.eu.

仅局限于英语。英语应该是这些语言中的一门，而另外一两门（要么是另一种西方语言，要么是印地语或者其他任何一门外语）则可以提升中国学术的质量和影响力。在我看来，当前英语人文学科的关注点（因而大多数时候指的是美国）是知识限制。另一个重要的事情是，当中国学者分析西方或其他地区文本的时候，他们不仅应该参考西方的资料，而且还应该立足于中国的理论思想来进行文本分析。这就意味着，中国的学生和学者不管在哪个学科或领域做研究或者学习，都应该具备丰富的中国文学与文学史的知识。

比较文学何去何从

——苏珊·巴斯奈特教授访谈录

受访人介绍：苏珊·巴斯奈特（Susan Bassnett），1945 年生，女，英国华威大学（the University of Warwick）现代语言学院比较文学教授、翻译研究特聘顾问，苏格兰格拉斯哥大学（University of Glasgow）现代语言学院比较文学教授，英国比较文学学会主席，2000 年当选皇家语言学会研究员，2007 年当选皇家文学会研究员，2005—2013 年任欧洲科学院院士，1997—2003 年、2005—2009 年任华威大学副校长，出版《比较文学》（*Comparative Literature*，1993）、《翻译研究》（*Translation Studies*，1980）等著作 20 余部，主要从事翻译、文化、比较文学研究。

访谈形式：书面

访谈开始：2016 年 3 月 9 日

形成初稿：2016 年 3 月 18 日

形成定稿：2016 年 3 月 24 日

最后修订：2021 年 8 月 23 日

张　叉：您对于比较文学的看法是如何几经转变的？

苏珊·巴斯奈特：我经常给考取博士研究生的新同学建议，研究是一个有机的过程，它是成长的、发展的。学生带着一定的想法而来，但是如果在第一年之末他们的这些想法都还没有出现改变的话，那么他们就没有得到充分的发展。到第二年，不少学生便陷入困惑，而这也是成长的必经阶段，因为改变总是令人困惑的，有时还会让人感到痛苦。然而，若是没有改变，便不会有任何成长，也不会有任何进步。

我相信，比较是一个自然的过程，因为人类总是倾向于将甲同乙进行对比。只要学习文学，模式和关联便随之产生。由于在不同的国家接受了教育，学习了不同的语言、文学与历史，所以文学比较便不可避免了。

由于我对比较文学领域如何在 19 世纪从法国兴起和发展以及为何这一领域出现了很多争议怀有兴趣，所以撰写了一部《比较文学批评导论》[①]。我在 20 世纪 70 年代接受任命做华威大学讲师的时候，发现在比较文学中存在着一些荒唐的规则，比如，禁止对用同种语言写成的文本进行比较，而不顾这些文本分属于不同的文化。这样，英国作家和美国作家就视为不宜作为比较文学研究的对象，原因是比较应该跨越两种不同的语言。与此同时，在美国，比较文学似乎意味着任何东西都可以拿来进行比较——画作与诗歌、歌剧与小说，这好像也显得离奇古怪。

我在那部书中追溯了比较文学的两股分流——法国学派和美国学派，发现二者皆有所欠缺。我注意到，许多学者对这个学科的"危机"加以抱怨，这个领域也没有多少具有任何价值的作品得以发表。对此，我引入了两个新的想法：1. 仅仅正在开始产生影响的后殖民主义应该视作比较文学的一部分。2. 同奄奄一息的比较文学相比，正在兴起的翻译研究更加振奋人心，在潜力方面更加具有价值。20 世纪 80 年代和 90 年代早期的翻译

---

①　参见 Susan Bassnett, *Comparative Literature: A Critical Introduction*, Oxford and Cambridge: Blackwell, 1993。

研究十分关注重写文学史，而这一工作似乎已经遭到比较文学的抛弃。

1993 年是久远的过去，自那以后，出现了很多变化。翻译研究已经成为一个受人尊敬且多样化的领域。多亏了苏源熙（Haun Saussy）、西奥·德汉（Theo D'Haen）、塞萨·多明戈斯（Cesar Dominguez）、哈里什·特里维迪（Harish Trivedi）、贝拉·布罗德斯基（Bella Brodzki）、艾米丽·阿普特（Emily Apter）以及中国学者王宁在内的全世界许许多多的学者，比较文学已经重新焕发出生机。不过，在我看来，比较文学是因为受到翻译研究和后殖民主义研究的双重影响才得以复兴的。如今，比较文学的问题是它同正在扩展的世界文学之间的关系问题，翻译研究的影响也曾有过这样的情形。

然而，我认为比较文学或者翻译研究就本身的资格而言并不是学科，它们只是走近文学的方法。试图争论这些庞大而松散的研究领域是否是不同寻常的学科纯粹是毫无意义的浪费时间，这是因为它们非常多样化，而且是由如语言学、文学、历史、政治、电影、戏剧等其他学科结成的一个综合体中派生出来的。我认为这并不是问题：我们很可能要问，记忆研究——另一个庞大的领域——是否是一门学科，而我还是要回答说不是，因为记忆研究也是依靠艺术、社会科学和医药科学等一系列既有学科而来的。至于研究领域，我喜欢这样的观点，那就是，研究领域不能纳入学科的匣子之中。这是 21 世纪了，不是 19 世纪。

张 叉：何为文化转向（the cultural turn）？

苏珊·巴斯奈特：文化转向是我与安德烈·勒菲弗尔（André Lefevere）于 20 世纪 90 年代早期共同创建的。翻译研究本身是以小规模的方式创建起来的，而我们感到，对产生和接收翻译的文化维度加以强调是极其重要的。我们大力主张，将更多的注意力放到文化因素上，比如编辑、出版商、赞助商、审查方等的角色之类的因素，这些文化因素在翻译的产生过程中发挥着作用，同时，也在 20 世纪 80 年代因吉蒂昂·图瑞（Gideon Toury）的著作而备受关注的美学规则的改变之中发挥着作用。文学转向受到了热烈的欢迎，并得以进一步用作搭建通向后殖民主义的桥梁，它指明了后殖民翻译研究、翻译与性别研究的前进道路。近年来，我们的工作已经通过被称为翻译研究中的"社会学转向"（the sociological turn）而得以向前推进。我们还拓宽了研究的范围，提出诸如编辑、编选、文艺批评与理论、评论与历史学之类的其他方面的实践是同翻译并驾齐驱的，它们作为文学史上的塑造力量之一，也应该看作是具有重要性的。

文学转向所做的事情是巩固伊塔马尔·埃文－佐哈（Itamar Even-Zohar）早在 1978 年提出的观点。伊塔马尔·埃文－佐哈的观点认为，文学史研究必须要考虑翻译所发挥的作用，我们必须要思考，为什么在它们发展的不同阶段文化都或多或少地做出过一些诠释。

同样重要的是，要记住我们最初对翻译研究的创建是在新思潮出现于人文学科并挑战权威观点之际怀着极大激动的心情完成的。与翻译研究同时兴起的首先是文化研究、媒体研究，然后是女性和性别研究，接着是后殖民研究，所有这些研究都是在一定程度上出于抗议而产生的，它的指归是挑战业已建立的等级体系。

后来的翻译研究人员，这里要特别提一提的是劳伦斯·韦努蒂（Lawrence Venuti）、迈克尔·克罗宁（Michael Cronin）、埃德温·根茨勒（Edwin Gentzler）、谢丽·西蒙（Sherry Simon）和安东尼·皮姆（Anthony Pym）等最负盛名的五个人，他们继续挑战业已确立的翻译观念。韦努蒂强调应该使翻译变得更加有迹可循；根茨勒提出有关权力关系的重要问题；克罗宁同样质疑多数民族语言和少数民族语言之间的不平等权力关系；皮姆提出权力与伦理标准的问题；西蒙将注意力放到翻译史中的性别偏见，且最近一直在构建关于多语种城市的观点。我自豪地说，韦努蒂、根茨勒、西蒙和克罗宁的理论全部都收入我同已故学者安德烈·勒菲弗尔合著的系列丛书中出版了。

张　叉：您为何不看好影响研究？

苏珊·巴斯奈特：我的本科毕业论文是詹姆斯·乔伊斯（James Joyce）

对伊塔洛·斯维沃（Italo Svevo）的影响研究。我读得越多，这种影响似乎就越微弱。相反，我发现斯维沃对乔伊斯有所影响，尽管乔伊斯本人对此表示否认。因此我面临的困难是：在认为受到了影响的作家在他与其他作家的关系问题上撒谎的时候，怎样证明影响的存在？

我所知道的情况是，作家的声明并不能相信，它们有时候是观点的表达，有时候则是有意的欺骗。影响是无法证明的，剩下的是洞悉相似之处的读者的看法了。当然，更好的做法是，不要浪费时间去证明无法证明的事情，而要将关注点放到读者的作用上，读者在每一次重新进行的阅读中都有效地"创造"了一个文本。

张　叉：您如何回应别人对您欧洲中心主义（Eurocentrism）的指责？

苏珊·巴斯奈特：在"欧洲中心"（Eurocentirc）一词出现以前，我著了本《翻译研究》（*Translation Studies*）。著作组的成员来自以色列（埃文佐哈和图里）、比利时（勒菲弗尔和兰伯特）、斯洛伐克（波波维奇）和荷兰／美国（詹姆斯·霍姆斯）。霍姆斯具有印度尼西亚语言的专业知识，如若不然，我们的语言就全部属于欧洲范畴了。当然，我们的重点在欧洲，否则，如何才能够为它提供我们的知识库（knowledge base）呢？欧洲中心主义是在 20 世纪 80 年代作为一个意识形态的术语用来谴责没有充分考虑非欧洲文化的研究的，所以它成为早期后殖民主义思想中的一个关键术语。然而，随着后殖民研究和翻译研究的扩大和发展，这个术语的力量已经失色不少了。后殖民模式无法在每一个地方都能够有效的使用，比如，巴西的学者对后现代主义理论更感兴趣，巴西的翻译研究催生了食人主义理论（the cannibalistic theory），这一理论有效地推翻了欧洲中心主义。后殖民主义对经历后共产主义的前东欧的文化也不十分管用，且对未经历后殖民主义阶段的中国、朝鲜或者日本的学者来说，它似乎也并不非常管用。

我同印度学者哈里什·特里维迪（Harish Trivedi）合著的《后殖民主义翻译：理论与实践》（*Postcolonial Translation: Theory and Practice*，1999）一书收录了世界各地学者的文章，显而易见，这些文章的研究视角有着很大的不同。当然，这也并不是说，后殖民主义不是一个极具价值的研究领域，而只是说，过去二十多年，其重点一直在变化。现在，创伤研究（Trauma studies）是一个大的领域，有大量的作品涉及欧洲的后大屠杀记忆（post-Holocaustmemory）。此外，正如我所坚信的这样，所有的社会政治事件都会带来重大的认识论后果，这在今天已经成为欧洲学者处理欧洲问题的关键。比如，大规模移民的影响，导致了一些极具吸引力的文学的出现，这些文学是由第一代或第二代移民创作的，具有随之而来的语言学的意蕴。此外，欧洲的民族主义已经抬头，这似乎同全球化的趋势是相抵触的。比如，在英国，我们已经看到1999年以来苏格兰议会的建立和全民独立公投以及威尔士国民议会的建立。对比较文学学者而言，这里要注意的一点是双语教育在这两个地区的兴起及其随之而来的对于文学的影响。可以说，北爱尔兰也是如此，尽管这里没有像威尔士和苏格兰那样的双语政策，但是许多作家既用英语也用爱尔兰语进行创作。

因此，虽然我仍然坚持后殖民主义思想的理想与伦理标准，但是我同时也意识到，世界各地不同的区域需要更深入地考察各自本土的语境。

张　叉：比较文学将何去何从？

苏珊·巴斯奈特：按以上所说，我相信，由于比较文学为在文化之间搭建桥梁提供了手段，所以它越来越重要了。它同时也给我们所有人提供了带着不同的观点从事研究的机会。例如，我在最近做关于库切（Coetzee）、布扎第（Buzzati）与卡瓦菲（Cavafy）的演讲的时候，引用了王敬慧的一篇文章，文章在库切对中国的接受分析方面显示出了令人惊叹的洞察力。发表这篇文章的这期刊物由凯拉什·巴拉尔（Kailash Baral）编辑，2008年在德里出版。王敬慧所讨论的许多问题，我压根不曾意识到。

在翻译研究方法的支持下，印度比较文学越来越多地关注泛印度（pan-India），即讨论印度多种语言与次大陆诸文学之间的相互关系。这标志着关于印度与西方关系的无休止的争论的一个阶段性的变化，虽然这还在持续，但是已经不再占主导地位了。欧洲的情况与此类似，殖民主义的遗产必须予以适当的考虑，而不管是在物质上还是文化上，比较文化都需要涉及大陆正在经历的巨大变化，这一点是重要的。

例如，我惊奇地注意到，最近苏格兰北部的考古发现正在改变我们对新石器时代横跨欧洲民族的早期运动的认识，这是对我们所有业已确立的假设的挑战。对于中国比较文学，肯定也同样适用。一方面，中国与西方关系和中国与邻国关系是一个极具深入调查价值的领域，但是我们希望，中国比较文学也要涉及中国国内的多种语言与传统。

在有关失语症的论辩中，我赞同中国有必要发展自己的文学理论。我也注意到印度学者甘尼许·德维（Ganesh Devy），他在作品中已经讨论了印度语境下的双重失忆：首先是随着英国人的到来而出现的对印度诸多传统的失忆，然后是对盎格鲁－印度时代做出的尝试与失忆。显然，在近几十年里，中国经历了一系列非凡的历史变迁，我们仅仅需要思考社会主义现实主义的重要性，思考改革开放对西方的影响。不过，中国有丰富的文论史，这可以追溯到我们西方人还处于仅略强于野蛮人状态的时期，另外，正如我所理解的，中国对实证主义没有我们自 18 世纪以来一直所保持的那种痴迷。

这正是我们必须转而发展的、以世界文学为世人所知的领域，它已经在一些理论家的手里得以转化了，比如，在此领域提供了颇具法国特色的视角的帕斯卡尔·卡萨诺瓦（Pascale Casanova），更多地关注于散文而非诗歌与戏剧的佛朗哥·莫雷蒂（Franco Moretti），以及大卫·达姆罗什（David Damrosch）。如我所见，今天世界文学领域正在发生的事情是我们关于翻译研究发明时所设定的延伸：探寻文本如何跨越文化而运动，理解那个运动中的一些复杂的美学和社会政治意蕴，审视文本实践如何在不同规范、不同传统、不同时间中进行。

简而言之，对语境范围内的文本细读同对语言、文化的限制、差异的关注相结合，也需要把随时间流逝而出现的逐渐变化纳入考虑之中。

在我看来，任何形式的文学研究不仅必须包含对差不多像机器运转一样的文本如何发挥作用进行考察，而且至关重要的是，它也必须包含对文本创作的历史条件进行考察；同样至关重要的是，它还必须包含对文本的接受与文本读者的作用进行考察。

张　叉：您作为世界知名的学者，希望给比较文学学者提出什么建议？

苏珊·巴斯奈特：在尽可能广泛地进行阅读方面，永远不要裹足不前，但是要接受这样一个事实：作为比较文学学者，注定永远会感到自己过于无知。我已经接受这个现实，自己永远感到无知，因为世界上还有太多的东西我还没有阅读过，也无法进行阅读。

对文本保持开放态度。如果一个人能理解文本创作的语境，那么这将使他在可能发现这个文本让他感觉不舒服或者甚至让他判断错误的时候，也能够全方位地接受这个文本。

但是，不能够仅仅因为一个人不喜欢文本中的某些东西就断定他拒绝这些东西，不喜欢并不意味着应该抗拒。我在这里想到的是美国国内关于像《哈克贝利·费恩》（*Huckleberry Finn*）这类作品的讨论，作品包含着我们今天看作是种族主义的、令人无法接受的语言。然而马克·吐温却故意以令人厌烦的态度来同读者进行沟通，使我们能够对其主角的含糊性和哈克贝利衍生的那个世界进行更为深刻的思考。

不要只读"伟大"的作品，而要阅读能够阅读到的一切东西：儿童文学、大众传奇、侦探小说、旅行书籍……重新对西方盎格鲁-撒克逊和维京传奇产生兴趣是同电脑游戏和电视剧如《权力的游戏》（*Game of Thrones*）联系在一起的。冰岛史诗出现于日本漫画之中。通常情况下，在知识分子能够理解社会上正在发生的事情之前，大众文化已经触及当今社会的时代精神。

我的全球新闻翻译项目为世界各地方兴未艾的电子媒体的操控力开启了一幅幅远景图卷。放眼博客，放眼互联网社交网站吧。

总之，要无所畏惧。没有任何伟大的艺术是来源于胆小怕事的人。变化并非来自中央，变化乃出于边缘。诸多社会和艺术的革命都不是从体制内部产生的。

最后，我想说，您一直慷慨地称我为"世界知名学者"。我并不这么看我自己。我认为，正如我已经从我四个孩子和他们朋友以及我现在的孙子辈身上学到了东西一样，我自己是一个有幸能与杰出的年轻人共事并向他们不断学习的人。我的工作在全世界有所益处，这给我带来莫大的满足和骄傲，但是我一直以来所追求的是探寻文学与文化的模式，绝无遵循预定道路的想法。

我想引用两句翻译过来的孔子语录作为结束语——哎呀，我多么希望自己能够读懂中文啊！

1. 后生可畏，焉知来者之不如今也？[①]
2. 学而不思则罔，思而不学则殆。[②]

---

① 《论语·子罕》，阮元校刻：《十三经注疏》下册，中华书局 1980 年版，第 2491 页。
② 《论语·为政》，阮元校刻：《十三经注疏》下册，中华书局 1980 年版，第 2462 页。

比较文学的东方视野

——苏芭·查克拉博蒂·达斯古普塔教授访谈录

受访人介绍：苏芭·查克拉博蒂·达斯古普塔（Subha Chakraborty Dasgupta），1953 年生，女，西孟加拉邦加尔各答人，印度贾达普大学（Jadavpur University）比较文学博士，贾达普大学文化文本与记录学院原副院长，贾达普大学比较文学系原教授、前主任，印度德里大学（University of Delhi）现代印度语言与文学研究系访问教授，东京外国语大学（Tokyo University of Foreign Studies）访问教授，《贾达普比较文学学报》（*Jadavpur Journal of Comparative Literature*）前编辑，印度比较文学学会前秘书长，国际比较文学学会世界文学多语测绘研究小组成员，主要从事比较文学、翻译与口头文学研究。

访谈形式：书面

访谈开始：2018 年 3 月 16 日

形成初稿：2018 年 4 月 28 日

形成定稿：2018 年 7 月 26 日

最后修订：2021 年 8 月 27 日

一、印度的比较文学

张　叉：您于2004年在贾达普大学出版社出版了著作《印度文学研究：文类学》（*Literary Studies in India: Genology*）。请分享一下您在文类学方面的主要创见好吗？

苏芭·查克拉博蒂·达斯古普塔：我这部作品是一卷编著。这是初步的努力带来的成果，目的是找出印度同西方在文类学观点方面的诸多细微的差别与巨大的相似。比如，以亚里士多德为例，模仿艺术的三种区分因素是模仿的模式（mode）、对象（object）和手段（mean）。对于印度美学家来说，同亚里士多德的模仿艺术不一样的是，由语言和意义的统一体构成的诗歌（kavya）或文本，可以参照视觉或听觉的东西，参照使用的语言即梵文（Sanskrit）、普拉克里特（Prakrit）或阿帕拉姆萨（Apabhramsa），参照对生活和世界的理想或现实的态度，参照普通的修辞手段来进行分类。显而易见，在口头文本中，是构成交际事件、观众种类、背景、观众与表演者之间的关系、功能等的系统维度（systemic dimensions）造就了这一文类。像证言（the testimonio）这样的个人文类也得到了分析，发现在斗争的语境之下，证言书写（testimonial writing）超越了个人自身，并在其中注入了集体意识。由于这是一卷编著，所以里面有几篇文章的创见是各不相同的。

张　叉：早在比较文学作为一门学科得以创建之前，在印度文学中就已经出现了一些关注比较层面的文本。能请您就此做一个阐释吗？

苏芭·查克拉博蒂·达斯古普塔：我在早先的一篇文章中提出这个问题的时候，我主要指的是经常在梵文或孟加拉文学与欧洲文学之间运用比较手法的19世纪孟加拉文本。班基姆钱德拉·查托帕迪耶（Bankimchandra Chattopadhyay）的《沙恭达罗、米兰达和苔丝狄蒙娜》（Sakuntala, Miranda and Desdemona）就是一个恰当的例子。当时有数不清的、采用印度众多语言撰写的文章对莎士比亚和迦梨陀娑（Kālidāsa）进行比较。在梵文史诗及其区域语言翻译之间也有比较。出现于 19 世纪末、20 世纪初的文本特别是翻译背景下的文本中的世界文学的主题在印度比较文学的构想当中也很重要。

张　叉：泰戈尔的"世界文学"（visvasahitya）的思想很复杂，其特征是它有一种艺术家群体的感觉，这些艺术家就是一群工人在一起建造一座世界文学的大厦；不过，布达德瓦·博斯（Buddhadeva Bose）并不完全赞同泰戈尔这些理想主义的观点，原因是，他相信有必要脱离泰戈尔而成为时代的一部分，成为现代性的一部分。他们两人当中，您支持哪一个？

苏芭·查克拉博蒂·达斯古普塔：泰戈尔试图将其乌托邦的思想贯穿于毕生的实践之中，这在创建印度国际大学（Visva-Bharati）[①] 和印度国际大学城（Santiniketan）[②] 的事情中可以看得一清二楚。他的许多思想在今天的教育学、生态平衡、创造性努力等语境之下都产生了新的意义，因此，不可能不对他的文学做出积极的反应，他的文学同他在生活不同方面的观点有着密切的联系。与此同时，布达德瓦·博斯和他之后的其他人正试图以一种更世俗而务实的方式尽力去理解现代的真实情况。同样也在这里，一种现代情感不得不对他的构想做出反应。所以，我要说，从不同的角度来看，两者都是相关的，两者都有很多东西可以呈现。我必须加以澄清的是，虽然博斯和后来的现代主义作家普遍批评泰戈尔的"世界愿景"，但是当他们周围的一切都陷入混乱之中的时候，他们却没有特别批评他的"世界文学"观点。

张　叉：印度比较文学开始于何时？

---

① Visva-Bharati：这是坐落于印度西孟加拉圣提尼克坦（Santiniketan, West Bengal）的一所大学，是泰戈尔用其诺贝尔奖奖金于 1921 年 12 月创办、命名的。这所大学的名称 Visva-Bharati 可音译作"维斯瓦-巴拉蒂"。Visva-Bharati 的意思是"世界与印度的交流"，兹意译为"印度国际大学"。

② Santiniketan：这是印度西孟加拉邦伯恩鲍姆（Birbhum）区博尔布尔（Bolpur）附近的一个小镇，由马哈希·德文德拉纳·泰戈尔（Maharshi Devendranath Tagore）建立，后来由他的儿子罗宾德拉纳特·泰戈尔加以扩大，儿子的愿景变成了现在的一个大学城。Santiniketan 可音译作"圣地尼克坦"，兹意译为"印度国际大学城"。

苏芭·查克拉博蒂·达斯古普塔：印度比较文学始于贾达普大学1956年设立比较文学系之际。

张　叉：印度比较文学是如何开始的？

苏芭·查克拉博蒂·达斯古普塔：1956年，贾达普大学比较文学系设立，布达德瓦·博斯应邀担任系主任。此前，泰戈尔已经于1907年在贾达普大学的母体全国教育委员会发表了关于世界文学的演讲。全国教育委员会的建立是为了建构能够符合国家需要的教育政策。

张　叉：贾达普大学比较文学系在设立的同年出台了第一个教学大纲。用您的话来说，这个教学大纲"是很有挑战性的"①。从什么意义上说它很有挑战性？

苏芭·查克拉博蒂·达斯古普塔：这个教学大纲非常宽泛。里面有古典梵语文学，古代希腊罗马文学，中世纪印度和欧洲文学，从早期到现代的孟加拉文学，以及中世纪、文艺复兴、启蒙运动、浪漫主义和现代的欧洲文学。申请硕士学位的学生必须在两年之内覆盖所有这些内容。

张　叉：尽管萨蒂恩德拉·杜塔（Satyendranath Dutta，亦拼作Satyendranath Datta 或 Satyendra Nath Dutta）仅40岁就去世了，但是他赢得了很高的声誉。他去世以后，泰戈尔为他写了一首诗，这使他名垂千古，加尔各答南部的一条街也以他的名字命了名。他是公认的押韵诗奇才，是杰出的诗人翻译家，是包括中世纪印度历史、文化和神话在内的许多知识学科领域的专家。他在1904年说，就翻译而言，同世界上各种文学建立关系已是"快乐的关系"（relationships of joy）。您对他的说法有何评价？

苏芭·查克拉博蒂·达斯古普塔：这是一个非常典型的时期，人们可以用一种快乐的精神自由地从不同的文学中翻译诗歌，有时候把它们称为"影子翻译"（shadow translations）。萨蒂恩德拉·杜塔是伟大的翻译家，

---

① Subha Chakraborty Dasgupta, "Comparative Literature in India: An Overview of its History", *Comparative Literature and World Literature*, vol. 1, no. 2, 2016, p.11.

他乐于创造不同的节奏模式，这对他来说也是快乐的源泉。对他来说，翻译是一种同其他国家的诗歌建立关系的、纯粹是为了消遣的行为。在某种程度上，这是他对世界文学的看法。深入理解其他文学是通向文学关系的切入点，而文学关系又引申出了快乐。

张　叉：许多印度学者认为，印度只有区域文学（regional literatures），比如泰米尔文学、马来亚文学、孟加拉文学，等等。难怪有一些印度学者质疑，是否真正可以讨论"印度文学"这个术语。[①] 您怎样看待这个问题？

苏芭·查克拉博蒂·达斯古普塔：作为一个比较文学学者，我认为，没有文学是独立存在的，文学是有一系列连续不断的相互关系的，在有共同的遗产和历史的时候，就更是如此了。因此，虽然印度每一种语言都有自己的文学，但是它也受到其他印度文学的影响，受到一个宏大的、共同的历史背景的影响。然而，泰米尔语、马拉雅拉姆语和孟加拉语的文学都是独立的文学，同时也是印度文学庞大而多样的语料库的一部分。有时候，印度学者们也谈及印度文学。

张　叉：21 世纪的印度比较文学同其他两个相关领域有关系，一个是翻译研究，另一个是文化研究。您能够在这方面给我们介绍一些情况吗？

苏芭·查克拉博蒂·达斯古普塔：几个新的比较文学系已经建立起来了，在德里安贝德卡大学（Ambedkar University）建立的比较文学和翻译研究系（Comparative Literature and Translation Studies）是新近的例子。即使是在一些较为古老的比较文学系，也有一两门翻译研究的课程。这是不可避免的，因为一个人需要通过翻译研究来弄清跨文学和跨文化关系的本质。一些应用课程可能也有助于在学习中探讨其他的美学和文化体系。

与此相似，文化研究在全国各地的比较文学教学大纲中也已经找到了各自的位置。英国伯明翰学院（The Birmingham School）的一些初级文本

---

① Amiya Dev, S. K. Das (eds.), *Comparative Literature: Theory and Practice*, Indian Institute of Advanced Study, India, 1989, p.53.

普遍引进到了印度，而当时印度的大学的每个系都有自己的重点领域。例如，贾达普大学的比较文学系开设了一门课程，这门课程提供了对于不同文化传统中的民族主义、帝国主义、性别、身份、多元文化等问题的思考方法。除此之外，还有单独的、关于文学和媒介间性（intermediality）的课程群（component）①或课程，在这里，文化研究又有用武之地了。

张　叉：一些中国学者认为，古代中国、印度和希腊都有自己独特的诗学，是世界诗学的三大主要来源。印度研究中心的创始人、著名的诗学专家克洛斯佩特·达萨帕·纳拉西姆海（Closepet Dasappa Narasimhaiah）认为，梵文诗学应该成为世界文化遗产的一部分。②在比较文学研究中，梵文诗学应该发挥什么样的作用呢？

苏芭·查克拉博蒂·达斯古普塔：开设一门比较美学的课程是非常必要的，但是在许多从事比较文学研究的大学里，却没有比较美学的课程，部分原因是缺乏在至少两个体系都拥有非常深厚知识的学者。但是无论如何，在与印度的古代文学相关的课程中以及在弄清与诗歌（kavya）相关的概念方面，梵文诗学确实发挥着重要的作用。通过味论（the rasa theory）来研究文学的方法也并不少见。这样，要接近早期戏剧，对亚里士多德的《诗学》（Poetics）和婆罗多（Bharata）的《舞论》（Natyasastra）进行研究就变得必要了，比如，研究索福克勒斯（Sophocles）的《俄狄浦斯王》（Oedipus Rex）和迦梨陀娑的《沙恭达罗》（Abhijñānaśākuntala）。但是，我确实觉得，一个人想要更加详细地考察梵文诗学，需要在亚洲语境之下把眼光转向其他的古代美学体系和相关的诗学。

张　叉：1907 年，泰戈尔在家乡加尔各答全国教育委员会上发表题为

① intermediality 与 component：2018 年 7 月 29 日，苏芭·查克拉博蒂·达斯古普塔复张叉函曰："Component here means a separate area with maybe more than one course. Intermediality is a study of one media/medium with reference to another. Theatre with text and film, for instance." 兹据此将 intermediality 译作"媒介间性"，component 译为"课程群"。

② C. D. Narasimhaiah (ed.), *East West Poetics at Work*, Sahitya Akademi, Delhi, 1994, p. 36.

"维萨瓦提亚"（Visvasahitya）的演讲，他使用的"维萨瓦提亚"一词大致等同于"比较文学"（comparative literature）这一术语，这一演讲也被普遍认为是印度比较文学正式发端的标志。要考察印度比较文学，就无法绕过泰戈尔。您如何看待他在印度乃至世界比较文学中的地位？

苏芭·查克拉博蒂·达斯古普塔：泰戈尔在其论及维萨瓦提亚或世界文学的文章中一直致力于构建一种理念，他并没有为世界文学的研究提出一种教学结构。如果印度和其他地方的比较文学都更加仔细地考察他关于文学的观念，这些观念必然同人类的关系相联系，也同这种互惠关系中的关于快乐的整个问题相联系，那就好了。学者可以把他这篇文章连同其他一些文章一起阅读，以整体的方式从事文学研究，这将在一个非常宏大而开放的层面满足人道主义和环境的需求。在他的作品中，同区域与全球的关系也得到梳理。泰戈尔在印度的比较文学课程中确实占有重要的地位，而要在印度以外的比较文学系的语境中对他进行研究，则需要更多地翻译他的作品。

张 叉：至于比较印度文学（Comparative Indian Literature）是否是比较文学的问题，不同的印度学者有不同的看法。萨达尔帕特尔大学（Sardar Patel University）英语研究生系主任米什拉（D. S. Mishra）认为，比较印度文学不能认作纯粹的比较文学，而贾达普大学比较文学系原教授阿米亚·德瓦（Amiya Dev）则认为，比较印度文学是真正的比较文学。请问您的看法是什么？

苏芭·查克拉博蒂·达斯古普塔：1994 年，德里大学（Delhi University）现代印度语文系（The Department of Modern Indian Languages）开设了印度比较文学课程。尽管我在德里大学工作以后就意识到，现代印度语言和文学研究系必然在比较印度文学的框架下做比较文学研究，但是我依然更喜欢比较文学这一术语。在考察印度文学的时候，一个人必然要一次又一次地跨越地缘政治区域，因为在文化形成的融合特性中，它所接触到的不同文化始终发挥着重要的作用。因此，在这样一种语境下，一个人即使做印度文学研究，那他也是在做比较文学研究。我认为，阿米亚·德瓦的意思是，在印度，一个人必须要做某种印度的比较文学研究，因为接受史、同化史和类比史因国而异，而跟其他国家一样，印度也有其独特的背景。由于比较文学是在不同的地方得以实践的，所以它必然由这些地方的历史来界定，包括文化历史与政治历史。

张　叉：比较印度文学的根本目的是找出"印度性"（Indianness），以便为多语言、多宗教、多种族的印度寻找文化纽带，并促进民族团结和统一。"印度性"的主要内涵是什么？

苏芭·查克拉博蒂·达斯古普塔：对一些学者来说，印度比较文学的目的是为了突出印度在与多元社会交往中不断发挥作用的多元维度，突出在文学和文化表述中发挥作用的多元认识论的活力。这也是"印度性"，是多种文化和传统的现实存在。然而，其他文化也是如此，我要说的是，一般来说，寻找在特定文化中存在的文学主题、意象、神话等不同的起源和细微的差别是世界比较文学学者的目标之一。我的意思是，文学文化（literary cultures）继续受到许多文化的影响，而比较文学学者必须尝试将许多文化作为一个整体来进行研究。然而，甚至在我们谈论特定文化的时候，我们谈论的也是因为历史事件而进入一种特定文化的某些元素，也是其生活世界中的某些元素，也是某些美学规范和价值以及接近现象的模式。但是也由于同其他文化的相互影响，历史上的这些东西在很大程度上再次被修改了。对这些改变的研究是重要的。

张　叉：在印度，《贾达普比较文学学报》一直是文学研究的重要期刊。您能简单介绍一下这个期刊吗？

苏芭·查克拉博蒂·达斯古普塔：这本年刊于 1961 年首次出版，由纳雷什·古哈（Naresh Guha）编辑，他那个时候是比较文学系的负责人。其中的文章主要是用英语撰写的，但是也经常用孟加拉语撰写。在最初几年时间里，主要有东方–西方类型的文章，有时候也有文章具体研究印度或西方文学。早期出版的学报中，有一期以波德莱尔为主题，涉及在不同地方和从不同角度所做的波德莱尔研究。来自印度以外的各地优秀的比较学学者为这家学报投稿，偶尔也会有一些书评文章。印度文学逐渐开始同非洲和拉丁美洲文学一起受到重视。这本学报出版了翻译研究、奴隶叙事专刊，还有一期专刊是关于知识体系文学的。《贾达普比较文学学报》一直在学术界占有重要的地位。

张　叉：比较文学在印度创建以后，有两个全国性质的比较文学学会应运而生，一个在贾达普大学，叫作印度比较文学学会（Indian Comparative Literature Association），另一个在德里大学，名为比较印度文学学会（Comparative Indian Literature Association）。这两个学会于 1992 年进行合并，组成了印度比较文学学会（Comparative Literature Association of India）。请问这个学会在印度比较文学研究中的作用是什么？

苏芭·查克拉博蒂·达斯古普塔：学会每年召集一次会议，出版一份简报和一期在线期刊。同时，它也同国际比较文学学会保持着联系，发布一些与国际比较文学学会会议有关的新闻。学会年会上提交的论文对印度一般的文学学者所持的重要观点与所用的思考方法进行深入的探讨。

张　叉：在过去几年时间里，印度的比较文学已经有了新的视野，接触到不同的文化和知识领域，特别是那些与边缘化空间有关的领域，同时也关注到恢复非等级文学关系的新领域。请问这些研究具体是怎么进行的？

苏芭·查克拉博蒂·达斯古普塔：比较文学系如今开始研究目前存在于印度乡村地区的口头叙事，研究濒临灭绝的口头叙事的形式，努力从不同的地区对它们进行记录。这项工作的重点在于方法论，在于一个人如何在不占用本土传统知识体系的情况下记录本土传统并与之合作，在可能的情况下允许人民建立各自的档案。一些印度的比较文学学者也对大都市流派下乡村社区里的表述元素的现状进行了细致的研究。德里大学的现代印度语言和文学研究系在部落社区的表演传统方面也有很强的关注度。

张　叉：印度比较文学的主要特点是什么？

苏芭·查克拉博蒂·达斯古普塔：印度的比较文学是从不同的角度、不同地方讲授的。许多地方的讲授重点是把印度文学作为比较文学来看待的。贾达普大学比较文学系的主要特点是有一套或多或少结构化了的教学大纲，其重点在于早期阶段的类比研究，比如，西方和印度史诗，或希腊和梵语戏剧，然后是一些关于主题、流派的比较研究的核心课程，接着是文学史编纂学。尤其在现代语境下，接受和跨文化文学关系也是一个重要的组成部分，在这里，一个人可以考察西方和亚洲的文本。涉及南半球国家的区域研究是另一主要特点，加拿大研究是唯一的例外。在印度文学成为关注点的地方，一个人在泛印度的语境下研究《罗摩衍那》(Rāmāyana)，也在地缘政治的边界之外从事巴克提运动（the Bhakti movement）研究、印度妇女写作视野研究、表演研究和口头文本以及某些特定主题的研究，比如，分区文学（Partition Literature），等等。因此，在今日的印度，可能有两个比较文学"学派"，它们都在某种程度上关注以印度为中心的亚洲文学。表演研究特别是与本土形式（indigenous forms）相关的研究也在比较文学研究中逐渐变得重要起来。

二、印度比较文学语境下的中国研究

张　叉：20 世纪 90 年代，尽管贾达普大学在没有专门师资的情况下不可能开设区域研究的课程，但是中国和日本文学中的区域研究要素已经形成框架。这是比较领域的一个重要的重构，原因是过去的研究重点是欧洲文学、拉丁美洲文学和非洲各国的文学，没有关注到亚洲国家的文学。您能就此详细阐释一下吗？

苏芭·查克拉博蒂·达斯古普塔：至少从 20、21 世纪之交开始，研究的重点在某种程度上已经转移到了亚洲国家。虽然语言仍然是一个问题，而用于讲授区域研究课程的基础设施也不具备，但是这一地区的研究工作在政府资助机构（大学资助委员会特别援助项目，Special Assistance

Programme under the University Grants Commission）批准的研究项目中得到了加强。2005 年，在特别援助项目的资助下，比较文学系开始特别关注亚洲文学。我们有过几个项目，比如，亚洲国家旅游讲座（Travelogues to Asian Countries），亚洲文学文本中关于"爱情""死亡""荣誉"等概念的专著，这些项目对从亚洲一个地区到另一个和其他几个地区的表演传统进行追溯。并非所有这些项目都完成了，而是只完成了其中一或两个，有些地区组织了一些讲座，对于要在这一地区从事比较研究工作的研究生来说，这些在以后都是有帮助的。

张　叉：请您简单介绍一下贾达普大学的哈里·普拉萨纳·毕斯瓦印度-中国文化研究中心（the Hari Prasanna Biswas India-China Cultural Studies Centre of Jadavpur University）好吗？

苏芭·查克拉博蒂·达斯古普塔：该中心于 2010 年开始运作，由一名中国研究的领军学者哈里·普拉萨纳·毕斯瓦（Hari Prasanna Biswas）提供资金帮助。这个中心设在国际关系，在相当长的一段时期内，特里迪·查克拉博蒂（Tridib Chakraborty）教授是其协调人。这个中心主办了许多国内和国际研讨会。这个中心的重要贡献之一是在贾达普大学语言与语言学学院创建了中国语言研究。

张　叉：《诗经》中的作品上自西周初叶（前 11 世纪），下至春秋中叶（前 6 世纪），若以此为依据，中国文学有着长达三千多年的历史，它同印度文学一起都是世界文学的重要组成部分。印度学者是否与中国文学建立了关系？

苏芭·查克拉博蒂·达斯古普塔：是的，印度有专门的中国研究项目，有些项目的重点在文学，更多项目的重点则在语言、政治和国际关系。不过，学者们长期从事与佛教有关的文学研究，有一些文本已经非常受大众的欢迎了。例如，鲁迅的作品已经译成了孟加拉语、印地语、泰米尔语和乌尔都语。他的百年诞辰的庆典在许多地方是以研讨会和专题讨论会的形式来进行的，已经撰写了许多关于他的专题论文。中国的一些古典诗歌也已经得到翻译。话说回来，人们对中国新文学运动产生了浓厚的兴趣，我们也有了一些新的翻译成果。毛泽东的诗歌可以在翻译中找到了。中国女性作家现在也正在得到研究。

张　叉：泰戈尔在比较文学研究中不仅关注到了西方，而且还关注到了东方。这里所说的东方包括日本、朝鲜和中国等东亚国家。他曾经对中国文学史上的李白进行过一些评论，这一点给人留下的印象非常深刻。您可以勾勒一下自泰戈尔研究中国文学以来印度比较文学研究的大致情况吗？

苏芭·查克拉博蒂·达斯古普塔：在贾达普大学，我们多年以来都把《红楼梦》和《西游记》纳入一门给学生开设的课程之中。吉姆利·巴达查利雅（Rimli Bhattacharya）过去是这个系的学生，目前在德里大学任教，以前还学习过中文，他以客座教授的身份来这里就这两部中国文学经典的文本开设了几场讲座。那时，在关于抒情和叙事传统的两门课程中，中国早期的诗歌和叙事文也跟日本的俳句（Haiku）和《源氏物语》（*The Tale of Genji*）一样得到了讨论。在贾达普大学和德里大学（现代印度语言与文化研究系），中国比较文学是比较文学史课程的组成部分。比较文学系还同印度国际大学的中国学院（Cheena Bhavana[①]）就基础设施援助事宜相互配合。同亚洲研究相关的课程也已经启动，在这些课程中，东亚以重要的方式出现了。

张　叉：哈里·普拉萨纳·毕斯瓦印度–中国文化研究中心和贾达普大学国际关系系共同举办了构建印度–中国跨文化研究研讨会。印度和中国之间的跨文化研究情况如何？

苏芭·查克拉博蒂·达斯古普塔：这次研讨会也有一部分内容是关于中国和印度之间的跨文化研究的。2007 年，比较文学系举办了为期一天的专题讨论会，题为"未探索的关系：加尔各答之中国关系一日学术研讨会"。

张　叉：从同中国文学的关系的角度来关注印度文学的比较层面，有

---

① Cheena Bhavana 是按泰戈尔伟大愿景于 1937 年 4 月创建的一个学院，可音译作"切纳·巴巴纳"。Cheena Bhavana 的字面意思是"中国语言文化学院"（Institute of Chinese Language and Culture），兹简化意译为"中国学院"。

这样的文本吗？

苏芭·查克拉博蒂·达斯古普塔：著名汉学家师觉月（Prabodh Chandra Bagchi[①]）撰写了一部名为《印度与中国：千年文化关系》（*India and China: A Thousand Years of Cultural Relations*）的著作，1951 年在哲学图书馆（Philosophical Library）出版[②]，印度驻华大使馆、北京大学出版社先后于 2012 年、2014 年推出了这部著作的汉语本[③]。2014 年，在外交部的支持下，印中联合编审委员会用中英文编撰的《印中文化交流百科全书》（*Encyclopedia of India-China Cultural Contacts*）出版了。这两部著作对印度的比较文学学者来说都很重要。像阿米亚·德瓦教授和西斯·古马尔·达斯（Sisir Kumar Das）教授这样的比较文学学者就曾同著名的中印关系的学者谭中教授进行过交流。阿米亚·德瓦还同王邦维与魏丽明一起合编了一部著作《泰戈尔与中国》（*Tagore and China*）。西斯·古马尔·达斯教授多次与谭中教授合作，为他的《跨越喜马拉雅的鸿沟：印度寻求理解中国》（*Across the Himalayan Gap: An Indian Quest for Understanding China*）一书撰稿。

张　叉：《西游记》是中国四大名著之一，其创作灵感来自玄奘的生平。中国两位著名学者胡适与陈寅恪的研究表明，《西游记》中美猴王的原型是印度作品《罗摩衍那》中的哈奴曼（Hanuman）。当然，也有一些

[①]　Prabodh Chandra Bagchi 可音译为"普拉博德·钱德拉·巴奇"。Bagchi 是他的姓，这个姓属于婆罗门阶级，其职责为教化人民，故自取"师"为汉姓。Prabodh Chandra 的意译是"觉月"，故他以"师觉月"为汉语姓名。师觉月通晓古汉语、梵语和中亚语言，专门从事中印佛教文化交流史的研究，曾到中国留学，任北京大学访问教授。

[②]　参见 Prabodh Chandra Bagchi, *India and China: A Thousand Years of Cultural Relations*, New York: Philosophical Library, 1951。

[③]　参见师觉月：《印度与中国：中印文化关系千年史》，印度驻华大使馆 2012 年版；师觉月：《印度与中国：千年文化关系》，姜景奎等译，北京大学出版社 2014 年版。

学者不赞同这一观点。① 在印度，有人对哈奴曼和美猴王的关系做过影响研究吗？

苏芭·查克拉博蒂·达斯古普塔：我还没有看到过任何关于哈奴曼和美猴王之间影响关系的研究。我在这方面的知识是有限的。

张　叉：为了研究宗教和寻觅宗教的源流，玄奘于 629 年徒步西行，终于在 633 年到达印度。他在著名的那烂陀寺（Nalanda monastery）做了一段时间的研究后，于 645 年回国，取回数百部佛教经书，其中包含了一些重要的大乘佛教经典，并把余生都用到经书翻译工作中。他创立了佛教的唯识宗，同时给世界留下了一部非常重要的编年史著作《大唐西域记》，记述了他历时 19 年的西行之旅。泰戈尔于 1924 年访华，在清华大学发表演讲，接受采访。他这次来访在中国产生了深远的影响。1961 年，为了纪念其百岁诞辰，中国的人民文学出版社出版了 10 卷本《泰戈尔作品集》。

---

① 鲁迅认为，孙悟空的原型是中国的无支祁："明吴承恩演《西游记》，又移其神变奋迅之状于孙悟空，于是禹伏无支祁故事遂以堙昧也。"（《鲁迅全集》第九卷，人民文学出版社 1981 年版，第 85 页）李时人、蔡镜浩认为，孙悟空的原型是中国、印度形象的杂取："即使是猴行者，也不单纯是以某一猿猴精（如无支祁）为原型的。事实证明，他是《取经诗话》作者自觉不自觉地采用了'杂取种种'、'合成一个'的文学形象塑造方法塑造出来的一个形象。而形象一旦产生，就具有了独立的生命力，成为以后西天取经故事中孙行者、孙悟空形象的'原型'。"（李时人、蔡镜浩：《〈大唐三藏取经诗话〉发微》，《徐州师范学院学报（哲学社会科学版）》1988 年第 2 期，第 63 页）赵国华认为，孙悟空的原型是印度罗摩传说中的小猕猴："猴行者到底借鉴了印度哪一个神猴呢？我认为主要依据《六度集经》（四六）《国王本生》这篇罗摩传说中天帝释（弥勒）变化的小猕猴。不过，他不等于《罗摩衍那》史诗中的哈奴曼，只是哈奴曼的前身。猴行者从他身上借来了神猴之形，又取其神——主动助人的思想品格，除魔解难的高尚行为，以及智慧和神通。"（赵国华：《〈西游记〉与〈摩诃婆罗多〉》，中国印度文学研究会编，季羡林主编，《印度文学研究集刊》第二辑，上海译文出版社 1986 年版，第 263 页）目前所见的孙悟空原型研究的其他成果主要有李时人：《〈西游记〉的成书过程和孙悟空形象的渊源》，《西游记研究》，江苏古籍出版社 1984 年版；张皎玲、张战锋：《从中印文化的交流看孙悟空形象的渊源》，《第二届全国〈西游记〉文化学术研讨会论文集》，中国社会出版社 2004 年版；何卯平、宁强：《孙悟空形象与西夏民族渊源初探》，《敦煌学辑刊》2018 年第 4 期；朱磊：《论孙悟空人物形象的渊源》，《忻州师范学院学报》2014 年第 3 期；秦榕：《美猴王之美境追踪——孙悟空形象审美渊源探讨》，《福建论坛（社科教育版）》2008 年第 4 期；吴华宝：《钱塘君和孙悟空形象渊源简说》，《阜阳师范学院学报（社会科学版）》1991 年第 1 期；倪长康：《关于孙悟空形象的艺术渊源问题争论的回顾》，《上海师范大学学报（哲学社会科学版）》1986 年第 4 期。

在过去几十年中，出版了他的中文版《吉檀迦利》（*Gitanjali*）和其他作品。包括郭沫若、徐志摩与谢冰心等文豪在内的不少中国作家都深受泰戈尔的影响。您对这种现象有何评价？

苏芭·查克拉博蒂·达斯古普塔：是的，我们经常提到玄奘，还提到法显和义净以及他们所做的详细的记录，这些记录对于重构这一段时期的历史非常重要。它们还提供了由中国人也由印度人所呈现出的关于跨文化态度的历史。这些记录也很重要，这是由于他们在旅行的时候提供了中国和印度邻近地区的详细信息。

泰戈尔的互动推动了两个文明之间长期的对话和关系的发展，促进了两种语境下的创造力，激发了本地区关于亚洲和东方文明的话语，从各种角度来看都是重要的。

这些互动让我们想起了在两个文明之间已经存在的亲和力和相互关系以及维持它们的必要性。

三、比较文学研究的中印合作

张　叉：在比较文学研究中，中印两国学者有哪些优势与劣势？

苏芭·查克拉博蒂·达斯古普塔：优势是这一领域是大大开放的，且由于中印两国同其他很多文化已经有了互动，所以在跨文学研究活动方面有许多可能性。另一个要点是，同欧美世界相比，中印两国在美学体系的方法上存在着几点差异。尽管有相似之处，但是对这些差异进行研究可能会在文学中激发出新的创造性观点，同时也可能会达成对现象的分层理解。劣势可能是缺乏档案材料。实际情况是，因为可能大部分材料都没有易于获取的渠道，或者这些材料可能已处于消亡的边缘，所以一个人必须要通过艰苦的研究，以此找到和打通同不同文化和文学传统进行联系的道路。

张　叉：印度和中国是四个古代文明中的两个，彼此相邻。印度和中国有着有记载的、2000多年的交流史。在学术研究特别是比较文学研究上，今后两国可以在哪些方面进行合作？

苏芭·查克拉博蒂·达斯古普塔：需要在各种问题上开展合作。例如，梵文研究、泰米尔语和中国诗学以及两国早期叙事传统研究都是可以开展合作的。两种文化中的民俗学和知识传统研究是需要开展合作的另一个领域。然后是佛教研究、叙事传统与进入文学的意象等整个领域的研究，虽然在这方面有学者已经做了大量的工作，但是还有更多的空间。丝绸之路与围绕丝绸之路的文学的合作研究也可以在邻近的国家开展起来。学者也可以就欧洲文学在这两个国家的接受问题进行比较研究。在比较文学系之间进行的交流项目是可以从老师和学生之间的交流开始的。

四、比较文学语境下的世界文学

张　叉：1827 年，歌德在一份著名的声明中提出了"世界文学"（weltliteratur）的概念。21 年后，马克思和恩格斯在《共产党宣言》中断言："民族的片面性和局限性日益成为不可能，于是由许多民族的和地方的文学形成了一种世界的文学。"[1] 您对他们的论断有何评论？

苏芭·查克拉博蒂·达斯古普塔：它是历史上某一确切时刻的重要论述，它在歌德对世界文学的论述之后很快出现，这也是重要的。然而，世界文学的确切性质及其同地方文学的关系，则需要详细地弄清楚。例如，民族文学、地方文学和同地方文学相联系的人的身份将会怎样，这些都是需要解答的问题。

张　叉：19 世纪末叶，世界文学作为一种新概念而引起世界的关注。20 世纪下半叶，世界文学在试图摆脱欧洲中心主义的时候再次引起世界的关注。在过去几十年中，随着多元文化的转向和全球化的出现，世界文学成为热门话题。仅在中国，截至 2016 年 10 月 18 日，在读秀数据库中

---

[1] 《马克思恩格斯选集》第一卷，人民出版社 1972 年版，第 255 页。

共有 3959 本以"世界文学"为书名关键词的中文书籍，中国知网上共有 73341 篇以"世界文学"为关键词的论文。20 世纪 80 年代以来，这类论文的数量逐年增加，到了 21 世纪，每年都有数千篇讨论世界文学的论文发表。① 世界文学也面临着挑战。首先，"世界文学"本身的定义是不明确的，它有三个常见的定义。② 其次，约翰·皮泽（John Pizer）认为，歌德的世界文学"是以德意志民族为中心的世界文学"③。哈奇森·麦考利·波斯奈特（Hutcheson Macaulay Posnett）从英国的角度讨论了世界文学。④ 世界文学诞生 100 多年以来，一直是同欧洲中心主义联系在一起的。这引起了勒内·艾金伯勒⑤ 等学者的担忧、焦虑。为什么世界文学如此有吸引力，您对世界文学面临着挑战这一问题有何看法？

苏芭·查克拉博蒂·达斯古普塔：您这两个问题，我放到一起来回答。在不同的区域、不同的时代，世界文学可能因为不同的原因而具有重要意义。从某种程度上讲，全球化的趋势和互联网日益拓宽的空间使这一概念变得更有吸引力。它也已经从大卫·达姆罗什（David Damrosch）和其他学者所付出的努力中获得了推动力，他们把这一概念作为一种教学实践，在世界各地举办暑期学校。作为实践，它正在努力摆脱以欧洲为中心的范式。但是正如您所说，虽然有大量学者正致力于推动这一概念，但是也有少数人对这一概念提出质疑。他们质疑说，谁的世界，为什么现在这样紧迫？一个学者想要非常仔细地思考问题，确实需要更多地同"遥远"

① 曹顺庆、齐思原：《争议中的"世界文学"——对"世界文学"概念的反思》，《文艺争鸣》2017 年第 6 期，第 147 页。

② 曹顺庆、齐思原：《争议中的"世界文学"——对"世界文学"概念的反思》，《文艺争鸣》2017 年第 6 期，第 147—154 页。

③ 曹顺庆、张越：《世界文学的困境与前景——跨文明研究视域与世界文学研究》，《求是学刊》2017 年第 4 期，第 136 页。

④ 艾田伯：《是否应该修正世界文学的概念》（1974），转引自曹顺庆、张越：《世界文学的困境与前景——跨文明研究视域与世界文学研究》，《求是学刊》2017 年第 4 期，第 136 页。

⑤ René Etiemble，或译"雷纳·艾田伯"。

地区的学者进行对话，以便在把它明确放入我们的教学结构之前，向佛朗哥·莫雷蒂（Franco Moretti）借用术语。

张　叉：至于世界文学，泰戈尔使用了"维萨瓦提亚"这个词，并"表示这个词通常被称为'比较文学'。他的'维萨瓦提亚'的想法很复杂，它给人一种感觉，一群艺术家像工人一样在共同建造一座楼房，这座楼房就是世界文学"[①]。他的意思是说世界文学包括比较文学，换句话说，比较文学是世界文学的体现吗？

苏芭·查克拉博蒂·达斯古普塔：是的，由于他认为这些术语是同义词，所以他对于比较文学的基本思想是把它作为一种世界文学来看待。但是这种世界文学的思想也是他的独特之处，它以所有文学家的工作为基础，这些文学家在写作中努力尝试分享喜悦，尝试同其他人建立关系。因此，世界文学的核心也是一种关于不同人之间的关系的感觉。此外，它也同本土的东西产生了非常深厚的联系，是一个开放的、不断发展的过程。

张　叉：在印度，世界文学的观念在 19 世纪末取得了进展。您如何看待比较文学与世界文学的关系？

苏芭·查克拉博蒂·达斯古普塔：比较文学中包含着一种世界文学的研究方法。这种方法在其基础上也有自己的文学或有我们最了解的文学，我们从这些文学中走出来转向其他文化的文本，考察相互关系、亲密度和差异，这些都能增加我们对文学理解的层次。我们的研究也可以从泰戈尔意义上的关系开始，转向跨文学关系的历史，逐渐考察越来越宽广的跨文化互动领域，或者通过历史同几个跨文化关系集群进行合作，探索文学的动态与文化的进程。正如一些比较文学学者所建议的那样，按照佳亚特里·查克拉沃蒂·斯皮瓦克（Gayatri Chakravorty Spivak）的想法，这个世界是业已提供给我们了的、让我们去培养的一个场所。我们可以接受她

[①] Subha Chakraborty Dasgupta, "Comparative Literature in India:An Overview of its History", *Comparative Literature and World Literature*, vol. 1, no. 1, 2016, p.11.

的这个观念，并把注意力集中在可能使我们更加接近任务的文本上。

张　叉：学术界对于总体文学持有不同的看法。法国学者保罗·凡·梵第根（Paulvan Tieghem）认为，民族文学、比较文学和总体文学是平行的关系，它们既密切联系又相互补充。美国学者勒内·韦勒克（René Wellek）与奥斯丁·沃伦（Austin Warren）认为，将"比较文学"与"总体文学"区分开来的做法既站不住脚，也难于实现。另一位美国学者埃里希·马里亚·雷马克（Erich Maria Remarque）主张避免使用"总体文学"这一概念，而是要在不同场合以"比较文学""世界文学""翻译文学"与"文学理论"等概念来替代。中国学者李赋宁、曹顺庆、王宁、王向远等也对总体文学提出了看法。李赋宁认为，"总体文学"和"世界文学"的主要区别是总体文学进行综合，而世界文学则致力分析，"比较文学利用国别文学的研究成果来对国别文学的总和——世界文学——进行比较研究"[1]。曹顺庆认为，"如果说民族文学是比较文学基础的话，那么，总体文学则是比较文学的目标"[2]。王宁认为，比较文学需要世界转向，其特征主要在于从以往的一对一的比较研究逐步转向一种总体的、综合的、比较的研究，体现了总体文学的特征。王向远认为，在比较文学学科理论概念范畴中，总体文学是一个统驭性最高的抽象范畴，"是一种理想观念，也是可以无限接近的目标"[3]。您如何理解总体文学？

苏芭·查克拉博蒂·达斯古普塔：说民族文学是比较文学的基础，我认为是对的。总体文学是一个单独存在的术语，从广义的角度来看，比较文学研究也属于总体文学的范畴。

张　叉：您认为世界文学的前景如何？

① 乐黛云：《李赋宁先生与中国比较文学——纪念李赋宁先生逝世一周年》，《国外文学》2005年第4期，第23页。

② 曹顺庆等：《比较文学论》，四川教育出版社2002年版，第434页。

③ 王向远：《"一般文学"与"总体文学"辨析》，《江南大学学报（人文社会科学版）》2017年第1期，第85页。

苏芭·查克拉博蒂·达斯古普塔：我认为，世界文学的前景是把不同文化的文本推向前沿，开拓文学研究的领域，促进审美规范的多元理解，寻求文学之间的联系，构建历史和文学史的新视野，而所有这一切都还需要认真思考。关于谁的世界需要不断阐述的问题与即便那样语言又怎样的问题——世界文学总会把英语放在首位吗？

五、比较文学面临的挑战

张　叉：华威大学（The University of Warwick）世界闻名的比较文学学者苏珊·巴斯奈特（Susan Bassnett）否认比较文学是一门学科："然而，我认为比较文学或者翻译研究就本身的资格而言并不是学科，它们只是走近文学的方法。试图争论这些庞大而松散的研究领域是否是不同寻常的学科纯粹是毫无意义的浪费时间，这是因为它们非常多样化，而且是由如语言学、文学、历史、政治、电影、戏剧等其他学科结成的一个综合体中派生出来的。"[①] 您认为一门学科最基本的要求是什么？

苏芭·查克拉博蒂·达斯古普塔：每个领域都有它自己的学科标准。比如，人文学科就有一套同社会科学或自然科学不同的标准。主题的历史和时间考验过的作品，它的传统，这一领域中一批杰出的学者，一套目标、公认的研究程序，理论和概念的深度，未来人文学科主题的有效性，这些是我此时此刻可以想到的一些标准。

张　叉：2003 年，您一位同胞、生活在美国的佳亚特里·查克拉沃蒂·斯皮瓦克教授在哥伦比亚大学出版社出版了一部有影响的著作《一门学科的死亡》（*Death of A Discipline*）。她在这部著作中宣称，比较文学作为一门学科已经死亡。您对此有什么评论？

苏芭·查克拉博蒂·达斯古普塔：我想，佳亚特里·查克拉沃蒂·斯

---

① 见本书《比较文学何去何从——苏珊·巴斯奈特教授访谈录》，第 309 页。

皮瓦克教授所谈论的是美国具体一种比较文学的死亡，而且她在《一门学科的死亡》中所主张的是，比较文学需要一套不同的研究方法。

张　叉：自从比较文学在 200 多年前作为一门学科诞生以来，就一直受到全世界学者的质疑。您如何理解这一现象？

苏芭·查克拉博蒂·达斯古普塔：可能是这一学科的开放性导致学者们对它的前提出质疑。实际上，开放性也是它的优点。单一的文学学者对于以翻译为基础的文学研究也有质疑。

张　叉：世界比较文学研究取得的最显著的成就是什么？

苏芭·查克拉博蒂·达斯古普塔：我认为，成就是多种多样的，比较文学站在人文学科研究的制高点上，不断地进入不属于学界框架的空间，以批判的眼光不断拓宽视野，帮助学生敏感地理解其他文化，时而通过让学生接触大量多样化的文学来进行对话、发现关系和增强创造力。

张　叉：比较文学目前的最大问题是什么？

苏芭·查克拉博蒂·达斯古普塔：就世界比较文学的现状而言，除了对人文学科的制度支持等物质问题外，还有一个问题是实施的范围不平衡。在比较文学研究的语境下，必须要有更多的空间让无人代表的声音被听到。

六、印度比较文学的应对策略

张　叉：印度学者孔亚莫帕拉姆巴斯·桑吉德南登（Koyamparambath Sachidanandan）在《全球化与文化》（Globalization and Culture）一文中认为，全球化的理论建立在单一国家与单一文化基础上，企图垄断文化权，而印度在全球化进程中所面临的最大威胁是民族语言的消亡，互联网上通行的是英语，英语正在取代印度的多种语言，印度文学在全球化语境中逐步丧失自己的民族性，正在变成印度英语文学，印度性必将在这一过程中荡然无存。^① 您赞同他的看法吗？

苏芭·查克拉博蒂·达斯古普塔：尽管确实就像在世界其他地方一样，在印度英语正变得越来越重要，而且作家也希望有越来越多的作品翻译成英语，但是英语并不会取代印度的这些语言。无论如何，印度作家继续用自己的语言创作优秀的作品，这些作品也得到广大读者的阅读和欣赏。今天，大量印度语文本文献可以在互联网上查阅到。

张　叉：当今世界，全球化的浪潮一浪高过一浪，普遍化、同质化对特殊化、异质化构成了严重挤压，这是值得我们警惕的。^② 据我所知，印度也或多或少面临着这方面的问题。能否请您简单介绍一下印度在保护民族语言、文学与文化方面的情况？

苏芭·查克拉博蒂·达斯古普塔：印度有两个国家机构，主要功能是促进印度诸语文学发展，传播印度诸语翻译，同作家和学者一道举办文学研讨班和会议，颁发年度奖以认可印度诸语所取得的成绩。此外，也有民俗学院帮助保护本土文学传统。也有由作者和学者组成的地方机构，使用印度诸语独立出版文学杂志。此外，也有独立的音乐、绘画和表演艺术中心。还有促进艺术活动和文化交流的印度文化关系委员会（The Indian Council for Cultural Relations）。

张　叉：同样也是在《全球化与文化》一文中，桑吉德南登提出了"国际化"（Internationalisation）的概念。在他看来，国际化是多元文化之间对话的一种手段，它包容不同文化之间的差异，不试图去规范任何一种文化。^③ 从您的观点来看，这个建议理想化了吗？

苏芭·查克拉博蒂·达斯古普塔：必须要有理想、目标——比较文学也是如此。比较文学历来相信对话。必须继续努力。

---

① 曹顺庆等：《比较文学学科理论研究》，巴蜀书社 2001 年版，第 229 页。

② 张叉：《沉舟侧畔千帆过，病树前头万木春》，《中外文化与文论》第 37 辑，四川大学出版社 2017 年版，第 36 页。

③ 曹顺庆等：《比较文学学科理论研究》，巴蜀书社 2001 年版，第 228—229 页。

七、比较文学的中国学派

张　叉：香港中文大学教授黄维樑指出，"今天文艺理论仍多有唯西方之马首是瞻的"[①]。您如何看待这种批评？

苏芭·查克拉博蒂·达斯古普塔：是的，我确实认为我们需要关注我们的理论，不仅仅是古代的理论，而且还需要关注最近关于这个世界上属于我们这部分的文学和文化的"话语"。我们也非常关注西方世界的文学理论。1992 年，甘内什·德维（Ganesh Devy）也在他的《失忆之后》（*After Amnesia*）中发表了类似的观点。在同西方理论结合的时候，我们也需要从我们确切的事实、文学文本、历史、物质条件、文学体系等方面提出批判性的观点。

张　叉：多年来，中国学者一直在讨论中国比较文学学派的建立问题。至于是否有必要创建中国学派、是否中国学派已经形成的问题，国内外不同的学者有不同的看法。李达三、陈慧桦、古添洪、季羡林、严绍璗、赵瑞蕻、刘介民、远浩一、孙景尧、谢大振、曹顺庆、王宁、辜正坤、陈惇、刘象愚、杜卫、刘献彪、龚刚等学者持肯定态度，杨周翰、乐黛云、钱林森、苏珊·巴斯奈特、斯文德·埃里克·拉森、佳亚特里·斯皮瓦克等学者则持怀疑态度。您对此有何高见？

苏芭·查克拉博蒂·达斯古普塔：从我有限的经验来看，中国也有自己的做比较文学的方法，因此也可以开始讨论比较文学中国学派的问题了。实际上，我认为当今的"学派"一词是一误称（misnomer），因为美国比较文学有很多的种类，而法国比较文学学者已经抛弃许多早期的假设。讨论中国的比较文学、法国的比较文学等，可能会更恰当。

[①] 见本书《善用中国传统文学资源，充实世界比较文学金库——黄维樑教授访谈录》，第 116 页。

八、构建和谐世界的比较文学

张　叉：印度哲学家、诗人、文学批评家和民族独立运动战士斯里·奥罗宾多（Sri Aurobindo）在《未来诗歌》（*The Future Poetry*）一书中提出了"未来诗歌"（the future poetry）的设想，认为这种诗歌将融合东西方文化的精华，并可能首先在东方国家诞生，而他自己就是第一个"未来诗人"[1]。在您看来，他的这一设想是否现实，他自己是否是真正意义上的第一个"未来诗人"？

苏芭·查克拉博蒂·达斯古普塔：斯里·奥罗宾多并未完全阐释清楚他对未来诗歌的看法，而只是提供了足够的线索。在表达动态的主观性等方面，他的思想可以用不同的方式来加以理解。我想，他在谈论未来诗歌的时候，可能还想到了其他几位诗人。要回答您的问题，我得重新仔细阅读他的作品。

张　叉：比较文学在构建和谐世界中可以发挥哪些作用？

苏芭·查克拉博蒂·达斯古普塔：在构建和谐世界中，比较文学通过在民族和文化之间建立关系、开启对话的空间、促进文化的更大理解、推动创新进程为未来带来新的和谐和愿景等方面，可以发挥重要作用。

张　叉：对一个合格的比较文学学者的基本要求是什么？

苏芭·查克拉博蒂·达斯古普塔：文学研究中广泛而丰富的基础，一门以上语言的知识，对他或她所选择工作领域的语境细节的透彻了解，以及在与其他文化接触中的开放性和敏感性。

张　叉：您能结合自己的经历给中国比较文学学者特别是青年学者说几句话吗？

苏芭·查克拉博蒂·达斯古普塔：尽可能深入地挖掘自己的文化根源，然后通过重视自己涉及的其他文学的语言和文学史，着手研究其他文学。最要紧的是，在接近其他文化的时候培养良好的敏感性。

---

[1]　Sri Aurobindo, *The Future Poetry*, Pondicherry: Sri Aurobindo Ashram Press, 1953, pp.256-265.

中越历史文化交流与比较文学

——陈庭史教授访谈录

受访人介绍：陈庭史（Trần Đình Sử），1940 年生，男，越南顺化市人，苏联基辅大学文学理论博士，中国南开大学进修学者，越南河内师范大学教授、博士研究生导师，河内师范大学语言文学系前主任、文学理论教研室前主任，越南中央文艺理论批评委员会委员，越南作家协会会员，越南作家协会理论批评委员会委员，越南科学研究国家奖获得者，越南"人民教师"称号获得者，主要从事文学理论、诗学、叙述学、比较文学研究。

访谈形式：书面

访谈开始：2018 年 10 月 23 日

形成初稿：2019 年 1 月 4 日

形成定稿：2019 年 8 月 13 日

最后修订：2021 年 4 月 13 日

一、越南文学

张　叉：越南古典文学通常采用喃字创作，近现代文学一般采用国语字创作。喃字与国语字分属完全不同的东西方文化体系，这是否导致了越南近现代文学同古典文学割裂的情况？

陈庭史：确实有割裂的情况。但这是一件必须要面对、选择的事情，因为没有这种文字，就不能解决越南发展进步的问题。国语字不仅让越南人快速解决文盲的问题，而且还使外国人也容易接近越南语。现在使用国语字的越南人需要把越南古典文学通常采用喃字创作的作品转换成国语字。这项工作早在 19 世纪末就已经开始了，到现在还在继续进行。当然，这不是一件简单的事情。我想，东方国家要进行现代化建设，就很难避免一定程度的古今文化割裂。

张　叉：18 世纪末叶、19 世纪上半叶，越南出现了大量无名氏喃字作品，代表作有《石生传》《芳花》《潘陈》《二度梅》《宋珍菊花》《范载玉花》《范公菊花》《李公》《女秀才》《观音氏敬》《南海观世音》《徐识》《碧沟奇遇》《贫女叹》等，"占据了喃字文学的半壁江山，推动了喃字文学的繁荣与发展"[①]。为什么越南大量无名氏喃字文学集中出现于 18 世纪末叶、19 世纪上半叶，还形成了繁盛的局面？

陈庭史：越南喃字文学包括出现于 12 世纪的各种文学体裁。你提到的喃字文学是诗歌体裁的长篇叙事作品，叫作喃传。喃传产生于 16、17 世纪，是在越南六八诗体和双七六八诗体的基础上繁荣起来的。没有六八诗体的发展与成熟是不会有这个局面的。民族诗体一般人都能够创作。起初是口传创作，后来由知识分子用喃字记下来，所以大部分作品的作者都是无名氏。17、18 世纪的越南社会动荡不安，战争频繁，民不聊生，这些喃字传正是人民群众在当时社会背景下复杂心情的文学流露。越南文学在这个基

---

① 阳阳：《18 世纪末 19 世纪初越南无名氏喃字作品之考察》，《解放军外国语学院学报》2006 年第 6 期，第 105 页。

础上走向了繁荣。

张　叉：您刚才提到了越南六八诗体、双七六八诗体。六八诗体、双七六八诗体是怎样产生的？

陈庭史：六八诗体、双七六八诗体是越南民族所创造的民歌、歌谣体。越南语有六种声调：一为平，是高平声；二为玄，是低平调；三为锐，是高声调；四为问，是降声调；五为跌，是低短高升短续调；六为重，是低短调。越南仿照中国把汉语的平、上、去、入四种声调分成平仄两类的作法，也把越南语的平、玄、锐、问、跌、重六种声调分成平仄两类，其中，平、玄归进平声，问、跌、锐、重则纳入仄声，非常巧妙地利用了民族语言所具有的长处。越南新的诗体——六八诗体、双七六八诗体和中国诗歌相比，主要有以下三个不同：一是中国诗体的音律格式主要以五、七等单数字起韵或叶韵，而越南新的诗体则主要以六、八等双数字起韵或叶韵。二是中国诗体主要以句脚叶韵为主，而越南新的诗体，除了句脚叶韵还有句腰押韵。三是由于越南语有六个声调，因此，越南新的诗体除了平声和仄声格律之外，还具有沉音（上声）和高音——飘荡（轻声）律的对应。也正因为有这种对应的音调才能形成六八诗体的对称押韵。其原因主要在于越南语和汉语虽然都是单音节语言类型，且都标有声调，因此诗歌创作时有可借鉴之处。但如果汉语同音词只能通过汉字来辨别其含义的话，那么越南语则可以直接通过语音来区分含义和用处。汉字符号和其所需表达的词语相比是有限的，而以拉丁字母记音的越南语词语，特别是重言词，则非常丰富多彩，且各个都具有民族语音特征，因而在创作过程中，提供了更广泛、更丰富多样的词语选择。所以，从某种意义上来讲，越南新的诗体的诞生，不仅是越南民歌、民谣的结晶与升华，还丰富了世界诗歌的诗体和创作法。

六八诗体由六字句、八字句相间而组成，六字句的最后一字起韵，八字句的第六字叶韵，第八字又重新起韵，诗的长短不限。双七六八诗体由两句七言诗和两句六八诗体结合而成。七言诗的首句末字起韵，第二句的第五字叶韵，第七字另外起韵；第三句六八诗体的最后一字叶韵，第四句的第六字叶前韵，第八字另外起韵。若继续写下去，则第五句七言诗的第五字叶前韵，第七字另外起韵，以下依此类推，循环往复。由于这样的特点，这两种诗体可供创造长篇叙事抒情诗，比如，《翘传》（*Truyện Kiều*）[①]3254句，《天南语录》（*Thiên Nam Ngữ Lục*）8136句，没有这样的诗体，要创作长篇诗作是不可能的。六八诗体、双七六八诗体是越南民族的文学创新，其格律简单，更加符合越南的语言习惯。六八诗体、双七六八诗体的出现，对于喃字诗的繁荣和发展起到了促进作用。

张　叉：在中国有一个传统是文史一家，一些优秀的历史作品同时也是优秀的文学作品，《春秋左氏传》《史记》等，都是如此，其中，最典型的是《史记》，鲁迅说它是"史家之绝唱，无韵之离骚"。越南古代典籍、历史著作《大越史记全书》（*Đại Việt Sử Ký Toàn Thư*）是否也可以作为文学著作来阅读？

陈庭史：我想，《大越史记全书》是编年体书，主要记事而不是记人，所以它的文学性难于同《史记》相提并论。但今天按照新历史主义的观点，任何历史书都是叙述，有它的修辞，当然可以把它当成文学作品来阅读。在《大越史记全书》文本里，也不乏精彩的段落和章节。

张　叉：据我所知，大概在19世纪晚期，越南无名氏用汉语文言文编撰了一部典籍《人物志》（*Nhân Vật Chí*），编录了人物26位，大多数是越南历史人物，也有越南传说人物，取材可谓繁富。您怎样看待《人物志》在越南文学史上的地位？

陈庭史：这是一本无名氏的作品，现有手抄版存世。这部作品除了资料价值外，文学价值并不高，所以一般的文学史都不提及。

张　叉：越南现代文学理论界是西方现代文学理论一统天下，没有自己的话语权，处于"失语"的状态，您和阮文民、禄芳水、黎文阳与杜文

---

① 《翘传》（*Truyện Kiều*）：又名《金云翘传》（*Kim Vân Kiều Truyện*）、《断肠新声》（*Đoạn Trường Tân Thanh*）。

晓等越南学者也注意到这个问题。在您看来，是什么原因造成了越南现代文学理论的"失语"？

陈庭史：中国不仅有伟大无比的文学传统，而且还有独特深刻的文论传统，在世界上占据着特殊的位置，因此对于西方现代文学理论一统天下的局面，可能感到自己处于失语的状态，这是有道理的和可以理解的。我不知道印度、日本、朝鲜、韩国等其他东方国家学术界是什么样的反应，有没有失语的感觉？如果有，那是东方性的问题。我个人觉得，其他东方国家学术界即使有，也不至于是那么严重的失语状态，或者是另一种意义的失语状态。也就是说，在当今的世界学术界，文论辈出，变幻无常、应接不暇，可能会因为来不及接触、掌握各种新颖理论而感到失语。就另一层讲，西方现代文学理论不过是研究、思考的工具，就如同现代物理学、化学、医学、生物学、数学等领域的概念一样。在其他知识领域是否也有同样的失语状态呢？在现今文化世界化、全球化倾向里，使用西方的工具是必不可少的，否则，科学界就不会有共同的语言。问题是，使用西方理论时要有所选择和改造，同时也要有所创新，要避免生搬硬套，否则，对谁都无益处。这样，接受得越多，词汇就越丰富，话语就越灵活流畅，流传就越广泛。关于民族的文学理论的问题，直到现在还存在着争议。我想，西方理论有它的语境，但是经过我的使用就已有我的理解，从而变成我的概念、我的语言了，就是他国化了的东西了。中国在比较文学领域是不会失语的。

张　叉：阮廌（Nguyễn Trãi）是 15 世纪越南汉文学繁荣时期最伟大的诗人和作家。您如何评价他在越南文学史上的地位？

陈庭史：越南文学有两个最突出的特点，就是爱国主义和爱人主义。阮廌在他的诗文创作里最突出地表现了这两种思想。我不知道现代的中国人阅读他的汉诗、汉文以后有什么样的评价。我认为，他的诗文创作已经达到准确、优美、细腻、有力的文学大师的境界。他的《平吴大诰》（*Bình Ngô đại cáo*）是越南文学史上的千古雄文，他的《军中辞命集》（*Quân*

Trung Từ Mệnh Tập）是最高智慧的结晶，他的两本诗集是他丰富内心世界的自然流露和时代心声的真实写照。

张　叉：越南唐律诗分成汉字唐律诗、喃字唐律诗与国语字唐律诗三类。阮廌编选的《国音诗集》（*Quốc Âm Thi Tập*）收入喃字诗 254 首，是越南现存第一部完整的喃字诗歌集，作品全部用唐律诗体写成，应该属于喃字唐律诗了。《国音诗集》中的唐律体诗对中国律诗有何继承与发展？

陈庭史：阮廌在其《抑斋诗集》（*Úc Trai Thi Tập*）里的汉诗都严格遵循唐律诗体的要求。不过，在《国音诗集》里，他却选择了另外一种方法：在七言诗句之间夹杂着六言诗句，有时六言诗句还占多数，越南学者把这种诗体叫作七言杂六言体。六言诗句的节奏可以是 2/2/2、2/4、3/3，符合越南语语感，读起来很亲切。这种诗体保留了七言诗的韵律，一韵到底，但比较自由。起句可以六言，结句也可以六言，实联、论联都可以是六言。这种诗体可能形成于 13 世纪，但是由于材料失传，已经无从考察了。在阮廌之后，还有许多诗人都使用这种诗体进行诗歌创作。直到 19 世纪初，这种风尚才结束。

张　叉："韩律"（*Hàn luật*）诗是用越南语写的唐律诗，是一种越南化了的文学体裁。韩律诗是怎么形成的？

陈庭史：说到韩律诗，就要提一提 13 世纪越南陈朝时期的文学家与诗人阮诠（*Nguyễn Thuyên*）。根据《大越史记全书》的记载，他因为模仿中国唐朝文学家韩愈撰写《祭鳄鱼文》（*Văn tế cá sấu*）而得到陈仁宗的赏识，仁宗赐他姓韩，所以他又叫韩诠（*Hàn Thuyên*）。越南文学家用越南语创造出各种汉文文学体裁，把它们转变成自己的文学体裁，韩律诗就是这样的体裁。它是一种以唐律诗的"七言四绝"和"七言八句"诗体为基础，用喃字进行诗歌创作的诗体。据说这种诗体首创于韩诠，因此后代人将其称作为韩律。韩诠富有以国音喃字来创作诗、赋的才华，他根据越南语的发音特点，对律诗的字句、押韵、平仄、对仗等各方面进行适当的改变，为后辈创造出韩律。杨光涵认为："韩律正是唐律诗的越南化，在这一方面韩诠的确有很大的贡献，因为从他运用喃字来创作诗、赋开始，许多人也跟着学习，越南喃字文学也因此才得以萌生和发展。"[①]现在于阮廌、黎圣宗（Lê Thánh Tông）、"骚坛会"成员、阮秉谦（Nguyễn Binh Khiêm）等人的诗集中，仍然可以找到许多在"韩律"基础上创作的作品。

张　叉：韩律诗的主要特点是什么？

陈庭史：韩律诗的独特在于出现许多六字诗句，这一特点在唐律诗之中几乎从未见过。唐律诗一般会以4/3为押韵节奏，但在韩律诗之中，越南民间诗歌中较为普遍3/4或3/3的押韵节奏经常出现。阮廌下面这首诗正是如此：

莲　花

淋泅拯变 / 卒和清

君子困堪 / 特所名

阖婕香 / 店月净

贞　晔 / 固埃争

这首诗歌拼作国语字是：

Liên hoa（Hoa sen）

Lầm nhơ chẳng bén, tốt hòa thanh

Quân tử khôn kham được thửa danh

Gió đưa hương, đêm nguyệt tạnh

Riêng làm của, có ai tranh.

这首诗歌译作汉语是：

---

①　Dương Quảng Hàm, *Việt Nam văn học sử yếu*, Hà Nội, 1943, tr. 107.

莲 花

泥土无染 / 自清高

君子艰堪 / 得名誉

风吹香 / 月夜静

为我有 / 何人挣

后来，韩律诗发展成为越南诗歌的一种基本诗体，长期受到越南人民的喜爱。比如，19世纪初期著名的诗人胡春香（Hồ Xuân Hương）还用韩律诗进行创作，给世人留下了一部著名的《春香诗集》（*Xuân Hương Thi Tập*）。

张　叉：越南黎圣宗（1460—1497年在位）在位期间，社会稳定发展，国力蒸蒸日上，达到了繁荣昌盛的历史新阶段，文学也因之获得了很大的发展。黎圣宗喜欢吟诗作文，文武百官纷纷仿效。他创立的"骚坛会"兴盛一时。黎圣宗是怎样创立"骚坛会"的？

陈庭史：越南黎圣宗讳黎思诚（Lê Tư Thành），又名黎灏（Lê Hạo），是后黎朝时期的第四代君主，热心推动文学事业的发展。他于1494年亲自创立"骚坛会"，自号"骚坛元帅"，成员除了他本人以外，还有申仁忠（Thân Nhân Trung）与杜润（Đỗ Nhuận）等近臣，总共有二十八人，称为"越南文坛上的二十八秀"或者"骚坛二十八宿"。他们吟咏唱和，留下了大量的汉语、喃字诗文，其作品收集在《天南余暇集》（*Thiên Nam Dư Hạ Tập*）中。

张　叉：《天南余暇集》是怎样问世的？

陈庭史：1483年，黎圣宗降下敕谕，遣申仁忠、郭廷宝、杜润、陶举、谭文礼等诸臣编撰《天南余暇集》。申仁忠等人根据中国唐宋的典籍《通典》与《会要》的编排方法、内容与精神，完成了《天南余暇集》的编撰，申仁忠撰写序言，黎圣宗为序言题写了四句五言诗。《天南余暇集》共一百卷，是后黎朝时期最大的一部著作。可惜的是，这部著作虽然誊抄了多本，但是却没有进行刻印，后来经过乱世，很多都遗失、散落了。在现存的《天南余暇集》中，有很多部分都是杂乱无章的，其中，只有集一、集九与集十属于原本。

张　叉：《天南余暇集》的艺术成就是什么？

陈庭史：《天南余暇集》中保留下来的诗作现收录在《洪德国音诗集》里，是许多作者的作品。从内容来看，多数属于歌功颂德、吟风弄月之类的作品，但是也有不少作品表现出对自然的由衷热爱和对景物的精细观察，在创作技巧上很有成就，可以概括为八个字，声律严谨，风格清奇。黎圣宗的《三更月》是颇有代表性的一首："三更风露海天寥，一片寒光上碧霄。不照英雄心曲事，乘云西去夜迢迢。"他为《天南余暇集》序言题的四句五言诗也可以一读："火鼠千端布，冰蚕五色丝。更求无敌手，裁作衮龙衣。"客观来看，《天南余暇集》对于振兴越南一代文风具有积极的作用。

张　叉：越南在法国殖民统治时期是否出现了在文学史上值得一提的法语文学？

陈庭史：在法国殖民统治时期，是有人用法语创作文学作品的，但是一般来说，成就不高，所以文学史里一般不提。胡志明曾在20世纪20年代用法文创作了一些散文、短篇小说，文学史中还有所记载。

张　叉：法国殖民统治时期越南南部文学成就最高的作家是阮廷炤（Nguyễn Đình Chiểu）和张永记（Trương Vĩnh Ký），他们两人的主要成就是什么？

陈庭史：法国统治越南的时期始于1864年，终于1945年。阮廷炤、张永记只代表了越南南部19世纪末的文学成就。在1900年到1945年期间，越南还有其他文学家取得了更为出色的成就。

阮廷炤和张永记两个人在文学史上的地位是不一样的。阮廷炤是一位爱国大作家，他的所有创作都表现出对人民的热爱和对侵略者的仇恨。他是儒家典型的孝子，因母亡故心生悲哀，痛哭流涕，以至于成了盲人。他进行口头创作，学生替他记录下来，成为书面文学作品。他代表文学的爱国主义倾向。张永记是一个大学者，他的成就主要是主办越南第一份国语字报，推广国语字，首次把许多著名喃字作品拼成国语字出版，其中包括阮攸和阮廷炤的作品。他是越南国语文学的先锋。

二、越南比较文学

张　叉：越南比较文学的发展情况如何？

陈庭史：可以说，越南的比较文学学科没有得到应有的发展。我们虽然有许多热衷于研究比较文学的学者，但还没有形成学术组织，也没有建立起比较文学的国际联系。在一些大学里，比较文学只是选修课程，越南学者也只编写了一两部概略的教材，当然也谈不上招收比较文学专业的本科生。我讲课用的是乐黛云、曹顺庆、陈惇、刘象愚、赵毅衡、周发详等中国学者编写的教材。1996 年阮文民写了一本比较文学教材，2020 年在越南出版了两本比较文学的教材：一是我写的《比较文学基础》①，一是陈氏芳芳写的《比较文学教程》②。可以说，越南的比较文学教材编撰是刚开始的。我本人从 1982 年到现在审订过四篇比较文学博士论文。一篇研究比较文学的方法论，一篇研究越南新诗与唐诗的关系，两篇研究越南文学与法国文学的关系。这四篇博士论文题目的拟定全靠偶然。越南现在的比较文学还处于应用型阶段，没有发展到学科理论建设的高度。研究者根据要解决的具体问题，去寻找合适的理论。所以目前谈越南比较文学学科理论建设的问题还为时过早。

由于越南文学比中国文学和西方文学发展要晚一些，所以要认识它就免不了把它拿来同其他文学进行比较。可以说，任何一部文学史或文学批

---

① Trần Đình Sử, *Cơ sở văn học so sánh*, Nhà xuất bản Đại học sư phạm, Hà Nội, 2020.

② Trân Thị Phương Phương, *Giáo trình văn học so sánh*, Nhà xuất bản Đại học Quốc gia thành phố Hồ Chí Minh, 2020.

评都有比较文学的成分。

张　叉：越南比较文学起步于什么时候？

陈庭史：据我所知，越南比较文学起步于 20 世纪 20 年代。1917 年，范琼（Phạm Quỳnh）在《南风杂志》（Tạp chí Nam Phong）上写了一篇题为《越南诗与西方诗》（Thơ ta và Thơ Tây）的文章，认为越南诗多限制而西方诗多自由。接着，又有许多文章陆续发表，但是在这方面没有统一的统计数字。许多书籍都具有比较文学的成分，如怀青（Hoài Thanh）的《越南诗人》（Thi nhân Việt Nam）、《现代作家》（Nhà văn hiện đại）和其他文学史都有大量的比较。关于越南比较文学文章发表情况，据学者黎风雪的统计，在 20 世纪 20 年代到 1998 年期间，在越南报纸上有 61 篇研究文章；据阮有山统计，在 1960 年到 2000 年期间有 60 篇研究文章；据阮春镜教授统计，仅仅在民间文学领域，就有 50 篇研究文章；据阮义重统计，到 2004 年有不下 200 篇研究文章。我估计，实际数量比这个数量还多一倍。但无论怎么说，数量还是太少了。

张　叉：您刚才谈到了越南比较文学文章发表的情况，这很好。能否请您再谈谈越南比较文学著作出版的情况？

陈庭史：关于比较文学的著作，越南出版得也不多。现在已出版的比较文学著作主要有：阮文民《比较文学的理论问题》（1995），芳榴《从比较文学到比较诗学》（2002），刘文俸《比较文学——理论和应用》（2001），陈庭史主编《比较文学——历史和展望》（2004），段黎江主编《比较文学视野下东亚近代文学关系》（2011）。少数文章综述外国比较文学的理论和动态，而多数文章则研究法越文学关系、日越文学关系、俄国苏联越南文学关系、越南文学和东南亚各国文学的关系、中越文学关系的具体问题。

张　叉：越南在组织比较文学学术研讨方面的情况怎样？

陈庭史：河内师范大学、河内国家大学下属河内人文与社会科学大学、胡志明市国家大学下属人文与社会科学大学等越南多所高校以及越南社会科学院文学研究所均组织了多场国内和国际比较文学相关的学术研讨会。

如 2012 年 12 月 6 日，由胡志明市国家大学下属人文与社会科学大学和越南日本文化交流基金携手举办的"东亚背景下的越南文学与日本文学"国际研讨会成功召开，此会议围绕着越南与日本的古典文学之比较研究、越南与日本的现代文学之比较研究、日本文化与越南文化之比较研究等内容，吸引了来自世界多个国家的 100 余名专家学者的热情参与。2013 年胡志明市国家大学下属人文与社会科学大学举办了"东亚文化比较研究：大众文化和年轻人"国际研讨会，得到韩国与越南两国多所大学学者的广泛关注与热情参加。2017 年 3 月 3—4 日，由河内国家大学下属河内人文与社会科学大学举办的"历史河流中越南语韩国之比较研究"国际研讨会在河内隆重召开，来自美国、英国、法国、德国、荷兰、中国、韩国、日本、印度、菲律宾、越南等的 70 余名学者积极参会，会上进行了热烈的讨论。另外，越南国内同一个文学阶段不同文学作家或潮流的比较研究，如 1930—1945 年阶段小说比较研究、新诗作家及作品比较研究、1945—1975 年小说与 1986 年后小说之比较研究，诸如此类的国家级别的研讨会几乎每年都要举办，这里就不多说了。

三、中越比较文学

张　叉：中国第一部诗歌总集《诗经》在赵佗时期就远传交趾，成为最早传入越南的儒家经典著作。您能谈谈《诗经》对越南文学的主要影响吗？

陈庭史：《诗经》作为一个经典对越南古代各代士子阶层的影响是不用说的，原因是各代士子都需要熟背这一经典。第一个影响是各个朝代把《诗经》翻译成喃字诗，用作教材以教宫中女子。第二个影响是诗教，影响了不少古代文学作者。现代文人喜爱其男女爱情的自然流露和对强权的控诉。在古代，《诗经》已有许多喃字译本，现在也有许多译本。

张　叉：对中国古典文学的继承与革新是越南古典文学发展一个突出的特点，越南对中国古典文学主要的继承与革新是什么？

陈庭史：记得米哈伊尔·巴赫金（Mikhail Bakhtin）说过，文学的记忆是体裁，诺思罗普·佛莱（Northrop Frye）说过，文学形式的发展是由其形式原型而来。越南文学有两个传统：一是自己民族传统，一是外来传统。中国古典文学是一种悠久的外来因素，越南所继承和发展的主要是文学体裁、题材和意象。关于体裁，裴文元和何明德在其著作《越南的诗歌形式和体裁》（*Thơ ca Việt Nam hình thức và thể loại*）中断定，越南诗歌里有模仿中国诗歌形式的体裁，如古风体、律诗体[①]。从律诗体又创造出一些特殊体。其他文体如传奇体、章回小说体和行政文体如表、奏、檄文、祭文，也被模仿。除此之外，七言诗句至今也在广泛使用，是继承的一种表现。诗歌题材的模仿有即兴、即事、有感、春晓、惜春等，诗歌意象的模仿有春草、归鸟、浮云、薄命、钟声等。革新方面，除了主要体现在表现越南的具体内容外，在越南语言文学创作里有许多形式的创新，如喃字长篇叙事诗、长篇抒情诗的吟曲、说唱体诗。

张　叉：越南现当代文学对中国古典文学的继承情况怎样？

陈庭史：在越南现当代文学里，对中国古典文学的继承已经越来越少，而与此同时，继承西方文学的却越来越多。当然，越南对中国古典文学的喜爱是源源不断、至今不绝的。越南1932—1945年的新诗虽是越南诗的革命，但其中唐诗的原型，意象和余音还是可以读出来。

张　叉：陶潜在中国文学史上占有重要地位，在海外包括越南也有重要影响。陶潜在越南的主要影响是什么？

陈庭史：应该说，在越南影响最大的有三位中国诗人：陶潜、李白和杜甫。所谓影响，就是在越南诗文创作中留下明显的痕迹。在越南古代诗文中不难找到陶潜的痕迹，陈朝莫挺之（Mạc Đĩnh Chi），陈朝壁洞诗社的许多诗人如阮郁（Nguyễn Úc）、阮畅（Nguyễn Sưởng）、陈

---

① Bùi Văn Nguyên, Hà Minh Đức, *Thơ ca Việt Nam Hình thức và thể loại*, Nxb Khoa học Xã hội, Hà Nội: 1971, tr.11, 41.

光潮（Trần Quang Triều），黎朝的不少作者如阮鹰、阮禀谦（Nguyễn Bỉnh Khiêm）、阮屿（Nguyễn Dữ）、阮攸（Nguyễn Du）、阮劝（Nguyễn Khuyến）等，都是很好的例子。在他们的作品中，陶潜作品中的原型如彭泽县令、五斗米、采菊东篱、三径菊等，俯拾皆是。陶潜鄙视名利、酷爱闲适、崇尚自然等人格也是越南诗人、作家所钦佩、羡慕的。越南学者吴春英（Ngô Xuân Anh）曾经发表过一篇题为《陶渊明在越南的诗文中》（Đào Uyên Minh trong thơ văn Việt Nam）的文章，对陶潜在越南的接受与影响等情况进行了专门的研究，这篇文章非常出色。

张　叉：您曾在《文化艺术杂志》（Tạp chí Văn hóa Nghệ thuật）1993年第 2 期上撰文说："越南历代诗人几乎没有一个不受以李、杜为代表的唐代大诗人的影响。"[1] 唐代的诗人数目众多，清康熙年间江宁织造曹寅组织彭定求、杨中讷等 10 位翰林编纂的《全唐诗》收录整个唐五代诗作多达 48900 余首，所涉作者 2200 余人。在众多唐代诗人中，按成就排在第一的是李白，李白在越南文学中有何影响？

陈庭史：越南著名唐诗专家阮克飞（Nguyễn Khắc Phi）断定，李白是在越南文学中留下最多印迹的几个中国著名诗人之一。阮克飞在《越南文学和中国文学的关系》（Mối quan hệ giữa Văn học Trung Quốc và Văn học Việt Nam）中研究发现，黎朝后期著名文学家邓陈琨（Đặng Trần Côn）在其著名的抒情长诗《征妇吟曲》（Chinh Phụ Ngam Khúc）中，从李白《关山月》《白头吟》《塞下曲》《上之回》《别内赴征》《子夜吴歌》等名篇里化用了许多名句来写自己的感情。[2] 这样的例证还可以轻而易举地找到许多。李白诗豪迈奔放的风格是越南诗人所喜爱的。阮鹰有一首诗描写了李白。阮攸的《行乐辞》（Hành Lạc Từ）蕴含着李白的诗意、诗味。高伯括的诗作也具有李白的豪迈。我想，李白在越南文学风格中是留下了很大影

---

① 黄强：《论杜诗在越南的译介》，《杜甫研究学刊》2011 年第 4 期，第 74 页。

② 阮克飞：《比较视野下越南文学与中国文学关系研究》，越南教育出版社 2001 年版，第 64 页。

响的。

张　叉：杜甫在越南文学中的影响如何？

陈庭史：杜甫在越南文学中的影响非常深广。阮廌、阮攸、高伯括、阮福绵审（Nguyễn Phúc Miên Thẩm）、胡志明等无数越南人都热爱他。他诗中乐人民之乐、苦人民之苦的精神深受人们的敬佩。越南著名学者潘玉是著名汉学家潘武（Phan Vũ）之子，他从六岁开始熟读、背诵杜甫的诗歌。他用十年时间撰成了著作《赤民的诗人》，收录了他自己翻译的杜甫诗歌1014首，诗歌后面还有阐释，翻译和阐释有机结合。[1]杜甫是作品在越南被翻译得最多的中国诗人。潘玉总结说，杜甫的诗歌最缺少东方性，没有贵族性。杜甫注重事实，关心民生，最具有全人类性、现代性。其著名诗篇《自京赴奉先县咏怀五百字》是一个伟大的创作宣言。

张　叉：杜甫是中国诗歌史上的集大成者，其中，在七律诗上取得的成就尤其突出、巨大。越南汉文诗歌以律诗为主，其中，七律诗在越南诗坛一直占有重要位置，据统计，"阮廌（1380—1442）《抑斋诗集》共收录诗作110首，其中七律达87首；阮攸（1765—1820）的汉语诗集《北行杂录》《清轩诗集》《南中杂吟》共收录诗作252首，其中七律达169首"[2]，这显然是受到了杜甫的影响。杜甫对越南七律诗创作的主要影响是什么？

陈庭史：的确，越南诗人很热爱七言律诗。几乎所有古代诗人都主要从事这种诗歌的创作。1938年出版的《文坛宝鉴》（Văn Đàn Bảo Giám）搜集了2000首诗，其中，七言律诗有600首。不仅诗人，甚至普通人都会作这种诗。现在退休的老人组织了一个唐诗俱乐部，经常作诗和互相评判、欣赏，在他们的作品中，有些是很出色的。现在，好像各个越南城市都有唐诗俱乐部。七言诗变成大众热爱的体裁。诗人黎金交（Lê Kim Giao）出版了一部著作《唐诗神律》（Đường Thi Thần luật），提出七律诗

---

① 潘玉：《赤民的诗人》，越南文化通讯出版社2001年版，第19—20页。

② 黄强：《论杜诗在越南的译介》，《杜甫研究学刊》2011年第4期，第74—75页。

的结构不是题实论结，而应该是缘才情命。① 他的论点有些地方可以商榷，但这说明人们对唐诗的热爱和兴趣是经久不衰的。这明显是他国化的文学现象，是越南化的文学现象。

张　叉：阮攸是越南古典文学三大诗人之一，在诗歌创作中深受杜甫影响。杜甫对阮攸诗歌创作的影响主要有哪些？

陈庭史：如果把阮攸的汉诗跟杜甫的诗做比较，就可以从中发现许多相同点。他们所面对的都是战乱的民生，所经历的都是家庭离散、亲人卧病与饿死，所眼见的都是社会崩溃、贫富对立。阮攸在《耒阳杜少陵墓》中写道："千古文章千古师，平生佩服未常离。"这说明他心里想念的诗人当然是他尊敬的师长杜甫。我想，杜甫对阮攸的影响主要在对现实的态度、诗史笔法的追求方面。这一看法还有待于进一步地、具体地分析和论证。阮攸的诗歌中有几首很像杜甫的诗歌，如《太平卖歌者》《阻兵行》等。阮攸的《北行杂录》写于出使中国期间，里面有鲜明的中国形象，这也许也是一种影响吧。

张　叉：中国元末明初瞿佑的代表作《剪灯新话》是一部具有跨国影响力的古典小说集。这部小说集出版后不到百年，不仅在中国，而且在朝鲜、日本与越南等国也出现仿作。学术界普遍认为，阮屿的《传奇漫录》（*Truyền Kì Mạn Lục*）是瞿佑的《剪灯新话》在越南的仿作。《传奇漫录》主要在哪些方面模仿了《剪灯新话》？

陈庭史：关于阮屿的《传奇漫录》对中国元代瞿佑的《剪灯新话》的模仿，古代越南学者何善汉、黎贵敦、潘辉炷、武芳题早就指出，他模仿的主要是小说的体例。整部小说二十篇，分成了四卷，每卷五篇。为什么不多不少，我想是因为当时以中国为楷模思考、选择的缘故。阮屿的《木棉树传》明显是模仿瞿佑的《牡丹灯记》。把死者的棺材放在后院中不符合越南人的风俗。但是，认为阮屿的《传奇漫录》是对瞿佑的《剪灯新话》

---

① 黎金交：《唐诗神律》，越南文学出版社 2011 年版，第 23 页。

一个人一个作品的仿作有不妥之嫌。取名传奇是受唐代传奇影响。叙述中夹杂着人物所作的许多诗篇是唐传奇固有的特点，不是从《剪灯新话》开始。其内容主要是越南生活的反映，作者表达的是对黎朝末世和莫朝的愤懑不满，各篇中的诗作都很新鲜和细腻。我在2000年发表了一篇文章，研究了阮屿《传奇漫录》中《徐识仙婚录》与中国仙话的关系。我发现，阮屿接受的不仅有越南民间创作，而且还有整个中国仙话（干宝、陶潜和刘义庆等）和散文叙述传统（司马迁等）。[①] 阮屿和瞿佑还有同源的关系。

张　叉：在研究越中比较文学影响研究的时候，一般都把注意力放到了中国文学对越南文学的影响上，这是一个不足。越南学术界在越南文学对中国文学影响研究方面的大体情况是什么？

陈庭史：我对中国学者在这方面的研究情况了解不多，不敢妄作评论。但据我所看到的有限的材料来看，您所说的是一个事实，这的确是一个不足。中国文化和文学对越南的影响是显然的，几乎不证自明。一千年北属，又一千年借用汉语，读汉语的书，写汉语的作品，怎能不受汉文学的影响呢。这种影响有如欧洲各国受希腊罗马文学的影响一样，甚至比欧洲希腊的关系还紧密。越南文学界对中国文学的影响问题很关注。上边已经说过，越南大部分古代文学是与中国古代文学分不开的，所以研究时必须要有比较文学的眼光，比如研究邓陈琨的《征妇吟曲》、阮辉似（Nguyễn Huy Tự）的《花笺传》（*Hoa Tiên Ký*）与阮攸的《金云翘传》等，都要做文字、文典的注释、解释。注释的大部分要指出，哪些典故、细节、形象来自中国书籍，这实际上是做寻源或渊源学的研究。不过，从越南具体作品的细节找出其出处的时候，常常出现牵强附会的现象。在浩若烟海的文本间性里，你怎能正确无误地指出某个字来自谁的手笔？我想，这是由于越南学者不大熟悉中国文学作品的缘故。阮克飞在研究《征妇吟曲》和我在研究《翘传》的注释的时候，都指出了许多不确定、不恰当的地方。难

①　陈庭史：《徐识仙婚录和中国仙话的关系》，《文学研究》2000年第2期，第22页。

道一个作家在创作他作品（作集古诗除外）每写一行都要记起先人的细节文字吗？不是的。他只从语言海洋中选取与他感觉相符合的词汇来表达，偶然相同是常有的。

张　叉：越南中越比较文学研究的主要特点是什么？

陈庭史：越南学者在做中越文学比较研究时，除了指出中国的影响之外，还进一步指出越南作者的创新和越南文化的不同。因为一种文学如果只有仿作的话，那么还有什么价值可谈呢？在阮攸的《金云翘传》与清心才人的《金云翘传》的文学比较中，陶唯英（Đào Duy Anh）、阮禄（Nguyễn Lộc）、黎庭骑（Lê Đình Kỵ）、潘玉和我都在各自的著作中做了各方面详细而具体的比较，如体裁、故事情节、叙述方法、叙述视点、人物性格、人物描写、语言形式等方面，概括了越南作者创造性的特色。越南学者偏于从接受、改写、变异等方面着眼来进行比较研究。这是越南文学比较研究的主要特点。我偏于把越南古典文学作品与中国整个文学和文化做比较研究，只有这样才能弄清其影响关系。如果只限于把越南作家作品和中国作家作品做一对一的比较，比如《剪灯新话》和《传奇漫录》，阮攸的《金云翘传》与清心才人的《金云翘传》，就看不出影响的实质，因为越南作家从来都不只是受到中国一个作家、一个作品的影响的。

张　叉：中国学者于在照 2014 年在世界图书出版公司出版了专著《越南文学与中国文学之比较研究》，运用比较文学渊源说理论对越南汉文学与中国古典文学、越南喃字文学与中国古典文学进行了比较研究，运用比较文学平行说理论对 20 世纪上半叶越南拉丁化国语文学与中国现代文学进行了比较研究，这是中国学者在越中比较文学研究领域的一个代表性成果。越南学者在越中比较文学领域有何代表性成果？

陈庭史：我读过孟召毅和卢慰秋的研究，于在照的《越南文学史》，他的新作我也拜读了。在越南，目前有些对越中文学做比较研究如上边提到的阮克披和芳榴的作品，但是如于在照那样把两国文学做整个的比较研究的目前还暂时没有。我想，将来可能会有的。

张　叉：越南比较文学同中国比较文学合作的情况如何？

陈庭史：中国是世界上具有伟大而悠久文学传统的国家之一。越中两国文化和文学的关系同样深刻和悠久，而且直到现在，这种文学关系还在继续发展着。比较文学首先要求对研究相关的两国文学有深刻的理解，要求对两国的语言有熟练的掌握，要求把影响和接受两方面结合起来。只有这样，才能把握住文学影响的完整情况。如果这些都做到了，那么中越两国学者合作研究两国的文学关系将会非常顺利。越南学者有机会向中国学者学习理论和方法，而中国学者也有机会更深入地了解越南文学。这样的合作会促进中越两国文学的交流和友谊。

流亡、世界主义、世界文学与比较文学

——加林·提哈诺夫教授访谈录

受访人介绍：加林·提哈诺夫（Galin Tihanov），1964 年生，男，保加利亚洛维奇（Lovech, Bulgaria）人，英国牛津大学文学博士，美国索菲亚大学（Sofia University）文学博士，英国伦敦大学玛丽女王学院（Queen Mary, University of London）比较文学教授，欧洲文学院院士。出版德国、俄罗斯、东欧文化和思想史著作四部，编辑学术论文九卷，主要从事世界文学、世界主义、流亡与比较文学研究。

访谈形式：书面

访谈开始：2018 年 12 月 27 日

形成初稿：2019 年 9 月 13 日

形成定稿：2020 年 6 月 5 日

最后修订：2021 年 5 月 9 日

一、流亡

张　叉：流亡（exile）和流亡写作（exilic writing）对于世界文学形成的意义是什么？

加林·提哈诺夫：认识到在世界文学形成中流亡和流亡写作的中心地位至关重要。关于流亡的写作不仅是一种产生这个世界特定版本的具体模式，也是一种思考运动、调解、转移和边界的方式。极其重要的是，流亡是质疑记忆、身份和语言的现代性的基本话语之一。从跨民族和国际主义的角度来看，今天的世界文学的观念是不可分割的，这紧密地——以一种典型的矛盾的方式——同流亡经历和流亡写作的实践相联系。流亡为具有畅通无阻机动性的自由思想的批评提供了资源；它还常常使民族文化（文学）和相应的民族语言之间的欧洲身份模式——一种直到现代性和强大的民族国家到来时才存在的模式——脱节，它面对面地粉碎了许多像印度这样的地方的经验，这些地方一直以语言多元性为特征，它让这样的模式成为不可能。浪漫主义是欧洲经验中的一个关键形式，确切地说，正是在浪漫主义的交叉之中，语言与民族之间、语言与民族文化之间的联系得以理性地产生和加强。约翰·戈特利布·费希特（Johann Gottlieb Fichte）对德语的赞美，中欧和东欧的纯粹主义，诗人作为民族价值观的宣明者和民族胜利的预言家的思想——这些都是由浪漫主义意识形态所产生并铭刻在浪漫主义元叙述（metanarratives）中的现象。正是由于反对这种强大而有弹性的关系，流亡的形象具有了矛盾性的突出地位。许多中欧和东欧国家的人，特别是那些在 19 世纪不得不为独立或统一而斗争的人，都依赖于浪漫主义创作的作品，这并不偶然。但是，今天我们需要为流亡去浪漫化，看看它是多么有益于放松语言、文学和民族文化之间的纽带。正是流亡和移民的棱镜让我们超越了"民族文学"的限制：弗拉基米尔·纳博科夫（Vladimir Nabokov）是俄罗斯作家还是美国作家，塞缪尔·贝克特（Samuel Beckett）是爱尔兰作家还是法国作家？这些问题——由纯粹将文学视为"民族文学"的逻辑所决定——我的陋见是，非常没有意义：纳博科夫既是两者，又两者都不是，贝克特也如此。更重要的是，纳博科夫是打破身份认同模式的一个极佳的例子：纳博科夫抵达美国时，没有发生语言转换：他的第一部英语小说是他还住在巴黎的时候写的。理解这一点不仅同世界文学也同一个意识有方方面面的关系，那就是，意识到世界文学首先是通过语言的运动来维持的，这些语言在遇到过去和现在的其他语言的时候，以奇妙的方式产生变化①。

张　叉：流亡话语（exilic discourse）在世界主义中发挥的作用是什么？

加林·提哈诺夫：排斥和强有力的边缘化自然会使我们意识到，在现代比较文学的兴起中，移民和流亡者已经发挥了重要的作用。不应该忽视这一进程对我们如何看待世界主义可能引发的后果。借助于最近对 20 世纪三四十年代伊斯坦布尔和美国东海岸德国移民环境中比较文学的发展，特别是艾米丽·阿普特（Emily Apter）作品的出色考察，我们必须开始对流亡这一世界主义历史中的形成因素进行反思。毫无疑问，流亡话语能够，而且有时候确实体现出一种极其疏离的维度，这种维度为超越自身文化体验区的、文学理论化的种种行为提供了事实依据与真实可信性（斯塔尔夫人也在流亡期间写下了一本关于德国的影响深远的书籍）。②

张　叉：浪漫化的流亡能够产生哪些世界主义的态度？

加林·提哈诺夫：流亡可以捕捉到一个人的生活世界扩大或缩小的分歧的时刻。这样，作为一种经久不衰的、世界主义态度产生的引擎，浪漫化的流亡能够产生出另外的、重要的方面：需要把一个人的经历限制在一个新的文化框架之中，必须开始用语言翻译那通常不属于个人自己的经历，

---

① Song Baomei, "On World Literature, Exile and Cosmopolitanism: An Interview with Professor Galin Tihanov",《外国文学研究》2018 年第 2 期，第 4 页.

② Galin Tihanov, Chapter 9 "Cosmopolitanism in the Discursive Landscape of Modernity: Two Enlightenment Articulations", *Enlightenment Cosmopolitanism*, David Adams, Galin Tihanov (eds.), Modern Humanities Research Association and Maney Publishing, 2011, p.146.

并且经过个人的损失和内在的创伤在翻译过程中摸索前进。

张　叉：在作为一个领域的世界文学和作为一门学科的比较文学中，流亡的意义是什么？

加林·提哈诺夫：很多年前，我发表了一篇文章，提出大约诞生于第一次世界大战的现代文学理论和流亡移民息息相关。这篇文章的论证是非常有影响力的，其他人已经在其著作和文章中对它做了回应，在做了回应的这些人中，不仅有文学学者，而且还有电影历史学家、文化理论家等。但是现代比较文学也随着埃里希·奥尔巴赫（Erich Auerbach）和利奥·斯皮策（Leo Spitzer）的伊斯坦布尔作品而开始了流亡生活，他们战后继续在美国流亡。修饰语"现代"在这里是微不足道的：我借此指的是一种比较文学，这种比较文学已经超越 19 世纪考察文化双边主义和国家间交流的模式，并且已经包含了一个更为宽广的视角，这一个视野聚焦于更大的超国家模式：模仿、风格、体裁等。当然，奥尔巴赫和斯皮策在伊斯坦布尔的表现是不同的：斯皮策渴望学习土耳其语，并沉浸在当地的文化之中；奥尔巴赫在与同事的交流和教学中几乎没有进一步考察德语和法语。但是，尽管如此，他也不是一个完全陌生的人（这同以浪漫风格把他作为一个创造性的、孤独的例子来描绘的倾向相反）。和萨义德（Edward Wadie Said）把东方作为一个由西方文化意识形态塑造出来的情况加以明显强调不同，最近的研究已经强调了阿塔图尔克（Atatürk）的本土的——相当积极主动的——人文主义价值观的复兴，这些价值观标志着奥尔巴赫在该市工作时的情景。[①]

---

① Song Baomei, "On World Literature, Exile and Cosmopolitanism: An Interview with Professor Galin Tihanov",《外国文学研究》2018 年第 2 期，第 5 页.

二、世界主义

张　叉：什么是世界主义（cosmopolitanism）？

加林·提哈诺夫：从某种程度来说，世界主义是西方文化的产物，而它的确有一个意识形态的思想包袱，人们有时候倾向于把这一点忽略掉。它是一个无法在非欧洲语言中很好传播的词。比如，在中国，你如果要去翻译"世界主义"，你就会得到一个对应词，这个对应词包含有"宇宙"（cosmos）的元素，但是，另一个元素"城邦"（polis）却遗漏了。这告诉我们一个事实，世界主义起源于特定历史时期的欧洲关注的一系列问题。现在我们在这里特别讨论关于世界主义的现代政治教义，它以康德及其"永久和平"项目（project of "eternal peace"）为开端。[①]

张　叉：何谓两个"世界主义"？

加林·提哈诺夫：我一直以来总在坚持，我们要对两个"世界主义"（two "cosmopolitanisms"）进行仔细区分：一个我称之为"文化世界主义"（cultural cosmopolitanism），另一个我称之为"政治世界主义"（political cosmopolitanism），它们并非总是重叠的。它们有十分独特的教义；我要在目前正在撰写的著述的世界主义导言中对它们进行分析。[②]

张　叉：有将世界主义用于世界文学研究的情况吗？

加林·提哈诺夫：有的，在这一领域已经有我美国的同事做过重要的工作——我想起了丽贝卡·马科维茨（Rebbeca Walkowitz）与阿米尔·穆夫提（Aamir Mufti），而那只是两三个例子——英国和其他地方也有这样的例子。

张　叉：世界主义和普遍主义（universalism）之间的差异是什么？

---

① Song Baomei, "On World Literature, Exile and Cosmopolitanism: An Interview with Professor Galin Tihanov",《外国文学研究》2018 年第 2 期，第 10 页.

② Song Baomei, "On World Literature, Exile and Cosmopolitanism: An Interview with Professor Galin Tihanov",《外国文学研究》2018 年第 2 期，第 10 页.

加林·提哈诺夫：我们需要小心，即使全球化经常诱惑我们，我们也不要把世界主义和普遍主义混同起来。我们需要对这一事实保持清醒，世界主义不同于普遍主义，而且经常同全球化格格不入，它坚持文化的差异要加以保存、珍惜和接受，而不仅仅只是忍耐。世界主义和世界文学之间的这种联系需要小心地以微妙的方式来建立，这种方式不在文本中产生不加选择的场地，文本只是在单一的语言中传播——忘记自己的过去。甚至在英国、澳大利亚、印度、美国的英语也因其不同的历史和综合情况而不一样；有时也是因为有一系列不同的功能造成的。[1]

张　叉：保持多元主义的意义是什么？

加林·提哈诺夫：保持多元主义是重要的，同时也保持着一种跨越国界的东西并不总是相等的感觉，保持着这种即使在全球化时代也无法消除的差异的概念。当然，它是全球化面临的另一个挑战，如何正确应对这些挑战，我的看法是，不要退缩，而是要重新审视其中一些教义，这些教义是同似乎不可阻挡的进步相联系的。不过，这是另外的问题了[2]。

张　叉：托尔斯泰在小说《战争与和平》中将整段整段的法语插入其中，米罗斯拉夫·克列扎（Miroslav Krleža）在戏剧《格伦贝斯》（*The Glembays*）中将整段整段的德语放入其中，托马斯·斯特恩斯·艾略特（Thomas Stearns Eliot）在诗歌《荒原》（*The Waste Land*）中将整行整行的中文糅入其中。您如何解释这种现象？

加林·提哈诺夫：即使是我们与高峰现代主义（High Modernism）联系在一起的文本，也是西方传统的组成部分，在课堂中仍然占据着主导地位，当你讲授在两次大战间隔期间的英国文学时——甚至这些文本也都是其他语言和文化的脉动所维持的多层语言的极好例子——艾略特不是唯一

---

[1] Song Baomei, "On World Literature, Exile and Cosmopolitanism: An Interview with Professor Galin Tihanov",《外国文学研究》2018 年第 2 期，第 11 页.

[2] Song Baomei, "On World Literature, Exile and Cosmopolitanism: An Interview with Professor Galin Tihanov",《外国文学研究》2018 年第 2 期，第 11 页.

的例子。看看埃兹拉·庞德（Ezra Pound）吧，他是一个如果不懂中国文化就无法真正被人理解与欣赏的人；看看他从中国获取的突如其来的念头吧，看看他对中国文化的重建吧——因为他在《华夏集》（*Cathay*）及其他作品中所做的并不是真正的中国诗歌翻译，它是在高峰现代主义这一媒介中的中国文化重建。[1]

张　叉：您把世界主义当作一种理性的实践，它不得不被历史地分析和解释为一种标记。您说的"标记"是什么意思？

加林·提哈诺夫：我说的意思是追踪社区过程的标记（不仅是民族国家的演示，还包括准国家或跨国构成的社区），他们改变其形状和界限——并且由于这个缘故，也是其自我认知——在两个中任何一个方向上，都向更具包容性的实体扩展，或者向更多地排外的主体缩小。"标记"在这里是一个重要的限定词。我不接受的观点是，社区仅仅通过参与有意识的反思行为来改变其界限。相反，我主张将世界主义话语看作一种历史的征兆，它是一种对社区的自我认知和地位的边界进行某种调整的标志，由于这个缘故，它也是（通常涉及某种时间间隔）自我知觉和地位进行某种调整的标志，所有这些调整都处于进行之中，即使它是通过自我反思的行为或者是大量未经反思的实践来进行的，情况也是如此。

总而言之，每当世界主义的话语出现的时候（这也包括它们自 20 世纪 90 年代以来一直拥有的、惊人复兴的当下时刻），都需要一个揭示它们在社会中功能的历史解释。作为一系列理性实践，世界主义可能会也可能不会作为一个直接的、正在进行的城邦重新校准过程的手段来运作，然而，最为肯定的是，它总是一个正在进行的城邦重新校准过程的指标。[2]

---

[1]　Song Baomei, "On World Literature, Exile and Cosmopolitanism: An Interview with Professor Galin Tihanov",《外国文学研究》2018 年第 2 期，第 11—12 页.

[2]　Galin Tihanov, Chapter 9 "Cosmopolitanism in the Discursive Landscape of Modernity: Two Enlightenment Articulations", *Enlightenment Cosmopolitanism*, David Adams and Galin Tihanov (eds.), Modern Humanities Research Association and Maney Publishing, 2011, p.134.

张　叉：您为什么在"城邦重新校准"中选择"城邦"（polis）而不是"民众"（demos）？

加林·提哈诺夫：我在"城邦重新校准"中选择"城邦"而非"民众"，表达了对汉娜·阿伦特（Hannah Arendt）在《人类条件》（*The Human Condition*）中的呼吁的承诺，以此坚持不懈地思考政治哲学的一个经典问题：城邦的正确尺寸是什么，它适当的规模是什么。"城邦"在这里是一个任何有自己治理规则的政治社区的同义词。[①]

张　叉：有一整套"世界主义"的概念，比如"国际主义""普遍主义""跨国主义"与"多元文化主义"。这些概念虽然并不等同于"世界主义"，但是却具有相同的功能：它们引导，甚至帮助社会进行合理化城邦重新校准的过程。世界主义的独特之处是什么？

加林·提哈诺夫：世界主义的独特之处在于它在一个期待的范畴内运作，这个期待的范畴包容而非涂去差异（相对于"普遍主义"），它并不认同国家和民族国家这种差异的唯一体现和构成要素（相对于"国际主义"），不坚持要成为一个无价值的描述框架（相对于"跨国主义"），它保持——理想地——参与对他者（otherness）的互动欣赏和主张（相对于"多元文化主义"所提倡的频繁的"马赛克"、平行和因而也是孤立主义的模式）。同"跨国主义"的对照是可以特别感知的：自 20 世纪 70 年代起，跨国主义就已经发展起来了，当时的美国政治科学家首先推动它成为一种方法，这种方法有意搁置针对任何人类核心的本体论诉求——不像世界主义，它总是已经明确地或默认地建立在共享的（如果未必一眼透明的话，那么它也是可以获取到的）人类结构的假设之上，这个结构如国际主义项目所提出的那

---

① Galin Tihanov, Chapter 9 "Cosmopolitanism in the Discursive Landscape of Modernity: Two Enlightenment Articulations", *Enlightenment Cosmopolitanism*, David Adams, Galin Tihanov (eds.), Modern Humanities Research Association and Maney Publishing, 2011, p.134.

样正在被调动或至少在被处理。①

张　叉："世界主义"随着相应定义的历史变化而有很多的含义。在既有理解中，"世界主义"的含义和所指是什么？

加林·提哈诺夫：在既有理解中，"世界主义"的含义与所指有如下三点：第一，一种同世界（宇宙）相吻合的归属（或渴望）城邦的个人精神；这种精神意味着对超越一个人的直接体验和舒适区的文化的开放。第二，一种政治世界秩序的基础。第三，一种方法论范式（一种 20 世纪 90 年代以来的、相对较新的发展），它对试图解释我们所生活的相互联系的全球化世界的跨国主义进行补充（并与之竞争）。

张　叉：您强调说，这三个语义集群之间并不孤立，而从历史的角度来看，它们往往可以看作是彼此之间的分层叠放。由于"世界主义"的这三种用法在语义上具有重要意义而且相当不同，您对"世界主义"的用法有什么特殊的考虑吗？

加林·提哈诺夫：关于这三种用途，我只对前两种有更为具体的考虑。从历史上看，属于城邦、作为城邦成员行事的观念同整个世界（宇宙）相吻合，这一想法是世界主义最早的、理性的结合，它首先同愤世嫉俗者结合，然后同斯多葛学派结合，后来转变为各种话语——其中的许多话语今天还同我们在一起，它们促进文化差异意识的提高和对文化差异的接受，这种促进最初通过个人，但是在后阶段也通过集体来进行。近年来，已经有学者对此做了很多尝试，其中著名的尝试是玛莎·努斯鲍姆（Martha Nussbaum）做的，这些尝试通过在斯多葛学派和康德之间架设桥梁，以此复兴这一话语，并把它同世界主义的现代话语连接起来，用作世界秩序的基础。努斯鲍姆对康德和斯多葛学派的解读对于从哲学的角度提示注意相似与差异是富有价值的，不过，在政治和思想史方面，中断和不连续的感

---

① Galin Tihanov, Chapter 9 "Cosmopolitanism in the Discursive Landscape of Modernity: Two Enlightenment Articulations", *Enlightenment Cosmopolitanism*, David Adams, Galin Tihanov (eds.), Modern Humanities Research Association and Maney Publishing, 2011, pp.134-135.

觉是压倒一切的。与斯多葛学派不同，康德把世界主义的议程定为现代话语，这一话语对政治权力、一群杰出人物和目标进行反思。即使这些受到道德要求的影响，它们的性质依然还是政治性的，超越于斯多葛学派对世界主义作为公民个人精神的关注，它不需要特别的政治步骤来建立新的世界秩序。从这个意义上说，作为现代政治话语的世界主义以康德的作品，特别是其论文《走向永恒和平》（Towards Eternal Peace）为基础，这是因为，正是有了这篇文本，"用世界主义意图"（with cosmopolitan intent）来想象一个具体的政治世界秩序的过程才得以开始①。

张　叉：卡尔·施密特（Carl Schmitt）在第二次世界大战前对世界主义的立场是什么？

加林·提哈诺夫：毫不含糊地说，他拒绝将世界主义作为一种使世界帝国霸权合法化的意识形态手段。他在 1940 年的文章《空间革命》（Die Raumrevolution）中，以贬低的口吻谈到了"来自国际联盟的日内瓦和平主义者"（Genfer Völkerbundspazifisten），对于这些和平主义者来说，地球看起来已经是"单一的国际主义酒店"（ein einziges kosmopolitisches Hotel）。②注意，"酒店"一词在这里传达了一个毫无疑问的、相当粗俗的（通常反犹太主义）、连根拔起的概念，一个临时而不受约束的居所的概念，它只坚守对人类高度"不信任"的观念，而对于国家则没有责任。与此相似，施密特从其他人那里借用一个比喻声称，大英帝国已经把那些小国变成了"国际主义餐馆厨房里的鸡"（chickens in the kitchen of the

① Galin Tihanov, Chapter 9 "Cosmopolitanism in the Discursive Landscape of Modernity: Two Enlightenment Articulations", *Enlightenment Cosmopolitanism*, David Adams, Galin Tihanov (eds.), Modern Humanities Research Association and Maney Publishing, 2011, p.136.

② Carl Schmitt, "Die Raumrevolution. Durch den totalen Krieg zu einem totalen Frieden", *Staat, Großraum, Nomos. Arbeiten aus den Jahren 1916–1969*, G. Maschke (eds.), Berlin: Duncker and Humblot, 1995, p. 388.

cosmopolitan Restaurant①）。这种尖刻的散文的潜台词是集中精力为第一次世界大战结束后蒙羞的德国民族国家复兴创造条件的需要；孤立主义政策被认为是抵制已经胜利出现的各国（及其帝国）统治的最佳方法。

张　叉：第二次世界大战后卡尔·施密特对世界主义的立场是什么？

加林·提哈诺夫：第二次世界大战后，施密特继续反对世界主义，但与此同时，他还采取一个明确质疑民族国家充分性的立场。他坚持认为，世界的两极结构最终会被真正的政治多元主义的回归所取代，这种政治多元主义是建立在存在大量可行的大空间（Großräume）之上的。他认为，这些"大空间"不再是围绕一个强大民族国家而合并在一起的跨国帝国，而是作为有影响力的区域建构，是民族国家的联盟，这些民族国家声称拥有它们自己的政治身份和角色。1955年，他在为纪念文集撰写的纪念恩斯特·荣格（Ernst Junger）的文章（可能是施密特最好的地理学论文）中论述说，西方和东方、资本主义和共产主义的二元论可以追溯到陆地和海洋的原始分裂。这种二分法可能已经极其重要，几乎在同一时间，施密特在努力地描绘一个世界的轮廓，这个世界不再生活在（当时）两个超级大国的控制之下，而是转向一个可能的、多中心主义的政治体制。新政治体制中的和平不作为人类永恒的条件而仅仅是一种"情境化"的和平受到欢迎，这种和平是对临时实现的权力平衡的现实承认。正如施密特在1955年写给亚历山大·科耶夫（Alexandre Kojève）的信中所说，大空间竞争的多元主义将确保一种有意义的敌意（eine sinvolle Feindschaft），它将提供一种不间断的［产生］历史的能力（Geschichtsfahigkeit）。② 这样一来，施密特在对康德的世界主义和永恒和平主张做出否定回应的时候，也忽略了狭

---

① Carl Schmitt, "Die Raumrevolution. Durch den totalen Krieg zu einem totalen Frieden", *Staat, Großraum, Nomos. Arbeiten aus den Jahren 1916–1969*, G. Maschke (ed.), Berlin: Duncker and Humblot, 1995, p.391.

② Galin Tihanov, "Regimes of Modernity at the Dawn of Globalisation: Carl Schmitt and Alexandre Kojève", *Other Modernisms in an Age of Globalisation*, D. Kadir, D. Löbbermann (eds.), Heidelberg: Winter, 2002, pp. 75-93.

隘的民族国家政治的优先顺序，并设想了一种不同类型的城邦——既不是民族国家也不是帝国——它在新建的战后"大空间"中发挥作用。

张　叉：斯塔尔夫人浪漫的世界主义（Romantic cosmopolitanism）是什么？

加林·提哈诺夫：启蒙运动——让-雅克·卢梭站在它的支持者和批评者的矛盾立场——因此占据了约瑟夫·特克斯特（Joseph Texte）关于法国精神逐渐"觉醒"（awakening）以实现盎格鲁-撒克逊和德国"种族"故事的中心舞台。他在充分展示法国文学和随后的德国文学文化中"英国影响的扩散"（diffusion of English influence）之后得出结论认为，用斯塔尔夫人的术语说，浪漫的国际主义建立在启蒙运动关注的世界性价值观和世界性文化秩序之上，是一个理性的边界交叉的过程，一个通过建立文化双边主义网络以允许相互欣赏差异的方式进行的"南北合一"（coming together of the North and the South）的过程。[①]

张　叉：应该以什么方式关注世界主义话语的双重历史功用？

加林·提哈诺夫：要追踪和反思城邦扩张的过程和可用于文化自我识别领域的扩张过程，还要绘制和记录逆向的过程（如在两次世界大战的十年间隔期间卡尔·施密特的反世界主义的谩骂）——这是一个建立更坚固的城邦屏障、指导有目的的城邦收缩、进行城邦的缩小和自我隔离的过程。20 世纪 40 年代后期苏联比较文学的命运可以作为这方面惨痛的证据。

张　叉：您能就苏联 20 世纪 40 年代后半期国际主义的情况做一个扼要的介绍吗？

加林·提哈诺夫：在 20 世纪 40 年代后半期的苏联，我们见证了世界主义的另一个例子——在这一受到负面评估的事例与当局恶意攻击的主题中——似乎是对城邦进行戏剧性重新校准的症状，这次受所谓"管

---

① Galin Tihanov, Chapter 9 "Cosmopolitanism in the Discursive Landscape of Modernity: Two Enlightenment Articulations", *Enlightenment Cosmopolitanism*, David Adams, Galin Tihanov (eds.), Modern Humanities Research Association and Maney Publishing, 2011, p.143.

理收缩"（managed contraction）策略支配。当所谓"反世界主义运动"（anticosmopolitan campaign）的历史学家试图对其正在展开的反犹太主义恶意做出解释时，他们提供了不同的理由，包括斯大林对以色列的失望，以色列的建国苏联政府给予了支持，而以色列的亲美外交政策苏联却既不能控制，也无法接受。然而，最重要的是，应对冷战的早期阶段，似乎迫切需要制定一条安全的分界线，这条分界线会使国内的统治安全而无疑问。根纳迪·科斯特季琴科（Gennadi Kostyrchenko）强调，苏联意识形态机器需要在第二次世界大战之后应对"危险事物"（the "dangerous"）所构成的挑战——因为直接的与最近的——许多苏联士兵在 1945 年 5 月以后带回家的中欧和西欧文化经历，看起来具有充足的依据。[①]

张　叉：您对世界主义的总体理解是什么？

加林·提哈诺夫：世界主义是一种经验式、开放式与危险可逆的条件，而不是一种规范的范畴或者固定的成就。它的合法性或许最好是在一系列"根深蒂固的"（rooted）做法中寻求，这些做法往往会保留其起源的历史时刻的强度、色彩和经常引起争议的指责。我们在确定这种合法化行为之际，必须同时注意反对的例子，这些反对作为一种追溯和反思复杂的城邦重新校准过程——改变其集体（和我们个人）的自我认知的重新校正过程是其中一部分——的理性实践，在世界主义的历史中不断重新浮出水面。[②]

---

①　Galin Tihanov, Chapter 9 "Cosmopolitanism in the Discursive Landscape of Modernity: Two Enlightenment Articulations", *Enlightenment Cosmopolitanism*, David Adams, Galin Tihanov (eds.), Modern Humanities Research Association and Maney Publishing, 2011, p.145.

②　Galin Tihanov, Chapter 9 "Cosmopolitanism in the Discursive Landscape of Modernity: Two Enlightenment Articulations", *Enlightenment Cosmopolitanism*, David Adams, Galin Tihanov (eds.), Modern Humanities Research Association and Maney Publishing, 2011, p.147.

三、世界文学

张　叉: 您对世界文学的理解是什么?

加林·提哈诺夫: 今天也许有一个主流, 一个盎格鲁-撒克逊的主流, 它把"世界文学"理解为主要在于翻译的文本流通, 超越于书写文本时所处的环境, 我认为这是一个非常好的起点。它需要一些细微的差异与条件, 但它确实很好地抓住了"世界文学"只存在于文本和语言的旅行中这一事实。我总是一直对我学生说, 如果我们想要了解世界文学, 方法是提出第一个主要问题——语言在跨越国界旅行的时候, 会出现什么样的情况? 有时候, 这是翻译的语言, 有时候, 是跨越边界并到达移民社群的社区的语言, 或者是返回故土的移民社群的语言。但是, 我并不完全确定, 是否存在着一系列使文本成为世界文学一部分的特质, 因为主流认识中的"世界文学"——这个甚至可以追溯到歌德——根据审美价值来评判, 会对这种固定的文本层次造成破坏。虽然这些作品不　定是会成为世界文学　部分的杰作, 但是像大卫·达姆罗什 (David Damrosch) 所说的那样, 它们需要能够为读者群体打开一扇不同文化的窗户, 使读者可以共享另一种文化的习俗。这些文本是否一定具有最高的审美价值, 或许不太重要, 重要的是为传统的读者群体提供不同的文化。而且, 当你看到歌德的经历时, 当他开始思考世界文学时, 他对私人秘书约翰·彼得·爱克曼 (Johann Peter Eckermann) 说, 这样做的部分灵感来自阅读一部中国小说, 一部远非可以找到的最好的中国小说。因此, 很早以来, 就有这样一种观念认为, 世界文学为了维持这种流通、转换的现实, 不必将自己局限于具有非凡艺术价值的文本。更重要的是, 哪些文本更适合跨越边界, 哪些文本更不适合这样做。而且, 我们可能还需要将成功从价值上理顺开来, 因为你可以有完美的、伟大的文学作品, 特别是诗歌, 但那是很难翻译的, 而由于这样的缘故, 这类作品就不能够很好地旅行。这并不能使它成为较低标准的作品；它仅仅意味着我所指的流通更难以吸收它①。

张　叉：虽然"世界文学"（Weltliteratur）是在 1827 年得到歌德认可
的一个词，但是这个词却大约在半个世纪前就由施洛泽（August Ludwig
von Schlözer）使用了。施洛泽是如何开始使用"世界文学"这个词的？

加林·提哈诺夫：施洛泽在从长期逗留的圣彼得堡返回来以后，于
1769 年受命为哥廷根的俄罗斯文学和历史学教授。正是在哥廷根担任这
一席位期间，施洛泽壮观的——从今天的角度来看——学术兴趣的范围才
反映了这个时代的共同标准。他在 1773 年出版了一卷冰岛文学和历史方
面的著作，在这部著作中他得出结论说，中世纪的冰岛文学同盎格鲁－撒
克逊、爱尔兰、俄罗斯、拜占庭、希伯来、阿拉伯和中国文学一样，"对
于整个世界文学来说都是重要的"（für die gesamte Weltliteratur ebenso
widjtig）。②

张　叉：施洛泽不仅是启蒙历史学家，而且也是文学家。施洛泽的"世
界文学"概念同启蒙运动之间有什么关系？

加林·提哈诺夫：施洛泽"世界文学"的概念反映了启蒙运动探索性的
动力和扩大现有文化证据库的雄心。这需要将以前已经认为是外围的或仅仅
是现在不存在的那些东西包括进去。对欧洲中心主义文化模式的修订将成为
加强我们现代"世界文学"理念基础这一过程终极的——不是立即的——结
果，其中，西方经典只不过是更大、更多样化曲目中的一个组成部分。③

张　叉：本体论的世界文学存在于何处？

---

①　Song Baomei, "On World Literature, Exile and Cosmopolitanism: An Interview with Professor Galin
　　Tihanov",《外国文学研究》2018 年第 2 期，第 5—6 页．

②　Galin Tihanov, "Elias Canetti (1905-1994): A Difficult Contemporary", *Makers of Jewish Modernity*,
　　Jacques Picard, Jacques Revel, Michael P. Steinberg, Idith Zertal (eds.), Princeton: Princeton University
　　Press, 2016, p.408.

③　Galin Tihanov, "Elias Canetti (1905-1994): A Difficult Contemporary", *Makers of Jewish Modernity*,
　　Jacques Picard, Jacques Revel, Michael P. Steinberg, Idith Zertal (eds.), Princeton: Princeton University
　　Press, 2016, p.408.

加林·提哈诺夫：有些人认为，世界文学是一个可以证明的文本网络，在全球化进程的特别帮助下，这个网络进入金字塔的关系——无论如何的复杂和辐射，最终仍然都是可以证明的——它揭示或者有时候隐瞒经典构成、文化宣传、意识形态灌输、图书贸易等确凿的事实。其他人将世界文学首先理解为一面分析文学的棱镜，是"阅读的模式"。有时候，这两种观念共存于同一部作品之中，使它容易出现概念混乱。第三种选择通常与其他两种选择共存，是将世界文学作为一种具有明确意识形态借口，通常是自由主义和世界主义的知识话语来实践。①

张　叉：如何将世界文学定位为一种结构？

加林·提哈诺夫：要真正把世界文学作为文本或棱镜可证实的现实来理解，甚至可能想要添加一个"单位"——比较的单位，换句话说，"阅读的模式"不是形而上学的问题。它对我们处理问题的方式方法有着非常真实的意蕴，例如，应该如何尝试叙述世界文学史。除了这种基本的区别之外，我还希望提出另一个更具体的网格（grid），它应该有助于将世界文学定位为一种构造。这个网格基本上是变时性的，它由几个矢量组成。需要了解至少四个主要的参考点：时间、空间、语言，以及至关重要的，能够学习自我反思——文学本身如何反映、创造"世界文学"的意象，从而为当前普遍存在的世界文学概念的审讯和异议打开空间。② 换一句话说，要把"世界文学"作为一种结构来把握的话，就必须意识到它的四个维度：时间、空间、语言和自我反身性。

张　叉：如何理解"世界文学"的第一个维度"时间"？

加林·提哈诺夫：在研究世界文学在时间轴上的地位时，我们必然会提出这样的问题，世界文学是否应该设想为（1）作为全球化和跨国主义

① Galin Tihanov, "The Location of World Literature", *Canadian Review of Comparative Literature*, vol. 44, no. 3, 2017, p.468.

② Galin Tihanov, "The Location of World Literature", *Canadian Review of Comparative Literature*, vol. 44, no. 3, 2017, p.468.

的后代，或者更确切地说，（2）一直存在于彼，或者（3）——第三种选择——作为一种随着民族国家和民族文化的到来而逐渐消失的前现代现象。第一种和第三种情景尤其重要，因为它们提供了世界文学普遍观点的替代方案，这种观念同全球化和跨国主义挂钩，同最近由政治哲学和社会科学的发展所塑造的世界主义的同源话语挂钩，它们倾向于不加批判地将世界文学看作是世界主义态度的促进者。因此，这两种情景不同于居于主导地位的世界文学的盎格鲁-撒克逊话语，这种话语强调了它对全球化和跨国发展的依赖。①

张　叉：您能给我们提供一个第二种情景的案例研究吗？

加林·提哈诺夫：第二种情景的主要代表人物——根据这一情景，世界文学并非全球化的产物，它总是已经存在——弗朗哥·莫雷蒂（Franco Moretti），他的作品广为人知，不需要在此做进一步说明了。

张　叉：您能给我们一个第三种情景的案例研究吗？

加林·提哈诺夫：第三种情景始于哈奇森·麦考利·波斯奈特（Hutcheson Macaulay Posnett）的作品，他 1886 年的著作《比较文学》（*Comparative Literature*）是第一部在名称中使用这个短语的英国著作。波斯奈特的方法属于文学的、历史社会学家的方法，他试图将文学发展的不同阶段与社会政治组织的不同阶段结合起来。因此，他将氏族文学、城邦国家文学、世界文学（作为一种政治组织形式与帝国相结合，并与正在向全球性而非简单的区域性现象演变的宗教相结合）和民族文学区分开来。世界文学在这里被赋予了历史的地位，这把它等同于文学发展的早期阶段，随后是民族国家的文学。但是时间优先的关系并不包含评价的内涵：波斯奈特与他所描述的文学类型仍然保持着同等的距离，作为一个乐观的社会学家，他面临着记录文学演变的需要，因为它追踪了政体自身组织方式的

---

① Galin Tihanov, "The Location of World Literature", *Canadian Review of Comparative Literature*, vol. 44, no. 3, 2017, p.469.

演变。[1]

张　叉：如何理解"世界文学"的第二个维度"空间"呢？

加林·提哈诺夫：谈到空间，我们会有兴趣理解文本"流通"（circulate）的含义。"流通"（circulation）是否暗示了一种特定的空间安排，一种特定的文学思考方式，它坚持传播的速度，坚持不受阻碍的发展，坚持通过暗示消除阻止这种循环的障碍？同资本循着阻力的路径流动进行类比是难以避免的；就"世界文学"而言，这种加速流动受到了文本多样的、重新语境化的支撑，而不仅仅只是"世界文学"话语的反对者会主张的、受到其去文本化的支撑。"流通"是交流的一种具体的意象，它与文学生产和消费的特定（自由）体制相结合。同时从世界文学的生产和消费两个方面来思考世界文学，这种需要早在1848年马克思、恩格斯的《共产党宣言》论述世界文学的一个著名的段落中就已经阐明了。或者，流通的隐喻应该更加宽宏地作为图形来加以解读，这个图形描述超越环境旅行的文本的持久的过程，它隐含着一种通过对其他文化的解释而丰富的回归的希望。然而，这一阐释学圈确实依赖于对一种起源的概念进行恢复，通过恢复民族文学的重要性与赋予特定文化背景以本质，它将同盛行的盎格鲁-撒克逊"世界文学"话语的自由主义假设背道而驰。

张　叉：您能给我们简单介绍一下"行星"（planet）、"世界"（globe）和"地球"（earth）等概念吗？

加林·提哈诺夫：空间性的各种表述需要进一步探讨，目的是揭示隐藏在诸如"行星""世界"或"地球"等概念中的异质性和不平等的问题。这些概念仅仅是表面上看似同义，实际上它们每一个概念在不同的理性和意识形态焦点周围都有不同的结构。

张　叉：如何理解"世界文学"的第三维度"语言"呢？

---

[1]　Galin Tihanov, "The Location of World Literature", *Canadian Review of Comparative Literature*, vol. 44, no. 3, 2017, p.471.

加林·提哈诺夫：我们需要开始了解当前世界文学的盎格鲁-撒克逊话语，在这一话语中，作为对古典文学理论早期开始的争论的回应和后期干预，翻译当中和透过翻译来进行的文学阅读、文学分析的合法化发挥着至关重要的作用。至于"古典文学理论"（classic literary theory），我在这里指的是建立在文学是一种具体的、独特的话语这一假设之上的文学思维范式，其独特性是围绕文学性的抽象品质的结晶。这种文学思维方式开始于第一次世界大战前后，大部分消亡于 20 世纪 80 年代前夕，但是它并没有消失，而是留下了一种挥之不去的遗产，这种遗产由以各种方式进行的中心性问题的恢复或者我们用来理解文学的语言所组成。当前关于"世界文学"的争论是这一经典文学理论消散的遗产中必不可少的一部分，再现了一个人应该在语言的视域内还是视域外思考文学的主要争论。坚持这样的观点是否重要，当前"世界文学"的盎格鲁-撒克逊话语是关于这些源自经典文学理论的语言和文学性的早期争论的延伸，这当中有个特别的原因，像很多其他自由信仰的话语一样，在绝大多数的情况下，它悄无声息地忽略自己诸多的前提，使这些前提得不到充分的反思，甚至有时候还将这些前提加以归化。①

张　叉：如何理解"世界文学"的第四个维度"自我反身性"？

加林·提哈诺夫：必须在这里强调，文学的自我反身性不应该降低到互文性（intertextuality），甚至应该同互文性区分开来。在方法论上，互文性的课题始于 20 世纪 60 年代中期，它将米哈伊尔·巴赫金（Mikhail Bakhtin）的对话主义从他最终的伦理艺术理论中剥离了出来，在其艺术理论中，声音、对话和复调等概念已经具备可识别的道德意蕴。在朱莉娅·克里斯代瓦（Julia Kristeva）的作品中，它们为一个更中性的装置所取代，这个装置试图通过典故、引用、重复等方式来命名文学文本与之前文本相

① Galin Tihanov, "The Location of World Literature", *Canadian Review of Comparative Literature*, vol. 44, no. 3, 2017, pp.473-474.

结合的现象。然而，在当前世界文学的盎格鲁–撒克逊话语中，这种中性（neutrality）往往被搁置一边，转而欢呼文学编织自己跨越时空密集互文网络的能力，从而展示它自己作为"世界文学"的生产能力。另外，我们在自我反身性的这部分帮助中捕捉到一系列不同的现象：在这里，文学仍然使用早期的文本，但是它这样做也是为了不在自己再生力量上，而在怀疑性的反思低调中，怀着胜利信心思考世界文学的根本理念。[①]

张　叉：施洛泽关心促进不同文学之间的对话吗？

加林·提哈诺夫：重要的是，要意识到施洛泽用来观察文学发展的棱镜是世界各个民族的发展：在施洛泽看来，"世界文学"是一个累积、聚合的实体，它的完整性是增加国家在文化财富里文学目录列表中的分量。因此，在集体机构——人民/国家的，认识到文化差异是议程上的一项内容，它是作为一个——可以经验证明的——更广泛的人类团结概念的延伸。尽管如此，施洛泽对促进这些文学之间的对话并不太在意，而它们之间的动态互动也几乎没有表明他的研究抱负。[②]

张　叉：彼得·基恩（Peter Kien）是如何以"世界文学"学者的身份介绍给读者的？

加林·提哈诺夫：这并不偶然，彼得·基恩是伊莱亚斯·卡内蒂（Elias Canetti）小说《迷惘》（*Die Blendung*）中的主人公，是一名汉学家——中国文学是"世界文学"的组成部分，这一点已经得到施洛泽与歌德的承认——歌德告诉了爱克曼他在阅读中文小说中获得的欢喜之情。"人类文学中没有哪一个分支对他来说是陌生的"（Keine menschliche Literatur war ihm fremd）：这就是基恩如何在早期以来得以介绍给读者的原因，还附带

---

① Galin Tihanov, "The Location of World Literature", *Canadian Review of Comparative Literature*, vol. 44, no. 3, 2017, p. 475.

② Galin Tihanov, "Elias Canetti (1905-1994): A Difficult Contemporary", *Makers of Jewish Modernity*, Jacques Picard, Jacques Revel, Michael P. Steinberg, Idith Zertal (eds.), Princeton: Princeton University Press, 2016, p. 410.

了一句话，谈到他在梵文（毫无疑问，是对古代印度浪漫思虑的嘲笑）、日语与西欧语言方面的知识。换句话说，基恩是一位杰出的语文学家，是"世界文学"诱人整体中的模范学者。①

张　叉：到目前为止，还没有人注意到伊莱亚斯·卡内蒂对"世界文学"概念的微妙嘲讽。② 您能详细谈谈卡内蒂对"世界文学"的嘲讽吗？

加林·提哈诺夫：正是在再次提到弗兰兹·卡夫卡（Franz Kafka）之际，我才想起我们可以更为细致深入地理解为什么卡内蒂要选择把彼得·基恩塑造为汉学家的形象。对"世界文学"概念的嘲讽是一条重要的线索，但是在卡内蒂的决定背后似乎还有更多的原因。他在中国哲学（这是卡内蒂毕生的迷恋）中发现了一种同卡夫卡艺术贴切的相似点，它是"变形"成"一些小东西"的艺术③，是消失成自我强加的、作为抗拒或逃避权力的、无足轻重的艺术。在这个意义上来说，卡内蒂毫不犹豫地断言，卡夫卡是"西方世界唯一本质上是中国人的作家"④。卡内蒂援引他在伦敦同自学成才的东方学家和中国古典小说《西游记》⑤、中国诗歌集《古今诗赋》⑥、儒家经典《诗经》⑦翻译家阿瑟·戴维·韦利（Arthur David Waley）的谈话，以此作为他观点的佐证。但是卡夫卡在从马里昂巴德（Marienbad）

---

① Galin Tihanov, "Elias Canetti (1905-1994): A Difficult Contemporary", *Makers of Jewish Modernity*, Jacques Picard, Jacques Revel, Michael P. Steinberg, Idith Zertal (eds.), Princeton: Princeton University Press, 2016, p. 410.

② Galin Tihanov, "Cosmopolitanism in the Discursive Landscape of Modernity: Two Enlightenment Articulations", *Enlightenment Cosmopolitanism*, David Adams, Galin Tihanov (eds.), London, 2011, pp. 142-143.

③ Elias Canetti, *Kafka's Other Trial: The Letters to Felice*, Christopher Middleton (trans.), London: Calder and Boyars, 1974, p. 89.

④ Elias Canetti, *Kafka's Other Trial: The Letters to Felice*, Christopher Middleton (trans.), London: Calder and Boyars, 1974, p. 94.

⑤ Wu Ch'êng-ên, *Monkey*, Arthur Waley (trans.), London: George Allen and Unwin, 1942.

⑥ *A Hundred and Seventy Chinese Poems*, Arthur Waley (trans.), London: Constable and Co. Limited, 1918。*A Hundred and Seventy Chinese Poems*，或译《一百七十首中国诗歌》《170首中国诗歌》。

⑦ Arthur Waley (trans.), *The Book of Songs*, London: George Allen and Unwin, 1937.

寄给菲利斯（Felice）的明信片上写了一段话，这似乎已经是精彩的证据，他在这段话中公开声明，"确实，我是中国人"①，然后，卡内蒂运用这一声明带来的所有影响，选择性地把卡夫卡的简短文本阅读成"寂静和空灵……一切有生命和无生命之物的接受——这些让人联想到道家，联想到一个中国人和一道风景"②。

张　叉：卡内蒂是否在小说《迷惘》中表现出了文化对话的可能性？

加林·提哈诺夫：卡内蒂小说中的中国哲学和文化不应被视为表面价值：卡内蒂故意歪曲、误读和操纵它的来源，但是最终的结果却是一种文化和谐的漫画符号和一种刻意贬低的"世界文学"理想，正如我们已经看到的那样，这一理想的多样性和差异性的核心概念化为乌有了。这种对"世界文学"拙劣模仿的一个必不可少的部分正是《书籍之战》（*The Battle of the Books*）的主题，这是欧洲文学的一个传统主题，可以追溯到米格尔·德·塞万提斯（Miguel de Cervantes）和乔纳森·斯威夫特（Jonathan Swift）。③ 发人深省的是，为了增强它们在新"战争"体制下的忍耐力，基恩把他所有书的书脊转向墙壁，重新排序，隐去作者姓名，抹去差异的任何痕迹。话说回来，这部小说并不是在称颂单个文化的独特性，也不是在称颂它们之间假想的互动；相反，它正是对怀疑主义的关于文化对话可能性的再次确认。

张　叉：在您看来，同"世界主义"一样，"世界文学"也有另一层含义，它更接近于文化经典的概念，按照这个概念，一定的、文明和博学的诸多期望被认为是合法关联着的。这种用法是如何证明的？

加林·提哈诺夫：克里斯多夫·马丁·维兰德（Christoph Martin

① Elias Canetti, *Kafka's Other Trial: The Letters to Felice*, Christopher Middleton (trans.), London: Calder and Boyars, 1974, p.97.

② Elias Canetti, *Kafka's Other Trial: The Letters to Felice*, Christopher Middleton (trans.), London: Calder and Boyars, 1974, p.98.

③ 参见 Achim Hölter, *Die Bücherscblachf Ein: satirisches Konzept in dereuropäiscben Literatur*, Bielefeld, 1995。

Wieland）的一份手写笔记证明了这一用法（1790 年至 1813 年之间的某个时间，因此比歌德 1827 年的评论更早），在这份手写笔记中，维兰德使用"世界文学"（Weltliteratur）作为"博学"（Gelehrsamkeit）与"客气"（Politesse）的同义词。然而，比施洛泽和维兰德对"世界文学"的使用更有趣和重要的似乎是，它在文学世界主义（cosmopolitisme littéraire）概念的源头，至于这个概念，可以在歌德之前 25 年于路易斯－塞巴斯蒂安·默西尔（Louis-Sébastien Mercier）对约翰·克里斯托弗·弗里德里希·冯·席勒（Johann Christoph Friedrich von Schiller）的《奥尔良姑娘》（*Die Jungfrau von Orleans*）法语译本（1802）的前言中见到。

张　叉：在您看来，作为一个反思和研究领域的世界文学话语的诞生同文学学术之间没有多少关系。这是为什么？

加林·提哈诺夫：事实上，在 18 世纪的开端之际，这种话语可以追溯到大学之外所从事的工作，或者追溯到文学只是次要问题的那些领域的学术追求。现在众所周知的施洛泽是第一个在德语中使用世界文学这个词的人，他不是作为文学学者而是作为历史学家来创始这一话语的。施洛泽在《冰岛文学与历史》（*Isländische Litteratur*① *und Geschichte*, 1773）中，对其所支持的文学功利主义方法非常坦率。正如他在前言中所说的那样，对他而言，冰岛文学首先是"一种历史渊源"。事实上，施洛泽的论文只不过是这些历史渊源阐释性文本的更大选本的一个介绍，他设想这将充实另外四个小卷（正如他在前言中告诉读者的那样，"像这一卷一样的大约还有四卷"[in etwa 4 solcher Bändchen, wie das gegenwärtige ist]）。正是在这种背景下，他捍卫了冰岛中世纪文学的重要性，正如他所哀叹的一样，并非与"黑暗时代"的其他文学不同，这一事实鲜为人知："在中世纪有一种独立的冰岛文学，它对于整个世界文学同样重要，除了北方以外，在很大程度上也不

---

① 然而，要注意，这个单词在德语中的准确拼写包含两个 t: Litteratur（旧式拼写，现在的拼写应该只有一个 t）。

为人所知，它像盎格鲁-撒克逊、爱尔兰、俄罗斯、拜占庭、希伯来文、阿拉伯文和中国文学一样，都来自同样的黑暗时代。"[1] 正是施洛泽将文学作为一种历史文献而非审美现象，使得他能够超越小文学和大文学之间的习惯性的差异，这仍然困扰着我们今天的比较研究的努力。

张　叉：关于世界文学话语诞生与文学学术研究之间的关系，您以施洛泽为例做了讨论。那么，威廉·琼斯（William Jones）的情况又是什么？

加林·提哈诺夫：同施洛泽的情况相似的是，威廉·琼斯对梵语文学感兴趣的驱动力主要是研究和翻译当地的法律知识以便为现代殖民立法奠定基础的需要。[2] 他对诗歌和戏剧的迷恋由此而来。他是以英国殖民政府和法律界的代表身份来到印度的。1789 年，他对《沙恭达罗》（*Abhijñānaśākuntala*）的翻译出现在加尔各答，在法国、德国及其他地区引发了名副其实的梵文热。这样，世界文学话语不是从文学学者那里而是从历史学家、律师和作家手里开始了。

张　叉：歌德对言语创造力的看法是什么？

加林·提哈诺夫：将世界文学的发展轨迹作为一种话语来塑造的不只是它的异质环境和后期职业化。在早期阶段（我们上面已经提到，赫尔德是一个可以代表许多人的精彩的例子），世界文学——比比较文学更加一以贯之和积极主动——开始从心底里对口头形态和口头言语创造力产生兴趣。事实上，歌德是在第一批人之列的，这批人坚持认为，言语创造力应该看作是一个过程而不是一种人为的现象，这样的现象通过它对文字材料

---

[1] 原文为："Es gibt eine eigene Isländische Literatur aus dem Mittelalter, die für die gesamte Weltliteratur eben so wichtig, und großenteils außer dem Norden noch eben so unbekannt, als die Angelsächsische, Irrländische, Rußische, Byzantische, Hebräische, Arabische, und Sinesische, aus eben diesen düsteren Zeiten, ist." 有关在歌德之前使用 Weltliteratur 一词的施洛泽（和维兰德），参见 Peter Goßens, *Weltliteratur: Modelle transnationaler Literaturwahrnehmung im 19. Jahrhundert*, Stuttgart: Metzler, 2011（里面有关于施洛泽与维兰德早期文献有用的参考资料）。

[2] 首要参见 Michael J. Franklin, *Orientalist Jones: Sir William Jones, poet, lawyer, and linguist, 1746-1794*, Oxford: Oxford University Press, 2011。

保持一致而及时得到固化。①

　　张　叉：我们对世界文学的现代理解已经变得过于世俗，变得过于关注在某种程度上以书面形式出现的文本，这是为何？

　　加林·提哈诺夫：这有两个原因：第一，它排除了前现代庞大的言语大众；第二，它阻碍了超越欧洲中心主义视野捕捉世界文学多元主义的努力。很多现象，比如作为文本存在模式的次级口头形态或次级词汇融合，已经保存在写作之中了，但是它们还要继续在口头（有时也是舞蹈）表演中得以演绎，如果我们不注意早期阶段同世界文学接触中得到的经验教训，那么这些现象就会成为挑战。

　　张　叉：直到 20 世纪 90 年代，世界文学仍然是一种主要由作家、出版商、译者和散文家特别是 18 和 19 世纪的哲学家、律师和政治评论员实践和塑造的话语，换句话说，这在很大程度上超出了大学的体制环境，超越了文学研究的任何专门领域。这对世界文学的启示是什么？

　　加林·提哈诺夫：这一独特的生成历史跨越出了大学的围墙，远离了文学研究中狭隘的专业化，再加上世界文学作为学术话语最终开始制度化的具体时间点（20 世纪 90 年代），这在今天意味着，作为一个研究领域，世界文学必须承认和面对——更加自觉和直接地承认和面对较之更早经历各自学术制度化进程的比较文学——它所运作并磨砺其方法的跨学科联系。这样，世界文学作为一个学术领域必须积极应对人类学、社会学、经济学、发展研究、世界系统研究、通讯科学和数字人文学科的发展。更重要的是，世界文学作为一种话语的后期制度化的东西——远在文学理论的高峰之后，并已经处于后理论（post-theory）的气候之中——这意味着，从方法论上讲，世界文学更有可能继续以一个广纳众议的机构发挥作用，它能够容纳明显有分歧的方法，而不是寻求把从某种特定理论观点中产生

---

① 有关歌德论关于世界文学的深刻的、总结性的讨论，参见 Dieter Lamping, *Die Idee der Weltliteratur: Ein Konzept Goethes und seine Karriere*, Stuttgart: Alfred Kröner, 2010。

的一致性的东西强加到他人身上。

张　叉：诗人、散文家和文学评论家米哈利·巴比茨（Mihály Babits）是西方的中心人物。米哈利·巴比茨对世界文学的理解是什么？

加林·提哈诺夫：当前流行的盎格鲁－撒克逊世界文学话语的倡导者在很大程度上认为，世界文学是最近重大发展的产物，比如说，全球化和跨国主义，与他们的理解不一样的是，巴比茨认为世界文学是同民族国家之前的文化和政治形态联系在一起的。正是希腊和罗马为他例证了世界文学的空间，这一空间是由欧洲文化共享的两种伟大的语言——希腊语和拉丁语——所支撑的。[①]

张　叉：对于米哈利·巴比茨的世界文学版本，您有何评论？

加林·提哈诺夫：巴比茨的世界文学版本毫不掩饰地以西方为中心，它表明了后来尤其是恩斯特·罗伯特·柯蒂乌斯（Ernst Robert Curtius）重建欧洲文化统一性的尝试，重建的方式是把它重新塑造为过去的现象，这种现象为未来提供教训。[②]

张　叉：现代民族国家的出现对世界文学的影响是什么？

加林·提哈诺夫：随着现代民族国家的出现，特别是自 19 世纪世界文学横跨欧洲崛起以来，它的范围就逐渐缩小，最终由于欧洲小国之间无情的争斗和争吵而变得不可能，这些欧洲小国中的每个国家都支持自己的语言。[③]

张　叉：昂托·瑟尔伯（Antal Szerb）对世界文学的立场是什么？

加林·提哈诺夫：就像巴比茨一样，瑟尔伯自己的叙述是毫无歉意地以欧洲为中心的。瑟尔伯坚持认为，世界文学包括希腊语和拉丁语文学、《圣经》，以及以法语、西班牙语、意大利语、英语和德语方言进行的创作；

[①]　Galin Tihanov, "Foreword", Antal Szerb, *Reflections in the Library: Selected Literary Essays, 1926-1944*, Peter Sherwood (trans.), Cambridge: Legenda, 2016, pp. ix-x.

[②]　参见 Galin Tihanov, "Foreword", Antal Szerb, *Reflections in the Library: Selected Literary Essays, 1926-1944*, Peter Sherwood (trans.), Cambridge: Legenda, 2016, pp. ix-xi。

[③]　参见 Galin Tihanov, "Foreword", Antal Szerb, *Reflections in the Library: Selected Literary Essays, 1926-1944*, Peter Sherwood (trans.), Cambridge: Legenda, 2016, pp. ix-xi。

瑟尔伯对什么构成经典这一问题的回答是原伽达默尔（Proto-Gadamerian）式的：经典就是传统称为权威的东西。这样，世界文学的范畴受到严格限制：正是写作体已经同欧洲产生关联（瑟尔伯简要讨论了美国文学和伊斯兰经典文学，但是没有讨论中国文学和日本文学，尽管它们也已经在后来的阶段对欧洲文学产生了影响），并且已经成为真正的经典，也就是说，已经超越一个时期或一种单一（欧洲）的文化而变得重要。与此同时，与巴比茨不同的是，自民族国家和民族主义到来以后，瑟尔伯不太倾向于哀叹世界文学的崩溃。虽然他认识到共享语言的丧失，但是他对民族文化所发挥的作用却更为乐观：他对俄罗斯和斯堪的纳维亚文学的讨论将我们的注意力引向作为一个门道的民族的东西，通过这个门道，以前没有得到注意的文学被吸引到世界文学的轨道上。

张　叉：对于瑟尔伯的世界文学作品，您有何评论？

加林·提哈诺夫：瑟尔伯的世界文学作品是文化和思想史上富有洞察力和有刺激的训练；与此同时，它是一个关于困难的警示故事，这些困难，我们在试图思考当今世界文学的范围和它在多大程度上有助于历史概念化时必然要面对。瑟尔伯工作的要旨是毫无疑问的人文主义；他相信，世界文学产生更好的读者，并通过这种方式产生更好的人类。这个改善的项目可能听起来过于乐观，但是他的抱负提醒我们，我们今天对新的文学研究和人文学科相关性的追求应该胸怀大志。

张　叉：在您看来，当今现代文学理论的遗产并不是以一种纯粹和集中的方式获得的；相反，它分散、杂乱，而且通常令人难以捉摸。您为什么有这样的看法？

加林·提哈诺夫：这其中的原因是，在现代文学理论的继承方面，目前正在不同的、相关的机制主导的环境中开展工作，这是它直接面对并且必须进行协调的。文学理论的遗产目前活跃于相关性的机制中，这种机制通过其市场和娱乐价值来思考文学，只留下对以前高度重视的自主性的依稀记忆。这种相关性的机制已经产生了一种独特的阐释框架，这一框架以

"世界文学"的身份已经在最近也包括在课堂得到发展并大受欢迎。

张　叉：您给"世界文学"这些词加上引号是出于什么考虑？

加林·提哈诺夫：我给这些词加上引号是由于这些词指的是一种特别的、自由的盎格鲁-撒克逊话语，话语的基础是流动性、透明度和重新语境化（但是也是去语境化）流通的假设，这种流通支持文学作品自由地消费与不受限制地比较。

张　叉：巴赫金是如何参考世界文学开始写拉伯雷书的？

加林·提哈诺夫：巴赫金在他关于拉伯雷的书的开头，准确地提到了世界文学："在世界文学所有伟大的作家中，拉伯雷是最不受欢迎、最不被理解和欣赏的。"[①] 然而，巴赫金对当时作为典范写作的、强大的世界文学的概念的赞同只是口头上说说而已：他表面上把拉伯雷比作塞万提斯、莎士比亚、伏尔泰。但是，这种对世界文学的理解并非真正让他产生兴趣。

张　叉：怎样理解世界主义才真正让巴赫金产生兴趣？

加林·提哈诺夫：巴赫金采取不同的路线，重新定义了世界文学研究，认为它是对小说形成世界体裁、一种全球理性权力过程的研究，用巴赫金的话来说，就是"殖民其他所有体裁"（colonizes all other genres）。当然，巴赫金在这里受惠于俄罗斯形式主义者：对他而言，这部小说也是失败的世界文学，它的理性能量起初是微弱而分散的，很长一段时间都没有被命名，这种情况一直到它们开始合并、崭露头角为止。

张　叉：巴赫金对世界文学的参与是怎样遭到指责，说它明显的非欧洲中心和非文献学？

加林·提哈诺夫：巴赫金从事小说工作，他列出的小说主要是翻译小说，这就跟他之前的维克托·鲍里索维奇·什克洛夫斯基（Viktor Borisovich Shklovsky）一样。巴赫金似乎依靠西方经典来验证其论文。但是，

---

① Mikhail Bakhtin, *Rabelais and His World*, Hélène Iswolsky (trans.), Bloomington, IN: Indiana University Press, 1984, p. 1.

事实上，他对前现代性的文学和文化更感兴趣，这是欧洲尚未成为主导力量的时代，早于欧洲将自己视为世界的中心。因此，巴赫金实际上是一个思想家，更加着迷于民间传说的、次要话语的、古代体裁的、无名氏口头弥撒的隐性文化资源——所有这些都早于现代欧洲的时代文化，它是我们知道的欧洲唯一的主导文化（欧洲中心主义）。甚至拉伯雷的小说使他产生兴趣也首先是因为它有传统的、前现代的和以民俗为基础的诸多层次。

张　叉：巴赫金摆脱欧洲中心主义所采用的方式是什么？

加林·提哈诺夫：巴赫金摆脱欧洲中心主义所采用的方式不是书写非欧洲文化（non-European cultures），而是书写前欧洲文化（pre-European cultures），书写依靠民间传说、仪式、惯例和史诗叙事的共同财产而来的文化，这种文化存在于欧洲恰好开始成为世界文化和政治地图上的一个实体之前：他的方法是一个时间而非空间意义上的反欧洲中心主义的旅程。与巴赫金同时代人、语义古生物学家尼古拉·马尔（Nikolai Marr）和奥莉加·弗赖登贝格（Olga Freidenberg）的著作他也是知道的，他们在神话和前文学话语作品中做了类似的事情。[①] 所有这一切都使巴赫金的工作焕然一新，使我们有机会在当今盎格鲁－撒克逊文学学术项目中把他尊奉为推动非欧洲中心主义的、促进翻译事业的早期前辈。

张　叉：您认为，导致什克洛夫斯基陌生化概念兴起的关键性形成因素无疑是第一次世界大战，而这个概念却可能在各种学术和哲学传统中有许多的来源。您为什么有这样的看法？

加林·提哈诺夫：第一次世界大战是有利的基础，在这个基础之上，一种唯物主义的、以物质为导向的世界观变得强大，这种世界观在覆灭的嘈杂和混乱中蓬勃发展，最终变成对覆灭的嘈杂和混乱的抗议。对于战争一代的其他如此多的作家来说，促进恢复事物的原始本质似乎是最大的礼

---

① 参见 Galin Tihanov, "Framing Semantic Paleontology: The 1930s and Beyond", *Russian Literature,* vol. 72, no. 3-4, 2012, pp. 361-384.

物，在战争前夕和战争期间，技术、工业和战争的进步是明显的，它可以把这一礼物回馈给受挫的欧洲。疏远是一种有助于推动这一进步的技术，它是通过提升广大读者的感知敏锐度来达成这一目标的。现在时机已经成熟，可以把早期的什克洛夫斯基置于第一次世界大战的恰当背景下——同过去已经偶尔这样做的相比，甚至更为有力——并把他看作加入更大的、欧洲杰出散文家群体的作家，这些散文家的作品和思想是植根于他们的战争经历之中的。

张　叉：在 1917 年后什克洛夫斯基的演变中，十月革命发挥的作用是什么？

加林·提哈诺夫：十月革命毫无疑问增加了他的战争经验，放大并缓解了他的主要困境，这是相对于社会和政治保守主义的审美创新（不明确，有时不牢靠）困境，这种保守主义导致他以社会主义革命党成员身份拒绝十月革命——但是也导致他强调它的吸引力、纯粹的不可通约性、规模和净化力量。十月革命附加了一种新的政治动力，虽然没有取消战争经验的倾向，但是却要求采取不同的反应；换句话说，在什克洛夫斯基的回忆录中，战争和革命是要结合在一起来考虑而不能混为一谈的。

张　叉：什克洛夫斯基的回忆录也是关于世界文学的。您能就此简单地阐述一下吗？

加林·提哈诺夫：什克洛夫斯基参与俄罗斯关于世界文学的最初辩论是直接的，他的特点是承诺和距离同时存在。他于 1919 年加入马克西姆·高尔基（Maxim Gorky）的"世界文学"（vsemirnaia literatura，可以翻译为世界文学和普世文学［universal literature］两个术语）项目。那时，彼得格勒是一个遭受了饥荒和内战暴虐的城市，处于极度贫困和完全不安全的状况之中。什克洛夫斯基在其《伤感的旅行》（Sentimental Journey）中简短地提到他的姨妈死于饥饿。正是在这种氛围中，他全身心地投入了高尔基的项目。

张　叉：何谓高尔基的"世界文学"项目？

加林·提哈诺夫：这是一个大型出版项目，其核心是教育和社会改善。高尔基的想法是在革命后的俄罗斯建立一个新的、扩大的世界文学经典，其中——首次——不仅有来自西方的文学，而且还有亚洲、中东和拉丁美洲的文学。这些作品必须翻译（在某些情况下重新翻译以取代早期的不良翻译）、配备适当的介绍和设备，以学术可靠但是价格低廉的版本提供给以前被剥夺权利的人：工人、农民和士兵，简而言之，被压迫者的阶级。这个项目以彼得格勒为中心，其基础设施包括一家出版社，这个出版社正在顶峰时期，要聘用约350名编辑和翻译（这是今天完全不可想象的事情），还包括一个翻译工作室，旨在让年轻的翻译人员熟悉翻译理论、文学理论和其他相关领域。[①]

张　叉：高尔基"世界文学"项目的核心悖论是什么？

加林·提哈诺夫：高尔基认为他的项目是激进社会转型的手段，在这种手段中，先前处于不利地位的社会阶层将有渠道获得西方和非西方文学中最伟大的作品。促进非欧洲中心主义世界文学方法的抱负特别重要。但是这种旨在促进数百万人民的向上变动的激进的社会转型却是通过最保守的方法来实现的：通过援引一个安全的（如果得以增加）经典来回忆马修·阿诺德（Matthew Arnold）在《文化和无政府主义》（*Culture and Anarchy*）中对文化的定义，"已经思考与说过的最佳内容"（the best that has been thought and said）。高尔基的激进项目因此受到了他世界文学人文观念的调和，在这个观念中，世界文学是一种文本的经典和一种反复灌输文明、学识（或者用那个时代的语言来说，就是"有学问"）、美德的手段。对"世界文学"的这种理解可以追溯到18世纪晚期和19世纪早期，当时大约在歌德之前25年，维兰德（他成为德国第一部重要的教育小说的作者并

---

① 关于高尔基的项目，参见 Maria Khotimsky, "World Literature, Soviet Style: A Forgotten Episode in the History of an Idea", *Ab Imperio*, no. 3, 2013, pp. 119-154, 以及 Sergey Tyulenev, "Vsemirnaia Literatura: Intersections between Translating and Original Literary Writing", *Slavic & East European Journal,* vol. 60, no.1, 2016, pp. 8-21。

非偶然）以简短精练的方式谈论到将世界文学作为一种自我完善的手段，它可以教导我们更好地与他人交流，并可以给我们提供除此之外无法获得的世界知识。①

张　叉：什克洛夫斯基在高尔基"世界文学"项目上的立场是什么？

加林·提哈诺夫：什克洛夫斯基没有毫无保留地接受高尔基的项目。具有讽刺意味的是，他自己同这个项目保持了距离，他清楚地认识到，这个项目规模太大了，而且寻求把经典作为保守教育的手段来对文化进行革命。他有激情，有克制，讽刺性地既保持距离又许下诺言。由于他在高尔基的"世界文学"项目中看到了一种必须执行、不容商量的经典的强制手段，所以他明确反对这个项目；他似乎还暗示，高尔基的项目是一种审查的形式，是一种蔑视言论自由的形式。高尔基把俄罗斯文学同世界文学的经典相比较，含蓄地批评它粗野，在什克洛夫斯基对高尔基、对俄罗斯文学含蓄批评的控诉中，有一种沉睡的民族主义。什克洛夫斯基通过提及"印度支那语"和梵语公开嘲笑高尔基的项目，他宁愿保留自己作为作家和思想家的自主性。什克洛夫斯基已经向高尔基公开写过信，表达对这个项目广泛理解世界文学的不满，认为这种世界文学处于将其机械观念再现为其各部分总和的危险之中，处于仅仅考虑其空间方面变化的危险之中："格热宾出版社和学者之家以及'世界文学'（真实名称：'整个世界'［文学］）——这也是空间感知［的案例］。"②

张　叉：相对于语言而言，"世界文学"的位置是什么？

加林·提哈诺夫：这个问题乍一看似乎平平无奇，然而，没有什么问

---

① 参见 Galin Tihanov, "Cosmopolitanism in the Discursive Landscape of Modernity: Two Enlightenment Articulations", *Enlightenment Cosmopolitanism*, D. Adams, G. Tihanov (eds.), London: Legenda, 2011, pp. 133-152, 特别是 p.143。

② 什克洛夫斯基 1922 年 4 月致高尔基函，引用于 Viktor Shklovskii, *Sobranie sochinenii*, vol.1: *Revoliutsiia*, Ilia Kalinin (ed.), Moscow; Novoe literaturnoe obozrenie, 2018, p. 191（"Grzhebinskoe izdatel'stvo, i Dom uchenykh, i 'Vsemirnaia literatura' <nastoiashchee nazvanie: vsia vsemirnaia> – tozhe prostranstvennoe vospriiatie"; 我的翻译——加林·提哈诺夫）。

题比谈到如何看待文学而不是语言问题更根本了。在这里，我们需要直面翻译的问题并认识到它的合法性，不仅仅是参考当前（支持翻译的有益作用的人和那些把不可译性的观点作为反对政治上可疑对等方式的人之间[1]）的辩论，而是通过了解现代文学理论的最初起源与什克洛夫斯基自己于1919、1920 年做的工作，其中有一些工作他在《伤感的旅行》中简洁地介绍了。

张　叉：您的"经典文学理论"是什么意思？

加林·提哈诺夫：我的意思是，文学思维的范式依赖于文学是一种特定而独特的话语的假设，其独特性围绕着"文学性"的抽象品质而结晶。这种思考文学的方式（我把它称作"经典文学理论"）始于第一次世界大战前后的什克洛夫斯基与其同类形式主义者，在 20 世纪 80 年代基本上已经死亡。但是，经典文学理论并没有消失，留下了一种消散的遗产，这种遗产以演练和各种方式包含我们如何理解文学的语言的中心性的或相反的问题。目前关于"世界文学"的辩论是这种经典文学理论消散遗产必不可少的一部分，它重新演绎了关于一个人是否应该在语言范围之内或之外思考文学的基本辩论。认识到这一点是我们义不容辞的责任，目前在盎格鲁－美利坚学院[2] 的关于"世界文学"的辩论是关于这些源自经典文学理论的语言和文学性的早期争论的延伸，这当中有一个特别的原因，像许多其他自由信仰的话语一样，在绝大多数的情况下，它悄无声息地忽略自己诸多的前提，使这些前提得不到充分的反思，甚至有时候还将这些前提加以归化。

张　叉：俄罗斯形式主义者对文学性构成的分歧是什么？

加林·提哈诺夫：俄罗斯形式主义者对于赋予文学特异性的是文学

<hr />

[1]　关于这两种立场，分别参见 David Damrosch, *What is World Literature?* Princeton: Princeton University Press, 2003, 以及 Emily Apter, *Against World Literature: On the Politics of Untranslatability*, London: Verso, 2013。

[2]　the Anglo-American academy，或译"英美学院"。

性的观点是赞同的，而他们对于文学性由什么构成的问题却有分歧。罗曼·雅各布森（Roman Jakobson）相信，文学性存在于错综复杂和纹理细密的语言运作之中。对他来说，只有原著的语言才重要，原因是这种复杂性是不能够在翻译中捕捉到的。并不偶然的是，雅各布森在整个职业生涯中花费了很多时间来分析用散文写成的文本，其分析是以原作的语言为基础的。另外，什克洛夫斯基、艾亨鲍姆（Eikhenbaum），在某种程度上也包括蒂尼亚诺夫（Tynianov）相信，文学性的影响也是在语言之上和之外产生的。与雅各布森有着惊人的不同，什克洛夫斯基特别选择分析散文而不是诗歌，并在翻译中做到了这一点。

张　叉：应该在语言范围之内还是之外思考文学？

加林·提哈诺夫：当前的"世界文学"话语是经典文学理论这一主要问题的重述。这个特定的重述重新提出了这个问题，同时保留了它的理论动力。什克洛夫斯基连同艾亨鲍姆都面临着文学理论的、基本的难题：如何根据个人语言和语言本身来解释文学性。如果他的回答在理论上是影响深远的，那么它必须是一种既解决语言的单一性（singularity，原文的语言），又处理其多样性（multiplicity，文学文本在翻译中达到其潜在受众的多种语言）的回答。除非文学性能被证明可以跨语言运行，并且与原始语言不断疏远，否则对理论的任何主张都不会合法存在。

张　叉：世界文学的盎格鲁－撒克逊话语是在什克洛夫斯基的指导下、通过凸显翻译工作的合法性而展开的。对此，能请您举例说明一下吗？

加林·提哈诺夫：达姆罗什的工作在这儿是最重要的。达姆罗什总结认为，用其社会化语言研究文学比用其生产的语言研究文学更为重要，尤其是因为这一新的优先权限制破坏了文学研究中方法论的民族主义垄断，他借助于这一结论含蓄地解决了语言的单一性和多样性之间的紧张关系。

张　叉：您怎样从经典文学理论的角度评价什克洛夫斯基的《伤感的旅行》？

加林·提哈诺夫：什克洛夫斯基的《伤感的旅行》不仅仅是二月和十

月革命以及随之而来的内战的纪念碑；它也是古典文学理论中最重要时刻之一的纪念碑，这种古典文学理论仍然在我们目前关于世界文学的辩论中引起回响。什克洛夫斯基强调在翻译中阅读和分析文学的合法性所带来的广泛影响至少在某种程度上缓解了同时代一些人的担忧，他们所担忧的是形式主义者的文学性概念是基于对压倒一切的以欧洲为中心的（因而无疑是相对狭窄的）文本语料库的讨论。[1]

张　叉：您对什克洛夫斯基参与世界文学的总体评论是什么？

加林·提哈诺夫：什克洛夫斯基直接参与了苏联话语和世界文学的实践；但是在我看来，他更具有意义地参与实践这件事应该事出有因，他对文学性构成的理解给当前围绕世界文学的辩论投下长长的阴影。他坚持文学应很好旅行是文学的核心，换句话说，他认为文学性最终是可移植的，尽管"世界文学"的学术实践者中很少有人愿意承认这一点，但这仍然是这些争议中不可避免的问题。这样，什克洛夫斯基就提供了一个在我们自己这个世纪中俄罗斯文学理论的、分散而隐秘来世的理想范例。[2]

张　叉：在确定文本作为世界文学的地位时，本源语言和构成文本背景的国家有重要发言权吗？

加林·提哈诺夫：文学文本的意义实际上是一件由接受文化来决定的事情；正如歌德的例子一样，那部中国小说不一定可以视作当时中国文学最高成就的一部分，但是正是这部小说向歌德证明了它意义重大（他实际

---

[1] 关于这些问题更详细的讨论参见 Galin Tihanov, "On the Significance of Historical Poetics: In Lieu of a Foreword", *Poetics Today*, vol. 38, no.3, 2017, pp. 417-428, 特别是 pp.426-427。

[2] 本文是英国艺人研委会开世倡议研究项目（the AHRC OWRI Research Programme）"跨语言互动"（Cross-Language Dynamics）研究成果。斯蒂芬·哈钦斯（Stephen Hutchings）、凯瑟琳·戴维斯（Catherine Davies）和安迪·拜福德（Andy Byford）在项目研究中给予了富有成效的合作，我表示感谢。英国"艺人研委会"（AHRC）全称"英国艺术人文研究委员会"（The UK's Arts and Humanities Research Council），"开世研倡议"（OWRI）全称"开放世界研究倡议"（The Open World Research Initative），开放世界研究倡议工程由四大项目组成，英国艺术人文研究委员会提供资助。

上读过三部中国小说）。同样在今天，民族国家及其影响这一进程的方式并不像以前那么强大。换句话说，民族国家、民族文化会产生一种特别的经典作品，但是我们可能会发现，不属于这种经典的作品在其他环境中得到广泛阅读并具有更大的影响力。①

　　张　叉：在成为世界文学一部分的文本中，文本的语言起着决定性的作用吗？

　　加林·提哈诺夫：不一定，如果历史地看待这一点，就尤其如此；可以发现，特别是在两次世界大战之间非常有趣的世界文学思想家，他们实际上哀叹世界文学的消亡，他们相信，随着现代性和民族国家的到来，世界文学的消亡已经发生了。他们确信，应该获得世界文学地位的文本完全属于欧洲受过教育的精英用拉丁文和希腊文写作和阅读的时代。随着民族国家、民族文化和竞争中的文化民族主义的到来，世界文学被这些争吵不休的民族文学所取代了。如果看看梵语，谢尔顿·波洛克（Sheldon Pollock）已经非常恰当地提出了论点，梵语在公元 3 世纪至 13 世纪是整个印度次大陆的世界文学的语言。因此，从历史的角度来看，不同的语言将成为支撑世界文学概念的基础：希腊语、拉丁语、梵语以及今天使用得越来越多的英语。即使是现在，我也不一定要说，一个作品在成为世界文学的一部分之前，必须翻译成英语。当然，语言有很大帮助。但是世界文学实际上依赖于文化区的生活，这些文化区是处于对话中的，但却是独特的。在这些文化区域中，不同的语言占据着主导的地位。虽然英语享有特权，但是全球化却没有废除这些文化区域：正如我所说的那样，世界文学的"区域性"（zonality）是我在最近的讲座和出版物中一直倡导的一个想法。②

　　张　叉：世界文学在很大程度上被认为是一种欧洲话语，它从歌德之

---

① Song Baomei, "On World Literature, Exile and Cosmopolitanism: An Interview with Professor Galin Tihanov",《外国文学研究》2018 年第 2 期，第 6 页.

② Song Baomei, "On World Literature, Exile and Cosmopolitanism: An Interview with Professor Galin Tihanov",《外国文学研究》2018 年第 2 期，第 6—7 页.

前的大约半个世纪开始，实际上是从历史学家施洛泽开始的。世界文学的观念未来会局限于欧洲和北美吗？

加林·提哈诺夫：在我看来，需要推动的事情是让我们获得世界文学的版本，这些版本是在具有不同审美体验、不同文化传统、不同文化习俗和不同动态的其他文化区构想而成的。而且，一旦这些世界文学版本出现，我们就可以通过考虑这种异质性（heterogeneity）和特异性（specificity）来对它进行检验。例如，从印度次大陆来看，世界文学会是什么样子？特别是印度，由于其文化的多样性和语言的异质性，非常适合为这场辩论做出重要贡献。由于这种激进的文化和语言的多元化，印度不能轻易地得以重新本质化。我们不能轻易落进谈论世界文学"印度理解"的陷阱。我认为，我们迫切需要非常熟悉非欧洲、非西方传统的学者的贡献，以此获得一套可靠的参考意见来丰富和协调我们思考未来世界文学的方式。目前，我们在这方面的考虑立足于可以提交讨论的唯一一套参考意见——西方国家的意见，我要说，在很多方面就是盎格鲁-撒克逊人的意见。而且，我们确实需要听到其他声音从而意识到是没有单一的世界文学的。既有历史巅峰的世界文学，也有今天的世界文学。①

张　叉：对于未来非欧洲中心世界文学背景下的民族文学，比如印度文学和中国文学，您是如何看待的？

加林·提哈诺夫：这按理说是一种方式。另一种方式可能是：我们谈论世界文学，这是西方世界文学的传统，就好像我们拥有所有重要传统的扎实知识。就汉语、阿拉伯语、波斯语和梵语而言，至少在某种程度上是这样的。但是，比如说，我们对中亚的文学了解多少呢？因此，在西方主流中，这方面的专业知识非常少，它总体上是一片空白！那么，我们怎样能够谈论世界文学却不能确定整个地区的多样性呢？因此，我认为，由于

---

① Song Baomei, "On World Literature, Exile and Cosmopolitanism: An Interview with Professor Galin Tihanov",《外国文学研究》2018 年第 2 期，第 7 页.

中国、印度和俄罗斯与这个地区有历史联系，所以它们将很好地填补这一差距，使这些文学公之于众。而且，通过对印度区域文学的探索，我们也可以开始构建一个非欧洲中心的世界文学场景——没有民族文学和民族文化作为唯一的反映棱镜；这适用于大型的超国家、区域的棱镜或次国家的棱镜。这一点非常重要。①

张　叉：欧洲文学的概念在内容方面是如何随着时间的推移而变化的？

加林·提哈诺夫：晚至 17 世纪，一个优秀的哲学作品完全值得称为"文学"和当作文学来研究。这也适用于自传、散文和其他形式的写作。欧洲在 18 世纪下半叶出现了一个临界点，在那个临界点逐渐出现了"文学"的概念，这一文学概念坚持认为文学是一种独立自主的话语。首先，在我们现在仍部分出于惯性所称的"浪漫主义时期"，文学与其他话语的这种分离并没有那么厉害，这与其说是通过语言还不如说是通过作者的人物而形成的。这位作家被认定为优秀。他不是庸人，也不是官僚。他是一个创作文本的人，这些文本没有即时的目的，没有即时的效用；文学成为社会和美学实践，它们不像新闻，不像教堂里的布道，不像法院的判决，而是因其内在价值而得到认可的。

实际上，直到相当晚的第一次世界大战前后，我们才开始通过将自主性归因于语言，把"文学"视为一种自主、具体的话语。按时间顺序来讲，这是一个迟来的现象。但是如果去中国，那么就会发现欧洲的分类不再一定管用，比如，很多早期中文文本可以看作是说教写作的例子。特别是在 18 世纪以后，这些文本在欧洲主流中就不再认为是"文学"了。

中国将这一广义的文学概念保存得更久。我们认为是说教的这些文本——因此，也没有足够的原创性，在某种程度上不大看得到痕迹，不大看得到这些文本中作者想象力和原创性的存在——在中国传统中，在更长

---

① Song Baomei, "On World Literature, Exile and Cosmopolitanism: An Interview with Professor Galin Tihanov",《外国文学研究》2018 年第 2 期，第 8 页.

的时期内，认为这些文本具有文学文本的性质，承认这些文本是文学文本，在说教文本和基于作者想象力和独创性的文本之间不会有如此强烈的反差。

其次，如果去阿拉伯文化领域就会发现，很多定义一个文本是否是文学文本的东西都纯粹地、主要地取决于修辞的标准。换句话说，文本是多么的雄浑，多么的优美，多么的匀称。内容本身虽然也重要，但是并不优先考虑，因为它常常固定于不应改变的宗教信息中；那一信息是不可模仿的，它只能用不同程度的、修辞的复杂性和完美性呈现出来。

最后，就东欧而言，在我看来，使这些文学相互区分开来的似乎是这样的事实，那就是，从历史上讲，它们长期以来一直保持着作为国家建设手段和社会、政治辩论平台的功能。①

张　叉：为什么大多数大学的世界文学课程通常不包括西亚的文本？

加林·提哈诺夫：我对这样的情况保持警惕，毕竟在已经说了、做了之后，课程设置大体上仍然偏向于欧洲和北美洲的文学。话虽如此，像《诺顿世界文学选集》（*The Norton Anthology of World Literature*）和《朗曼世界文学选集》（*The Longman Anthology of World Literature*）这样的选集却还是已经不遗余力地、事实上地拓宽了获取认为代表波斯语、阿拉伯语和梵语传统的文本的渠道。如果回到古典时期，就会发现优秀的阿拉伯和波斯诗歌样本以及梵文文本。当然，土耳其把自己看作一个分裂于欧洲和亚洲之间的国家；自然，从中国和印度的角度来看，把土耳其称为西亚的一部分是很有意义的。②

张　叉：在当今盎格鲁-撒克逊人对世界文学的理解中，宗教发挥的作用是什么？

加林·提哈诺夫：在目前盎格鲁-撒克逊人对世界文学的理解中，我

---

① Song Baomei, "On World Literature, Exile and Cosmopolitanism: An Interview with Professor Galin Tihanov",《外国文学研究》2018 年第 2 期，第 8—9 页.

② Song Baomei, "On World Literature, Exile and Cosmopolitanism: An Interview with Professor Galin Tihanov",《外国文学研究》2018 年第 2 期，第 9 页.

们倾向于普遍忽略宗教，而不仅仅是忽略伊斯兰教。我们把宗教排除在外，用一种非常"世俗"的观点来看待当今的世界文学，在这个过程中却忘记了两件事情：首先，从历史上看，宗教在形成共同语言和共同宗教实践的广阔领域方面已经发挥了巨大的作用，这些领域在全球化之前支撑着世界文学。其次，同样重要的是，我们忘记了，在 21 世纪的这个特殊的时刻，宗教又在很大程度上回来了，搅乱了世俗的西方世界秩序。①

张　叉：未能认识到宗教的作用会导致怎样的后果？

加林·提哈诺夫：忽视宗教，不考虑把宗教真正融入我们对世界文学的思考中去的必要性，这是我们所做的危险的事情。在过去和现在，没有对宗教在世界文学的形成和大文化区之间的接触（往往通过竞争，有时也通过冲突）中作用的认可，我们就将以用相当萎缩和贫乏的世界文学的概念来工作而告终。②

张　叉：什克洛夫斯基的《伤感的旅行》是一本关于战争、革命、文学理论和世界文学的著作。为什么到目前为止还没有人注意到这部著作也是关于世界文学的？

加林·提哈诺夫：什克洛夫斯基《伤感的旅行》在俄罗斯的出版历史反映了什克洛夫斯基在其回忆录中捕捉到的动荡。著作部分创作和出版于1919 年 6 月至 1923 年 1 月之间，整部著作始于俄罗斯而完成于作者移居海外期间。它是一部关于战争、革命、文学理论——最重要的是，也是迄今还没有人注意的——关于世界文学的著作。整部著作首次于 1923 年 1 月在柏林出现；自 1923 年以来，俄罗斯的许多版本将该著作的很多部分都省略掉了（认为与官方信条不兼容），直到 2002 年，柏林版才最终在莫斯科

① Song Baomei, "On World Literature, Exile and Cosmopolitanism: An Interview with Professor Galin Tihanov",《外国文学研究》2018 年第 2 期，第 9—10 页.

② Song Baomei, "On World Literature, Exile and Cosmopolitanism: An Interview with Professor Galin Tihanov",《外国文学研究》2018 年第 2 期，第 10 页.

重新出版。①

张　叉：亚历山大·维谢洛夫斯基（Alexander Veselovsky）的"普世文学"与"世界文学"有什么不同？

加林·提哈诺夫："普世文学"（如果我们要获取共享意象、主题、情节和修辞格的语义，甚至可以用"大同文学"［common literature］表达）在现代理性表达方面与"世界文学"不同，这种表达是作为超越、遵循歌德和马克思的蓝图，已经发展成民族文学的局限性。这一切使得维谢洛夫斯基对后殖民理论的意义问题变得更加重要，这只是凯特·霍兰德（Kate Holland）在她论文中提出的极其重要的问题之一。②

张　叉：需要从人类学的何种角度来看待世界文学？

加林·提哈诺夫：有意义的是，我们需要提出关于口头形态和世界文学的问题或者关于世界文学吸收民俗能力的问题。这应该拿来检验世界文学的合法性，这里的世界文学是现代性的建构，是世界文学与全球化之间盲目世俗联合的建构。前现代世界文学以全球宗教和地域性的希腊共通语为基础，迫使我们重新思考口语形态——较少作为一种来源，较多作为一种否定的存在。这是一个关于世界文学的人类学视角，它可以通过进一步研究历史诗学来加以促进。③

---

① 所有引语都出自英译：Viktor Shklovsky, *A Sentimental Journey: Memoirs, 1917-1922*, Richard Sheldon (trans.), Ithaca: Cornell University Press, 1970; 出于准确性的考虑，间或对英译进行了修订。关于 1923 年柏林版在俄罗斯推出的第一个完整的再版情况，参见 Viktor Shklovskii, *Eshche nichego ne konchilos'*…, A. Galushkin (ed.), Moscow: Propaganda, 2012, pp.15-266。

② Galin Tihanov, "On the Significance of Historical Poetics: In Lieu of a Foreword", *Poetics Today*, vol. 38, no. 3, 2017, p.419.

③ Galin Tihanov, "On the Significance of Historical Poetics: In Lieu of a Foreword", *Poetics Today*, vol. 38, no. 3, 2017, p.423.

四、比较文学

张　叉：世界文学同比较文学在哪方面存在差异？

加林·提哈诺夫：世界文学话语与它之前的比较文学姐妹话语有很大的不同，但是在 19 世纪后三分之一的时期，比较文学话语获得动力并开始作为一门大学的学科而运作，这是在世界文学话语成为一种由受过文学研究训练的学者进行制度化和学术专业的话语实践之前的一个多世纪的事情了。贯穿于 20 世纪的大部分时间，世界文学话语继续是作家和出版商全神贯注的事情，不见得是文学学者的当务之急。[①] 事实上，正是作家在整个 20 世纪继续以世界文学评论员身份合作（以最初压倒性的欧洲中心主义的方式），确立了他们自己的、它历史的第四个版本以及它在更大的文明史记录中的地位。只要指出米哈利·巴比茨和昂托·瑟尔伯[②]，早些时候的还要指出泰戈尔和高尔基，后来的要指出保罗·瓦莱里（Paul Valéry），今天的要指出村上春树或伊斯梅尔·卡达莱（Ismail Kadare），这就够了。更为重要的是，作家、出版商和译者正好处于大型教育和文化项目的中心，正如高尔基的编辑项目"世界文学"在 1917 年十月革命后多年来所展示的那样，这些教育和文化项目会把世界文学作为社会改良的手段。

张　叉：您对 20 世纪 20 年代晚期的历史诗学（Historical Poetics）有何评价？

加林·提哈诺夫：20 世纪 20 年代晚期的历史诗学不仅对俄国的形式主义而且对马克思主义都具有显著的意义。从某种意义上说，连同另外两

---

① 参见 Ton van Kalmthout, "Scientification and Popularization in the Historiography of World Literature, 1850-1950. A Dutch Case Study", *The Making of the Humanities*, vol.3: *The Modern Humanities*, Rens Bod, Jaap Maat, Thijs Weststeijn (eds.), Amsterdam: Amsterdam University Press, 2014, pp. 299-311。

② 关于巴比茨与昂托世界文学的比较，参见 G. Tihanov, "Foreword", Antal Szerb, *Reflections in the Library: Selected Literary Essays, 1926-1944*, Zsuzsanna Varga (ed.), Peter Sherwood (trans.), Cambridge: Legenda, 2016, pp. ix-xi。

部分——精神分析的文学研究和公民道德的文学批评——复杂的存在（尽管在力量或影响上没有可比性），20 世纪 20 年代后半期作为一门学科的苏联文学史可以说是马克思主义、形式主义和历史诗学之间不断三角定位的叙述。①

张　叉：杰西卡·梅里尔（Jessica Merrill）断言："如果形式主义与结构主义的融合导致了一种僵局——乃至于 20 世纪 70 年代文学理论的死亡——那么从另一个角度来探讨文学理论史是值得的：不要把俄罗斯形式主义同后来发生的联系起来，而要把它与以前发生的相联系。"您对杰西卡·梅里尔的断言有何评论？

加林·提哈诺夫：断言这种"融合"导致了文学理论的"死亡"或许有些言过其实。导致理论"死亡"的原因——"死亡"是假定"遗产"和"来世"问题成立的先决条件——是文学在文学理论诞生和终结时各自享有的关联机制发生了根本性变化。对文学的反思从来没有停止过，但是真正停止的是一种思考文学的体制，这种体制只有在文学本身也参与了某种特定的关联机制时才成为可能——这种关联机制将把它视为一种自主的、具体的制度和话语。梅里尔绝对正确地强调了结构主义和形式主义之间的差异，这种追溯性困惑是一种较低序列的现象。它不是理论"死亡"的条件。文学理论的消失和它在更广泛文化理论中的逐渐瓦解的原因是一种特定的、历史上可界定的关联机制的消失，它——至少在西方——起源于 18 世纪最后三分之一的时期，这期间浪漫主义坚持艺术的自主性，它在形式主义的主张中达到顶峰，这种主张认为这种自主性不是建立在作者的个性上，而是建立在某种非个人的因而更为重要的东西——语言——上。当这种以相信自主性和特殊性为基础的关联机制不再成立时，文学理论就成了同样站

---

① Galin Tihanov, "On the Significance of Historical Poetics: In Lieu of a Foreword", *Poetics Today*, vol. 38, no. 2, 2017, p.420.

不住脚的命题。①

张　叉：梅里尔相信，"不要把俄罗斯形式主义同后来发生的，而是把它与以前发生的"联系起来更有意义。您赞同这个看法吗？

加林·提哈诺夫：这是一项有趣的、具有潜在成效的举措。梅里尔构建了一个引人入胜的场景，它看到形式主义，本质上是莫斯科派（Moscow wing），特别是罗曼·雅各布森，从莫斯科语言学界（the Moscow Linguistic Circle）对方言学的兴趣与实践中脱颖而出。这是对我们了解俄罗斯形式主义史前史早就应该做出的贡献。它是否也可以作为其起源的故事，是否起源是这里应该有什么利害关系，这也许是个悬而未决的问题。萨义德宁愿讨论开端而不是起源，也许梅里尔有价值的贡献也可以从那个角度来看待。莫斯科语言学界的方言学研究可以解释为汇聚在俄罗斯形式主义复合史前史上的线索之一。俄罗斯形式主义对于其"历史"是不折不扣的，因为毕竟当它离开方言学的领域并对语言做出自己的描述的时候，就自成一体了。②

张　叉：根据鲍里斯·马斯洛夫（Boris Maslov）与凯特·霍兰德的看法，可以合理地认为，俄罗斯历史诗学的奠基人亚历山大·维谢洛夫斯基是比较文学的祖宗。您同意他们的观点吗？

加林·提哈诺夫：从俄罗斯的情况来看，这样的观点当然是合理的，因为这就是许多俄罗斯人对维谢洛夫斯基的看法，尤其是第二次世界大战之后比较文学的敌人的看法。他采用了一种他自己称之为"比较历史"（comparative-historical）的方法；他对作为自主机制和话语的文学不那么感兴趣，而对文学与其他机制和话语的共生更为好奇。这里的"比较"指的是，需要确定文学是如何在同神话和民间传说的比较中而非在一种文学

---

①　Galin Tihanov, "On the Significance of Historical Poetics: In Lieu of a Foreword", *Poetics Today*, vol. 38, no. 3, 2017, pp. 420-421.

②　Galin Tihanov, "On the Significance of Historical Poetics: In Lieu of a Foreword", *Poetics Today*, vol. 38, no. 3, 2017, pp. 421-422.

同另一种文学的比较中进行演变的。这样，他对文学采用他所称的"遗传方法"（genetic approach）；至关重要的是，这让他成为思想家，在很大程度上——而且是深思熟虑地——关注前民族和前现代文学而非具有民族特色的多元化文学。他在大多数时间里既没有选择在民族文学的框架内工作，也没有真正把注意力放在本身的现代文化形式上，因此在西方既有的理解中，他并不是比较文学家。维谢洛夫斯基是遗传学家而非我们现代词汇意义上的比较文学家，谈到文学，他受惠于一种分析框架，这种框架在俄罗斯作为普世文学而得以流行。①

---

① Galin Tihanov, "On the Significance of Historical Poetics: In Lieu of a Foreword", *Poetics Today,* vol. 38, no. 3, 2017, p. 418.

孟加拉文学、孟加拉比较文学的回顾与展望

——卡扎尔·克里希纳·班纳吉教授访谈录

受访人介绍：卡扎尔·克里希纳·班纳吉（Kazal Krishna Banerjee），笔名卡贾尔·班迪奥帕迪亚（Kajal Bandyopadhyay），1954 年生，男，印度贾达普大学（Jadavpur University）非洲英语文学博士，孟加拉国达卡大学（University of Dhaka）英语系教授、主任，孟加拉国著名文学期刊《人民文学》（*Ganosahitya*）编辑（1985—1988），主要从事非洲英语文学、英国浪漫主义诗歌、维多利亚诗歌和亨里克·约翰·易卜生戏剧研究。

访谈形式：书面

访谈开始：2019 年 4 月 30 日

形成初稿：2019 年 6 月 16 日

形成定稿：2019 年 10 月 1 日

最后修订：2021 年 10 月 2 日

一、达卡大学英语系的人才培养与孟加拉民族文学的发展

张　叉：达卡大学是一所有着近百年历史的高等学府，而您是这所学府英语系的第二十任主任。因此，我想先向您请教几个有关这个系的问题。布达德瓦·博斯（Buddhadeva Bose）毕业于这个系，他是 20 世纪著名的文学天才和主要的孟加拉作家，也是"后泰戈尔"时期最多才多艺的作家。他 1967 年以《苦行之河》（*Tapaswi-O-Tarangani*）获得印度文学院奖，1974 年以《告别欢迎》（*Swagato Biday*）获得泰戈尔奖，1970年获得莲花奖。布达德瓦·博斯对孟加拉文学最重要的贡献是什么？

卡扎尔·克里希纳·班纳吉：感谢您提出这个特别的问题。我发现，您对布达德瓦·博斯的评判和鉴赏是正确的。我们英语系的其他毕业生中没有哪一个像他那样值得称赞。但是，由于某些原因，他仍然没有得到赏识，或者说还是被低估了。尽管他热情地关心前东巴基斯坦、现孟加拉国的作家，非常努力地通过在加尔各答编辑的文学杂志《诗刊》（*Kabita*）刊发他们的作品，但是目前他还是面临着这样的遭遇。很多都是我们为了要冷落他而人为编造出来的理由或者借口。不过，那些理由或者借口都是经不起推敲的。布达德瓦和类似未得到应有评价的作家通过他们的文学作品为孟加拉文学做出了贡献，这些作品不仅在语言和形式上是上乘的，而且在内容上也是现代主义的。阿布·侯赛因（Abul Hossain）、沙姆苏尔·拉哈曼（Shamsur Rahaman）、阿赫桑·哈比卜（Ahsan Habib）和其他作家或诗人在布达德瓦和他所在的群体中找到了榜样，他们发现，脱离以巴基斯坦民族主义为标志的文学文化道路是明智的。

张　叉：布达德瓦·博斯翻译了迦梨陀娑（Kālidāsa）、夏尔·皮埃尔·波德莱尔（Charles Pierre Baudelaire）、弗里德里希·赫尔德林（Friedrich Hölderlin）和雷纳·玛丽亚·里尔克（Rainer Maria Rilke）的作品。您怎样看待布达德瓦·博斯的翻译工作？

卡扎尔·克里希纳·班纳吉：对这些翻译作品进行评判或者加以鉴赏

是错综复杂的差事，我不想参和其中。不过，布达德瓦的翻译作品范围非常宽广，不可能不给人留下深刻印象。从这个意义上说，这是反殖民的、极具革命性的。这是对印度自己的瑰宝的研究，也是对超越于大英帝国以外的其他诸多地方的瑰宝的研究。翻译波德莱尔、赫尔德林和里尔克就是向读者介绍现代欧洲大师——也许是现代主义大师。而且，这是超越殖民关系和边界的全球化。即使并非所有其他的影响都是积极的，这些影响也自然而然地产生了。

张　叉：布达德瓦·博斯在创办《进步》（Pragoti）之前的1925年就已经推出了一个《进步》的手写版本。布达德瓦·博斯《进步》手写版本的意义是什么？

卡扎尔·克里希纳·班纳吉：这个手写版本把达卡一些有潜力的年轻作家聚集到了一起。他们大多是上大学的人。他们变得成熟起来，为《进步》印刷版本后阶段的工作锤炼了自己。

张　叉：《进步》大约于1926年在达卡创办。印刷版本的《进步》在什么方面为新兴现代主义运动做出了卓越的贡献？

卡扎尔·克里希纳·班纳吉：在布达德瓦·博斯和他的年轻伙伴还是达卡各个学院中级学生的时候，《进步》的手写版本就大约在1926年出现于达卡了。他们是文学爱好者，出版了像《短暂的存在》（Kshanika）和《拆除的战车》（Bhagnorath）这样的其他一些类似的杂志。布达德瓦本人被达卡大学录取，许多文学新秀同意每月筹集一百卢比用于印刷《进步》月刊，这些创举为印刷版本的《进步》的诞生打下了基础。印刷《进步》的作家的主要构成人员是——吉巴南达·达斯（Jeebananda Das）、比什努·迪伊（Bishnu Dey）、阿查泰拉·库马尔·森古普塔（Achintya Kumar Sengupta）、阿吉特·库马尔·杜塔（Ajit Kumar Dutta）、普拉米德拉·米特拉（Premendra Mitra）——他们代表着一个卓有远见的作家群体。《进步》作为一种期刊也面临了来自《星期六来信》（Shanibarer Chithi）的、囿于传统的、言辞激烈的、长篇累牍的指责。它在出版了大约三年之后就停刊了，但是到了那个时候，它已经能够作为可以说是《喧哗》（*Kallol*）的前身而留下重要的印记，《喧哗》在广大程度上代表了孟加拉诗歌中的现代主义时期。正如布达德瓦自己所指出的那样，《喧哗》不像《进步》那样引人争议。由于《进步》成为传统主义反对者攻击的靶子，苏哈什·穆霍帕迪亚伊（Subhash Mukhopadhyay）也宣称自己拥有这个刊物的领导地位。《进步》自己发挥了同泰戈尔相协调的作用。它是吉巴南达·达斯与比什努·迪伊之间的关键的媒介。

张　叉：穆尼尔·乔杜里（Munier Chowdhury）是达卡大学英语系另一名著名的毕业生，他在 1962 年获得了孟加拉学院奖，1965 年获得了大卫奖，1966 年获得了杰出之星奖。穆尼尔·乔杜里在孟加拉文学中的主要成就是什么？

卡扎尔·克里希纳·班纳吉：您说得对，穆尼尔·乔杜里也许是我们英语系第三位著名的毕业生，仅次于布达德瓦·博斯和沙姆苏尔·拉哈曼。他获得了您提到的所有奖项；但是，他比那些奖项所彰显的伟大更高一筹。他在很早的时候，就以马克思主义为导向，后来成为一位具有巨大影响力的文学活动家。巴基斯坦政府把他关进监狱，在狱中，他创作了一部非常有意义的、名为《墓园》（*Kabar*）的戏剧，突出表现了著名的东巴基斯坦语言运动的烈士。他在学术方面进一步发展，以非常有意义的方式进行了写作和翻译。他在达卡大学课堂上的讲座也给人留下了非常深刻的印象，大受欢迎。他是 1971 年 12 月 14 日殉难的传奇知识分子之一。

二、孟加拉国作家为民族文学发展的努力与民族文学杰出代表

张　叉：您感兴趣的研究领域是非洲英语文学、英国浪漫主义诗歌、维多利亚诗歌和亨利克·约翰·易卜生的戏剧。为什么更吸引您研究兴趣的是非洲文学而非以欧洲为中心的文学？

卡扎尔·克里希纳·班纳吉：我在形成研究兴趣、发展研究兴趣的时

候，受到了某些意识形态的指导。殖民剥削与同不公正做斗争的历史使我进一步走近了非洲、拉丁美洲和亚洲文学。欧洲历史的各个阶段与所有这些都有联系。这就是我的研究兴趣在地理和时间上广泛分布的原因和方式。沃尔·索因卡（Wole Soyinka）是第一位获得诺贝尔奖的黑人作家，我撰写了关于他的戏剧的博士学位论文。我对非洲文学研究的兴趣持久不衰，已经在达卡创建了一个非洲文化和文学的小型研究中心。我需要争取援助来经营这个研究中心。

张　叉：几年以前，您出版了一部著作《论时代、社会进步》（*Katha Kalantorer, Pragatir*, 2009），以种种不同的方式讨论了文学的进步思想。您还出版了一部著作《进步文学：对一些理论的评价》（*Progotisahitya: Katipoy Tattwobichar*, 2011），对进步文学不同方面的问题做了更为广泛的讨论，"进步文学"（Progotisahitya①）成为这部著作中一个非常重要的术语。怎样理解"进步文学"这个术语？

卡扎尔·克里希纳·班纳吉："进步文学"是服务于社会变革或进步的文学。我认为，在我们这个地区，民族解放运动和社会主义是通过文学作品来促进的。民族主义和社会主义的力量在世界范围内联合征讨，直到20世纪70年代末才连续取得成功。我想要艺术和文化为其服务的其他重要的事情是世俗主义和民主。神权政治、正统派信仰和原教旨主义是"进步文学"前进道路上的巨大障碍。这些东西需要揭露和抵制。作家和知识分子应该口诛笔伐，反对历史上所有这些开倒车的势力。

张　叉：您是英语教授，孟加拉语诗人、散文家、翻译家和评论家，出类拔萃，多才多艺。作为散文家、批评家，您在很大程度上显然受到马克思的文学艺术思想的影响。您在《进步文学：对一些理论的评价》中努力用马克思主义的观点来对很多问题进行分析，揭示宗教的正统与狂热，挖掘文化帝国主义的根源，提出建立一个多元化的、没有阶级的社会的主

---

① Progotisahitya 是孟加拉语的拉丁转写体，英语译释作 Progressive Literature。

张。您还在这部著作中对理论－话语（Theory-Discourse）的局限性表示怀疑。您为什么对理论－话语的局限性表示怀疑？

卡扎尔·克里希纳·班纳吉：在我继续阐述对进步文学看法的过程中，我希望您能注意到 20 世纪 70 年代末世界舞台上出现的理论和话语。那时，高度发展的资本主义和帝国主义已经成功地击败民族解放和社会主义的力量。当时还发生了一些军事政变和暗杀事件，导致局势进一步恶化。世界社会主义开始面临各种固有的困难。正是在这个关键的时刻，理论－话语似乎在赞美和加强世界资本主义，从而在意识形态上帮助它重获新生。在孟加拉国内部，我们应该关注 20 世纪 70 年代末暗杀、军人统治与理论－话语出现之间的密切联系。理论－话语在学生和学者中造成了混乱、困惑和方向缺失。它消解了对生活和现实的世俗主义和社会主义的理解。理论－话语的语言在症状上有很强的局限性。

张　叉：您刚才谈到"理论－话语的语言在症状上有很强的局限性"，能对这一论述进行进一步的阐释吗？

卡扎尔·克里希纳·班纳吉：理论－话语是学术性的和局限性的，这是由于它试图阻碍交流和激进主义，而交流和激进主义是会给大众生活带来简易的、剧烈的变化的。因此，理论仍然是满腹牢骚的、精英主义的和贵族主义的。在任何地方都没有发生过由理论和话语的思想所驱动的大规模的高潮。

张　叉：您在《进步文学：对一些理论的评价》的第一篇文章中，论述了孟加拉国知识实践的一些问题。在您看来，毫无疑问，知识分子、思想家和活动家安东尼奥·葛兰西（Antonio Gramsci）的姓名可以紧紧排在马克思、恩格斯和列宁之后。您能就这些问题做进一步的阐释吗？

卡扎尔·克里希纳·班纳吉：孟加拉国的知识实践面临着一个落后、受限的环境所特有的诸多制约。在这里，阻挡感、障碍感主要来自目前正蓬勃发展的资本主义。政治民主正处于压力之下，这种压力蔓延到生活的其他领域——文化和知识实践的领域。制约同样或更多地来自神权政治的极端主义、狂热主义和恐怖主义的诸多势力。作家和知识分子本身没有再次得到充分的自由或解放。在重要性和形象方面，社会主义和世俗主义已经迷失了。《信息和通信技术法》①的某些条款已经到位，用来限制记者和作家的自由。新自由主义势力在施加限制方面并没有落后。

我把葛兰西的姓名紧紧排在马克思、恩格斯和列宁之后，并不是出于任何严格意义的重要性的考虑。我在撰写一篇研究葛兰西的文章的时候强调了他，但是葛兰西对事业坚定的忠诚、对理论和实践的融合与对马克思主义的创造性贡献，一直以来都给我留下了深刻印象。同您提到的其他三人一样，葛兰西也受苦受难、做出了牺牲。

张　叉：沃尔·索因卡（Wole Soyinka）是尼日利亚剧作家、诗人、小说家和评论家，也是您学术研究中的重点关注对象。您对索因卡的评价是什么？

卡扎尔·克里希纳·班纳吉：您说得很对，索因卡是我学术研究中的一个重点。我在前面已经提到，我的博士论文就是研究索因卡的，标题是《沃尔·索因卡戏剧中的张力与综合》（Tension and Synthesis in Wole Soyinka's Plays）。我想在这里提一句，正是通过这篇博士论文的撰写，我才发现索因卡是伟大的。他把主题冲突的线索同他在互动问题中综合平衡所做的努力糅合在了一起，这给我留下了很深的印象，在现代非洲作家中，他比其他人给我留下的印象要深刻得多。我在《进步文学：对一些理论的评价》中的最后一篇文章专门对他做了研究，这篇文章论述了他是如何努力保护自己的文化习俗的，也论述了他是如何把本土化的东西优先置放于欧洲中心主义的非洲文化传统观念之上的。

张　叉：在全球化背景下，孟加拉国作家在挖掘自己的传统和磨炼自己的孟加拉风格方面做了哪些努力？

卡扎尔·克里希纳·班纳吉：为了从巴基斯坦独立出来而做准备和为

---

① The Information and Communication Technology Act，简写为 The ICT Act。

独立的主张进行辩护，孟加拉国作家尽力寻找他们在文化和语言方面的传统和特色的证据。例如，他们把夏亚帕达诗歌（Charyapada poetry）作为孟加拉诗歌的一种非常古老的样本加以赞美，在尼泊尔已经发现了这些诗歌的踪迹。他们还对民间传说进行研究，他们能够发掘出如米敏盖蒂卡（Mymensing Geetika）与博尔巴桑拉盖蒂卡（Poorbabangla Geetika）等这样的民间歌谣。他们坚持了孟加拉人创造的属于不同宗教信条或信仰的文学和民间传说的交汇点。所有这些都有助于形成文化民族主义和团结，有助于反对歧视和剥削东巴基斯坦人民的巴基斯坦统治者。我们的作家发展和加深文化差异的优势，这也有助于形成对全球化蔓延、控制的反抗力。

张　叉：1971 年 3 月 26 日，东巴基斯坦宣布脱离巴基斯坦而独立。1971 年 4 月 17 日，孟加拉国人民共和国临时政府成立，谢赫·穆吉布·拉赫曼出任总统。孟加拉国独立成为孟加拉国历史上的一个重大事件。孟加拉国独立对于孟加拉文学的意义是什么？

卡扎尔·克里希纳·班纳吉：孟加拉国的独立释放了一系列进步和解放的力量。独立战争几乎是人民的战争，它解除了包括许多艺术和文学领域的、由来已久的束缚与枷锁。在孟加拉民族主义运动的岁月里，艺术、文化和文学的样式在形式、技巧和内容方面都得到了增长。巴基斯坦或伊斯兰教的风尚和潮流面临了巴基斯坦东部部分世俗知识分子和马克思主义知识分子强烈的抵抗。这与 20 世纪五六十年代的民族主义政治形成了赞美式的类比，为 1971 年独立战争奠定了适当的基础。这些过渡将进一步扩大，这样的前景是存在着的。但是，1975 年 8 月的暗杀和军事政变中出现的反动分子的反击导致了这些前景令人震惊的损失。然而，1971 年战争的巨大影响永远不会消失或破坏。围绕 1971 年解放战争的人民的梦想和努力将演化与循环，这将继续引导和塑造我们的艺术和文学。

张　叉：孟加拉国是一个农业国，因而大部分作家都来自农村地区，其写作的题材通常是乡村，"熟悉农民的习性，因而反映农民生活的小说，真实、生动，不乏上乘之作"①。据我所知，赛义德·瓦利乌拉（Syed Waliullah）就是这样的一位小说家。您能概述一下瓦利乌拉文学作品的主要特点吗？

卡扎尔·克里希纳·班纳吉：瓦利乌拉主要的成长经历在于城市。他的作品也得到广泛的阅读。所有这些都使他摆脱了当时在那里存在的、典型的封建伊斯兰文化的限制和禁忌。他成长为一个非常敏感和敏锐的知识分子。他同外界的接触和联系也帮助他成就了这一点。他受到马克思和其他西方哲学家的影响，比如让-保罗·萨特。他的马克思主义和理性主义的朋友也对他产生了影响。事实上，在我们伟大的作家中很少有像他这样的人。对正统伊斯兰生活方式和价值观的严厉批评是他的一个特点。我们的作家中有一些马克思主义者，但是他们并没有从对神权统治或宗教激进主义方式的支持意识中完全脱离出来。瓦利乌拉跟他们不一样。瓦利乌拉在孟加拉国作家中是格外开明与有见识的。他作品的内容具有高度的思想性。他揭露了孟加拉国农村人口中普遍存在的宗教激进主义和狂热行为。

张　叉：在20世纪初，一群对国家有使命感的诗人从孟加拉国穆斯林中脱颖而出，其中最著名的是卡兹·纳兹鲁尔·伊斯拉姆（Kazi Nazrul Islam）。1919年，伊斯拉姆主要以感情充沛的短篇小说家的身份进入加尔各答文坛，"他的短篇小说有些魅力，特别吸引年轻的读者和作家。他的奇妙的生动活泼，无论老幼都为之倾倒"②。两年后，他写出诗篇《叛逆者》（Bidrohi ③），这让他"几乎一夜之间在全孟加拉出了名，随后在全印度出了名"④。伊斯拉姆有个"叛逆诗人"（Rebel Poet）的称号，他为什么赢得这样的称号？

卡扎尔·克里希纳·班纳吉：卡兹·纳兹鲁尔·伊斯拉姆和就像巴基

---

① 季羡林主编：《东方文学史》下，吉林教育出版社1995年版，第1280页。

② 黄宝生、周至宽、倪培根译：《印度现代文学》，外国文学出版社1981年版，第29页。

③ Bidrohi 是孟加拉语的拉丁转写体，英语译释作 Rebellious。

④ 黄宝生、周至宽、倪培根译：《印度现代文学》，外国文学出版社1981年版，第30页。

斯坦后来所代表的那样、争取成为一个宗教国家的努力，这两者并不吻合。纳兹鲁尔自己建立了一种独特的文化意识流和创造力流。尽管他表达了孟加拉穆斯林的某些愿望，但是他的作品包含了比这更多的思想、元素和成分，后来，他逐渐适应了明显矛盾的各个支派——世俗的、马克思主义的、人文主义的、自由伊斯兰教的——浩浩汇流。他在孟加拉语中加入了阿拉伯语和波斯语——这是当时在那里使用的语言的一个新的维度，它创造了一种崭新而重要的平衡。同时，印度的个人解放、印度的政治独立和穷人的经济解放的思想和意识形态——所有这些合在一起就为他创造了一个"叛逆者"的身份。纳兹鲁尔自身就是一个类别，是他那个时代的一个独特的反映。

张　叉：《东方文学史》是一部三卷本著作，主编是北京大学东方语言文学系教授季羡林。《东方文学史》评价说："在泰戈尔之后，纳兹鲁尔·伊斯拉姆是最杰出的孟加拉语诗人。"[①] 您赞同对伊斯拉姆的这一评价吗？

卡扎尔·克里希纳·班纳吉：是啊，我赞同。因为纳兹鲁尔拥有穆斯林身份，而且尽管如此，他也是非常开明、世俗和进步的。他在所有这些方面代表着他那个群体，这已经在穆斯林和印度教徒之间实现了一种新鲜而有价值的平衡。由于同马克思主义者个人关系的缘故，纳兹鲁尔不仅可以推动穆斯林，而且还能够把像苏坎塔（Sukanta）、苏巴哈（Subhash）和比什努·迪伊（Bishnu Dey）这样的马克思主义者联系在一起。纳兹鲁尔对穆斯林在日常生活中使用的阿拉伯语和波斯语的运用也使孟加拉语言和文学之间达到了重要的平衡。

张　叉：沙姆苏尔·拉赫曼（Shamsur Rahman）是孟加拉国诗歌界最耀眼的明星，其诗歌具有很高的艺术价值。他对孟加拉文学的主要贡献是什么？

卡扎尔·克里希纳·班纳吉：在 1947 年印巴分治前后的几年时间

---

① 季羡林主编：《东方文学史》下，吉林教育出版社 1995 年版，第 1280 页。

里，拉赫曼同其他一些像阿布·侯赛因（Abul Hossain）、阿赫桑·哈比卜（Ahsan Habib）、赛义德·阿里·阿赫桑（Syed Ali Ahsan）和哈桑·哈菲祖尔·拉哈曼（Hasan Hafizur Rahaman）这样的诗人一起，以某种堡垒式的姿态发起了反对巴基斯坦民族主义所具有的保守主义的斗争。新设立的巴基斯坦文化部和诸多部门做出了持续而深入的努力，其目的是引进某种伊斯兰孟加拉文学——诗歌、小说、戏剧等，众多像法鲁克·艾哈迈德（Farruk Ahmed）、塔利姆·侯赛因（Talim Hossain）、巴纳齐尔·艾哈迈德（Banazir Ahmad）这样的诗人在创作一卷巴基斯坦孟加拉诗歌方面做了努力。包括我前面提到的拉赫曼在内的诗人发现这是不可接受的，他们沿着早已成为孟加拉文学或诗歌传统的道路，持续不断地进行写作。他们没有放弃更为古老完整的、孟加拉诗歌民间的、现代主义的或马克思主义的遗产。像布达德瓦·博斯这样的加尔各答诗人与同拉赫曼有关联的达卡诗人群体之间保持了相互联系、相互影响，没有出现联系中断的情况。除了自己原创性的诗歌写作外，拉赫曼自觉坚守现代性、所有政治运动和东巴基斯坦街头抵抗，这使得他能够以印巴分治后东巴基斯坦与孟加拉国孟加拉诗歌的主要诗人的面目出现在世人面前。他对世界文学的接触也是广泛的和值得高度赞扬的。

张　叉：孟加拉国的国家级研究所纳兹鲁尔研究所（The Nazrul Institute）创建于 1985 年 2 月，总部设在孟加拉国达卡丹蒙迪街区卡比巴万（Kabi Bhaban in Dhanmond）。纳兹鲁尔研究所发挥的作用是什么？

卡扎尔·克里希纳·班纳吉：由于民族认同意识的分裂和犹豫不决，我们至今未能承认和介绍纳兹鲁尔。这也是为什么达卡的纳兹鲁尔研究所没有焕发出适当的生机与活力的原因。这是非常令人惋惜的。纳兹鲁尔研究所是本来应该在我们的教育和文化中发挥更为重要的作用的。

三、孟加拉文学的危机与中孟比较文学合作的前景

张　叉：科雅姆帕拉姆巴什·塞奇达南丹（Koyamparambath Sachidanandan）认为，全球化理论是立足于单一的国家和单一的文化的，它试图垄断文化的权利，在全球化的过程中，印度面临的最大威胁是民族语言的死亡，由于英语盛行于互联网，英语正在取代印度的语言，印度文学正在逐渐失去其民族性①。孟加拉文学面临着类似的威胁吗？

卡扎尔·克里希纳·班纳吉：印度面临的威胁比孟加拉国面临的威胁更大，也许是因为印度人使用了很多种国家和地区的语言，而这很多种语言中却没有一种语言在流行和使用方面是同英语平起平坐的。在孟加拉国，孟加拉语是唯一最重要的语言，英语是唯一的第二语言。英语作为官方语言或商业语言，在孟加拉国正变得越来越重要。但是，它的文学用途仍然比在印度有限或小得多。然而，英语在互联网上的使用却增加了孟加拉国的孟加拉语的压力。在孟加拉国，我们也不能忽视语言帝国主义的问题。

张　叉：泰戈尔、郑振铎等学者同歌德和哈奇森·麦考利·波斯奈特（Hutcheson Macaulay Posnett）等学者相反，认为世界文学研究应从东方的角度来进行。您对此有什么看法？

卡扎尔·克里希纳·班纳吉：至少在试验的基础上，应该做一些这样的改变。我早先已经提示，就像恩古吉·瓦·提安哥（Ngũgĩ wa Thiong'o）早在20世纪60年代初就提出的建议那样，他们不要再在肯尼亚内罗毕大学英语文学系读英语文学了，我们要重组文学和语言研究。恩古吉进一步提出建议，肯尼亚人要研究世界文学，非洲文学是其起点或中心部分。

张　叉：布达德瓦·博斯在加尔各答的贾达普大学设立了比较文学系。布达德瓦·博斯在孟加拉国比较文学中发挥的作用是什么？

卡扎尔·克里希纳·班纳吉：据我所知，比较文学通过拆除少数精英

---

① Koyamparambath Sachidanandan, "Globalization and Culture", 曹顺庆等：《比较文学学科理论研究》，巴蜀书社2001年版，第229页.

语言或文学的堡垒而做了一件非常好的事情。布达德瓦通过在加尔各答的贾达普大学建立我们次大陆的第一个比较文学系而发挥了进步的作用。这也对我们产生了影响。在孟加拉国，我们现在对印度次大陆和其他地区的其他语言和文学的重要性的观念更加开放了。当然，恩古吉·瓦·提安哥与其他人在内罗毕大学英语系所做的事情也带来了著名的互补效应。英国化和相关不平衡的问题本来应该在很久以前用一切可能的方式得到解决，而布达德瓦的大胆尝试为这一适当抵抗和自我节制的事业提供了帮助。

张　叉：达卡大学英语系要在教学计划中设置一些中国文学的课程吗？

卡扎尔·克里希纳·班纳吉：这个需要教师、学者之间相互的访问。

张　叉：孟加拉国比较文学面临的最大挑战是什么？

卡扎尔·克里希纳·班纳吉：翻译、流动性和习以为常的主动性构成了孟加拉比较文学的最大挑战。

张　叉：中国和孟加拉国在学术特别是比较文学研究中的合作前景是什么？

卡扎尔·克里希纳·班纳吉：我回答关于布达德瓦·博斯在加尔各答贾达普大学创设比较文学系的问题时，就正要谈及这个前景。那是一个转折点，它使我们从某种以欧洲为中心的边界意识中解放出来。除了亚洲其他一些伟大作家外，鲁迅、老舍、周作人和其他一些中国文学的伟大作家也应该列入孟加拉国比较文学教学大纲。在达卡萨瓦尔的贾罕吉尔纳加大学有邦格班杜比较文学研究所。我们也可以考虑在达卡大学设立这样一个研究所。而且，在制定或重修教学大纲时，我们总是可以在包括亚洲在内的世界主要文学之间取得平衡的。

韩国的中国文化、文学研究与比较文学

——朴宰雨教授访谈录

　　受访人介绍：朴宰雨（박재우），1954 年生，男，韩国锦山（금산）人，台湾大学中文研究所中国古典文学博士，韩国外国语大学荣誉教授兼博士研究生导师，韩国外国语大学研究生院院长、陕西师范大学人文社会科学高等研究院特聘研究员，中国教育部国家人才讲座教授，翻译家、散文家，国际鲁迅研究会会长，世界汉学研究会（澳门）理事长，中国社会科学院季刊《当代韩国》韩方主编，曾发表论文 100 余篇，出版专著 20 余种、编著 10 余种，主要从事鲁迅与中国现当代文学、韩中比较文学研究。

　　访谈形式：面对面

　　访谈时间：2019 年 5 月 19 日

　　访谈地点：四川省成都市科华苑宾馆

　　形成初稿：2019 年 7 月 25 日

　　形成定稿：2019 年 12 月 1 日

　　最后修订：2021 年 8 月 28 日

一、韩国的比较文学

张　叉：韩国主要高等学校开设比较文学课程的基本情况是什么？

朴宰雨：在韩国，开设比较文学课程的大学相当多。对东西方各种语言创作的文学之间加以比较的课程都包括其中。虽然在韩系与各种外文系的本科课程里也偶尔开设基础性质的比较文学课程，但是专业性的比较文学课程却大都在研究生院开设。研究生院韩文系与中文系也有一些"韩中文学交流史"课程，不过大都安排在比较文学课程里。至于其研究生院开设比较文学课程的几所重要的大学，我们可以举出首尔大学、延世大学、高丽大学和韩国外国语大学等，或者开设"比较文学协同课程"，或者开设"比较文学系"。至于具体的课程，每个大学对比较文学课的设置情况很不一样，如果仅就近几年设置的"韩中比较文学""东亚比较文学"和"东西方比较文学"等领域的课程而言，可以说有首尔大学的"东西比较文学""东方比较文学""东方大众文化""亚洲电影与文学"等，延世大学的"东亚比较文学研究""亚洲电影与文学""翻译与东亚现代性""东亚文学与想象力"等，高丽大学的"东方现代文学的形成""东亚文学及文化比较研究""东亚文化交流"等，韩国外国语大学的"东亚文学研究"等，诸如此类。韩国外国语大学研究生院中文系与韩中文化系比较多地设置韩中比较文学方面的课程。我本人在韩中文化系也曾开设过"韩中现代文学研究""韩中现代文学的关系与互动研究""韩中文化翻译"等课程。类似的例子还可以举出很多。

张　叉：近年来，在韩国比较文学界，韩中比较是热门的研究方向，您所在的韩国外国语大学在课程设置上是否也有这方面的考虑？

朴宰雨：韩国外国语大学研究生院中文系里也设立了相当多的韩中比较文学的专门课程，如"韩中古典诗歌比较研究""韩中文学比较研究""韩中古代文化交流史研究""韩中古代民间说话比较研究""韩中古典散文比较研究""韩中古典小说比较研究""韩中当代小说比较研究""韩中当代诗歌比较研究""韩中文学作品翻译研究""韩中文化比较论""韩中诗歌比较研究""韩中诗话比较研究""韩中现代文学交流史研究""韩中现代文学比较研究",等等。①不过,这些大都是挂牌上的课程。如果有老师要开设,那么就可以开设。实际上,我本人开设过的不过"韩中现代文学比较研究""韩中现代文学交流史研究""韩中现代作家比较研究""韩中文学作品翻译研究"等课程而已。

张　叉:韩国推出了哪些有分量的比较文学教材?

朴宰雨:较有分量的比较文学教材,20世纪90年代之前出版的主要有:李庆善(이경선)《比较文学》(1957)、《韩国比较文学论考》(1976),李惠淳(이혜순)《比较文学》1、2(1986),金学东(김학동)《比较文学论》(1984)。20世纪90年代以来,又出版了不少有分量的著作,主要有:赵东一(조동일)《东亚文学史比较论》(1993),宋玄镐(송현호)、刘丽雅(유려아)《比较文学论》(1999),李惠淳《比较文学的新考察》(2002),郑正浩(정정호)《比较世界文学论》(2014),崔海洙(최해수)《比较文学的实际》(2020)。还有西方比较文学教材的翻译本也有好几种,中国的比较文学教材的韩译本主要有:曹顺庆《跨文化比较文学》(申泰守[신태수]编译,2008),王向远《比较文学的钥匙》(文大一[문대일]译,2011)。

张　叉:韩国推出了哪些有分量的比较文学专著?

朴宰雨:至于较有分量的比较文学研究专著,20世纪90年代之前出版的主要有:李秀美(이수미)《韩国现代诗与中国现代诗的比较研究》(1973),金铉龙(김현룡)《韩中小说、说话比较研究》(1976),李丙畴(이병도)《杜诗的比较研究》(1976),李相栩(이상익)《韩中小说的比较文学的研究》(1983),丁奎福(정규복)《韩中文学比较研究》(1987)。20世纪90年代以来,又推出了不少有分量的著作,主要有:刘丽雅(유

---

① 参见赵渭绒:《韩国比较文学的概貌和现状——来自一位中国学者的观察》,《中国比较文学》2018年第2期,第198—199页。

려아)《韩国与中国现代小说比较》（1995），卢钟相（노종상）《东亚民族主义和现代小说：李光洙、夏目漱石、鲁迅小说比较研究》（2003），吕运弼（여윤필）《高丽后期韩诗的研究》（2004），柳晟俊（류성준）《新罗渤海汉诗与唐诗的考察》（2009），朴南用（박남용）《韩中现代文学比较研究》（2012），洪昔杓（홍석표）《鲁迅与现代韩国》（2017）。

张　叉：韩国比较文学研究开辟出了哪些新领域？

朴宰雨：韩中比较文学的研究，从下位领域的角度看，可以分为"影响研究"和"平行对比研究""比较文学形象学""比较文学翻译学"等领域。在既往的研究中，中韩古代文学之间，梁启超、鲁迅和韩国作家之间的影响研究和韩中现当代作家之间的平行对比研究比较多。至于中国文学里的韩国人形象、韩国文学里的中国人形象的比较文学形象学研究，最近二十几年发展很快，本人也撰写了很多相关方面的论文，也指导了十多篇硕士博士学位论文。不过，中译韩、韩译中的比较文学翻译学研究还停留于初步研究阶段，在作品翻译研究和翻译理论研究两方面的工作都需要推动和提高。上面提到的四个领域里，新开辟的、具体的主题群还真不少，我钻研过的具体的例子，可以举出题目的有"从后殖民主义下属阶级理论对中国丁玲和韩国金末峰小说的比较研究""日帝时期在海外的魏建功、郭沫若、梅娘对韩国人和韩国文化的三种视线""中国现当代文学里的韩中跨国爱情叙事""韩中抗战华文诗歌与其互动研究""郁达夫《沉沦》的韩译本五种比较研究"，等等。这些主题都是近十几年来新出现的。

二、韩国的《史记》研究

张　叉：乙酉文化社于1980年分上下两册出版了金秉喆（김병철）的著作《韩国近代西洋文学移入史研究》，您对这部著作有何评价？

朴宰雨：金秉喆的《韩国近代西洋文学移入史研究》是首部几乎收集到完整资料的著作。如果从理论上看，它没有太大的建树，但是从材料的收集与整理方面来看，则堪称最为完整的一部著作。不过，现在来看，这已经是 40 年之前的著作，因此韩国最近 40 余年的"西洋文学移入史"，应该由有志的学者来补充整理吧。

张　叉：司马迁《史记》在韩国译介的大体情况怎样？

朴宰雨：《史记》在韩国的译介开始于 1945 年以后，比中国其他主要古典文学作品的译介要晚得多。早在朝鲜时代，《杜诗》《三国演义》《西游记》《水浒传》等不少中国古典文学作品就已经完成翻译，开始在民间流传，为韩国一般民众所熟悉、接受和喜爱。但是《史记》呢，直到 1963 年才出现第一个译本——《史记列传》选译本（崔仁旭［최인욱］译，玄岩社 1963 年 10 月出版）。《史记》的影响力自然比不上《三国演义》与《杜诗》等古典作品，但是从那时起到 2021 年上半年，已经出现了 65 种以上的《史记》翻译版本，《史记》在韩国已成为主要的世界古典名著之一，其影响力越来越大。

张　叉：韩国历史学者、首尔大学名誉教授李成奎（이성규）曾对朝鲜时代士大夫理解司马迁《史记》的情况进行梳理，"通过对 16 世纪末以后的朝鲜士大夫们留下的大约 1200 种文集进行研究，最终确认 105 种文集中包含关于《史记》的论述，共 500 篇"。如此看来，朝鲜半岛对《史记》的研究也有几百年历史了。韩国的《史记》研究的现状是什么？

朴宰雨：韩国的《史记》研究历史大概可以分为当代以前与当代两个时期。当代以前可以说是选本和全文出版与阅读、点评的时期，而当代才算得上是翻译与研究的时期。韩国接受《史记》的历史，开始得很早。从高句丽时代就开始了，到了朝鲜时代则刻印了各种版本《史记》，其中，最有名的是君王正祖（정조）编选的《〈史记〉英选》。朝鲜时代对《史记》的研究，只是停留于引用或是简单点评的阶段，这样的引用或点评大概有 500 条。虽然数量不少，但是内涵相对简短，至于对《史记》做系统研究的著作是没有的。《史记》的翻译与研究是从当代开始的。第一次发表有关《史记》的文章是 1958 年洪淳昶（홍순창）撰写的《司马迁与史记》

一文。《史记》的韩文选译本是 1963 年才出现的。到 2021 年上半年为止，《史记》的选译本出版了 65 种以上，全译本出版了 4 种以上。全译本有：洪熙宝（홍희보）初译、金并总（김병총）平译本，丁范镇（정범진）主译本，金元中（김원중）翻译本，辛东俊（신동준）翻译本。《史记》的研究学者，除了洪淳昶、李成奎等历史学者之外，很多都是中文学者。20 世纪 70 年代偶尔发表有关《史记》的文学论文的作者有李汉祚和李章佑等。20 世纪 80 年代在中国台湾学习的学者开始从文学的角度研究《史记》与司马迁的思想，从而获得硕士博士学位，这样的学者主要有朴宰雨（박재우）、金圣日（김성일）、李寅浩（이인호）和金苑（김원）等。后来留学中国大陆的学者从文学的角度研究《史记》与"史记学"，从而获得硕士博士学位，这样的学者主要有诸海星（제해성）、徐元南（서원남）和金利湜（김리식）等。按照王建宏的调查研究，从 1980 年到 2019 年，韩国学者在海内外发表的有关《史记》的论文有 174 篇，包括博士学位论文 13 篇，硕士学位论文 34 篇，期刊论文 127 篇，还有专著与普及读物，其中，韩国学者撰写的有 77 种，海外学者完成的有关《史记》的韩译本 23 种。[①]我个人在韩国外国语大学研究生院里指导了 2 篇硕士学位论文和 1 篇博士学位论文，都是有关《史记》文学研究的。

张　叉：根据您的研究，《史记》主要的文学特点是什么？

朴宰雨：1987 年我发表了一篇题为《〈史记〉的文学性质及其特点考》的论文，对《史记》的文学性和特点做了研究。在当时韩国中文学界主流没有把《史记》看作文学作品的情况下，我这篇文章从根本的角度探索了《史记》的文学性质，也分析了《史记》文学感染力的几大来源，至于其特点，则一共总结出了五点：第一，各篇都有中心思想；第二，寄托了喜、悲、哀、憎等丰富的感情；第三，积极发挥了文学想象力；第四，运用了

---

① 王建宏：《〈史记〉研究在韩国（1980—2019）——基于 RISS 数据库检索结果的分析》，《渭南师范学院学报》2021 年第 3 期，第 29 页。

多种精致的文学技巧；第五，在形象化与典型化上有显著的成就。由此，在韩国中文学界，这方面的认识慢慢有所变化，于是在后来"中国文学史"之类的著作里便补入了关于《史记》的章节。

张　叉：您学术研究的一大突出成就是《史记》和《汉书》的比较研究，为什么选择这一领域作为研究的重点？

朴宰雨：我在首尔大学中文系本科二年级的时候，学生学报《形成》的编委请我撰写一篇有关鲁迅的文章。当时在韩国有关鲁迅的资料很有限，我在一位老师的帮忙下找到一些资料，终于发表了一篇题为《鲁迅的文学与思想》的文章。这是我和中国现代精神界的战士鲁迅的初次遭遇。本科毕业时我撰写了毕业论文《鲁迅的时代体验与文学意识的展开过程》，后来登载在了 1980 年春创刊的《文学东亚》上。毕业后，我去了台湾大学中文研究所学习，攻读硕士、博士学位。在台湾大学的第一年，我主要忙于打牢白话与文言的基础，后来才知道，在古典文学作品之中，鲁迅对司马迁《史记》的评价是最高的，称之为"史家之绝唱，无韵之离骚"，所以我在导师叶庆炳教授的指导之下，开始了对《史记》文学的研究。这样，我的硕士学位论文的题目就成了《〈史记〉的写作技巧研究》，之后又进入了博士班，博士学位论文沿袭了硕士时期的研究方向。《史记》和《汉书》的作者在时代与思想背景、个人体验以及写作动机与过程、历史观和文学观、文学风格等方面都有不同之处。《汉书》相当多的部分承袭了《史记》，连很多篇名都一样，有很多仿效之处。不过后来我发现，仿效归仿效，里面还是有很多不同之处的，这说明值得对二者进行全面比较研究。那时候，我还不知道"比较文学"的概念，就是想从传记文学的角度做全面的比较，既研究两书中没有重复的部分，也对它们重复的部分对比一下、分析一下、整理一下，这样也很有意思，毕竟以前虽然有学者做过一些研究，但是还没有人做过全面的研究。那时候，我每个星期都参加中文写作训练，年轻的"大一国文"老师柯庆明先生指导我提高中文写作的能力，这样，我的白话文与古文的写作能力就得到了不断提高，所以我的论文也能用有些文言味道的中文来撰写。特别是在毕业之后，我明显感觉到，自己在文言文、白话文方面已经打下了不错的基础。从这个意义上，我对台湾大学的叶庆炳教授、柯庆明教授、吴宏一教授三位恩师是很感激的。前两位老师已不幸辞世，我很怀念他们。后来成为知名教授的杨儒宾和简锦松等几位老同学当时的帮助，我也不能忘记。1990年6月，我终于用中文撰成博士学位论文《〈史记〉〈汉书〉传记文比较研究》。

张　叉：您能简要介绍一下《〈史记〉〈汉书〉传记文比较研究》吗？

朴宰雨：《〈史记〉〈汉书〉传记文比较研究》由"绪论""《史》《汉》总体比较""《史》《汉》传记文之编纂体例、形式、所传人物比较""《史》《汉》传记文之写作技巧比较"与"结论"五章构成，从异同之处着手，对《史记》《汉书》进行了较为详细的比较研究。首先，总结了《史记》《汉书》异同研究史略，然后，分别进行了《史记》《汉书》总体比较，《史记》《汉书》传记文编纂体例、形式、所传人物比较，《史记》《汉书》传记文写作技巧比较。1994年8月，中国文学出版社把这篇博士学位论文的标题稍做调整，以《〈史记〉〈汉书〉比较研究》为书名出版了。

张　叉：对于《〈史记〉〈汉书〉比较研究》的出版，韩兆琦、曾小霞、徐中原、周婷婷等纷纷加以评价。[①] 您印象最深的是谁的评论？

朴宰雨：我印象最深的评论是韩兆琦教授做出的。韩兆琦教授是北京师范大学的学者，《史记》与传记文学研究专家，有"中国《史记》研究大家"之誉。《〈史记〉〈汉书〉比较研究》在中国文学出版社出版，他写序言进行了评论，感人至深："中国从晋代开始便有人对《史记》《汉书》进行比较研究，以后便代不乏人，近十几年来相继又出现过一些这方面的论文与专著，总的数量应该说是不少了。由于各自研究的目的方法不

---

① 参见韩兆琦：《〈史记〉〈汉书〉比较研究·序言》，朴宰雨：《〈史记〉〈汉书〉比较研究》，中国文学出版社1994年版，第1—12页；曾小霞、徐中原：《近30年〈史记〉与〈汉书〉比较研究综述》，《商丘师范学院学报》2009年第5期，第30页；周婷婷：《史汉比较研究专著专论叙录》，河北大学硕士学位论文，2012年，第110页。

同，所以各有各的成绩，也各有各的不足。但是像朴宰雨先生这样既有宏观，又有微观；既有理论概括，又有具体资料的偏重于文学方面的研究著作，似乎还没有见过。朴先生的这本书定将给以后的《史记》研究、《汉书》研究，以及《史记》《汉书》的比较研究提供一种新的巨大的方便。朴先生是韩国人，作为一个外国人，能够对中国古代文化有如此深厚的感情，并能对中国古代文学的研究做出如此的成绩，这实在是让我们中国的学者深为敬佩的。韩国是中国的友好邻邦，韩国和中国早在先秦时代就开始有非常紧密的文化往来，我们相信朴先生的这本著作在今后韩国与中国的文化交流上也定能显示出其不可忽视的作用。"① 韩兆琦教授对拙作多有溢美之词，这对于我来说是巨大的鼓励。张新科、王翚、曾小霞、徐中原、周婷婷等学者的评论也有很多中肯之处，对这些中国学界的知音，我心里感受很深。

张　叉：《汉书》对《史记》主要有哪些继承？

朴宰雨：《汉书》对《史记》主要的继承就是，都是受到父亲的影响而形成的。司马谈希望司马迁继承自己的衣钵，司马迁受到父亲司马谈遗言的激励，下定了撰写《史记》的决心，中间虽然遭受了宫刑的耻辱，但是终归坚持到底了。班固开始的时候也是这样的，受到父亲班彪的影响，在这种影响下完成了史书撰写。开始的时候，《史记》《汉书》都是私人修史，不过，《汉书》后来就变成按照官方指令办的事情了。作者自己有撰写一部历史著作的愿望，有一个内部推动力，这也是中国自孔子以来的传统。孔子在乱世时周游列国，写一部《春秋》，这是有自身和现实社会的双重原因的。但司马迁写历史，要批判什么呢？他是怕以前历史上很多烈士的故事得不到很好的记录、传承，于是就产生继承孔子写《春秋》精神、撰写史书的志向。他虽然口头上说绝不是要效法孔子，但是心里对这一点却

---

① 韩兆琦：《〈史记〉〈汉书〉比较研究·序言》，朴宰雨：《〈史记〉〈汉书〉比较研究》，中国文学出版社 1994 年版，第 12 页。

是很明白的。在我看来，班固就不是这样，武帝以后没有人整理历史，班固是为了尊重历史才动笔修史。孔子写《春秋》是尊重鲁国的历史吗？也不是。他批判天子、诸侯、大夫（贬天子，退诸侯，讨大夫）的立场也很明显，所以《史记》和《汉书》在尊重汉室历史的态度上也有所区别，孔子和司马迁是一样的态度，对当时的历史有个人的看法，是"成一家之言"，至于班固是不是"成一家之言"，这就不一定了。他是尊重汉室而撰写了《汉书》，所以司马迁和班固修史的态度是完全不同的。但是班固继承司马迁，在《汉书》里面，从汉初到汉武帝时期的很多文字，比如在列传方面，虽有重复但也有很多地方有所修改和补充，或明或暗地展示了以自己的眼光来审视历史的意图。班固当然继承了司马迁的热情，但是因为他的世界观不同，所以从根本上对历史的态度就表现出和司马迁不一样的东西。

张　叉：较之《史记》，《汉书》主要有哪些创新？

朴宰雨：同《史记》相比较，《汉书》主要的创新体现在规范化上。规范化既是创新，也是倒退。但是像班固这样由国家任命的历史家，也不得不接受规范化，只有这样，才能有出路。

三、韩国的鲁迅研究

张　叉：鲁迅是什么时候开始译介到韩国的？

朴宰雨：杨白华（양백화）将日本人介绍中国新文学的文章《以胡适为中心漩涡的新文学运动》翻译成韩文，从 1920 年 11 月到 1921 年 2 月在月刊《开辟》上连载，其中 1921 年 1 月份里提到鲁迅与《狂人日记》，这是鲁迅在韩国的最早介绍。但是，直到 1927 年，鲁迅作品才真正被介绍到韩国。20 世纪 20 年代初柳树人（유수인）和鲁迅交往，在得到鲁迅同意的情况下把《狂人日记》翻译成韩文，1927 年 8 月登载于《东光》（동광）杂志 16 号。柳树人初读鲁迅的《狂人日记》，是跟着父亲流亡到中国东北上中学的时候。他和同学们一起读《狂人日记》，在懂得真正的意义

之后感动得"几乎发狂",认为鲁迅"不仅写了中国的狂人,也写了朝鲜的狂人",以后,鲁迅就成了他们崇拜的第一位中国人。

张　叉：您认为鲁迅和李泳禧（리영희）哪一位更伟大？

朴宰雨：因为韩国20世纪七八十年代历史真正需要民主化斗争,对韩国军部的独裁政权进行反抗,争取民主化。我参加过学生运动,所以对像鲁迅这样的精神界的斗士非常有认同感。不过,当时参加韩国民主变革运动的前卫学生实际上受到影响最大的可以说是李泳禧先生。他不是中国文学专家,而是言论家、国际问题专家、民主变革思想家。他在20世纪70年代至80年代的韩国民主变革运动过程中也担任了和二三十年代的鲁迅类似的角色,所以我们尊称他为"韩国民主化的思想导师"。他在20世纪80年代,多次提到鲁迅,说鲁迅是他的老师,又说"在过去四十年的岁月中,……如果说我对这个社会的知识分子和学生产生了某种影响的话,那只不过是传达了鲁迅的精神和文章而已。我亲自担当了这一角色,并以此为满足。"我早就对鲁迅有向往之情,后来李泳禧教授也多次提到鲁迅,所以我对鲁迅非常认同。撰写本科毕业论文时,主要参考的是日本丸山昇先生的日文版《鲁迅——其文学与革命》一书,在当时有关鲁迅的韩文资料很有限的情况下,这本书给我的启发与灵感特别多。通过这两位导师,我对鲁迅的文学精神的理解又加强了,鲁迅当之无愧是伟大的文学家和思想家。李泳禧也是很伟大的,因为在韩国崇拜各种偶像的年代里,他是不怕坐牢、甘愿粉身碎骨,呼吁知识分子与学生以理性抗争偶像的先觉者。韩国民主化成功了,当时很多年轻人都受到这个伟大思想家的影响。说实在的,我是第一个在韩国把李泳禧称作是"韩国的鲁迅"的人。2006年我替中国《南方周末》采访李泳禧,那时文章题目就是《"韩国鲁迅"的鲁迅》,我对此很感慨。不过,两位所属的民族与时代不同,不好谈哪一位更伟大这种问题。

张　叉：鲁迅精神中最宝贵的东西是什么？

朴宰雨：很多人都知道,批判是鲁迅精神的核心,但是他的批判精神比较抽象一点，他的批判精神里最独特的就是第三立场。李泳禧先生说得好："鲁迅不仅不赞同洋务论者的国粹主义富国强兵方式，而且认为以梁启超和康有为为中心的所谓制度改革也脱离了中国社会发展的阶段，并加以批判。同时，当他看到大部分留学日本的中国留学生都想选择法学、政治学、工学或实务经济政策等方面的专业时，他却批判那些只致力于表面启蒙主义性质，唯独选择了别人不肯选择的医学，这也几乎能说明他的第三立场。"从这样的意义上，幻灯片事件后，鲁迅觉悟到中国人的致命性的缺点是精神麻木，就抛弃医学，再选择当时没人关注的文学之路，这可以说是他站在第三立场思考的态度的反映。他从日本回到中国之后，对于辛亥革命，基本上采取的是肯定的态度，但在《阿Q正传》里也批判了辛亥革命中实际存在的各种问题，估计也是跟他的第三立场有关。李泳禧又指出："之后在抗日战争时期与'国防文学'展开的论争中，采取'民族解放战争中的大众文学'的立场，也是区别于从表面上解决中华民族问题的对应于启蒙主义的第三立场。因此我认为，在当时多种思想潮流中，鲁迅始终探求根本问题，批判表面上的启蒙主义，始终固守第三立场的态度，不愧为超群的能力。"[①]能一贯采取这样的第三立场，谈何容易？真可以说只有持有与众不同的批判态度，坚持非常深刻、非常独特、非常冷静的思考与判断才能达到。

张　叉：您是第一个在韩国把李泳禧称作"韩国鲁迅"的人。您为什么把李泳禧称作"韩国的鲁迅"？

朴宰雨：在上面已经提到了一些，在这里补充一下吧。在韩国民主化运动中，很多知识分子都将李泳禧称为"思想导师"。不过，这样的李泳禧却把鲁迅当作自己的老师。从很多文章来看，李泳禧是国际问题专家，鲁迅文学不一定在他的研究领域内，但是他说到自己如何开始走上这样一条道路的时候，常常提到鲁迅。鲁迅《〈呐喊〉自序》里讲了个"铁屋

---

① 夏瑜：《"韩国鲁迅"的鲁迅：专访韩国社会运动元老李泳禧》，《南方周末》2006年12月15日。

子"的故事:"'假如一间铁屋子,是绝无窗户而万难破毁的,里面有许多熟睡的人们,不久都要闷死了,然而是从昏睡入死灭,并不感到就死的悲哀。现在你大嚷起来,惊起了较为清醒的几个人,使这不幸的少数者来受无可挽救的临终的苦楚,你倒以为对得起他们么?''然而几个人既然起来,你不能说决没有毁坏这铁屋的希望。'"① 这个故事非常有名。所以,这是李泳禧在韩国反共主义、军事独裁统治之下,呼吁韩国的人民、知识分子要"醒过来",继续为民族、民众和民主而奋斗。他为此过了八年囹圄生活,是韩国的民主英雄。李泳禧并不是研究鲁迅文学的学者,但是他能够马上抓到鲁迅思想的本质和核心精神。他通过文笔的力量,把这种精神传给韩国知识分子与学生、老百姓,把它当作韩国民主化运动的精神宝库。我常常说,李泳禧在 20 世纪七八十年代所担任的角色、发挥的作用,就是鲁迅 20 世纪二三十年代在中国所担任的角色、发挥的作用。当然,中国和韩国的历史与社会结构、时代命题有所不同,但是鲁迅和李泳禧的影响、角色、作用是可以这样放到一起来进行比较、分析的,把李泳禧称作"韩国的鲁迅"是很合理的。

张　叉:尹奉吉(윤봉길)是义士,而鲁迅是作家,您是如何在他们身上发现精神的契合点的?

朴宰雨:尹奉吉义士在上海虹口公园处断日本侵略者是一大义举,因为尹奉吉的雅号是梅轩,所以后来韩国政府跟上海虹口区政府多次协商,在上海前身是虹口公园的鲁迅公园里建立了梅亭,以此纪念尹奉吉义士。其实,尹奉吉也是诗人,撰写了很多汉诗,表达自己的思想与感情。韩国人到鲁迅公园,大多要去参观尹奉吉纪念馆梅亭。中国人虽然大致明白何谓"梅亭",但是代入感、认同感都不强,一般韩国观光客听过鲁迅大名,但亲切感不如尹奉吉,因为尹奉吉是韩国人民心中的民族英雄。在我看来,鲁迅的思想非常深刻,至于反帝思想的表现,则并没有那么全面、深入,

---

① 《鲁迅全集》第一卷,人民文学出版社 1981 年版,第 419 页。

估计这和他曾在日本留学并对日本文化有好感而拥有很多日本友人有关，所以鲁迅反抗日本帝国主义看似并不彻底。但是鲁迅的反封建思想，比如说国民性批判、社会和人心里封建因素的批判、反"奴化"等是非常深刻的。尹奉吉是韩国的民族英雄，鲁迅是中国的思想导师，他们在一个公园的两个纪念馆里，对此，韩中之间应该要有一种连接、一种交流。在我看来，反帝方面，尹奉吉是在日本殖民统治下的韩国人民的民族英雄，可以排第一，处断日本驻沪留民团行政委员长河端贞次、侵华日军总司令白川义则，杀伤日本驻华公使重光葵、日军第九师团长植田谦吉这样艰难的事情，尹奉吉做成了，这非常能证明尹奉吉在反帝斗争方面的价值。所以鲁迅和尹奉吉，一个是中国反封建反奴役的思想导师，一个是韩国抗日反帝的民族英雄，从某种意义上看，两人的精神是契合的。况且两个人的纪念馆都在同一个公园里，所以打通对话不仅是十分重要的，而且也是完全可能的。

张　叉：您取笔名为朴树人，把书斋命名为树人斋，无一不是和鲁迅有关系。您能简要概括鲁迅在您心目中的形象吗？

朴宰雨：鲁迅是 20 世纪东亚历史上非常重要的思想的、文化的、人物的资源。他虽然首先是属于中国的知识分子，但又是属于东亚，当然也是属于世界的知识分子。他是在现代东亚知识界里一直受瞩目的文学家兼思想家，是一位很难再有的历史文化向导。在东亚知识分子互相进行对话的时候，鲁迅是一个非常重要的环节。[①] 在我心目中，鲁迅既是老师，又是朋友。他是我灵魂深处超越时空的、经常学习的老师，是我反思自己时标准严厉的前辈、先行者，也是我孤独时能够分担苦闷或者神游的朋友。

张　叉：韩国著名社会活动家、文学批评家任轩泳（임헌영）读到鲁迅《故乡》的时候痛哭流涕，这是为何？

朴宰雨：鲁迅文学作品的魅力是普遍而长久的，在中国有很多人喜欢，在世界各地也有很多人喜欢，其中，就包括很多韩国人。当年，任轩泳在

---

① 朴宰雨：《贴近鲁迅的原因〈韩国鲁迅研究论文集〉序》，《当代作家评论》2005 年第 6 期，第 60 页。

读到鲁迅《故乡》的时候大哭了一场，那是因为在韩国战争中，任轩泳已经家破人亡、流离失所，丧失家园之惨痛使他对鲁迅的《故乡》有了最为深切的体验，从而引起内心的震颤，在感情上产生了共鸣。

张　叉：任轩泳同鲁迅有什么关系？

朴宰雨：任轩泳有过两次坐牢的经历，两次都同鲁迅有关。1974年，韩国朴正熙维新政府宣布紧急状态，任轩泳因抗议而被捕入狱，"既然坐牢，那我就在监狱里读读鲁迅吧"。他找到了当时难以购到的五本中文版《鲁迅全集》复印版本，同翻译版本对照着苦读。1976年，任轩泳参加"南民战"，在那时行动指针依然是鲁迅。他被投入监狱，埋头学习中文，于是读《鲁迅全集》。1983年他出狱后，最先购买的书籍就是中国人民文学出版社纪念鲁迅诞辰100周年所发行的16卷本《鲁迅全集》日语版译本。①

张　叉：韩国接受鲁迅影响的知识分子大致可以分成哪些类型？

朴宰雨：大致上可以分成"思想家型""作家型""学者型"和"一般读者型"四类。

张　叉：何为"思想家型"？

朴宰雨："思想家型"又可分为"实践性思想家型""自由思想家型"和"行动上变节而心态上保持鲁迅情怀型"。"实践性思想家型"基本是指接受鲁迅的精神内核和思想精粹，正面接受鲁迅、崇拜鲁迅、拥抱鲁迅，从鲁迅那里获得精神力量，在自己所处的历史语境下，立足现实土壤，积极进行实践的变革指向性知识分子。"自由思想家型"基本是指那些虽崇拜鲁迅，但从自己的需要和角度出发去接受鲁迅，或者用自己的一套思想来重新阐释鲁迅的知识分子。"行动上变节而心态上保持鲁迅情怀型"指那些当初崇拜革命家鲁迅或左翼鲁迅，积极支持或亲身参加各种反法西斯斗争或革命运动，后因受独裁权力的各种弹压与怀柔政策而转向的人。他们虽然在社会实践上有所转向，但内心深处还是保持了些许鲁迅情怀。

---

① 夏榆：《鲁迅：在东亚的天空下》，《南方周末》2006年12月14日。

张　叉：何为"作家型"？

朴宰雨："作家型"指正面接受鲁迅文学并从那里得到自己创作灵感的作家。他们从鲁迅文学里感受到其文学思想与创作精华，有时也活用鲁迅作品的题材、人物形象、创作技巧等，以鲁迅为参照系展开自己的创作。还有一些在创作志趣与文学立场上与鲁迅不同的作家，尽管他们自称受到鲁迅的影响，但多误读鲁迅，或批判鲁迅的界限。

张　叉：何为"学者型"？

朴宰雨：有相当一些中文专业学者或能读懂中文的知识分子，他们认同鲁迅的思想与文学，从中切实觉悟到知识分子的使命。这类知识分子曾长期经受军事独裁统治，大都支持民主变革运动，有些人甚至还因直接参与民主变革运动而坐牢。他们研究并推广鲁迅，将鲁迅精神运用到自己的社会实践中，站在民间立场参与社会抵抗运动。民主变革运动基本成功后，他们大都回归原来的行业，不少已成为大学中文系的骨干教师，继续在价值指向上围绕鲁迅精神而思考学术问题。还有另一些纯粹研究鲁迅的学者，他们并不把鲁迅与自身所处的现实挂钩，只是站在学院派的立场去研究鲁迅。在这些学者中，也不乏一些口头上肯定鲁迅的历史文化价值，但在内心却否定鲁迅现实意义的"口是心非"的"双面"学者。

张　叉：何为"一般读者型"？

朴宰雨："一般读者型"包括"从鲁迅作品中正面吸收精神营养"的读者和只为增加知识而读鲁迅作品的读者。后者体会不到鲁迅的价值与意义，而前者却因认识到鲁迅作品的价值而由衷喜欢鲁迅，或把鲁迅作品当作自己所推崇的世界经典，这类读者的不断产生正是鲁迅作品在韩国长盛不衰的原因之一。

张　叉：考察韩国接受鲁迅影响的知识分子的类型有何意义？

朴宰雨：韩国相当一部分知识分子，在近百年的历史中都不同程度地受到鲁迅的影响。考察韩国知识分子受鲁迅影响的不同类型，一方面反映了鲁迅与韩国现代知识分子的特殊关系，另一方面又在一定意义上成为

"世界各地接受鲁迅"的范例。①

张　叉：鲁迅过去在韩国产生持久影响力的原因何在？

朴宰雨：鲁迅的坚决反对封建食人统治、反对法西斯主义和帝国主义的思想，以及关怀弱小民族和被压迫民众的命运的文学，在严酷的日本帝国主义统治下呻吟的韩国人民看来，是令人能在黑暗和绝望中找到一线光明和希望的思想和文学，是让人深刻共鸣的思想和文学。韩国知识界和民众没有把鲁迅神格化，基本上一直把鲁迅看作启蒙主义思想家兼作家。虽然不同的人对鲁迅有不同的看法，但是把他看作重视人的尊严并反对法西斯强权的高压、腐败和虚伪的进步知识分子，兼能关怀民众，对民众"哀其不幸，怒其不争"的批判现实主义的文学家，这点是一致的。

张　叉：鲁迅现在是否已经过时？

朴宰雨：确实，近年来有一些人倡言，21 世纪的社会条件已经改变了，没有必要再读鲁迅作品了。虽然韩国已经达到了一定程度的民主化，但是在全球的范围内，新自由主义的霸权统治越来越猖獗，我们也是容易被卷进去的，而且社会的两极分化也在加深，现实世界充满了虚伪的言论，在这种情况下，如果我们把鲁迅置之高阁，最高兴的是哪些人呢？我看鲁迅现在并没有过时，将来也不会。关于这一点，任轩泳有过精辟的论述："现在，我们已进入了 21 世纪，我们将民族解放理论置于历史的仓库中，忙于传播世界化的福音。如果鲁迅还在世的话，他会说什么呢？丧失民族主体性的世界化可能吗？不会的。亚洲似乎重新需要鲁迅。"李泳禧也曾经说过："在 21 世纪重温和活用鲁迅的精神和思想，将此比喻为重温死火的努力，是一种错觉。鲁迅的思想，即使现在也是毫无变化而继续燃烧的火。"

张　叉：韩国从 2010 年开始出版韩文 20 卷本《鲁迅全集》，2018 年全部出齐。您对此有何评价？

朴宰雨：韩文 20 卷本《鲁迅全集》出版的完成不仅是韩国鲁迅学界的

---

① 朴宰雨：《海外知识分子接受鲁迅影响的类型——以韩国为例》，《文艺报》2013 年 9 月 11 日。

一大盛事，而且是国际鲁迅学界的一大喜事。1927 年 8 月，柳树人翻译《狂人日记》，从此以后，鲁迅作品在朝鲜半岛韩国的翻译、出版便一发不可收拾，已经走过 90 多年的历程了。时至今日，《阿 Q 正传》与《狂人日记》等鲁迅主要作品的各种韩译本已经不止 50 种。随着韩文 20 卷本《鲁迅全集》的出版与其他各种形式的韩文鲁迅作品译本的问世，鲁迅在韩国学术界、文学界早已成为不可多得的、不可或缺的、世界文学的经典作家。

张　叉：您怎样评价近十年来韩国鲁迅研究中出现的新变化？

朴宰雨：可以归纳为六点：一是《鲁迅全集》等鲁迅作品的各种韩文翻译出现了多样性的兴盛和发展，这是诸种变化中最为基本的一点。二是对韩国鲁迅接受史上个别资料的挖掘、研究取得了较大的进展，促进了韩国本土性和东亚视角下的总体历史叙述和理论建构。三是韩国的一些知识分子受到鲁迅启发而喜欢把鲁迅作品中有吸引力的部分与生活场面引入自己人生的某些环节里，当作反观、反思的资源，并且产生了实践性感悟，这些感悟的现实性与独创性都十分强。四是发挥韩国人文学者的特点，站在各种立场上，利用各种方法重新建构韩国特色的鲁迅传记。五是对鲁迅个别单篇或者单行本的作品进行深入的细读。六是"海外鲁迅专著的韩译出版"已成气候，增加、丰富了有关鲁迅的学术资源。

四、韩国的巴金研究

张　叉：韩国巴金译介的大体情况怎样？

朴宰雨：1950 年韩国战争之后，中国的进步性著作都销声匿迹了。这个情况到了 1985 年才有所改善。巴金的代表性的小说作品翻译成了韩文，还有"伤痕文学"系列作品集，也翻译成韩文出版了。巴金第一个翻译成韩文的小说作品是《家》，有三家出版社出版，后来又推出重新翻译的版本。那时候，我应出版社之邀翻译了《爱情三部曲》，这本译作 1986 年完成出版。中国现代文学的大牌作家中，从当时韩国的认知度来看，排在第一的是鲁迅，第二就是巴金了。

张　叉：韩国巴金研究的大体情况怎样？

朴宰雨：韩国的巴金研究可以追溯到 1946 年，研究成果的形式是评论文章。到了 20 世纪八九十年代，研究中国现当代文学的硕士、博士学位论文的选题开始出现巴金，在这些选题中，除了鲁迅之外，排在第一的是巴金，然后是茅盾、郭沫若、艾青等。中国改革开放以后，还有伤痕文学作品翻译成韩文。但刚开始的时候，除了鲁迅，就是巴金，对巴金的研究还局限在 30 年代的《家》《爱情三部曲》《寒夜》等作品。关于巴金，我非常关注的是他描写韩国人民抗日斗争的作品，如《抗战三部曲》中的第一部，还有短篇小说《发的故事》，写了韩国武装部队的抗日斗士与中国人谈恋爱的故事，也涉及汉奸、朝奸的事情。后来，巴金的《随想录》在韩国也有很多人关注，我也指导过一篇这方面选题的硕士学位论文。关于韩国的巴金研究，我 1997 年在《苏州大学学报（哲学社会科学版）》发表了一篇题为《韩国巴金研究的历史与现状》的论文，可供您参考。

五、韩国的中国现代文学韩人题材研究

张　叉：中国现代韩人题材的文学作品中，有很多反映抗日主题的，还有直接反映抗日武装斗争的。您能就这类作家及其作品情况拉个清单吗？

朴宰雨：日本帝国主义侵略中国东北是 1931 年，因此，在中国 20 世纪三四十年代小说中，反映抗战主题的很多。其中，以韩人为题材的小说或者描写韩人形象的，有 50 余名作家的 80 余篇，详细情况可以参考金炳民、李存光主编的《中国现代文学与韩国》。在这些作品中，描写抗日斗争的韩人形象的或者以韩人抗日斗争为题材的作品很多，代表性的作品主要有李辉英的《万宝山》（1933），萧军的《八月的乡村》（1935），舒群的《没有祖国的孩子》（1936）与《海的彼岸》（1940），巴金的《发的故事》（1936）与《火》第一部（1940），戴平万的《满洲琐记》（1936），端木蕻

良的《大地的海》（1938），骆宾基的《边陲线上》（1939），刘白羽的《金英》（1944），无名氏的《红魔》（1947）与《龙窟》（1947）。

张　叉：中国作家描写的抗日韩人形象在一定程度上反映了韩国人民的苦难处境和各种抵抗、斗争情况，中国作家笔下的这些韩人形象主要有哪些？

朴宰雨：主要有无名氏《红魔》里的大韩帝国中队长金左真和他的部下姜载河，无名氏《龙窟》里被逮捕的义兵大将李康年，巴金《发的故事》里被敌人包围而头发变白的朝鲜革命家"金"和在战斗中牺牲的朝鲜革命家"朴"，巴金《火》第一部里暗杀朝奸的朝鲜地下革命运动家郑永言、子辉、子成、鸣盛、朴元、光韩、老九，舒群《没有祖国的孩子》里受人欺负的从高丽流亡来的但最终因杀死日本军人而陷入被捕危险的韩国孩子果里，舒群《海的彼岸》里暗杀日本将军后流亡到中国而让老母亲想念的革命家，李辉英《万宝山》里在万宝山事件中和中国农民以及觉醒的中国学生李竞平一起抵抗日帝的金福父子，萧军《八月的乡村》里为祖国的独立而参加游击队的朝鲜女游击队员安娜与鼓励她进入游击队的国际无产阶级革命家父亲安步东，戴平万《满洲琐记》里从高丽女工到进入游击队后渐渐对国际主义大义认同的高丽少女战士佩佩，端木蕻良《大地的海》里主导农民反抗日帝和伪满洲国破坏农地修军用路的高丽人金德水，骆宾基《边陲线上》里抗日游击队员刘强从他们那里学到正确的斗争路线的朝鲜红党，刘白羽的《金英》里被八路军逮捕后民族意识觉醒而主动跟日本丈夫分手的朝鲜女性金英，等等。

张　叉：您怎样评价中国作家对这些韩人形象的艺术塑造？

朴宰雨：我有三点看法。第一，大多数都描写得有声有色，人物形象相当生动，个性非常鲜明。台静农《我的邻居》里最后被处刑的做过"我的邻居"的年轻朝鲜人，巴金《发的故事》里头发变白的朝鲜革命家"金"，舒群《没有祖国的孩子》里亡国奴高丽孩子果里，萧军《八月的乡村》里服从于大义的朝鲜少女游击队员安娜，端木蕻良《大地的海》里鼓励农民起来反抗日军的高丽人金德水，刘白羽《金英》里被八路军逮捕而民族意识逐渐觉醒的朝鲜妇女金英，都是很好的例子。第二，有些人物形象塑造得可歌可泣，招人喜爱。上述人物形象，如果加上无名氏《北极风情画》里参与过抗日独立运动但后来由于爱情的悲剧变成华山夜间怪客的韩人林上校，那更不用说了。第三，有的人物形象的塑造寥寥数语，这些人物也因之血肉不很丰满，现实感比较缺乏。从韩国的角度看，中国作家塑造的这些韩人形象出现在中国现代文学人物画廊里，不知道增加了多少有声有色的气氛，不知道增加了多少亲切感。

张　叉：您怎样理解中国 20 世纪韩人题材小说的通时性？

朴宰雨：可以从创作背景、创作主题两个方面来理解。第一篇是郭沫若 1919 年写的《牧羊哀话》。那是 1913 年年末，郭沫若从北京出发，经过首尔抵达釜山，然后在釜山待了一个礼拜，再坐船去了日本。整个行程大概花了两个礼拜的时间，他以韩国被日本并吞之后的时期为时间背景，以金刚山的一个退休官吏家庭为题材来创作《牧羊哀话》，将自己反抗日本帝国主义的思想感情渗透到作品里面。还有后来的萧军、端木蕻良、骆宾基等东北作家群的很多作品，都是与抗日主题相关的。这些都是紧扣时代主题的创作。纯粹的爱情主题小说也有，在日本侵略的背景下，很多朝鲜人都到中国的东北去，参加抗日运动的，依靠日本人生活的，反映韩国人和中国人矛盾的作品，这些都有。也有 20 世纪 90 年代，夏辇生写的《船月》，里面穿插了一段爱情故事。韩国与中国在面对日本侵略的共同命运时，深谙唇亡齿寒的道理，很多中国作家抓住抗日主题，写了很多韩、中之间团结合作的作品。1992 年虽然韩中有了建交，但是中国作家没有深入韩国生活，缺少创作基本经验，因此很少有新的韩人题材小说作品出现。哈尔滨作家阿成的《安重根击毙伊藤博文》、夏辇生的《船月》等作品，都是以韩国独立运动时流亡到中国来的故事为中心重新创作出来的小说。这样的局面，进入 21 世纪以后，在韩流文化广泛传播的情况下，又发生了"韩娱小说"等新的变化。

张　叉：中国现代作家塑造抗日韩人形象的意义是什么？

朴宰雨：主要有四点。其一，提高中国的抗日警惕。从受压迫而不得不斗争的韩国人的悲惨遭遇和命运里，可以让中国人看见他们不久的未来的命运，以提高警惕和防备意识，舒群《没有祖国的孩子》就是个好例子。其二，鼓舞中国的抗日斗志。"九一八事变"以后，东三省已经变成日本殖民地，这时更需要鼓舞民众抗日斗志，所以塑造英勇抗日或者坚持正确的斗争路线的韩人形象，就能够鼓励中国人的抗日斗争，萧军《八月的乡村》和骆宾基《边陲线上》就是例子。其三，声援韩国的抗日斗争。对韩国人的抗日斗争加以描写、出版而宣传，可以声援韩人的抗日运动，巴金《发的故事》和《火》第一部就是例子。其四，歌颂韩中抗日的团结协作。表现为抗日战争的胜利应该做国际合作和韩中联合斗争的主题，进而强调国际主义的大义，李辉英《万宝山》和戴平万《满洲琐记》就是例子。不过，创造某一作品的意义只归于上面四点中的某一项，是不符合实际的。在很多作品里，动机和主题思想两个要素是糅合在一起、共同存在的。

张　叉：中国现代作家塑造抗日韩人形象的最大意义是什么？

朴宰雨：最大意义是歌颂韩中抗日的团结合作，可以说是国际合作和韩中联合斗争主题的表现。表现这样的主题的作品有舒群的《没有祖国的孩子》、李辉英的《万宝山》、萧军的《八月的乡村》、戴平万的《满洲琐记》、端木蕻良的《大地的海》、骆宾基的《边陲线上》、刘白羽的《金英》等。这些作品描写韩国人的笔触和方法是多样化的，而且表现国际合作和韩中联合斗争主题的表示方式与侧重点是有所不同的，但是确实或明或暗地表现了这样的主题，这是毋庸置疑的。

六、韩国的华文抗日诗歌研究

张　叉：韩国华文诗歌的来源是什么？

朴宰雨：来源主要有四个：一是传统华侨的华文文学，代表人物有韩

晟昊和许庚寅、衣健美、梁楠等；二是日本吞并韩国后流亡中国且从事抗日独立斗争的韩国志士的华文文学，代表人物有金山（김산）和柳树人等；三是留华韩国文人的华文文学，代表人物有许世旭（허세욱）、朴宰雨（박재우）等；四是韩中建交后定居韩国的华人或者朝鲜族新移民的华文文学，代表人物有王乐和金英明、彭朝霞、林雪琪等。

张　叉：韩中华文抗战诗歌研究需要加强的是什么？

朴宰雨：抗战期间，韩国抗日独立战争阵营在中国境内发行了《朝鲜义勇队通讯》《韩国青年》和《光复》等中文杂志，里面登载了韩国人和中国人创作的华文抗战诗歌，这些是韩中华文抗战诗歌的一个重要组成部分。从 20 世纪 30 年代末到 40 年代初，这些中文杂志发表了韩中两国诗人所创作的众多有关抗日主题的华文诗歌，这是一个客观存在的事实。这些重新发掘出来的诗歌弥足珍贵，它们是韩国与中国互相合作、互相勉励而进行联合抗日斗争的铁一样的证据。可惜的是，这些诗歌没有引起研究人员的重视，目前还停留在初步研究阶段。这就是韩中华文抗战诗歌研究需要加强的地方。

张　叉：韩国抗日独立战争阵营在中国境内发行中文杂志，上面登载了华文抗战诗歌，这方面的基本情况是什么？

朴宰雨：《朝鲜义勇队通讯》登载了 15 首诗歌，其中，韩国人写的 7 首，中国人写的 6 首，韩国人写、中国人译的 2 首；《韩国青年》登载了 8 首诗歌，其中，韩国人写的 3 首，中国人写的 5 首；《光复》登载了 4 首诗歌，其中，韩国人写的 2 首，中国人写的 2 首。在三家杂志中登载了 27 首诗歌，有 14 首是韩国人写的，其中，2 首是韩国人用韩文写作后中国人翻译的，剩下的 13 首是中国人写的。

张　叉：对于《朝鲜义勇队通讯》《韩国青年》与《光复》三家杂志登载的韩中华文抗战诗歌，您怎样评价？

朴宰雨：这些抗战诗歌的内容都很感人。虽然他们不是专业诗人，并且在创作诗歌的艺术性方面有一定的欠缺，但是这些诗歌的创作对抗战起着巨大的鼓舞作用。这些诗歌主要表现了韩国人消灭敌人、追求韩国独立的意愿，描写了抗战时期韩国诗人在中国流浪的苦难，赞美了中国人的抗日精神，也表达了诗人对日本敌人的憎恶，表达了对祖国山河的怀念。这些诗歌深刻展现了韩中两国人民之间的互动与互助，比如中国诗人写的 13 首诗歌大都和鼓励韩国人、声援韩国人与中韩携手联合抗日斗争等内容有关系。同时，韩国诗人也在自己的诗歌作品中鼓励中国人抵抗日本帝国主义的侵略。

七、韩中的文学交流

张　叉：您为什么对北岛、舒婷等中国现当代诗人产生兴趣？

朴宰雨：我以前认为，中国古代诗歌尤其是唐宋诗歌在艺术上达到了最高境界，现当代诗歌很不成熟，算不了什么。后来，北岛荣获韩国昌原 KC 国际诗歌文学奖，他请我将他的三首诗歌翻译成韩文来朗诵，我这才发现，中国现当代诗歌中原来还存在着某种真诚性和语言艺术性。现当代主要的几位诗人诗歌作品中的真诚性的深度和语言艺术的摸索都相当了不起，他们的思考里充满了苦恼，中国民族的命运、民众的现实情况，他们自身理想与现实的落差，这些都体现了他们的真诚性。他们也在其中极力追求某种现代性的表现，所以我就开始关注中国现当代诗歌。另外一个原因是，小说、散文这些文学体裁，往往篇幅太长，学生背起来有些困难，如果让学生背诵中国现当代诗歌里面的名句，那就容易得多，学生也能很快领会、接受中国现当代诗歌主题思想与语言艺术。从 2010 年开始，中国现当代诗歌成为我的"中国文学"思考中重要的一部分。

张　叉：知韩派中国作家主要有哪些？

朴宰雨：中国有不少作家都可以算作知韩派，如大陆的铁凝、莫言、余华、苏童、刘震云、阎连科、北岛、舒婷、王家新、潇潇、北塔等，香港的也斯、潘耀明、黄维樑、陶然等，台湾的洛夫、陈映真、琦君、石晓枫等，海外的高关中、韩牧、朵拉、陈瑞林等。他们都来过韩国，都写过有关韩国经验的散文、游记、诗歌、报告等不少作品。他们在韩中文学、文化交流方面所发挥的作用也不能忽视。

张　又：知中派韩国作家主要有哪些？

朴宰雨：韩国的知中派专业作家估计不多，主要的专业作家大概如下：赵廷来（조정래）、金仁淑（김인숙）、俞弘濬（유홍준）等。但是去中国旅游后撰写各种文化游记的学者或者文人多得不得了，留下的各种游记不下几百部。主要的知中派学者大概如下：许世旭（허세욱）、宋载邵（송재소）、金成坤（김성곤）、金明豪（김명호）、李熙玉（이희옥）、赵畅万（조창완）、李旭渊（이욱연）等，人数不少。韩国著名专业作家赵廷来写了《丛林万里》三卷，对中国社会与经济、人心等的描写非常全面，也很深入。阅读这本书的韩国读者早就超过一百万。韩中文学的互动已经到了这样的地步，可以说是前所未有的。不过，韩中文学交流的未来是无止境的。

图书在版编目(CIP)数据

何去何从:比较文学中外名家访谈录/张叉等著.—
北京:商务印书馆,2023
ISBN 978-7-100-21809-2

Ⅰ.①何…　Ⅱ.①张…　Ⅲ.①比较文学—文集
Ⅳ.①I0-03

中国版本图书馆 CIP 数据核字(2022)第 215660 号

何去何从:比较文学中外名家访谈录

张　叉 等著

商　务　印　书　馆　出　版
(北京王府井大街 36 号　邮政编码 100710)
商　务　印　书　馆　发　行
山 东 临 沂 新 华 印 刷 物 流
集 团 有 限 责 任 公 司 印 刷
ISBN 978-7-100-21809-2

2023 年 4 月第 1 版　　　　开本 789×1092　1/16
2023 年 4 月第 1 次印刷　　　印张 29

定价:128.00 元